渭源

文学作品集

李淑华 主编

敦煌文艺出版社

图书在版编目（C I P）数据

渭源文学作品集 / 李淑华主编. -- 兰州：敦煌文艺出版社，2017.11（2021.8重印）
ISBN 978-7-5468-0770-6

Ⅰ.①渭… Ⅱ.①李… Ⅲ.①中国文学 −当代文学−作品综合集Ⅳ. ①I217.1

中国版本图书馆CIP数据核字（2017）第270316号

渭源文学作品集
李淑华 主编

责任编辑：王　倩
助理编辑：孟孜铭
封面供图：王佩锋
封面设计：刘　撼

敦煌文艺出版社出版、发行
地址：（730030）兰州市城关区曹家巷 1 号新闻出版大厦
邮箱：dunhuangwenyi1958@163.com
0931-8121700(编辑部)
0931-8152172(发行部)

北京一鑫印务有限责任公司印刷
开本 787 毫米×1092 毫米　1/16　印张 27.75　插页 1　字数 482 千
2017 年 12 月第 1 版　2021 年 8 月第 2 次印刷
印数：1 001~3 000

ISBN 978-7-5468-0770-6
定价：68.00 元

《渭源文学作品集》编委会

乡愁是一支缠绵的情歌

——《渭源文学作品集》序

李云鹏

乡愁或是随身的纠缠？对于此刻身处南国海滨的我，浏览一部文集中长长的篇目和作者群，我耳边、我眼底依稀闻见遥远北方那条情意绵深的河流的奔湍。

这应是渭源当代诗文的一个较有规模的集成。除少许外乡文友笔涉渭源的诗文，集中的作者大都是渭乡土生土长，或有过在此地耕耘的经历。只需看看文集的篇题，应能揣摩出编者们的用心：侧重于渭源本土题材的诗文，且是诗歌、散文、小说、戏剧兼及评论的大盘。在某种程度上，可以说是一部诗化了的疏疏密密的渭河档案，或曰素描式的乡土简史。一种似乎是与生俱来的乡土情结浓浓淡淡地展现于这些诗文之中。也似乎在应验俄国作家米·普利什文这样的论说："对故里的感情就是创作的基础。"

这集中的许多诗文我续续断断读过。从早年结识油印本的《渭水源》始，到近年的一些文集、诗集，欣喜地看到渭源乡土作家渐次清晰的前行足印。这至少是四代人笔底的淋漓——对故土的精神眷顾和心灵倾诉。

无须讳言，我们共同挚爱的渭河源头的这片土地，至今未彻底甩脱久积的贫困的厚重棉袄，仍在奔小康的征途上苦苦力搏。我见着我熟悉的许多文友，是这一扶贫战役第一线肩负使命的力行者。我甚至还自微信读到他们中一些年轻朋友新近写出的透着泥香的文章——第一线的乡村记事。

根在本土是文集作者们的一大优势。亲近泥土上的乡亲，亲近泥土上孕生的山川形胜，以及积厚的历史，给他们的诗笔注入了清凌凌的活水，源头活水。

　　这样的土地上生发的这样的诗文，不以华彩炫目，只有风俗画般的静素，最显眼的是对乡土抚摸式的脉脉温情。这其实也是文集显现的一种特色，或曰贯穿其中的精魂。

　　要感谢渭乡的作家诗人们，他们对故土的拳拳之心，足以撩动游子们缠绵的乡愁。

　　乡愁是什么？童谣憨敦敦的回味？山川秀色的眷恋？亲情的牵肠挂肚？犁沟里咸苦劳汗后的丰歉？这其中，似乎也杂有苦涩和忧伤——湿地渐失，雁唳渐远，水势渐瘦的焦虑或者穷岁、灾年的记忆？……我想说，乡愁是一种柔软的力量，是一支永不衰竭的五味杂陈的情歌。我更愿意说，乡愁是缘至爱而深植于内心的疼痛——谁说过，爱就是疼。乡愁之愁，能不渗入疼痛吗！尝过羁旅之苦的人最能有切肤的体味。万里之外，乡酒一盅入肠，那沉醉，确乎是渗入了疼痛的沉醉。

　　乡愁是什么？这部带着清冽泥香的文集已给了我们简约的提示。唤醒了我们对渭水之源故土的文化记忆。

　　文集的另一增色处，是随时而进的艺术上的追求，不囿于一格的尝试。一部历史题材的名为《渭水医魂》的大戏的亮眼于舞台，可否视为本土文艺一个有声响的踩台锣鼓？前些年读过一册以《零碎的时光》为书名的渭源现代诗选，以一种我预想之外的质地，带给我欣喜。渭乡诗人群的渐次扩容，年轻一代诗笔的渐露锋芒，留给我较深的印象。虽不能说是水乳交融，但一些现代的质素隐约浸润着他们的诗行，我们由此看到了年轻诗人的追求，和可以有所期待的潜质。而现代和传统的交集，和谐地亮出各自的音色，各有掘自生活的新鲜之作。依稀记得其中一首似乎是写渭源北乡的诗，整首诗以乡人（或乡里学生？）在沟畔上土腥味浓浓的呼喝应答构成，你说它土也罢，但土得生趣撩人，真切到使我有身临其境的聆听。如同我欣喜现代质素的隐约现于乡友们的诗行，我也微笑着接纳了这一类摆脱了寻常手法的写实（不仅是诗歌）——就为这土腥味浓浓的生趣。

　　内中尚有一些我不曾浏览过的篇章，必定会有我视线之外的华彩之作。还要补一句，就渭源渐现活跃的文艺而言，不能忽略，此集之外一支颇有生气的书画新军的"集外集"。故我言及的恐怕只能说是"半亩方塘"。然而天光云影，我依然看到了梦绕魂牵的乡土影像。我更像是在家乡的那山那水那村落那亲人们伙里流连，我自这些篇章里追寻旧梦，享受乡土赐我的温馨。对于生于斯土的我，像是昨日乡行后的又一次美好的温习。有一份温暖，有一份感动。

回思读过的渭乡长长短短的诗文，欣然之外，也生了未必准确的别一点感觉，似乎还难说是苛求：对于渭乡的文朋诗友，特别是年轻笔耕者，有一个展拓视野、走出"四合院"的问题；磨砺出"个性"——自己独有的情感解读——的问题；笔锋切入泥土深耕的问题；无论题材和艺术追求。有诗人能以一片三叶草"创造草原"。当然有一只蜜蜂的助力；当然必须"再加上丰富的想象"！而诗人甚至坚信："仅有想象也可以创造草原/假如缺少蜜蜂（美国诗人艾米莉·狄金森《创造草原》）。"从蜜蜂的勤奋，从丰富的想象，我们享受到了一片美丽的诗的草原，诗的田园！我们能从中悟得一些什么吗？

无须羞小。既然有"清泉奔快，不管青山碍"（辛弃疾）的"一盂"之水，我们就可以冀望一条别有色彩的河的流韵，抚慰我们温馨的乡愁——这一支柔软的情歌，这缘至爱而深植于内心的疼痛。

2017年2月12日　海口旅次

目　　录
CONTENTS

散文篇

诗歌篇

散文篇

◎ 李云鹏

李云鹏，甘肃渭源人，诗人，中国作协会员，1973年始历任《甘肃文艺》《飞天》文学月刊编辑，1987—2000年任《飞天》主编、编审。甘肃省作协第二、第三届理事、常务理事兼文学编辑委员会主任，甘肃省文联第三届委员会委员。主要作品：《忧郁的波斯菊》《三行》《零点，与壁钟对话》《西部没有望夫石》等诗集，《进军号》《血写的证书》等多部叙事长诗。作品曾多次获甘肃省文学奖。1999年新中国成立50周年时被甘肃省委、省政府授予甘肃省"先进工作者"称号，获甘肃省"劳动模范"奖章。

追溯一盂之水的泱泱风采

说到渭河，我的家乡之河，我眼前依稀出现蒙有近百年历史烟尘的几副联对，如高岩上之悬瀑，闪烁着明丽的色彩，且发着幽幽的响声，恒久清晰在我的记忆中。

一盂之水。20世纪30年代，来渭源考察的我国当代著名学者顾颉刚先生溯源黄河最大支流的渭河品字泉，一声感叹，落下了如此形象又耐人寻味的一笔：

疑问鼠山名，试为答案歧千古。
长流渭川水，溯到源头只一盂。

不倦于学的学者的疑问。亲历源头山水，亲睹泱泱大河的始于一盂之水；答案的歧见，是穷究千古的孤弦独拨。细细品味这二十四字，它给我们文化工作者循史解疑、开阔视野应该有多方面的启示吧。

我最常向朋友们展示的缩略的家乡，是这样一副联对：

莫道地贫，有满山白薇供吾一饱。

谁云渭浊，看源头活水照人双睛。

区区二十六字所表达的对于乡土的这种双手捧心式的情怀，在我心底，近乎是我家乡渭源的一个地标，触动乡恋的亲切到每有触摸，便思也悠悠，情也悠悠的地标。我的乡恋也发为笔下的心声："乡思总向渭村飞，音问久疏如断炊"。闻少故乡音讯犹如断炊，因而有对家乡那条渭河的挥之不去的牵肠挂肚，到老更是炽诚。这副精美的联对，多年醒目地悬在我书房的壁头，亦悬在我的心头。

我想说的是，这是文化的力量。小小两副联对，以及它所牵涉的有意义的人事，是渭源历史文化的鲜活细节。如果不是抢救式的发掘，在相关人或知情人隐去之后，它必定埋没于历史的烟尘，会是渭源文化的一笔缺失，会成为我们永久的遗憾。

必须吐实，少年时便离开家乡的我，尽管乡情绵深，但对乡县的史地、人文诸多知识，朦胧得很，所知似乎仅止于我们那时节的乡村孩子能享受到的浅俗的"幼学"：童话、童谣。那些奇妙的、憨敦敦的童谣，传唱这些童谣时的稚拙的戏乐，我谓之"孩子们的欢宴"，至今清晰如雪地的黑鸟，不时张着翅膀向我飞来，诱我进入我们曾经的童话世界，沉醉其中。

相对于前边提到的文学色彩颇浓的出于文士的两副联对，丰藏于渭源民间的民歌、童谣、民间故事，以及那些厚朴而富地域特色的民情民俗，是渭水源文化的重要支脉。它的生发、演变和流布，能使我们触摸到渭源文化历史的脉动。它以一种你无法不珍重的魅力，丰富了这片土地的色彩，也营养了历代渭地文人学士的诗文。"民歌喂养了我们这一代诗人"，我曾在一首诗中吐抒过我的真诚。其实许多作家诗人是在民间文化的熏陶下，经历了在这块厚土上的蹒跚学步，而后站起来的。

岂止是营养了文人学士，对于创造并承续了乡土文化的乡民，他们在诸如山会、社火、节俗、婚俗等群聚的文化活动乃至细微如乡饮酒礼、儿童戏乐中常常有忘情的狂欢。激活他们那根快乐神经的，无疑是经千百年磨砺"大破"亦灭杀不了的韧性的乡俗文化。

我想说的是，这亦是文化的力量。

打开渭源文化历史的百折扇，古老乡县古往今来流转的大历史，呈现的是一盂之细流富为泱泱一水的气宇！足以使我们因这块土地的勃勃生趣而自豪。

流贯古今的这条河，这块渭水源头的黑土地，在灿烂中华文化的滋育下有着别于他方的丰厚的地域文化积淀，泉的传说、河的流韵、山的古典、历史波澜、人事沧桑、官场轶事、草民百戏、俚俗谣歌……都含有丰厚的地域文化因子。我们能自其中发见悠悠岁月的屐痕，历史沧桑的回响，以及源头民俗文化的清澈。

对乡土文化亦即精神资源的爬梳和发掘，历史性地落在当代文化工作者的肩头。新时期以来，渭源当地新老学者已为此做了大量穿越历史的寻觅和深入现实的发掘，劳绩多多，依稀现出古老一条河的流程和风采。我有幸因他们的劳作，增多了对滋育了我的渭水源历史文化的认识。

我们的发掘，说到底是一种珍重。我们宁可把已获得的成果视作一盂之水。渭水源文化的丰沛，有待我们潜水式地深入探求来体现。对历史的拂去尘埃的辨识，对现实文化的慧眼识珠的拣选，需要热爱斯土文化的使命感，需要沙里淘金的细微和韧诚，亦需要温暖的民本情怀。

文化的振兴，对于我们的整个事业，应该是一种精神的注入。而乡土的历史文化，对于渭水源文化的持续发展，是一种永远不会失去生气的酵母。如是，一盂之水的终于泱泱，是可期、也必会是望中的风采。

渭水源童谣：孩子们的欢宴

上

故乡在翠竹与松柏掩映的渭水源头的一个百户人的大村，似乎也勉强算得上一个小镇。我们小时，村中心有一个"官场"，一条不甚规则的小街，街两旁有几家店铺和斗行，每逢农历二、五、八有集日，在僻远的山乡，在童年的我们的眼里，算得上是热闹的大场面了。而每年农历二月二、四月八，在"官场"搭台唱大戏，在一山松柏环绕的五竹寺的庙会，是吸引周遭十里八乡村民的节日。因此，这儿的文化氛围也似乎强于周围的村社。

黑土地，加之雨水广，山珍是我乡品位颇高的特产。肥沃的黑土地，也生长童谣。

盎然的精神大观园。从其中走出时，成年的我们，有受惠于一种幼学的感觉。

最早进入我们小脑瓜的，自然不记得是哪一首童谣了。但偎在母亲的怀里欲睡未睡时，母亲抚拍时的轻唱：

> 哦，哦，睡着着，睡着醒来要馍馍。馍馍来？猫抬了。猫儿来？上墙了。墙来？猪毁了。猪来？屠家爷爷杀着吃成肉肉了。屠家爷爷来？一顿油包儿胀死了。埋着阿达了？埋着十字路下了。好人过来一张纸，瞎人（坏人）过来一泡屎。

这是极好的催眠曲，也应是最早上口的童谣了。早晨赖在被窝里不起炕就有一双奶奶或妈妈的凉津津的大手伸进来，一边怜爱地拍着我们的小屁股一边唱："精腿娃儿，变狗娃儿，变下的狗娃儿没尾巴儿。"这类随口唱，也很早就翻卷在孩子们的口舌间。我们就这样在大人们无意的口传中，把一首又一首口歌储进小脑瓜，活用于童年的玩乐中。

头上有鸟飞过，便起劲地朝空里喊："嘎鸦儿嘎，你骑骡子我骑马。""咕噜雁，你吃豌豆我吃面。"有一种鸟儿，叫出类似"苏乎丢丢"的音来，就有"苏乎丢丢，姐姐回走，没鞋穿，精脚走，去了给我看门走"的童唱；有鸟俗名"旋黄旋割"，也是依其鸣叫之近似音取名，孩子们唱："旋黄旋割，黄了就割，不要和人变活。"这内中有一个因变工受骗、愤而变身为鸟，以鸣叫惕醒人的故事。这类口歌，通常都是睹鸟生情的即兴。大雁飞过来，排着人字，"嘎嘎嘎"有节奏地叫着，孩子们就向天高举起手，手舞之，足蹈之，同样有节奏地喊出他们稚拙的童谣。

戏乐是孩子们的天性。记得每在晚饭后，"官场"里最早到的那几个孩子就破着嗓门喊开了："娃娃们，耍子来，石头瓦碴打着来；娃娃们玩来，量着两碗盐来。"邀集着村巷里各个家屋急燎燎刨着最后几口饭的小玩伴。伴着花样繁多的游戏，手脚与口歌齐动：

> 翻担翻担又翻担，鸟儿抬的红牡丹，你旦（搭）胭脂我旦粉，跌到河里折了本。

那是三人一组的游戏。两人对拉双手，一小朋友背身其上，双方一用力如翻双杠般被翻过去，弄不好摔地，就"跌到河里"了。另一三人游戏名为"跨跨轿"，二人双手交叉互握，如搭轿，一小孩跨骑于上，"轿夫"便起劲地颠上颠下，三人合拍齐歌：

> 跨跨轿，李家庙，李家的媳妇没人要：我要哩，害怕屙屎尿尿哩。

以上游戏，角色是经常互换的，不能有人只管坐轿，有人老做轿夫，平等意识是孩子们天生就有的。这一类游戏，花样繁多，不知那童谣是为游戏配的词儿呢，还是游戏为词儿设计了动作，总凡唱童谣时，大多伴有动作。相对于这些小游戏，"大老爷升堂"（又名"捉曹操"）就是大戏了。那是颇具规模、颇有气势，剧情起伏又带点荒诞的多人游戏。

我们儿时的童谣，是一种泥土里生出的村歌，戏乐也典型是乡村型的。比如男孩子女孩子最常玩的娶媳妇，办宴席，从操办程序到童谣，全有我们那一带乡俗的影子。总是几个小朋友聚在一起，谁一声："办办宴席来!"马上全体忙活起来。"一股子葱，一骨朵蒜，张家的油，李家的面，赵家的切刀刃刃快，王家园子里割青菜。"是张王李赵的大动员。除了初入列学手的小小娃儿显得手生外，大多操作得十分熟练。觅得几块破瓷、破瓦碗（我们小时，盛饭的多是当地砖窑上烧制的非常粗陋的瓦碗）的碎片，我们叫"瓦旮旯儿"，就算是盘子、碟子。我们肥沃的黑土地里不缺野菜、青草，不缺色彩——各色各样小小大大的野花，就采来，就切碎（边切，嘴里还"当当当"地模仿刀落案板的响声）就置于瓦旮旯儿，还有葱蒜的调味，还有色彩的搭配，认真得真像那么回事儿。一边办宴席，一边齐声唱：

> 娶媳妇，大办哩，瓦旮旯儿和起面哩，瓦旮旯儿太小了，淖坝大是肉
> 少了。

随后是引媳妇。媳妇通常是由众人认可的较为俏丽的女童（有时也有男童）扮身子。专有人装扮：搽粉——向脸蛋上涂点粉笔末，或面粉，或有时甚至就是一撮白土；旦（搽）胭脂——多是一点红纸泅湿，挤出点红水水，如果节令适时，在村里，也有用樱桃汁的，在野地，也有用野草莓汁的；有盖头——女孩中一件较为干净的小红布衫。然后新媳妇由"伴娘"扶着走圈，别的孩子也跟进，

嘴里"哩哩啦，哩哩啦"地仿着"吹响"，时不时还加入对新媳妇的一些调笑："新媳妇儿，打豆角儿，哎哟我的脚后跟儿。"那些候在"婆家"门上的孩子，这时就拍手高唱：

> 驴来，马来，驮着三页瓦来；马来，驴来，驮着三页席来；盖房，盘炕新媳妇迎到门上。娶媳妇，干啥呢？挂到墙上看画哩。

能当画看的媳妇一定是十分俏丽的了。接着是：

> 新媳妇，上案板，切肥肉，下挂面，不吃不吃两大碗。

那时的村娃子，尕脑瓜中虽有个简单的"对错谱"，但未必对一切辨识得清楚，那些对陋习的赞赏，他们也能唱得响响的："尕脚栽（扭），银子块；大脚蛮，不值钱。"褒贬缠足和天足。这当然都是口传这些词儿的大人们的过错了。而我想，小足，未必是孩子们心目中可意的新媳妇的形象吧。若去了天足这些小女孩能玩得如此畅意吗？

耳濡目染，生活中的婚丧风习，孩子们竟能活学活用于自己的玩乐中。我们那地方婚丧事中，总管每次笃定要到院子高处，向来代劳的人们高喊谢词："哎……蒸馍的，擀面的，剥葱的，踏蒜的，掌勺的，端饭的，劈柴烧火的，提水挑担的，忙着出汗的，门背后闲站的，大门巷巷里要饭的……哎，新女婿（或孝子——丧事）谢了！"我们也能一句不落地引入我们娶媳妇游戏的最后程序中。我们每个人都可以扮成总管，因为这词儿我们都能熟唱。自然不是有谁专意教我们，是孩子们在那样的场合目睹耳闻，日久熟惯于心的。

哪个孩子没有撒过娇？就有了"撒娇派"童谣，且这一类童谣传在我们口上的，占有相当数量。那大半个憨娃娃对于至亲的一种不伤颜面的调侃，憨敦敦可爱的撒娇。

> 红糖瓜，白糖瓜，爷爷买糖哄娃娃，糖瓜抹得嘴甜了，爷爷叫得越连了。

> 勾勾鸣，大亮了，爷爷引着街上了，一盘子面吃上了。一泡牛粪滑倒了，还怪爷爷引得不好了；勾勾鸣，大亮了，我把爷爷的烟扬（撒）

了，爷爷叫我揽（捡拾）烟哩，我叫爷爷胡编哩。

　　拉豆，扯豆，扯了两碗扁豆。驴甭吃，马甭吃，丢（留）下叫爷爷奶奶存着吃。奶奶说，我没牙，爷爷说，咬不下。咬不下了我吃哩丢给鸦鹊子可惜哩。

　　你瞧，在爷爷奶奶跟前何等娇情！我乡有句俗谚："爷爷痛孙子，老的是傻子，小的是疯子。"确实，孙辈们面对爷爷奶奶是最能"疯"得起来的。一首首童谣，那些笑向爷爷奶奶的调侃，那副憨态可掬的小赖皮相，只会惹你怜爱。一般来说，外甥对舅舅不敢太放肆，我们那里有"叫舅舅管教去"的家常话，认为舅舅有一定的威严。

　　孩子们却竟敢在舅舅的头上动土。你看：

　　舅舅，舅舅，鞍子备着后头，前拉哩，后扯哩，要舅舅的老命哩。

　　剥豆豆，磨面面，磨了面面撒（san）搅团。搅团撒成拌汤了，阿舅喝着咽上了。拌汤拌成糊糊了，填了猫娃肚肚了。

　　大妗子，二妗子，两个妗子偷杏子，偷了杏子吃杏子，吃了杏子照镜子，一个龇牙，一个咧嘴，咕叽咕叽泛酸水。

　　够放肆了吧？这些被调侃的大人，却竟爱听孩儿们没大没小的捉弄。孩儿们在其中乐，大人们也在其中。成年人也有过童年，这些口歌说不定也曾在他们的口舌间溜过，听孩子们的念唱，其实是重温自己的童年，也便在童谣里享受着欢乐了。

　　这撒娇，这调侃，孩子们是很能掌握尺度的。撒娇之外，他们有时也很会摆出一副诡颜讨好大人们。秋收后碾场，扬场须借风力，孩子们就为大人助阵了：

　　风婆婆，扬场来，我给你送着干粮来。风婆婆，扬场来，擀下长饭你尝来。

　　边唱，两臂还前后摇动，使劲儿做出扇风的样子。如果碾场时遇雨雪，谓之"搅场"，孩子们就唱"风来风来风甭来，雨来扇你两麻鞋（hai）"。要用麻鞋底惩罚雨雪了。大人能不高兴？为讨好怕孩子在灶间搅扰的母亲们，在灶台边吃过饭后，我们会拍着圆鼓鼓的小肚皮：

　　吃饱了喝胀了，我跟富汉一样了；喝胀了吃饱了，灶火门上不绕了。

　　唱未罢，就跑离了灶房。大人能不高兴?
　　但可爱的孩子们的讨好也是有尺度的，他们也憎恶"拍马屁"："舔尻(gou)子，磨镰刀，磨的镰刀没刃刃，老娘给你两棍棍。"娇憨的讨好和卑琐的拍马屁，孰丑孰美，孩子们是分得清的。
　　亲属间的这类撒娇口歌，通可归于谐谑一类。那是一个充溢着天趣的快乐的儿童世界。它的超常的夸张有时近乎扭曲，它的某些调侃甚至达于放肆正是孩童的纯净的无忌。比之文人们刻意创作的"正规"儿歌，清清楚楚地表明它的土腥味的独特，充满机趣。

　　说个谎，道个谎，蝇末子踏的锅盖响。说个玄，道个玄，老虎的脖子里打秋千。

　　说道的够"谎"够"玄"了吧? 再听他们对店铺的戏说:

　　香店香，真实香，核桃枣儿加冰糖，墙上还挂着蜜缸缸。你说香店香不香? 臭店臭，真实臭，猪粪节节当枕头。你说臭店臭不臭? 窄店窄，真实窄，卧不下虮子卡不下虱。你说这店儿窄不窄? 宽店宽，真实宽，一头在四川，一头在云南。你说这店儿宽不宽?

　　如果说对香店、宽店的比喻夸张还属寻常的话，那个拿"猪粪节节当枕头"的臭店，"卧不下虮子"的窄店，我们是不会忘记的。而且，你能要求这些稚童绝对地"雅"起来吗? 几个小朋友相聚，谁放了屁，没人承认就来个"点屁虫"："点，点，点屁虫，家家屋里有事情，一碗糁子一碗米，放下屁的就是你。"还有："叮叮当当，海炉烧香，香炉起来，放屁你来。"一边念，一边依次点人。最后那个"你"字、那个"来"字落在谁头上，就认定是谁，背黑锅也得认了。还要被奚落："臭包虫，一臭臭到年家门，年家门上拴狗哩，才看你的走手哩。"被点中者常会以"一担水担不起，一个屁还担不起吗"解嘲。
　　小朋友互相之间的这种斗闹，是他们的喜剧。"打木榔，踢毽子，给你安个鼻桊子。你娘扯，你达扯，你爷给你两拐棍。"暗示大人的管束。"你穿的是薄衫子，骑的毛驴没鞍子；你不戴帽子秃朵脑，大马骑成猪婆了。"这类互相间的戏弄，在下边这首童谣中，几近于尖刻了。

你家的猪，不念书，你家的狗，不张口，你家的猫娃没有牙，见了老鼠拜干达，你家的牛，没有角（ge），光吃草料不拉车，你家的马，丢鞍子，挨了你达三鞭子，你家的烟筒不冒烟，灶王爷走了不过年。

玩时，一臂背后，一臂前伸，直指对方，一脚随口歌一板一眼地跺地，颇似藏族僧人"辩经"的架势。我们乡下有烧食地鼠（俗名"瞎瞎"）的习惯。我们小时候就烧食过，那味道至今想来还是诱人的——那毕竟是肉啊！我们那时一年能见几次肉腥呢！关于"瞎瞎"的谐谑曲也便产生了：

你吃瞎瞎头啦？瞎瞎把你搂啦？你吃瞎瞎爪爪（zhua）啦？瞎瞎和你耍耍啦？你吃瞎瞎尾（yi）巴啦？瞎瞎把你役挖（戏弄）啦？

还有一个情节单纯的小小故事引发的谐谑曲，那词儿是：

烧了毛，燎了毡，大大叫你甭喘你要喘，你们喘来我没有喘。

说的是一家三姐妹，年岁不小还未出嫁，概因都是"大舌头"，说话不清，念字走音。某日有人上门相亲，想在三个中挑一个。事前父亲嘱咐三姐妹，不管相亲的问啥都不要言喘，装个羞就可以了。果然，相亲的问她们什么都不出声，只低头笑，那笑应还是不难看的吧。相亲的突然心生一计，用火柴将炕上铺的毡角点燃，大姑娘先急了。喊出一声，二姑娘、三姑娘不由都跟着开口说了话，那词儿被她们的大舌头搅成了：

（大姑娘）骚了毛，老老毡。（二姑娘）大大叫你甭坦你要坦！（三姑娘）你们坦来我没坦。

结果是三个都"坦"了，坦而白，全露了馅儿。我们那时每说完这段词儿，就会互指着对方戏弄："叠，舌，绊，侉，你姐姐是大舌头哦！"

　　凭着不知利害的娃娃胆，戏弄有时竟及于亲属之外的大人。见到穿着齐整点的大姐姐们，会远远地喊唱："马溜精，纥毛（辫子）上扎的红头绳，上下撺（duan）着扯门神。"有时路上遇见骑着毛驴的年轻媳妇，也敢大着胆儿调侃人家："豪精板，骑的毛驴搭的伞，七声八声问不喘。"被要弄者绝不恼，至多轻拍一下小脑瓜，那吓唬，我乡人叫"心疼"。有些"写实派"童谣，更近及村里实有的人和事。一位河州籍老婶婶，勤快得人说她是"三条腿跑着哩"！人缘好，又精明，不知怎么，孩子们口上就有了这样一支口歌："河州鬼，三条腿，提的缸缸舀浆水。浆水起了白花了，她说酸菜开花了。"能把浆水变霉，美化为酸菜开花，真个"鬼"得高明，因而可爱。村里一位老人，人称"喜煞神"，和乐诙谐，乐于助人，尤其是他一手灌制蜡烛的手艺，使他成了每年腊月天村里的忙人。口舌伶俐，大人小孩通爱听他"谝干椽"，也有口歌翻转在孩子们的口舌间："谝三爷，三谝子，干椽谝了两筐子，走州哩，过县哩，谝得扁担冒汗哩，擦了三天没擦干，干椽垒了两座山，云缠哩，雾罩哩，谝下的椽子修庙哩。"这里不含贬损，是"隐赞赏"。而椽子是用来修庙，俗为善事，也应是对谝三爷的抬承吧？记得我们有时会在不近不远的距离，当着谝三爷唱这词儿，三爷会装出一副怒相，干瘦的手指直直地指向我们，吼一声："剥你们的皮子哩！"还将双脚在地上跺得咚咚响，佯装追撵，我们便跑散，老人也便手捻几根稀疏的胡子，脸上露出一种近似陶醉的微笑。

　　我们的谐谑曲也有惹祸的时候。记得某次在村学唱不知谁传下的有点文绉绉的这样一首歌谣：

　　　　子曰子曰孟子曰，师娘叫唤肚子憋。憋一下，秕一下，师娘养来个
　　女儿娃。会爬了，会走了，师娘的肚子里可（又）有了。

　　就差点挨了老师的板子。

　　还有"荒诞派"呢。"狼来了，鬼来了，瞎猫担着水来了。"这是浅易的。担水的瞎猫又引出一节荒诞：

　　　　瞎猫担水，蛐蛐盖房，蒿棍儿做椽，麻秆儿当梁，没墙没顶，没门
　　没窗。谁住呢？瞎猫的阿舅，蛐蟮的干娘。

这房子造得够新奇了，也只能由造房者的亲属独享了。荒诞常常是不知情理为何物，有时甚而近于魔幻。

　　古经古，古经湾里打老虎，老虎钻着田地里，两个兔娃儿犁地哩。核桃树，　上抗（蹭）痒哩，摇得核桃猛淌哩，月里娃儿只抢哩。我说此话你不信，母猪婆拉了一车粪。大果子骑驴香水梨拉，长把梨跟上着背枇杷，楸子树底下说两句话，吓得牛奶头一串搭。

这类童谣，你自然是无法析出情理的。至于连我们至今也说不上啥意思的"花儿花儿看戏来，垢甲垢甲洗锅来"，就荒诞得难于解读了，那简直是"天书"。

下

童谣诚然是摇响在孩子们田地里的小铃铛；这天地并不仅限于亲情和儿童集群，孩子们视野的天地也拓展到目与耳能接触到的社会生活的各个层面。许多是同当地或方圆不远的地域、风俗习惯有牵扯的，而且渗透着民间的苦乐。比如这——

　　咕噜雁，扯麻线，一扯扯到阿甘县，阿甘县的大后生，穿的鞋子没后跟。　大大妈妈良心坏，把我嫁到年家寨，放牦牛，折蕨菜，住草房，没铺盖。我说不好他说好，牛皮窝子燕麦草。

这阿甘县（阿干镇），实有的；这年家寨，更紧贴着我们村。那"牛皮窝子"，是我们小时干活的男人用一块生牛皮泡软后，简单缝制的"皮鞋"，俗称"生窝子"，里面垫上燕麦草，防水防寒，充作冬令时节的棉鞋。

这类口歌，虽在孩子们口上叫响，不好说全合儿童的心境，它多着一些成人的情思。大人们把他们的愁怨、酸苦，他们的人生体味及经验，有时会无意识的传导给孩子们。

我们口上还有一首口歌：

　　儿哭一声，惊天动地；女哭一声，肝花落地；媳妇哭一声，妖声败
气；女婿哭一声，黑驴放屁。

　　状写为老人哭丧时因身份而异的浓淡情感。就有一种成人理念（或甚至是成
见）侵入儿童领域的感觉。奇怪的是，据说是1943年甘南民变的起事者们唱的
"可怜可怜实可怜，拾了个烟锅没火镰。可怜可怜实可怜，背的个钢枪没子弹"，
也唱熟在我们的口上，竟能唱出悠长的悲怆来。

　　欢乐之外，童谣也含有明显的幼教：

　　蹦蹦吃，蹦蹦吃，蹦蹦吃鳌了一个洞，娃娃要吃蹦蹦蛋，爷爷塞给
他一骨朵蒜。

　　这"一骨朵蒜"，有没有警告孩子不准打啄木鸟注意的意思？而对一泡粪的
珍重，似乎也可看作是农家的家教：

　　姑姑等（鸟鸣），娘家请。姑姑带的礼当重，半路上拾了一泡粪，
卧在丹桂根根下，长出一个金娃娃。

　　童谣，其实说到底整个是一把启智的文化钥匙。而一些谜语体的简易童谣，
则更直接，多在年龄较小的孩子间传播。"一根歪棍，人来先问"（水烟瓶）；
"一个木娃娃，人来先趴下"（炕桌）；"奇巧奇巧真奇巧，蹲着倒比站着高"
（狗）；"天上的灯，树上的碳，河里的柳叶儿泡不烂"（星星，乌鸦，小鱼儿）
一首；"壑壑山带帽（罩雾），不是今天就是明早（下雨）"，则是当地的气象知
识。而这首"辣佛乡的辣椒，佛乡辣到临洮；香临洮的盘香，临洮香到佛乡"
（佛乡，甘谷旧称），不只点出了两地的特产，还有点绕口令的味道，可以练练小
嘴巴的伶俐了。这些口歌，像一把小小的钥匙，开启着孩子们的智慧之门。一些
对社会是非的褒贬，也进入了童谣，比如这"吃亏人，常常在，便宜虫，死得
快"一类。

　　童年是在青草地上的匍匐、蹒跚，是无拘无束的小羊羔般的撒欢；童谣也是
青草地上的蹒跚和撒欢，无拘无束。它不知道逻辑为何方尊神。它因此也不遵循

逻辑的起始、延续与结尾，有时显出词语和思绪互不连贯的怪异。它的形式没有一定的规律和规范，甚至可以说是野草地上的撒野。有五七句，有四六句，有句式错落的散句；有叙说，有问答；多数有韵，朗朗上口。如这"古今古，打老虎，老虎恶，把刀磨，刀刃快，割青菜，青菜长，噎死张家的大母羊"，韵脚数换，但读来流畅、自然。无韵的，也童趣毕现，同样上口。

　　　走路走路腾腾，你是做啥的？我是担柴卖草的。你把我的瓜莫扳。你的瓜，有多大？我的瓜，才开花。走路走路腾腾，你是做啥的？我是担柴卖草的。你把我的瓜莫扳。你的瓜，有多大？我的瓜，三间房子放不下。

有动作，有问答，句式三、五、六、七字都有，活泼似腾跃于清水中的鱼儿。在被窝里懒睡的娃娃，与在灶上忙活的母亲，或姐姐，或奶奶的这种对答式谣曲——

　　　蛞蛞牛，到了没？糜面馍馍熟了没？没——熟。蛞蛞牛，到了没？糜面馍馍熟了没？熟——了。快吃甜馍馍了！

句式极不规则，也不押韵，极似随口白话。妙的是，一上孩子们的口，一用我乡的方言唱出来，竟都能唱得有板有眼，极为顺口，极有韵味，有一种憨敦敦的醇香。那末句应是孩子们的欢呼了，如见其形，如闻其声。顺便说一句，这首童谣中的比兴句："蛞蛞牛，到了没？"蛞蛞牛，即蛞蝓，爬行极慢的软体动物。用蛞蛞牛起句设问，是否含有孩子们嫌糜面馍馍熟得太慢的不耐烦？如是，这比喻便称得上精妙了。

　　像青草、泥土贴着我们的肌肤一样，童谣贴近着我们，我们贴近着童谣。谁造就了这些童谣？自然是这片土地上从事农耕的人们，它的浓烈的乡土味证明着这一点。但恐怕无法找到具体的原创者。同一首童谣，在邻近几个村童的口上，就有几种大同小异的版本，也证明着它创作的群体性，不断补充、修润，甚至改了基调的，时可觅见。但我相信，绝大多数是那些对儿童心理揣摩得相当透彻的，更多未必是识字人（当然会有识字的人），类似关中王老九式的大人们流出来的口歌。它的原生的纯朴，它的土腥味，以及夹杂着某种诡异的乡民们的机智，给童谣以活泼泼的生趣，也带些某些可以接受的粗俗。"八仙庙里的老道，半夜起来尿尿，我拿灯笼一照，把老道吓了一跳"，有点俗气。至于这"走走走，窜窜窜，一窜窜到金刚县，金刚县的牛肉面，吃来七碟子八碗半。出了店门跌一跤，把我的裤带绷断了。你看稀屎猛不猛？扬过四川的金鸡岭。七亩葱，八亩蒜，尻子里还加了多一半"，你就不能不说有点乡民的粗俗了。但尽管那扬稀屎的过了省界，肥了七亩葱，八亩蒜，似乎还说不上污染。我们那是唱起来，只觉得好玩好笑，如此而已。我想，这未必是编给儿童的口歌，更像是成人们的调笑令，但传到孩子们的耳朵里，也便成了童谣里一苗不太合群的、怪异的植株。要说不雅，应是大人们的罪过，孩子们造不出这等口歌的。但我们也不能轻忽孩子们的智能。有些童谣，也许就是娃娃们信口唱出来的"信天游"："嘎鸦儿嘎，你骑骡子我骑马"；"月亮月亮光光，赵家院里烧香"；"冬至节，骑的毛驴接姐姐"；"哭着哩，笑着哩，眼泪疤疤吊着哩"，以及一些捉弄人的小恶作剧："哄信了，鼻孔疙瘩肿硬了"；"光光头，抹上油，抹上屎，连脚跐"；"拉锯，拉锯，你来，我去，砂锅里炒屁"……此类常吊在我们口上的也多有不雅的顺口溜，应是孩子们中的精英能够编出来的。有一点，我还隐约记得，我们的口歌里，有一首我们喊了多年的最初也只两句的"孕老汉，睡在炕上吃搅团"，若干年后，扩张成了"孕老汉，睡在炕上吃搅团，搅团软了，孕老汉吊下脸了；搅团硬了，孕老汉吃出病了"。我想那可能是孩子们在玩乐中，谁随意一句"搅团软了"，带出了小天才们的续稿。遗憾的是，这其中没有我的份儿。

在我童年的印象里，流得很壮伟的渭河，如今渐渐消瘦了。我们村孩子们的欢乐场"官场"，也被乱七八糟盖起来的房院和茅厕、粪堆侵占破坏；再说现在的孩子们已不似我们那时日日邀聚了。山也在瘦，树也在稀，我印象里长满青草、断续草、开满黄黄蓝蓝灯盏花的湿地一块块消失，有些已经踩出浮土了；一方方长满毛蜡的水塘几已绝迹；给了我们许多欢乐、许多灵感的、我们幼时十分兴旺的鸟类家族已大为衰败，咕噜雁、嘎鸦嘎、喜鹊、野鸭、鹰鹞、水翠鸟、苏胡丢丢、火石当当……甚至小麻雀，或已绝迹，或已稀见；偶尔听得三两声姑姑等和布谷鸟孤寂的、近似伤情的鸣叫，便觉得有点失落。好在我乡美丽松山上一茬幼苗又茁壮长起；近闻我乡又改制为镇，镇子的改建已在规划之中，而中心便是我的那个大村。"官场"未必会有。童谣呢？穷僿年月是我们的享欢宴的童谣呢？据说有一些还在故乡孩子们的口上活着；但许多面临失传的危局。不过，我始终相信：童谣是乡野的续根草，尽管会有一茬一茬的变异，但它是不会消亡的。我的小孙女从幼儿园带回来的、据说是一位小朋友唱给他们的"我奶奶,买酸奶,太酸太酸没人买。我爷爷爱科学,骑的毛驴追飞碟",这类城市童谣,已现与时俱进的端倪,飞碟的楔入有点儿现代味儿了,但毛驴还存在。新与旧,城与乡,就这么搭接了。不是吗?变化着,但生存着;自然,也淘汰着。

温习儿时的童谣,耳边隐隐有天籁缭绕。在文化生活极度贫乏的那时的山乡,童谣是唯一喂养我们的另外一种粮食,给我们快乐,给我们多种熏陶,使我们的童年过得相对的充实而生趣。我想,没有那些给孩子们带来欢宴般快乐的童谣,我们偏僻乡村孩子的童年会是何等的寂寞啊!那甚至是人生一个重要时段的文化缺陷。

◎白晓霞

白晓霞,女,藏族,甘肃天祝人,文学博士,兰州城市学院文学院副教授。曾在渭源县挂职任县政府副县长。在《散文百家》《西藏文学》《甘肃日报》等杂志报刊发表散文40余篇,著有散文集《白姆措的眼睛》。曾获过甘肃省高校社科成果奖、甘肃省民间文艺百合花奖、首届学术理论奖、甘肃省黄河文学奖、甘肃省少数民族文学奖等奖励。社会兼职有甘肃省民间文艺家协会副主席,甘肃省文艺评论家协会理事,甘肃省作家协会会员。

请你来渭源过慢生活

渭源,踏踏实实地睡卧在甘肃的心腹之中,小小的城中流淌着一种天然的安静味道。隔壁的卓尼有着民族风,对门的临洮有着彩陶罐,渭源的天与地却淡淡地微笑着在风来雨走中稳稳当当地舒展着每一寸筋骨,在渭水源头的绵长岁月中游刃有余地自我成长着,如一张底蕴深长的黑白老照片,显现出源头小城骨子里带着的一份大气与沉着。从这里出发,渭水流过了无数的市廛栉比、灯火万家,但作为源头的小城渭源却并不理会外面的喧嚣、浮躁、动荡、纷争。党参在大地的深处墩实地长着,马铃薯的花朵在大地的风中优雅地笑着,城里城外的人们心性良善地在大地强健的胸脯上从容安静地走着,彼此打招呼用的温软的方言开启了渭源光亮亮又暖烘烘的一天。这些文化元素就像笼着轻纱的梦,使渭源从里到外、从上到下透着一种"岁月静好、现世安稳"的慢生活味道,就像这里巧手的媳妇耐心做出的小吃"搅团"，一遍一遍气沉丹田力道匀称地搅动着，在"搅团若要好，三百六十搅"的恬淡心境中，慢生活的饭可甜可酸、可浓可淡、可多可少，细嚼慢咽地吃着每一口饭的男人和女人用心地在阐释敬天爱人的朴素伦理。是的，渭源人是易于满足这种自食其力的慢生活的，它真实而踏实、鲜活而敞亮，"洋芋蘸盐，赛过过年"的自我笑谈是关于这种表面朴素实则深厚的生活哲学的最好总结。于是，小城的文化心脏便天长日久地被一种"和合"的底蕴温润着、淘洗着；于是，你的心，便也一下子松弛了下来，人世的纷争、生活的险恶好像全部进入了时光隧道并且迅速地向后退去而终至消散，昨天还近在眼前的乱蓬蓬一团糟的江湖也瞬间成为一个可以一笑而过的传说。假恶丑走远了，真善美是小城渭源永恒的频道，夫妻的相敬如宾、邻里的夜不闭户、你我他她的温暖相处，如饱满渭水，在这个淡远的源头小城中清清浅浅地流动着。渐渐地，人性的桃花源蓬蓬勃勃地在这里长了起来，明媚的太阳光与灵动的鸟鸣声布满了整个天空，照亮了每一颗渴望幸福安宁的心灵。

第一天早上，在渭源的夏日晨光中醒来时宛如身在早已打开的一幅画中，渭水轻流灞陵桥静卧，还有高楼大厦的间隙处那一排灰瓦老房子没有言语，那境况，像极了齐白石的《蛙声十里出山泉》，透着一种水灵灵的味道，画儿早已打开，墨迹却仍有一些水意，在那里恬淡耐心地等候着来看画的有心人。慢慢看，慢慢品，咀嚼中滋味方显，品位方出。正如街上正在忙碌的人们仍能够坚持用轻轻的脚步走路，用软软的腔调说话，带着一种优雅的节制，一种自然的放松，就这样，它们一点一点浸透着你渴望慢生活的心，人心在渭源就这样被流淌在日常生活中的谦让与克制养就着，重新回到了人性最原初的和、清、静、寂之中。来到渭源的第一个黄昏，与老君山猝不及防又顺理成章地相遇，那氛围平坦安详又似乎暗含情意，在黄昏和煦的小小的风中一眼望见的是漫山遍野的绿与红，不知名的野花开得甚是香艳，而洋芋花则以内敛的淡紫或粉白显出几分大家闺秀的韵致。一时间，在浅浅的温情与浓浓的绿意中有一种发自内心的快乐喷薄而出。你可能会忽然想起，林语堂在《快乐的问题》中把这种类似于"天气晴朗的春日的野游"感觉称之为"显而易见的享受"，但在我看来，这种享受在今人的心中并不易得，它需要心灵后台的极大安静，有时，甚至得从欲壑中全部清零，这之后才有可能体会到一种从容的快乐，恰如在一块洁白的幕布上去写写画画。风轻云淡、安乐知足的渭源赐予了我们这样的人性白布，让你获得了一种通灵一般的幸福。精神澡雪之后的你如果再去莲峰山，在满目苍翠中，这通灵之感将扶摇直上，冥想是此时最好的选择，莲花一样的山峰坦然地向天空张开了健硕的臂膀，一台、二台、三台、四台、五台、后五台、皇洞、老君山八山环绕林立，最小的第九山石家庵居中略小，你便想他是"妙莲之心"好了。庙宇寺院是人心给山脉注入的血液，儒释道合一的人文胜景已带给你多样的感觉，然而这山上最奇妙的，是一个关于货郎神的传说。话说有一个勤劳精明的货郎，肩挑货担，走遍天涯，他一直以利益的最大化为人生最高的理想，然而，在翠色掩映的莲峰山，他突然醍醐灌顶，明白了取利于人间的深重罪孽，于是他遁入空门，在打造好的石窟内开始了修身养性的生涯。来莲峰山看看这个货郎吧，阅尽人间黄金春色，却最终在渭源的秀山丽水间修得了无价的清明心智。行走、冥想，风光旖旎，洁净的思想将如纯正的白色奶汁一样汩汩冲刷着我们早已经过于疲惫的躯体，并带着灵魂觉悟后的清与静流向广袤的大地和远方的河流。草青人远，你我皆神，这就是渭源慢生活的真谛和意义。

夏渐远矣，渭源秋天的颜色渐渐多姿多彩起来，如大自然的调色盘被意味深长地打翻。在这样的秋色中想起伯夷和叔齐，可能又是另一种宿命。如果你有暇，一定要去拜谒二人留在渭源的双冢，什么也不用说，就在风中静静地站一会儿，感受恪守忠义的品质在人世间默默流转。这两个苦难的兄弟，都不愿意为王，于是连王子的身份也放弃了，他们以书生的道德劝导着武王，却差点儿送命，心意就渐渐地淡了，感叹着："今天下暗，周德衰，其并乎周以涂吾身也，不若避之，以洁吾行。""隐居首阳，不食周粟"的"求洁而避"的个人选择带来的是衣食无靠的悲惨结局，最终，二人以一种俗人笑之的方式在渭源首阳山终结了生命，是愚是忠还是洁？在二人芳草萋萋的坟墓前，也许，你会想到誓死捍卫法律尊严的苏格拉底，被判刑的苏格拉底严正拒绝弟子和亲友的助逃，从容服下毒堇，只因为是法律判了自己死刑。1789年法国著名画家雅克·路易·大卫创作了油画作品《苏格拉底之死》，那瘦弱的苏格拉底与殁在渭源首阳的伯夷和叔齐何等相似！清癯的是肉体，不老的是灵魂。整洁的自持，沉默的自律，这样的启迪在喧嚣的今天需要慢慢地去想，这缕朴素的不为表演而存在的道德之光，恰似因阳光先照而得名的首阳山，至今还在以某种坚持的力量闪烁跃动着。

除了道德这样的宏大命题，在渭源的慢生活中，你可能还会认真地想一想爱情这样的浪漫话题，渭源人对爱情的解释是含蓄的，有一些秘密就隐藏在穿境而过的鸟鼠山中。人们说，鸟和鼠原本是一对恩爱的人间夫妻，妻子勤劳智慧，丈夫懒惰愚蠢。有一天，早起担水的妻子无意中救了渭河龙王的家人，她来到龙宫接受报答，不要金，不要银，只要了两把花扇子和两颗玉石。上岸时，守候在河边的丈夫不喜欢花扇子，接过两颗玉石仔细观看，而妻子的两只手却无意中打开了两把扇子一下子飞到了空中。着急的丈夫为了腾出双手拉住妻子，只好把两颗玉石含到了嘴里，长出了一对尖利的牙齿。妻子变成了鸟，丈夫变成了鼠。可是善良的妻子仍然心念旧情，过一段时间便到洞中去与虽然懒惰却让她不能忘怀的丈夫相会，同住一穴，是谓"鸟鼠同穴"。仔细想来，这个故事有那么一点女权的色彩，彰显着女性的智慧、善良、隐忍，甚至还有一种忠义的精神。其实，在生产力低下的母系时代，女性创造着生命，也在很大程度上规范着家庭的秩序，对丈夫的忠贞与心疼便是一种有效的治理社会的良药。时过境迁，故事中那个懒惰愚蠢的男子已经变成了形态丑陋的小老鼠。这个朴拙的故事，启迪着我们在今天思考关于爱情的诸多话题，金钱挡住爱情的路之后人性将势必被逼进丑陋与无奈的陷阱，鸟鼠的变形记其实是为了钱而发生的，渭源的慢生活坚守着不要为了金钱而变形的最高真理。这个传说还有一个异文，说所谓的"鸟鼠同穴"指的是一个东西，它只是一个时而为鸟时而为鼠的怪物，这样的说法又从另一个角度强调了不要为了金钱而变形的道理。

在奔忙的浮躁心境中与渭源相遇，应该是一种宿命的福气，注定要认真地去想、去走、去做，这一路都是饱满虔诚的认真，每一棵树不再成为路边呼啸而过的陌生，每一只鸟也不再只是窗外隔着车玻璃的远景。它们都将以某种隐秘的哲学力量如海水一般涌入你生命的大草原，并且让你慢慢地、自然地出苗、开花、绽放、结果。秋去冬来时，你将收获整个人生，漫山遍野，花木葱茏。

来渭源，在渭源，走渭源，慢慢生活，慢慢想。于是，日子山高水长着，你的心桃红柳绿着。

渭源的树

圣诞夜，渭源的天气很冷了，心中的那些树却依然绿着，就像西方人喜欢的圣诞树，那是一种精神上的青春常在。

来渭源时，我带着一本《山海经》。

隐约记得，有学者推测《山海经》的成书时代最早可推至大禹时代，渭源也因为"大禹导渭于鸟鼠同穴山"而与大禹有了文化联系。我便想以《山海经》这部"千古奇书"以"奇"为特色的浪漫方式接近渭源，就像明代杨慎在《山海经后序》中谈论九鼎图时所说："此《山海经》之所由始也，……鼎之象则取远方之图，山之奇，水之奇，草之奇，木之奇，禽之奇，兽之奇。"当然，这种想法在很多时候都是我一厢情愿的创作联想，但是，面对现实中的山水草木飞禽走兽时，我又真的不想太理性。

就在这样的矛盾中开始了一种行走和阅读。

读得少，走得多，书还没有读完，已经看到了很多渭源的树。

有一棵帝王的树。公元前220年，始皇帝嬴政27年，秦始皇穿越渭源的鸟鼠山和关山去西巡。于是，一个温和的小城便与一个强悍的帝王有了一种命定的缘分。秦始皇沿着长城的曲线来到了今天的清源镇，在这里接见了戍边的将士，这只是他无数次炫耀功绩或者了解民情的行走中的一次，谁都已经不能确定他日后是否还会记得这个叫首阳的小城，但是，帝王的行走之风却吹得整个小城热血沸腾，于是，那些终年寂寞的将士在他住过的地方建了秦王寺，院子里那一棵普通的柳树便也华丽地转身，以秦王"拴马树"的新名字被渭源人热忱地记忆着。那棵柳树，分享了帝王的荣耀之后早已湮灭在岁月的风尘之中，但他离去的身影却仍然活在百姓讲述的传说之中，人们甚至因为不能再见而更为想念。

有一棵神仙的树。孤独又伟岸地长在五竹寺对面的山坡上，近二十米高的古华山松，传说有神仙在树的位置静修过，得道的神仙飞升后树才生长了起来。也因为这个原因，树被人们景仰着，树上的枝叶甚至周围的泥土都成了宝贝。

有一棵英雄的树。首阳山的马武挂鞭树，传说东汉杨虚侯马武征西羌时，曾驻扎在山下，他每次上山时都会将马鞭挂在这棵细叶云杉上，后来这棵近两千年树龄的大古树就有了"马武挂鞭树"这样一个大俗大雅的名字。我不知道，马武是骑着马挥着鞭上山呢，还是只带着马鞭倒背着手上山呢？想来，多数时候，真正的英雄都有一种理性的孤独，普通人无法理解他超拔的心意，而随身的一些生活物件反而有可能成为他苦闷时的知己，风中，雪中，他是否曾在这棵树前高喊过诸如"赐予我力量吧"这样的句子呢？而这样的苦闷，只有他的马鞭能懂，只有挂马鞭的树能承载。千年岁月已悄然而过，今天的种种猜测都显得浅薄，倒是那树独自站立着，确实有几分英雄气概。道教皇洞前的那九棵古青秆，则被老百姓喜气洋洋地想象成玉皇大帝的女儿，说得有鼻子有眼，虽说是民间盼望被佑护的功利心思的体现，但也是老百姓渴望幸福生活的朴素信念的体现。更何况，对学者来说，传说虽不是信史，但其上所承载的民间传承心理还是能为揭开历史真相提供一些蛛丝马迹，树和它的故事应该也能为研究道教在渭源的传播路径提供一点线索吧。

　　还有两棵夫妻树，至今还养在秀峰山上的深闺里。多数时候，这种绿色的爱情只被渭源本地人秘密地相思着，也是一种含蓄的情致吧。忠厚善良的渭源人以某种可贵的矜持守望着传统的爱情观。两棵松树底部连为一体，长了2米，就分开了，又长了7米，再度相合，从此永不分离。这样的树形多么像夫妻间各个阶段的磨合啊！年轻时虽浓情蜜意却免不了相互吵闹，中年时虽走向衰老却才能够相濡以沫，最终以最合适的距离彼此相依相爱，风来、雨来、雪来、雾来，都以永不降温的深情互相对视着，眼里的情意站成了四季的风景。树生长的环境也算是很好的了，高高的地势托着两棵树，有一点超脱的味道，它们绿色的眼睛又一起深情地望向了深深的山谷，颇有些"除却巫山不是云"的感觉。树的位置离大路不远，偶尔瞅一眼世俗的热闹，但又含蓄地隐在其他乔木的后面，心里只想着自己的爱人。天高云淡着，你我相依着，成熟的爱是互相给予对方的欣赏和信任以及由之而产生的真正自信。在这样的景致里，舒婷的诗歌《致橡树》都竟然显得有一些简单高调了。

　　几棵树长成了一个世界，帝王、神仙、英雄、相爱的夫妻，以不同的角色、性格与命运流转在茫茫大地之上，不同的是时代，相同的是时光，公平的和不公平的又是什么呢？渭源的树竟然将这个复杂的世界做了某种寓言般的深刻描写。

　　在林木间走着走着，偶尔也会想起《山海经》里的一些话。比如《山海经海外北经》里的一段："欧丝之野大踵东，一女子跪据树欧丝。三桑无枝，在欧丝东，其木长百仞，无枝。"反踵国的人脚是反转长的，走路时行进的方向和脚印的方向是相反的。在它的东边有个叫欧丝野的地方，有个女子跪在树旁吐丝。在欧丝野的东边，有三棵七八百尺高的不长树枝的奇怪桑树。书里的种种景象令人称奇，在万物生长的地方就有人类想象的翅膀，与自然的这种无羁对话是写作的人赐予读者的一种无边无际的幸福。而渭源山上的种种奇树又让我相信《山海经》不是空穴来风。

　　虽然不想太理性，但是，职业的习惯却又让我不能不去想这些树的生态作用。比如华山松的生态习性较喜光，不耐寒及湿热，稍耐干燥瘠薄，喜温和、凉爽的气候，于是，适合这种种条件的秀峰山就与它你情我愿地相携相伴了几百年。直到今天，那难分难舍的情意如骨骼俊朗的少年和他迎风婀娜的恋人，当风吹过的时候，这种自然界的完美搭配就会产生清新的空气，仿佛在为人类上着最生动的生态课。

偶尔，我为自己缺乏关于树的专业知识而感到沮丧。因为，博物的多识之学是践行生态理念的学术背景，不了解大自然又怎么能去爱它呢？可惜功利忙碌的现代人多数以没有时间去学习这样的借口放任自己缺乏博物知识，包括我。对大地上的草木鸟兽、金石矿物充满知性的喜悦是中国文化美好的传统，山林之行会让灵魂丰满，博物的体验会打造我们豁达悲悯开阔坚实的品质。更何况，偶尔的近山忘人是一种治愈诸多社会病的有效药物。再何况，短暂的人生本来就是一种自我修炼、自我修复的哲学境界。

因为心里有这些树，冬天的梦中也满目苍翠，醒来的沧海一笑，是春的期待，但愿那时的我能开始写一部渭源的"树经"，这个愿望将长久地温暖着我，就像关于圣诞树的那个传奇故事的动人结局："年年此日，礼物满枝，留此美丽的杉树，报答你的好意。"

中秋月白五竹寺

想写渭源的五竹寺已经有一段时日了，这份牵心的等待在中秋时节终于有了一个结局，月白五竹寺，人约秀峰山，这应该是冥冥之中的一份福气。

中秋只是一个特殊的时间节点，其实，整个秋天都是我很喜欢的时间段，不是因为收获，而是因为不冷不热的适宜温度让你的筋骨和思想都能够得到充分的舒展，可以去合你心意的地方随意地走一走，同时，如果你愿意，也可以仔细梳理一下自己的平凡生活，今年是怎么过来的，明年将要怎么过。气候适宜，意绪充盈，心怀坦荡是也。

今秋，这种盘点自我的从容和深刻在五竹寺得到了一种启动。

在五竹镇落满野花、缀着红果的山路上走一小会儿，五竹寺就出现了。满地的一叶九孔水荷叶铺陈着美丽，满山的一束五针华山松张扬着俊朗，推开寺门，秀峰山就猛然以大写意的手法扑面而来，既秀且雄。你竟会为这份久别的略带浪漫气息的静穆氛围而起一些慌乱，担心会与传说中的俊秀挺拔如美少年的五色竹子突然相逢，而你还没有准备好问候的言语。回眸中，渐渐西下的夕阳仍然绚丽多彩，如那个落难的皇帝一样，在五竹镇留下了他五色纷呈的艺术化的人生插曲。

传说，五竹寺是明代建文帝和遗臣郭节落难后栖身的寺院。朱元璋去世后，天下乱了，在争夺王权的过程中，建文帝落荒而逃，循着祖父指明的出家为僧的路竟然一路仓仓皇皇就来到了渭源秀峰山，郭节在这里亲手种植了红、黄、白、绿、蓝五色之竹，将寺院取名为五竹寺，他削发为僧，自称"五竹僧"。

今月也曾照古人，但今天生活在五竹寺近旁的淳朴村人却在讲述着另外的中国故事。

他们说，很久以前，人人皆知五竹寺近旁的山上埋着两大缸金银财宝，但是无法考证其具体的位置，只有一个广为流传却始终无人猜出的谜语让人们动心："十领九合叉，缸叉里面两缸叉，行人不信，柳大爷挣下（即占有金钱的意思）。"后来，有一个聪慧博学的读书人破解了谜底："领"是衣服领子的长度，"合叉"是衣服下摆开叉处被拉开以后的长度，这句话的谜底是一个距离长度。于是，准确测量出了埋藏宝缸位置的读书人，独得埋在柳树下的金银。据说，现在还能在山里看到那两个缸体留下的淡淡痕迹。我初听这个故事时就觉得很有趣味，仔细一想，这仅仅是一个关于"财富"的传奇故事吗？我觉得不完全是，它其实更是一个关于"知识"的严肃话题，是"书中自有黄金屋"的民间表达，渭源崇尚知识的民风以这样一种略带幽默的方式得到曲曲折折的诠释，智慧含蓄。记得鲁迅的小说《白光》里也有一个类似的情节，只是谜面不同："左弯右弯，前走后走，量金量银不论斗。"我不知道这谜语是不是也来自浙江民间，如果是，鲁迅把它拿来讽刺科举制度，肯定是对民间原始情怀的一种改写。

其实，渭源人崇拜知识的这种绵密情结在很多时候外化为对读书人的尊重。比如，1937年2月，学者顾颉刚曾来渭源发展当地的教育事业，时任县长的李怡星骑着自行车出城门去迎接顾先生，老百姓们更是万人空巷地去欢迎，希望自己的孩子能够成为像顾先生一样有学问的人。知识分子与民间草根的这种心灵对接，穿越彼此截然不同的生活背景而相遇在了对知识的共同崇拜上，可谓感人。当年，顾颉刚还于迷离风雪之中前往五竹寺观赏了具有"晕蓊之趣"的"十万株松树"。今夜月下，依旧苍茫美丽的松林应当还记得这段知性美丽的故事吧！还有令渭源人不能忘怀的哲学家汤用彤，他1893年生于渭源县，后来成为中国学术史上学贯中西的国学大师。汤用彤的父亲汤霖百年前在渭源任知县时留下了重教育、改陋俗的佳话，年幼的汤用彤在渭源留下了玩耍和学习的足迹。季羡林曾这样评价汤用彤："汤先生的人品也是弟子们学习的榜样。他淳直，朴素，不为物累，待人宽厚，处事公正。蔼然仁者，即之也温。"想来，"温"的确是渭源文化很重要的内核。也许，这种精神品质在大师的童年时代就已经初埋胚芽了吧！

月下多思，还听到了一个"疙瘩泉"的故事。都说其水冰而甘甜，这倒也没有什么特别神奇之处，可是，它的不凡是偏偏与"孝"联系在了一起。村里的老人临终时以喝上一口疙瘩泉水为最大的心愿，而在民间的价值体系中，这一行为也早已成为检验儿孙是否孝顺的试金石。可能是虎狼出没的夜晚，可能是寒风呼啸的清晨，孝顺的儿孙一定要用脚丈量苍茫山路，用肩背回一瓦罐疙瘩泉水。这，还能是一般意义上的"水"吗？再回到郭节修建五竹寺的传说，渭源民间文化体系还是将自己重孝重情重义的内核在五竹寺的传说中进行了某种暗示。试着猜想一下，在建文帝和郭节患难与共的流亡岁月中，君臣的森严等级早已消散，沉淀下来的倒真的有可能是真真切切的兄弟一般的平等感情，都说"平安盛世白头易"，而艰难岁月里的相濡以沫才是万金不易的。再试着猜想一下，原有的贵贱有别的身份秩序被打破了，是什么样的一种力量才使得君臣二人重新构建了一种和谐的人际生态呢？也许，秘密就在五竹寺那种虽平淡却平等的种树养花、粗茶淡饭里。从古到今，中国的君臣落难之事多矣，比如"割股奉君"的介子推，他对晋文公血淋淋的忠心却如寡淡淡的浮萍一样，没有结下基于人性原野的厚实情谊，只得到一个来自功名利禄的苍白许诺，后来，最终被烧死在绵山里。"但愿主公常清明"的诗句解释了一个节日的来历，而那份"所托非人"的千古伤心又能在哪里得到宣泄呢？如此想来，五竹寺清清淡淡的文化内涵其实是暖烘烘的，包含着多姿多彩的内容，在这里，你看到了君臣的忠、朋友的义、兄弟的悌，五竹多义，秀峰多思，漫山的花木如缤纷的中国哲学世界，耐人寻味。也许，渭源的老百姓更愿意相信狼狈落难时"你是我的兄弟"这样的君臣关系，因为它让我们作为人的尊严如五竹一样茂密地生长了起来。

行走中发现，也有个别的人知道建文帝和郭节的故事，但多数模模糊糊，他们也并不细究，只是简单地说有一个皇帝曾经在我们这里住过，和我们吃过一样的水。我也没有细究，我一直认为，帝王的生活真相只能是以某一种高妙的方式影影绰绰地存留于文字之中，不可不信之但绝对不可尽信之。其实，这样也是好的，毕竟他们是一类特殊的人，任你妙笔生花，隔着身份的坚硬屏障，也根本不可能将其原形还原到世俗生活之中，就让他那样在那儿吧，干卿何事呢？五竹寺的传说也只是文化幻影，它被百姓用一种自己的方式重构着、转译着，想告诉我们的，只是普通人对平凡生活幸福的简单初心理解：为了这块土地曾经有过的荣耀好好活着；或者是：这是一块多么吉祥的土地，他将继续为我们平凡的人赐福。至于竹子"五彩是古天子之气的象征"这样的高冷说法，民间倒好像已经轻轻地忘却了。上述的朴素信念其实具有很强大的心念力量，它养就了百姓对天地的敬畏之心，有时候，还有一点点励志的味道。这，可能就是隐藏在五竹寺的人文秘密吧。

突然觉得，月白五竹寺的景致是应该画出来的，寺与画本有着天然的文化血缘，更何况五竹寺的三宝殿曾有过唐代吴道子所画的充满灵气的壁画（后均毁于明末兵燹）。千载而下，或许五竹寺在安静等待一个像北宋时的惠崇和尚那样懂他的智者吧，《图画见闻志》中记载，惠崇和尚擅长画景："寒汀烟渚、潇洒虚旷之象，人所难到。"而这种潇洒虚旷之象正是此时五竹寺的全部韵味，突然又觉得，有一个叫"青雀"的词语（秀峰山是青雀山的支脉）颇能表达这种味道。

月色游弋，五竹寺和他周围的村庄明亮洁净，如一个生态和谐的童话世界，点点滴滴，丝丝缕缕，褶褶皱皱，都在以自己的朴素方式诠释着"幸福"的内涵，知识、财富、孝顺、情谊等话题就如洁白的珍珠一样自然闪烁在夜月之中，人心曾有过的迷惑、失误、不快乐将被余光荡涤着渐渐远去。渺小的自己、伟大的自我，五竹寺上空月光的长河化作理智的光芒，渐渐注入渴望平静的心灵，这也许是凡人盼望的喧闹节日赐予人间的最好礼物吧。

◎徐化民

徐化民，号谷子，男，汉族，1935年8月出生，甘肃省渭源县人，高中文化程度。甘肃省作家协会会员、甘肃省书法家协会会员、甘肃省诗词学会会员、群众文化学会会员。有散文、小说、诗词、剧本等文学作品100多篇散见于省内外刊物。编著有《莲峰山风土录》《渭水源头》《渭源史话》等，曾主编《渭源县志》。

壮哉！渭水

青灯夜挑，阅古今。关陇山太华、西倾；慨当年，鸟鼠声毕，《尚书》《山海经》。禹功矻矻，四载霜履，浩浩洪水襄陵。

英雄事，凭记忆；遏天浪，激古今。要一往澎湃，一千八百。挽河伯风陵，一十六朝观废兴，沧桑风云悯生民。海若！应雅量，相倾心。

以上是憩夫《渭水曲》一阕。

渭河，是黄河的最大支流。发源于渭源县鸟鼠山，带着洪荒的流云，理想的灵光，从古老流向未来，从高山走向远方，经流甘肃、陕西两省数十个市县，流程818公里，横贯陕西渭河平原，容纳大小河流267条，流域面积13.49万平方公里，惠及陕甘两省，是中国最古老的河流之一，是中华民族的母亲河。

渭河的发源地鸟鼠山历史悠久，地势高峻，是一块神奇的土地。中国最古老的地理神话奇书描绘了此山古老、邃密及其绰约缥缈的神姿仙态。《山海经》中记载鸟鼠山"其上多白虎、白玉，渭水出焉，而东流注于河，其中多鳋鱼，其状如鳝鱼，动则其邑有大兵"。郭璞注曰："今在陇西首阳县西南山，有鸟鼠同穴，鸟名余鸟，鼠名突鼠。突鼠如人家鼠而短尾，余鸟似燕而黄色，穿地入数尺，鼠在内，鸟在外而共处。"《尚书·禹贡》载："导渭自鸟鼠同穴"。郦道元《水经注》云："渭水出陇西首阳县渭谷亭南鸟鼠山。"鸟鼠山来龙于昆仑西倾，进入渭源后始称"鸟鼠"。北延东迤直至陇山结束，成为甘肃中部一条主要山脉。鸟鼠山是一位慈母，孕育了一双儿女：渭水、滥水。东山凹谷岔里所出的水称禹河、清源河，南山锹峪峡所出水称南源。三水合流，始称渭水，西山岖沟涧中流水称滥水，流入洮河。历史上鸟鼠山是由中原通往西域的边塞要地，亦是丝绸之路的必经之地。

渭河是一条流水的河，也是条凝聚时空、见证历史的河。它千曲百折，穿越于甘陕苍茫大地。清流静漪，诉说着天地间往事；敛滟波光，闪烁着人类智慧的光华；崖岸河床，沉积着中华文明的熔铸与结晶；惊涛骇浪，激发着中华文化的轰鸣，回荡着历史的回声。

渭水源头，古长城在她身旁屹立，守候着她的风鬟雾鬓、纤纤身影。历经萧萧风雪，苍茫战云，两千多年的岁月，仍然不肯一改情愫。

公元前21世纪，大禹带着他的人马导渭自鸟鼠山，疏通了灾害多年的洪水，开发了这片土地。周安王十八年（公元前384年），秦献公马跃疆场，兵临渭首，奠定了强秦之基，留下人类古老的军事遗迹。公元前220年始皇帝嬴政西巡陇西郡，登上鸟鼠山，巡视边防，视察长城，给这里留下了美妙的传说。据《北史》记载：公元561年渭邑大旱，鸟鼠山烧当羌因饥作乱，渭州刺史豆卢勣到鸟鼠山视察灾情，抚拯羌人。马蹄践处，飞泉喷涌，灌田润苗，解民疾苦，华夷悦服，即生歌谣曰："我有丹阳，山出玉浆，济我人夷，神鸟来翔。"遂号其泉为"玉浆泉"。其后的隋炀帝西巡，鸟鼠山狩猎，武阶驿召见吐蕃首领吐谷浑节度使，君臣赋诗联语，记其盛况，都在鸟鼠山留下了光辉的篇章。又如诗人庾信、宇文逌、王维、高适、岑参、王之涣等人的诗篇，又给此山披上了文学色彩，使她更显浪漫辉煌。

渭水由鸟鼠山发源，带着她的柔情，带着她的梦幻，带着她的剽悍，穿山劈石，穿流大地，创造出灿烂的历史诗篇。

人类文明的历史，都离不开河流。而渭水，更是孕育了几千年的中华文明，浇沃了华夏民族的文明之章。中华民族的始祖伏羲在这里仰天俯地，始画八卦，升起人类文明的曙光；周秦祖先，在这里诞生，民族在这里发展壮大，建立了被后世称颂的王朝；汉唐盛世，明清至今，在渭河流域这片土地上谱写出灿烂的历史乐章。

渭河以她慈母般的爱心，滋养着两岸生灵及万类万物。陕甘两省的13.49万平方公里的土地，沿河一带渠道纵横，灌溉有序，农作物出产丰富。最有名气的灌溉工程有"泾惠渠""渭惠渠""洛惠渠"等，保障了八百里秦川的千古富庶。古之秦陇，是真正的"天府之国"。

野花儿赞

花，是我们非常熟悉的东西。每个人都对花有着自己特殊的感情。有人把花比作友谊和爱情的桥梁，喜欢采一朵鲜花，戴在情人的头上，或者送一束鲜花到朋友的病房，有人常以花比喻美好的事物：天真烂漫的孩子，比作可爱的花朵，美好的前程，比作如花似锦。人们常常手捧鲜花欢迎贵宾，挥舞花束庆祝节日……。花呵，何时不表达我们美好的感情！就是在硝烟弥漫的战场上，那守卫在战壕里的战士，也深情地爱抚着开放在地上的鲜花。

工作之余，我应一位朋友的邀请，去他家赏花。

一进门，就有一股雅风清香迎面扑来，使人心醉神怡。小小庭院，干净整洁，一座不大的花园坐落在中央。花园里种满了各种异草名花，有的正在盛开，有的含苞待放，有的虽然花已开罢，但繁茂的枝叶仍散发着余香。

主人滔滔不绝地对我介绍：国色天香的牡丹，象征着富贵；傲雪报春的梅花，象征着高尚纯真；傲霜怒放的菊花，象征着清高；芙蓉和蔷薇，代表着贞洁的爱情；百合和玉兰，象征着光明与和平……

听着朋友的介绍，看着满园的名花，我不禁想，多少人对这些名花异草，精心栽务，珍爱异常，历代有多少名士大家，赋诗填词，挥笔作画，歌颂于她。可是，在我们的土地上，在我们的生活中，还有成千上万的无名野花，她们虽有美丽的外表和明艳的色彩，却不容易被人们注意和重视。那些美丽的野花儿，不选择环境的好坏，不理睬气候的变化，没有人浇水施肥，没有人讴歌赞颂，但是她们却永是天天生长，年年开花，以其美丽的花朵、娇艳的色彩、醉人的清香，装点着祖国的山河，清润着人间的空气。她们既能够给人以"进山看花迷归路，归来更觉香润肠"的精神享受，又能作为重要的中草药，解人疾苦，造福万代。

去年夏天，我被分配去农村工作，住在渭水源头的一个南山沟里。那里真是山清水秀，野花遍地。那些盛开的野花儿，千姿百态，争奇斗艳，芳香浓郁，引得蜂鸣蝶舞。我虽然叫不出所有花的名字，但我总觉得她们都很熟悉，朵朵可爱。有一天，我和一位老农信步村外，在小河畔的一块草地上，我无意踩了一棵小白花。我刚一抬脚，老人就说："满天星!"

"满天星?"我不解地重复一句。

老人顺手从我抬脚的草孔里折出一朵小小的白花来，笑着说："她叫满天星。"

我从老人手里接过她仔细端详。此花虽小却有六个花瓣，重叠成个伞形，长得倒很秀致。

老人说："稠密的小白花，挤在草丛里，放射着光彩，你看她多像天上的星星。"

老人又接着说。"这花儿就是这么个脾性，长在河边路畔的草丛里，不容易看见。常被人踩牲畜踏。踩倒了，她又长起来，照样开花。你看，这花虽然被你踩了一脚，但她还是好好的。"

我开始敬佩这些小花儿的精神。

"她还是很好的中草药"老人进一步向我说明。

"她能治什么病?"我随便问着。

"肝炎!"

"肝炎！"我一阵惊喜。因为我是慢性肝炎患者。

老人看我问得很认真，就向我介绍了情况：

这村里有位姓刘的老汉，一辈子好医入迷，擅长用土法验方治病。每当劳动之余，就去山里采集研究中草药，他制成的七粒散、一里经、还阳丹、骨灵药丸，还真能解人之危，可谓药到病除。前几年，他就用这满天星治好了许多肝炎病人。可也不知怎么惹怒了一个"造反"上来的书记。说他是"和赤脚医生唱对台戏，破坏新生事物"，召开了批判大会批他，并宣布：一不准刘老汉再给人看病，二不准上山采药，三不准群众和刘老汉接触。一直到"四人帮"被粉碎了，刘老汉才得到了解放。

当天晚上，我怀着崇敬的心情，拜访了刘老汉。这是一位年过七十，白发苍苍，和蔼可亲的老人，穿一件大襟农民服，住一间简单的小瓦房。院子里栽满了野花野草，充满着清香。桌子上放着各种草药纸包，炕头上摆着《本草纲目》《皇汉医学》《验方集锦》等等。待说明来意，老汉热情地接待了我，经过号脉诊断，开给我一张以满天星主君，附以茵陈、柴胡、桂圆等药的处方，并亲手配成汤药二十剂。当我向他询问药价时他笑着说："我采药治病四五十年，从来没有向任何人收过钱，因为我不是为了靠这个谋生，我是为了寻找这些治病的宝啊！"

服药一段时间后，果真见效，我的肝炎好了。当我再次到刘老汉家去感谢他的时候，老汉谦和地说："感谢什么，你看这小小的满天星也是献身于人类，为人民造福。作为一个人，难道还没有一株野花的精神？"

今天，在这朋友的小花园边，我又想起那小小的满天星，相比之下，她们更有异彩，更使人敬重、挂怀。真恨自己不是一个诗人、歌手，不能以这真诚深切的感情，为我崇敬的野花儿唱支赞歌。

野花儿呵，你这大自然的光彩，愿你更加鲜艳，永远盛开……

◎李德清

童年趣事

渭源县城以北那道赤红色的土山，叫七圣山。七圣山后面，有一个小得可怜的村子叫贾家川，当年总共二十户人，分别居住在被三道沟壑分割而成的四个台地上。

我家原本是礼县上坪人，1935年老家闹灾荒，父母亲携儿带女寻吃讨要到了贾家川，半道上生了三哥，养活不过就把他送给了李家崖上的老蔡家，三哥一时断不了奶，父母亲也被扯住心离不开，就在安家庄一口破窑洞里住了下来。后来，就有了老四，再后来，又有了老五、老六，1948年6月正是麦黄季节，母亲又极不情愿地生了最后一个儿子，就是我。

生的时候不大情愿，生下后可就成了宝贝蛋。听人说我小时候长得很可爱，聪明伶俐，谁见了谁爱。自从有了我，母亲就把所有的慈爱倾注在"七儿"的身上，五哥、六哥都被隔远了。不单母亲如此，六个哥哥也都疼我爱我，我从小受着他们的呵护，没受过一点委屈，五哥和六哥都因我挨过二哥的打。我想我的自尊心和为所欲为的性格多少与他们有关。

如今的人们养活一两个孩子就叫苦，不能想象我的父母在那样艰难的年代，在那样穷困的家庭，把我们弟兄七个，再加上一个姐姐总共八个儿女是怎样养大成人的。打从我记事开始，父亲带着大哥到礼县老家伺候奶奶去了，姐姐十五岁就过门了，二哥去当徒工，四哥去给人家放牲口，家里就剩五哥、六哥和我。母亲早出晚归给人家做零活，回来就累得有气无力，常常带一些干粮回来给我们一人一块，有时候烧点喝的，有时连喝的都不烧就是一顿饭。在我的童年记忆里，最多的一个词是"饿"，最开心、最难忘的事情是"吃"，不敢奢望"穿"。

1953年的春天，那是个艰难的时节，家里好长时间没见馍馍了，二哥不知道从哪里弄了一大块油渣放在柜上，原说是要和些粮食磨熟面的，给我们每人掰了一块尝了尝，有点苦味儿，但对我们长时间没吃过干食的孩子来说，诱惑力太大。后来二哥一出门，我们就偷着吃，不几天，没等二哥来找来磨熟面的粮食，油渣就叫我们吃光了。

我们家窑门口原有一棵大榆树。每年春天我们都捋着吃树上的榆蝶儿，夏天就在树下乘凉，这棵树可谓是我们的开心树。1960年春，农业社的食堂解体，家里一点儿吃的都没有，村里饿死了几个人，听说榆树皮能吃，就把那棵大榆树放了，从干到枝，剥了好些榆皮，晒干后磨了些生面，磨了些熟面。就是这些榆皮面把我们全家都救了。我到现在还能记得那些榆皮面做成糊糊的粘劲儿和香味儿。

有一段时间我们家确实没有可吃的东西了。正在山穷水尽的时候，发现在角房顶上挂着母亲早年折的一捆筈帚签，拿下来打了有十斤糜子。用这些糜子和着荞麦秆秆磨了一大口袋面，足有百十斤。磨面回来后，二嫂当即给我们烙了一顿饼子，我和二哥就坐在厨房炕上吃，那个香啊。在我的记忆里，打那以后再没吃过那么香的饼子，那情景那美味使我到现在记忆犹新。

我四岁还在吃奶，五岁还没穿裤子，二嫂进门后，我常常光着屁股出出进进丝毫不觉得害羞。有一次母亲给我和五哥、六哥每人做了一件白布汗衫，这是我们那个夏天唯一的衣物。一次我们在洋芋地里玩耍时把五哥的汗衫丢了。天上地下找不到，于是五哥只好和六哥两个人穿一件汗衫。一个在毡洞里爬着，一个穿着汗衫出去跑一圈子，回来再把汗衫换给另一个。如此过了一个春夏，到了秋天挖洋芋时，在洋芋地的一个土堆里把五哥的汗衫找见了，已经朽成串串了。

"土改"以后，我们家有了地，分了人家的几样家具，算是有了家产了。一天早上，大人们都出去干活了，剩下五哥、六哥和我爬在毡洞里暖炕，看着屋里摆的那几样家具，五哥和六哥就分开家了。五哥说："那个双隔子柜是我的！"六哥说："那就单隔子柜是我的！"五哥说："柜上放的大瓦罐是我的！"六哥说："那两个小瓦罐是我的！"五哥说："酸菜缸是我的！六哥说："那就炕上的这个毡是我的！……"分着分着，他们连猫、狗、鸡都分了，给我什么也没剩下，最后我说："尿盆子都是我的！"

我小时候爱耍点儿小性子，多数是针对二嫂。二嫂从我记事的时候就在我们家，是我们家的内务大臣。每天早晨，当我们还在熟睡的时候，她就推门进屋，抹柜子扫地，问母亲做什么饭，把我们从梦里吵醒，所以我有点烦她。那时候家家户户都靠野菜填肚子，苜蓿、苦蘼、疙劳（家乡野菜名）、车串、地软儿……家乡野菜多，且都好吃，一天没野菜，内务大臣就没法给我们做吃的。有一天，大人们都去劳动，二嫂叫我去拾野菜，我出门后和放羊娃打了半天牌，回家后，二嫂还等菜下锅哩，问我："收拾的菜呢?"我说："没寻见菜!"二嫂知道我在说谎，生气地说："那你就不要吃!"我说："不吃就不吃!"说完就蒙头大睡。饭做好后，六哥叫我起来吃，我没起来。二哥叫我，我说我没拾上菜我不吃，二哥知道我在发火，把我抱起来不停地哄，我还是不吃，心想要叫二哥把二嫂骂上一顿后再吃。可是那次二哥没骂二嫂，倒是母亲把我骂了一顿。母亲平时宠惯我，很少骂我，更没打过我，有几次我犯了大错，母亲拿起笤帚疙瘩说出要打的样子，但那笤帚疙瘩一次都没落下来，不过那次骂得挺凶。

有一段时间我们那里狼吃人，七圣公社有十几个小孩被吃了。听说一个婆娘给娃娃掇尿尿的时候，狼从怀里把娃娃叼走了;有一家人，大白天都去劳动了，家里剩下一个六十多岁的老奶奶带着个尕孙子，孙子被狼叼走了，奶奶急忙拿了个推耙子追，追上后，打了一推耙子，狼的腰一拉，再打一推耙子，狼的腰再一拉，就是不松口，老奶奶一来是饿软了，二来是吓酥了，一点也使不上劲，眼睁睁看着狼把孙子咬死，吃掉了;我们邻居余家的小三晚上出门撒尿的时候叫狼叼走了，一直到第二天才找到了一只脚。那时候二哥是大队支书，蕨菜湾里的王得玺是大队长，二哥经常到麻刺湾里喊叫王得玺开会，天黑了就叫我去做伴儿。麻刺湾离蕨菜湾隔着一条沟，王得玺家在沟垴里，中间是一片荒坡洼，狼多得很，二哥叫一声"王——得——玺——"，对面半山上狼就"嗷——"地嚎叫一声，二哥再叫一声"王——得——玺"，对面的狼就再"嗷——"地嚎叫一声，我吓得头发根子都立起来了，催促说："赶紧走，狼来了!"二哥却说："别害怕，那还远着哩!"说完又叫开"王——得——玺——"。有一天晚上，我们俩到三哥家去，刚过河，就听见上河湾"嗷——嗷——"地下来了，连着三个一个追一个从我们眼前过了，当时我不知道是什么，跑远之后二哥说："啊呀，这三个狼!"当时听了之后，把我吓软了……

从记事开始，我一直和五哥、六哥在一起，形影不离。我十岁那年，五哥被选派到引洮工程上去当民工，我舍不得五哥走，哭了好几次。送走五哥后，我想他时还常常一个人偷着流眼泪。这样一年多，五哥所在的工区调到距我们家只有五里路的朱家山，我就跑去看他。五哥住在一个新挖的窑洞里，里面铺了一地麦草，他们白天干活，晚上就睡在麦草上。吃的是小米熬熟后下的面叶，叫鱼儿钻沙。只有一个碗，我吃了五哥就没法吃，等我吃饱后五哥只吃了一碗就没饭了，我想五哥肯定是饿了一夜。

我十二岁那年，六哥要到靖远当煤矿工人，我死活不让去，可六哥非要去。

我们弟兄七个，六哥和我关系最近。我有话老爱对他说，他经常给我讲些简单的道理。有人说我小时候懂事、乖，可能与六哥有关。晚上睡觉的时候，六哥就睡在我的旁边，有他给我堵边，我睡在他和母亲中间心里踏实不犯怵，即使母亲讲那最可怕的故事也能听下去。我最怕六哥出门，他走了没人和我说话，没人给我做伴，要紧的是晚上没人堵边，他要看电影我不让去，要看社火我也不让去，他老让着我，可我不让去他就不去了。那一天，我去上学，回来后六哥不见了。我问母亲，母亲说："到靖远去了！"我不由自主流下泪来。一连几天我像失了魂一样，老在没人的地方偷着哭，直到六哥来信后才好了一些。六哥在靖远煤矿干了一年，回来的时候拿了一个洋瓷脸盆，算是我们家最新式的家具。

五六岁的时候，除了五哥六哥的陪伴外，我还有另外两个朋友，一个是张家的银喜儿，一个是余家的翻子。银喜儿大名叫张元海，和我同岁，他四月生，我六月生，大我两个月；翻子大名叫余得胜，属猪，比我们大一岁。那一段时间，是我一生最快活的时候，我们几乎天天在一块玩耍，打毛蛋，踢毽子，上树掏鸟儿，下河玩水，到长城梁上去抓秋蝉儿，到麻刺湾里挖惧狸猫（松鼠）。看到农业社里拔麦断椗子了，拔掉了好大一块，后岔里人知道后，诅咒了好几天。有一次，我和银喜儿去找翻子玩，余翻子对我们说："咱们交朋友来！"我们说："成哩！"问他："怎么交哩？"余翻子说："我们家里有蜂蜜和臊子哩，你们吃吗？"我和张银喜儿高兴地说："吃哩！"于是三个人轮流倒立在余翻子家的大柜里，用手抓着吃那蜂蜜和臊子。饱餐之后，我抓了一把干汤土把嘴周围的油迹潦了。余翻子爸妈发现后，把事情告诉了我们两家大人，见我的嘴上没油迹，说我吃得少，我说我根本没吃。一看张银喜儿，眼睛以下、耳朵以前半个脸都是油漉漉的，就断定他吃得多。为此，张家还给余家端了一碗臊子。

十三岁那年，四哥给我找了一个媳妇，是神泉山上人。平心而论，人家姑娘长得不赖，家庭情况也好。可我那时候年纪小，还想念书，坚决不看去。四哥开始生拉硬拽牵着我走，我拧着赖着就是不去，四哥拽累了就扇了我一巴掌，那是我出生以来第一次挨打，见犟不过四哥，只好跟着看去了。去是去了，那姑娘也见了，就是没表态，不想说成，也不敢说不成，后来四哥做主成了。接下来送礼、订婚我都没去，听说还给了二十元的定钱。订婚一年多，我和那姑娘见了十多次面，但没说过一句话。这件事成了张元海他们损我的话柄了，每每当着同学老师的面问我："想媳妇儿了吗？""你没看媳妇儿去吗？""你的媳妇儿叫人拐跑了！"于是同学们就"嗷——嗷——"地喊，我便羞得无地自容。有几次，那姑娘去县城经过我们上学的路，在我们放学回家的路上碰面，张元海首先喊叫一声："德清媳妇儿上来……"一路同行的同学们立即"嗷——嗷——"地喊叫起来，这时候的我，恨不得有个地缝钻进去，有时绕上一个大弯子，有时干脆爬上对面的山坡仓皇逃避。即使没有别人我俩单独遇见，也是板着面像陌生人一样走过。一年以后，在我的强烈要求下，四哥终于退了这门亲事。

1963年的丰收，把贾家川里人饿了几年的肚皮撑饱了好一阵子。那一年，生产队长张志祥偷着放大了自留地，队长安排的农活也少，大家平时到队上劳动半天，给自己干半天。新麦子一下来，各家各户都有一个不大也不小的麦垛子，人们的心里像吃了秤砣一样稳当了。往场上背麦的时候，大家轮流帮忙，今天给张家，明天给李家。那一天，我们给三哥家背麦，中午歇晌就在三哥家吃饭。三嫂做的凉面很好吃，吃过饭休息的时候，我们几个就算开卦了。三哥家是当地的老户，不知哪辈子留下一本文王八卦书，用六打麻钱排列正反次序来确定卦文，很好玩。参加的有赵映学、李守仁、王大、我五哥、我六哥、德元子，其他几个记不清了。当时赵映学是我们队长唯一的中学生，我非常崇敬他，他热情、能干、风趣、幽默，是我们社火队里的丑角，也是主角儿，由他来宣读、解释卦文。李守仁是我们队里的百事通，文化不高却善于学习，能说会道、有主见，平时队上人有事拿不定主意时就去找他。那次算卦他掌管麻钱，排次序。我们在场的每人算了两卦，有好的，有不好的，有的一卦好，一卦不好，有的两卦都好，有的两卦都不好。我是第一次算卦，纯粹是凑热闹，摇过麻钱之后，心里并不在意。李守仁排完次序，赵映学找到卦文，念道："金鸾榜上题名姓，不负当年苦用功。"念完这两句，满屋子一片唏嘘声，这卦还真是神了，那年我在年家河小学毕业考初中，正在等待出榜，不料这事叫这卦文说中了。十天后，我到渭源一中看榜，我是全县初中毕业生第十名。我一生都不信命，至今也想不明白那天为什么偏偏摇中了那一卦。

◎ 刘晋寿

刘晋寿，临洮县人，长期在渭源工作。毕业于庆阳师专，经济学研究生。在《飞天》《诗刊》《人民文学》《新华文摘》等报刊发表诗歌、散文、小说、报告文学、评论数百篇。主要作品有诗集《初恋》、散文集《清晨的鸟鸣》、长篇报告文学《博士县长柴生芳》等。现在定西市委办公室工作。

渭河第一桥

那是多么美妙的时刻。

每当我走上那座纯木结构的桥，向着河流的不同方向眺望，就有一股幸福的暖流激荡在内心深处，像是在寻找一种机缘，没有法律效应的诺言将取走我们更多的忠诚。它对困扰我们的事件做出了合理的解释。

你离自己的人生目标还有多远呢？带着疑问一样的答案望着你，这在我仍是一种不能多得的宽慰。

那临河而望的光亮中是不是有你怀念的灯火？那扇关闭的大门上是不是有一把你曾打开过门的钥匙？树荫里是不是有一个等待过你的人？春天的花园里是不是有人在为你剪下一束牡丹，微笑着送到你手上？茫茫黑夜里是不是有一束亮光照在你眼前的路上？风雪之夜是否有一炉燃烧的火焰暖着你的身心？哪条街上有你热爱着的树木？哪个小院里可有一树飘香的果子？

你会想起一个夏日的午后，它太平常了，阳光明媚，风连垂到水面的柳丝也吹动不起来，只能摆弄一下柳叶。它们很快又在轻微的颤动中安静下来。你会饶有兴趣地数着一根根方木、一间间廊柱，被它精妙的结构所感动。

你会想起一片月光，那是初秋的夜晚，市声渐渐安静下来，街上行人稀少，亮在窗户上的灯光一盏盏熄灭了，夜晚的风有些凉意。但是，桥头的树影里仍有人在赏月，他们一定是一对恋人，不需要太多的光亮，他们会在朦胧中看清白天所看不清的。他们是用心看的，明亮的东西容易产生误解，月光正好满足了他们的那份渴望。

是的，谁在这里不曾怀念过人呢？谁在遥远的他乡不曾记起桥边的老柳和桥上望月的人呢？许多年过去了，但那一夜的月光还不曾衰老，每每想起它依然是那么鲜嫩，牛奶一样香甜。站在桥上，向源头方向眺望，你就会看见大草坪的草丛里卧着羔羊般的白石头，牦牛卧在高大的枇杷花下反刍。望见太白山上云雾缭绕，沸腾如大海的波涛。望见豁豁山下有一股清流从乱山间流出，穿过树丛和草地流向峡口水库，汇聚成万顷碧波。你会听见秀峰山上的涛声，它们会勾起你遥远的回忆，那是甜蜜的和幸福的。

近处的七圣山你爬上去过。山上有乞神堡。从那里就可以清楚地望见战国秦长城的遗迹，望着它们你就又回到了两千多年前，先民们早在那时就苦心经营着这片古老的土地。他们用生命为我们保存下来栖居的家园。渭河上的这座桥，也是通向历史的桥。

城北是北宋名将王韶所筑的古堡。你也许爬上过城墙，坐在那里苦思冥想，望着城下的渭水，想到大禹治水的传说，生发思古之幽情。也许在一个大雪纷飞的日子里，你丢下暖烘烘的炉火，从坍塌了的墙洞里钻进去，踏着厚厚的积雪去约会。也许你在一个漆黑的夜晚穿过打麦场，在犬吠声中走向古堡后的树林，鸟雀已安静下来，蛙声此起彼伏。你在树林里走来走去，徘徊徜徉，沉浸在追忆之中，棘丛中藏着秘密的往事。

水泉亩你也爬上去过，麦苗青青，豆苗刚刚出土，还没有扯蔓，杏花开着。山雀贴着地面飞过，布谷鸟在山下的树林里叫着，一个农妇在田间锄草。风吹来，豆苗抖动着。你坐在草地上，幸福而惆怅，你被内心的矛盾所困惑。

你也许到过传说中的鸟鼠山，那里的品字泉里已无水可流，立在泉边的碑也裂开了缝，碑体一片片掉落，几座庙宇已成危房，随时都要倾倒的样子，美妙的传说就要被无情的现实所打破。

站在河边你会想起一个人，一件事。它们曾深深留在你的脑海里，这些刻骨铭心的印记你是无法抹去的。你会把一棵树看作是一个人，你怀疑自己的目光，是不是自己看错了。但它就像是一个人，或者说人和树合而为一了，你难以把它们分开。怎么能分开呢？它们共同经历了一件事。它在你的生命里是至关重要的。

你甚至保存着一个闪电，一个雷鸣。它们在你孤独寂寞的时候，在你失去了生活勇气的时候，它们会从一个悄然不知的角落照亮你。

你会走过桥去，到不远处的老君山上去。你站在桥上不止一次地看过它。它并不高大，但它离桥是这样近，离城是这样近。山上有树、有水、有草、有庙宇，上山的路又好走，是个锻炼身体、修神养性的好去处。

你的许多活动都是围在它周边进行的。你去过张家湾，那里的渭河上有一座独木桥。它会像一首诗一样感动你。你到过胡麻山，到过坏磨滩，那里的河边上有一片片树林，有灌木丛，有落进村庄的夕阳。你去过梁家坪、书院，新修的兰渝铁路就从那里经过。你去过奎星阁遗址，去过柯寨，上过火炉山，并在山上种下一棵棵树。

你从野外采来了一束花，采到了不少蘑菇，你编了一个柳条帽戴在头上，你还在僻静的河湾里洗了一个澡，在河滩上捡了一块喜爱的石头。影响了你大半生的某个想法就是在一次散步中产生的。

一个给了你理想、爱情和事业的地方，怎么会忘记呢？它是你人生界河的第一桥。

灞陵桥就是这样一座桥，当你向朋友们讲到它的时候，你总是能以骄傲的口气述说它的历史。它感动过许多纯洁的心灵并将继续它无形的禀赋。它以观赏和心灵的升华存在着。

枝叶上颤动的小城

风吹来的时候，树枝轻轻摇晃起来，叶子发出"沙沙"的声音。这简单的过程却能给我们带来心头的愉悦，让我们感到惬意。人天生爱听来自自然界的声音，它们会在这种没有雕饰的歌声中得到安慰并与之协调偏离了的情绪。渭源就是这样一个拥有众多自然声音的地方。它的名字中已包含了它的内容，古老的渭河发源于它的崇山峻岭之中。溪水穿过草丛流出来，绕过树木和岩石汇聚在一起。它实际上被树木包围着。渭源南部的山中有一片片茂密的森林，有天然林四十多万亩、草地八十多万亩。这在生态环境日益恶化的今天是值得庆幸的，在这里能享受到大自然母亲般的抚爱。很多人并不知道那些穿过枝叶的阳光中有浓浓的松香气息，树下有蘑菇和野花。风吹来阵阵震撼人心的松涛声，它会唤醒我们生命中潜藏的雄壮力量和平日里少有的宏伟气魄。于是我们的心灵也会发出和谐的共鸣。就是在县城周围它的树木也是一片片的，小树林接连不断。路旁的树木葳蕤高大，尤其是白杨和柳树，这些平凡的树木却长成了不平凡的雄姿。细雨中它们是伞，骄阳下它们是浓荫，晚风中它们是快乐的乐曲。秋天的黄叶和冬天的琼枝都是少有的美景。

当我们抬头远望的时候，就能看见山上的树木。坐落在县城边上的老君山有各种树木，那里的白杨和柳都是大树，松树多而密，但没有白杨高大。山上空气极为新鲜，早晨有许多人去登山，有的在山上待上一个上午。他们的享受几乎有些奢侈了，让生活在大都市里的人们羡慕不已。这地方就是爱长树，你随便载下一棵树，不知不觉就长成了大树。20世纪80年代的时候，县城街道两旁的松树长得有碗口那么粗了，已成了街景。后来松树移走了，种上了国槐。那阵子人们心里急，街上不见树了，光秃秃的，阳光没有遮拦地照在人们身上，耀得人睁不开眼睛。可是没有多长时间，槐树长起来了，枝丫四展，还开小白花。只几年的时间啊！有些树的枝叶伸到了三楼的窗前，满城生机勃勃。但因为旧城改造，槐树又换成了红叶李和玉兰。它们都是些名贵的树种，尤其是玉兰，它是低海拔生长的植物，能在渭水源头落户吗？真让人担心。出人意料的是它们都活了，而且生长旺盛，开了花。渭源就是这样一个好地方，土地肥沃，雨水多，草木一落地就生根成长。只要人们在大地上稍稍用点心，布局谋篇，就能长成一座绿色的小城，也能长成一座花的小城。它那么精致，小巧玲珑。

从上磨那里远眺县城，它简直就是一片绿色的海洋。地里的豆苗刚露出地面，树叶还是黄绿色的，高大的白杨树后面是浓云般的柳树，堆积在那里，你看不清树后面的物体。树丛中的农舍自然是隐隐约约的，杏花和桃花也是隐隐约约的。梨花要露一些，因为它太繁，堆在枝头，杨柳的叶子也遮不住它的绚丽。有时你真的看不清了，犬声或鸡鸣给你一个鲜亮的提醒。枝叶后面的城市，白墙红瓦会从枝叶的空隙里露出来一些。只有站在高一点的地方，你才能看见较多的楼房，否则它们是被枝叶挡住的。眼前是高高低低起伏不平的树木组成的绿色海洋，漂在水面上的白与红，也在起伏，时而显现出来，时而被淹没。

渭源县城里有一条河穿城而过，它就是渭河。以灞陵桥这座纯木结构的桥为中心的渭源小城，桥头就有古柳簇拥在周围。它高大而苍老，已经历了无数沧桑岁月和狂风暴雨的洗礼。桥下河水潺潺有声，浪花绽放。名桥古树，就是渭源的形象。渭河以清为主，没有山洪它就是清的，清得能照见脸上的斑点。树木的倩影映在水中，那是一幅幅惟妙惟肖的山水画。只要我们的身影投在水中，被尘世所污染过的心灵就会澄澈起来。当霞光落在树木上的时候，树叶就变得绚丽多彩，河水也会变成金浪银波，美好的时光就在枝叶间流淌。水越清，天就越蓝；叶愈绿，云就愈白。

渭源城北还有古老的城墙。穿过城墙就是后河亭，河边上也是一片片树林和棘丛，它们是鸟兽的乐园。逆水而上是渭河的另一个发源地。源头树木极为茂密，一眼眼泉水从树林里流出。看见一个花团锦簇的果园，那不是什么新鲜的事；看见一片树林，那也不是什么新鲜的事；看见一些珍稀小动物，那也不是什么新鲜的事。森林，有高大参天的古松，有苍劲的古柏，有郁郁葱葱的人工林。莲峰山、索爷林、黄香沟、五竹、天井峡这些大的林区可能有更多的人去过。但像乔家沟、高石崖、竺尼寺的松树就很少有人见过了。我最早见过并为之惊叹的是乔家沟的松树。当然，也还有连我自己也不知道的林木。

渭源还不那么富裕，城市正在建设中。但有良好的教育和医疗条件，水资源丰富。人们从容地生活着，从事红黄芪、当归、党参等中药材和马铃薯的种植，种薯生产是这里的特色。渭源人享受着人均1.5亩的天然林和2.9亩的草地资源。这是多么富有的生活。

叶脉中流淌的河水

渭源是个雨水较多的地方。初到渭源的那一年秋天，雨一下就是十多天，住在大楼旅社里，整天听着檐雨嘀嗒的声音，感到闷得慌。好不容易盼到天晴了，分配方案也下来了。我即刻穿着胶鞋到一所乡村中学去报到。快到学校了，却被一河洪水拦住去路。河上没有桥，有几个孩子用一辆架子车摆渡，我给他们一元钱过去了。原以为这是一条大河，其实平日里河水很小，蹚过河去，也不过能淹到腿肚上。河里摆着几块列石，踩着它们就能过河去。如今，河水更小了。

有次我们经祁家庙去会川，从山上往下一看，见南川一片秀色，不禁大吃一惊。这里看不到裸露的土地，树木葱茏，芳草鲜美。真可谓山清水秀，鸟语花香。我从未见过这么美的地方。南川河里流水潺潺，翻滚着雪白的浪花。后来我到会川工作，也是秋天初到，雨一下就二十多天，很长时间见不到太阳。老家哪有这么多的雨水？那是十年九旱的地方，下雨的日子实在太少。这么长时间下雨，心里有点急。学校后面有一条河，水清得能数清河里的石头。我常常到河边的树林里去，林间有鸟鸣，地上有野花，空气清新，令人心旷神怡。这里的情景跟南川差不多，夏天是最美的季节，不太热，草木茂盛，庄稼晚熟。该在春天开的油菜花，夏天才开。

沿漫坝河往上走就是黄香沟牧场，多家单位在那里设有牧场。有次我爬到口子门附近的山顶上去，上面也是绿油油的草地。山这么高，但草丛里有水，我们看不见，却能听到水的流动声。踩到低洼处，脚就陷下去，湿了鞋子。山上还有松树、桦树、枇杷花、毛莲花，草莓、蕨菜等植物。从那里还能望见远处的洮河和渭河。这些崇山峻岭不仅是渭河的发源地，也是洮河下游一条重要支流的发源地。山比云高，树比云低，从上面往下看云，它就像大海滚滚的波涛。一座座峰峦像是大海突兀的礁石。

太白山是一座相对独立的山，有两条路可攀到山顶上去，都不好走，要两个多小时才能爬上去，沿途全是树木。两边山谷里是清澈的流水。去太白山一定得晴天，云来则雨，雾过则露。太白山后面的山叫不上名字，但我上去过。翻过它就是黄香沟了。站在山顶上可与对面的露骨山遥遥相望。那是周边数县的制高点。一条条沟壑飘带一样的向远处舞去，带着云烟和流水，也带着大山的祝福。

大草坪上的日头有蒲篮那么大，正是这样的传说诱惑我们爬上去。但那一次不十分顺利，走到半山腰，我就觉得呼吸困难，两腿发软，身上没有劲儿，走几步就得停下来，坐在草地上歇息。这里是大片的灌木丛，蕨类也生长在这个高度。快到中午了，我总算走出了一片林地。再往上就是草地了，看不到树木。大草坪真是一片山顶上的平地，它是平坦开阔的。回头看时，森林、沟壑、云涛是那么的低矮，村庄已在苍茫的云烟中不那么清晰了。山顶上除了茂盛的牧草，还有枇杷花、毛莲花，一块块白石头躺在草丛里，像卧着的羔羊。

豁豁山下的草木更是茂盛无比。这几年实行退耕还林政策后，牛不上山，羊不啃草，鹿鸣一带山上的草木很快生长起来了。沿溪而上，草深林密，野花遍地，蜂飞蝶舞。有时你看不到溪流，但能听到流水的声音。它们或在草丛里，或在树林里，或在乱石间奔流。它们一点一滴汇聚到峡口水库，形成万顷碧波。每到冬季，一些平日不见的珍稀鸟类来这里过冬。峡口水库成了它们的乐园。而相对低缓的秀峰山是一座松树森林。松树虽不十分高大，但这样的森林多年来我是没有看到过几处。有年冬天下了大雪，我一个人骑着自行车去森林里乱闯，过河时不小心掉进了冰窟窿里，一只鞋子湿了。但我没有回头，坚持往前走，在森林里转了大半天，雪地上除了我的踪迹就是野兽的踪迹了。可那留在雪地上的仅仅是深深的足迹吗？多少年了，它们还没有融化，还是那么深沉，一步一滑地走着，孤独而执着。我也不清楚自己到底在寻找什么？我又寻找到了什么？

天井峡是一条天然画廊。近十公里的溪水就在草丛和灌木丛里流淌。两边悬崖绝壁，奇峰怪石，但到处都是茂盛的草木。有些松树就长在悬崖上，临空欲飞。天井峡的流水汇聚到了石门水库，滋润了渭河源头的一大片沃野。

地处东南面的莲峰山是渭源有名的景区，它是一座森林公园。山似莲花，山上松树众多，大的要两个人才能合抱得住。上山的路被树枝遮住了，人要低着头走。大山上原来有出家的母子俩。儿子的媳妇跟人走了，他思前想后就出家了，住在莲峰山上。母亲不忍心儿子一人待在那里，也出家了。前些年听说那位白发苍苍的老母亲去世了，不知后来儿子怎么样了。他远离尘世，而我们还在奔波，也顾不上多问一声。从莲峰山下流过的莲峰河在首阳汇入了渭河。那条河水中奔腾着多少人世的沧桑，谁能说清？又有多少爱和恨经过草木的净化而变得澄澈？

有草有树的地方我爱去。有草有树也就有水。那些流水像是蓄在草木的体内，沿着根或者茎叶流淌出来。树绿而水清，草青而水秀；林密则水深，草深则水长。这些年人们爱追本穷源。哪里是河流的源头呢？它就是草木。侧耳倾听，叶脉中流淌着一条奔腾的河水。

它旳名字就叫渭河。

◎张仲强

张仲强，原定西市文联主席。

渭河档案　洪荒邃影

这是一条大有来历的河，它从黄土高原西陲出发，挟千里风尘，一路奔腾东去。为的是与另一条更有来历的河汇合。

它们的相会惊心动魄，在莽莽苍苍的平原上，另一条来自北方高原、刚刚冲出傲岸峡谷的大河，以排山倒海之势，吞没了北方的整个天宇，灰黄色的浪涛裹挟着灰黄色的天空，向大平原扑来，而就在这里，那条经历了千里跋涉的河便义无反顾地投入了大河的怀抱。在这里，它所经历的一切连同它的名字，便无可挽回地消失于大河的滚滚波涛。

一

它是一条河，但不仅仅是一条河，它就是它所流经之地的天空、山峦、大地、原野。

每当阿波罗驾着金碧辉煌的马车驶向南回归线时，河便开始收缩自己的身躯，细细的，如冬眠的蛇，但它并未真的入眠，它在积蓄力量——整整一个冬天。而当阿波罗的马车调转了方向，驶向北回归线时，河也开始把自己变作蒸腾的雾。雾是最小的水珠，但它却包容一切。"于一滴水中见三千大千世界。"——佛陀如是说。

无数细小的水珠在初春的阳光下蒸腾而上，浮游于清虚，互相地牵着手，互相地拥抱着，在拥抱中融为一体。终于，在惊蛰那天的一声霹雳中，争先恐后地奔向大地。

地面上，焦躁的埃土首先迫不及待地接纳了雨滴，在清凉柔滑的雨滴的抚慰下，等待了整整一个冬天的埃土，紧紧地拥抱起雨滴，兴奋得发出"扑扑"的叹息。在让雨水把自己变得溽软如绵之前，埃土们忘情地释放全部的"力比多"。然后才把浸满了生命张力的雨水转交给胸脯之下的草木之根须。草木之根须开始变得格外地有力，在冻土之下蛰伏了整整一个冬天的它们，在"力比多"的刺激下，从泥土中呼拉拉地挺起身躯，羽毛般的嫩叶开始从豆粒样的苞蕾中绽放开来。而此时，牛羊们已站立在枯枝边等候多时了。它们惬意地伸出带刺的长舌，把刚刚探头的嫩叶卷进让干草占领了整整一个冬天的胃里。

冰草是第一个钻出冻土的植物。整个冬天，它都在用强大的根须吮吸土壤中的盐和碱。所以，当冰草刚一冒尖，山羊和绵羊们便首先拜访了它们，嫩叶中包含的盐和碱使它们的脑垂体格外地膨胀起来，它们相互把脖子扭结在一起，互相地舔舐着、摩擦着，然后静静地依偎在善解"人"意的阳光下，似乎在等待婚纱摄影师的到来。

这时，凡是懂一点音律的虫子们也开始汇聚在一起，像宫廷乐师一样演奏起又一支春天的"田园交响曲"。

而最兴奋的要数那些黑色的、红色的蚂蚁们。它们像集市上的小贩们一样跑来跑去，要让它们停下来歇一歇，看来是不可能的。它们或许也在欢唱，只是它们超出人类耳域的歌唱无法为人类所欣赏。

然而，河并不总是这样指挥一曲田园的交响，在把自己不断变成雾气的日子里，它同时又在酝酿一支充满了不稳定和弦的"雷电颂"，它开始把自己变幻成黑沉沉的云团，在沉沉天宇奔涌、腾跃、冲撞、厮打。

这是一场名副其实的战斗，黑云像坚硬的岩石，每一次冲撞，都会发出撼天动地的声响，每一次厮打，都会发出利剑般的闪光，然后，云团在互相吞噬中变成无数条水的长鞭，开始抽打惊愕的山峦和原野。

在酣畅淋漓的决斗之后，雨又在每一条山谷间汇合，然后裹挟着它们所能裹挟的所有生命和非生命，不约而同地向早已在等候它们归来的那宽阔却又干涸的河床上奔去——那是它们的生身之处。

河，就是这样，时而给大地和生命以狂喜与温情，时而又把它们抛向恐惧和绝望。

河，在蛰伏了一冬的河道中倾泻而下。这时，它们挟带着的泥沙早已超过了自身的重量，因而显得格外暴烈。没有什么力量能阻止它们的脚步，因为它要去完成一个伟大的使命：它要用这可以造就无数山峰的泥沙，在千里之外的一个地方去造就一个声名显赫的大平原——在这个大平原上，将站立起一个同巴比伦文明一样古老且辉煌的文明。

二

河的诞生地是一座并不起眼的小山，通体显出淡淡的红色，这红色是大海之所为。故事发生在极其古老的时代。其时，这里尚是一片海洋。在静寂的海面上，翼手龙伸展开它的巨翅，在蒸腾的气流中滑翔。它看起来似乎若无其事，其实它的目光从未离开过平静的水面，就在谁也没有注意的一刹那，它箭一般俯冲而下，而当它再次升向天空时，一只太古鱼已在它狭而长的巨喙中挣扎——这是个看似平静，实则充满危机的世界。

岸边，细碎的浪花不知疲倦地拍打着礁石，浪涛在每一次的推进中，总会把贝壳和小鱼之类遗留在沙滩之上，它们没能紧跟海浪撤退，便只好滞留于细细的沙面。至今，在离河的源头不远处，今人称为"露骨山"的地方，牧羊人往往会拣拾到黑硬如铁的鱼、蚌，以及龟类，它们便是大海有意遗留在这里，作为自己曾经是这里主人的见证。

河之源头这座红色小山的来历却有所不同，如露骨山是海的见证一样，红色小山是火的见证。它是地壳之下炽热的岩浆在一次心绪烦躁时的作为。熔岩以火的色调，同样在证明自己曾经的存在。不过，已没有谁能记得那段故事，只有地质学家和古生物学家用他们手中的地质锤叩响红色土质下的岩石时，才会听到来自洪荒的回声。

当大海向东方撤退之后，河便开始在红色山体的腹中孕育。河小心翼翼地在山的肥厚的穴中探出头来，在经历了长久黑暗之后，明丽的阳光让它惊讶得发不出声音，而潮湿的风又让它感到格外清爽。它丝毫没有体察到山在分娩时的剧痛，它唯一报答山的举动就是不断吻着山的肌肤，并用自己轻柔的身体从山的胸脯滑过，向低缓的山谷流去。

三

其实，河对于身边所发生的这一切并不格外留意，它在等待，它等待继恐龙家族的统治结束之后，将成为这个世界新一轮主宰的新物种的到来。这新物种将是这个世界真正的造物主。河相信，他们的到来，必将改变自己的命运，同样，河也将改变他们的命运。

在一开始，河对这种散居于自己身边，自称为"人"的物种并无着意的眷顾，在河的眼里，"人"和四只脚的、两只足的、爬行的、飞翔的动物们并没有什么不同，只是当"人"开始把它以"河"来称呼时，河才注意"人"的与众不同。

人的到来是在12000多年前最后一块冰川消退之后的事，冰川的消退是人类到来的不可更改的必然，这是宇宙早已做出的规定。

最早来到河之源头的是一群面色黝黑、体魄高大的人，他们手提一头缚有尖状石的木棒，从西部高原一个叫作"昆仑之墟"的地方一路走来，陪伴他们的是叫作"獒"的猛犬，獒曾经是他们的敌手，而在无数次的较量之后，獒又成了他们最忠实的朋友。

他们是最早掌握了火的使用的人群。他们发现，火的灵魂就藏在一种黑色的硬石之中，要让火从石中走出，就要不断击打石块，等到火实在忍受不了疼痛的时候，就会从石中逃逸而出。这时，人就轻易地捉住了它。

他们也带来了一种叫作"莱"的植物，这是一种被他们驯化了的野草，他们之所以要驯化"莱"，是因为莱的籽粒香甜可口，它使以兽肉为生的人变得温和，它是暴戾之气的缓释剂。

他们在河之源头大面积种植这种莱，并进行培育和改良，使莱的品质与产量都有了空前的提高。由于他们的努力，河之源及周围这片土地成了莱的乐园，在著名的《山海经》中被盛称为"栗广之野"。

莱的驯化与改良是这个人群对人类最大的贡献，如果说，人类能从蒙昧走向文明，莱起了决定性的因素。所以，当8000年前，将音乐带入人们生活的伏羲，在创作献给上天的感恩曲时，他所作的第一首颂歌就是《扶莱》，意思为"伟大的莱"。至今，人类每天都还在接受莱的恩泽，只不过现在的人称它为"麦"，而仍旧生活在青藏高原的人们，还坚持称它为"nais"。

河的第一批造访者最初也不知道该怎么称呼自己身边这支赖以生存的水流。后来，人们发现，水流在心情好的日子里，总会发出"呵——呵——"的声响，于是，人就把它叫成了"河"，这是河的第一次命名。

由此上溯约第五个千年，又一支人类来到河的源头，他们来自遥远的东方，他们喜欢在头上插上鸟羽，把自己打扮得像只挚鸟，后世人类学家因此称其为有苗氏。在上古时代，苗、毛互通，苗即是毛。

他们崇拜鸟，因而也崇拜太阳。因为，在他们心目中，太阳就是一只长了三只足的鸟。每当太阳在满天红霞的拥抱中沉沉落下时，他们知道，那是三足鸟又回到了自己的家，他们把太阳落下的那个方向称为"西"，在最古老的文字里，"西"就画作鸟巢的样子。这鸟巢筑在一棵名叫"若木"的大树之上。

每当夜幕降临，便是他们一天中最快乐的时光，他们围着熊熊篝火，相互地勾肩搭背，用舞蹈来宣叙他们的快乐。开始时，那舞蹈节奏缓慢，声调悠长，一俯一仰的动作里透露出旷古的苍凉。这样的舞姿，在他们西迁到高原之后，就把它描摹在陶盆之上。这是我们今天所能看到的最古老的舞蹈。

在舒缓的慢板之后，紧追而起的是狂乱的节奏，他们身上的每一块肌肉开始急促抖动，在"杭育杭育"的呼叫声中，进入"天人合一"的境界，无休止的狂舞往往持续至深夜，直到舞者昏倒在地。现代民俗研究者将这种舞蹈称为"激奋者之舞"。作为同大舜集团的战争的失败者，有苗氏开始了他们壮烈的西迁。他们沿河逆流而上，一直走到河之源头那座小山脚下。

这里让他们感到亲切且神秘。在这里，他们发现了一种叫作鵸的鸟和一种叫作鼨的鼠的暧昧关系。据两晋时期著名学者郭璞考证："鼨如人家鼠而短尾。鵸似鶏而小，黄黑色。穴入地三四尺，鼠在内，鸟在外。"

每当太阳露头，把草尖上的露珠融化为轻盈的雾气时，它们便走出共同的家，在草叶间鸣虫的欢唱声中散步，有时，鼩突然会变得亢奋，它开始奔跑，迅疾而敏捷。而这时的鵌，却如老练的骑手般傲然立于鼩背，与鼩浑然一体。这让来访者不胜惊讶，他们从此便把这座小山命名为"鸟鼠同穴之山"，这个名称后来被记录在一本名叫《尚书》的古籍中。

在鸟鼠同穴之山，有苗氏兜与这里的土著不期而遇。

这里的土著让他们更感惊讶，他们披着用虎皮做成的华丽的大氅，虎头是他们的头盔。远远望去，就像一群直立行走的猛虎。这是一群崇拜白色的人群，他们用鸟鼠同穴山中一种叫作"菅"的白色茅草编织席子，连同白玉、白米、白鸡一起，献给鸟鼠同穴之山的山神，以表达他们对山神最崇高的敬意，他们崇尚白色的信念似乎与古时西亚"马兹达"崇拜有着微妙的联系。

出于信仰，他们把日夕相伴的河叫作"虞河"。虞河也就是虎河，虞字的原始意义就是戴着虎头面具的人。信仰是不容易改变的，他们对虎的崇拜，虽经历四千多年岁月的磨蚀，却仍顽强地生长在河之源头这片古老的土地上。陇中民俗，婴儿满月时，就要给他戴上形似虎头的帽子，穿上绣有虎图形的鞋子。这种习俗意在表示他已正式成为虎部族的一名成员，及至到他呀呀学语的年龄时，又会获得一个"虎虎""雏虎""虎娃"之类的乳名，这名字将伴随他们的整个生命旅程，和远古的祖先一样，他们也从此具有了虎的品格。

现今居住在河之源头的人们又把河叫作"禹河"，在他们的记忆中，这条河的得名源自于一个叫作"禹"的人。

在禹的时代，所有的河们都突然变得性情古怪而暴躁，它们不安于在原有的驿路上散步，开始横冲直撞，而虎头人心中崇高的神灵"帝"也开始鼓励河的坏脾气，用不休止的泼天大雨来助长河的放任。于是乎，"汤汤洪水滔天，浩浩怀山襄陵"。

这时，从高原西边的朱圉山方向走来了一个叫作"禹"的瘸腿人，在他身后，是一群衣着打扮各不相同却都手执准绳、规矩，肩扛耒锸的人们，他们来自伯益、稷、夔等不同的部落，数十年的治水经历，已把他们训练成了一支专业水利工程队伍。这支大军，在禹的率领下，刚刚剿灭了不配合治水的相柳氏。相柳氏的首领也被诛杀于距鸟鼠山百里之外，两岸遍生桃树的另一条河边。而被诛杀的相柳氏就做了这条被后人称作"洮河"的河神。

禹来到这里的第一件事，是在鸟鼠山筑起测天的观象台，立下量地的"榜罗木"，做这一切是必须的，这不仅是治理洪水的需要，更是"天赋神权，替天行道"的权力象征。

按土著们的说法：大禹在鸟鼠山治水多日，而水患依旧。后来，禹把自己变作一头熊，熊推倒了阻塞河道的巨石，于是，水患始除，人们颂扬大禹道："美哉禹功，明德远矣！微禹，吾其鱼乎！"而虞河从此又有了新的名字——禹河。

现在，大凡有文化的人，都把"禹河"写作"渭河"，并视土著们的称呼为"不经"，即不合于典籍，因为在《尚书·禹贡》中就明确记载有禹"导渭自鸟鼠同穴"的话。

其实，土著们称"禹河"，并没有错，因为在上古时代，"渭"就读做"禹"，也即是"虞"。就如现今乡下人仍然把刺猬叫作"刺yiu"，通渭老乡把"味道"念成"yiutao"一样，"道之不存，求诸于野"，斯可信焉。

◎朱剑青

朱剑青，字钝耕，1947年生，甘肃省渭源县清源镇星光村人，中学高级教师，现已退休。著有散文集《生命的回响》。

故乡的夕阳

我喜欢躺在河滩油油的草地上，双手托在脑后，静静地，一边听渭河之水激荡着的生命的轻叹，一边看淡淡的暖暖的夕阳。

或许，是因为落日又带走了一个美好的时日；或许，是因为日落又逝去了一段宝贵的光阴，夕阳，给人一种悲哀。古人云："夕阳无限好，只是近黄昏。"从而夕阳便同人生暮年、英雄末路相连，是事物的衰败，是生命的终结。但是，我觉得，落日比朝阳更美。朝阳初升，黑夜退去，朝阳便以救世之主自居而君临天下，过分炫耀，让人不能正视。夕阳，不炫目，淡淡的，暖暖的，平和而亲切；而且它还用自己深情的柔光温暖了我的苦乐人生。

那是在我生活最为艰难的岁月，一个仲夏的让人刻骨铭心的日子。骄阳火辣辣地炙烤着，鸟雀们躲在了林子的深处，河滩上一片闷热得让人惊惧的沉寂。我们几个懒洋洋的小伙伴，在荆棘丛中割那繁茂的蒿草，作为柴火之用。一个瘦弱的饥肠辘辘的孩子，疲倦、困乏，躺在河滩上，昏昏地睡着了……好像从久远的荒古走来，经过了漫漫途路的跋涉，他口渴、心悸，想回家，硬是找不到回家的路——终于，母亲用凄厉的喊声，把他从另一条途路上拽了回来……我慢慢睁开了眼睛，夕阳的光，不刺眼，淡淡的，暖暖的；母亲神情焦灼的脸上，也有了一丝惊喜和释然。那时，我觉得，夕阳是那样的温情脉脉，饱含期许，像是一首许多人在遥远处合唱的动人心弦的歌。

又是一段让人无法从灵魂深处抹去的记忆。那是一个本该收获却空空如也的人生季节，大有作为的广阔天地在召唤着新的一代，一队队上山下乡的长长的人流，一个个鲜活的生命，涌动着青春的激情。我，也是其中一员。那天，生产队长亲自来接我。到了村口，还有母亲也在那里等候。瘦小母亲的身影，被斜阳拉得老长老长，愈显其单薄。迎着淡淡的暖暖的夕阳，还有母亲无奈的夕阳般的微笑，我回到家乡。又是夕阳，让我从失意和黯然中感到一股融融的暖意。

心里有了暖意，生命就有了亮色，生活就有了希望。此后，虽然人生匆匆，风雨兼程，但我总想躺在河滩上，看那故乡的夕阳。

为生活而奔波，曾多次乘火车，在华北大平原上疾驰，我也常常将目光投向窗外，看广袤大平原之上的日落。平原上的夕阳，磨盘一样大，太大了；刚刚看着，还挂在天上，离地平线老远老远，但一转身，或一眨眼，就倏地不见了，溶进了淡紫的暮霭，留给人一种无法欣赏落日之美的遗憾。曾有机会在祖国的近海上航行，站在甲板上，迎着带有重重鱼腥味的一阵紧似一阵的海风，看大海日落的壮观。湛蓝的海水泛着粼粼的波光，而那落日，沧沧凉凉，没有一丁点暖意。我的心，随着波光在飘摇，一种莫可名状的茫然。繁华都市的高楼大厦，硬是把落日撕成了无数的碎片。站在孤悬的阳台上，从楼房窗户的玻璃中，才能看见一些夕阳细碎的反光；那落日的浑圆，那融融的暖意，只能在钢筋水泥的梦中苦苦追寻……

大漠长河尽头惨淡的落日，莽莽苍山之间如血的残阳，更是一种悲壮与忧伤。

故乡的夕阳，不是这样。

有时，落日被平缓的西山顶托着，西山腰里炊烟袅袅的农舍，农舍旁森森的树林，树林边悠闲地啃着青草的牛和羊，还有牧童和晚归的农夫，都笼罩在夕阳淡淡的余晖里；渐渐地，炊烟和暮霭交融，给夕阳披上一层轻轻的面纱。有时，河滩上升起濛濛水雾，薄薄的，亮亮的，蝉翼似的；不一会儿，雾气越来越浓，浓得几乎成了乳的溶液；夕阳在乳白色的水雾的溶液中，朦朦胧胧，没有了浑圆的形状，而变成了千千万万个小小的太阳在闪烁，闪烁着一片晶莹湿润的柔光。有时，天际灿烂的云霞准备了盛大的晚宴，它们用火一样燃烧着的激情，迎接夕阳凯旋。有时，落日伏在晚归的乌鸦的背上，细数暮鸦，它们一个个却成了金鸟，扇动着金色的翅膀，驮着夕阳，在天际一起沉没……

你看得久了，它会躲在高高的大柳树后，西风已凋落碧树，稀疏的枝丫仍好像有意地在遮掩，却总遮不住落日的赧颜。

一个又一个的日落之后，在夕阳西下的地方，有了一座孤单的坟茔，沐浴着夕阳的光辉。我把母亲托付给了西山，托付给了夕阳。

是大海上的落日过分沧凉，还是平原日落不够美？是苍山大漠的夕阳过分忧伤，还是都市夕阳太破碎？

其实，很简单：只有故乡的夕阳才属于我；我的心里，永远荡漾着一片故乡夕阳的柔光。

泉水泠泠

常想回家看看，看看老屋门前那一汪泠泠的清泉。

老屋前不远处——约十丈的石坎上，在一片柳树的浓荫里，有一汪清澈的泉水，乡邻们叫作"麻子湾泉"，她是我们家的"大水缸"。清泉下临渭河之水，上连几户人家，从岁月深处走来，静静守候在乡邻们进出的路旁。在渭水源头这块古老而神奇的土地上，群山沟壑，溪流淙淙，名泉众多：老君山神仙泉、南屏山池沟泉、牛沟娘娘泉，还有被史料称为渭河源头的鸟鼠山"品"字泉……泉水，是渭河的灵魂。在渭水源头众多的泉姐妹中间，我们的"麻子湾泉"极不起眼，也排不上什么大辈分，但她水深而甘甜，是我们的生命之泉，她用那一滴滴清凉，世世代代，滋润了乡邻们干渴的灵魂。

我们之所以将"麻子湾泉"叫作"大水缸"，其一是，她不同于其他泉流，是一个特大的"水缸"模样，泉壁用大小不一的石块砌成，泉眼径约三尺有余，深为五尺之许，上面用大石板砌成半圆形的拱顶，泠泠泉水便从旁边泉口中汩汩流出；其二是，她就在我家门口不远处，舀水洗衣、洗菜做饭极为方便，就像家里的水缸一样。

骄阳炎炎，旷日持久，附近的泉水几乎都干涸了，唯独她照样汩汩流淌而不断流；阴雨绵绵，连月不开，低洼草滩都成了泥淖沼泽，也不见那汩汩细流有所涨溢。冰雪覆盖，寒风刺骨，泉口却雾气升腾，走近了看，在泉水刚刚流出后结成的薄薄的浮冰下，还有一丛丛小草——原来，这里早已孕育着生命的绿色，所以，当春风徐徐，暖意微微，冰河还未完全解冻，泉口周围已染上一抹淡淡新绿。

泉水经历了怎样的岁月风雨，老人们只是摇头而未曾提及，但对这一汪生命之泉的敬重，就像敬重自己的祖先一样，礼数周到而虔诚。据说，泉水里还有一位美貌的泉神娘娘。泉神娘娘既灵验而又慈悲，她会时时把吃水人家老人小孩的健康平安放在心上；如果说你诚实而善良，她还会在泉水中显灵，让心底良善的人看见她天仙般的姿容。所以，大年初一早上，祭拜过祖先之后，老人们就要来祭奠这位泉神娘娘。几乎是约定了的时辰，他们都会在同一时刻拿着香表，端上供品，领着孩子来到泉边——我跟在父亲身后，孩子们也要在泉水里照一下自己的影子，讨个吉利，看一下长大了一岁的模样，还想碰碰运气，是否真的能看见这位天仙娘娘……在临时设置的供台上，大人们摆放供品，烧香叩头，不慌不忙；孩子们不耐烦了，也顾不了那么多礼数规程，在大人们毕恭毕敬之时，他们溜过来，凑在泉口，装扮出怪怪的样子：或挤眉，或歪嘴，或抓腮挠耳，怪相百出……虽然满泉晃动着"鬼脸"，不见泉神娘娘，孩子们仍争着高喊：

"我长大了——"
"我——长大了！"

长大了？长大的过程极为艰难……一次次把头伸向泉口，晃动在泉水中的常常是一张张菜色的脸……背着书包，沿着小路跑回家，常远远看见瘦弱的母亲屈身蹲在泉边，她一勺一勺地舀着泉水，三遍五遍地淘洗苦菜。被苦菜汁染成绿色而浑浊不堪的泉水细流，从泥沙碎石空隙里汩汩流走，泠泠的泉水还须承载我们人生的苦难？在冰凉的泉水中浸泡得久了，母亲的双手，已经麻木而通红——我知道，在那青黄不接的年月，母亲没有别的办法养育自己的子女，只有用除去苦味的野菜，来给孩子们充饥……多少天发高烧不退，饥馑荒岁，家贫如洗，哪里去寻医找药？母亲慌乱了，只能一次次用清凉的泉水淘湿毛巾，敷在我烫热的头上，那一丝丝清凉，渐渐地，好像渗入了浑身每一个毛孔……

有人说，欢乐愉悦会转瞬即逝，苍凉凄楚将永远蒙在心头。或许，这是生命的真谛？

那是一个隆冬季节，一次十分偶然的机缘，乘木船，在从九天飞泻而下的黄河上颠簸，真切地目睹了这位伟大母亲河的芳容……气势雄伟的母亲河，夹在两山悬崖峭壁之间，一块块巨大的冰凌，白花花的，漂浮在宽阔的河面上，冰凌撞击木船，木船像一片被秋风吹落的黄叶，在河面冰凌的空隙间摇晃，我们的心悬提着。船工们急促而低沉的号子声，刚刚给惊恐的"旱鸭子"们一些心灵的抚慰，旋即被森森的寒气吞噬，无法弥漫开来，传到很远。母亲河也不心甘情愿地夹在这突兀的两山之间，稍一转身，便义无反顾地扑向前面乱石嶙峋的崖壁……我想，母亲河中，有一股极为细小的细流，一定是从故乡老屋前那一汪泠泠的清泉中流出。

有好几次，手拉着小孙子，和孩子们在一起，光着脚丫，走在大海边沙滩上，一步一个深深的脚印；还有那么多不同肤色的人，也悠闲自在地漫步在这金色的海滩。阳光和煦，天空湛蓝，极目之处，海天相连，浑然一体，空阔邈远；海风轻轻吹来，把海水的清凉送给来自世界各地的每一位游人……我站在浪花翻卷着的海边，海浪掀起白花花的波涛，哗哗，哗哗哗，由远而近，层层涌来，直至漫过我脚下的沙滩，打湿我的衣服，也打湿了那一缕经久而挥之不去的浓浓乡情……浩渺苍茫的海水，有一滴，一定来自渭水源头，来自故乡，来自老屋门前那一汪四季甘洌的清泉。

步履匆匆，好似眨眼之间，我们已走过大半个人生，泠泠的泉水仍在记忆中流淌。

我也常回家看看……老屋啊，人去屋空，蜘蛛檐下结网，杂草阶前生根，院落确实有些荒败；而老屋前的"麻子湾泉"——我们的"大水缸"，仍是那样清澈甘洌……低下头，跪着身子，屏住呼吸，定睛再看，激起层层涟漪的泉水中，晃动着一个鬓毛已衰而好似陌生的身影，满泉"鬼脸"的扮相消失得无影无踪……掬起一捧清亮亮的泉水，泼洒在头上脸上，那阵清凉，将岁月淤积在心头的尘垢涤荡得了无痕迹，神心顿时一片明澈——乡民们毕恭毕敬的泉神娘娘，不就是世世代代辛劳在泉边，养育着子女的母亲？

久旱不雨，不见其干涸，久雨不旱，不见其涨溢；经寒冬而不冰封，泉口仍迷迷蒙蒙，水雾升腾，甚而孕育着生命的新绿；遇炎夏而愈清凉，喝一口，浸透肺腑，暑气顿消。她从地下深层的岩石缝隙渗出，积满一汪碧绿，而后爬出泉口；汩汩细流，曲曲折折，于泥沙碎石的空隙中寻找自己的路；终于，汇入渭水，流进黄河，奔向大海，孱弱的生命因此而永恒。

哦，老屋门前，那一汪泠泠的泉水，难道不是我人生和心性的投影？

水磨悠悠的年月

那时，在故乡，有好些水磨房。

从渭河里分出一渠清亮亮的水，渐渐地加高河堤，借河水之落差，建起一盘盘水磨房，横跨在这一渠清流之上。远远望去，这些高低错落、排列有致的水磨房，像一颗颗古朴而粗粝的珍珠，被清清流水的线稀稀疏疏地串在一起。

这些水磨房，几乎都是以磨主人的姓氏为名称：赵家磨、张家磨、李家磨……唯独这盘破旧的老磨房，在河堤柳树浓郁绿荫的掩映中，从稍远处就看不清它的轮廓，但却有一个怪怪的名字——"跛子磨"，而且，被乡亲们久久地铭记。

我想，这一盘在世俗之人的眼里不露其真面目的老磨房，也应该有一个比较正统且有些尊严的名称，因为磨之主人，多为大户人家。然而，这盘磨之所以有这样一个不伦不类的叫法，却是因为在这里住着一位瘸腿的老人。

以年龄而论，他还不能同"老"连在一起。在那些特殊年月，他当作青壮年劳力，被生产队派往铁沟大炼钢铁，不久，因腿被矿石砸伤而成残疾，丧失了正常的劳动能力。回到家乡后，这破旧的老磨房，成了他唯一能容身的栖所。他原来的几间老屋，将要坍塌了，被生产队拆去当作土肥用掉了。生产队长让他住在这盘好长时间无人看管的水磨房里，既给他安排了住处，又解决了吃饭问题，因为从主顾那里"打些磨课"是可以勉强度日的。这是生产队长的功德之举，而且他也喜欢住在这里，两全其美。他很少刮脸，不修边幅，岁月的风雨也过早地在他的两鬓留下了痕迹，所以，他给人以"老"的印象。其实，那时的他，正值中年。

不称呼他的姓名，只喊他"磨里的跛子"，进而简称为"磨跛子"，一半，缘于他为人的乐观，人们略表一些亲昵；另一半，缘于他社会地位之低下，人们略表一些亲昵；另一半，缘于他社会地位之低下，人们又心存几分蔑视。久而久之，以人之形象代替了磨的名称，就像人们忘记了他的真实姓名一样，将这盘原本应有一个正统且有些尊严名称的磨，也就叫了这么一个不伦不类的名称——"跛子磨"。

主顾来了，他总是乐呵呵地帮主顾的忙，卸下粮食，装好面粉，人缘极好。他自己不修边幅，却把磨的周围、渠的两旁打扫得干干净净。这里的一切也渐渐地有了一些生气和活力。这是他对往昔的怀念，还是心存一种企盼，企盼着她的归来，这是他心底的秘密，我们只能去猜测。但是，那清泠泠一渠流水，那两岸金灿灿的黄花，让破旧的老磨房留住了清风，留住了鸟鸣，留住了人们的笑语欢声。

我之所以一有空闲，就想往"跛子磨"跑，特别是那阴雨绵绵的秋的长夜，总喜欢围在他热堂堂的土炕上，是因为其貌不扬的"磨跛子"，竟有一副清亮的歌喉。他那清越高亢的歌，有时沁人心脾，有时震人魂魄。他的歌，总是带给我们充满艰辛的欢乐，不去听，心里空荡荡的，像是生命里缺少了什么一样，让人魂不守舍。

他的歌，每每以"山里的野鸡红冠子/尕妹妹头上的银簪子/山丹丹红花开"来开头。这是诞生在这一方古老而神奇的土地上，并且从久远岁月中走来的一种西北民歌所特有的调式，也是乡民们情和爱最为直接和朴素的表白。以山里美丽的雉设喻起兴，让人联想到头插银饰的姑娘，进而便把人们带到碧绿万顷、鲜红一点的山丹花盛开的美好情境。当水磨在悠悠地转，或者，大家在他烫热的土炕上团团围坐，他不像今天的歌星们极尽情态地去表演，即使是黑灯瞎火的，我们便被他高亢而悠扬的歌声所震撼。我已无法描述他所咏唱的"尕妹妹"同"阿哥"是在怎样地倾心相爱，只是觉得，在他的歌声里，一颗颗冰冷的心，都会瞬间消融；一次次痴情的梦，都会即刻成真；一个个黑夜之后的黎明，都会温暖如春。

不是他没有忧伤。

"磨跛子"曾有妻子，我见过她。她叫"丫丫"，是这盘老磨主人的独生女儿。在我朦胧的记忆里，丫丫并不漂亮，也不妩媚，脸上有几个浅浅的雀斑，但给人以健康、朴实、厚道的印象。他们是否青梅竹马，是否曾在这清泠泠的河水中嬉戏；他们是否也曾在这秀美的渭水河滩对歌，或者，他用自己清越的歌声，在这盘老磨旁整夜整夜地唱，终于打动了丫丫的心；他们是否也曾在这悠悠的水磨房有过磐石般的海誓山盟，或者，在播种爱情时就有收获幸福的希望，对未来的生活有过一个美丽的憧憬，我不得而知。但是，我相信，他们也会同今天的年轻人一样，也一定有过激情燃烧的灿烂年华。只不过，他们的灿烂，是流星在夜空瞬间的闪光，接着便被无情的黑暗所吞噬。生活的窘境、命运的无常、时世的艰辛，让她从"引洮上山"的工地回来后，再也没有走进这个残破的家。她不辞而别，顺渭水而东，杳无音讯。对于丫丫在丈夫残疾后的悄然离去，我们没有指责，因为每个生灵都有选择存活的权利。

有时，没有顾客上门，或者大雪覆盖了山野，天地间一片寒气森森的惨白，我们则喜欢偷听他唱给自己的歌，那时，他用歌声来自我慰藉。他的歌，仍以"山里的野鸡红冠子/尕妹妹头上的银簪子/山丹丹红花开"来开头，然而，歌声一如冰层下的流水在呜咽，凄楚忧伤。他那形只影单的凄苦，残疾之后的窘境和艰难，以及漫长等待之后的无望和惆怅，让他的歌又有一种无形的魅力。那时，我们的灵魂是那样的苍白；一种莫可名状的感受，说不清，道不明，只能任其潸然之泪在脸上流淌……

时光流转，岁月悠悠。

故乡的水磨房终于被电动机房所替代，完成了它的历史使命而悄然地淡出了人们的生活；"跛子磨"也毫无例外地变成了一堆残垣断壁，走进了人们尘封的记忆；"磨跛子"最终也没有等来丫丫，他同自己的"跛子磨"一样走完了他悲苦的却也给人们带来过欢乐的生命历程。这些年来，唯有那醉人的歌，总是随着入夜的清风，在我记忆的深处轻轻地摇晃。

当这纯朴而乡情浓浓的歌，从人们的记忆中渐渐消退而远去时，我们的生活像是缺少了什么，而那远去的东西才显其弥足珍贵。在贫寒与凄苦中竭尽全力给人以快乐，是朴素乡民们至善至美的情怀。

◎**姬小平**

姬小平，生于20世纪70年代，渭源县路园镇人，渭源县文联主席。

书法生命及其他

读万卷书，临万家帖，行万里路。

当年，沿着清华的"荷塘月色"、北大的未名湖和京城的西三环，向首师大书法所行走的时候，我就念叨着这"三万"句话，四度寒暑，风雨无阻。在这种行走中，我看不到前途和出路，为了书法，我以青春作注，义无反顾，茫然而执着，几近赔上了工作，赔进了前途。我不知道，这是一种热爱、还是痴狂，反正，书法就像一贴魔咒，在我的血液、骨子和灵魂里挥之不去，让我的生命多舛而精彩、曲折而丰富。

书法到底是什么？

从接触文字到现在，将近30个春秋的一万多个日夜里，我懵懂、茫然、给不出答案。小学二年级时，因羡慕同教室上课的四年级学长好看的字体和整齐的作业，我让他给我写过作业，初衷是为了能模仿模仿，结果是被家人发现，说成是我不好好学习、让人代写作业的证据。那时，我总认为是人家使用自来水钢笔的缘故，于是就常常渴望自己能够有一支自来水钢笔。

三年级时，学校开始写大楷，顶替民请教师老王老师的小王老师的题字，成了我心中最神气的字帖，我至今仍能回忆起他刚劲有力的题字，我梦里都在盼着自己的大楷作业能多吃几个红圈。

四年级，我转到新学校，我的大楷每每被班主任拿到班上表扬："咱们班只有姬小平同学的毛笔字是一笔写成的，其他同学都是反复涂描画成的。"在这种表扬声里，我写遍了《封神演义》中几乎所有神灵的名字：周武王、姜子牙、土行孙等等。值得一提的是，其时我认为班主任老师的板书很漂亮，她的言传身教深深地影响和感染了我，在书法的启蒙年月里给了我信心和乐趣。

五年级时，学校规定不再写大楷，我又遇到了二年级时相似的问题，一个用蘸笔写字的复读生，成了我的写字偶像，我也改用蘸笔写字，但仍无法达到他的那种漂亮程度，倒是因此减缓了自己写字的速度，以致在一次考试中因答不完试卷，被时任我数学老师的大姐当场换掉了蘸笔。这次换笔梦求写好字的举动也是无果而终，但是比二年级时有所收获的是，我现在的数字"2"的写法就是那时学他练就的。

初中更是不设大楷课的，影响我的继续是老师的板书和同学的作业。初一时，也是一位复读生，他老被老师评为B+的数学作业，令老是C、C+的我艳羡不已，我现在的数码"X"的写法就是那时学他的。初二始，我遇到了一位语文老师，板书那时我认为是漂亮极了，写得既快又好看。我常在所有的笔记和作业上，极力地模仿着他的笔迹，日益繁重的课业和升学负担，也没有扼杀我对写漂亮字的向往和追求。

十四岁那年，我考入了中专——临洮农校，成为了一个正式的"公家的人"：学费是减免的，住宿费是不收的，伙食费是补贴发放的，只交书本费，也是较少的。在这种"共产主义"式的大家园里，生活有了保障，课业负担减到了最轻，我生命里对艺术的挚爱和热情被全面释放了出来，骨子里的艺术潜质被挖掘和激发了出来，不可收拾地肆意滋长着，文学、音乐、书法，我都不能割舍，参加了学校的雏鹰文学社、洮滨音乐社和麓山书画社，像一个走进熟食店的乞丐，我贪婪得不知道如何选择，碰上啥吃啥，只恨爹娘只生了一张嘴。

鱼和熊掌是不可兼得的，因为人的生命和时间是一个常数，你选择了这个，就干不了那个。经过一番痛苦的抉择之后，我毅然选择了文学，在雏鹰文学社如豆的灯光下，我开始了苦行僧般的文化之旅，至今子夜难以入眠的习惯就是那时养成的。在缪斯的裙下，我衣带渐宽，爱情也在此刻悄然降临，令人柔肠百结，灵魂出窍。美好的事物总是短暂的，正如她悄悄地来，爱情也在短暂的逗留之后，悄悄地走了。在爱情渐行渐远的日子里，我泪眼婆娑，魂不守舍，肝肠寸断。青灯黄卷里，文学记录和抒发着年少的苦难，夜不能寐涕泪俱下，人亦憔悴。文学之于我，其时已是茅屋之于秋风，风雪之于冰霜，不但没有给我那满是疮痍的心灵安放一个避风挡雨的去处，而且是日益加重着我的悲情与凄苦。当时文学社的学长们因激情难耐之举涉及政治，使得文学脆弱到不堪一击，时任文学社长的我被反复侵扰，在不堪的苦痛和无休止的纠缠纷扰里，我决定离开缪斯的后园，开始去麓山书画社的砚田里经营那块属于自己的书法天地。那一年我十六，在学长们的指导和帮助下，我走上了自学书法的艰难苦旅。其时我在农校，教我书法的学长在师范，每天中午饭后，我都往师范跑，去学长那边的书画社学上一个小时的书法，赶下午上课前又返回农校，如斯往返三月，风雨无阻，逐渐地我已能够开始进入书法临习参禅入定般的状态，如豆青灯之下，我身影依旧，只是笔已易换，心亦安静了下来。爱情的悲苦，使我在那样的年纪想到了出家：一间茅屋，万壑松声，一管软毫，满纸云烟，一介逸世书生，青灯黄卷相伴，纸墨相磨里了此残生。凡此画面，竟成了我年少苦难的心中，最高古的人生境界。

书法之于我，好像一开始就是为了拯救我而来的，在爱情的苦海里伸向我一枝通向彼岸的杨柳，柔弱而温暖。在书法的安静里，我心若止水，人亦逐渐走出了悲苦，字也出落得有了模样，令其时的师长们关照不已，不停地替他们誊写一些资料，并被灌输了"写好文章练好字，将来毕业后先做个县长秘书，再争取当个乡长"的人生目标。待两年后我走上工作岗位时，书法已是我一只硬朗的翅膀，和另一只文学的翅膀一起，使我在工作的天地里翱翔。书法的初级层次——好看的钢笔字，帮我在工作中牛刀小试、游刃有余。因为字好，我从乡镇调到了县纪委，继而成了一名县委领导的秘书，"先当一名县长的秘书"是中专时老师教我的一个人生目标，而这一目标的实现则是书法造就的。之后的年月里，书法继续润泽着我。我的作品在县上举办的书画展览和比赛中多次获奖，这些奖励鼓动和激励着我，朝着更高的目标奋斗。我报考了书法函授大学，开始对书法进行系统的学习和感悟。学然后知不足，在函授老师的教导和帮助下，我深入研习书法的信心和决心被极大地调动和激发，我开始发现，我已经狂热地爱上了书法。其时，在《中国书画报》上我看到了《欧阳中石和他的学生们》的专题报道，向往之情，不能言表。

命运常在不经意间，就会给人带来一些震动，让人猝不及防。就在我朝着老师教我的"乡长人生目标"奋斗时，工作和生活却发生了一系列的变故。不知多少个夜晚，在如水般流淌的民乐声里，我仰头望月，目光遥投天外，思绪万千，夜不能寐：人生的出路到底在哪里？何处才是我得以安放心灵的地方？人生价值的终极追求到底是什么？

不停的思索中，我的头发开始斑白，一连串的冲动撞击着我，彷徨的心不甘失败。后来才明白，命运在这时已经开始酝酿一场根本性的转变，只是其时人还身在山中，云深不知其处罢了。

1997年，在无数次的彷徨和斗争之后，我考取了北京大学国际关系学院全国纪检监察干部大专班，开始了两年的燕园求学生涯。正如我在另一篇文章里写道的那样：当接到北大这个当年我想都不敢想的神圣殿堂寄给我的录取通知书时，我像一位初沐爱情的懵懂少年，逢人诉说着自己的憧憬、焦虑、喜悦和向往，当我真实地踏在了燕园的土地上时，我心中诚惶诚恐。后来的事实证明，我的惶恐不是没有缘由的，面对烟波浩渺的北大学海，我显得太过苍白和渺小了，当我在未名湖畔和博雅塔旁迷失的时候，我发现自己来错了地方，面对北大我实在是太寒碜，在彷徨和迷失后，我终于下定了决心，一头扎进了北大的学海里。只可惜，时间对我来说太短了，短得令人只有叹息的份儿，加上英语的短腿，使得我在燕园只做了两年的匆匆过客，我因为北大而荣耀，我更因为北大而深深忧伤：北大太大，我太小，北大太深，我太浅。在北大的两年，我努力学习着，生命在一种痛并快乐的感觉中改变着，"做秘书当乡长"的人生目标悄然之间发生了转变，转变得连自己都不曾察觉。不知从什么时候起，我的心中没有了一丝当乡长的念头，只想着能有朝一日成为一位学者，这种对小官吏的放弃和对大学者的追随，也许是缘自我在北大图书馆里记下的一句话："官宦匆匆只十年，学问焕焕千古事。"做学问，著文章，安身立命，学著等身，这是几乎所有北大人的人生追求，尽管我只是一个带引号的北大人，但是，对"爱国、进步、民主、科学"的北大精神的追崇却是虽不能至而心向往之的。由于中断了整整十年的学习，英语一直羁绊着我，在北大的校园里，我空怀着一颗飞翔的心，却没有长出一对飞翔的翅膀。尽管没有长出飞翔的翅膀，但北大的两年对我书法道路的影响是深刻的，对自己人生命运的转变也是根本性的。在北大的两年里，因书法不错而担任北京大学学生书画协会的副会长期间，整理了学会建会以来的历史，创办了会刊《未名书画》。得到了北大教授陈玉龙、杨辛、葛英会、杨重光、张辛和高译诸先生的教诲及学长曹宝麟、华人德的指点。特别是杨重光先生，对我格外认可，在我们选修的书法课上，当着大家的面表扬我临的《石门颂》比他临得好，这极大地鼓舞了我的士气。最令人难忘的是帮他举办全国第二届花鸟画展时的情景，当时我亲身体验了一下全国大展的气氛和盛况，为我以后参加全国的书法大展积累了宝贵的经验。在诸位先生的教导下，我原先引以为荣的板桥体"六分半书"被彻底矫正，书路又回归到了法度森严和气韵高古的汉碑上来。原先"六分半书"是对自己以前唐楷几近程式化法则的解构和重建，而其时向汉碑的回归，则是对更高层次法度的追求，这种螺旋式上升的追求轨迹暗合了书法艺术的发展规律，走上了"初学分布，但求平正，既知平正，务追险绝，既能险绝，复归平正"的书艺循环发展道路。尽管有不少名家指点，但是我对书法的学习总体上还是自修式的，对书法知识特别是理论知识的理解和掌握还是点点滴滴的，书法知识没有形成系统的理论构架，在书法学习的实践中常常茫然不知所措，时时困惑不已。我对书法理论知识系统学习的渴望日益强烈，甚至不可抗拒。正是基于这种渴望，加上北大两年的学习经历，我才有了到首都师大中国书法文化研究所欧阳中石先生门下深造的机会。当时首师大书法所研究生课程班的入学条件是比较苛刻的，要有学士学位的要求拒我于门外，无奈之际，我以北大校友和书法爱好者的名义向欧阳中石先生冒昧致信，恳求能够入所求学，信后三天，书法所办公室的白主任来电话，说遵"先生"（书法所所有的师生对欧阳中石先生的尊称）之意，叫我到书法所面试一下，在得知我有全国性书法展赛获奖证书的前提下，破格录取了我这个大专生。朗朗青天，冉冉长者，惶惶我心啊！

2000年，寄居在清华博士楼堂弟寝室的我，开始了在首师大书法所研究生课程班的学习生涯。在近两年的时间里，得到了欧阳中石、张同印、刘守安、黄天树、卜希旸、叶培贵、甘中流和解小青诸教授的教导，对文字训诂、书史渊源、书学理论、书体字体、书法美学、书法技法和诗词歌赋等知识进行了专题系统的研究，从而全面认识了书法的文化内涵，理解了书法散舒怀抱、抒发性情、从技进乎道的艺术特质，从根本上解决了对毛笔这一农业文明产物的认知、理解、掌控和把握，进一步明确了自己人生的价值取向和终极追求。欧阳中石先生曾有句云："作字行文，文以载道，以书焕彩，赋以新机。"他把书法定位为中华民族文明的传承载体，发掘其特有的文化底蕴和艺术内涵，并倾其终身，孜孜以求，以有限的生命个体，做着无限的文明传承。令我今生无法忘怀的是，欧阳中石先生对我的评语："其心至诚，其情若切，其字如人，孺子可教，精雕细琢，终可成器。"作为欧阳中石门下，我也逐渐理清了自己的人生目标：学术修身，文明传承，文治教化，以一个知识分子的文化良知和一个书法爱好者的一技之长，在文明传承和文治教化的长河里增添浪花，竭尽绵薄的一己之力。天道酬勤啊，很多年前自己对人生目标的疑云终于在首师大书法所欧阳先生门下醍醐灌顶、拨云见日。能进首师大书法所学习，是我人生的一大幸事，而在书法所学习的最大憾事就是不能成为书法所一名正式的研究生，而只能是一个进修生。和副所长刘守安先生的一场对话怕将是我今生最为抱憾的记忆：

"小平，你年龄这么小，学习认真，专业又好，怎么不报考咱们所的正式研究生呢？" "先生，我英语不行，还是十三年前初中时学的，再一直没有接触过。"

"那有啥啊？继续学呗！"

"……"

人心为什么总是不足啊？为什么总是不断有新的事情让人难以释怀啊？

这正是渭水的母爱惠心。两千里湍流，涤荡着中华民族的数千年历史，推递了十一朝政权的兴衰隆替，滋养着民族灿烂文化奇葩的盛绽。一部国史、万卷诗文，尽多古渭水波光折射，鸟鼠风云的变幻留影。她有广阔的胸襟气度，吸纳百川，有容乃大；她有慈仁的心灵，兴云布雨，盈溢沟洫，润泽农家；她有犷悍的性格，一泻汪洋，荡秽涤浊，所向无羁；她有远大的志向，携手河伯，扬波兴澜，滋溉豫鲁大地，东奔大海。在华夏千河万水之中，渭河以其自身的娇媚，及对历史人文的厚重承载，成为水中之佼佼者，是水文化中一支晶莹瑰丽，辉彩四射的精品。在她源头的儿女们，将乘她轻澜春浪，走向世界，迎接未来。

◎王宾

王宾，1940年生，渭源县莲峰镇人，退休中学教师，喜诗文，善书法，甘肃人民出版社曾经出版其著作《秦始皇的故事》。

首阳山怀古

从莲峰古镇出发，西行十数里，就是享堂沟。这里山势舒缓低平，农户傍山而居，"闲云野鹤"，"小桥流水"式的景观，无甚特异之处。进沟三四里，北山突出一道崖坎，遮住了视线。绕过崖坎，景色陡变：浓荫蔽天的古柏巨松挟着一座雕梁画栋的别致的山门，一股脑儿扑入你的眼帘，令你目眩。

跃过路旁小溪，沿六十度角台阶拾级而上，进入首阳山门。稍歇片刻，继续踩着左右盘旋的阶梯缓缓攀登，不一会儿，便有一座丈把高的墓碑挡在你的面前。临碑细看，正中一行楷书阴文大字——"有商逸民伯夷叔齐之墓"。上端镂空石雕"二龙戏珠"，两龙间距嵌有"百世之师"四个小篆字，挽联曰"满山白薇味压珍馐鱼肉，两堆黄土光高日月星辰"，横批"高山仰止"。顺着碑后左上方望过去，在幽暗的浓荫和茂密的蒿草间，隐隐现出两座超大型的墓冢轮廓，俨然两座小山，着实有点骇人，显示着它已阅历了人间多么漫长的岁月，而且又有多少虔诚的信众，不断前来凭吊祭扫，增添土封和植造林木！

面对碑冢，思绪翻飞……

3000多年前，商王朝的最后一代君主纣的统治结束了。纣是一个贪酒好色、嗜杀成性的暴君。在位期间，国人不堪其虐，诸侯众叛亲离，终于身死国灭，大权旁落于周。这本是一件改朝换代、拯救生灵的好事，却遭到一些所谓商纣"逸民"的激烈反对，代表人物便是伯夷和叔齐。这两个自称"有商逸民"的人，原是孤竹国的一对王子。孤竹是商王朝下属一个诸侯小国。只因老王墨胎初临终前了一桩糊涂事：下令把王位继承权交给小王子叔齐，造成山河濒临易主，社稷将陷入不祀的严重局面。

老侯王死后，长公子伯夷曾以君父遗命要叔齐行践阼礼，而叔齐不肯，却以"立长不立幼"的古训为借口，反要伯夷继位。双方嘴里各执一词，心里抱定一个"义"字，生吞活剥，不肯权变。僵持到最后，竟然一齐"大撒手"，置国家人民于不顾，双双逃离孤竹，一了百了。不料在出逃的路上，又鬼使神差地撞上了周武王的伐纣大军，真是冤家路窄！在执着"忠君"一念的夷齐眼里，这种犯上作乱，以臣弑君的"乱臣贼子"不啻衣冠禽兽。于是两人联袂，冒死拦车，犯颜强谏，迫周武王即刻罢兵还师，以赎前愆。结果当然是螳臂当车，不自量力。此后不久，便传来纣自焚身死和周代商立国的"噩耗"，两人痛心疾首，失声号啕，如丧考妣。但也智穷力竭，无可奈何，只好尽快逃离周土，决心不食周粟，以死殉节。后来沦落到荒无人烟的首阳山，以为"蛮夷之地"，绝非王土，便甘心留下来，"采薇（蕨）而食"，填塞辘辘饥肠，直到叶落草枯，薇尽食绝，饥寒交迫，双双饿死在荒山野岭间。呜呼哀哉！

"二圣"的结局可谓一出惨烈的悲剧，然而，又似乎是必然的，不可逆转的。试想：如果当初周武王接受了两人的谏阻，偃旗息鼓，捐甲弃兵，纣不灭，周不兴，那将会是一个什么样的局面？没有了周代的政治、经济、文化，还会有后来各朝各代的社会文明吗？谁又甘愿再倒退回商纣那个野蛮、落后的朝代中去？所以，反对进步，反对变革，极力维护旧秩序的人，结局永远注定是悲剧性的。

再看所谓"让国出逃"的"义举"。为了一个既无确切含义，又无实际内容的"义"而轻率地抛弃国家和人民的行为，在令人"震撼"之余，又觉得荒诞可笑，不能原谅。试想：一旦掌控国家权柄的人都步"圣人"后尘，那又会是一个怎样混乱的局面？没有了"国家"，芸芸众生还有一点起码的生存保障吗？毋庸讳言，为了争夺国家政权，每每父子反目成仇，兄弟互相残杀，这对"圣人"的行为实在是一记绝妙的讽刺。

然而，历史往往跟人们开玩笑。它几乎一开始就毫不犹豫地肯定和选择了夷齐"让国出逃"的行为。

千百年来的社会舆论几乎都是清一色地称颂"二圣"至大至公的"圣贤风范"。谁也不敢对"圣人"的行为稍有不敬或亵渎。看来有一种潜在的强大的力量在维护和支持着它。说穿了，就是历代的统治阶级的思想。"二圣"的思想行为对统治阶级是有利的，他们毕其一生都在或明或暗地维护着统治阶级的思想和利益。所以一开始就受到上层社会的青睐和赞赏，自然就以"古圣""前贤"和"万世师表"的声望成为人们"高山仰止"的绝对楷模。

古往今来，世世代代，不论朝廷官吏还是民间士农工商，每年都来首阳山祭扫，顶礼膜拜，而且长祀不衰，俨然成了一种文化，一种以祭祀"二圣"为中心的独特的文化——"夷齐文化"——"首阳山文化"。

可是有一个令人长期难以释怀的问题。天下称首阳者，并非仅仅我们陇渭这一处，比如山西永济、河南偃师与河北卢龙等地都有首阳山，而且山上也有伯夷叔齐庙和塑像。到底哪处是"二圣"真正殉节的首阳山？对此，历史上可谓"仁者见仁，智者见智"，诸多文人学者不知打过多少场旷日持久的口水仗和笔墨官司。直至明末清初，结果才现端倪。

"天下五首阳，唯有我处真。"陇渭名士的豪言壮语终被舆论所接受，为争论画上了句号。这样，我们的"首阳山文化"也就实至名归了。

可喜的是本世纪之初，这种似乎千古约定成俗的民间文化，又与共和国九百六十万平方公里土地上兴起的"爱"与"和谐"的社会风尚相遇，真可谓"有缘千载来相会"，二者相辅相成、相得益彰，也算是古今文化的一种"缘分"吧！

我们是历史唯物论者。对于古人，尤其是像伯夷叔齐这样影响巨大的"古圣前贤"，我们既要以马克思主义的历史观实事求是地去批评他们，也要尊重历史长期形成的已然事实和结论，决不能超越时空、超越历史，用今天的标准硬套古人，更不能出言不逊，随意挑剔，甚至于滥讨滥伐，乱砍乱杀。只有这样，才可能使古文化不断增姿添彩，在新世纪的社会主义中国健康和谐地向前发展，真正达到古为今用的目的。

◎曹希舜

曹希舜，笔名嵔如，号文养轩主。1941年生。甘肃渭源会川镇人。1963年毕业于甘肃师大，退休中学高级教师。中国延安文艺学会会员，甘肃省中语会会员。定西市中语会常务理事，兰山印社理事。临洮诗词学会理事。酷爱书法、篆刻、摄影、文史、金石篆刻。著有《文养轩文集》《文养轩诗词草》，报刊多有文章发表。2008年4月中国文学艺术家联合协会授予"共和国艺术家"称号。

长城行

五月的渭源，禾长叶绽，绿荫四野。趁着长假，我乘了县文广局的桑塔纳，沿着定渭公路去游览长城。同去的还有新定、志华及小贾。车行至七圣池坪，新定指着眼前一个小山包说："这就是长城烽燧，这段公路正是长城。"于是我们便一齐下车。这天，碧空万里，艳阳如炽，眼前，山峦层叠，逶迤起伏，沟壑纵横，村庄星罗。我的心情正与视野同步，顿时感到开朗而畅快。大家有说有笑，辨认着长城的走向，远望着沿线的烽燧，又察看着夯筑的遗层。说实话，要不是新定的指点，凭我的眼力，是绝对辨认不出来的。渭源县境内的长城，据可靠的论证，属战国秦长城，修筑于秦昭襄王三十七年，即公元前270年，灭义渠之后。照此看来，它的历史当在两千二百多年了。

两千二百多年？其岁月那是何等的悠悠绵绵！试想，在这悠悠的岁月中，这一里也曾有过多少挥锹举夯修筑长城的人，为了修筑长城，这些人抛家离子，忍受了多少日晒雨淋，又忍受了多少饥渴、鞭笞，又有多少孟姜女哭长城式的心酸故事；再试想，在这悠悠的岁月中，曾有过多少将官、士卒为了戍卫祖国的疆域，捍卫黎民百姓的安宁，在这里曾有过多少血与火的厮杀、斗争，有过多少胜利的喜悦和欢呼，又有过多少失败的懊丧和愤恨！……

啊，白云苍茫，沧海桑田。昔日巍峨、绵长的长城墙体和沿线的密集烽燧，已与今日普通的山梁、山嘴没有什么区别。然而最耐人寻味的是，时过两千多年，长城在老百姓的心里人存活至今。倘若问及他们，无论老少，没有一个不知道的。哦。我明白了，在人民群众的心目中，长城重要的不再是他的实体，而是他深邃的内涵。此次游览是新定于我合计的，是他了却了我的一桩心愿。可是我在心里还期盼着能发现些什么。突然，新定拿着几块碎瓦片说："这就是长城瓦。"于是我和志华小贾都来了兴趣，也来了劲头。"折戟沉沙铁未销，自将磨洗认前朝。"大家都捡起长城瓦来。起先在长城边的耕地里寻找，后来又到一座烽燧坡坂上寻找。结果发现有大量的残瓦碎陶，其中还有难得一见的大块，但坡上长满了丛生的酸刺。此时的我们竟像一群贪玩、淘气的孩子忘记了疲劳，忘记了饥渴，甚至忘记了自己的衣裤、皮鞋还会被酸刺划破的可能。一言以蔽之，除了土尘尘的瓦片、陶片，什么都置之度外了。我们的收获甚丰，个把小时竟捡了好几袋子。后来，我们沿着定渭公路还去了北寨的几个地方，看看天色不早，便顺着原路返回了。回到家里，我的老伴儿一见车上带回来的竟是几袋子烂瓦碴，不屑一顾地说："出去一天，却拾了些烂瓦碴，我当是啥宝贝呢！"这真是"知我者与我同乐，不知我者谓我何求"。突然，我又想起了陶渊明"此中有真意，欲辨已忘言"的诗句来。算了，我还是忘言不说、不辨的好！

裴建准其人

裴建准，光绪十一年（公元1885年）生，渭源县上湾乡侯家寺人，祖籍广河裴水家。表字孟威，号南谷山樵。近代陇上书画家，工书、擅山水、花卉，尤以工笔马为人称道，有"裴将军八骏传陇上"之誉。

裴建准少年入私塾即好书画、武术。清光绪三十二年（公元1906年），廿岁刚刚出头的裴建准考入甘肃武备学堂。次年，被保送保定陆军学堂。宣统二年（公元1910年）加入同盟会，参加孙中山先生领导的民主革命运动。武昌起义后，他在兰州秘密联络革命党人，欲起事响应，事泄被解除军职。民国元年（公元1912年）3月当选甘肃省临时参议会议员。民国二年（公元1913年）裴建准参加战役，与入侵的外蒙古军队作战，后曾任北方边防军教育长、参谋长。民国三年（公元1914年）北洋军阀人物张广建入甘主持甘政，请中央任命北洋系中本省汉人裴建准为河州镇守使，以牵制五马（马福祥、马安良、马麒、马麟、马廷骧）势力。民国八年（公元1919年）裴建准回甘肃，初任忠武军教练官，旋升任河州镇总兵、镇守使，为政清廉，能体察民情。在听到十八世肋吧佛父亲被杀冤案后，深入调查，严惩凶手，为之昭雪。裴建准提倡新文化，创办"军民学校"，开设现代国文、图画、音乐、体操、国术等课程。民国十五年（公元1926年）后，任肃州镇守使、甘（州）、凉（州）卫戍司令等职。民国十九年（公元1930年）任甘肃省政府委员，民国廿年（公元1931年）任甘肃省临时政府委员，民国廿一年（公元1932年）底任甘肃省政府临时维持会委员。甘南农民起义爆发后，裴建准任甘肃省宣慰委员第二宣慰团团长，曾亲赴康乐、会川、岷县等地"宣抚"。自此以后，他不愿再混迹于乱世，遂辞去一切军政职务，从事佛学研究。1949年后，曾任甘肃省政协委员，兰州市佛教协会理事长。1970年在兰州病逝，享年八十五岁。著有《裴建准书画集》，并被编入《中国古今书画名人大辞典》等。

◎何全文

何全文，长期从事文字工作，先后有小说、散文、诗歌、新闻稿件等作品在省内外各类刊物和媒体发表，现担任渭源县政协文史委主任。

渭水四月杏花红

什么精灵才能激发我那郁积很久的灵感？是杏花，唯有杏花，在四月的渭河两岸纷纷扬扬开放的杏花。到乡下去，坐在车上，一路上看不到绿色；下车步行，在温情的渭水中濯足，不经意地抬头，河畔上一棵小杏树已经羞涩地开放了，犹如一位浣衣而归的丽人驻足回眸，你的心里立即荡起喜悦的涟漪。再望大山深处，嗬！昔日苍白的村庄好像一夜间降下朵朵粉色的云，仿佛广袤的沙海中突然呈现出的海市蜃楼。你一定会抖落浑身的疲惫，向着杏花盛开的地方快步而去，因为有杏花的地方就有村庄，有村庄的地方就有我们渴望已久的家园。杏花争开不待叶，密缀欲无条，已经把诗意和烂漫、幸福和温馨写满了农舍四周。熙攘攘的小蜜蜂来了，这可爱的小精灵，在花与花之间穿梭、采撷，酝酿甘甜，追逐梦想，一如此时的农人。柴门里传来犬吠声，土堆上鸡在打扑窝，几个光腚的孩童正在戏水打闹，偶尔传来吆牛声，看到荷锄而归的父老乡亲。这时，你才分明感觉到：春天真的来了。

杏花开了，开得那么舒心和大气。一棵棵杏树点缀在农家的房前屋后，走近杏花，用心灵去倾听它的呼吸，就如醉心于一支行云流水般流淌的歌。

杏树下，一畦金黄的油菜花直逼人的眼，几棵桃树也都开着花，但都不是主旋律，就如钢琴曲中的一段笛子独奏。几只雀儿在杏树上婉转地叫着，给春天增添了几分灵动。向阳处的杏树旁，二三老者，负喧而坐，扯桑话麻，论日短长，羡煞人也。看到此情此景，你会顿悟陶潜为什么要"归去来兮"，要倚仗耘耔。不要说理想的失落，纵使春风得意，在杏花烘托出的这一片氛围中，也会怦然心动。

一朵杏花并不美丽，就如一片雪花，但一枝的旁逸斜出就会使人心旌动摇，浮想联翩，一树杏花的精彩纷呈足以令人驻足流连。设想在城里的酒店旁边有这样一树杏花，策马天涯的游子一定会凭栏把酒尽释心曲的。杏树不择山水，随遇而安，智者乐闻仁者乐见，有人在杏花下开坛讲学，有人在杏花下悬壶济世。历史的风尘淹没不了杏花的美丽和真谛，虽然她的花期那么短，但缤纷的落英依然互相簇拥着，或随水而去潜隐，或化入田间地头，留下一首首凄美的诗，让后人去吟咏。

历代诗人与鸟鼠山

鸟鼠山是黄河最大支流渭河的发源地，为《山海经》所载华夏名山之一，位于渭源城西南，属西秦岭北支。历史上，这里是中原通往西域的边塞要地，亦是丝绸之路的必经之地。"鸟鼠烟云足画图，灞陵风雪饶诗思。"历代诗家巨擘经过鸟鼠山后，留下了诸多脍炙人口的诗章，给这方土地增添了浓郁的人文色彩。

北朝文学家庾信曾在关山探幽，鸟鼠怀古，留有《望渭水》诗一首。喻义清新，意境悠远，遥系故土，乡情脉脉。诗云：

> 树似新亭岸，沙如龙尾湾。
> 犹言吟溟浦，应有落帆归。

与庾信过从甚密的北周文人宇文逌创造性地提出"沉郁文章说"，主张文学除了服务社会功利，还应抒发人类深沉浓郁的情感，表达深刻的思想。其流传至今的唯——首《至渭源诗》充分体现了这一思想理念，弥足珍贵。诗云："渭源奔鸟鼠，轻澜起客亭。浅浅满涧响，荡荡竟川鸣。潘生称运石，冯子听波声。斜去临天半，横来对始平。合流应不杂，方知性本清。"诗中咏物言志，极具精神，以奔腾不羁而又清浊分明的渭水为描写对象，从眼前之景融入到无限的时间和空间，体认万事万物蕴含的哲理，抒发了诗人昂扬向上的情怀和洁身自好的崇高志向。

隋炀帝杨广文采出众。他曾自诩说，即以文学选才，他也应为天下第一人。在他不多的留诗中，有两篇是在渭源所作的咏渭篇章。隋炀帝大业五年（公元609年）西巡河西，四月六日到渭源，休憩一天后，翌日摆驾鸟鼠山，在此围猎搜奇，赋诗唱和，接受诸国觐见。其《临渭源诗》云："西征乃届此，山路亦悠悠。地干纪灵异，同穴吐洪流。滥觞何足拟，浮槎拟可待。惊涛鸣涧石，澄岸泻崖楼。滔滔下狄县，森森肆神州。长林啸白兽，云径想青牛。风归花叶散，日举烟雾收。直为求民隐，非穷辙迹游。"诗中歌咏鸟鼠山的灵异，渭水洪流，特别是当年陇坻诸水的浩渺广阔，汹涌壮观，及飞瀑泻崖的气势，也有对隐居鸟鼠山的青牛道士封衡向往钦慕之情的流露。炀帝于鸟鼠山饱游三日之后，又北上秦城岭，登览关山长城，吊发思古幽情，另赋《临渭源示从征群臣》则歌颂长城，推崇秦始皇，摹写军旅之盛状，其中有句云："北河秉武阶，千里卷长旌。秋昏塞外云，霞黯关山月。"天子歌咏，君臣唱和，其中薛道衡之诗《奉和临渭源应诏》以禹功比况炀帝，描写渭水极有气势。诗云："玄功复禹迹，至德去汤罗。玉关亭障远，金方水石多。八川兹一态，万里导长波。惊流注陆海，激浪象天河。鸾旗历岩谷，龙穴暂经过。西老陪游宴，南风起咏歌。庶品蒙仁泽，生灵穆太和。微臣惜暮景，愿驻鲁阳戈。"

唐代安史之乱后，朝政倾轧，民不聊生。杜甫弃官西行，一路到了秦州，留有《秦州杂诗二十首》，其中第一首就提到渭源鸟鼠山。诗云："满目悲生事，因人作远游。迟回度陇怯，浩荡及关愁。水落鱼龙夜，山空鸟鼠秋。西征问烽火，心折此淹留。"诗中以发源于陇县的鱼龙河和渭源县的鸟鼠山代指秦州的山水，足以可见鸟鼠山在诗圣心中的位置。

明代解缙才学冠绝当代，但孤傲耿直的个性和出众拔萃的才华引起了旧官僚的嫉恨和封建帝王的不满。洪武三十一年（公元1398年），朱元璋驾崩后，解缙遭权臣诬陷被贬河州（今甘肃临夏），他从长安出发，溯渭水而上，路过鸟鼠山时，一吐胸中块垒，留《西行》诗一首："八千里路客河湟，鸟鼠山头望故乡。欲问别来多少恨，黄河东去与天长。"诗人站在鸟鼠山头，感觉自己与故乡的距离是那样遥远，愤懑与惆怅填满胸中，仿佛滔滔向东的黄河和无边无际的苍穹一样。抒写内心之愤郁，痛快淋漓。

明代文坛领袖、"前七子"之一的何景明曾与渭源有不解之缘。其父何信曾为渭源驿官，何景明年幼时随父在渭源生活了三年。23岁时，时任中书舍人的他奉皇命出使云南，途经渭源逗留期间，写有《陇右行送徐少参》一诗，其中有云："落月孤城清渭源，寒云古碛黄河曲。十年此地曾游歌，别来风物今如何。竹花秋临鸟鼠穴，杨叶夕渡鱼龙波。回看万里风云色，少小趋庭泪沾臆。相送悲吟不尽情，关山陇坂高无极。" 从诗中来看，作者对渭河发源地鸟鼠山情有独钟，摹物传神，栩栩如生。"关山"是洮渭分水岭，也是古代沿渭河到狄道、河湟的重要通道。作者与徐少参在关山下的渭源城分道扬镳，大有"西出阳关无故人"的惜别滋味。

北宋元丰四年（公元1081年），襄乐令张舜民跟从环庆帅高遵裕西征西夏，因为作了两首讽刺小诗，被贬到蛮烟瘴雨的郴州监酒税。途经鸟鼠山时，因感慨时乖命蹇，作《巩州首阳铺鸟鼠同穴》诗一首："本是巢居物，那容鼠穴中。既言无牝牡，何用有雌雄。山节曾居蔡，长江网得鸿。谁能穷物理，目送渭波东。"诗人结合自己的一生，于鸟鼠相安为较，抒发感慨。在此诗中鸟鼠相安是真，自己与尔虞我诈之徒相安一朝也是真。可是鸟鼠相安无事，而自己却被小人诽谤，贬谪远行，对比的手法在这儿运用得十分自然。

明代嘉靖御史刘仑有《鸟鼠山》一首："六月驱车塞外行，洮云渭水不胜情。晚来更上层楼望，羌笛一声山月明。"诗意明白晓畅，诗人在洮渭分水岭鸟鼠山头，听羌笛悠悠，看明月朗朗，心旷神怡。嘉靖二十八年（公元1549年）御史刘仑请复金牌、勘合之制，以便西蕃各部纳马给茶。嘉靖三十年（公元1551年）正月十九日，经兵部议，诏给"西番"诸部金牌、勘合。当时洮渭一带多为羌人，"羌笛一声山月明"，诗人奏请有成，诸蕃纳贡，明代社稷更加稳固，诗中自豪之情油然而生。

清代渭源孝廉方正出身县知事杨景熙有《鸟鼠山》诗云："名山矗立万千年，详注水经代代传。导渭探源来大禹，穷奇搜异有前贤。峰头烟锁当空月，洞口风生薄暮天。曾否穴中同鸟鼠，诗人多少费评盏。"另有《渭水东注》诗云："闲眺城边渭水流，长虹一道卧桥头。源探鸟鼠关山月，窟隐蛟龙秦地秋。远岸斜阳光射雁，平沙激石浪惊鸥。一帆风顺达千里，东走西安轻荡舟。"前首诗刻于鼠山碑塔，后一首刻于渭源县城渭河公园内石碑上。无论是诗意还是笔法之高妙，这两首诗都堪称历代歌咏鸟鼠山诗作中的典范。

◎徐国民

徐国民，1985年出生于甘肃省渭源县。有作品散见于《诗刊》《星星》《散文诗》《飞天》《中国诗歌》《绿风》《诗词报》等报刊，著有诗集《带着汉字出发》。

首阳山怀想

对于首阳山，我一生只能是仰望着的。

恰逢一夜四月的春雨，雨后初晴，朝阳新沐，满山薇蕨含露待舒，也为一段延绵不尽的祭祀添上几许民间的怀想。

首阳山峦，九峰环峙如莲，一座山以莲的品性尽显其洁净精神。

满山白薇，味压珍馐鱼肉；

两堆黄土，光高日月星辰。

前来公祭的乡民不断涌向夷齐古冢。一把黄土掩夷齐忠魂，两行青松吹圣贤遗风。"高山仰止"的横额在朝阳的沐浴下更显高洁，清陕甘总督左宗棠所书的"百世之师"篆额在风吹雨打中愈发沧桑。

墓后的清圣祠内，一缕薇香通向天宇，久远地在首阳山间缭绕回旋。祠内伯夷、叔齐的塑像正襟而座，面容清癯，双目清澄。面对此像，古之圣贤清洁的精神和脱俗的风骨一时得以最传神的呈现。

那是一个风雨飘摇的年代，殷商王朝在酒池肉林浸淫的歌舞声声中摇摇欲坠；那是一个战乱四起的年代，华夏大地在战鼓咚咚催响的马蹄声声中血雨腥风。

一座山，在远离尘嚣纷扰中被定格成历史仰望的高度，就让我在这洁净的首阳山上驻足，谛听一曲"以暴易暴兮，不知其非矣"的千古绝唱；且让我在魂归首阳山的清圣祠旁停留，感受一缕"百世之师"的亮节高风。

一

商末周初（公元前1046年前后），纣王纵欲声色，荒淫无道，残暴专横，一时朝野动荡，周边部族纷起抗争……

大地悲恸，天幕凝重。周边部族内侵的消息从四面八方涌向朝歌，朝歌内纣王咆哮："孤要诛尔族，食尔肉，饮尔血。"群臣叩拜，相视无言，死谏能救赎摇摇欲坠的大商王朝吗？

北海之滨，孤竹国君墨胎初心力交瘁，遥望朝歌，王道衰落，圣德尽失，大商气数将尽，国运之兴亡，谁人可继？时间是一把双刃利剑，在创造历史的同时也加速着人的衰老和死亡。登上城楼，长河击空，夜风奇寒，一弯残月斜照江山，孤竹国的命运将归何处？想到这些，子朝不由老泪纵横，气血上涌，这位宅心仁厚的老人在一个王朝的背影和角落里浑然倒下……

国不可一日无君。驰骋于历史无限的遐想，将我的思维之马倒退三千多年。病榻旁，长子伯夷、次子公望、三子叔齐跪拜。谁可撑起孤竹国的命运，该授位于谁？伯夷仁贤慈孝，是盛世之幸；公望仁心忠厚，怀辅世之能；叔齐仁义聪慧，有治世之才。想三个儿子，都怀仁德之心，都有忠孝之行，按天道人伦，长子伯夷当继遗志，而今天下大乱，非仁者不能安其命，非智者不能兴其国，谁能在风雨飘摇的乱世中立国，论胆识，论聪慧，三子叔齐是最佳人选。然抛先王遗训需要多大的勇气，可庶民之福又焉能不顾？罢罢罢，后世之言语且让后世再评说吧……容不得再想下去，子朝努力睁开双眼，留下了一个人一生中最后的言语："立——叔——齐——继——位——"

遗言。在千古。在永恒。

这是一次艰难却不得不为之的决定，这也是自"禅让"和嫡长子继承以来最大胆的决定。逝者已去，可就是这个决定，注定要将伯夷、叔齐推向历史的浪尖，一段"逊位让国"的千古佳话拉开帷幕。《史记·伯夷列传》载："伯夷、叔齐，孤竹君之二子也。父欲立叔齐。及父卒，叔齐让伯夷。伯夷曰'父命也'。遂逃去。叔齐亦不肯立而逃之……"至于后来孤竹国的命运如何，公望治国是否有方我暂不深想，我继续驱我的思维之马，沉浸在"逊位让国"的历史篇段里。

自尧让天下于许由，许由不受，耻之逃隐，到夏之卞随、务光，再到伯夷、叔齐让国相去，在那个充满神性的位子上，伯夷、叔齐的"让"是不负责任的逃避吗？且让后世之眼光去看前人的人格，就让俗世之心态去度衡古人的胸襟。让国！一个"让"字，以现代的眼光重新审视，这是多么的惊世骇俗，而我们曾把孔融让梨的故事颂扬了千百年！

二

仰望伯夷、叔齐的塑像，胸臆间被一缕清风高格所拂，历史的片段伴着后世不尽的言辞被反复地记忆。

唯有离开。叔齐弟才会遵父命而继君位。

唯有离开。伯夷兄才能承圣训而治其国。

在那遥不可及的年代，伯夷、叔齐怀揣仁德的理想在历史的长河里跋涉而来……

人生知己难觅。伯夷、叔齐都选择离开也为注定了他们在西行路上的携手而行。想兄弟二人相逢，一切言语尽在相视一笑间。

天下之大，何处是归程？朝歌内仁德尽丧，岂有安身之所？

早闻西伯侯姬昌积善行仁，政化大行，天下诸侯多归从。伯夷闻文王作，自语："盍归乎来！吾闻西伯善养老者。"

叔齐也说："吾闻西方有人，似有道者，试往观焉。"

从孤竹国（今河北省卢龙县境内）到西岐（今陕西省岐山县），千里路迢迢，西去路漫漫。

岁月的风雨早已湮没了西行的脚印，人生的长度，在一步一步的丈量中越发显得沉重。有多少的细节在那个风雨飘摇的时代被吹打得七零八落，有多少个故事在那个血雨腥风的年月被浸染得面目全非。一对年长的手足兄弟，相扶相持在西行的路上，两个清瘦的身影拖拽出一段残缺的历史。

我欲几经穿越，带着今天的GPS定位系统和"北斗"导航去气数将尽的大商，想对伯夷、叔齐在西行路上的所有见闻一探究竟。可我未找见一条穿越时空的通道，所有的一切都伴着他们长眠于地下，留给后世无限的猜测和遐想。

渭水东去，大地苍茫。千古浪花流逝了昔日的故事，拍崖击岸的回音里一段渭水访贤的故事隐隐传来，使得千里疲惫得到哪怕一丝久违的暖意。那位仁德的西伯侯安在？天下积善行仁者还有几人？伯夷、叔齐，那一刻你们是多么想和西伯侯齐谈仁政、共叙道义。可造化弄人，历史在商周王朝的拐角处将这两位老人推向了另一个高度。

《史记·伯夷列传》载："西伯卒，武王载木主，号为文王，东伐纣。伯夷、叔齐叩马而谏曰'父死不葬，爰及干戈，可谓孝乎？以臣弑君，可谓仁乎'？左右欲之。太公曰'此义人者'。扶而去之。"后世对此段"叩马而谏"的故事颇有微词且褒贬不一，有人认为这是自古"愚忠"思想的体现，也有人认为这是忠义气节的精神。然而，我更觉得这是伯夷、叔齐在他们"仁德"政治理想破灭之后，对于古之圣德将失时奋力的劝谏。以两位老人之力岂能挽回武王东征的意志，仰望万里苍天，长风挟卷着黄沙，一轮红日映出刀光剑影，半耳风声传来马蹄阵阵。回首往事，跋涉千里为求"仁德"，如今古之圣德已衰，尧舜之音渐远，放眼天下，吾与谁归？一幕幕景象呈现眼前，伯夷、叔齐不禁泪湿衣襟，慨然而叹："今天下暗，周德衰，其并乎周以涂吾身也，不若避之，以洁吾行。"

伯夷、叔齐"仁德"理想的破灭，也加速了他们归隐的步履。唯有远离尘世，才能安守自己的灵魂。沿着渭水而上，伯夷、叔齐归隐于当时未入周朝版籍的戎羌之地，并最终"耻食周粟"饿死于渭源首阳山。一座山，为此续写着千年的精神和不朽的传奇。

三

大殿周围，大多是近代凭吊夷齐的文字碑刻，驻足在碑文间，后世拜谒的足音如春草破土拔节声，一丝丝回荡在我耳际。看这碑中一颗颗方方正正的汉字，一股清风鼓荡心胸……

千百年来，凭吊、祭奠者络绎不绝，且延续至今，同时也留下了大量的诗词、碑文。明朝人胡瓒宗有《首阳吟》："青青首阳草，白白首阳心。岂不恶浊流，至洁亦可侵。伐纣纵有祠，辗转自不禁。长揖谢尚父，洗耳商山阴。周粟亦可食，商祀嗟谁歆？是以竟饿死，清风流古今。"正殿廊檐下有清代左宗棠右部督军范绍儒将军撰写的《首阳怀古》石碑一通，陇西知县郑先懋撰写的《重修首阳山清圣祠》碑一通，民国二十三年（公元1934年）陇西汪凌撰写的《重修清圣享堂碑记》。据介绍，首阳山清圣祠始建于唐贞观年间。《甘肃新通志》记载，元朝巩昌便宜都总帅、陇右王汪世显曾在首阳山大兴寺庙建筑，道士、僧侣达数百人，祭祀香火日盛。明清以来，首阳山清圣祠历遭兵灾，但民间祭祀活动未断，有时由县官主祭，有时由乡间贤人主持，延续下来，并且伴随人们祭祀夷齐、拜谒先贤的习俗，每年首阳山山会也历久不衰。每到清明节来临，当地百姓自发祭奠，以吊圣贤魂灵。

从碑石间走出，我看到手拿一小把"蕨菜"的青年男女谈笑着下山。或许他们之行并非祭拜圣贤，而是偷闲散心游山玩水罢了，就当是我以一个小人之心度他们的君子之腹吧！

首阳山上已开始涌上暮色，一日之浮华渐归寂静。凝视着"夷齐古冢"，两堆厚土下掩埋着的，是一段历史残存的记忆，古人的遗骨安在？暮色中的首阳山，我似乎听到一声来自远古沉重的叹息，我确切看到一朵莲浮动着与世高洁的孤独，隐隐间传来"登彼西山兮，采其薇矣。以暴易暴兮，不知其非矣。神农虞夏忽焉没兮，我安适归矣？于嗟徂兮，命之衰矣"的千古绝唱！

四

沉浸在后世子贡"伯夷、叔齐何人也？"的千古一问，搜寻后世不绝于耳的回应之音，是"古之贤人"也好，"圣之清者"也罢，而我更钟情"百世之师"四字，也许这才是我所想叙述和表达的一切。

别离首阳山，掬一捧黄土洒在墓冢，古之圣贤的清风吹我，洗涤我灵魂深处的阴暗和晦涩。走下首阳山，再次仰望"百世之师"的篆额，我仅想以中国当代文化大师季羡林老先生所书，雕刻于北京紫竹院公园"缘话竹君"景点石刻之上碑文以结此篇：

中华素称文化礼仪之邦，其伦理道德范畴之排比成列者颇不稀见。其中以孝悌忠信礼义廉耻为最著，几家喻而户晓矣。窃以为孝悌忠信乃鲁文化之重心，而礼义廉耻则齐文化之精华。伯夷叔齐故事能体现孝悌忠信之整体。时至今日，虽时移世迁，而其中蕴涵之根本精神仍能适用。孝悌固无论矣。忠者，昔时忠于君，今则忠于国，期间宁有牵强附会之处耶！

◎王纲

王纲，男，甘肃省渭源县北寨镇人。当过老师、记者，现为渭源县广播影视中心主任。渭河文化联谊会副会长。现代摄影学会会员。新华社签约摄影师。有诗文散见于报刊。著有散文集《故土记忆》，参编《渭源史话》《渭源文史资料汇编》等。

白发亲娘

"咚咚咚，咚咚咚……"斩钉截铁的敲门声阻止了讲台上神采飞扬挥斥方遒的我。主任急匆匆地说："你娘病了，让你回一趟家。"我的心"咯噔"一下，浑身都凉了。

满腹心事地坚持上完了课，马不停蹄地赶回家中，娘有气无力地躺在炕上，黑里透白的头发蓬乱蓬乱，脸色紫黑紫黑，嘴唇干裂，布满血色，看见我，娘努力地笑了一下，又疲惫地合上了双眼……

娘十九岁进门，从那时起，她屏弱的肩膀就开始挑起了整个家庭的重担，当时，家里一贫如洗，吃了上顿没下顿，她先后生过九个孩子，有六个孩子不幸夭折。400米的路上挑一担水，都要缓上四五缓。初中那年，看见娘双手提着满满的猪食桶，脸涨得通红通红，我抢过去帮忙，娘一把推开我，厉声怒斥："看你的书去，这些活，娘还……还干得动！考不上大学，你要吃一辈子苦！"委屈的我常在心里骂娘太狠心。娘打开圈门，无所顾忌的猪冲了来，踩在娘毫无准备的脚上，"扑通扑通"地乱吞，食溅了娘一脸一身，娘用袖子一揩，又去晒粪、喂牛、做饭……

救护车风驰电掣地将娘送到县医院，脑CT、肠胃透视、血检、尿检……一串串陌生的检查撕扯着我不谙世事的心灵。娘终于疲惫无神地躺在了病床上，瞅着天花板，嗫嚅地说："这是我第一次住院呀。"满头银丝如寒风中抖落的叶子，刺得人心里直疼。

娘渐渐苍老了，白发作证，苍天作证！苍老的娘经常从厨房到庭房取东西时，又折回厨房，娘嘴里自语自言："我到底要取啥哩?"反反复复三四次，娘才能准准确确地取回该取的东西。

那年，身材矮小体弱常病的妻不得已做了剖宫产，远在千里之遥匆匆赶来的姐姐和我整日整夜陪着虚弱疲惫的妻。正是可怕的"非典"疯狂肆虐之时，一家六口就有四人在随时可能遭受传染的病房，如坐针毡、心急火燎在地里泥手泥脚耕作的娘，颤颤巍巍地拨通了电话："纲，娃娃……好着没？春琴……好着没……"电话的那头早已泪雨滂沱，哽咽无语了。一刻也不愿丢下媳妇儿孙的娘啊，您的人生辞典里为什么偏偏没有您自己呀？电话的这头，擦不完的眼泪，堵不住的哽咽："娘，都好着哩——您好着没？……"

躺了整整半个月的娘，硬挣扎着独自下床了，娘说在外面干惯了活，动不动躺在床上让娃娃们侍候怪难受的。她常悄悄问我，还有几天能出院？我说，多住几天，好了再走。娘说，多住一天要多花三四十块哩，节约下，给你在城里买房，看你的同学，人家都有房哩。细细地梳着娘越来越少、越来越白的发，我的手越来越重。娘的话让人想起那一次妻给她买了一件素雅的毛衣和三双厚厚的新袜子，邻居问谁买的这么好看的衣服，娘笑呵呵地说："还有谁哩？媳妇子么！"娘却把袜子压在了箱底，一直没舍得穿。直到有一天补完千孔百疮的袜子，硬是把一双塞给了我。

今夜，雨打窗棂，微弱烛光下奋笔疾书的我牵肠挂肚……

受尽了磨难却拼死拼活拉扯儿女成才一辈子不依不饶的娘，背袋里背大了两个女孙劳苦功高的娘，大病未痊愈又义无反顾拉扯我两岁女儿令人揪心的娘，您远在故乡还好吗？

如果我们一家都是老鼠，谁去给猫挂铃铛？

周五晚上，和难得回家的妈妈一起共进晚餐，女儿乐乐高兴得不行，硬缠着要听故事。爷爷就讲了起来：

"一个大屋子里，有一群老鼠整天忙着觅食，往鼠窝里搬东西。这个屋子的主人养了一只厉害的大猫，大猫整天在屋里转，吓得老鼠们不敢出窝。于是，老鼠们召开紧急会议商量如何对付这只大猫。大家七嘴八舌，奇计百出，讨论十分热烈。这时，有一只老鼠出了个主意，它说，'给大猫的脖子上挂一个铃铛，它走到哪里，铃声就响到哪里，大家就有机会赶快躲藏。'老鼠们都觉得这个主意不错。其中一个老鼠想了一下，说，'我们谁去给猫挂铃铛?'大家你看我，我看你，都没声音了。"

乐乐津津有味地听着，连饭也忘了吃。我如释重负。

"爷爷，最后哪个老鼠去了呀?"她打破沙锅问到底。

"你说哩?"爷爷沉吟着。

乐乐不吱声了。爷爷解释说，给猫是没有办法挂铃铛的，这个故事讲的就是实事求是、不能空想的道理。

突然，她扬起头，目不转睛地盯着我："爸爸，假如我们一家都是老鼠，谁去给猫挂铃铛?"

一件在弱肉强食的动物世界中根本无法实现的事情，让孩子合情合理地放在了人类社会中，竟然变得这样跌宕起伏，如此无法抗拒。

十来年前当教师时，我曾经用类似的问题考过学生：假如你的母亲和妻子同时落水，最先救谁? 顿时，教室里炸开了锅。救母亲吧，相亲相爱的妻子怎么办? 救妻子吧，赋予你生命的母亲又怎么办?

"我们一家都是老鼠，谁去给猫挂铃铛?"对于这个出自七岁孩子之口、不像脑筋急转弯的问题，我一时语塞，无以应答。

妻子狡黠地看了我一眼，回过头对孩子说："你爸爸去!"

我去?! 老爹老娘怎么办? 妻子女儿怎么办? 上有老，下有小，这一大家子怎么过?

"爸爸去，嗯，那不行。我就没有爸爸了，我要爸爸!"

"我去!"一直默默无语的爷爷大声说。

啊? 全家都愣住了。

"俗话说，父母的心在儿孙上，虎毒尚且不食子呀，你们还小，我去!"爷爷端起了碗。

我半晌无语……

"那，那，要是爷爷回不来了，谁去呀?"孩子追问。

"轮也轮到我了!"奶奶坦然地说。

要是奶奶也回不来了，当之无愧轮到我了。

或者，我应该在父母亲之前就赴汤蹈火，还是，接过父母亲的接力棒，舍生取义?

"我们一家都是老鼠，谁给猫去挂铃铛?"那顿晚饭，至今记忆犹新。

我常常想，要是每一个家庭都有这样一场讨论，会是怎样的结果？

◎胡万荣

胡万荣，渭源县锹峪乡人，生于20世纪70年代，诗文作品见于《少年文史报》《黄土地》《未来导报》《绿风》等报刊，有作品获南京啸鼎论坛二等奖，迄今发表诗文600余首（篇）。

喜欢上了这个秋天

当这一缕阳光透过窗户的玻璃，抚摩在我的脸上和手中的书页上的时候，已经是秋天了。

是的，秋天。天高云淡，安静饱满，有着夏收过后的清凉和适意，温馨和甜蜜。

山坡上的那些有着丰富样态的小麦地块，静静地展露出的麦茬，在早晨的阳光的照射下，有着异样的沉思的头颅，仿佛在把自己成熟的思想像光芒一样散射给这个世界之后，获得了一种巨大的释然和恬适、自在。

我从书页中把目光移开，把视线重新投射在收割庄稼的时节。

是谁在磨镰，那一方随着岁月越来越单薄的磨镰石上，父亲手抓镰刃一推一拉的动作，没有因为年迈而在娴熟程度上有丝毫的减损。或许，在这磨镰的熟悉的动作之中，有一种亲切和实在的力量，驱遣着他的目光和心力。就像集中在打麦场上的那几只羽毛圣白的鸽子，有着支撑它飞翔的翅膀一样，粮食的光芒和成熟的色彩，支撑着父亲把一种磨镰的动作演绎得得心应手，游刃有余。

一家人不管天空中那个火球投下的火焰和酷烈的热，端详着由于成熟而低下头颅的麦子，谁也不说什么，低头，弯腰，勾背，右手下镰，左手拦田，在左右手的呼唤和回应中，一曲古老的歌谣就快节奏地舒展在田间地头。

这是盛夏时节，热风像是刚从蒸笼里升腾过来似的。没割上几捆麦子，汗水河水一般的就从额际、脸颊上流下来，背部的汗水也就悄然地濡湿了衬衫。汗流浃背，竟然在这种古老的农耕文化的背景和场面中，显示出它的有力、精准和神采。

在汗流成河的躬背弯腰和左手右手的协调运作过程中，麦子慢慢地躺下，然后，团结成一捆一束，像熟睡在地头的婴儿，当收割者因为些许的困累袭来，偶或回望的瞬间，这些婴儿的脸上仿佛漾起一种甜蜜和温馨的笑容。

是的，秋天。如果说秋阳有着收割过后的平静和安详的话，那么，盛夏的太阳就有着收割进行时的焦躁和不安、忧恐和焦虑。每当收割麦子的时候，父亲最怕那头顶的云彩，忽儿一变，几声响雷滚过，闪电就撕破了天空，暴雨如注，翻盆倒箧地肆意猖狂起来。

有一年夏天，这是包产到户后的第一个年头吧，如果我没有在记忆上产生错愕的话。房宅后坰六分地的麦子黄熟得像金子一样光彩，玉竿亭亭，株株甸甸，穗穗沉沉。风一吹，麦浪就像是平静的湖面上荡漾起波浪一样，把成熟的信息和等待收获的喜悦，向我们一波一波地涌来。当我们一家老小收割的收割，拾穗的拾穗，忙乎到歇晌午的时候，一场冰雹铺天盖地而来，一下子就粉碎了一个关于收获的梦！

当我们在冰雹过后的晴天里，收拾那些被冰雹击打得倒伏、散乱的麦秸和用扫帚一粒粒收敛黏结着泥土的麦粒时，我们一家老老小小的脸上，挂着的是怎样的愁云和无奈的遗憾，到现在回想起来，也有着一种揪心的疼痛抓住内心。

是的，就在那并不遥远的农业合作社时期，一家六口人，只有父亲和母亲两个劳动力。老的曾祖母，年逾花甲，只能看家做些力所能及的散漫家务，小的，我和弟妹们，只知道衣来伸手，饭来张口。有一年，生产队粮食歉收，到年终只给我们一家六口分了三十斤粮食。这是过年的粮食啊，我不知道，我们过的是怎样的年的，或许是不愿知道，不愿想起和重新掂量那一份惨痛的拮据记忆。

现在，正是收割过后的秋天，当阳光透过窗户的玻璃，抚摩着我的脸和书页的时候，我喜欢上了这个秋天。

土地是我的神

或许，我最初睁开眼睛看到的是迎面扑射而来的阳光。我猜想，那时的阳光一定充溢着惊喜和幸福的光辉，同时，也带着激动和喜悦的泥土气息，亲切和朴实的光泽让我发出对这个俗世第一次的哭啼，或者，小小的嘴角，悬浮着一抹淡淡的混沌的浅笑。

最初使我认识的是乡下的泥土旮旯，这些随处可见、俯拾皆是的东西，不可避免地在我的稚嫩的手指和掌心里，成为我最初的陪伴和童年的幻影。它们在我后来的生命历程中，成为我的盐分和意志的元素，组成了我土里土气的漫长岁月和岁月在性格中的隐与显。

在巴掌大小的小村，童年是寂静的，一双小手和另一双小手，能随心把玩的就是泥土，曾经的幼小的两颗轻灵的心，也就是用泥土和停滞在坑窝的混浊的雨水，塑造出人的简单形象，憨直，朴厚，无遮无掩。也曾用一样浑朴厚实的泥土和滑润绵软的雨水，我们捏出小小的泥屋、屋檐下歇息的老人和孩子，还有屋顶的鸽子，它也有着一双展开的翅膀，但它不而属于鸽子飞翔的天空，它只在我们的心里，它的大，在当时是伸开双臂比画的大而辽阔，但颜色，永远是蓝的。

与泥土的熟悉和交心，让我们知道了许多。譬如小草，小草是泥土的和尚头上生长出的绿颜色的毛发，它柔弱，像我们小小的手腕，抬不动村头那棵身粗腰壮的大柳树下，人们乘荫歇凉的粗陋的大石头；它在风来的时候，就像我们心有不快的模样，也懂得摇头或者什么也不说出口。

那时候，一个人在玩伴们散去后的空落时刻里，就想：泥土的手掌真大啊，蚂蚁在爬行，草草儿在长，牛羊在上面咀嚼着鲜嫩的时光，不时地长哞和短咩，荡悠着头顶洁白无瑕的云彩；房屋坐在上面，四平八稳；泥土好神啊，她生养出那么多个子高大的树，树冠像一座故事中华丽的宫殿，生养出我所见过的那么多的大人和孩子，怪不得，大人还管他都叫土地爷呢。

土地也有心事，她们的心事就是女人的心事，是孕育的心事，那些在她们母腹中滋生出的亲亲儿女，无疑就是一株一穗的麦子，大豆，高粱，玉米和青稞，在自然的阳光和雨水的爱抚里长大，成熟，闪烁出营养的光芒和恩泽。我的春夏秋冬，四时节令，每一寸肌肤，每一寸骨节，就是庄稼的抽穗和拔节、扬花和吐絮。

土地的一块肋骨，就是妈妈的菜地，菜地里的芫荽的香，在我们粗茶淡饭的碗里的氤氲，是我最初对香的具体感知；菜地边上的葵花，身材高大，那个大大的金黄色的花盘，在秋天施与我们的子粒，给了我们淡远的滋味，那是时光漫溢开来的味道。胖乎乎的白菜，圆圆脑袋的包心菜，和着生活的清贫，带着泥腥气，赐予我和我们一家老小的，不是现在人们饭桌上的佳馔和美味的享受，而是，最为简单的一种对于饥饿的粗糙的拯救。尽管这样，我对土地的感念，也近似于一个孩子对于母亲的乳房的感念。

土地的一个腮窝儿，就是那个我们常常爱去的山坡，那里，山丹丹花吹着喇叭，艾蒿高挺着肚皮，蒲公英放着它的风筝，草莓在红玛瑙的酸甜里荡漾起童年嫩嫩的叫闹。是知了在叫，是原初的天籁在耳边漾起时光的水波，那声音，启蒙了我们对岁月的回溯、瞻望、激动和寻觅的双眸。油菜花开的时候，蜜蜂的忙碌也像黄澄澄的波浪在紧锣密鼓地展开，我就是这些波浪里飞出的一只蝴蝶，飞过油菜泼过来的香气，就像飞过温情的美人的胭脂气息。

就像是一株庄稼，在泥土中逐渐孕育，拔节，长大，成熟，从泥土中得到的元气，成就了一颗泥土的心。

我爱小草，就像小草爱着自己的泥土，没有挑剔和偏倚的私心，一种普遍的广阔的爱，在土地上扎下根，虽然弱小，但是穿越着时间的隧道，那样经久不息的爱，让人类油然敬意和赞叹。它给了这个世界以色彩，从鹅黄，淡绿，嫩绿到青翠，无不张扬着生命勃勃的生机和活力，就是霜雪压境，生命的水分枯竭，也给予这个世界以火的赐予。生，是这片土地；死，是这片土地；焰火和熄灭，还是这片土地。因此，我喜欢上"野火烧不尽，春风吹又生"这句话，它给我的启示，也是小草给我昭示的土地的秘籍。

像泥土一样活着，像小草一样爱着，是我对生命的默许和承诺。没有怨尤，没有恨，憨直沉默，胸怀万物，土地是我的神！

麦子上场时节

一阵秋风吹来，我清醒地知道，又到了紧张的夏收之后的麦子上场时节。往麦场上拉运麦子，对于居住在山区的农家来说，可不是一件轻松事。有的农家，居住在山麓，要从山上往沟底运；有的，居住在山腰，要从山尖或山底往半山腰运，有的居住在山顶，还得从山下往山上运。有的能用架子车拉，有的需要先背转一节路程，再往架子车上装运，有的架子车就不能进地了，没条容得下架子车行走的路，只好用双肩背运。

每每到了拉运麦子的时候，在大山怀抱的沟沟岔岔里生存的人们，就得沿着大山的那些小肠样百结的小路，弯腰弓背，汗水淋漓地进行一场拼争。谁说"买卖庄稼，离不开自家"，遇到拉运麦子，你光靠自家，就明显地显得力不从心了呢。缘于此，这时节邻居与邻居得拧成一股绳，他家开始拉运了，先帮他家拉运，拉运在场上，垛好了；再来拉运你家的。两邻居搭伙拉运，是属于居住条件相对优越，离麦地近，道路也相对好走，能用架子车，两家有壮实的体力的；要是遇上居住条件相对劣势，离麦地又远，道儿又不好走，架子车也不能拉，体力勉强的农家，光邻居是无济于事的，还得搭伙上邻居的邻居，或者亲戚朋友。也有单干的人家，牵一头毛驴，或者骡子，靠毛驴或骡子驮的，这样，人虽说不怎么吃力，但战线要长，时间跨度要大，遇上天气不好，一下两下，垛子就一时垛不好，垛子垛不好，进了雨水，麦子便会发霉。发霉的麦子磨的面粉，虽说也白白净净的，只是好看，不实用，一股霉味，怎么着也吃不成的。

我也背过麦子。用上一根粗制的麻质绳子，对折，对折处拴上绳卷子（一种用柔韧的大拇指粗细的藤条制作成的形似椭圆的农用器具，具有些微的滑轮作用）在地里甩开铺展，然后，把麦子头对头左一捆右一捆地挤放在铺开的绳子上，左右的捆数要相对差不多，两边重量要掌握得相对平衡，接着绳头穿过卷子，拉紧绾住，肩头往紧好的绳子里一套，用劲儿拾身，起身挪步，庄稼就沉沉地压在脊背上，随着你挪动脚步，一颠一颤，一直挪动到麦场里。

现在说起来，似乎有点轻松。其实，当你肩头往绳套里一套，拾掇着起身的那一刻开始，绳子就琢磨着往你的肉身里钻了，走上没几步，你就感到自己的肩膀上的肌肉生生作疼。成捆成捆的麦子生铁样压在你背部，你得咬紧牙关，相信一个硬道理，坚持就是胜利，坚持到你肌肉疼痛到麻木，甚至麻木到失去知觉，一背庄稼也就快到或者已经到麦场上了。当然，当你挺不住时，你也可以借着地埂突兀的坎儿稍作歇息，缓口气的。如果麦地离麦场再远一些，一背麦子背到场里，往往得歇上那么五六次呢，这得看背麦子的人的体力和忍耐力如何而论定了。要是体力羸弱者，或者迫不得已，身为妇女的柔弱体质，歇缓五六次，一背麦子，恐怕还在路上磨蹭着呢。

背麦子的时候，免不了要流汗的，似乎流汗是庄稼人和中国农事的专利似的。麦子沉沉地压在背部，你每移动一步，就有汗水从额际、脸颊、胸部和脊背往下流，整个一个人会被汗水淋透。你可以左一把右一把地抹去额面上、脸上、颊上的汗水，但顺着胸口、脊背往下流的汗水，你就拿它没有办法。有时，汗水一个劲儿地还要往眼里直钻呢！平时灵灵便便的两条腿儿，你怎么使唤都可以，可伸可屈，可起可落，可跳可蹲，背了麦子，就不那么自如和随心了。整个儿两腿儿，从小腿部到大腿部，灌了铅似的，酸麻僵困，似乎什么味都有，立马显得心有余而力不足。挺！在此时就是唯一的信念，似乎也是力量再生的源泉。

话又说回来，背麦子虽然辛苦劳累，但比起用架子车拉麦子危险要小。如果是用架子车拉麦子，前面掌控架子车两根长长的辕条的人，一定得要一个年轻力壮、臂力强悍的男人的，要不，架子车就有方向失灵的可能性。架子车上少则百捆，多则二百多捆的庄稼，一不小心，方向失灵，翻车是时常发生的事。如果情况不重，几个人费些力气和时间就会把它扶起来；如果遇到严重的情况，翻车就不仅仅是翻车了，要么，滚到坡底洼底，要么压伤拉运的人，轻的呻唤几天也就了事；重的，伤了筋骨，呻唤是不顶用的，还得住上很多天的医院，还有比这更耸人听闻的。

面对如此拉运庄稼的情形，你不由得要感叹人类为了生存，与自然条件相抗衡的艰难，同时也不得不叹服人类劳动的艰辛和不易。当一粒麦子从春种、夏耘到秋收、冬藏，再到磨成面粉，无不包含着辛酸的泪水和柔韧的希望，难怪早在唐朝，就有诗人李绅《悯农》诗云："锄禾日当午，汗滴禾下土。谁知盘中餐，粒粒皆辛苦。"

我是在农村长大的，我熟悉农村，特别是农村山区，在那里，有我的父老乡亲，兄弟姐妹，我的血脉，我生命的根。每当想起农事的艰难，对世世代代繁衍生长在农村山区从事农业的人们的敬意油然而生的同时，我感到我的生命里，流淌的是他们顽强和坚韧的血汗汇成的河流，在感恩的同时，我的内心也充满了无奈和不安。

◎李淑华

李淑华，渭源县文化馆文学专干。

红峡秋画

早听朋友说，红峡的秋色十分好看，便心向往之。迫近寒露，天气一天比一天冷，秋意一天比一天浓了，眼见得县城附近的小山转了颜色，换上了一件以黄绿色为主打，间杂红橙褐灰的五彩绒衣。心想，红峡的秋色该很美了吧，一定是层林尽染了，不如这个双休日和家人去红峡赏秋色。

好不容易等到星期六。天气阴沉沉的，但依然挡不住我们出行的脚步。沿着316国道往五竹方向走，黄叶纷飞，穿行在夹道白杨形成的金黄色穹窿里，满满的秋意扑面而来。透过车窗向外望去，远处的小山红橙黄绿的，煞是好看。不一会，到达红峡，也就是国家4A级渭河源风景区。一下车，满目的金黄色霸气入怀。好美呀！不过半个月秋色就这样汹涌了。凝眸望向谷底，一脉清流自谷间款款而来。谷之深处，峦嶂层叠，烟云弥漫，裸露的山岩苍黑如墨，大片大片的金黄色落叶松林占据了远远近近的山坡，尽显秋意的沉郁苍凉，好一幅气势雄浑的红峡秋色图。在峡谷间行不多时，零星的小雨变得密集起来，被风裹着铺头盖脸地袭来，脊背如泼凉水，一行三人只好扫兴而归。

下过一夜秋雨，翌日清晨，阴霾一散而去，碧蓝的天空高远明净。正自懊恼，去红峡选错了时日，要是看看天气预报，今天去该有多好。这时，姐姐打来电话，说怂恿了朋友去赏红峡秋色，也约我一起去。

上午九点多，到达渭河源景区，时候还早，游客并不多。停车场有一辆白银的旅游大巴和几辆小轿车。秋阳下，红峡空旷明丽。黄绿色的草坡，金黄色的落叶松林，苍翠的云杉林，漫山遍野的杂色灌木丛，把红峡装扮得五彩斑斓，宛如一色彩绚丽的巨幅油画。谷口的山坡下，一头黄牛沐浴着阳光静静盘卧。鸟鸣啁啾，似乎在歌唱这美好的早晨。

沿着谷间大路往里走，朝阳刚刚升起，透过高大的松树林斜照在谷底满是露水的灌木丛上，无数光点莹莹闪烁，如同镶满钻石的发冠，熠熠生辉。两边的山坡则呈现风格迥异的色彩之美。山之阳，阳光朗照，那黄绿草坡，那金黄色的落叶松林，那苍翠的云杉林，那漫山遍野的红色灌木丛，色彩鲜艳饱满，望之炫目。山之阴，松林间光影交叠，如梦似幻。那一束束阳光在高大的金黄色林带里射过来，被拦截后化为一条条金蛇在林梢游走，打开一条条或明或亮的光的通道，奇幻的光影令人如醉如痴。正痴迷于此，迎面走来几位外地游客，议论着，说这里可以拍摄电影《卧虎藏龙》的续集。我和姐姐听后会心地相视一笑，自豪之情溢于心怀。

在林间的小道穿行，一路走一路拍。无论走到哪，都有入画的景致。枝叶掩映的林间小道幽深宛转，高大的乔木与低矮的灌木俯仰生姿，苔藓斑驳的野白杨蓝天下虬枝旋舞，露水莹莹的红色浆果、黄色沙棘灿若玛瑙，溪流中五彩卵石清晰可辨。一阵风来，草叶鸣响，山鸟弄喉，溪水潺潺，草木的清芬沁人肺腑。置身于此，还有什么尘世的烦恼不会消散呢？

走出松林，跨过小桥，来到野花谷，眼前豁然开朗起来。而眼前的景致，惊艳至极，简直要亮瞎人的双眼。密密匝匝的灌木丛色彩纷呈，遍布山谷，仿佛一座五彩斑斓的巨大花坛，若不是前方有兀立的断崖阻隔，也许一直会延伸到天外。早晨的阳光翻过左前方的山崖斜射在彩色的灌木林上，每一片叶子似乎在和阳光挑逗嬉戏，他们轻轻晃动娇小的身影，眨着明亮的眼睛，变幻出神奇的色彩与光影。一簇簇灌木就像一顶顶花伞，挨挨挤挤的，在阳光下跃动着点点的红，盈盈的绿，灿灿的黄。那红有深红、浅红、粉红、紫红，那绿有深绿、浅绿、明绿、暗绿，那黄则是金黄、嫩黄、橘黄、鹅黄……色彩极为丰富绚丽。犹如天边云霞飘落，又似五彩织锦铺展。此情此景令人浮想联翩，是天边的彩霞流连于此，还是红峡的彩林映染了天边的云霞。也许亿万年前，这里是珊瑚丛生的海底世界吧，不然，何以会有如此美轮美奂的景致！此景只应天上有，人间那得几回见哪！在此驻足拍照，欣赏了好长时间，准备穿越前方溪流跌落的断崖，因还在施工，禁止游客通行，只好返程了。

红峡，就像一颗藏在深山里的璞玉，很久以来，她的美丽鲜有人知。只是在红峡被县上打造为渭河源风景区后，她神秘的面纱才渐被揭开。如今，她的丽质天成、秀雅脱俗吸引着越来越多的省内外游客。红峡更成为家乡人亲近自然、放松身心的首选之地。每次去红峡，她总能给我不一样的美丽和惊喜。在四时的轮回里，她不疾不徐地跟着太阳的脚步书写季节更迭、万物生息的动人诗行。走过冬之静穆、春之生趣、夏之热烈，秋天她把最绚烂的诗行挥洒在渭水之源的山山岭岭。在下一个四时里，不管你来与不来，她依然续写着不老的神话和传奇！

古镇有磨渠

我的故乡在大西北腹地的一个古镇——会川。镇上有一条穿街而过的水渠，名曰磨渠，清清浅浅的，不过五六米宽，而且一段一段逐级降低，像下台阶一样。

水流下台阶的地方，建有水磨坊，看上去很是沧桑。风剥雨蚀的木板外墙歪斜欲倒，青苔斑驳的屋顶瓦松参差。水磨闲着的时候，像一头静卧的老黄牛，在岁月的渡口静静舔舐过往的辛劳和伤痛；又像一位卧病在床的老人，幽幽地呼吸，漠然地看着周围世界的变化。可是，一旦拉开水闸，犹如神鬼附体，磨轮飞旋，浪花迸溅，如雷的轰响震彻耳畔。每当这时，总会吸引不少孩子的目光。满满一渠水骤然束缚在又窄又陡的磨槽里奔涌而下，泻玉堆银，水磨再也无法矜持，它僵硬发木的关节如同上了润滑油，伴着吱扭吱扭的声音，巨大而笨重的磨轮霎时间旋转起来。旋转、旋转、飞速旋转。一朵朵水花迅疾绽放开来，又倏然消失在涌动的水波里，或是化作小水滴落在孩子们的衣襟上、手心里和明亮的眼眸里。那时，虽然有了电钢磨，但水磨的生意还不算淡，经常能看见浑身覆满面粉的人出出进进，主要是磨一些小杂粮，荞麦、豆子、莜麦一类的。

上小学的时候，我可以沿着家门前的大马路走到学校，也可以中途沿着磨渠走到学校。我喜欢沿着磨渠走，一路上有好看的景致。磨轮飞旋，水花四溅的景象自不必说，磨坊闲着时也有看头。满满一渠水均匀地越过台阶，形成一道弧形的水帘，像小瀑布，轰然作响。然而比瀑布更灵动、更吸引眼球的还有鸭子，白鹅。西北地区鸭子是稀罕物，难得小镇有这条水渠，也能看到"白毛浮绿水，红掌拨清波"的画面。

一到春暖花开，磨渠两岸榆杨绽翠，绿柳拂丝，水渠里又注满了来自漫坝河的活水，渠旁住的大爷大娘们又张罗着养起了鸭子。在鸭妈妈的带领下，小鸭子们你追我赶地下水了。它们快活地游来游去，使劲地划着纤弱的脚掌，绒球样的身子在湍急的水流中甚至无法前行，只能随波逐流。然而不过几月，小鸭子们一个个成了游泳高手，羽翼出脱得雪白丰满。它们潜到水里，伸长脖子用扁扁的嘴在水底探寻喜欢吃的小鱼小虾，或是悠闲地浮在水面上。游累了的话就上岸休憩，梳理羽毛。它们用嘴梳理自己的羽毛，很是仔细，甚至连翅膀下的旮旯儿也不放过。雪白的羽毛一经梳理便上了一层淡淡的油脂，无怪乎它们从水里出来，将身子轻轻一抖，浑圆的水珠便会落地，偶有几颗调皮的还嵌在身上，晶莹透亮。之后，便静静卧在岸边草地上，树荫下。与鸭子的温顺不同，大白鹅则要凶很多，虽然它们双双对对立起身子在水面滑行的杂技表演令人叫绝，但有人走近，伸长脖子扑过来的凶样却让人害怕。有一次一只体肥脖长的大白鹅差点啄到我的腿，我慌不择路，一不小心踩到一泡稀糊糊的牛粪上。

不光是小孩，大人也喜欢上磨渠。一大早，妇女们臂挽竹篮来到渠边，篮子里盛满待洗的洋芋或是剁碎的菜叶。渠边安放着石板，妇女们蹲在石板上，把菜篮子放到水里，用手轻轻搅动翻转，洋芋、菜叶上附着的泥沙被水带走。洗干净了将篮子提到石板上控水，妇女们拉拉家常，说些鸡零狗碎的事。男人们的行动则要利索很多。他们挑着水桶，站在石板上，将身子一倾，先将一边的水桶到水里一舀，再微转方向，将身子朝相反的方向一倾，又是一舀，便挑着满满一担水回家了，或者浇菜，或者以备他用。遇到行人，也打招呼，开开玩笑，但没有妇女的话头长。

逢着大晴天，磨渠就更热闹了，端个盆子，里边放上要洗的衣物，去渠里濯洗。太阳将水晒得温温热热，真好！早点动身，最好找个石板旁有树遮阴的，这样洗衣的时候不会被晒得慌。取出一件衣服，放在水里浸湿，再捞到石板上，撒些洗衣粉，或是抹些肥皂，一边捞水，一边搓洗。大件的衣物床单由妈妈们来洗，先用棒槌捶打，再搓搓重点部位，然后扔到水里漂洗，如此几遍污浊就这样被水流带走了。衣物洗完了，不用着急回家，挽起裤腿坐在石板上，双脚放到水里，任温热柔滑的水波轻轻抚摸，任柳荫里丝丝清凉的风微微拂过，真是舒服极了。调皮的孩子们则不甘于此，三五成群地蹚进水渠里，撩起了水花打起了水仗，水花四溅，欢笑声荡漾，孩子们的快乐贮满磨渠里每一缕流动的水波，弥散在周遭新鲜的空气里，并穿越时空温暖如歌的岁月。

如今，离开老家二十多年了。虽然每年都回去，但由于行程匆匆，总是与它擦肩而过，不知它怎样了。听哥哥嫂嫂说，现在生活好了，家家户户装上了自来水，用上了洗衣机，洗衣浇菜盖房再也不用到磨渠里取水，磨渠成了附近住户倒垃圾的地方。

一个愁云淡淡的下午，去老家办完事，时候还早，心想不如去磨渠边走走。走在渠边，看不到妇女洗衣淘菜的身影，也听不到孩子们打水仗时的欢笑，昔日热闹的水渠如今只有一派空寂。古旧的磨坊大多已废弃不用，颓败不堪，有的磨轮陷入垃圾堆满的渠床里，有的甚至被拆除，残留几根断废的石桩，一路寻来，只有一座还在运转，进去一看，被改造成了油坊，也算是此行的一点抚慰吧！

回去的路上，心头也笼罩了淡淡的愁云。

唉，古代遗留下来的文明不该沦落到如此的境地啊！

◎周亚军

周亚军，男，汉族，1984年2月出生，渭源县莲峰镇人氏，毕业于陇东学院，本科学历，现为渭源县第四高级中学教师。

点滴记忆莲峰山

我，一个地地道道的莲峰镇人，像其他莲峰人一样，不止一次地游过莲峰山。出古城渭源东南三十四公里，即到素有"陇上碧莲"之誉的莲峰山。这里是渭河源森林公园的主体景区，鸟瞰莲峰，九峰环峙，状如莲花，故称莲峰山，又因成群马鹿出没林间，又称马鹿山。远眺莲峰，山下一条缠绵的小河，宛如一条白练，自苍茫的山间飘来，闪动着细金的色彩，带着野花的芳香流出山外。山间古木参天，庙观森然，香火袅娜，好鸟啁啾盘旋，沉浮天地之间，时有僧侣诵经，游鱼出听，晨钟暮鼓，好一处人间仙境。清代诗人吴镇赞曰："孤鹤唳烟海，遥投仙客家；五峰云散尽，涌出碧莲花。"

莲峰山奇山秀水，林海松涛，古迹众多而声播遐迩。它由大山、二台、三台、四台等九座形态各异的山峰组成。山腰苍松蔽日，藤萝挂壑，白薇飘香；山上清流涓涓，松涛如吼，钟磬之声不绝于耳。相传东汉扬虚侯马武征讨西羌时曾屯兵于此，大山之上有一古松，四人才能合抱，据说为当年马武挂鞭之树，后称"马武挂鞭树"。有诗云："莲峰时飘秦汉雨，劲松曾悬马武鞭。"

莲峰山是一处宗教圣地，汉唐以来，石窟四布，庙宇辉煌，至元明时达到鼎盛，僧道多达700余人。20世纪50年代，有古建筑群落三十四处，二百余间，雕塑壁画无数，风格迥异，栩栩如生，是一处不可多得的艺术宝库，可惜它们在劫难后已毁坏殆尽。主峰上大多寺庙已不复存在，只剩下一座清朝建筑的八卦楼，独独孤立在山顶上，两侧的两潭绿水像两只龙眼，深不可测，却不外流。现在莲峰山已被定为国家级森林公园。而当地人更愿意亲切地称之为"马鹿山"。

谈起马鹿山，我永远是山的孩子，对她，我有说不完的话，有去一次爱一次，数之不尽的崇拜与敬仰。她就是我心中的圣地。我总是愿意向其他人描述她的美丽，宣传她的思想，我唠叨得就像村妇。

　　我不记得我去过多少回，但是那儿给我留下的太多的记忆，依然是我心中永远抹不去的美好回忆。

　　小时候，还是孩童的我只是一个山里孩子。我不明白什么是旅游，不知道大人们在每年的农历四月初八，撒着两条腿奔去马鹿山游玩一天是为什么，不明白土石筑成的山上除了那大人不喜欢的酸甜可人的野果，和到处乱窜的松鼠，还有什么可爱的地方。反正村子周围的山上，大人们常去的平整的农田，以及那些稀松平常的杨树、柳树、梨树、杏树不是我喜欢的对象。

　　虽然马鹿山离我们不远，但是十几里的山路倒也不近。而且那时很少有车，全镇只有两辆去县城的中巴车，没有到马鹿山的车，所以直到我五年级的时候，我才第一次去马鹿山，那时是由几位小学老师带领着我们去的。

　　我第一眼看到它的样子，不是它雄伟奇险的正面，而是后山树丛中那到处乱飞的山鸡、叫声空灵的鸟儿，以及高高的大树下那一朵朵鲜艳的鸡冠花。我当时就感觉到了它的神奇与美丽。我在想为什么那儿的鸟鸣声和我家屋檐下火石鸟和麻雀的叫声完全不同，一声悠扬的鸟鸣总是能传播很久，久到我回到家里，耳边还响着鸟鸣。我在想，为什么那儿的树木和院子里的果树、山上的杨树不同，那高大的树干，翠绿的枝叶遮住六月的阳光，让人神清气爽。那鲜花和野草发出的气味让人鼻孔通畅，舒适怡然……

　　在老师的带领下，一路艰辛跋涉，我们总算见到了它的正面，几个尖鞘的山头，四周是刀削般的崖壁，崖顶和山脚处是郁郁葱葱的植被。远远地就能看到那山顶上的松树、柏树，非常高大粗壮。有几处崖壁上从上往下流着水泽，没有形成瀑布，但也润湿了半边崖壁。主峰就像老人们说的，如同一颗四方四正的大印章，四面如刀削，奇险无比，只有一条开凿出的小路可供上山。正面看不到哪儿是上山的路，只能顺着几座山峰之间的小路徐徐前行，在炎热的夏日感受着难得的清凉，不时地抬头看看耸立的崖壁，以及各种叫不出名字的树木花草，还能听到悦耳的鸟鸣，感觉很是清爽。

　　走不多时，会到几个山峰的中央一块平地处，就像莲花的花心，这儿有好几条路分别通向不同的峰顶。最奇险的要数仅有的那条通向主峰的小路，那是一条石壁上开凿出的小路，小路的这头有个小的山门，叫"不二法门"，要通过不二法门才能上山。

　　最险峻的地方要数大山上通往睡佛洞的小路，不像现在有了栏杆，十几年前那儿非常危险，石崖上凿出的半米宽的小路上曾经掉下去过好几个人，最窄的地方只凿出了能落一只脚的一个个小窝，根本没有栏杆，下面是刀切般的石崖。

一位老师在去往睡佛洞的路上刚走了两步又退了回来，对我们说："你们敢去的小心些过去吧，我不敢去，我感觉这石壁狠劲地把我往石崖下面推……"对于这次旅行，现在想起来有些疯狂，两三个小学老师，带着二三十个十一二岁的孩子，跋山涉水七八公里去游山，攀上爬下一整天，还要原路步行回家去……

虽然现在我经常去马鹿山，却忽然之间感觉到与它的陌生。我甚至忘记了曾经熟悉的每一个景点的样子，因为我每次都是在山脚下转悠转悠，抬头仰望着它们的方向，却不前去打招呼。

尘世模糊了它们在我心中的印象……

◎曹雨泽

曹雨泽，中共党员，1964年出生于甘肃渭源，现供职于渭源县环境保护局。有散文、诗歌、小说等作品载于《环境教育》《中国环境报》《甘肃日报》等报刊。《中国环境报》特约通讯员，定西市作家协会会员，渭源县文联第一届作协理事，渭源县政协文史资料研究员。

劲挽君山之春

为了生计，也为了自己的爱好，我像花丛归巢的蜜蜂，时时在单位和家的两点一线之间奔忙。很多时候，我忘了神聊，丢了棋趣，弃了郊游，而唯独没有割舍的，却是坚持了多年的每日晨练……

六点多从家里出来，以渐快的脚步一溜小跑到老君山山门前，在大禹导渭雕像的凝望中，沿着盘山路缓步登山。这时候，一边舒缓紧促的气息，一边欣赏路边每天悄悄变化着的景致。除哨兵似的松树以外，棵棵槐杨，丛丛石枣，片片李杏，遮坡塞谷，负势竞上，繁枝密叶在空际中摇荡着波涛。宿露犹凝，在晨曦映照下，叶片闪亮着辉光，不时地滴落几颗玑珠。在半山腰城隍戏台的平地上乘势远眺，黄土高原上特有的重重涧壑，大刀阔斧地裁剪着山骨。这就是要植树造林，保护生态环境的缘故吧，我想。

四月的老君山，从山下到山顶，两公里长的盘山道上，上下左右，尽是鲜活鼓胀的浓荫、翠影。沿着挺拔的青松林，转过古色古香的廊亭庙宇，那雕梁画栋的楼台亭树在清白如凝玉脂的石枣花和粉白娇艳的杏花映衬下，更显得出岁月的历练和它的庄严；岁月风尘吹却的旧芳菲，在烟雨霏霏洗刷中未褪的铅华，带着历史的旧痕，惊艳成瑰丽壮观的独有风景！绿，北国郊原的底色。此刻，那盈盈翠色更逼近到晨练人的面庞上、心底里。也许是石涛和尚"不识来年梦，如何只近山"的诗句和扑入眼帘山峦的淡远、宁静体性在感染着我。反正我不后悔多年养成的迎曦晨练的习惯。在东方欲晓、树影婆娑、虫叫鸟鸣、花香沁脾的城隍庙后树林中，伴着悠扬的钟声，和着悦心的旋律舞一套剑，练两路太极，那是何等之悠哉啊！只有这时候，我才明白，其实，真正动人心魄的倒未必是那类声名赫赫的名山，如西华东泰之类。同人一样，出了名的山屡经品题，最后往往是声名过实，为名所累；若再有众生莫名地焚香膜拜，整日烟云缭绕，就会更加重它的俗浅。似此空山寂寂，微风习习，山峦似动不动，林涛若有若无，听到的是自己脚步的回响，通体浸透着的是一番彻骨的宁静与灵澈。

四月之天，犹人之少年，本当花团锦簇，灿若云霞，到处姹紫嫣红，蝶舞蜂忙，一片红红火火。可这是北国，乍暖还寒，阳春尚早，百花争艳，你推我挤的脚步毕竟较江南慢半个节拍，故而就没有白居易《大林寺桃花》中第一句所表达出的缺憾。乐天吟咏时当孟夏，众芳零落，绿黯红稀，于是为芳菲过尽而懊恼和憾恨。我却不然，人虽渐逼知命，而心绪中的春光并没有飘逝，名曰孤心漂泊，却间或被一种惊愕、喜悦之情溢满胸臆。给朋友的年终祝福短信中曾写道："一年一度秋风去，又到春花烂漫时，新的一年，让我们站在老君山山巅奋力抛却旧历，然后以崭新的激情去拥抱明天！"是的，生活在诗之谷画之廊的人，朝朝暮暮晤对着诗意的存在，故有的心灵美、艺术美被激活了，热血就会沸腾，只要一腔热血能够时常沸腾，那自己孤独的灵魂也就自然得到升华了。

上山也好，下山也罢，最重要的是不要总停留在对自然景观单纯欣赏的层面上，满足于山青一度草绿三春，奇峰耸立，名花声噪，而是设法实现自然境界与生活的同化，得到心灵和生命美的延续。随着打造四大支柱产业步伐的加快，渭源——这颗陇上璀璨的明珠，不但在基础建设上更加耀眼炫目，而且薯药飘香将使35万渭河儿女插上腾飞的翅膀，奔向小康生活。所以，老君山的春天，要靠我们用辛勤去挽留、去营造，我们也只有将自己的心绪播撒在老君山阳春浓密的鲜花碧草之中，随心所欲地去跑去跳，去笑去叫，放浪形骸，完全泯灭年龄的界限，老君山的春天才将成为真正的春天，渭源的春天才将永远是春天！

劲挽君山之春吧!

情寄太白山

"人间仙境何处寻，返璞归真到太白。"

太白山位于甘肃省渭源县城西南二十五公里处，因传说太白金星修道于此而得名。其形险峻酷似华山，故名小华山，是陇中得天独厚的旅游胜地。

听当地人说，太白山"海拔三千三，离天三尺三，不知路多远，八十一转弯"，是专门考验人的意志和毅力的地方。《渭源县志》有"山势高峻奇秀"的记载，《渭水源头》也说："太白山，一峰独耸，系云摩天，众山环拱，与露骨山遥相呼应。从山下仰望，殿宇呈瑞，紫光熠熠。山腰茂林修竹，披红戴绿，悬崖峭壁，飞濂挂瀑。"

一日，我有幸偕妻子和女儿，随几个同事一起偷得一日闲暇，乘兴去登太白山，不为登山观风景，只为学人做神仙。

登太白之路，左有小干沟，右有大干沟，二沟之间便是供奉着接引菩萨的接引殿，有准提道人在此把守仙山，每当游人至此，先要恭请接引菩萨通报玉帝及各路神仙，才能选其道而行。然而，现在映入游人眼帘的接引殿并不那么神秘，它像一位好客而慈祥的老婆婆，每时每刻都在笑脸相迎着八方游客。干沟亦不干，处处有清泉，只是大干沟稍阔且坦，行走起来不太吃力，故游人多选此道登山。为了穿新鞋而不走老路，我们专选小干沟披荆斩棘，攀岩而上。

前夜的一场透雨虽使山清水秀，心旷神怡，而小干沟的路是人走出来的，此时确实堪比蜀道。泥泞满地，树干荆棘时不时地挂衣划脸，也不得不顺手牵其而动，即使这样，还避免不了摔跤。同行者不免有人埋怨何苦走这不归路，我便调侃道："不攀艰险无以览胜，越过艰险才品美景嘛。"话虽这样说，但到这时候我才明白，其实自己的心路上就有许多迷人景色，只是因为自己忽略了它的存在。所以，在走路时，只顾看别人的姿势，欣赏自然的名胜，而错过了自己心路上的风景。

几乎每人摔过几跤后，才走完了这段最艰难的路。峰回路转，随之清泉飞瀑，佳木野芳直往眼中涌来。抬头仰望，人工造就的石梯已然直戳云端。我们沿着陡峭险峻的石级蛇行而上，脚下传来很有节奏的轰响，像是军乐队为受检三军所特奏的进行曲，同行的文人告诉我们，这就是太白山石级独有的共鸣声，与地质结构有关，天气越晴朗，轰响就越大，节奏感也就愈强，从其轰响效果和音质节奏讲，恰似在演奏美妙的迎宾曲。

不知此山高几许，但觉天风微生寒。正沉浸在迎宾曲中的人被一阵扑面而来的清风吹得哆嗦了一下，举目四望，大有黑云压城之势，刚忘却夜雨后摔跤的尴尬，又碰上山雨欲来之突兀，人们不禁有些沮丧。回头无路，况几个孩子已先我们而去，带着无奈，留着遗憾，我们正准备横下心，来个雨中登太白。忽然间又云散峰露，若隐若现，参差错落的大小诸峰，在云遮雾绕中宛若一群身披蝉纱的浴女，亭亭玉立，婀娜多姿，含羞弄首，微启朱唇，悄吻着云际间刚露头的太阳，给整个世界带来了温馨和纯情……

近两个小时的跋涉，我们小憩舒心台，踏步风摆浪，观赏了扳手崖，穿过了八仙桥，手扯着铁链总算上了山顶。顿时，有了"会当凌绝顶，一览众山小"的感觉，且不说渭源、陇西、临洮三县城尽收眼底，更不叹山形奇险，秀色可餐，从脚下蜿蜒而去的两条山梁犹如龙凤呈祥，又似二龙戏珠，单见那太白殿、玉皇阁等大小庙宇镶嵌于如海苍山，峰峦叠嶂之中，虽不雄浑，倒也巍然，古朴典雅的风姿被翻腾在群峰间的云海映衬得更加神秘莫测，一派仙风道骨气象。再从峰巅向下鸟瞰，只见山后如斧劈刀削，陡峻异常，林立在怪石之上的一株株刺柏赛似花农艺人专心护持的盆景；山前乔木灌丛，沙棘成林，正怒放的枇杷花儿粉白相兼，宠辱不惊，把个太白山装点得雅静、恬适、幽深。

人见一物必留一影于脑中。太白山纵有三奇八景，对我来说，印象最深的莫过于山上的那口龙眼泉。此泉因深不见底、晶莹剔透、墨绿近黑，水又具醒神解困，强身延年之功，故被人视为神泉。泉是神泉水便是神水了。神仙喝，凡人亦喝，但奇的是泉水只供饮用，不能洗手或淘洗不洁之物，否则，污秽之气会使泉水干涸枯竭，除非整日香火不断地虔诚祷告，水位才能缓缓回升。面对如此神泉，我心中充满了一种企盼，且激荡着生态环境再获新生的音符，我觉得所有的新生也正仰视着苍穹，寻求着新的梦，倾听着藏在内心深处最隐秘的声音。因此，我想换一种心境洞察世界，变一种斑斓点染胸襟，然后畅露心怀，让自己的思绪透过尘俗的孤闷与喧嚣，去感染飘逸，增添洒脱，获得超然，再对人生去重新品味和思索……

是的，是非恩怨，可以随风付诸一笑，而成败得失，完全不用放在心头。一趟太白山下来，我倒觉得自己年轻了许多，真乃"心香一瓣留千古，能成长生不老仙"。

◎乔彩凤

乔彩凤，女，出生于1976年1月，中共党员，长期从事广播电视采编工作。现为渭源县广播影视中心（台）主任编辑，兼任县文联副秘书长；全国旅游服务质量社会监督员，甘肃省广电系统摄影家协会会员，定西市摄影协会理事，定西市政协文史资料研究员，《定西日报》通讯员，定西市作协会员，八届县政协委员，渭源县新闻工作者协会理事，第十二届、十三届县妇联执委。

寻梦露骨山

生成傲骨永如斯，露出堂堂太白姿。遥望山巅频积雪，登临路径犹崎岖。

盘桓耸石拖寒雾，磊落雄峰卷洁池。不改千秋朴素态，常留后世共称奇。

——〔清〕吴镇

这座终年积雪的高峻之山，就是位于渭源县南部和漳县、卓尼县交界处，比天还高三尺三的露骨山，是青藏高原、黄土高原与秦岭山脉交界地带的"盘扣"。其最高峰四棱子山海拔3941米，比秦岭的最高峰太白山还高出174米。雄踞在陇原群山之首，历经艰险登临顶峰，可观三州六县，突兀的层层裸露岩石像一条条龙的脊梁，东西绵延。相传这里是雪山太子修行的地方，是宋代名将王韶上演远程奔袭战的疆域。因此，凡是途经此地或生活在这里的人们，总有一个寻着古栈道攀登露骨顶峰拜见雪山太子的梦想。

因为有爱有梦想，再大的困难也会被克服。2010年夏末，几个好友相约攀登露骨山，去挑战生命极限（对于安装了心脏起搏器的我而言）。夜宿山下小帐篷，虽有身边河水叮咚，伴有鸟鸣欢歌，饶有世外桃源雅致，却有凌晨冷风穿身，就着一小堆篝火，差点儿冻僵。晨起由牧场向导带路，沿右手缓坡步行至枇杷林，茂密的林中无路可循，只是跟着声音穿梭其中。到半山中已是缺氧心疼，幸有好友鼓励，牵手爬行，才得到尾峰。由于找不到路，山顶灌木丛生中各种飞虫直旋头顶，脚下碎石散落，为保证安全，我就此歇脚，没能抵达最高峰，却也饱览了上那边的层层叠叠的裸露山脉，以及零星坐落的藏家小屋。自那以后，凡见文中有描写露骨山终年积雪不化的字句，就予以修正"山顶裸露岩石状如白骨，取名露骨山。"我，也因为有了此次挑战经历，之后就大胆去了大家都不敢前行的西藏，拜会了布达拉宫，亲吻了景色迷人的纳木错。

沉静的岁月就像漫坝河水从分水岭由西向东蜿蜒流走，日复一日的生活如西北山脉一样稳健包容，而我们追求梦想的意志却如这高耸入云的露骨山般显现突兀、磐观群山。

时光匆匆，转眼五年。在乙未年寒露之际，为庆祝建台20周年，单位组织了"寻梦露骨山，挑战无极限"登山采风行动。重逢露骨山，我们是熟人。在我的倡议下，选择了直线距离抵达露骨山主峰的路线行进。深秋季节，天高云淡，风轻雨柔。往常浓雾笼罩的露骨山巍然屹立、清晰可见，山上的青草早已泛黄，倔强的灌木丛像卫士一样护在山腰，山下正在享受田野美味的牛群被我们这些不速之客吓得跑到山的另一边了。从早上九点开始，往常浓雾笼罩的露骨山巍然屹立、清晰可见，山上的青草早已泛黄，倔强的灌木丛像卫士一样护在山腰，山下正在享受田野美味的牛群被我们这些不速之客吓得跑到山的另一边了。从早上九点开始，我们一行16人你追我赶地穿行在灌木丛中牛羊走过的小道，走到没有道路的松软琵琶林，大家互勉："世上本没有路，走的人多了，便就是路。"瞄准主峰方向，两手攥紧树枝，踩着枇杷树枝，尽管有树刺划破前进手指，霜和积雪不时滑倒登山脚步，但同行的男女老少都没有打退堂鼓，发扬广电人勇于挑战、敢于开拓、团结奋进的精神，翻越抵达一座又一座的奇石险峰。"你看，这座山峰像什么？""相公搀着娘子去看山。""雪山太子和枇杷仙子在相会。"大家舒展思维，追寻这里的传奇故事。

传说露骨山的主宰之神——雪山太子，是秦始皇的长子扶苏。当时，由于赵高暗害，在露骨山一带同匈奴作战的秦军，弹尽粮绝后战死。将士们死后，白骨就化为白色山石。扶苏就在山顶打坐诵经，为死去的将士安抚魂灵，为这方百姓的安康祈祷送福。他的虔诚与大爱感动了默默守护在这里的枇杷仙子，于是就有雪山太子与枇杷仙子历经沧桑、相守千年，终得正果升仙而去的动人故事，山因此而得名露骨山。而半山间这座相依脉脉的石峰恰似扶苏和枇杷仙子，正欲移步前行呢。山顶依然留存着百姓供奉的雪山太子庙，山腰有枇杷仙子的影子。而我们刚刚休息过的那座石山，又像是一头千年老龟，准备托着我们穿越露骨山涧呢。顶峰的右侧有小的石峰很像美猴王,所以也有这里是唐僧西天取经路经此地孙悟空三打白骨精,山峰为白骨精化身之说。

上次登山有朋友牵手,这次登山有团队撑腰,我总跑在前头。因为有三位小女生,我得做出榜样来,所以,历经艰难,我第一个到达主峰。这让男同胞们有些不服,他们中有四位继续攀爬最高峰,以争男人气概!结果,山外有山人外有人,两个山尖后的顶峰没有安全保护设施是无法上去的,所以,为保障安全起见,领导要求稍作休整后原路返回。站在露骨山巅,我想双手托起嶙峋的石山,开拓一条通往大草原的坦途。回望来时的路,那层层叠叠的色彩与山峦,尽收怀抱。树花、枇杷、红叶、虫草、鹿角、刺柏等一些叫不上名儿的高山植物,它们一直将生命的绿色带到严寒的冰天雪地中,其顽强的生命力让人感动。而发生在这里的熙河之役是不是更让我们感叹历史的浑厚呢!

明代诗人曾写道:"露骨山前月色高,夜闻胡骑在临洮。将军为挂平羌印,独倚长虹看宝刀。"宋代大将军王韶发动熙河之役就爆发在露骨山下。据有关资料记载,王韶对活动在河湟地区的吐蕃部落有比较明确的了解,也是位善于审时度势的人物。他在《平戎策》中说,要制服西夏,就要先收复河湟地区,从而包围西夏,首当其冲的是以恩信招纳沿边诸族,收复洮河兰鄯等地。宋神宗在熙宁元年(公元1068年),朝廷派遣王韶筹划克复洮水流域,建置熙河路,这场大战史称熙河之役。熙宁六年春天,王韶以熙州为根据地向洮河以西推进,收取河州。这年八月,一些吐蕃部落降而复叛,王韶率军镇压瞎征时乘机占据河州。再次挥军西进,穿越露骨山,进破诃诺木藏城(今广河县城)。

露骨山林木茂密,山高坡陡,道路狭隘,碎石零落,许多地方无法骑马而行。王韶他们徒步行进,费尽艰险成功穿过露骨山,长途奔袭连拔宕、岷二州,叠、洮部族皆以城附。途中五十余天中行军1800里,收复五座州城,斩首数千级,获牛、羊、马以万计。穿越露骨山的这场远程奔袭完成了宋史中极为精彩的一战,为积弱的北宋涂上了些许勇武和阳刚的色彩。

一座山,一座令人望而却步的探险高地,于此留下了最辉煌的一页。

一个人,一个敢于挑战自我的广电团队,就此拍下了最绚烂的秋色。

山高人为峰。路难行,人气爽。醉卧岩石台,更觉自逍遥。这里不仅是高山特有的多姿秋景让你留恋仰叹,还有春天的淡黄、夏日的苍翠、冬日的苍茫,也会让你心服神往。如你登峰露骨,欲征服自己,尽可相约而至,历经艰难,饱览秀色山川,抒万丈豪情!露骨山的四季,等你来采撷……你,准备好了吗?!

这个秋天，带着母亲去探源

国庆期间，在小姨和我们大家的极力劝说下，一向怕晕车不爱出门的妈妈，终于答应跟我去旅游了。

"我住渭河头，君住渭河尾，日日思君不见君，定不负君意。"沿着缓缓向东流走的渭河水，带着老人孩子，在渭河滋养过的八百里秦川上一路狂奔，直抵古城西安。陪着她们或骑车或行走在千年城墙上，参观和触摸了十三朝古都曾经的辉煌，紧张浏览了藏经宝地大雁塔，也专程赶去袁家村民俗风情街，品尝了陕西特色面食，祭拜了法门寺大佛，了了妈妈一直想见舍利塔的心愿。虽然长时间坐车有些不适，但妈妈开心地竟然忘了喝晕车药，久违的笑容终于展现在那脸色憔悴的面庞上。

每次出门在外，有寺庙处我也会拜拜，可这次妈妈去拜了我没去。都说父母就是自己要拜的佛，我领着妈妈在旅游，我不是用实际行动在拜佛吗？站在法门寺外，看着妈妈跟着最后进入的旅游团队穿行于各庙宇之间虔诚的身影，我不由地笑了。

子欲孝而亲不待，我再不能因为工作忙又要看管孩子而忽视了孤独的妈妈。在爸爸离开我们后，我伤痛欲绝，真后悔没有好好地陪着他们去旅行一次，让父母在变幻的风景中、在纯净的大自然中平静地享受天伦之乐。而一直被爸爸宠着的妈妈更是自闭忧伤，根本就不愿出门与大家聊天娱乐，吃饭也是凑合。遗憾和懊悔一直纠缠在我心头……这次，终于让我安心了些。

抬眼树叶已黄，忙碌依然充斥着我的生活。那天抽空去看妈妈，她说："电视上看渭河源头景色美得很，自己还没去过源头呢。"顿时，一种难言的心痛弥漫了全身。是啊，在我们已经非常熟悉又时常带孩子去的景区、农家乐，还没带妈妈去过一次呢，我们太忽视老人了。惭愧之极当即决定：在这个色彩斑斓的季节，必须要带妈妈去探源赏秋景！

走进大自然，观景知世界而懂自己。在挑战露骨山回来的第二天，尽管已累得全身浮肿，但还是自己驾车，叫上和妈妈一样孤单的邹老师，和妹妹一道陪着两位母亲走进渭河源地质公园和渭河源景区。

路边的草木都已泛黄，两边的山峦层林尽染，斑斓的色彩呈现出一年中最美的姿态。林间流水潺潺，松针飘落在头上，黄叶纷飞在路径，时光的沙漏过滤了谁的哀愁？在我停车拍照间隙，邹老师已拉着妈妈早已走进林间小道，不见了踪影。

地处五竹凤凰山西端、鏊鏊山南端的渭河源地质公园，是2000年时渭源县在开发旅游景区中新开辟的源头景点，由邹老师的丈夫、时任县文化馆馆长李德清先生参与建设。现在虽然已移步换景，物是人非，但里面原建的禹王庙上留下的先生的墨迹依然清晰可见。邹老师看着我时眼睛已经湿润，她说以前老是听老伴说这里的风景有多好，他为这里的事很操心，可她一次也没有来过，现在人已经不在了，今天看到了他的字，像是见了他本人一样。于是，她非常感谢我。其实，我邀她与妈妈同行来这里赏景，也是因为我了解她并不知道他们曾经的付出，更了解多才多艺的李老为文化旅游事业所做的贡献。陪她在此看看，也算是我对李老的缅怀与追忆，也是对文化艺术的一种尊崇吧。

在渭源已生活了十多年的妈妈也是初次来这里，看渭河源头上的水量到底有多大，水流到底有多急。穿行在群山之间，蓝天、黄叶、红沙棘，妈妈边走边看，顿觉神清气爽，站在路边让我拍照即刻发给兰州的孙子看。

坐在车上，妈妈和邹老师兴奋地唱起了属于她们那个时代的歌："向前向前向前，我们的队伍像太阳，脚踏着祖国的大地……"还唱了我们从没听过的抗战歌曲，一路走一路唱，妈妈好像找回了她在村学当老师的感觉，和境遇差不多的邹老师又唱又说，笑得爽朗。我和妹妹相视一笑，心里是满满的感动和满足。

姥姥姥爷只有妈妈一个孩子，在饥饿的岁月里坚持供她读书上学，后来妈妈在村学当老师，老人希望她出人头地。可是因为生了我们三个姑娘，妈妈不得不舍弃了她热爱的讲台，只得回家务农照顾我们，直到我们都参加工作。爸爸在乡镇工作二十年，很少顾及家里，妈妈一手操持，所以，好脾气的爸爸一直对妈妈的唠叨是笑着对付。他俩一辈子没吵过架，相互理解，相互包容，给了我们温暖的家。

等到不需要照顾我们了，二老终于可以自由自在地安度晚年了，我也逐步实现自己的既定目标了，正在学车准备以后带着喜欢旅游的爸爸和爱生活的妈妈，春天去河边踏青、夏天去田野采风、秋天去山上折沙棘、冬天去观雪景呢。结果，驾照还没拿到，爸爸却撇下相濡以沫的妈妈先走了，残酷地揉碎了妈妈和我们的心！

人生的酸甜苦辣总会渐渐飘散，虽然失去亲人的悲痛无法抹掉，但我要让妈妈走出心理的阴影。叫上能歌善舞、志趣相投的邹老师，两个老姊妹一路感叹时光的残忍、世事的变幻，感叹社会的发展、渭源的变化，一路歌唱党的恩情，歌唱年少的记忆。中午两点，我们才在竹寨园农家乐吃了午饭，点了新鲜的羊肉和兔子肉，可她们吃得很少，还说吃得太饱了。实际上是妈妈们老了，我们也到了中年！

冉冉秋光留不住，满阶红叶暮。萧瑟寒露草木黄，徒留清影孤。斜阳中，我们继续前行，带着妈妈来到了令很多陕西人寻根溯源而至的渭河源头——红沟风景区。丰富的色彩迷住了我的双眼，斑驳的光影绊住了我的脚步，手中的相机总感觉放不下来。等回过神儿来，妈妈和邹老师穿峡走进禹仰泉了。挽着妈妈小心地走过施工使用的临时搭建通道时，风吹过她的满头华发，颤巍巍的脚步让我又一次难过。

饮水思源，大爱无言。妈妈无怨无悔地把我们拉扯大，到现在还不让我做饭洗锅，怕我累着；说我忙没时间剥核桃就专门剥好一堆留给我吃……而我呢，又关心过她多少呢？像这样挽着臂弯走的时间再能有多少呢？而我们自己，也已韶华即逝，开始喜欢回忆，开始浓缩朋友圈，开始坐看风轻云淡，笑对风霜雨雪了。

回家的路上，两位妈妈又开始唱她们自创的歌："日落西山红霞飞，我们探源把家回把家回；今天赏景很高兴，愉快的歌声满车飞……"还问我们唱得好不好，我连说好好好。其实，我的眼泪一直在打转，只是没让它流下来罢了。看着路边掠过的山川、河流，期待着春暖花开时再带妈妈去赏景。四季轮回变幻，生命如此短暂。今年的秋天，我欣赏到了特别美的秋色。还因为，风景中黄叶间，有你的影子！

◎王宏　王亚雄
王宏，渭源县广影中心副主任，渭源电视台台长。

"薛丁山"征西在渭源——鏖战庆坪

我们从渭河的源头——渭源县城出发，沿临渭公路，这条曾经留下汉武帝使臣、文成公主远嫁、唐玄奘西取真经以及无数商旅骆队、征战将士足迹的古老丝绸之路，经王家店，一杆旗，到达一个叫庆坪——古代称作武阶驿的地方，去寻找一段久远的历史，揭开一场大唐历史上名震朝野神秘的战争面纱。

据当地百姓讲，庆坪是个古战场，唐朝的薛仁贵、薛丁山父子在这里打过一场大仗，至今还有一个叫薛家铺的地方，传说就是因薛家父子打完仗留下的。

历史，真的如此吗？

唐朝，一个被世界上170多个国家称为"天朝"的繁盛帝国，一个中国几千年封建王朝的鼎盛之作，一段让中华民族扬眉吐气的复兴历史。唐朝以强盛的国力和强大的军事，书写了"夜不闭户，路不拾遗"的传奇。而民间传说中大唐江山的"擎天白玉柱，架海紫金梁"，为大唐立下汗马功劳的大将薛仁贵、薛丁山父子以至后来的薛刚反唐等等，无疑是这个传奇中的传奇。

那么，真实的历史上，究竟有没有薛氏家庭呢？

据《永乐大典》记载，薛仁贵名礼，绛州人，出生于公元614年，卒于公元683年，农家子弟，是唐朝著名的军事家，政治家。随唐太宗李世民创造了"良策息干戈""三箭定天山""神勇收辽东""仁政高丽国""脱帽退万敌"等丰功伟绩，在军事、政治上建立赫赫功勋，为唐朝盛世奠定了坚实基础。

然而，评书中被皇帝加封为"两辽王"，王敖老祖的徒弟，白袍银枪，勇猛异常，却又被美貌泼辣的樊梨花折腾得毫无脾气的薛丁山，却只是民间传说中的一位人物。根据史料记载，薛仁贵的儿子中，有一个叫薛讷，出生于公元648年，卒于公元720年，字慎言，是唐朝大将，也是薛仁贵孩子中名望、地位最高的一个。

薛讷出生将门，自幼一直跟随父亲薛仁贵征战沙场，熟谙韬略，一生经历战事无数。众多的军事实践，为他后来执掌军事指挥大权、保家卫国奠定了坚实的基础。可他的一生，却在唐王朝诡秘突变的政治风云中度过。从公元648年出生到公元720年卒的72年间，薛讷先后经历了五位皇帝，都受到各位帝王的重用，并且一度执掌着皇帝的贴身禁卫军，他的政治谋略和军事才能，可见一斑！

据唐史记载，薛讷性格沉默寡言，但外柔内刚，在镇守边疆、抵御外族侵扰的过程中，创造了"不战而屈人之兵""稳固边疆二十年无战事""兵破吐蕃以血大非川之耻"等经典传奇。尤其在圣历元年（公元698年），突厥阿史那默啜可汗以"奉唐伐周"为名，出动十万骑兵，肆意劫掠河北地区，武则天调兵遣将，提升49岁的薛讷为摄左武威卫将军、安东道经略。

在大军出发之前，薛讷对武则天说："丑虏恁凌，以卢陵为辞。今虽有制升储，外议犹恐未定。若此命不易，则狂贼自然款伏。"意思是说"突厥人猖獗，是以庐陵王李显为借口，只要明确李显的皇储身份，突厥人师出无名，就会不战自退"，武则天对薛讷的建议十分看重，她马上册立庐陵王李显为皇太子，同时担任河北道行军大元帅，狄仁杰为副元帅。十万唐军浩浩荡荡，直逼默啜可汗的军队，默啜可汗看到唐朝的援军已经到达，再加上此次出兵已经名不正、言不顺，难以有所作为，并慑于唐军的气势，便退回到蒙古大沙漠以北，正是由于薛讷对当时政治军事形势的清醒分析和对敌方的了解，使得唐军没有费什么力量，就粉碎了敌人的进攻，达到了不战而屈人之兵的目的。而他一生中最辉煌、最壮烈、最关乎国家和个人命运的战役，却发生在渭源武阶驿，也就是今天的庆坪乡。

那么，薛讷与渭源这个名不见经传的边陲小镇又如何扯上关系呢？

在中国历史上，从古到今，在北方尤其是西北的战略上，中央政府一直采取的策略是：保卫长安，割断青藏高原和蒙古高原少数民族的联合。要达到这个目的就必须要打开河西走廊。如果要确保河西走廊，就不能放弃西域。这也是自汉朝开辟丝绸之路以来，隐藏在丝绸之路繁华和热闹背后的苦衷，而渭源正好处在丝绸之路的必经之路上。

根据史料记载，汉朝至隋唐时期，出使外贸的中国商队从长安出发，沿渭河而上，经过天水、秦安、陇西、渭源翻越关山至武阶驿也就是庆坪到达临洮，再由临洮至金城兰州过黄河到河西；或者由临洮西行至临夏，然后西北行至允吾（今甘肃省永登县红城镇），或者直接去河西，或者走大河家进入青海，过青海湖，或到新疆、或到河西走廊。不管如何，渭河的源头渭源都是商队的必经之路。张骞出使西域，霍去病抗击匈奴，唐玄奘西域取经，文成公主远嫁吐蕃都经这里。汉朝时人们所说的羌中道，南北朝时的吐谷浑道或青海道，唐朝的唐蕃古道，后人所说的丝绸南路都指这条路。再加上渭源地处西部边陲，水草丰茂，冬温夏凉，地域辽阔，是良好的天然牧马场，远古以来畜牧业就很驰名，所以历代统治者都十分重视经营这一地区，移民以实边，屯田以固边，牧马以强兵，成为中原政权经营西域的大本营。据史料记载，唐朝初年，唐政府在陇右设立牧马监，建立了一套严格的管理制度，设太仆寺总领马牧事宜。在太仆卿张万岁和王毛仲的精心操持下，这里的牧马业发展空前，最多时达七十万六千匹。唐玄宗东封泰山之时，王毛仲调集陇右牧马几万匹，每种颜色的马编为一队，然后将各色马交错编组，鱼贯前进，蹄声似惊雷，鸣声如海啸；长鬃飘扬，若疾风卷流云；远远望去似云霞落九霄。实为世间之奇绝胜景。玄宗龙颜大悦，倍加赞赏。此后，唐廷又在朔方军西受降城（今内蒙古五原县）开设互市，向突厥买马，并以胡马与唐马杂交，改良马种，牧养在陇右渭河流域，如今渭源南部的路麻滩、干乍、丈乍滩、牧儿山等都与牧业生产有关。而大汉以来丝绸之路的开辟，更让这里商贾云集，贸易活跃，经济繁荣，到隋唐时期，渭源的经贸活动盛况空前，县境内的锹甲铺、清源镇、后河亭、庆坪（当时为武阶驿）等地，店铺连片，过路客商都要在这里住宿交易。《资治通鉴》卷216记载，唐天宝年间"自安远门（长安西城门）西尽唐境万二千里，闾阎相望，桑麻翳野，天下称富庶者无如陇右。"说明当时河陇地区社会经济文化相当繁荣。由于地处襟要，也成为历代兵家必争之地。

渭源的特殊位置，在唐朝时老是受到外族侵扰。唐咸亨元年（公元670年）四月，吐蕃大举入侵西域，攻陷西域白州等十八个羁縻州；公元673年夺取了于阗、疏勒、龟兹，而后攻占焉耆以西四镇，斩断了丝绸之路，使唐朝在西域的地位发生动摇。四月初九，唐朝以右威卫大将军薛仁贵为逻娑道行军大总管，领兵十余万反击吐蕃军，但由于唐军远道出征，孤军深入，且兵力不支，供给不畅，尤其军中将领不和，副将郭待封擅违军令，一意孤行，导致大唐自建国以来最大的一次战争惨败。

这场战役，让唐王十分震怒，使众多高级将领受到巨大牵连，也让薛家蒙受了巨大耻辱。薛仁贵被撤职并被流放象州，郁郁而终。这一切让薛讷悲痛不已。

而更重要的是，吐蕃通过此役，一下子趁机吞并吐谷浑百万之众，势力急剧扩张，扩地千里，与唐朝边境相接，薛讷更是如坐针毡，时时刻刻在想，何时才有机会一雪前耻，重振薛家军在朝廷的威望，重建功业，更是成为了薛讷心中的症结。

公元712年，雄心勃勃的李隆基登上唐朝大宝，史称玄宗，他励精图治，决心建立一支强大的军队，解除周边的军事威胁，并任命薛讷为左军节度。开元二年（公元714年），契丹、奚和后突厥几次在边境挑衅，并侵占了河北等大片土地。一心想要重振大唐雄风的唐玄宗听从了立功心切、想报父仇的薛讷的意见，任命薛讷为紫微黄门三品，率领六万唐军，向契丹大举出击。历史总是惊人的相似。当大军行至滦水谷时，轻举冒进的唐军遭遇到契丹重兵埋伏，唐军死者十之八九，损失惨重，薛讷带领数十骑兵奋力突围，才捡回了自己的性命。回朝以后，唐玄宗盛怒，以众将不肯用命为由，将其余八人统统斩首，薛讷贬为庶民。

败军之将不言勇。一位满怀壮志、却又壮志难酬的败军之将，一位烈士暮年、白发苍颜的66岁的老人，一介刚刚遭到贬谪的平民，他还能有所作为吗？是的，历史给了他这个机会。

开元二年（公元714年）八月，在薛讷仅仅免职后的一月，对唐王朝富裕繁华觊觎已久的吐蕃王国，再次对唐朝发动大规模的侵略。吐蕃大将坌达延、乞力徐率领十万大军，进攻洮州，继而进攻兰州、渭源，抢走了大批牧马，鄯州都督杨矩由于自己的失误，对朝廷造成严重后果，悔恨交集，自杀身亡，唐廷上下极为震动。为对付严峻的边境形势，唐玄宗重新启用了刚刚被免职一个多月的薛讷，令其以布衣之身代理左羽林将军，出任陇右防御使；同时以右骁卫将军郭知运为副，率部将杜宾客、王晙、安思顺等前去抵御。并在全国招募勇士，补充河东、陇右的兵力。

此时的吐蕃王国已在逐渐的统一、蚕食中，在这块土地上建立起了中国历史上最为强大的军事部落联盟，形成了足以和唐朝相抗衡的军事力量。而高原环境的恶劣，长期战争的磨炼，使他们养成了强悍不羁、英勇顽强的斗志，每次战斗，都组成敢死队冲锋，前赴后继，决无反顾，那种彪悍暴戾的精神气质，常常令对手胆战心寒。

此时的薛讷也已是六十六岁，霜髯飘飘，战争又一次将他推到了一个人生的十字关口，于公于私他都已无路可退。

想到自己七月间那场战争失败、同僚们被斩首的血淋淋的场景，想起父亲四十年前那场惨败的耻辱，想起皇帝、朝廷对自己的高度信任，一介白衣（平民）的他所处的特殊地位，如若再不抓住这次机会，薛家军的威风何时才能重振？更为严重的是如果自己一旦失败，敌人则占据渭源，长驱关陇，国土沦丧，那时的后果将更令人寒噤。

十月，屡屡得手的吐蕃再次向渭源发起猛烈进攻。形势变得不容乐观，十月初二，唐玄宗下诏准备御驾亲征，并发兵10万，马4万匹，迎击吐蕃。初十，薛讷率大军火速进至渭源武阶驿也就是庆坪乡，当时吐蕃坌达延所率10万大军正屯于武阶南面的大来谷，一场恶战在所难免。

历史，再次让庆坪这片土地成为鏖战的主战场。从渭源军事地理看，由西向东，可分南北两路。南路，漫坝河谷，无疑是一处咽喉要道。扼住这处喉结，便易守难攻；北路四十里高拔险峻的关山，犹如一道横亘云天的屏障，护遮渭源古城，倘若一脚蹬上这道关隘，百里渭川便尽收眼底。向东数百里，一马平川，取陇西，下秦川，几乎无险可守，再往西是更窄、更险的山谷，几百米、几十米、几米宽窄不等，而武阶庆坪正处在东西必经的交通孔道上，其军事位置重要程度可想而知。

大军压境，双方把目光不约而同地选在了这块地狭人稀、方圆不足三里的小镇。狭路相逢勇者胜。薛讷运筹帷幄，命令前部太仆少卿王晙率军占据险峻地势，居高临下，扼险固守，凝气以待。

十月的渭源朔风凌厉，荒草连天，关河冷落，寒气逼人。唐代著名诗人杜审言写道："北地寒应苦，南庭戍未归。边声乱羌笛，朔气卷戎衣。雨雪关山暗，风霜草木稀。胡兵战欲尽，汉卒尚重围。"

薛讷在滥水北岸土山上督战，在白天四个多时辰的鏖战中，他成功指挥部队击退了吐蕃军几十次突击。日落后，双方埋锅造饭，各自立营夜宿。

一弯上弦月只在关山边露了一小会儿脸，便在浓重的战云中消失藏匿了。夜，显得格外漫长而凝重。朔气传金柝，寒光照铁衣。空气，在这块充斥着死寂的土地上快要凝固了。

半夜时分，蜷卧沙场的双方将士们，突然被一阵惊天动地的响声惊醒。催动的战鼓声、喊杀声、兵刃的格斗声、惨叫声响彻山谷，在狰狞的寒山暗影里，使人觉得有一股冲天荡地的阴森煞气。当夜，太仆少卿、陇右郡牧使王晙精选勇士七百人，分为前后两队，身穿吐蕃服装，前队乘着夜黑风高，向吐蕃垒达延部发起了突然袭击。又于前锋部队之后五里处，设置多面大鼓。先遣部队接近吐蕃军营时大声呼喊，冲进吐蕃兵前后两营，大杀驰突，五里外的后队闻声则战鼓催动，号角齐鸣，黑暗中仿佛来了千军万马，蕃兵起先以为是自家之人，不敢贸然还手，后听战鼓催动，号角齐鸣，以为唐军主力已至，惊慌逃遁，夜色中难辨敌我，自相残杀，死伤无数，等到醒悟，两营率兵追来时，王晙早已趁乱撤兵，倒是吐蕃兵两营，黑暗中都以为对方是假冒敌军，放大胆子大杀一气，死伤万计。王晙又命令士兵以硝药引火之物，往敌营放火烧将过去，吐蕃军平日三餐及甲帐、篷帐饲马草料等，多是油腻易燃之物，一时间火龙狂舞，十里山谷一片烈焰。这时薛讷率主力杀到，与王晙部两面夹击，吐蕃军伤亡惨重，狼狈逃窜，吐蕃军大败。垒达延率部逃向洮水，唐军紧追不舍，如影随形，双方在临洮长城堡展开血战，唐军乘胜追击，气势如虹，打得敌人溃不成军，一战就斩首一万七千级，缴获牛羊一百二十万头。吐蕃残部眼见前有洮水，后有追兵，几乎是无路可逃，只有使出全力，背水一战，与唐军进行最后决战。吐蕃人将薛讷军先锋、丰安军使郎将王海宾围入阵中，王海宾骁勇善战，但由于其他唐将妒忌王海宾的战功，也没有及时施予援手，寡不敌众，这位出身太原王氏的一代名将就此壮烈牺牲，以身殉国。薛讷率主力随后赶到后，将敌人分割包围，尽数歼灭，吐蕃军尸横遍野，血流成河。据唐史记载，当时连洮河都被尸体堵塞，河水尽赤。数万吐蕃军葬身沙场，吐蕃将领六指乡弥洪被唐军生擒活捉，缴获军械无数，这一战唐军取得了辉煌胜利，重创吐蕃，将其所掠羊马全部追回。朝廷上下扬眉吐气。

唐玄宗本来准备御驾亲征，闻听大捷，龙心大悦，派遣紫微舍人倪若水前往军营犒劳将士，于军中拜薛讷为左羽林大将军，加封平阳郡公，拜薛讷子薛畅为朝散大夫。战后，唐玄宗又改授薛讷为凉州镇军大总管，辖赤水（今甘肃陇西县东渭河支流赤亭水）、建康（今甘肃高台县西南）、河源（今青海西宁市）等边地重镇。不久，薛讷改迁朔方行军大总管。

这次战役对雄居大唐西边的吐蕃王朝是一次严重打击，于唐朝来讲是重新确定其在西域威慑力的一战，此后不久，西突厥十姓部落归降者不断增多。在开元四年（公元716年）时由于默啜可汗在攻击铁勒部时被杀死，拔曳固、回纥、同罗、霄、仆固五个部落听说默啜被杀后，全部来投降唐朝，唐朝西部边境又得到巩固。

"燕台一去客心惊，笳鼓喧喧汉将营。万里寒光生积雪，三边曙色动危旌。"这场战争，不仅牢牢巩固了唐玄宗的执政地位，更开启了开元之治的武功盛典，胜利的欢悦，使唐玄宗喜不自禁，亲自援笔成诗：

> 杂虏忽猖狂，无何敢乱常。羽书朝继入，烽火夜相望。
> 将出凶门勇，兵因死地强。蒙轮皆突骑，按剑尽鹰扬。
> 鼓角雄山野，龙蛇入战场。流膏润沙漠，溅血染锋铓。
> 雾扫清玄塞，云开静朔方。武功今已立，文德愧前王。

66岁的薛讷终于在自己有生之年，手刃吐蕃十万余人，给父亲报了一箭之仇，重新建立了自己家族的功业，也重振了薛家军的威名。

昔日长城战，咸言意气高。出身将门、刚正雄才的薛讷，以血染的战袍，换来了唐朝西域边疆的安宁，为开元盛世的开创创造了良好的外部环境，一个中国历史上鼎盛的王朝在唐玄宗的治理下逐步走向辉煌的顶峰。

此后每年，每到正月新岁，当地人就以灯火摆阵，演绎攻伐战阵，那战鼓轰隆、火烧狮子的社火习俗，一直流传到如今。

◎王泽亮

王泽亮，《渭河文化》编辑，曾获《文学月刊》"年度优秀作者"称号，有作品散见于《文学月刊》《陇原文萃》《定西日报》等各类报刊。

从渭河源头说起

我很幸运地被命运之神安排降生在了渭河源头。对于生我养我的故土，我有着深厚的感情，伴随着的是无尽的仰望和无尽的热爱，想把这份情怀写出来，但脑海里单薄的词汇又不知如何表达，只能絮絮叨叨，略表寸心。我是喝着渭河源头的水长大的，我始终坚信，在我的身体里，流淌着一条属于我自己的渭河。《尚书·禹贡》记载："（大禹）导渭自鸟鼠同穴"。注解曰："'鸟鼠同穴'，山名，即鸟鼠山，在今甘肃省渭源县南，渭水所出。"不错的，这里的鸟鼠山，便是位于渭源县城南34公里处的鸟鼠山，而山中三眼清澈的泉水，被称为品字泉的，则是渭河的源头。

所以，提起渭源，不能不提鸟鼠山，而到了渭源，也不能不去鸟鼠山。到达山下，穿过雄伟庄严的大禹殿，沿着曲径通幽的林间道路前行，过了左宗棠题写的"大禹导渭"摩崖石刻、一线天，再行进数公里便到了鸟鼠山的品字泉。品字泉，在层层叠叠的大山深处，一派与世无争的安宁悠闲，孤独地坚守着自己的初衷，然而，整个华夏却无法忽略她的存在，因为浩浩汤汤的华夏文明就从这里汩汩流出，一泻千里，覆盖了大半个中华，渊源流长了几千年。

让我们把目光穿越到20世纪30年代，当代著名学者顾颉刚登临鸟鼠山，溯源朝圣品字泉，一声感叹，妙笔生花，写下了精彩的一联：疑问鼠山名，试为答案歧千古；长流渭川水，溯到源头只一盂。先生的咏叹和疑问，是对"歧千古"的孤弦独吟。"三源孕鸟鼠，一水兴八朝"，从鸟鼠山品字泉一盂之水的孤独寂寞，到泱泱大国的繁花似锦，这个中的滋味，又有谁能够体悟，又有谁能够释怀？

重复讲述一个耳熟能详的故事，有时也并不是一件无聊的事情，因为人们所喜欢的不仅仅是故事本身曲折离奇、令人潸然泪下的情节，而是故事背后那些总让人无法释然和承重的深意。这正如一条河流展现在我们眼前除了她的壮观和美丽之外，更多的是对她所孕育了的生生不息、辉煌灿烂的物质文明和精神文明的俯身顿首，而我们，也完全可以用心中的敬意顶礼膜拜，去感悟、去体验心中的另一番风景！

所以，现在让我们从鸟鼠山的一只鸟一只鼠说起，再一次说说鸟和鼠的爱情。很久以前的渭河源头，住着一对清贫夫妻，妻子貌美如花，勤劳朴实，丈夫忠厚善良，为人厚道。一天，妻子在挑水的时候，发现了一条白蛇被另外一条灰蛇死死地咬住，好心的妻子救下了白蛇。当晚，妻子梦见渭河龙王派人请她去赴宴，嘱咐她鸡叫头遍时到渭河边上相见。梦醒后，半信半疑的妻子和丈夫一同前往。妻子被渭河龙王的家人带去了龙宫，丈夫在岸上等候。在龙宫，妻子受到了热情地款待。临走时，妻子拒绝了渭河龙王黄金白银的馈赠，只拿了两把扇子和两颗宝石就离开了。在岸上焦急等待的丈夫看到妻子回来后，非常高兴，接过妻子手中的宝石，爱不释手。妻子打开两把扇子细细端详时猛然飞了起来。丈夫想拉住妻子，情急之下，将两颗宝石塞进嘴里，宝石进嘴立即变成了一对尖利的牙齿。从此，这对恩爱的夫妻成了异类：妻为鸟，夫为鼠。妻忘不了曾经的恩爱，过一段时间便到洞中和丈夫相会，有时干脆同处一穴，这就成了"鸟鼠同穴"。

传说就是传说，也只是传说而已，我们自不必去深究"鸟鼠同穴"故事的逻辑性和严密性。只要知道，这个名字缔结着一段爱情便可。而在渭源，这类民间传说并不鲜见。究其本质，这些年代久远、多幻想成分的传说，不过是表达人们对于生活、亲情、爱情的美好愿望罢了。比如说，渭河源头秀峰山的那棵堪称一绝的千年古松——连理树，树形恰似一对翩翩起舞的缠绵男女，情境所至，富具传奇。当代诗人李云鹏先生曾这样写道：（夫妻树）其实是两行相拥而立的诗，一行写着相濡以沫的心誓，一行刻着风雨历练的坚贞，爱是陶醉，已忘相守的年轮。

爱情是个圣洁而宏大的命题，令人心存敬畏，或许，许许多多惊天泣地的爱情传奇，人们不会再为之感动，认为他们已过了历史时效性，从而忽略了这些朴实而诚挚的故事所蕴含的真意。这是一种多么大的损失啊?! 其实，不管历史如何更迭，时代如何变迁，人们所需要的仍是最质朴最真挚的情感。"死生契阔，与子成说，执子之手，与子偕老"。幸好渭源这片灵性的土地孕育出的山山水水，养育出了勤劳善良纯朴的渭源人。"夫妻本是同林鸟，大难来时各自飞。"在渭源这句话要打一个问号了。渭源人的爱情是朴实的，自由的，和谐的，充满了田园生活的无限欢乐。他们的爱朴实得就像这里的一草一木，男耕女织，日出而作，日落而息，乐享天伦，他们或许不懂爱情这个新鲜和奢侈的词汇，但他们懂得同甘共苦，相濡以沫的坚定和永恒！渭源人的爱情又是纯真的，执着的，踏实的。没有风花雪月的激情和浪漫，有的只是老婆孩子热炕头的温暖，鸡叫狗咬娃娃跑的乐趣，柴米油盐的珍贵和相守终生的永远，是对幸福生活永不言弃的追求。

周国平先生曾经说过："真正的爱情是灵魂与灵魂的相遇，纵然世界上爱有一千个定义，也没有一个定义能够把它的内涵穷尽。"的确，在渭河源头，那古朴天然的本性和单纯执着的情爱方式，会让那些掺杂了越来越多杂质的所谓"爱情"自惭形秽。朋友来这里吧，让这里的山水，还原你一份美好的爱情！还原你一颗清澈丰盈的心。

岁月的影子

冰封的往昔，随着岁月的流逝，逐渐溶为时光的记忆，最终形影似风，飘散在无尽的天际。然而，总有一些或多或少的记忆在我们的心中定格，成为久远的印记。从一个时代到另一个时代，发生过、存在过，无论世事如何变迁，它们依旧鲜活、生动，在我们的心中吹奏着悠扬的旋律，律动着最绚丽的舞姿。

——题记

我是渭河源头一个普通的农村孩子，我的求学之路充满艰辛和坎坷。如今，时过境迁，那些烙在脑海中的记忆犹如陈年佳酿，飘散着醉人的芳香。

鸡蛋情结

小时候，家中生活窘迫。一颗鸡蛋能卖一毛二分钱，爷爷时常将家里的鸡蛋卖了，然后买来煤油、茶叶、油盐酱醋等生活必需品。那时，能吃上一颗鸡蛋就算是受到了家里的最高待遇，也算是品尝到人间美味了。我是家里唯一的孩子，只有我才偶尔能享受到这样的待遇。

据说荷包蛋兑上生花椒可以发汗，具有治感冒的功效，家里谁得了感冒，奶奶总会煮一个热腾腾的荷包蛋给他吃。那时候，我总是希望自己能得一次感冒，这样就能吃到奶奶煮的荷包蛋了。

"清明时节雨纷纷，路上行人欲断魂。"这是我上了初中以后才学到的诗句。清明时节是祭祀祖先、缅怀故人的日子，但在儿时，却是我最渴望早早到来的日子。清明祭祖，我总是很乐意跟着长辈们一起去上坟，因为上完坟之后有奶奶炒的作为"献饭"的鸡蛋吃。说是炒鸡蛋，其实更准确地说应该是"鸡蛋炒面饼"，为了节省，奶奶总会将一个鸡蛋打在碗里，然后兑上水，搅上面，在锅里炒熟。虽然鸡蛋的成分不多，也算不上真正的炒鸡蛋，但在童年的记忆里，这足以成为我渴望已久并满足口腹之欲的美食了。

比起荷包蛋和炒鸡蛋，最令我神往的要数"烧鸡蛋"了，不光因为它好吃，更因为奶奶做"烧鸡蛋"的方法独特：她首先将鸡蛋蘸上水，然后用废纸包起来，再将纸用水泡透，最后在外面糊一层薄薄的泥巴，放在炕洞里烧十多分钟就好了。一层层地剥去泥巴、废纸、蛋壳，美味可口的烧鸡蛋便能直接送到嘴里了。每当那个时候，奶奶总是用慈祥的目光看着我一口一口地吃完，然后将废纸和蛋壳清理干净，而我又担心再难以享受到这样的美味，总是把鸡蛋慢慢地、一点一点地放进嘴里，所以一个鸡蛋要吃好长时间。至今令我难以忘记的不光是"烧鸡蛋"本身的香味，还有奶奶那温和的目光和慈爱的话语。记得小学五年级的时候，还有十多天就要参加升初中的考试了，数学老师说："从今天起，每天吃两个鸡蛋，毕业考试准能考一百分！"于是，我学着奶奶的做法，每天中午趁着家人不注意的时候，在炕洞里偷偷地烧两个鸡蛋，然后装在兜里在上学的路上吃。但那年的升学考试我的数学没有考到一百分，只是这十天时间，家里的鸡蛋被我偷吃了不少，我烧鸡蛋的技术也越来越好。后来，我才知道，细心的奶奶早已经发现了我的举动，只不过她没有揭穿而已。

如今，我衣食无忧，通过自己的努力，住上了宽敞明亮的楼房，也吃到了许多自己小时候没有吃到的东西，再也不为吃一颗鸡蛋而犯愁了，我也试过了很多种鸡蛋的做法和吃法，但不论哪一种，都吃不出儿时的味道了！

煤油炉子

只要是从农村走出来的与我同龄的人，对煤油炉子都不陌生。这东西到现在已经基本上绝迹，有些可能还躺在一些人家的某个角落，记录着岁月的风风雨雨，见证着时代的变迁。取而代之的是煤气灶、电磁炉、高压锅、电饭煲和微波炉等高科技产品。我对煤油炉子的记忆停留在我的初中时代，一只小小的煤油炉子，镌刻着我求学之路的点点滴滴。

12岁那年，我上了中学，由于离家太远，只能住校。那时候的宿舍是高低床通铺，不到三十平方米的宿舍每间要住16到20人，虽然十分拥挤，但也有好处，冬天没有电褥子的时候可以挤在一起相互取暖。所有住校的同学，每人一个木箱子，用来放自己的书籍、灶具、干粮、衣物等物品。我的箱子是妈妈当年的嫁妆，由于时间较长，有些地方油漆已经脱落，但是每次使用完，我都会仔细地将它擦得干干净净，因为我知道这箱子来之不易，蕴含了妈妈一生的牵绊和对我无尽的爱和期盼。

那时，学校里没有食堂，住校的同学每周回家后就一次性从家里带足够的馍馍作为早餐，中午和晚上自己做饭吃，厨房就在宿舍，煤油炉子自然而然成了我们那时做饭的炊具。

一般做饭用的煤油炉子的大小跟现在的电饭煲差不多，它的构造很简单：下面一个圆形的油箱，上面是炉架，中间有双层活动的铁罩，夹着一圈放捻子的细铁管，一股股棉线穿过这些细管，下面浸在油箱里，上面露出短短的一个小头，就像围绕了一圈的煤油灯。在捻子的里外圈，各有一个围绕着一圈的网状的罩子，将这些捻子围在圈里，一是为了聚热，使热量不外散；二是为了通风，火力旺。在油箱和灯罩的中间，还装有调节火苗大小的旋钮，可根据所需火力大小随意调节，十分方便。用时将灯捻子点燃就可以烧水或者做饭了。煤油炉子的大小规格按照捻子的多少来定，有三根捻子的，六根捻子的，八根捻子的，还有十二根、十八根、二十四根捻子的，大家按照各自的需要来选，学生做饭一般用的是八根捻子的煤油炉子。

如果没有特殊情况、不烧开水的话，我一周刚好用一斤煤油。我刚上初中那时一斤煤油的价格是一块二毛钱，到我初三毕业时涨到了一块六毛钱。起初，我们都将煤油炉子放在床底下，但是后来发现煤油总会无缘无故地减少。我们都怀疑有人偷油，也许是本宿舍的，也许是外宿舍的（直到现在也没有弄清），于是，我们就将各自的煤油炉子锁到箱子里，因此我们住校生的馍馍总有一股很浓的煤油味，箱子里的洋芋和面粉也同样透着浓浓的煤油味。

煤油炉子"忌风"，放在宿舍外火力就不旺，并且格外费油，所以做饭的地点只能是宿舍里面。每当中午和晚上做饭的时候，那一排学生宿舍就成了一道独特的风景线，大家切菜的声音、挪动餐具的声音、讨论问题的声音、饭的香味夹杂着煤油的味道从窗户里飘出，成了令人难忘的"做饭交响乐"。

伴着那个小小的煤油炉子，带着一股浓浓的煤油味，在令人难忘的"做饭交响乐"中，我和我的同学们度过了三年的初中时光。

现在，我和我的那个煤油炉子诀别已经近十年了。这十年，发生在我身边的事情太多太多，每次当我用着简便快捷的电磁炉和微波炉时，我的眼前时常会浮现出那时的情景，鼻孔里总会飘过一股淡淡的煤油味夹杂着饭菜的香味，那是一种无法割舍的情缘，是时代雕琢在我们脑海中无法抹去的印记！

狗皮褥子

狗皮褥子具有保健、防潮、保暖、治疗风湿的功效，是北方农村人们冬天里很好的御寒工具。

在我的记忆里，狗皮褥子的做法比较原始：先把狗皮上的脂肪和血刮干净，一定要干净，刮不干净以后会掉毛，然后把皮子毛朝下固定在木板上。在内侧涂满食盐和我们西北特有的"白土"。这是用盐和土把皮子里剩余的水分吸干，祛除异味，也可防止腐烂，然后放在背阴处风干。等皮子彻底干透以后，皮子会很硬。再把皮子卷在光滑的圆木棒上反复的揉搓，直至柔软为止。然后在皮子的内侧根据主人的喜好封上布料，做成长方形褥子的形状。这样，一张好看、实用的狗皮褥子就做好了。

我家里有一张黄色的狗皮褥子，它还真算得上是"三朝元老"。

这张狗皮褥子是我们村里已故皮匠刘爷爷用三张狗皮给患有老寒腿的爷爷做的，中间的图案是他把狗的头部的皮子进行了改动，在周围缝上一种叫作"鬼子红"（这种颜色很接近当年日军侵华时"太阳旗"上太阳的那种红色，所以叫作"鬼子红"）的红布条，很像老虎的头。当年，刘爷爷告诉奶奶，狗皮褥子上的图案叫作"虎豹头"，只有有福之人睡在上面才会踏实，也才配睡这样的狗皮褥子。

这些话说的奶奶心里面美滋滋的，于是，她也就不再怪怨刘爷爷用了三张狗皮才做了这么一张小小的狗皮褥子了！它到现在依然毛色柔顺，有光泽，躺在上面软绵绵的，很舒服。

狗皮褥子做好后，爷爷铺了一年。爸爸上学后，爷爷把它交给了爸爸。后来，我上了初中，爸爸又把它交给了我。

从我上初中开始，家里的狗皮褥子就一直陪伴着我。我是寄宿生，我们冬天的时光最难熬，那时候大家的宿舍不像现在有电褥子，更不要说暖气什么了。晚上，同学们为了取暖想了很多办法，有的同学到操场里面跑几圈，有的同学将开水灌在盐水瓶子里，有的同学不脱衣服睡觉，还有的同学两个人"合作"，把一个人的被子铺上，然后两个人挤一个被窝。我有狗皮褥子，不用费那么大的周折。夜深了，睡梦中听着窗外呼呼的风声，感觉自己的被窝是热热的，铺着狗皮褥子，就像小时候躺在爷爷的怀里，暖暖的，这股暖流从脚底一直暖到心里。

我的高中是在渭源县城上的，由于学校住宿比较紧张，我就住在学校附近一家人不用的厨房里。厨房里有土炕，不知道是自己没有想到还是比较蠢，竟没有让那个土炕发挥到它应有的作用。冬天，早上起来，洗脸的毛巾会变成冰块，水桶里也会结上一层冰。高中的生活比较紧张，也许我们没有更多的时间和精力去改进自己的生活环境。三年的高中时光，无论春夏秋冬，在那个不大的土炕上，我总是和我的狗皮褥子"相依为命"，一起承载着家人的殷殷重托，向着我的梦想一步步走去。有多少次，在梦中总会出现爷爷慈祥的面孔，奶奶佝偻的身子，爸爸无言的叹息和妈妈语重心长的嘱托，那时我暗暗发誓，一定要改变这一切，让家人放心！记得高三那年冬天的一个晚上，我把几双自己无法再穿的鞋和一些用过的旧本子一起塞进炕洞点燃，心想这下可以好好睡一下热炕了，可到了半夜突然被烫醒了，紧接着是一股浓浓的烧焦味，迷迷糊糊的我赶紧将被子掀起来，发现下面的棉花褥子已被烧焦，幸好狗皮褥子安然无恙，只是背面的棉布被熏黄了。

上大学后，妈妈将狗皮褥子清洗缝补后再次交给了爷爷，我暗自释怀，这下狗皮褥子终于物归原主了。

2007年9月，我毕业参加了工作，被分到蒲川中学任教。离开家那天，年过七旬的爷爷早早地起来将狗皮褥子叠得整整齐齐，对我说："把狗皮褥子带上，南面潮湿，铺上它对你的身体有好处。"我对爷爷说："学校里面条件很好，有电褥子，取暖保障也很好，我已经是大人了，会照顾好自己的，狗皮褥子还是你留下吧！"但他的态度很坚定，我不想扫爷爷的兴，就只好恭敬不如从命了。

前年，我搬了新房，我和爱人的工作也都调到了县城，搬家的途中，看着那张狗皮褥子，我百感交集，我想：现在，这张狗皮褥子应该到物归原主的时候了吧！

后记：某时某刻刻骨的信念和不经意的铭记，意识中已经懵懂的人、那些现在已经远去的光阴，总是在脑海的那段多彩画卷上，流连着各自属于自己的时光。

时代的变迁犹如生命的航程，总是扬帆破浪。沐浴在快捷的光影中，恣意着便捷与舒适，过客不会守望，而守望终是过客。

我们成长的时代值得歌唱，那些记忆的断层渐渐埋入地底，是前行路上一颗颗阳光的种子！

◎杨世明

杨世明，甘肃省作家协会会员，民间文艺家协会会员，定西市文史研究会会员，渭河文化联谊会副秘书长。出版有《故土情深》《渭源民间故事》《渭源民俗》等文集。

陇中罐罐茶的滋润

记得上大学时，一天班主任老师上课，讲着讲着，突然话题一转说到了茶文化——"什么是茶文化？"就在大多数同学还来不及对他老先生提出的问题做出反应时，坐在最前排的定西籍小个子女生剡梅英竟脱口而出："就是罐罐茶。"一问一答，不过就几秒钟，至今我却仍清楚地记得，班主任老师当时那惊异的表情："怎么会是罐罐茶呢？！"他那被厚厚的镜片遮挡住的眼神，疑惑从镜片的上方露出来，让当时还是少年的我也想，怎么会是罐罐茶呢？！

在我的老家渭源县农村，无论男女，都有喝罐罐茶的习惯，清晨起来，只要喝一罐茶，一天劳作下来，既不觉得口渴，也不至于过乏（累）。若逢农闲或下雨天，亲友邻居或三朋四友投脾气的男人凑在一起，舀上一马勺凉水，一个二百瓦的电炉子，再加上一个煮茶用的小铁缸子就算齐了，几个人你一个罐罐我一个罐罐，边喝边聊。茶虽然是每斤一二十元的粗茶，但那种神仙般逍遥自在的日子真叫舒坦。

还有就是"茶瘾"了。对于一个喝茶时间较长的人来说，一顿不喝或少喝一顿，就会变得烦躁不安，不但口渴、乏力，而且剧烈的头痛还会让人什么农活也干不了。去年冬天，我五十多岁的七弟陪儿子来定西考试时，临时住在我家，由于喝茶设备不全，一时茶瘾犯了，他不停地在房间里走来走去，显得无所适从；一会儿又唠唠叨叨，自言自语，一会儿又使劲地揉着两鬓直喊头痛，他魂不守舍的样子，让我们全家忍俊不禁。难怪"茶圣"陆羽在《茶经》中说："茶味至寒，最宜精行修德之人，若热渴凝闷，脑痛目涩，四肢烦，百节不舒，聊四五啜，与醍醐甘露抗衡也。"

我的童年，是依偎在二叔的铜火盆旁，听着曲曲罐"滋啦啦"的响声长大的。二叔是父辈兄弟五个中的一位，也是我们侄儿子最愿意亲近的一位长辈，他不但拥有全村为数不多的铜火盆，还有一把精致的铜曲曲罐子。坐在二叔父家温热的土炕上，看着二叔父把一些苞谷棒棒很有规整地码放在铜火盆中央，顺手拿过放在窗台上用墨水瓶瓶做成的煤油灯盏，打开拧紧的盖盖儿，提出泡在煤油里的棉花捻子，滴上几滴煤油在最中间的苞谷棒棒上，然后极谨慎地划一根洋火（火柴），点燃。当曲曲罐里的水开始响时，二叔打开一个方形的小铁盒，从里面小心地倒出一点茶末来，托在左手的掌心，看看，嫌少，再小心地倒出一点，还少，再倒出来一点，然后顺着弯曲的手掌心小心翼翼地倾进铜火盆边沿上的曲曲罐里。

那是八分钱一斤的茶末。沸腾的茶水眼看就要溢出来了，二叔才不慌不忙地用一根筷子宽窄、约摸两寸多长的小木片（俗称茶筸子）搅压几下，接着把曲曲罐从火边移开，放在铜火盆的边沿上。待沸腾的茶水止息后，才倒入白瓷蓝花的茶盅中，紧接着，又极快地从茶盅回倒进曲曲罐，待茶沫沫沉淀，当茶水再次倒进茶盅时，白瓷蓝花的茶盅里，已没了参半的茶沫，只剩下一泓浅浅的深褐色的茶水。添上新水后，二叔就抽空掰几口专门为他喝茶而备下的粗细粮参半的馍馍（俗称茶食），然后端起茶盅一饮而尽。

那情景，至今想起，仍是那么香甜。喝过七八盅后，茶色渐淡，二叔就不再急着往茶盅里倒，而是将沸腾后眼看就要溢出来的茶水，用茶筸子一次次压下去，反复数次后，才把曲曲罐从火边上移开，放在铜火盆的边沿上，也不急着往茶盅里倒——这通常是最后一盅茶。

我是大学毕业参加工作之后才开始喝茶的，起初是用开水冲泡，后来，随着年龄的增长，加之受周围老同事的熏染，也慢慢学会喝罐罐茶了。但罐罐茶与我仅限于早上。兽医部门的工作早上比较清闲，第一场厚厚的雪落过之后，每天最大的乐趣就是和两三个同事一起围着煤火炉子喝罐罐茶了。清早起来，打开房门，快快地梳洗完毕后，简单地收拾一下卫生，然后就坐在迎门的火炉旁，烤一个在夜晚就准备好的馒头，顺手拿来茶几上自己最喜欢、大小相宜的曲曲罐，倒上水，放入茶叶。

这是一天中最美最缓慢的时刻。一边欣赏着门外的雪景，一边不紧不慢地喝着，心里便格外满足。时间长了，也从中悟出了一些粗浅的道理：人生犹如罐罐茶，既有日子煎熬的苦，也有岁月温火慢炖的香醇和沸腾不息的歌。罐罐茶何尝不是一种文化呢？如此想来，对当年老师的讶异有了一些不解，而对那个口无遮拦的定西女同学倒有了一份念想和感激。

◎王枝正

王枝正，笔名流泉，号莲峰山人，大学文化程度，中学时代起就从事文学创作。诗歌《折草莓》入选《全国短诗荟萃》，并结集出版。散文《铁路修到我家乡》在2009年全县诗歌、散文大奖赛中获得一等奖，被人民网转载。至今有60多篇（首）诗歌、散文、报告文学（20多万字）在全国各级报刊上发表。

走进元古堆

元古堆，一个古老而质朴的名字！三年前，这个秦岭山下、渭河源头的美丽小山村，像一位小家碧玉，美得自然，美得清澈，美得娇羞，"养在深闺人未识"。一个鸿运的到来，一位伟人的踏访，让她声名鹊起！她的名字像深情的渭河，激荡着波涛，汇入黄河，奔向大海！精准扶贫的华美乐章在这里唱响，向世人昭示，元古堆已经觉醒了，元古堆也要崛起！再三年，元古堆就不仅是渭源的元古堆，更是中国的元古堆！我们为元古堆自豪、骄傲，为元古堆高歌！

农历腊月二十三，是中国的传统节日——小年，2013年，元古堆的小年却与往年不同，格外温馨，过年的祥和气氛过早笼罩了这个小山村，中共中央总书记习近平来到这里，给元古堆的父老乡亲提前拜年！于是，亘古至今的安静生活被彻底打破。这一刻，元古堆沸腾了，渭源县沸腾了，陇原大地沸腾了，大江南北迅速传递着一个陌生而又可亲的名字——元古堆！在这样一个贫穷的小山村，一位国家领导人和一位贫穷的村支书坐在最简陋的土炕头亲切攀谈……这一镜头永远定格在蛇年的春节。

作为渭源人，我以前只是对"元古堆"这个名字感兴趣，也是缘于三年前一次难忘的一瞬，让我对元古堆求知若渴，心存敬畏。

三年前小年的早晨，有幸在会川古镇逛街，无意听到一条消息：有中央领导要去元古堆路过会川！这可不是一般的消息，这一喜讯让我半信半疑，但非常希望这消息是真的。虽然天气寒冷，但街上人来人往，心情和我一样，都在等待中央首长的到来。在我的想象中，那一行肯定是个大阵势，几十辆大小车辆，前面警车开道，后面警车护卫。可是等到10点多，还是不见消息，正当急不可耐，怀疑消息的虚假时，突然听到有人喊："车来了！"我立刻精神振奋，紧盯过往的车辆，并没发现车水马龙的甘川公路上有啥格外醒目的，有人说："就是那几辆面包车！"待我连忙拿出手机对准车辆拍照时，车已越过我到50米之外，抢拍了两张，虽然很模糊，但我已经很满足了，我为我的幸运而激动，此后逢人便炫耀，快乐了好长时间！

这天后，常爱打听关于元古堆的逸闻趣事，比如习总书记赠给马岗的对联没舍得挂，被深锁在箱子里，比如和马岗沾上边的亲戚和熟人，都专程登门，与老人握手沾喜庆，比如远房亲朋专门品尝用习总书记赠送的面粉蒸的馒头、煎的油饼、擀的长面……这个连本地人都少关心的穷地方，竟然迎来了总书记高大的身影，这样的神奇，这样的意外，像现实，又像童话，一时之间，媒体关注，专家调研，全国都知道甘肃的渭源有个元古堆，都说"外面的世界很精彩"，我认为元古堆处更精彩！元古堆，一个朴实亲切的名字，让全国人民在气氛浓厚的春节里，牢牢记住了。

我开始心驰神往，盼望着，盼望着，哪一天踏上去元古堆的路……

"咱们一块努力，把日子越过越红火！"习总书记坚毅的鼓励，像向困难宣战的进军号，激越而响亮，给渭源人民鼓足了改变穷困面貌的信心、决心和干劲。

五月的渭源，春深似海，景色宜人。坐落于渭源西陲的元古堆，虽然海拔较高，绿意稍淡，但这个谜一样的村落，更像玉女出浴，格外诱人。妩媚的杨柳深情飘拂柔软的枝头，伟岸的白杨努力争绽油绿的叶子，大片大片的原始混交林与新植的人工林相互映衬，和谐天成。浑圆雄壮的大山，脚下散落着宁静的民居，山后接壤着崇山峻岭，无论在村头遥望，还是在高山俯瞰，元古堆都是典型的农家村落，现代桃源，诗情画意写满一草一木、田间地头。

县委、县政府一声令下，全县广大干部职工齐聚元古堆，开展声势浩大的植树造林活动，一时之间，漫山遍野笑语喧哗，劳动的快乐飘荡在大山深处。能到元古堆植树，是机遇，是缘分，更是幸福，只有亲自参与者，才能感同身受，激情难抑。

横亘南北的秦岭山脉，从东到西，形成一道绵延不绝的奇峰秀岭，茂密的森林，广袤的草场，独特的地形，得天独厚的自然资源、重要的地理位置，使元古堆成为历代兵家必争之地。

捺住激动的心情，翻捡古籍，你一定会对元古堆这个古老沧桑的村名产生浓厚的兴趣。公元1226年12月，成吉思汗发动了对西夏的大规模进攻。翌年春，他率蒙古大军南下，渡过黄河，依次收服了被西夏占领的积石州（今青海省循化县）、河州（今甘肃省临夏市）、洮州（今甘肃省临潭县），五月，收复临洮府（今甘肃省临洮县）、渭源堡（今甘肃省渭源县）、巩昌府（今甘肃省陇西县）、西宁州（今甘肃省会宁县东）等地，一路春风得意，凯歌高旋。渭源是临洮去陇西的必经之地，元古堆一带又是会川古镇周边绝好的天然牧场。骁勇善骑的成吉思汗，对广袤肥美草场的喜爱绝对不亚于对一座城池的感情。他扬鞭策马，挺立在那个天然的特大土堆上，环顾四周，但见周边五座蜿蜒起伏的山峦，宛似五条舞动的巨龙，环抱着大土堆。成吉思汗猛然大喜，这不是中国传统文化里说的五龙抱珠吗？而自己正处于珠的中心，真是一块风水宝地！崇尚佛教、道教的成吉思汗，让当地百姓在此地建起了文昌帝君庙，并把这座又圆又大的土故堆起名"元古堆"。时隔近800年后，历史竟然在此地重重地抒写了一笔！

党中央关于扶贫开发战略的号角铿锵而激越，形势喜人又逼人。植树造林之后，还不到三年时间，再次踏上元古堆土地时，那种亲切的感觉油然涌上心头，眼前的巨大变化让我目瞪口呆，养殖、种植、加工业在这里蓬勃兴起，学校、民居焕然一新，道路全部硬化，宽敞洁净，"晴天一身土，雨天一身泥"的原始环境已一去不复返，似江南水乡建筑风格的敬老院，与周围的山水融为一体，显得幽美而安闲，优质天然矿泉水厂即将竣工……如果在这里悠闲散步，你根本想不到这里原是封闭、荒凉、贫穷的元古堆……

全面建成小康社会，是全国人民实现中国梦的伟大理想，元古堆作为中国脱贫致富奔小康的前沿、窗口和引领，她定会精神抖擞、昂首挺胸，前进的步伐定会迈得很大，她定会义无反顾向着美好的理想出发。再有三年，她将徐徐展开一幅更加壮美的画卷，上面题写着："咱们一块努力，把日子越过越红火！"遒劲有力的大字，熠熠生辉，永放光芒！

庆坪夜月今更明

"秦时明月汉时关，万里长征人未还。"每读王昌龄这首著名的边塞诗，不由联想起庆坪。感觉，只有庆坪的明月，才配有这种沧桑凄美的基调。庆坪的历史是在月亮圆缺的辉映下，写就的一部沉甸甸的渭河源头的编年史。

特殊的地理环境，重要的交通道路，丰富的人文景观，古老的民俗风情，这一切，勾画出一个神奇美丽，与众不同的庆坪。

鸟鼠同穴之山，一个怪异的名字，透着魔幻的神韵，从远古走来，吸引着世人的眼球。山名怪异，山也神奇，生长着白虎、丹攇，且出产白玉。白虎是珍贵的动物，早已灭绝，丹攇，是神奇珍贵的野生中药材，想必神医封衡，一生隐居鸟鼠山，一定钟情于此种药材，妙手回春。白玉当为地方玉，也许可以与和田玉、马衔山美玉匹敌。山上有三眼泉，组成一个"品"字，后人起名"品字泉"，三泉相汇，形成著名的渭水，激荡清澈，它一路东流，注入黄河。渭河是黄河的最大支流，是中华民族的母亲河，华夏文明的摇篮。渭源，是凭渭河出名的，也是凭鸟鼠山出名的。从鸟鼠山流出的水除渭水外，还有一条叫滥水，也很有名。滥水是古老的名字，现在叫庆坪河，沿庆坪，经东峪沟，过尧甸，入洮河。史料载，秦汉时期，临洮、渭源一带发生大地震，滥水流域山体滑坡，河道淤塞，形成很大的湖泊，那时叫陇坻，现在叫堰塞湖。东汉名将马援，做陇西郡太守时（郡置在狄道），为狄道（今甘肃省临洮县）开渠，引陇水（即滥水，庆坪河）灌溉，使临洮一川庄稼丰稔。

"夜月世所共，何人擅有之。王子昔避土，储胥远在兹。高岸崎新筑，蒸楼奋其时。朝代虽云改，仡仡讵堪移。清宵苑初上，碧落为之低。相传但如此，吟啸复奚疑。"这是一首五言古诗，描写的内容便是渭源八景之一——庆坪夜月。原诗载于康熙年间渭源县令张宏斌主持编纂的《渭源县志》，作者为渭源籍文化名人张息敬。此诗写得古奥苍茫，风格与夜月协调。也有的书上叫关山夜月，都指同一景致，更说明关山和庆坪的关系。

遥远的古丝绸南路，从长安（今西安）出发，经上邽（今天水），过渭源，翻关山，越武阶驿（今渭源县庆坪乡），穿东峪沟、尧甸，至狄道，到金城（今兰州），入河西走廊。由于特殊的地形地貌，秦汉时，在关山高城岭设卡，并建有城池，称高城，有古今学者认为此处即为渭源老城。巍巍群山，逶迤起伏，城池雄踞，月色朦胧，戍守将士，见月思乡，此情此景，感人肺腑。庆坪夜月，当为朔方奇景与人情相融的最感人画面。

秦始皇、隋炀帝、唐太宗曾西巡莅临渭源，庆坪是必经之地。奇异的地形地貌，深深吸引着帝王将相们，于是留下了许多诗词美文。"滔滔下狄县/森森肆神州/长林啸白兽/云径想青牛……"，"北河秉武阶/千里卷长旌/秋昏塞外云/霞暗关山月……"隋炀帝《临渭源诗》《示从征群臣》里对渭源地域风貌写得很是到位。此后，杜甫、宇文迥、岑参等著名诗人及后来文人墨客都写过渭水、鸟鼠山及临洮神奇风光，留下了著名诗篇。

庆坪是关山，也是隘口，丝绸南路必经，陇西、渭源通往临洮、兰州的咽喉，天生的兵家必争之地。也是万里长城西起段。历史上，这里战火不断，几乎每个朝代战争都与庆坪有关。三国时期，蜀将姜维与魏将陈泰的军事斡旋，唐朝时期，唐大将薛讷与吐蕃之战，宋代王韶与吐蕃之战，元明时期，明将冯胜与元将李思齐之战……规模最大的战争，要数唐蕃之战和元明之战。唐开元二年（公元714年），唐大将薛讷、王晙奇袭击溃吐蕃十万大军，成为历史上以少胜多的著名战例。这次战争关乎唐帝国的前途和命运，也关乎薛讷的命运。唐军获胜的捷报传到朝廷后，唐玄宗即刻下旨，擢升薛讷为左羽林大将军。班师回朝后，薛讷又被封赠平阳郡公，加封王晙为银青光禄大夫、清源县男兼原州都督。另一次大规模战争，便是元明时期，明将冯胜战胜元将李思齐。明太祖洪武二年（公元1369年），朱元璋派主将徐达、副将冯胜西征。三月出发，徐达驻守陇西，四月，冯胜率二十万大军，与李思齐十万大军激战于路园锹甲铺，两日后，李思齐退守关山。前有明军追击，后无元军增援，进退两难之际，李思齐举兵缴械，所率各部约二十万众全部改从汉姓，重编户籍于渭源各地。如今，庆坪西边有一块空旷土台，传说为当年李思齐受降时，冯胜派人所筑，后人称为受降台，尽管已是荒草萋萋，但未湮没战马啸啸，鼓角相鸣，短兵相接的惨烈。

庆坪，很早是汉族、吐蕃族、羌族杂居之地，独特的地理地貌，不同的民族习俗，酿造了奇特的地域风情，展示着非凡的魅力。境内的几处历史遗存，非常有名，战国秦长城、庆坪堡（为宋代名将王韶所筑，古时叫翠岩堡）、受降台、二郎庙。一年一度的二郎神庙会，在渭源境内的庙会里，算香火最旺者之一。每年正月十五日，要在二郎神庙前举办黄河灯会，用红泥制作的360盏小灯，齐刷刷点亮，煞是壮观。其规模之宏大，制灯之古朴，程序之繁复，为陇上少有。

了解了庆坪，你会渐渐迷恋上这片热土。这里的山形地貌，这里的方舆物产，这里的淳朴民情，都是你着迷的充足理由。

如今的庆坪，经济在发展，交通更畅通，百姓已安居乐业。静谧之夜，一轮圆月挂在山头，辉映着古老的长城，再没有战火连绵，再没有征夫清泪。那一轮皎洁的圆月，照耀着祥和的山川，更完美地诠释着一幅渭源美景——庆坪夜月。

庆坪，像一件被岁月风尘盘玩过的古董，留下了厚厚的历史包浆，镶嵌在古丝绸南路，熠熠生辉，引人注目！

◎杨世春

杨世春，男，汉族，甘肃渭源人，生于1967年9月，大学学历，现供职于渭源县第二中学，中学高级教师。爱好文学，2000年以来有多篇散文、诗歌、通讯、消息在《陇中文化报》《定西日报》《渭水源》《渭源县文史资料选辑》等市县报刊发表。

山花烂漫自芬芳

五月飞花，大地芬芳。我走进了故乡那片原始灌木林。

高高低低的小山丘上，小草与杂木将各种色阶的绿色尽情铺染。是哪位粗心的画师不小心打翻了色盒？各种色彩交互奔泻，四处流淌。在这绿色的海洋中，山坡上、草丛中、悬崖边、枝头上，一簇簇、一朵朵、一片片的山花大小不一、色彩各异开得姹紫嫣红，尽态极妍，煞是可人，各种花香馥郁在山谷间，香气四溢。

那紫中带粉的打破碗花，宛如擎着用许多火柴头组成的火把，要把整座山的激情点燃；蒲公英橙黄色毛茸茸的花朵像梵高笔下的向日葵，开放得热烈、温馨。头顶上还举着一把白绒绒的球形巨伞，绵绵的、茸茸的，清风吹来，一朵朵小伞便四处飘荡，好似在举行跳伞比赛；小路边、干燥处长着一丛丛马兰花，细细长长的叶片如一柄柄刀剑，大有笑傲苍穹之势，充满阳刚之气。叶间嫩绿的细枝上支起一朵朵小兰花，紫中带绿，绿中透白，仿佛蜻蜓落在花丛中，又似小仙女翩然降临，透出几分飘逸之气，那么纯净，那么轻盈，那么秀丽，那么温柔，那么令人沉醉和迷惘；小溪边的水荷花嫩嫩的、润润的，娇小、单纯，却热情澎湃，一朵，随风摇曳，如在静思，又如小学生晃着脑袋背诵课文。两三朵挤在一起，似窃窃私语，一大片金黄错杂在绿草中，仿佛给大地铺上了一块金地毯。

行走在灌木丛中，不小心就会被花碰着。挂在枝头上的桃花、杏花、梨花、酸刺花撒野地绽放，似乎要燃烧一般；紫藤萝婆婆娑娑，密密匝匝，尽情倾泻着激情；野玫瑰粉面怡人，含情脉脉；野牡丹、野芍药富贵天香，不修边幅；还有那小油点花，小小的，可可的，小花瓣那么娇嫩，直接沁入你的心灵。宛如一只小蝴蝶落在褐色的枝条上，轻得禁不住风吹；荷包花宽宽的叶片下隐藏着一个个小包包，好似吃饱了食的鸡嗉子，不知是在等待哪个心上人摘取……

"一花一世界"，这漫山遍野无数知名的、不知名的山花那么自然地开放着，仿佛灿烂的笑容，在她的笑意里你会读出她的羞涩、善良、美好。虽然她们的容貌不同，但对于美呈献的无私却是一致的，是天地间爱的载体。阳光给她们绽放的能量和激情；雨水给她们需要的水分；山泉滋润着她们的肺腑；大地给她们以生命的营养。她们把生命的精华酿成灿烂，奉献给这个世界，让人喜欢，让人享受，让人陶醉。如果你闲暇无事，心静如水，若能俯身细看，凝神谛听，就会蓦然觉得每一朵花似乎在诉说，诉说她一世的才情，诉说她对空气、阳光、雨露、天地的眷恋和感激。无论含苞的还是怒放的，都在竭尽她生命中所有的能量和激情，却显得那么淡定、恬然、从容，那么坦荡、毫无保留，那么心甘情愿、义无反顾。她们用最单纯的本真诠释着勇往直前的精神、无所畏惧的大自在。

我诧异，这荒山之野竟有如此绝色情影；我震撼，这娇艳纯朴的美艳，竟不施粉饰，有大朴不雕之美；我羡慕，这些山花开放得如此烂漫、耀眼、自由自在、无拘无束、恬然自足，如山村女子，天然貌美中透着一股野味；我钦佩，这些花与清风为伴，以小草为朋，无论是高居枝头的，还是匍匐地面的，不排挤，不嫌弃，相处得如此和谐，居高者不显自傲，处低者也不露卑贱，她们共同吸山川草木之灵气，集天地日月之光华，都显得那样自信、自足、自得、安详、自然。

山花烂漫自芬芳。是清脆的鸟鸣啼叫得你如此清纯？是山涧中澄澈的溪流洗濯了身上的污浊？是空气中氤氲的清新润泽了你的淳美？你眨巴着一双双童真的眼眸，是要看穿这个多彩的世界？闪烁着的光华是用最朴素的方式证明着自身的存在？

我想，应该是的！

玉兰花开

印象中的玉兰花开在现代著名画家于菲闇笔下那雅致的绫绢上：天蓝色的背景上，一支玉兰花旁逸斜出，遒劲的枝干上玉兰盛开，有玉树临风之姿，似蓝天上白云朵朵，悠闲飘逸。一只黄鹂在枝叶间振翅欲飞，与天空中飞翔的另一只深情对望。《诗经》云："仓庚于飞，熠燿其羽。"画家用鲜明清丽的色彩，烘托出蓝天映照下早春时节一派晴空万里、鸟语花香的大好春光。

阳春三月，我见到了真正的玉兰花。从黑褐色的土地里长出，约莫一人多高，枝干遒劲，布满皱褶，苍劲中透出傲然的骨气。洁白的花朵最是楚楚动人，整个花朵似孔雀开屏，整树玉兰如众仙女下凡，白纱素衣，缥缈清逸。朵朵花开似面如秋月的少女，婀娜娉婷。片片花瓣如蓝田玉石雕成，瓣根透出淡淡的翠绿，发着柔柔的白光，宛如仙女伸展着纤纤玉指翩翩起舞，温润、细滑、素净、淡雅、纯洁、朴素，仿佛灿烂的笑容，随时间的流逝而流淌着一种独特的美丽。真不敢走近，在她面前你会不由地怦怦心跳，感觉自己赤裸着灵魂，自己的五脏六腑都被她洞察得一清二楚，你会感到自己是多么的渺小……蝇营狗苟者，望之无地自容；高风亮节者，观之顶礼膜拜。她的身姿妖娆得与众不同；她的世界，纯净得一尘不染；她的灵魂，坦荡得剔透晶莹。一缕缕清香沁人心脾，仿佛能荡涤世间所有的污浊之气，摄人心魄的清纯叫人心醉神迷。

"朝饮木兰之坠露兮，夕餐菊之落英"。玉兰盛开，演绎一段圣洁的故事，思念种在阳春的清风里，美丽了又一个春天。我望着于菲闇的名作，望着圣洁的玉兰，在想：如果有幸，我愿做那只黄鹂。

◎王海国

王海国，号馨雨轩主人，渭源二中教师。有诗歌、散文作品散见于《飞天》《散文诗》《诗中国》《黄土地》《北斗》《渭河源》等刊物。

山村的记忆

我六岁那年，爹央及人给我刮了个光头，让我背着我娘缝制的粗布书包，便把我拎到了村里那所小学堂。从此，我便踏上了这条求学的漫漫长路，永不退缩。

班主任是一个年过花甲的老者。当时爹和那老者坐在简陋得不能再简陋的办公室里天南地北地聊天，我则站在比我的头还高的办公桌前局促不安地摆弄着在那时看来还很入时的粗布书包。老者一脸和善地望着我，并预言着孩子将来一定有出息，人长得挺乖的。临走时，老者慈爱地抚摩着我的光头问我叫啥名字、年龄多大……这些问题基本上是由我爹替我回答的，老者拿过一支圆珠笔唰唰唰地填在一张表格上。

几个月后我才知道，老者姓陈，他理所当然地成了我的启蒙老师。

我就这样懵懵懂懂地走上了求学的路，带着童年时代未做完的梦，屁颠屁颠地跟着一群年级比我高的孩子，从早晨到傍晚，春夏秋冬风雨无阻。

在我们那个小村学，学生们习惯把"学前班"称为"半年级"，当时半年级只有一个班，三十多个孩子，陈老师便是这三十多个孩子的头儿。现在回想起来，陈老师最推崇的教学方法便是被我们高中老师称之为"法西斯主义"的棍棒教学。他上课时，那支经常用来惩罚学生的教鞭赫然立在讲台边，令每一个学生诚惶诚恐、两股战战。陈老师鞭笞学生时，喜欢让接受惩罚的学生趴在凳子上，然后随便叫一名学生上来拿了教鞭打！于是，打人的趾高气扬，大有一种号令天下莫敢不从的气势，挨打的哭丧着脸趴在凳子上痛得直掉眼泪，却又不敢哭出声——万一惹恼了陈老师，那教鞭可不是吃素的，直到让你止住了哭声才会网开一面。后来看了电视剧，再回忆我的启蒙老师，用一个大人的眼光去阅读陈老师，却发现他分明就是在扮演着严师慈父的角色。这样想着，又不禁肃然起敬了。

我的父亲是属于那种典型的、老实巴交的农民，一辈子庸庸碌碌，守着几亩薄田，肩负一个贫困的家庭，当然随着时间的流逝，慢慢地我便成了他最大的负担。那时，我们家和邻村的李二家因为当年对农业社遗留的问题处理不到位而矛盾重重。当时我的祖父尚在人世，我是他最小的一个孙子，我便从他口中得知了许多关于李二家的事。据说，李二他大当年是远近闻名的地主老爷，全村几乎所有的土地都是李家的，后来，李二他大抽鸦片上了瘾，那四山八洼的土地慢慢地被变卖光了。在特殊时期，李二他大被激进分子整得上天无路，入地无门，又面对破败不堪的家业，终于无法忍受那一腔怨恨，饮鸩自杀了。生产队解散后，村里对收归集体的财产进行分配，因为分割财产的时候河沟里有两块地荒芜着，便被遗忘了，后来李家的人认为那两块地他们的先人曾经耕种过，理所当然应该姓李，于是便要占领了去。我祖父坚决不同意，久而久之，两家恩怨越积越深，以致无法化解。祖父还告诉我，当年就是因为这两块地，王家和李家爆发过两次"战斗"。第一次，李二带了他的婆娘正经八百地扛了镢头来到河沟就要开荒种地，被我祖父瞅个正着，于是两人便在河沟大打出手，我祖父毕竟年事已高，被掀了一个仰八叉，并被指着鼻子骂了十八辈祖宗。当时我爹年轻气盛，一看我祖父铁青着脸骂骂咧咧地回来，便气不打一处来，扬言要杀了李二全家老小拿他们去喂狗吃。他只身来到李二家，二话不说当着李二的面拽了一只骟羊扭头便走。李二一看急得不得了，于当夜赶到我家向我祖父赔礼道歉，当面保证以后再也不敢侵扰了。

李二出门时硬要死皮赖脸地拉走他的骟羊，我爹骂骂咧咧地一把从羊圈拽出那只耷拉着脑袋无精打采的骟羊，一脚端在羊屁股上："他妈的野种，球毛都没长几根敢跑到王家门前来撒野，要不是爷看你可怜，早就一刀宰了顶锅盖去了。"李二一言不发地阴沉着脸，牵了羊悻悻地走了。

两个月后，李二又带着婆娘去了河沟，这次不是来开荒种地，而是来栽种沙棘，我祖父一看见立马就火了，一把年纪的人了，硬是一路小跑地来到河沟。祖父说他当时愤恨难当，把他们两口子栽好的沙棘苗一把拽出来好多，当面给扔到水里去了。然后我爹听到他们的叫骂声，便扛了镢头来到河沟，二话不说就要劈开李二家那棵大树。这样一来，李二那家伙倒没屁可放了，眼睁睁地看着我爹三下五除二劈开一条树皮……

每当回忆起这两件事，我祖父总会笑盈盈地捋着胡须说，都是因为我养了一个好儿子啊，他们想不怕都难。我问祖父，那结果怎么样了？祖父笑着说，结果？当然他们认输了呗。

说到李二家那棵大树，我倒是有一些记忆的，那是一棵有着五六十年树龄的超级大树，风霜雨雪，雷打不动，腰身粗的需要三个我才能环抱，祖父说那是李家势力的象征，这棵树一日不倒，李家人便要在这个河沟横行一日，真止叫恨哪！几年前，我回家的时候路过河沟，还特意看望过那棵郁郁葱葱的白杨树，我宁愿相信我是在专程来寻找一份记忆，一份很敏感又很模糊的记忆。我看到白杨树粗大的腰身上赫然一块被利刃撕裂过的痕迹，像是在见证着历史的沧桑……

而当我对祖父说李二的小女儿花花也在半年级上学时，祖父得意非凡的老脸刹那间阴沉了，他一本正经地对我说，孩子，你不能去沾惹她，甚至不要和她交往，李家的人没有一个好的。我听了似懂非懂地点点头。

我万万没有想到，当年祖父告诫我不许沾惹的花花，她后来竟成了我一生都无法忘记的童年伙伴。

那时候我们半年级的同学因为年龄小，学校便规定我们不上午自习，这就意味着我每天放学后必须独自走过一段孤独的回家路。从学校到我家共有五里山路，年少的我肯定是不敢独自走山路回家的，还好有花花和我同路，于是我们理所当然地成了好朋友。每天下午放学的时候，我们总会手牵着手走出教室，唱着白天学过的儿歌一路摇啊摇，摇到外婆桥。不论是在夕阳脉脉的黄昏，还是在朝霞飞舞的黎明；不论是在柳絮飘飞的人间三月，还是在雪雨霏霏的寒冬腊月，在那条当年上学的路上，到处都留下了我们牵手走过的痕迹……

每天早晨太阳尚未升起的时候，我已在村头那棵老柳树下等她了，我们两家其实相距不远，但我们之所以选择在村头那棵柳树下等着对方，其实是害怕被两家的大人看见。一刻钟后，花花如约而至，于是，两个没有性别概念的孩子，手牵着手，一路小跑，一直消失在太阳升起的地方……

小伙伴们一路高叫着"××和××是两口子"跑遍了学校，随着时间的流逝，这种声音越来越响，终于传入两位家长的耳中。爹郑重其事地扬着手中的牛鞭告诫我："以后若是再去沾惹李家的那贱骨头，小心我抽断你的腿！"我家的老黄牛跟在爹身后愤愤地望着我喘着粗气。有一天上学的时候，花花一脸委屈地告诉我她挨打了，她爹把她狠狠地抽了一顿，抽得好疼好疼。我看到花花那双明澈的眼眸中流下委屈的泪水，我无语，清晨的凉风吹过一丝深秋的寒意。

风雨过后我俩依旧友好如初，从家到学校的那段山路很崎岖，但很快乐。我那时当然不懂得爱情，花花也一样，只是两个幼稚的孩子手牵着手共同走过了一段记忆中的岁月而已。等到我上了四年级的时候，花花留级了，我们彼此牵手的岁月也就消失得一塌糊涂。又过了一年，我以全乡第一名的成绩考到初中，而花花则依然留在那所小学堂继续做着童年时未做完的梦。

两年的时光，路上又多了几个小伙伴，每一次我回家的时候总会看见花花领着一群孩子在路上玩"过家家"，她已完全长成一个大姑娘了，水灵灵的眼睛，腰身出落得亭亭玉立。她见到我总是露出一脸少女才有的羞涩低头一笑，我不禁对花花这两年所发生的变化感到惊讶，对她的成长感到不可思议。终于有一天在镜子中看到自己变得成熟了好多时，我才发现，原来我们的童年时代早就一去不返了，脱去了幼稚的我和花花将以更大的勇气来面对生活。面对不可思议的成长。

我初三那年，花花辍学了，一个曾经手牵着手走过五六个年头的伙伴突然从校园中消失了，落寞之余，我只有回忆，回忆来时走过的路上那些令人无法忘怀的人和事。想到她把自己从家里偷来的苹果塞到我怀中的样子，想到她噘着小嘴嘀咕着从此以后再也不理我了，而一转眼的工夫又屁颠屁颠地甩着小辫子叫着山娃哥，我心中那份失落，至今忆及，犹暗自凄楚。

辍学之后，花花在镇上学了两年裁缝。经过了这么多的年头，王家和李家的恩怨也随着时间流逝而化解了许多，两家人再也不似先前那般彼此仇视了。终于有一天，爹和邻居拉家常的时候，邻居开玩笑说，我看山娃和花花倒是蛮好的一对人儿。爹没有暴跳如雷，只是沉默不语。后来，我上了高中后，就再也没有花花的消息了，我无意中发现原来时间已在不知不觉中让我和花花拉开了一段距离，一段一生都无法挽救的距离。

我高三那年，花花结婚了，而我则忙于应付高考，一直无暇顾及那许多事。终于有一天得知花花结婚的消息，我心中蓦地一阵空虚，仿佛许久以来压在心里的一块石头终于落地了。后来，我上了大学，远走他乡，在异乡的风里，那个熟悉的身影时常从我的记忆中走来，似乎在演绎着生命中一个很落寞的故事，岁岁年年……

花花的小女儿今年快两岁了吧，她也应该会叫叔叔了。时间过去这么久了，我依然清晰地记得那个遥远的小山村，它记载着我天真烂漫的童年……

河沟里的那棵老树终究死去了，树叶落了一地。李二请人拿锯子伐倒了它，一行人浩浩荡荡地运回家去了。

没有人会说这是报应，我的祖父早已离开人世多年了，我的父亲早就被肩上的担子压得喘不过气来，哪里还有心思提及那些无聊透顶的往事？

而我所聊以自慰的一句话便是，时间会化解一切恩怨情仇，时间也会抹去一切关于我的记忆，直到有一天，垂垂老去……

◎魏全明

魏全明，渭源县第三高级中学教师。作品散见于纸刊及网络，有作品曾入选"甘肃省80后诗歌大展"。

母亲的浆水面

母亲说，我是从小吃浆水面长大的。

母亲亲手做的那碗浆水面始终在我眼前浮现着最诱人的画面：清爽可口的浆水上面漂着金黄色的星星点点的油花，母亲亲手擀的面条滑嫩劲道，佐以绿咸菜，红辣椒，美美地吸下去一口，浑身的骨头都会酥软，那股清香一直会渗透到五脏六腑，令人神醉。

在西北农村，不管是家底殷实的富户人家，还是捉襟见肘的贫家小户，一缸清冽的浆水都是四邻评价一个称职的家庭主妇时最为要紧的标准。阳春三月，头茬苜蓿在暖和的春阳照耀之下会定时地拱破松软的土皮，伸出自己的两只小小的绿色手掌。这时，一块块如绿毯似的苜蓿地变成了孩子们的乐园，在母亲的安排下，当朝阳照干晨露的时候，孩子们掐苜蓿的战斗就打响了。名曰掐，实曰偷，精明的孩子们在到达苜蓿地后会不约而同地散开，形成自己的方阵。这样即使被苜蓿地的主人看见了，也是睁一只眼闭一只眼，不会招来骂声。孩子们手快，还不到午饭时满满的一筐新鲜苜蓿就聚到了他们的竹筐中。完事之后，会以极快的速度跑到家中，只为得到母亲的几句表扬。至于那苜蓿的来处好像就从来没有人真正细究过。一天两半日，就这样，小小的我们，为母亲准备好了一年当中第一缸浆水的菜材。

我的母亲在擦（方言，意为"制作"）浆水时是极其认真的。首先，将我们掐来的不足寸把长的头茬苜蓿用井水进行彻底清洗，她不允许有半点脏物进入她的浆水缸，因为这是她的儿子和丈夫常吃的食物。待苜蓿洗净之后会投入滚沸的开水中，添上两把火，新鲜的苜蓿就已经熟了五六成。母亲会适时地从锅中捞出它们，等到热气腾腾的苜蓿晾凉后，又用双手将它捏干，把它们投入到上次浆水缸里剩下的蘖子（类似于酵母）当中，苜蓿大概会占全缸的三分之一，然后再倒进煮沸的开水，这样一缸美味的浆水制作就基本完成了。

当然，最后还有一道十分重要的工序就是浆水缸的密封。在这时，母亲总会找来我和父亲穿过的旧棉袄，里三层外三层地把浆水缸包起来。出不了三日，色味俱佳的一缸浆水便出现在了我们的一日三餐当中，那其中的苜蓿我们把它叫作酸菜。随着季节的推进，酸菜像农家孩子的小名，会变换着出现不同的名堂。如苦苣酸菜、芹菜酸菜、灰翘酸菜。由于菜材不同，各种酸菜，会呈现出不同的色味，像农人一年四季酸酸甜甜的日子。

浆水擦好了，在吃一顿正宗的浆水面之前，炝浆水是第一道程序：先将亮锃锃的铁锅置于旺火之上，待铁锅热透后，再添进去自家旱地里产的上好的胡麻油。加热胡麻油时也有极大的讲究：一不能太热，太热会将切碎的葱花烧糊；二不能太冷，太冷则呛不出葱花和浆水的香味来。清香的胡麻油在铁锅内不消两分钟便有了七八分热，撮一撮新鲜的葱花投入其中，只听见"哧"的一声，葱花在铁锅内团团转，煎至金黄时，浆水就要下锅了，又是"哧"的一声，浆水的清香立马溢满了整间房间。不用说，面条是母亲亲手擀好的，母亲会把它切成长条，她的丈夫和孩子把他们叫作长饭。

"吃长饭了，吃长饭了!"童年时，母亲在村口的这一声声召唤声成为了我记忆中最美的声音。如今，母亲老了，鬓发霜白，可她将自己亲手做的长饭端上炕桌时，她依然会大声地召唤我和父亲："吃长饭了，吃长饭了!"

就这样，母亲的浆水面陪我度过了童年、少年，夏日消暑，冬日充饥。日复一日，以至于我觉得母亲那清香的浆水已经渗入了我的血液，成了我身上不可磨灭的胎印。浆水主酸，后来我做了教师，好心人讥之为"酸酸"，听罢莞尔一笑。我本来就是吃母亲的浆水面长大的，感谢他们赐给了我天底下最适合我的称号。如果天公作美，我此生最大的幸事就是端着母亲做的浆水面走过我的青年，走进我的晚年，在晚风的爱抚下，一点点地看着夕阳沉入我的碗底。

年关　杀猪

一进腊月，年关一步步逼近。在乡里，平时慢悠悠的日子，也像长了快脚似的。

腊月初七一过，陇中大地上再苦焦的人家，也会在天麻麻亮时打开自己的猪圈，主妇吆喝着："喽喽，喽——喽，喽——喽。"掌柜的就甩开了手里的绳索，两口子一个唱白脸，一个唱红脸，将自家的年猪赶出圈外，逼催着赶向猪匠家的锅台。这时，听话的猪会顺着吆喝声，耷拉着一双大耳朵自顾自地走着，一路上用它的猪嘴拱拱李家的墙根，张家的粪堆，不知死期将至。若遇到那猪头猪脑的，不知黑白，不辨东西，一会儿向前，一会儿向后，左奔右突，甚至还有在原地转圈雷打不动的，那可就恼了赶猪的人。遇到这种情况，总免不了欣喜的争吵声在清晨甘冽的空气中噼噼啪啪地叫喊着：年关到了！

猪，终于被赶到了锅台上。村里最大的锅台是尕顺家的，在尕顺家外院靠左的空闲地里面，靠前是用水泥砌成的锅台，锅不是铁锅，也是用水泥抹成的。锅台旁边架起了一字形的木架，上面依次排开的铁钩亮晃晃的，假如有人无意中碰了碰木架，便会左摇右晃，那倒钩的钢尖好像会一下子倒刺进人的肉里面，让人生畏。锅台的后面经过一个大坑，就是猪圈，一大清早被乡民们赶来的猪都被关押在了这个猪圈中。再狠的猪，只要尕顺一声吼，就变得乖溜溜的。尕顺继承了他大的手艺，肥硕的年猪被五六个帮忙的男人按在了杀猪石上，他穿着沾满了猪血的皮裤，刀法又准又狠，一刀下去，直戳心窝。白刀子进红刀子出，盛猪血的盆子当中就有了大半盆殷红的猪血。没有杀死的猪跳腾起来以后满处乱窜的笑话，在尕顺杀猪的历史中，从来没有出现过。这个笑话，对于他，仅仅只是一个笑话。

入锅，烫洗，拔毛。尕顺的老爹也来帮忙，他眉飞色舞地谝着年轻时自己一个人放倒二百斤重的年猪的故事，尕顺的老爹唾沫星横飞时，火红的炭火也就在锅台下面偌大的灶膛当中熊熊烧起。翻肠倒肚，主人家不要的下水扔给狗吃，尕顺家的土狗毛色油光鲜亮。众人一声吆喝，一头被洗刷得洁白无瑕的猪上架了。这整年在猪圈中当中摸爬滚打的脏物，此刻竟白花花的，新鲜诱人。刀斧齐发，大卸八块，在清晨还哼哼唧唧的肥猪，此刻就在架子车中腾起了阵阵的热气。

"猪尿泡打人——一身臊"。童年的我们缺少玩具，年猪一杀，拿一根细毛竹截成猪管，插到猪尿泡的开口处，细线紧紧一扎，憋足几口气，用力一吹。猪尿泡鼓胀成了自制的气球，只不过比现在的气球要结实多了，可拍，可踢。拎在手里，抱在怀中，你争我抢，甚至为之大打出手。这时，漫天的雪花落了一地，落在了我们的心里，落在了记忆的深处，凉飕飕的。童年的猪尿泡，哪有臊气呢？

乡间的老风俗，杀猪用桶，猪杀完后，除了给猪匠煮一大锅热腾腾的骨头外，猪心，还有那猪肋巴，定是要送给猪匠的，以示酬谢。至于以斤论价，按头收费，那都是后来才有事。我的外公也是舅家村里的猪匠，腊月一完，外婆的橱柜里，自然积满了煮熟的猪心和肋巴骨。腊月三十一过，初二拜舅家，我自是欢天喜地准备了好多日。到了舅家，除了外公、外婆、舅舅准备的崭新的压岁钱外，外婆那万花筒似的橱柜总会及时地向儿孙开放。猪心且放一边，那早已煮好的猪肋巴成了我们姑舅弟兄们的最爱。啃猪肋巴骨是有讲究的，外婆最会在一旁细心地教导我们：不能大口啃，须将肋巴骨上面的肉撕成一丝一丝的肉丝，就着年前新粉的花椒粉和细盐调成的调料，撕一丝，蘸不多的一点调料，慢慢地咀嚼，这样才会吃出年猪肉真正的味道。

又是一年腊月七，在记忆中，家里已经有好多年没有养过年猪了。刚进腊月，多年没养过猪的母亲忽然要张罗着抓个猪娃趁早养起来。母亲说：轩娃明年就三岁了，会吃肉了，再不养个年猪，明年别人家的孩子啃骨头时，轩娃馋得不行。说养就养，收拾干净了猪圈，篷上了保温的塑料布，一日三顿食，顿顿足量。我想，到明年的这个时候，我们就可以阔阔气气杀头年猪，大大方方煮几锅大骨头，大快朵颐。只是，轩娃儿会不会那样一丝一丝地吃肉，会不会嫌弃猪尿泡冲天的臊气，会不会把它当成宝贝呢？

◎水田月

水田月，原名梁渭巍，渭河源小学教师。

我的父亲

父亲生于20世纪50年代末，他为人正直忠厚，性格开朗随和，是个达观的乐天派，是个地道的渭源人。

儿时，父亲在我心房里留下了最伟岸的形象。他常会讲一些过去的事给我听，我至今也不能忘怀他曾经与狼赛跑的故事：那年父亲十四岁，去县城供销社给家里买粮食，迂回曲折，好不容易才用破旧的自行车驮到了长口袋里一百多斤的小麦，就饿着肚皮匆匆忙忙往家赶。天色已暮，回到家要翻越两个山坡，第一道舒缓悠长，另一道陡峭狭窄。父亲顺利赶到了第二道坡脚，汗水已经渗透后背。他呼吸急促，停顿了三秒，喘口长气，才要上山。"嗷呕——"听到声音，父亲立即明白，山顶上有狼，他下意识地解下了车上的粮食，抬头看时，山腰里隐约有条影子飞扑下来，他早已调转车头，往来路迅逃。这条路就像是条峡谷，崎岖狭窄，左右是两丈高的田垄，上面是田地。猛回头的瞬间，发觉那匹狼正在右方的垄上追驰，父亲于慌乱之际心下知道，只要那匹狼一跃而下，自己就会被扑到，便再也没敢回头，摸黑拼命蹬快车子，哐当哐当凭感觉一溜烟儿飞闯进了坡下村庄……讲完故事，父亲很激动，他告诉我听到这事的人都说他命大。

这个故事让我感受到了父亲的勇敢坚强，此后也一直在心底暗忖：要以父亲为榜样，做个自强自立的人。六岁我读一年级了，记得是第二学期期末考试，路园学区的所有学校都集中在路园小学统考，家长便都骑车送学生们到考点。与我们同行的有族里的一位二叔、邻居马叔等，完后是我们几个小孩最欢喜地跟家长一块下馆子，马叔问大家考得怎么样？他孩子满口说好，二叔女儿说一道算术不会，我依稀记着是关于填大于号、小于号的问题，题目好像是"14-5○7"，马叔的孩子马上说大于，二叔的女儿说自己填的等于号，而我说的是小于（后来我才把"＞"这个符号叫大于号）。大人们都笑了，他们喝了点酒，我们各自回家了。路上父亲对我说："娃儿，爸爸很担心你，那个简单的题目你都做错了，连村里的孩子你都考不过，长大后能有什么出息？"父亲的声音哽咽了。第一次，我流下了眼泪。那一刻，我忽然明白，我的责任多么大，父亲的期望多么高，我要给父亲争气。

父亲读书那会其实成绩一直不错，可惜运数不佳，适值停考，上山下乡，劳动锻炼。恢复高考后，父亲已参军从伍了，复员后因各方因素，又过早地扛起了家庭的重担，便再未涉足学海。

父亲是渭源人，是地道的农民，而父亲并不安分，家庭生计缘故，他在外漂泊了近两年，拜师学艺，终于在江苏苏州学得了修理电器的技术。那时的渭源县相对落后，除有的机关单位有三层楼外，平常百姓住瓦房的也寥若晨星。父亲在粮食宾馆对面牛肉面馆旁开起了修理铺，早出晚归，披星戴月，从别人嘴里听得到，那几年父亲挖下了光阴。

"万元户，不算富，十万元户才起步，百万元户才算富。"改革的春风吹拂着华夏大地，渭河两岸杨柳依依，花香鸟语，仅仅几年光景，人们的口号就喊得这样响亮。正当父亲的生意方兴未艾之时，渭源县水泥预制厂要聘请他去做电工，一番斟酌，父亲考虑到自己摆地摊也非长久之计，便应允了。匆匆数年，父亲的姑舅亲戚当了渭源县亚麻厂的厂长后，邀他去全面负责厂里的电路工作，这段时间是最漫长的，父亲人缘一直很好，人都说他为人率真、达观。后来亲戚离开亚麻厂了，父亲又帮他参与了会川复合肥厂筹建时的电路设计及配电柜购置工作。在他与电打交道的年月里，也认识了几位亦徒亦友的人，最年轻的一位是高考三番落榜后给予我初中学习辅导的师哥，父亲也于他全心教授了电动机修理的技术，后来师哥跟以前的几位差不多，都混得比父亲强。或许是他不卑不亢，或许是他有些倔强，一次与后来的厂长理论后，父亲主动离开了。不到半年，下岗大潮涌来，父亲自此在家打拼了一年。

农民的生活极其艰辛，而读高中的我虽然理解却总是麻木不仁，学习成绩一直在中游浮荡，偶尔可以进入班里前十名。父亲为维系家用，为供我念书，又在县城工程队里打工。这时的渭源，正在迅速地努力，飞快地发展，药材在升值，楼层在升高，环境却是不好，尤其是渭河沿岸污染严重。

上大学后，我深觉花费太高，父亲便偕了母亲双双赴内蒙古务工，这是我最感伤的几年，也是父母亲的苦难程度加深的几年，我不能忘却父亲送我上大学时，我俩在车站分别的场景：父亲只是吸着烟卷，红润着眼睛，嘴唇发涩，另一只手扬了再扬，我只有转身离开，却不敢再回头去，只因泪水已流满脸面，待姗姗至拐角处，却再也搜寻不见父亲的身影……我又忽地想起，以前无意看到的父亲在日记本上写下的一页：孩子们！我的孩子们，我们做父母的能给你们什么呢？也许是做人的信心和健康的人格。

时光流逝，对父亲的爱戴与感恩丝毫未减。大三那年春节，父亲带着老板给他俩的两万多元血汗钱回家过年，邻村一个曾和他们一起打过工的农民闻讯忙来询问情况，父亲竟把钱全都拿了出来，付清了方圆村庄那几个以前请求他帮忙介绍一块去打工却被老板拖欠了的工钱，那些农民干了没多久就回来了，并没有拿到多少钱，这一来他们很开心。父亲本想自己的回头再要，所以三天过后便又去了内蒙古，结果寻不见老板人了。父亲也明白，自己的工钱原本那老板是付得差不多了。事已至此，母亲虽有怨言，却也真的无可奈何。继而，他们又绞尽脑汁，想方设法，四处挣钱，奔波劳碌。

庆幸的是，我终于顺利完成了学业，有了自己的工作、家庭。原以为父亲终于可以休息了，起码应该歇歇脚了，而因为我结婚又买房，父亲又实则根本没有喘息，他就是我的生命历史向前行进的齿轮，现在又重操旧业，在制砖厂干着自己熟悉的工作。

今天的渭源，马路宽阔了，交通发达了，办公楼、住宅楼鳞次栉比，渭河沿岸风情万种，如诗如画，夜幕降临之时，老君山更是光芒万丈，大放异彩。渭河儿女的生活情状进入了新局面，父亲的心里也变得更加安详、和谐、自然。上周末单位加班我没有回家，他和母亲来看孙儿，母亲说他为此一夜难眠。当天他在智能手机上拍了好些儿子的照片，昨晚打电话给他们，母亲说，父亲天天晚上都在看呢！

◎高燕霞

高燕霞，渭源人，现供职于兰州军区兰州总医院。

母亲的味道

母亲的味道是浓浓的乡愁的味道，母亲的味道是那手好厨艺的味道。

——题记

农历十月初一，是中国的传统日子，人人心里铭记！我更是忘却不了——因为这一天也是母亲的生日！

从记事起，就觉着母亲是一个贤惠能干的女人。她是我们一家之主，家的氛围在她的经营下，显得热热闹闹、红红火火，"有妈的孩子像块宝"，有妈的家庭真美好！

母亲是村里的大好人，为亲友帮忙，替邻里分忧，她都乐此不疲；妈妈又是村里的大能人，用她巧手做出的针线、茶饭，无不受到乡邻的交口称赞。因为母亲的能干，作为子女，我们也常常沾她的光，受到大家的宠爱。

时光易逝，光阴荏苒，儿时的快乐已成历史，如今的奋斗充满坎坷。父母亲那么艰辛地把我和弟弟拉扯大，我却远离他们，只能隔山遥望……

虽然不能常回家看看，常陪陪父母，但对家乡的眷恋、对亲人的思念一刻也没有停歇。

母亲是做针线的能手。上小学时背着母亲缝的花书包，感觉很幸福。直到上中学，还穿着母亲织的毛衣、做的布鞋，引来同学们的羡慕，心中的温馨无法诉说。我见过各种漂亮的工艺品，但对十字绣却情有独钟，也许是从小受到母亲做针线活的影响吧！

母亲有一手好厨艺。她几乎谙熟农村所有饭菜的做法，并做得地道、精细，让客人们食欲大增，大快朵颐，每次都是"锅停饱"。以前吃腻了母亲做的饭，总想吃外边的饭菜，现在老在外面吃，却很惦念母亲的厨艺，偶尔回家吃几顿似乎能办到，但顿顿享用就成永久的奢望。每次打电话给母亲念叨，外面的饭不好吃，想吃您做的浆水面、搅团、凉粉、包子、韭菜盒子……电话那边，总传来母亲无奈的叹息："没办法啊，你如果在家，想吃啥，妈给你做啥……"叹息里，饱含着母亲对儿女的关怀和思念，饱含着母亲的盈盈泪眼，吃一顿母亲亲手做的饭菜，体味母亲的味道已成为一种奢望。

有时被大城市的喧嚣惹得烦躁了，就油然怀念家乡的安静，想借机会往老家跑。激动的心情按捺不住，脑海里上演着通往庄院的小路上，初见父母的激动时刻，母亲用一顿特色小吃迎接……

每次我回老家，第二天还在床上迷迷糊糊，便有一股油香扑鼻而来，原来是母亲的早餐已经做好！赶紧起床随便洗漱一番，迫不及待抓起一个热腾腾的包子往嘴里塞，老妈嗔笑道："这里有筷子，拿筷子夹显得斯文。"我宁肯不要筷子，宁肯做父母的"疯丫头"，在父母面前撒撒娇。一家人坐齐之后，边吃边评价，明知色香味俱全的包子，却被大家鸡蛋里挑骨头，故意逗母亲生气。老爸说有点咸或有点淡，弟弟说有点大，馅儿有点少，我说形状不完美，褶子有点少。母亲清楚自己手艺，只是轻轻一笑，不做计较，和大家坐一起，边吃边聊，享受家人团聚的温馨。

现在，只要有老家的人来兰州的医院看病，母亲就会捎带她做的美食。经不住诱惑，同事们都抢着吃，赞不绝口。渐渐，母亲的味道在单位飘拂，这味道，让我在繁忙的工作中享受幸福，这味道，也鼓励着我，认真做事，诚实待人，还让我亲切感受到母亲带给我的荣誉感！

长大后我们聚少离多的日子多了起来，和父母的交流也少了，母亲的味道便成了我频频的怀念！

母亲是一个热爱生活、乐观向上的人。她虽然没上过学，但和人谈话却像一个读书人，文雅有礼。她和我们一起聊天，有时临场发挥，使用的成语非常恰当，连我们都惊讶。我们都夸母亲聪明，她说，是和我们三个读书人在一起影响的。母亲也喜欢听歌，听蒋大为的《在那桃花盛开的地方》，听阎维文的《父亲》《母亲》，更喜欢哼着父亲爱哼的台湾校园歌曲《外婆的澎湖湾》。每到农忙季节，母亲在地里干活，辛苦而孤独的她就靠这些歌曲做伴。

这就是我的母亲，我爱的和爱我的母亲。

回想自己小时候，叛逆心很强，小学时的调皮，中学时的脾气差，高考时的失利……没少让父母操碎心，为此，我觉得亏欠母亲太多！真是往事不堪回首！自从在医院上班以来，眼前发生的一桩桩事例，让我如醍醐灌顶，更加读懂了伟大的母爱。看着同事怀孕时的呕吐、尿频、渐渐隆起的腹部的压力、晚上翻身时的艰难、坐骨神经疼痛时的无法忍受，还有那些产房中撕心裂肺的喊叫和冰冷手术刀下的切口……这一切，让我不由联想到我的母亲，我更加理解十月怀胎到临盆过程的艰辛。母亲的伟大，不仅仅是造就了生命的奇迹，更伟大的是她让这个奇迹一直延伸！我感谢我母亲，感谢她创造了我并把我抚养成人。

回顾我的人生之路，父母给予我们的好影响太多，父亲的体贴孝顺，母亲的贤惠善良，无时无刻不激励着我们姐弟俩。母亲谦和的为人，给我们创造了良好的人际关系。我和弟弟乖巧助人的品格，也为他们在人前争得了面子。我们为有这样的父母而感到自豪，他们因有我们这样的子女而感到骄傲！

九月已近尾声，十月初一不再遥远，在此我提前献上我最真诚的祝福，祝伟大的母亲生日快乐、健康平安！

父亲的"摩的"

> 父亲的"摩的",是我最可靠的快艇,让我在人生路上幸福地游弋。
>
> ——题记

在我们乡村,由于道路状况不好,摩托车成为最经济、最实惠、最便利的交通工具。上街下地,回家串亲,它都能派上大用场,自然成了家家户户少不了的重要物件。

我家有摩托车大概是在2004年。摩托车的到来,使我家的生活节奏发生了大变化。那时,村子里摩托车很少,家里购置摩托车的消息,像一道喜讯迅速传遍村子,亲朋好友都来祝贺。从此,摩托车肩负了重任,为这个家,也为亲朋邻里。

父亲是附近有名的大好人,性格平和,孝顺淳朴,礼貌谦虚,乐于助人,村上大大小小的事,都少不了父亲的身影。自从有了摩托车,父亲的忙碌和责任增加了好几倍。村上,只要有人需要,父亲从不推辞,连人带车一起出动,接人,送人,阴晴白昼。父亲也记不清用这辆摩托车载过多少人,跑过多少路,只记得,它一直忙,父亲因此成了大家公认的义务"摩的"。

在崎岖的山路骑摩托车,不是一件容易的事,即使骑术再好,车翻人伤的事常常发生。父亲性格亲和,干起事来却很倔强,从不服输,学骑摩托车也一样。父亲说,平时学车多吃些苦,以后带人就少受点伤,带别人摔伤心里过意不去,带自家孩子摔伤心里就更难过。不知父亲练车的艰辛,所受的皮肉之苦只有在他内心忍着、装着,从没给我们说起过。我们只知道坐他的摩托车安全可靠,无半点担忧。

中学读书,周末回家是我美好的期盼。母亲巧手做成的可口的美味,父亲"摩的"的幸福温暖,弟弟的调皮可爱,一家人团聚的温馨美满……这一切让我在等待中归心似箭。

以前,从县城坐大巴车回家,还要走半小时的土路才能到家。有了父亲的"摩的",仅十几分钟就到家了。通往家乡的公路盘山而过,那道山梁是渭源县出名的"风口",父亲的高大身影,是驻足"风口"熟悉的风景。那道风景,是我印记中最美的风景,每每想起,心中的温暖溢于言表!不管严寒酷暑,还是白昼晨夕，我们回家的电话就是父亲"摩的"出发的冲锋号，乐观的父亲便早早等待在屈曲盘旋的路口。十几年如一日，父亲的"摩的"风雨无阻，载着我们一路走来，前行在那道通往家园的土路上！乘着父亲"摩的"的感觉真好，像电视剧里的抒情镜头，一道道山梁向后退去，一株株白杨频频点头，被惊扰的山雀呼朋唤友，像在夹道欢迎。十几年过去了，这一难忘的情景常回梦里，萦绕心头！十几年来，父亲的"摩的"接送过多少人，跋涉过多少沟沟坎坎，连他都记不清了。但他记得最清楚的，就是十几年来，接儿女回家从来没迟到过一次，从来没给我们留下等待的埋怨。如今，我和弟弟都参加工作了，再也不让父亲为我们回家操心了，但远离家乡、远离父母的乡愁不时袭来，让我惆怅无奈。

十几年来，坐过大大小小各种车辆，唯独忘不了的还是父亲的"摩的"。我觉得那是世界上最好的交通工具，乘坐父亲的"摩的"是我人生路上，最感人、最难忘的经历。身处大都市，想坐父亲的"摩的"已成为一种奢望。这种奢望一旦实现，乘坐的感触将较前更深厚、更浓烈，像一壶陈年老酒，苦涩后的醇香让我陶醉、让我沉思。

今年休假回家，刚好赶上气温骤降，乡村的冬天出奇的寒冷，让人难以忍受。那天从县城搭顺车回家，出发时已是晚上八点多，漆黑的山野一片寂静，只有车灯在随道路的拐弯而晃动。没有城市的喧嚣和灯火通明，父亲骑着摩托车已在路口不知等了多久。我们的夜归，父亲没有埋怨，只有喜悦，车灯的清辉映照着他被冻得发紫的脸庞，但他满脸的笑容依然战胜了冬天的严寒，在这个漆黑、寒冷的夜晚，父亲用他的"摩的"再一次载我回家。

爬上母亲经营的热炕，家的温暖拥抱着我。拿出手机，才发现没电关机了。赶紧充电，就是到处找不见充电器。父亲说，肯定丢在接你的地方了，便二话没说就骑上摩托车去寻找，我赶紧劝他不妨事，他说电话都关机了，万一有事怎么联系，话没说完便戴上头灯，骑上摩托车顺着来路去寻找。我劝不住父亲，便想给他做伴，也被制止，只有看着他又一次进入被漆黑和寒冷包围的冬夜。我知道服役了十多年的摩托车车灯坏了，头灯光线不强，父亲路上安全吗？想着想着，我的双眼模糊了，祈祷父亲平安归来……等待父亲的归来那样漫长，时间一分一秒地过去了，二十分钟过去了，终于听到父亲爽朗的声音，他用冻僵的双手捧着充电器，像捧着小时候的我们，满脸的兴奋和喜悦，我不知是高兴还是伤感，只能在心里轻轻诉说，这就是爱我的父亲和我爱的父亲！

十多年来，我一直把父亲"摩的"的背影，作为我生活、工作的依靠，这背影一直支持我、鼓励我乐观面对现实，面对人生路上种种磨砺，有这道宽厚、温暖的脊背，我会靠得安全、幸福！

永远忘不了父亲的"摩的"，它像一尊不朽的雕塑，永远矗立在我心中！

◎管仲霞

管仲霞（杨柳依依），女，1981年生于渭源县莲峰镇，2002年毕业于天水师范学院中文系，现为渭源县教师进修学校教师。生活中有许多坎坷不易，一直觉得，唯有文字能净化浮躁的灵魂，喜欢看着笔下的文字汩汩流出，抒写一段段散文或诗句，品读自己真实的性灵。

金色花

快正午的天蓝得让人心疼，云朵早已隐匿，不见一丝踪迹，初夏的阳光已没了往日的娇羞，大方地倾泻在充满绿意的大地上。行在蜿蜒的山路上，两旁高低起伏的白杨树静静地绿着，叶子亮得直逼人的眼，人在树下走过，空气中弥漫着草和树叶的清香。

在道路两旁的绿树掩映中，一座座院落默默地伫立着，偶尔能听见几声清脆的犬吠。紧邻道路的一户人家外，一个老人正在给牛添草，牛正悠闲地甩着尾巴，一群羊在场院里，懒懒散散地，我们从场里穿过去问路，老人热情地给我们指了指，还招呼我们进去喝罐罐茶。谢过老人，带着一丝纯朴的感动继续往前走。

这时的山路愈发的难走了，小路两边的各种我叫不出名字的果树正在肆意地开着白色的花，有妖娆怒放的，有羞涩半开的，从花下走过，头上、身上便落了几片花瓣，我却不愿意拂去。从山间出来的小溪在绿草中缓缓流着，水很清很柔，看得让人有点心动。在略带潮湿且不断转弯的山路上行了很久，刚转过一道弯，一大片金黄突然出现在眼前，那么浓，那么艳，一瞬间，这一路行来的疲惫一扫而光，走过去，我沉浸在这开得如此灿烂的油菜花中，久久不愿离开。山倚高低树，绿映深浅黄。

我知道，它的花期不会太长，但它依然执着地怒放着、艳丽着，用浓烈的金黄点缀着初夏的田野，也感染着在生活长河中艰难跋涉的我！走进这片油菜地，我一直在思索，也许，我也应该用这样的热情去迎接每天的太阳！

怀念麦子

前几日，翻开日历，看到已入中伏了。猛然记起父亲以前常念叨的："头伏青稞中伏麦，三伏里面豌豆黑。"才发觉，已到收割麦子的时候了。蓦地，年少时与麦子的各种交集，一下子涌现了出来！

也许是懒得劳动的缘故，十几岁的我不太喜欢放暑假。记得那时，家里有十几口人，六垧多土地。每年总是要种三四垧麦子。父亲兄妹八人，他是唯一的男丁，还有被庄上人戏称七仙女的七个姑姑。家里人多地多，但劳动力少。每到割麦时节，父亲总是很着急。麦子快黄的时候，他总是要认真地听收音机里的天气预报，看看早晚的天空，每天早晨总会很早起来，去各块地头转一圈，说是去看麦，回来便听见他说，哪块地里的麦子再有几天就能收割了。

于是，他开始忙碌起来，翻出他早准备好的镰刀和磨刀石，院子里便响起欢快的磨刀声。母亲则忙着计划叫哪些亲戚来帮忙。我家有一块很大的地，大概有三垧，那时的我站在这头，看那头总感觉很远很远。用父亲的话说，那块地里的麦要是割倒了，他的心也就基本能放下了。麦收时节，最怕突如其来的暴雨。由于麦子多，家里又多是女劳力，年少的我和姐姐也要加入到割麦的队伍中去。这时的父亲，早上总是催我们起得很早，天还没亮就把我们喊醒，说早上凉快，人割起麦来轻松，熟了的麦粒也不会掉下来。我总是揉着睡意惺忪的眼，极不情愿地跟在后面磨蹭着。

站在麦地面前，父亲早已看好要从哪个地方开始。由于麦收紧张，家在附近的姑姑、姑父也是来帮忙的，地里便洒开了许多人。熟透的麦子，像仙女的裙裾，在晨风中微微摆动。伴着大家镰刀的飞舞，麦秆的清香在空气中弥漫开来，大人们的身后便出现了齐整的麦茬，上面平躺着一排或两排麦捆。

那时的我还不太会拿镰刀，总会被父亲叫到跟前，教我如何用左手拦住麦子，右手的镰刀一定要放平，说这样割过的麦茬就不会太高，也不会太乱，否则路过的人会笑话的。听得似懂非懂的我便很快混进大人身旁，像只老鼠一般，在大片的麦地里左右打洞。时不时地偷懒躺在麦捆上，用草帽捂住脸，在缝隙中仰望天空！大人们则顾不上歇会，一直忙碌着。夏的炎热往往来得很快，也让人无处可藏。快到十一点的时候，已经很热了，熟透的麦粒，镰刀稍微一碰，就会掉出来！于是大家收拾收拾镰刀，回家了。午饭后，大家都会抓紧时间休息一会，父亲则又忙着磨起镰刀来。

割麦的时节，总是有点繁忙而紧张，等傍晚快要歇息时，父亲开始搭一个个麦撑子，二、四、六、八捆麦，在父亲手里被挤得紧紧的，稳稳的，鼓实的麦穗靠在一起，像一颗大蒜的几粒蒜瓣一般，最后两捆麦子，他顺着麦捆上束腰的部位，用力一折弯，做成顶轻巧搭在挤紧的那八捆麦上，像给人戴了顶漂亮的帽子。这样既使最近几天下雨，顶下面的麦子也不会被淋湿。在要回家之前，母亲总是让我数数一天割了多少笼麦，然后会和父亲一起预测今年的收成，走在回家的暮色里，疲惫的身形总掩不住收获的欢喜。

一天天的，麦地里搭起更多密集的麦撑子，等完全透笼后，拉上场，摞起队上场里几乎最大的麦摞，再打碾完，麦子收归到家里那个古老又笨拙的麦栓后，父亲总算歇了一口气！

随着小的几个姑姑及我们姐妹相继出嫁，家里的人也渐渐少了，再加上近十几年，地里种植的药材居多，麦子因产量不高，又从种到收会花费更多劳力，家里已有几年不种麦子了。于是，那些忙碌而紧张的日子已在悄悄远去，在视线中，在脑海里，但每到麦收的季节，那麦秆的清香，父亲熟悉的磨镰刀的声音，总会浮现在我的梦里……

今日的雨，像个淘气的孩子，一会下，一会停，一天就这样反反复复地折腾。到黄昏时分，又如牛毛般飘了起来。因着雨的缘故，午后一直闷在家里，站在窗前，看着这纷飞的细雨，忽然想出去走走。

撑着一抹浅绿，细雨微风中，在潮湿的街上缓缓行着。街上人很少，不时疾驰而过的车辆溅起点点水花，路两旁貌似樱花的树，在春雨中沉默着，散发出淡淡的清香。

转过街角，几棵玉兰树下落英片片，零落的花瓣早已失去素雅的洁白，沾染了点点褐色的泥渍。蹲下身，爱怜地捡起一片花瓣，有点湿，冷冷的。只见花茎处还略显厚实，但花的边缘已枯萎，面色如容颜枯槁之妇人般暗淡，移至鼻前浅嗅，隐约能闻到一缕浅浅的、若有若无的味道。抬起头，枝头几朵伶仃的花，依然在雨中尽情地开着，绽放着动人的美丽。站在树下，忽然记起一句诗："君看今年树上花，不是去年枝上朵。"是啊，年年花开只相似，岁岁赏花人不同！

在这花前，我不禁想了很多。在生活的泥泞中，我已艰难跋涉接近十年，风霜消磨了热情，疲惫压弯了身躯。我不至一次地彷徨过、消沉过、崩溃过，一天天地推着日子过。无论何种心境，日子还是一天天地过。谁也改变不了什么？花和人都会遇到各种各样的不幸，但生命的长河是无止境的。不知怎的，宗璞的这句话一下子涌了出来。人生中许多我们不能改变的，就要学会去适应。路还很长，必须得走，如果不微笑，我能走多久？看着这盛开的花、凋零的花瓣，我思忖良久。也许，在人生的路途中，时间是最公平的良药，不会因谁而增减一分，痛苦也好，欢欣也罢，怒放也好，凋零也罢，不论你如何风光过，怎样煎熬过，最终一切都会成为岁月长河中的风景，或浓或淡，或深或浅，随风渐渐远去……

在浅浅的细雨中，抖落一身的疲惫，带着一抹心灵的阳光，微笑前行！

◎程俊珊

程俊珊，退休干部，高级农艺师，渭源县文史资料研究员。

渭源赋

甘肃渭源，名起渭河，置县西汉。商伯夷叔齐，隐逸故土；因阳光首照，置首阳县。北魏由河发源，改置渭源县。仰望鸟鼠山兮，关山贯古今，千年古道焕生机，烽燧燃狼烟；俯瞰渭河兮，吐云仰禹遗鞭泉，三泉为一品，潺潺渭水千古流。一水兴八朝，万里黄土绘渭水，河流通西安。地跨自然区域，形若如意胜状，处雍梁之地，陇西郡所辖；坐落西北，祖国心脏；势控青藏，北扼宁蒙，南临洮岷；春风融融，夏少酷暑，秋水长天，冬具严寒。

伟哉渭源，历史悠远。历史桑梓，周祖豳地。秦祥西垂，汉家重邦。隋唐雄起，"天下称富庶者无如陇右"，渭水河畔，都会谓繁华地未及鸟鼠山侧。中西交汇，民族融合，秦昭王筑长城，烽燧设塞障，兴兵屯田家要塞。秦始皇巡长城驻跸，东汉扬虚侯，劲松挂雄鞭，战隗嚣筑谎粮堆。三国姜维失算云盘岭，前秦王符坚战前燕古战场；隋炀帝射猎，探源鸟鼠遗迹；唐李世民御驾亲征，探源鸟鼠"遗鞭泉"；薛讷战吐蕃，吐蕃受降台。哥舒翰封阵亡将士，封神山遗址悠存；

宋王韶筑渭寨，征服吐蕃归降。元明交战古战场，明徐达修造灞陵桥。陇右工委中心地，红军过境，建立新政权。

　　夫渭源之美，不唯在水，鸟鼠山借形，品泉助兴，其禹灵异，源头益彰。溯渭河文化，神奇沃土，文脉绵延，千秋物华，万古紫气，生灵气畅。渭河源头，羲皇开天，沧海桑田。大禹导渭，鸟鼠同穴，渭水出焉。马窑彩陶，恐蛋化石；承载文明，烁烁辉灿。边塞诗吟，羌笛胡琴，于今犹喧。纵览渭河兮，山不高而秀雅，水不深而澄澈，地不广而奇险，林不大而茂密，有千古传流鸟鼠山，神奇美丽天井峡，夜月碧波映石门，古雅通幽首阳山，陇上碧莲莲峰山，锹峪南横藏蛟龙，渭水长虹灞陵桥，古老雄浑秦长城，云端仙境太白山，神工鬼斧双石门，传承历史文化，美丽佳景话源头，无限美哉。

　　书院文庙，化育才俊，三尺舞台"皮影戏"，生丑净旦一口唱，千军万马独一人；渭河"花儿"，秦腔"乱弹"唱响山乡，欢乐民间。陌巷僻壤，钟情翰墨丹青；耕夫樵夫，崇尚礼仪诗书。民歌与民俗比翼，声情合舞韵并扬。渭河吉祥鼓，花灯戏唢呐调，曲艺升平，乐章辉煌。天下渭河第一桥，横木腾空，虹月出水，架通南北，来来往往五百年，走过多少英雄豪杰，赢得民间安泰乐享！民以饮食为天兮，饮食因文明而化成哉！名扬丝绸古道，传承几朝几代，属锹甲铺干面馒头。渭水农家，山坡川沿，盆地河谷，粮药蔽畈，果珍裕野，黍稷盈畴，陇上江南。草畜产业，名花瑞果，反季蔬菜蔚为精品主导。制种新业，洋芋良种，药材党参，区域特色。试看黄香台梅花鹿林间信步，虫草鸡草从荡游，风吹草低见牛羊。洋芋良种远销海外，马铃薯垒起薯都，洋芋滚九州，白珍珠"蚕豆"享誉陇上。《尚书》曰鸟鼠，唐宋明著《本草》，党参故里优中华，渭水当归甲天下。党参誉为仙根草，特色产业天下优，当归称为女二仙，古往今来海外传，药材簇就千年药乡。天赠地馈兮，一方水土养一方人；风泽雨润兮，万家灯火乐万家业。

　　观夫渭源，山水百态。黄土绵延，积石烟云。云收远岱出岫，风起疏林生岚。古道关山走马，鸟鼠山赋诗。灞陵拱桥，气贯长虹。太白天门，华山比美，美不胜收。石门夜月，河水涤荡而流清兮，月影涟漪。路园东湾，地貌丹霞，奇怪苍劲，红色摇曳。奇风异俗骡马会兮，雄鹰展翅跃马高歌。兰渝铁路南北穿兮，笑迎东西南北人。秦岭山地，横亘云天。一年有四季，十里不同天。白雪积兮飞鸟尽，午阳辞兮群山寒。飞虹倒垂渭河畔，杨柳摆动禽绕旋。太白云海天堂圣地，豁豁山大草坪，雪融冰消涓涓。露骨云飞，七圣雾雨。南北山区，山脉连绵。朔风劲吹，禽鸟飞旋，苍鹰盘桓，临其境能不感慨万千乎！黄土高原，雄浑广袤。

千壑万峁，沟谷佳泉，川生精气，塬现灵光。水涌溪泉，云揽烽燧，长城蜿蜒，渭河西出鼠山丘。渭河源头关山，秦汉唐宋明，兵家必争，战略重地。水萦绕左右，峦积势期间。天井峡神工鬼造，奇山秀水，峡谷断岸，子母洞钟乳森列，烟波浩渺。雄关险阻，双石门栈道，古道通幽，姜维宝剑峡中鸣，邓艾凿栈通巴蜀，王韶穿越征叠宕。看露骨山千仞，豁豁山烟云袅袅，鸟鼠山诗魂溯觅！八百里渭河，风情无限。渭河贯古今，河涌通西安。浩浩煌煌乎，盖陇原之势也！

若夫地因人而灵，人因地而杰。渭源水土，化育英豪。彪炳史册，利惠百代，功与日增。梧桐栖凤，龙潜昆冈。始皇巡边，炀帝捕猎。张骞凿空，西域版疆。一代天骄，铁翼护疆，弓拥鸟鼠，陨落渭水曾经栖灵关山，空谷传声振聋发聩"几时收复山河"。陈甸园马如华，保家卫国荣耀梓里。高建君牙含章，建立陇右工委，字字泣血！杨友柏毛德功，路园聚义兮，任谦梁谦，迎接黎明，堪称渭河儿女栋梁。红旗漫卷，西北解放。历史时期张兆甲，创建渭源中学张亨，救死扶伤张敬轩，家喻户晓，人尽皆知，敬仰莫测。情系民生父母官任忠，实事求是，人民拥护，为人楷模。无私奉献，埋头钻研，孜孜不倦，矢志不渝，潜心研究历史，雒玉麟编著《渭源教育志》，杨世明编著《渭源畜牧志》，张旭编著《渭源交通志》，程俊珊编著《渭源地产中药材》，都属个人杰作，资料翔实，难得宝典，承上启下，鉴古知今，存史资政，服务当代。沃土故壤出凤凰，巾帼女将丁会琴，亚运竞走获金奖。有更多渭源娇子，碧血沃黄土，丹心印青天！悠悠千古话沧桑，潺潺渭水涌奇葩。渭水皆灵人才兮，其乐无穷哉！

至若当今，众志成城，事业伟煌。长征精神，薪火赓续。同承邦殇，励精图治。六十余年风雨历程，数三十年改革发展。毛主席情系九曲安澜，挥毫指点甘肃。周总理寄语定西乡亲，高德泽被厚土。小平倾心西北建设，耀邦走遍陇原山川，李子奇帮扶渭源，建水库抓水利。渭水浇旱塬，粮产成倍翻。重整山河兮，谱写水利华章，旱作妙笔特色欢歌；几代同念水土经，引水改土兴田，引洮马上通水，引无数英雄展风流。交通先行，网通天下，纵穿县境兰渝铁路，正在修建；横穿县境高速公路，即将动工。数辈共唱草木经，种草植树退耕兴林，构建生态家园兮，倡行和谐发展。扶贫开发，"整村"推进，圆温饱梦，稳步富裕建设农村。以人为本，社会至上，家庭是根，惠民利民富民安民。科技兴县兮，教育成才，共创伟业。文化璀璨竞芳兮，保护传承命脉，建设文化县。"两基"固本兮，培育莘莘学子。"扎根渭源黄土地，常念家乡父母情"。《渭河母亲》，慈懿仪范，感召华夏儿女。渭人奋发兮，坚韧智慧、科技率先；吾辈图强哉，求实创新、勇于争先。壮哉美哉!

千年源头,千年渭水,葆涵文化。文化是根,文化是魂,魅力无限。充分挖掘,持续开发,渭河文化,震惊世界。

嗟乎,渭源儿女,秉承久远文明兮,任重道远。人一之我十之兮,继往开来,抢抓机遇,用好资源,提振民气,誓与全国同步,进入全面小康;人十之我百之兮,科学发展,转型跨越,民族团结,富民兴渭,携手建设幸福美好新渭源! 宏哉伟哉!

◎仲玉林

仲玉林,1940年生,字宝丰,号吉祥子、云鹤轩主、渭水翁,笔名农子。甘肃省渭源县清源镇星光村人,大专文化,退休干部。喜好收藏,编著有《百人书画集》《百人诗文集》,诗集《归农诗抄》《欢腾的岁月》。

灞陵桥遐想

岁在己丑,中秋佳节,偕诸友游于灞陵公园。临湖饮酒,倚栏赏鱼,谈天说地,纵论古今,诗文唱和,品书论画。虽无管弦丝竹之乐,亦缺佳人丽姝相陪,亦然欢声笑语不绝,其乐融融也! 令吾心潮澎湃,文思涌动,兴之所至,遂成此文,以记盛事。

予观夫灞陵胜景,全在千里渭水,源鸟鼠,穿山峡,奔平川,入黄河,浩浩荡荡。有时激流奔腾,轰轰然而有声;而或平缓慢流,轻声细语。朝晖夕阴,气象万千。中华文化之支脉,秦陇文化之摇篮,八百里秦川之富源。"三源孕鸟鼠,一水兴八朝。"

弓桥飞架南北,天堑变通途,惠及万民,成"大道之行"。千里渭水第一桥,似长虹卧波,如半月临空,犹彩虹悬天。须晴日,在蓝天白云之下,与水中倒影并作月圆之状;秋雨中,朦朦胧胧似帘后少女风姿卓越。朝阳照高桥裙似赤练,夕阳映渭水金波如鳞。明洪武徐达初建,民国乡贤重修,今朝玉麟加固。由平改卧屡毁屡建,终成就今日雄姿。历千年风雨,阅兴衰更替。气势恢宏,匠心独具，妙思巧构，驰誉九州。桥梁史上数第一，艺术界里占鳌头，名列国家重点文物典籍，位居人文景观画册。彰渭城人双手灵巧，显首阳民艺术神韵。

桥下清溪纳细水而成巨流，可度人载物，福泽秦陇大地；引水灌溉，丰腴陕甘两省。政界显要题词颂扬，文人名士赋诗咏唱。登临桥顶可远眺东川西山，把酒临风笑谈人生往事，月下吟哦豪气不亚李杜。风和日丽，登桥而纵目四望，锦绣渭邑如入画中，美不胜收，令人心旷神怡，热血沸腾，豪情万丈。

东望大川，极目远眺，顿觉天阔地宽，使人遐想无限。天际雄鹰展翅，山川重重。百里沃野，物阜民丰，田连阡陌，鸡犬相闻，炊烟缕缕，人影绰绰。机声轰轰，巧秀田园大地。公路似线，车流如蚁，河水银光闪闪。杂树鲜花五色斑斓，木欣欣以向荣，泉涓涓而始流。物华天宝，人杰地灵。

南有君山、莲峰，山色如黛，紫气东来，风过松鸣，百鸟唱和。释道兼容，僧尼并蓄，"曲径通幽处，禅房花木深"，钟情之音悠悠，佛号之声不绝，香烟缭绕，佛尊宝像朦胧。曲栏回廊殿阁凌云，桂殿兰宫倚冈峦之势而建，台阶层层。登山顶顿觉宇宙之无穷，迎朝阳采天地之正气，吐胸中之腐陈；观晚霞落日如血，孤鸦归巢，牧笛悠悠，牛羊回栏，马嘶鸣牛哞哞。

西望太白，云海翻腾，孤峰如舟，缥缈无定。层峦尽翠，林壑优美，望之蔚然而深秀。绿云接天，碧海绵绵，飞瀑洗石浑然有声，水声潺潺，泉流淙淙，壁立千仞直指苍穹。山间小径，蜿蜒曲折，细如羊肠，俱险俱惊，动人魂魄。溪深而鱼肥，林广鸟成群。花儿盛会，民歌悠悠，千人唱，万人和，山林为之震动，川谷为之荡波，彩衣扇舞，飘飘而动，足显升平。野蕨蘑菇为山珍陈与宾客，龙虾红鲤是海味盛宴游人。五竹藏雪千古佳话，峡口水库波光粼粼，鬼斧神工造就天井幽谷人间美景。石门古道险，磐石古堡雄，竺尼奇松秀，马半雾雨真，灯盏元宵美，露骨积雪纯，龙王宫宏大，索林涛生隆。远山近水风关好，观之不尽，令人流连忘返也！

北有古堡，名曰"王韶"，宋时遗迹。今朝荒草没径，昏鸦乱飞，墙垣倒塌，人迹罕至，满目荒凉。叹往事如云，世事沧桑，物是人非，在漫漫时空中人生仅为一匆匆过客耳！人生一世，草木一秋，"譬如朝露，去日苦多"，乐天知命，知足常乐，不必为蝇头小利蜗角虚名而争斗；凡事随缘，万法自然，淡泊明志，宁静致远。县城玲珑，高楼栉比，长街平坦，车行如流，人往如织，商铺林立，百货时鲜，琳琅满目。滨河公园，花团锦簇，绿树如云。倚栏观水，水波不兴，水面如镜，鱼游浅底，鸽翔长空，夏可泛舟游泳，冬可滑冰遣兴。新筑虹桥与瀰陵并立二号，凌空飞架相彰增彩，又是渭城新景。灞陵公园似颗明珠嵌于城中，一湖如月，可荡舟怡情，湖心小亭尽可饮酒谈心，长廊曲折，古碑林立，垂柳依依，古木森森。秦时长城伤痕重重，鸟鼠同穴徒有美名。关山夜月伴客行，马藏古寺有梵经，名胜古迹处处有，千年古邑迎游人。

天有四季春夏秋冬，登灞陵而观四季之景，其景各异，绮丽动人，令人陶醉。

灞陵之春妩媚多情，柳吐鹅黄，杨飞白絮，百花含苞，莺歌燕舞，彩蝶翩翩绕花飞，蜜蜂辛勤采蕊忙，杏花出墙艳，桃花映面红。群山披绿，惠风和畅，渭水春暖鸭先知，团团白毛浮清波。机声隆隆山川到处春播忙，白色网棚妆点江山又一景。冬棉换春装万紫千红总相宜。惊蛰百虫醒，十里水面鸣蛙声。大雁南来，天际排成长长雁阵，鸣长空。布谷声声，预兆又是丰年，粮满囤。春水荡漾，鱼儿翻腾，春满渭城。

灞陵夏月，丰草绿浓而争茂，佳木葱浓而可悦。千山竞美，山花烂漫，万壑流银，百鸟争鸣，鹿跃林梢，草丛雉影。牡丹开径尺，芍药清香浓，百花争奇斗艳。菜花似金十里黄，千顷麦田翻绿浪。骄阳似火，农家无闲月，六月人倍忙，除草南山下，荷锄伴月归。风和日丽，听莺林钟声，松下饮杜康，一醉方休。入莲峰避暑最宜，看五莲并开。入韶人沟观景，人在画中。五·一泛舟石门，六·一垂钓峡口，看碧波荡漾，清风徐来，卸一身疲惫，精神大振。古五月游本庙龙王宫，看大戏于台下。六月六高石崖花会，看彩扇似蝶，听花儿如潮。火树银花不夜天偕妻携儿逛夜市，进商场，看小摊，热闹非凡。音乐轻柔，影像翩翩。小吃香气诱人馋，烤猪蹄，羊肉串，凉粉酿皮一盘盘。帅男倩女牵手行，花前月下表心迹，卿卿我我意缠绵，期盼月老牵红线。

秋染灞陵，寒气袭人，霜色深重，催桦叶红于二月花，袭杨柳儿叶儿满帆天飞。秋风呼啸，松涛之声初闻淅沥以萧飒，再闻奔腾而澎湃，如海涛拍岸，似金铁争鸣，又如赴敌之兵万马驰骋。中秋之夜，秋高气爽，登桥赏月，只见星空皎洁，玉盘悬于中天，桂树隐约可见，遥想嫦娥奔月，玉兔捣药，吴刚伐桂，让天下有情人终成眷属。秋属丰收之季，硕果累累，葡萄串串，当归飘香，党参白净，黄芪修长，金蛋蛋马铃薯乘火车往北京去上海，成为绿色名优产品。户户囤满，家家粮丰，人人喜气洋洋。拉扎节日丰隆，烹羊宰猪待亲友，处处扶得醉人归。惠农政策日日新，农民钱袋子鼓起，今非昔比，小汽车开进了家门。

灞陵寒冬，渭河上下顿失滔滔，"千里冰封，万里雪飘。望长城内外，惟余莽莽……山舞银蛇，原驰蜡象……须晴日，看银装素裹，分外妖娆"，"千山鸟飞绝，万径人踪灭"，玉树银花雾凇奇观山山可见。露骨积雪终年不化，如白衣纯洁的少女亭亭玉立；似白发飘飘的禅者，盘坐在天地之间；山石嶙峋，峰峦瘦削，却又像风骨如铁的诗人，战斗者的雕像，它似睿智的目光，恬淡的心态，仁者的胸怀，平静地看待着尘世的千变万化。

美哉，渭源！妙哉，灞陵！人间神仙境，陇上桃花源，无地震之恐惧，无泥石流灾害，无严寒酷暑，无冰雪冻害。天蓝蓝，水甜甜，有绿色之食品，无城市之喧嚣。民风淳厚，人情温暖，历史悠久，文化深厚，旅游名胜地，避暑绝佳境。看洮河流珠，听威远钟声，近在咫尺。距兰州三小时路程，交通十分方便。

幸逢盛世，政通人和。百姓赢富，百业兴隆。科技进步，神舟游空。国力强盛，军容雄伟。学校林立，学子莘莘。老有所养，贫者领金，病有医合补助，尚有大病救助。妪翁同趣，赤子同乐。主政者德隆一心为民，千载皇粮今朝免，多种直补进农家。亿万农民，鼓舞欢腾。秦皇汉武，唐时太宗，康乾盛世岂可相比？只能望尘。祈盼更上层楼，再鼓干劲，再度腾飞，开拓千秋伟业，福泽神州大地，创万世辉煌，入强国之林功入史册，万世传颂。

◎田彩虹

田彩虹，女，1971年生，渭源县田家河人，大学本科学历，渭源二中一级教师。课余时间喜欢文学写作，作品曾发表于《定西日报》《渭水源》。

为父亲洗脚

在平静的生活中，时光在一天天流淌，父亲也在慢慢变老。作为女儿，已三十好几，还从未给父亲洗过一次脚。每每看到有关这方面的文字或画面，我就深感愧疚与不安。

儿时父亲为我洗脚的情景历历在目。父亲虽然身为农民，但极为爱干净的他每过一周准会为我洗一次头，然后再用那有肥皂的水给我洗脚。我害怕洗脚，怕父亲用那只大手在我脚底不停地摸来摸去，而且还不时拿起我的小脚丫亲吻得令我浑身痒痒、发笑，甚至打骂个不停。然而每次洗脚时父亲为我抓痒、搓污、我的咯咯笑声却是他最为开心的时候，从不爱笑的他每当此时会和我笑作一团，甚至会溢出眼泪来。我将那脏兮兮的水踢向他身上、脸上他也不介意，用手抹一把继续为我洗……现在想起来还是觉得那么美好、令人回味无穷，有时还会想再享受一下那种与现代化足浴完全不同、又充满亲情和爱的足浴。

时常给女儿洗脚时我也会想到如果能给父亲洗洗脚该多好啊，也让他感受一下这种天伦之乐，可是这个愿望从未实现，因为我知道即使我提出他也不会答应的，一定会说太脏、不好意思、自己还行等推辞的话，将我拒之千里，再说我自己也觉得难以开口。偶尔在风和日丽回家的日子，碰上他坐在小院中的藤椅上洗脚，我试着用手去给那双干瘦的大脚撩水时，他笑着不好意思地躲开了，进而赶快将脚从盆里取出，穿好鞋袜，再跟我聊家常，问我和丈夫的工作、女儿的学习。就这样，给父亲洗脚竟成了我的一个久久不能实现的梦想。

机会终于来了，可我的心也碎了。去年冬天，父亲病了，四肢浮肿，自己洗脚有点吃力，但他还是尽量自己动手。那是在新年的夜晚，陪父亲闲聊，电视里播放着由阎维文演唱的《父亲》，听着那感人肺腑的歌声，我感慨万千，在我的万般劝说下他终于同意我为他洗一次脚。

我让父亲坐在火炉旁，帮他脱掉紧绷在双脚上的鞋袜，倒好水，用手试了数次水温，确信刚合适时将那双大脚慢慢放在盆里。天哪，盆子怎么变小了？这可是他多年用的洗脚盆呀。我清楚为什么，当然他也明白，但我们什么都没说。我低下头用双手轻轻地抚摸那双我儿时曾觉得又大、又脏、又难看还布满青筋的"香港脚"，我为儿时那愚蠢的想法感到无地自容，一种难言的酸楚、一种痛彻心扉的悸动涌上心头，我生平第一次仔仔细细为父亲洗脚——脚面、脚趾、脚跟。不自觉捧起了他的左脚在脚底亲吻了一下。霎时，父亲的脚微微发抖。不知过了多久，直到我感觉到水有点发凉，我才将头抬起来准备再添点热水时，我发现父亲那张慈祥但鼻子依然高挺的脸上满是泪珠——父亲哭了。

是的，父亲忘记了曾千百次为我洗脚的情景，而记住了这唯一一次我为他洗脚的场面。面对父亲的泪水，我也不能自抑，泣不成声，想不到昔日的欢笑竟然用今日的无言替代，说不清哪一次的泪水更甜？也不知道他感到哪一次更幸福？

记不清我是怎样将他浮肿的双脚洗净、穿好我特意买的大号鞋袜的，只记得父亲那满脸的泪珠和那有点急促的呼吸，在我眼前久久不能挥去。后来，在我们的照料下父亲的病大有好转了，浮肿消失了，人也精神了许多，但大病初愈的他说什么也不再让我给他洗脚了。

最近听母亲说，每次父亲自己洗脚时他都会一遍遍地叙说我曾给他洗脚时的感受，赞叹我的细致入微及对他的孝心。只有我自己才知道那种难以用语言形容的苦涩滋味。说实在的，我再也不想给父亲洗脚了，我多么希望他永远能自己亲手洗，那才是我真正的梦想啊。

爱的礼物

母亲节快到了，虽然伴着蒲公英花絮的春季是如此的灿烂多姿，但我的心仍旧有所凉意，甚而此起彼伏。多少受过西方文化感染的我，在这多元化特殊节日气氛的冲击下不由自主地更加想念形单影只的母亲。俗话说得好，心境造就情怀——无情的岁月将一切已经定格，父亲走了，除了对母亲的牵挂外，毫无遗憾地闭上了双眼。而我犹如掉进了万丈深渊，整日觉得天昏地暗，生活成了灰蒙蒙一片。然而，人活着要面对现实，事业、家庭还需要我，破碎的心还须修复，不仅仅为了所有的亲情、友情和唯一的爱情，更为了那份滴血情深的母女之情。身为人母，且进入不惑之年的我，对我和父母之间的琐碎之事时不时地会去怀想，犹如看电影一样一一闪现于眼前，我心中五味杂陈，翻江倒海……

父母那份如海的深情伴我度过这几十年的风风雨雨，引领我在人生路上以正常的心态跋涉、小憩，奋发向上，并使我的亲情之树枝繁叶茂，常青常绿。是的，在那口父爱的深井中，我是那浅浅的水桶，怎能量出它的深度呢？如今只剩母亲孤单一人，可我又能做点什么呢？我的悲伤怎能抵得上她失伴的痛心？我的安慰怎能抹平她内心告别万日恩情的创伤？宽厚大气、乐善好施、以解决温饱为目标的母亲对生活没有太多的奢望。而我也疏忽了她的一切精神渴求。不说别的，单说为了呵护母亲所赐予的这张还算对得起观众的脸，我所用的化妆品日新月异，价位逐涨，品牌也精挑细选。而对生我养我的母亲的脸我好像从未想起过要保养，更未将其与化妆品联系在一起过。

仔细想起来，每每回娘家小住的日子里，有父亲陪伴的母亲对我的化妆品还是挺感兴趣的。"瓶子真花哨，以前的海贝油（我童年时全家共享的一种润肤品）就只有一个样子"，"雪花膏（她年轻时的最高档护肤品）怎么再也没见过"？"棒棒油（现在她依然用的化妆品）擦手最好"……真是，在我尽情当着她老人家的面享用一系列高级化妆品时，怎么就疏忽了母亲的感受？怎么就忘了她也是个女人？我们只想到提供给他们足够的衣食及基本生活用品，怎么竟将她年轻时曾拥有"白葡萄"雅号这件事给忘了呢？想必当初她也和我一样很在意自己的容貌吧？不然那么健忘的她怎会将"雪花膏"脱口而出呢？我突然明白，母亲对那时唯一买得起的"化妆品"是有感情的，现在同样也梦想着，只是她腰腿酸痛不能外出购买，况且也如她所说：老了，不出门了，那玩意儿花钱，即使用了也没人看见，要是被人看见了也会笑话……件件往事竟那么清晰，像针尖一样刺着我的心。我再也忍不住了，马上去超市为她选了四样既实惠又方便用的化妆品——一块NICE香皂、一盒仙伯丽儿保湿美容膏、一瓶飘柔洗发露、一瓶护手霜，才用去了几十元钱，我知道这远远弥补不了母亲内心的千疮百孔，但我心里舒服多了。立刻坐了一辆出租车向母亲的家——我曾经最安全、最舒适的港湾奔去。

母亲一瘸一拐地迎了出来，又一颠一跛地陪我进屋，问长问短，忙前忙后，边给我弄吃的边唠叨个没完："又瘦了，像是在六零年似的，为啥又哭了？你看我不哭。"她扑朔迷离的双眼噙满了泪花。我拉住她，示意她坐下，她很诧异地望着我，也许是因为我的眼神，也许是因为我"奇怪"的举止，更也许是因为没有人再做她的保护神了，她才如此惊慌！我望着坐在我身边的母亲，伸出双手拥住了她那瘦弱的、已很显骨头的双肩，我再也忍不住欲夺眶而出的泪水而任其流淌，我一句话也说不出来。我记不得自父亲走后的一月来我们已有多少次这样相拥而泣了。我努力地克制了一下自己，从包中拿出了那些化妆品，她看着这些"奢侈"的东西，随即拿起水壶向脸盆中倒了些水，像犯了错误等待批评的小学生似的低声说："快洗洗，一脸的土。"我指着那些东西说："妈妈，这是给您的。""给我？"母亲竟然受宠若惊。她张开镶满假牙的嘴，显得那样天真、好奇又疑惑："这怎么会……得多贵呀！我……用这？不行……你阿大会怪我的……"我的心又一次痛了一下，母亲为什么不相信呢？她做梦都没想到吧？也许她压根儿就没想到我竟有这样的想法和举动，而且还要顾及离她而去的父亲的感受。大概她害怕如果不再用父亲买给她的"棒棒油"就会惹在天国的父亲生气吧？

也许母亲一辈子也不会想到我会这样做，我生平第一次捧住了母亲那张曾经无比美丽，但被岁月磨砺、为儿女的成长操劳而变得苍老而又憔悴的脸，深深地亲了亲。我为自己意识到了母亲的那份潜藏在内心深处的"渴盼"而欣慰。而母亲那瘦弱的身体则多像小时候的我，她依偎在我胸前，瑟瑟发抖——恐惧？幸福？

在我再三劝说下，母亲收下了这份对她来说简直就是珍宝的礼物。用颤抖的声音说出："有女儿真好!"以此来表达她的谢意。后来,我发现母亲比以前稍显精神,她将那些化妆品用一块新的碎花布包起来,用时打开,用完后立马包好放在一个老式的很陈旧的木匣里,我知道那是父亲生前装烟叶用的。我还发现没事时她总望着那个盒子发呆、发笑、流泪,甚至自言自语。大概她又想起了和父亲在一起的日子或年轻时的事,她偶尔流露出的幸福着实让我觉得更满足、更快乐。我想在九泉之下的父亲如果能看到从绝望的边缘慢慢爬过来的母亲,会对她的牵挂减少一些吧。

是的,感谢母亲永远不知道的母亲节,感谢我人生中遇到的点点滴滴帮助我将母亲快消失的梦捡了回来,使她又回想起了那些激情燃烧的岁月,使她的生活又恢复了久违的色彩,使我们更深地感受到了亲情的伟大与那永恒不变的血肉相连的人间真爱。我也想告诉父亲,我会永远将这份爱的礼物替您随时转达于她,伴她安度晚年。直到她想要去天国和您相见的那一天……

◎杨有平

杨有平,渭源县上湾人,新寨镇政府干部。

露骨山记

露骨山者,陇中高峰也。雄立渭漳二河分水之处。因其山脊岩石裸露,状如白骨,故名露骨山。远观露骨山,峰顶白石如雪,高耸云天。据考,其顶峰三千九百四十又一米,山势陡峭,海拔高峻,历来人迹罕至。

余久有探险露骨、登临顶峰之意,然数不成行。时维暑夏,岁在甲午,择天朗气清之日,邀友数人,欣然前往。盛夏时分,露骨山下,草木葱郁,气候宜人。有牧野之牛羊,悠然自得;又有露营野炊之游人,沉醉于山林之乐。溯溪而行,水流清澈,林草丰茂;鸟鸣虫吟,百花争艳。此地既有峡谷峻岭之奇秀,又有高原草甸之开阔,实乃避暑览胜、怡情养性之佳境也。

余一行九人,有向导引路,一路前行。穿大小石门,披荆斩棘,方至主峰脚下。仰观露骨,不见其顶。因未有既成之道,余等依山势探路前行,攀爬取道。

未至半山，已气喘吁吁，汗流浃背。然沿途山色葱茏苍翠，风光美不胜收，奇山秀水，目不暇接。复攀爬前行，乃至露骨山之侧小山顶。举目四望，群峰竞秀，层峦叠障，视野分外开阔；云卷云舒，鸟飞盘桓，令人心旷神怡。然远望露骨顶峰，依然姿态雄浑，登顶之途，亦是漫漫如铁。

余等稍事补给休息，乃沿山脊寻道探路，迤逦前行。一路或穿行荆棘，或攀崖寻路，虽艰险惊魂，甚而畏途踟蹰，然如画河山，锦绣纷呈，叹为观止。约五时许，终至峰顶，举目遥望，可谓一览千山，目极万里。山川透迤蜿蜒之形尽收眼底，天地苍茫恢弘之气铺呈而来。俯仰上下，乃感万物造化之神奇隽永，而叹世间百态之沧粟渺微；念宇宙时空之亘古博大，而叹人生百年之转瞬须臾！

同行者或欢呼雀跃，拍照留念；或唏嘘嗟叹，不枉此行。然此时，山顶风云际会，阴云四合，似有山雨欲来之势，不敢久留，乃匆匆探路下山。远望山下，有似咫尺之近，然道路之艰险，比之登山之途远甚矣。乃一鼓作气，过石崖、穿荆棘、历风雨，一番艰辛，方至山下。此时，众皆精疲力竭，几不能行矣。回望露骨峰，雨过晚晴，愈显雄姿伟岸，苍劲挺拔。而山林野溪，绝崖石壁，皆抛诸身后矣。

顾登攀之行程，凡历时十余小时，徒步几近二十公里，有坦途，亦有艰险，有旅途欢愉，亦有迟疑畏惧，然不以坚毅精神，弗历艰难险阻，则难至峰顶，亦难见世之奇伟瑰丽非常之观也。噫！登山如斯，人生岂弗如斯？ 是为记。

◎**赵海龙**

赵海龙，渭源县上湾人，锹峪乡政府干部。

渭河边的夏季

有时候总是好想你，我曾想彻底地将你从我的眼前抹去，可是发现不行，来到缓缓流淌的渭河，在我的脑海里，你越来越清晰，而我也越来越思念你，你浓郁的气息紧绕着我的灵魂。

——题记

热爱着，是因为禁不住那页纸的诱惑，就像隔着缓缓流淌的渭河，将你玉立的背影幻化成无法用双唇说出的童话。

于是，在这余夏的夜里，我点燃自己，照亮去与你幽会的林间小路。

因为你，那条河，连同它身上的夏季，将我困惑成痴迷的情歌。

你是夏季里最易哭醒的梦境。

你是夏季里最易迷失的柳絮。

如果，如果你是从一枚叶子里飘忽而来的轻盈状态，那我，将是紧随叶子走尽天路的疼痛。

谁能相信，一万年的承诺是心灵深处的赤血？

隔河而望，我心灵的呼唤能否扣住你发丝一样的情弦？

望断天涯，何处是归途？

浪花淘尽多少黄昏的轻歌。远山，此刻更远。

我被一股含有水性的凉风抚醒。当我想要紧握你慢慢滑落的手指时，才知道一段梦境对一个人的伤害有多重。

窗外，明月高悬。

枕边的泪珠，该打湿多少年前的记忆？

我站在渭河边，除了浪声击打我心里的思念，我已空如谷壑。我被一个夏季深深掩埋。先是痴爱，而后是麻木，最后是——死亡。

想你充满柔情的长发，在饱含蜜意的夏风中飘扬。

你难以读懂的眼神，正悄悄靠近多年前划伤我的那颗流星。

在渭河的步态里，我嘶哑的呼唤怎样能拾起如你一样美丽的名字？

无法逾越一段距离，是伤痛。

逾越一段距离，是因为情浓。

你回首的一瞬，我感到心的颤动。

与你牵手走过小桥的那日，蝉声正浓。

你浓郁的气息紧绕着我的灵魂。

天空晴朗，只有一丝白云，你是我从天国得来送给你的围巾。此刻的宁静，孕育了我多年后缠绵难绝的情思。

我沉醉在夏风里，用渭河之水酝酿为你而构的诗篇。

你宁静得像正午的梦境。偶尔绯红的轻微笑容，让我的词语幸福的羞赧，而后倒在你温馨的怀里。

你不言不语。静开在渭河边的野菊花将身影投在你温暖的手上。

这一刻的情景，让我幸福了一生。

这充满诗意的渭河，带走了多少人的记忆？多少人留下的记忆，又生成多少堤岸上浓荫匝地的柔柳？这些柳枝，栖息了多少爱情的步履？这些爱情的步履，有多少走向苍老岁月的深处？

我感受到，一颗孕育了千年的泪，正滚过一个人的面颊。

我只身一人。

我站在河边。

夕阳如血。

明天是夏季的句号。

明天是一个季节的开始。

明天，我将看到一颗激烈的太阳。

它是我沉默多年后的总和，将完整地给你。

我沉醉在夏风里。

油菜花颂

一朵，两朵，千万朵，静悄悄地，油菜花开放了。在美丽的五月，开在辽阔的渭河两岸，开在无边无际的原野……

细雨飘过，清风吹过。你可以看到那亭亭玉立的枝干，翡翠般透亮的叶子，露珠滚动闪烁，白色的蝴蝶，小巧的蜜蜂，围绕着花朵飞舞、回旋、飘转、停留；生灵的翅膀每抖动一次，都会碰落细碎的花蕊。一朵朵油菜花轻轻摇晃，给天地带来生机，给万物带来祝福，给自然带来盈盈笑意。

翻阅古今中外的典籍，你很少能见到赞美和讴歌油菜花的诗文，牡丹的雍容华贵，荷花的高洁清雅，雏菊的临霜傲雪，梅花的遗世独立，都在文人的吟诵中，进入了平平仄仄的诗行，唯有油菜花，似乎是个另类，永远盘桓在文字边缘，被人漠视，被人忘却。而我要说的是，油菜花本来就属于乡野，在纯朴的乡民眼中，它们平淡无奇，不施粉黛，宛如养在家中的村姑，命里注定有一份泼辣，有一份本真，有一份天然的美丽。

生命源于平凡，油菜花的前身，种子渺小，没有任何的华丽与丰盈，褐紫色的颗粒，仿佛是天底下最不张扬的心灵。它们从农民粗糙的大手间滑落，一颗一粒地钻进土地的怀抱，然后在一个春气氤氲的夜晚发芽、生根，破土而出，伸展碧绿的叶子，绽放清丽的花朵，一枝一朵，一片一畦，连成花的地毯。前身的平凡和朴素，孕育了今生的灿烂和辉煌，但不仅仅是为了炫耀那份美丽，也不仅仅是为了供游人观赏，更多的是宣示一种平淡的思想：天地有大美而不言，生命的本色来自于单纯和朴实。

油菜花永远属于金黄的世界。你也许会站立于某个田间地头，当举目四望的时候，满眼皆是金黄颜色，黄色的涟漪，黄色的波纹，黄色的浪花，黄色的漩涡，所有的黄色汇聚在一处，宛若黄色的海洋。养蜂的帐篷则变幻成一叶帆船，停泊在金黄的港湾。风吹过来，油菜花不停地摇荡波动，把世界渲染成金黄的天堂，金黄的童话，金黄的梦想……

渭河两岸的油菜花开了，开得那么纯真，那么热烈，开得是那么野性勃勃，那么气势磅礴。天下的油菜花很多，只有渭河两岸的油菜花独领风骚。它们一枝枝，一簇簇，一片片，相依相偎在渭河两岸，头顶是碧蓝的天穹，周围环绕高山云岫，蓝天、黄花，构成一幅如诗如梦的写意画，让游人陶醉，流连忘返；同时给文人墨客带来无穷无尽的灵感和诗情。

最是一年好去处，花海深处是渭源。当你走进风光旖旎的五月，当你走进渭源的原野，你随时会跟油菜花照面。村在花中立，院在花中嵌，人在花中游。天地造物，把美丽的油菜花带给人间，人间万象跟油菜花相映相辉。一朵花就是一个美丽的世界，一朵朴素的花里有诗有画，有说不尽的神韵风采。

油菜花呀，那是大自然的希望之花，怀春之花；那是农民的耕耘之花，收获之花！

◎赵霞

赵霞，女，渭源县会川人，渭源县党校教师。

春天的伤口

每天，我都要走过窗前那棵矮圆的毛桃树。那棵枝丫繁密的树正用整个冬季积聚的力量赶赴又一个春天华丽的约会。花苞用力膨胀着，从暗红，到水红，到粉红，一日日，将喜悦的颜色在未开的花瓣上细细匀开。

早起出门，天上零星的雨滴中飘着零星的雪粒，地上浅浅的润湿着。空气中草木萌发的气息于呼吸间深深潜入体内，让人有种甜蜜的不安。毛桃树的枝丫由于湿润，明处的折射着幽微的光，暗处的却更为黝黑，枝条正在慢慢返青，枝梢已泛出富有生机的红来。而稠密的花苞大多也变成了润润的粉白，只在尖上留针头大一点深红，将欲绽的花瓣用力顶住。那满树的花苞，一粒粒仿佛童年香甜的爆米花，又仿佛素净的夜空中繁密的星子。

这样一棵缀满花苞的树，就在我的窗前，美丽而香甜。这是这个春天对我最为大方的馈赠。而我也因着这馈赠愈发觉得这个春天的美好。

即将到来的春日花香四溢。

我以为我将拥有一个完美的春天。

可是，那些散落一地的枝条却在向我嘶喊着疼痛。那些枝条，缀满花苞，心愿鼓鼓。被瘦了身的毛桃树不再有先前熟悉的圆润，仿佛在错误的时间剪了一个错误的发型。它突兀地站在这个春日渐浓的暮色中，为那些突然的伤口，不知所措。

他说，为了秋实。

我固执地认定他伤害了这个春天，伤害了那些花苞面向春天的美丽诉说。

我们争吵。

毛桃树静默地站在窗前，隐忍着更加努力地生长。

春天太长了。像这样含着苞的树太多了。在这个院子里，也许再也没有人会在意一棵毛桃树的变化。那么，春天呢？她是否曾在某个黄昏感到突然的疼痛？是否知道有人在为着她的伤口疼惜惆怅？

我从离去的花枝中轻轻采折了几枝，将她们仔细插在一个釉色斑驳的罐中，让罐中清冽的井水滋养那将逝的春华。

在树梢行走

在我每天接送孩子的途中，有一小段林荫道。边侧隔着一条窄窄的绿化带，就是车辆呼啸的马路。但道旁既无商铺，也少民居，行人大多又是爱热闹的，多在马路对过行走。因而这一小段林荫道居然得以闹中取静，可爱地寂寥着。我常绕路穿过车流，来走这一段热闹中寂寥的路。

也只是一条普通的柏油小路，并无特别之处。只是道旁并不高大的槐树老朋友似的静候在岁月里，风雨晴雪，抚慰一颗俗事缠身纷繁的心。

清晨，你会看到一群一群的鸟儿，从某棵树中扑棱棱飞出，旋即一个优美的回旋，复又隐没于那棵树。

那棵树较之其他的树，枝丫要繁密些，树冠要圆润些。有时我想，那棵树一定身怀绝技，它以飞鸟为镖，于每个清晨练习一种旷世奇功——飞去来镖。更多的时候，我把那棵树当作鸟儿们的学堂。

小手儿——背过去

小嘴巴——不讲话

小眼睛——看老师

这是幼儿园小朋友们的规矩。鸟儿们大概是不必恪守这样的规矩的。那百十来只麻雀叽叽喳喳叽叽喳喳，跳上跳下，飞出飞进，并没有老师大声的呵斥。它们天性自由，即便在远离山野的城市。而这座小城，虽也仿照大城市搞了些绿植，但尚在自然的环抱中，泥土里依然本色地生长着养活人的庄稼，生长着生生不息的野草，并在春天在夏天在秋天，不断地开出各种野花，卑微而朴素，呈现生命本来的模样。

走在这条热闹中寂寥的路上，麻雀不甚动听但源于自然生命的叽叽喳喳常唤醒我对生之喜悦的神往。

喜悦。是的。这条寻常的路，带给我四季的喜悦。

那些槐树投它们四季的身影于路上，我就四季行走在它们光影幻化的枝头，就像武林高手。

夏天，它是青翠的，是清凉的。道旁立着的，是一树一树清凉的翡翠。穿行于一棵又一棵浓荫，仿佛穿行于早期黑白的哑片，在缓慢播放。一霎，阳光金子般流泻，热烈拥吻躲闪的眼睛；一霎，又被叶的筛子筛碎，如粼粼波光流过肩头衣襟。

秋天，你知道，我爱秋叶的飘零如飞鸟的羽翅。秋天与我内心的气质吻合得多么天衣无缝。那些黄色的叶片在雨水中闪闪发光。最后，秋风会把它们从一个枝头送往另一个枝头，从天空送往大地。

冬天了。槐树们线条素净。麻雀们是再也藏不住了。走着走着，忽有什么在足边无声开合，让人疑心是一朵花儿在枝头练习绽放。它好像觉察到了我的疑心，忽又做出绽放的姿态，在我惊异的目光中麻利地飞离，开在前一棵树的枝头，优雅地收拢花瓣，含苞待放。

倘遇一场大雪将路面全然覆盖，就有一卷白色底板黑色线条的版画在眼前悠长呈现。假如你从未真正体会到岁月静好，那就请你看看这幅版画，并请你安静地在其中独自一人走走吧！

咯吱咯吱，从一棵树到另一棵树，再到下一棵树……

就这样，一棵树一棵树走下去，你会感觉内心一步一步地安静下来，甚至只剩下呼吸。

呼吸之外，是一树一树静好的岁月。

小城的春天，来得格外地晚一些。但无论怎样步履迟迟，你总能感觉得到，就在某个似乎寻常的夜里，有一种悸动从地底深处缓慢而有力地传上来，终究破土而出。你在梦中伸展开四肢。醒来后，你觉察到身体仿佛有某种细微的变化，慵慵懒懒的。

那些树们就在慵懒的脚底悄悄发生着变化，不被察觉。绿化带中，花苞鼓起、开放，最后，有的竟整朵整朵嵌在了路面槐树的枝头，仿佛在空中开腻了似的；有的则奋力撕扯掉招蜂引蝶华美的外衣，小心托起生命的果实，承接阳光雨露。你于是有一段日子，竟行走在开满缤纷花朵的树梢了。

忽有一日，你发现一场春雨竟然模糊了那版画利落的线条。

抬头，你发出一声惊呼：呀，树叶全绿了！

◎王金娟

王金娟，1981年12月出生，法学硕士，毕业于西北师范大学，现就职于渭源县文化广播影视局，文学爱好者。

此岸与彼岸

题记：又是一个飘雪的冬日，也许源于对雪的情有独钟，漫天飞舞的雪花在不知不觉间重新唤起了尘封已久的心情。喜欢雪天没有理由、没有托辞，只是纯纯地喜欢，正如雪本身的那份纯净、安逸和飘洒。诗人雪莱在《西风颂》中写道："冬来了，春天还会远吗？"这年的春天我将自己封存，尘封一切的回忆，甚至尘封了久违的梦想与那淡淡的丁香花开时，漫天的清香醉了一个季节也醉了自己。在这个冬日，我在雪的洗礼中唤醒了自己也唤醒了梦想，依旧期待心中永恒的丁香花开……

偶然的机会，抽空看了几集电视剧《下海》，剧情中的几个小细节深深触动了我似乎愚钝很久的神经，有了想写点东西的冲动。接近岁末，敲下这些文字算是一年的感悟！

想到这个题目，源于佛教经典《摩诃般若波罗蜜多心经》。梵语"波罗蜜多"意为"到彼岸"。彼岸是相对此岸而言。佛的世界将我们面对的现实世界视为此岸，而将理想而善美的真理世界称彼岸。佛称此岸是充满罪恶而苦恼的五浊恶世，而彼岸则是极乐而宁静的佛国净土。只要众生依照佛教文字般若的启示，运用观照般若的智光，去观照万物真相，就可以度生死苦海安然到达实相般若的彼岸。与此同时，在哲学的世界，人们亦在沉思从"此岸世界的真理"到"真理的彼岸世界"。那么，现世中，生存在此岸世界的我们是否也向往着彼岸？并且因为彼岸的遥远所产生的美而放弃此岸义无反顾地奔向彼岸呢？沿着这条思维的射线，我在灵魂的世界徘徊踌躇，找寻着自我的答案。迟回的寻思中，仿佛一只迷失的羔羊等待上帝的指引；也就在这样的寻思中，一点一点我看到了这个世界本应该有的光芒。

彼岸永远充满美好的向往，而这种美好因每个人的追求不同亦彰显着不同的个性和内容。应着专业的习惯，姑且将彼岸分类为：物质浮华的彼岸、精神升华的彼岸和物质、精神双赢的彼岸。

物质浮华的彼岸

曾几何时，人们对金钱的崇拜几近登峰造极。习惯用"金钱"来衡量万事万物，认为用金钱可以换回一切。记得去年所写的一篇文章《心中永远的天际线》里提到人们为了物质的追求，放弃尊严，放弃道德底线，放弃灵魂的安逸，只为"坐在宝马车里哭泣"。为了金钱，人们良知缺失、道义丧失，"地沟油"毁坏人类健康，"毒奶粉""毒豆芽"司空见惯，妇女儿童成交易对象……物质世界的浮华曾一度成为人们追求的彼岸世界。一如《下海》中的人物，起初抱着对理想的追求下海，在改革的海潮中，彼岸却成了对金钱的盲目追求、对物质的盲目享受。从此岸到彼岸的过程中，人们习惯了用"金钱"来丈量成功。而金钱以其特有的魅力迷茫着每个人的双眼。亲情可以不顾，爱情可以背叛，"仁义礼智信"皆可以抛弃。可也许当你到达想要的彼岸时，一切却都是浮云。就像每个人起初都会说挣钱为了家，也对，没有经济基础的家似乎也不成立，但过度地看重物质的追求，只用金钱来充盈家时，家还有温暖吗？且回过头来看，钱有了家没了，钱有了命没了，挣钱又为了什么？这也许验证了早在两个世纪以前德国哲学家叔本华提出的观点："金钱给人类带来的幸福是抽象的，只有那些无法消受人类具体幸福的人，才会把金钱当成唯一的追求。"

也有人说，这个时代的中国生产富豪。那么，这些已经到达物质浮华彼岸的中国富人们，又在搭建着一个怎样的彼岸世界？难道就只是充满铜臭？20世纪，当美国历史富豪榜将头把交椅颁给洛克菲勒时，《福布斯》给出这样的评语："他不单影响经济，还直接确定了这个国家的走向。"那么，中国的富人们又影响了什么呢？中国的富人们又何以为富了？当中国以高速狂奔在GDP的道路上，随之而来的经济浪潮几乎席卷了每一个中国人时，当公开爱慕并追求财富不再是耻辱，而是一个中国人最大程度参与国家进程的重要方式时，这个曾经颠覆过的彼岸世界又将是一个怎样的世界呢？陈光标的慈善困境、郭美美满屋子的爱马仕都不是应有的答案。

物质浮华的彼岸追求，从20世纪80年代的无意识创业、被迫创业到90年代以拥有财富的愿望、证明自我能力和获得成就感为驱动力的转变，使得处于社会结构转型期的中国富人们经受着历史的精神和身份困境。从英国媒体新创名词"北京镑"到黄怒波一掷万金冰岛购地。我们所谓的物质富人是否也在思考自己的人生？是否也在沉思社会的责任？中国自古便有"富人食稻和粱，贫子食糟与糠"之说，甚至在倡导资本主义的西方经济学理论同样认为：如果富人集团无视穷人集团福利进一步恶化的现状，就可能造成公共的悲剧。目睹着穷人集团和富人集团的博弈，作为一个拥有简单知足感的社会人，我思虑着：物质浮华的彼岸追求是从人生存本性出发并没有错的一种原始冲动及升级，但我想说"有美德的财富才是无价"，正如达·芬奇曾说："人的美德的荣誉比他财富的荣誉不知大多少倍。古今有多少帝王公侯没有在我们的记忆中留下一丝痕迹，就因为他们只想靠庄园和金钱留名后世。"也许一个人是否幸福，并不取决于他钱财的多少，而更多地由他的快乐沸点高低决定。中国的富人们不妨也和自己坐个对面，做自己心灵最忠实的朋友。卸下财富带来的高跷回到地上，因为慈善亦不是施舍，物质浮华的彼岸同样需要精神的升华。

精神升华的彼岸

看到过这样一则故事，作者平直的笔端书写了一份平凡的感动。故事名为"青藏公路上的等待"，讲述了在青藏公路格尔木段一对贫穷的母女以其最质朴的方式谢恩的情节。丹增是一名藏族小女孩，曾为了母亲病体康复在公路沿线拾捡废弃物时受恩于一名司机。为了报恩，丹增母亲身体康复后就和女儿一起在公路边免费供应茶水，等待那位好心人。经过五个月的等待，贫穷的母女终于等来了他们报恩的好心人。然而，贫穷的母女能做到的就是用五个月的等待来对那位司机说声"谢谢"。而让我们更为感动的却是：人性的质朴和纯良，以及闪动着善良光辉的感恩之心。就犹如丹增母亲那纯挚却又震撼灵魂的话语："我们穷，没什么回报的，只是想当着面给他献条哈达，说声谢谢，得了人家的帮助，总得表个谢意吧！"也许现实的此岸，她们的物质是贫乏的；可在精神的彼岸，她们却拥有灵魂最丰裕的财富。

今天，国人的物质是富裕了，可我们的年轻人朗诵的不再是诗篇而是成功学；他们的爱情生活和想象力被高房贷所绑架；他们渴望拥有万贯家财而非行万里路；过早变得世故和物质的他们是装在青春躯壳里的中年危机。好在我们还有时间思考，好在我们的世界还有追求面向心灵生活的彼岸向往者。他们以行动追求"脚踏大地、仰望星空"的人生浪漫，离开渔网似的城市，那窒息的、干燥的、空虚的格子，不断地推我们到绝望的城市。他们在心灵的追求中体验着"小孩子在大自然中发现一种草叫什么的欣喜"，他们在精神彼岸的追求中，懂得了财富的含义，明白了人之为人的责任和道义。在精神的彼岸，风大时要表现逆的风骨；风小时，要表现顺的悠然。便自会有陶渊明笔下"登东皋以舒啸，临清流而赋诗"的道法自然，也许这就是我思索中的精神升华之彼岸。

物质、精神双赢的彼岸

想到这个彼岸是源于《下海》男主角陈志平的一句话："要做有能力的好人。"在改革的浪尖，陈志平坚守着自己的道德底线——不损害国家利益，不损害他人利益。在原本的彼岸追求中他只想守着家拥有一份简单的爱情过平平淡淡的生活，可现实逼迫他为了爱情而下海，为了承诺而下海，一股无形的力量将他从此岸推向了彼岸。在走向彼岸的过程中，他也曾徘徊迷茫，也曾痛苦挣扎，可他最终以一份良知和责任成功地从此岸走向彼岸，他以良心和责任践行精神财富的升华和物质财富真正意义之所在，他适应社会的规律却也坚守自我的良知底线，他珍爱一切人世间最质朴的简单，从而走向了一个物质、精神双赢的彼岸。

无论何种彼岸，皆取决于你的思想和行动。作为一个喜欢自然的简单人，我想对自己说：幸福是一门艺术，他需要你对自己感到满足。知足者身贫而心富，贪得者身富而心贫。多一份快乐，少一分忧伤。少气多闲，身忙心闲。因为心境简单了，就有心思经营生活；生活简单了，就有时间享受人生。因为生活简单，我便可以多了聆听松涛、静观风雨、仰望星空、敞开心扉的机会，灵性俱足。因为生活简单了，我便可以歌一曲、茗一杯，小坐微醺，自得其乐！

最后，还想应着写这篇文字的初衷来结束这段语论，就着《下海》女主角周芸的话："做事要有野心有恒心。"我想对每一个从此岸走向彼岸的人说：做事要有野心，有恒心，但更要有良心。只要还有良心，我们的彼岸世界起码还会有一方灵魂的净土。

秋日山谷

  时间静静地在不知不觉间滑到了深秋，大自然以其特有的色彩——灿烂而醉人的金黄燃烧着生命的怒放，那似乎是一种力量的召唤，亦是一种回归的释然。一次机缘，让我走进充满生命色彩的深秋山谷，就这样，我的思绪也随着对大自然的亲近一点一点地贴近着秋……心也慢慢地没有了春天原本不该有的失落和夏日本该有的浮躁，整个灵魂在大山的旷野中舒展着，仿佛此世界与滚滚红尘无关，所有的一切是那般宁静和淡然，而又那般充满生命的色彩和性灵的律动，四处释放着最纯真的力量和感动。

  故乡的秋不比鲁迅笔下的炎热，也不比徐志摩笔下的那般深邃与忧郁。故乡的秋在浓浓的凉意中以一种宁静释然着生命的怒放，昭示着自然的回归。

  故乡的秋亦淡却又小雅，夏日生命的浓绿在洗礼的褪色后无悲意却是一种自然的流露，而已染上生命金黄的怒放却也再现力量之欣然。而以不同姿态和形状成熟的果实，更是一种高贵的生命回归，那份对生命轮回祥和的期待亦是如此叫人心动。

  也许是鸟儿去了好多的原因，故乡深秋的山谷亦是那样的静谧，静得连自己的心跳都可以听到。此时，突然想到鲁迅说，"当我沉默的时候，我觉得充实；我将开口，同时感到空虚。"所以，这样的山谷是那样的沉默亦是那样的充实。而这个季节，登山临水，见清脱的峰峦、澄明的潭水、远飞的孤雁、坠地的红叶……岂不分外有诗意、分外有异感。一抹密云之后，露出淡赤色的山峦，那里有坡陀的斜径，由肃疏的林中穿过，乱石清流，与几行待整的秋柳，有意无意地飘溢出一首清寥之音。于是在这天籁的秋谷中应着身边的事与物做着迟回的寻思……

  在这静静的深谷之外，我们所处的正是一个纷纭多变、强者生存的世界。面对诸多压力，也许活着不是一个问题，而怎样活得更好却是一个问题。正如张爱玲所言："短的是人生，长的是磨难。"然而，亦有哲人曾经说过："没有经历坎坷和磨难的人生，永远领略不到奇异的风景，永远不会走向深刻和成熟。"所以，活着本身不是问题，活得更好亦不难。你也许是烦恼本身，也许是解决问题的筹码，一切皆取决于你内心真实的感受。因此，我们一定要活得真实。因为那是心灵自然的回归。活得真实，就犹如孤云出岫，可静静缭绕，亦可默默逍遥。一派安然舒适，皆来源于内心的自然。活得真实，就让生命中的最柔软、最脆弱按照自己的方式开得娇艳或灿烂。活得真实，就像《菜根谭》中所说："昼闲人静，听数声鸟语悠扬，不觉耳根尽彻；夜静天高，看一片云光舒卷，顿觉眼界俱空。"活得真实，也就是人生之路，无需苛求，只要你奔跑了，路就会在你脚下延伸。

一丝凉风掠过，暮色渐近，心亦比先前更静了许多。

◎禄健

禄健，渭源锹峪人，农民，有作品散见于省内报刊。

寂寞首阳山

我去首阳山，是在一个秋日的下午，眼前的景物被无力的夕阳拉扯了，我的情感也被拉得老长老长。

这里没有煊赫的庙堂，也缺少古香古色的建筑，地下满是沉重的青灰色瓦砾，残存的瓦片上的图案散发着盛唐的雍容大度。牌坊是新立的，殿宇是新盖的，塑像添上去也没有几月，最古的不过是左宗棠的手迹，这些同静静地躺在翠柏苍松间的双冢以及带着历史童音的传说相比，年轻得无法再年轻！

"羞食周粟"的伯夷和叔齐从孤竹国出发，渡黄河、入潼关。西至岐阳，见云旌卷地的武王。他们梦幻式的古典式的理想被武王一句话击得粉碎，推位让国的博大胸襟也荡然无存，于是肉体也随之消亡，连完整的灵魂都无法找到，失望之余的二位老人蹒跚西行，沿渭河而上，一路乞食，一路歌唱，形容枯槁，面目寒碜。他们从几千年前清纯透亮的日光中悠悠而来。

抛弃尊荣，丢开富贵，来到荒蛮的西羌。他们有意逃避一个新兴王朝的约束，却又不自觉地把自己关闭在"义不食周粟"的樊篱中，寻觅到这一块山重水复、荫翳蔽日的山峦。灵气四合的山岚，仿佛是多层次矗立的叹息。于是，孤魂般的理念便游荡在清秀旖旎的山中，日夜和老人为伴。

他们找到了嫩薇，尚未沾上血腥厮杀的洁物，以之充饥。宏大的世界在他们眼中竟不如一株柔嫩馥香的薇菜，他们的命运也恰似薇之生存，很快就衰萎了！我想，二位老人一定是薇菜衰萎后才饿死的。

一面是绫罗绸缎的华丽，一面是粗布短褐的窘迫；一面是脑满肠肥的委琐，一面是菜色满面的气节。青青的首阳，白白的薇菜，红红的朱门，黑黑的天空。那反差真是耀人眼目！

在如烟的岚气中，安详地躺在秋草萋萋的山中的老人，面如黄珠，竟难辨何处是荒草，何处是颜面。气息奄奄的老人身边老薇衰萎，凝成秋霜的露珠宛若生命邈远的昭示。二贤长袖破褐，以肉体的化灭，永久地形成足以让人心灵发颤的风景。

幸好二位老人有《采薇歌》流传下来；幸好还有那么几个不是白丁的人记着他们；在孔子、庄子大加褒扬后慢慢凝成一句成语，构成人文历史中一种独特的形象。尽管他们的存在当时无足轻重，正如狂歌的接舆、自沉的务光，成为理念十字架上的殉道者，在厚厚的史籍中缄默着。

而二位老人的归结之处，天下竟有五处，如佛祖舍利遍洒山川，各地均有祠祀之所，加上历代争执不休，莫衷一是。

后来，明代陇西进士杨恩以《首阳山辩》一文，从二位老人西行路线、渭源地名沿革、地方特产及地理位置诸要素，证得二位老人之寓所当在渭源。地方是争来了，不过杨恩还是说了句公道话："莫疑野史流传误，始信忠名处处芳。"（《夷齐祠》）被谓"其诗激昂悲壮，颇近秦声"的秦安人胡缵宗（明武宗正德三年进士）和清代临洮人吴镇亦曾游历到此，佳作不少，为首阳山添上了一笔浓厚的文化财富。

那个领着湖湘子弟远征天山的左文襄公前呼后拥地来了，捻着胡须，表情庄重而又神圣地在四月潮湿温润的空气里培上一抔土，点一炷清香，洒一樽清酒，虔诚地躬下身去，尔后，饱蘸浓墨，留下"百世之师"四个大字。

首阳山，复归于寂寞。几千年来 这里只有小溪清流、鸡噪午晴、老牛笨铃、静夜犬吠，除此，便一静字足矣！暮色合围，炊烟袅袅，荒草齐腰的坟冢，冰冷的石香炉，简单得不能再简单，一如二位老人的故事。太阳落了净光、我踽踽于苍苍劲直的古松和飒飒的乔木间，看到面色菜黄、神色倦怠、腰背佝偻的老人，颧骨高耸，目光近于呆滞，嘴角嚅嚅而动，好像要说什么，手里提着上古的薇菜，翠露欲滴。我想和老人打个招呼，但一转眼什么都没了。

在月光和蜡烛的光亮中，我记住了大殿上那副楹联：

几根瘦骨头支撑天下

两个饿肚皮包罗古今

原载1996年第6期《丝绸之路》

散忆母亲

当我的儿子喊出第一声"妈妈"时，我的脑海里遥远而又清晰地盛开了几朵洁白的浪花，滚圆的泪滴中，我的心破碎了，学语的孩子！你可知道，少年丧母的我是永远也不再会拥有这两颗字的温馨了。这空缺的两个字已凝固成一尊雕像，永远矗立在荒草萋萋的心塬上。

外婆谢世早，外公又被"隔离"，大舅出门去外面闯荡，扶弟携妹的辛酸便是您童年烂漫的全部内涵。

十八岁的二舅招赘到远方，二十岁的您穿着疤痕累累的白石布衬衣和那件补丁摞补丁的毛蓝布裤子，手里拿着一双由旧布碎片做成的鞋底，送给二舅，怕他在新家里拾柴划破双脚。

在磨盘上碾碎捡来的一粒粒大豆、小麦、青稞，再用罗罗得细细的，然后将苦苦菜、马齿苋切得碎碎的，蒸得烂熟，拌上面，再撒点葱末。看着弟妹狼吞虎咽的馋相，您笑了！尽管鼻头发酸，心中一阵阵痉挛。

您走了，是在患绝症三个月后。

本来细瘦的手指越发瘦了，抚摸着我的头，深陷的眼眶里满是泪水，失神的眼珠里无力的目光静静地盯着我，声音如游丝在断断续续飘动着："孩子，妈妈不能再供你上学了，真是，哎，对不起……"说完，轻轻地合上了眼睛，很慢很慢仿佛很困很乏。那纵横一生的希望破灭了，泪水湿透了枕头，也湿透了我青春的双翼。

这一夜，天下了很多的雪，惨白一片，如刚启封的宣纸，任我封冻的想象去勾画痛失慈亲后的生活，金圣叹的"明朝太阳来悼我，千门万户泪汪汪"便在雪中显露。在这盈尺的孝雪里，您再也没有留下一个脚印，妈妈！

您没念过书，只上过一个月的扫盲班，那些薄厚不等的裁剪杂志宛似天书、米、尺的互化，分数和带分数的运作下，以及母性特有的细心和慈爱，却见您的手艺日进，定做衣服的人络绎不绝，这也使您常常起鸡叫睡半夜，人熬瘦了，在你粗糙的手指下，一件件针脚细密，款式新颖的衣服诞生了，而自己却几乎是衲衣白结。赶寿衣、赶嫁妆，有些竟几夜难眠，许多人为此对你特别感激。但是，您走了，匆匆地走了，让我的泪水在青春尚未滚圆的晨露里凝成秋霜。

为了生计，您也曾下陕西背粮，到临洮赶麦场。至今我的血液里还流着那几袋玉米来造成的血，而您却在厚厚的黄土下长眠着，悄然无息，您走的时候满头乌发，而今是不是已经有了秋霜，妈妈？

原载《兰州晚报》1995年12月12日

叶尔羌

朝圣般虔诚的心，在车轮"咣当、咣当……"中一步一步向西、向西、再向西。那儿是我的目的地：

叶尔羌！

有着诗一样韵律的名字，在波光粼粼的记忆中，跳跃而出。十九岁那年，漂泊在省城的我，见到被一台黑白电视机定格了一片黑色的胡杨林，胡杨林下是占据了半个屏幕的缎带般的河流，河水里有鱼在游动，影影绰绰散乱地布满整个河道，一位虬髯的维吾尔老者划着独木舟，吟唱着古老的歌谣，在泛着白色光点的河面上剪纸般游弋而过……

静静的叶尔羌！在那个只有黑白两色的传媒时代，少不更事的我便记住了这条地图上时断时续的河流，也记住了她或丰或枯的艰难行程，以及源自昆仑山山巅天性高贵的冷峻。她一路走来，带着云气氤氲的希望，踉踉跄跄，一头扎进了塔克拉玛干。和所有的母亲河一样，她以母性的基因给静寂无声的塔克拉玛干边缘带来了绿洲、胡杨、苇草、飞鸟以至生命的喧嚣，还有在喧嚣中被时间定格的文明，尽管在以后的漂泊中我了解了这个文明是让人心酸，心酸到难以释怀的心痛！但那时，所有的想象像那条在叶尔羌河里活蹦乱跳的鱼一样自由；也像惠特曼的诗（三叶草、蜜蜂／加上想象／便成了森林）一样空阔。对于一个只见过家乡那一条县级地图上都找不见的河的少年来说，穿街走巷的小巧是无法和在大漠上磅礴的流动比较的。对叶尔羌的想象宛然雨后的薇蕨，很快以鲜活灵动的绿色，染遍了我的脑海。

身处陇中黄土沟壑里，夺目而来的只有破碎的梁梁峁峁，和同样破碎的天空，足不出户的我，只能从那个关中人乞老的遥望怜叹和卷地弥漫的诗句中勾勒大漠恢宏的苍莽，也许，大漠底片上泛黄的记忆的磷火要比这些话语和诗句更老，老得惨不忍睹！仿佛一缕清风就能将它吹灭。远古先民的背影已荡然无存，牵动我思绪的是延伸到疏勒故国的大汉烽燧上滚滚升腾的狼烟，跟着它走过玉门关、阳关、楼兰、龟兹……在胡旋舞和木卡姆的伴奏下一直向西，飘到昆仑山巅峰，结成冰晶，最终溶入叶尔羌河，一路奔流，流进茫茫沙海中，留下一滩咸咸的渍印。

不知顽固的向往来自何方，百无一用的我仍旧对素未谋面的叶尔羌魂牵梦萦，倚窗而望的瑶池阿母，歌声缠绕在昆仑山，结成晶莹剔透的幽怨，一唱就是几千年，再也没有盼来东归的穆王，那是人类呓语般的童年情结，却惹得那个大唐朦胧诗人感叹连连。是一串串沉闷的驼铃摇过沙碛后的悸动，还是卷云般西来的梵呗在向我召唤；是成吉思汗的马蹄溅起的沙浪，还是"大将筹边尚未还"的雄壮；反正，在南疆一片片耀眼的残破壁画和被风蹂躏成断垣的古堡前，我的泪珠，滴进了雪山一样冰冷的叶尔羌河水里。

村落像断了线的珍珠，镶嵌在河流周围，绿洲的气息温和而湿润，安详而恬静，鸡鸣犬吠的村庄瓜果飘香，人声鼎沸的田野里麦浪滚滚、棉花灼灼，几乎终年滴雨不见的塔克拉玛干边缘，竟会有上古遗韵的田园，陶醉与其中的想象便会徜徉不前！

感谢上苍的眷顾，投奔发小的我将要西行，因为他就在叶尔羌河灌溉的城市——图木舒克。于是，记忆和想象如同春柳一样在温情的关怀中缓慢复苏，我听到了生命深处最纯贞的神经元澎湃的响动，心旌为之荡漾。

西行，是一个流传了多少代的哽咽的话题，在陇中那便是望夫石夜夜低婉的怨艾，"走口外"，一句漫无边际的苍凉，会引发多少或俗或雅的感叹。没有老妻的送别，更牵挂远在东南求学的小儿，回望暮色下的东方，空气中家园熟悉的味道渐行渐远，心中杂陈的五味不啻于叶尔羌初春那汹涌的洪流，但愿所有的希冀能像这洪流一样能给我的西行灌溉出一方绿洲！

车轮碾过脚下古老的土地，一步步向西、向西、再向西，那儿，是我的目的地——

叶尔羌。

诗

歌

篇

（一） 现代诗部分

◎任国一

任国一，渭源人，著名农民诗人。1959年高中毕业后回乡务农，曾在《人民日报》及省内报刊发表叙述诗《落凤》《渭水奔流》以及短篇小说等多种形式的文学作品百余篇。1962年参加中国作家协会甘肃分会；1965年出席全国青年业余文学创作积极分子大会；1980年出席甘肃省第二次文代会；1981年当选定西市文联委员，英年早逝。

黄土塬

这是祖先遗留的一片空白
这是后代承受的一份忧思
沉重压抑着繁荣昌盛
苦挣挤开日月旋转的门楣

这也是祖国肌体上的一块骨骼
上帝也无法把他从母体上隔离
一道道血管连着大河长江
才维系着时代的气息

播　种

犁铧如同垂直的钩针

伸进硬板板的黄海里
村民用苦力和汗水拧成钓线
在枯焦和贫瘠中打捞希冀

这一年一度的垂钓
逃不脱旱雹风霜的干扰淫逼
心窝里深藏着绿色的梦
艰难的轨迹才一代代伸延下去

收　获

收获来自漫长的等待
谷物在痛苦中孕育分娩
这是黄土塬上的喜庆日
村民把太阳和月亮挑在双肩

一年的劳苦忘光了
抓到手里的只是喜欢
或许，干瘪的谷囤还张着口儿
村民心里又装进一个来年

◎李云鹏

多节的五竿瘦竹（节选）

无题之27

丰歉在心始终是它生命的支点
不管古今的秋叶怎样飘乱了世界

它急于找回翻耕春泥的锋利
急想再次投入炉火熊熊的炼狱

我们说的是一张老犁铧的晚祷

无题之31

谁在唱：早知道黄河的水断哩
我修下这个尕桥者做啥哩

阿哥的愁肠打结了：花儿年轻我老了
年轻的时节草尖上飞的日月过了

青冰上开一朵牡丹的想望破了

无题之32

于今仅是县绘地图上的一个空巢

昨日被流沙埋至脖颈的垂死的小村
四十年前是射向沙漠的一支绿色的响箭呵

审判沙子的罪愆应该在后
是什么先于沙子蹂躏了这块绿洲

无题之37

回答南山被毁竹林问题的是一纸宣读
干部进山不许断竹为杖的规定今后

这当然是对应百姓质询的一次精彩
那绝对是九曲十八弯的回答

怎么听都有一种出自狐穴的味道

无题之38

嘈杂人生嘈杂得心无静土呵
有时会满足于空巢的寂寥
独守书房听诗人们怎样吐说心事

却总心候着一种缭乱的敲门声
渴望有孙儿不时蛮野的骚扰

无题之39

西去列车的窗口我寻找那眼梧桐泉
世界风库的风无法扑灭的一台灯盏

古瓜州黑戈壁腹地这眼修弱的孤泉
与我有缘。老梧桐树下那一钵泉水
激活一丛白草和一个小兵最初的诗叹

无题之41

看到一枚苹果尽头苹果自拟的墓志铭
褒赞的却是消化了苹果的那只毛虫
缓慢的蚕食冠以"温柔大师"的美名

啄木鸟继续在树干粗暴地制造伤口
钳出一条条致树死命的蛀虫

无题之43

我从孙儿的书包里探知了什么是沉重
每提起书包的沉重孙儿就一脸沉重

这世界有什么是轻松的呢

我搜索了一千零一夜又一千零一夜
答案有了但那是不便明言的轻松

无题之44

那年代那时节山区的路也很瘦
瘦如一盘欠久食物的羊肠
总记着饥肠辘辘追寻秋天的赶路

摇摇晃晃的秋天推到我眼前的
仍是一盘紊乱了功能的瘪瘪的饥肠

无题之46

有些雪白的衣袖里筒了红包
那白衣隐隐有了些迷彩服的味道

有些粉笔头像是不小心沾了紫泥
黑板上写不出洁白的汉字

我的白衣天使!我的雕塑灵魂的工程师

无题之48

三回额头触地令佛眼也溢出了泪花
三炷香在香炉里燃着悠悠的虔敬

山寺悬梁的蝙蝠依稀辨出——
这敬香人正是那年狂烈的毁庙者
当年和如今都虔敬得五体投地

无题之51

就竹子而言竹乡的草根族认定
竹子是可以无忌贴近的平易的兄弟

就竹子而言我推重郑板桥不举杜甫
我乡山竹的渐次式微是乡人的伤口

◎雪潇

雪潇,原名薛世昌,1965年生于甘肃秦安,现为甘肃天水师范学院文史学院教授。九三学社社员。甘肃省文学院荣誉作家。著有《文学创作论》(获甘肃省第四届敦煌文艺奖、天水市第二届五个一工程奖)、《现代诗歌创作论》及现代诗歌集《带肩的头像》(获甘肃省首届黄河文学奖诗歌奖)、思想随笔集《怅辽阔》(获甘肃省第二届黄河文学奖)。

渭源县灞陵桥

把身子那样一弓,准备奋身出击的样子
让渭河左右的军民人等有点紧张
把身子那样一弓,分明是渭河水,陡然一惊
一个波浪跃出水面

灞陵桥,把身子就那样一弓,感觉
哗——渭河的某条支流欢畅地射了出去。
站在桥上,古往今来的社会名流尊贵的胯下
好像涌出一股隐隐的快感

似乎要躲开渭河的浊浪,过河人
提起了他的裤子和鞋,也提起了他清洁的精神
灞陵桥,把身子就那样一弓

提起了他全身的206根骨头，根根古香古色

提不起的永远是此岸和彼岸——哲学总是让人感觉沉重
像一个月牙，像一道虹，像一个水蛇腰
像所有自己提着自己奔向天堂的事物
把身子就那样一弓，我们提一口气，上桥去

渭北春天树，江东日暮云
诗人北岛说：看见理想，我就弓起了背脊
甘肃渭源的灞陵桥，你看见了什么呢
为什么你也把身子，那样一弓

你看见贩夫的弯担和葱正在翻山越岭吗
你看见美女弯曲的手指正抚过弯弯的眉毛吗
我看见的是：明月与清风，把身子轻轻一弓
踏上了一条人间的大路——过了这个桥，就是阳关道

渭源县露骨山

露骨山，露骨山，一不小心
露出了自己的骨头
而且是那样洁白如雪的骨头
也好，脱下自己的肉身，正好晒一晒人间的太阳

清朝人吴镇诗云："生成傲骨永如斯，露出堂堂太白姿"
在吴镇这厮眼里
渭源县的露骨山，生有某种诗人的骄傲样子

但是露骨山呀，你家伙你露出的
可是别人深藏不露的东西呀
你看人家峨眉山

露出红日，如同露出手指头上的金戒指
你看庐山，一块破石头，也在雾的白布里
半遮半掩

你再看人家西岳华山，五个山峰高耸入云
也不过是，苍翠的袖筒里伸出了一个手指
而你露出的却是骨头啊
血泪滋养的骨头，皮肉包着的骨头
我们最后的一根硬骨头

党参苗依偎在你的臂弯里
金背杜鹃俏立在你的肩膀上
一个口里嚼着贝母的苦命人正在那里那里刮骨毒

有眼不识泰山的人们啊
有眼不识露骨山的铮铮骨气

◎郭建民

郭建民，现任定西市政协文史资料委员会调研员。甘肃省作家协会会员、定西市作家协会名誉主席。在《人民日报》《甘肃日报》《诗刊》《飞天》等国内40余家报刊发表诗歌700余首，并散文、报告文学、人物传记和文史著述70余万字。

渭水源之恋

无法忘记

麦浪的思绪蜷曲
高楼丛生的铁栏

童年

将镰刃置于黎明的手掌
喧闹一地如汗的沉寂

朝阳仍在女人样的梦里
橘黄的灯
一盏盏熄灭谁的狐臭
迫使残存的乳香
急匆匆逃离

无法忘记
忘记田野正午和草帽
一片蘑菇的草帽树墩的村庄
还有充满野性的
那个
你

渭　源

O型乳汁
注入黄河的管道
鸟儿飞去又飞回
渭河不改白云

白云下的禹王庙
熏黄了白发
《尚书》也熏成一个洞
短尾鼠钻了进去
呼救的鸟儿做了媳妇

根脉的暗语悄悄地靠近
山林出击的地方

蕨菜在卧底
两个不识时务的老人
从渤海边反向走来
饥也好累也罢
盘绕纠曲的大肠
无力蠕动一个国家

渭河水便从村庄旁流过
渭源的山岗上开满鲜花

渭源灞陵桥

在这里发源的长安城
流入李白的酒杯
就凭任这座灞陵桥
被浅斟低唱
剽窃到秦楼月色里
忠厚的渭源
老实的渭源
并不在乎它

河岸仍然蜿蜒而去
柳枝仍然发青季节
哪怕是无人折别
家园的风不改初衷
静静从桥面上吹过
这就够了

双石门

两道敞开的肺叶

一条峡谷的气管
呼吸出绿茵茵草地
一百朵云蠕动一百头牦牛
一面面山坡
尽情招展

战旗却悄悄穿越
两崖溪流如蓝的年关
邓艾扛着三国王韶背起宋代
从这里走过
不忍匋磕山花野果
以及蜿蜒清澈的喧响
一切蹑足今夜明月
斧钺半壁
连同士兵们无暇顾及的好景
胆战心惊的栈道
甩下来
乃至于今天
无法扼住他的咽喉

便轻轻竖起大拇指
左手右手
右手左手
只好从这道门摁响另一道门
三国阳光宋代阳光
一齐暖暖地照着
朋友的眼光暖暖照着

照着远处凌曦的露骨山
照着
我心中的冷美人

写意莲峰

初醒于黄土山阵的大梦
今天仍然在梦中

仿佛所有的翠浪
都扎根这里
水陆草木之花让
五瓣蓬莱的五指出渭源而染风
空群在
千里陇中

松涛比肩接踵
向红柱的尖端匍匐而上
一朵白云打开天窗
静谧着缥缈的隐语

陇中栖息在白云下
回忆自己的一生

花　儿

大豌豆开花虎张口
小豌豆开花像绣球
紫红盖血的豌豆花
颤抖的心尖
全都
泼洒在古老的山峦

一把把阳伞

破荚而出
一声声波浪飘然远去
妩媚的洮河青春似火
历经沧桑的峡城
想起许多往事

热泪
渗入无比爱怜的土地
渭源的天空无比湿润
昨天的幸福是思念
今天的思念是幸福

呵，没人了咱两个手拉手
有人了你走在后头

◎常孝行

　　常孝行，1938年生，甘肃渭源人，副研究馆员，曾任陇西县文化馆馆长，定西地区第三届文联副主席，甘肃省作协会员，曾被授予"从事戏剧事业30年以上为社会、为人民做出了贡献"嘉奖，市级知识分子拔尖人才。

渭水源头

渭水源头。揽在怀里的日月
是儿女的脸蛋
只要追忆玫瑰的色彩
鸟和鼠同住一个洞穴
这也是往一起飞的两只蝶儿
终身唱不出自己的歌

渭水源头。狼走着野兔的路

儿女走着山羊的路
每一颗谷子正步走过晚秋
除此，占据全部视野的源头上
一个个婴孩的降生打破沉寂

渭水源头。幸福不在边缘
一滴泪里，感动的人和事
含着血亲，找不到一点杂质
这才是一般真正的活水

◎白随来

白随来，渭源人，渭源县中等职业技术学校教师。

感觉生命

一种存在的方式
被人们称为
生命
像一种无法诠释的信号

关于生命
已是陈旧的话题
感觉生命
却不是沉重的负荷

拥有生命的形式
好多，好多
在我却只有一种
一种无法选择的拥有

感觉生命
不同于感觉幸福
只有感觉到死亡的韵味
才能感觉到生命的真谛

在无可奈何的叹息中
在泪水潸然的酸楚里
我痛彻心扉地感觉到
我的生命的存在

在漆黑如磐的夜雨的泥泞里
在步履蹒跚艰辛异常的跋涉中
对于生命的感觉
已爬满我的周身

高石崖纪游

山花烂漫的日子
在蓝天白云的诱惑下
孤寂的思绪还有双脚
被牵到高高的石崖下

面对石崖
像面对肃穆的岁月
纷扰的灵魂
已沉入一种永恒的安谧

绝壁冷峻成千仞的悲壮
在述说悠悠岁月的冷酷
绿茵茵的眸子泛起莫名的悸动
心头已感受到万古的情怀

阵阵松涛如千军万马在拼杀
长风凄凄似离人弃妇的泣诉
倾听这万古的天籁
如解读一部苍老的历史

石崖不高
高高在上的是不朽的苍松
苍松不会老去
它已凝固成石崖永远的生命

◎曾彩萍

曾彩萍，女，渭源人，渭源县图书馆馆长。

草　帽

草帽，田野里走动的屋顶
以温柔的沉默
支撑风雨晴朗
总有几种人生风味

草帽，穿行于农业世界
足迹里颗粒金黄，阡陌闪光
歌唱着广大的空间
如同吐纳勤劳者的呼吸

草帽，编织着母亲的灵魂
像月球跟随太阳走动
吮吸母亲的乳汁
诉说一种感情

天空下的帽檐
麦子围拢
一个屋顶下打开仓门
手掌中握着珍贵的黄金
带上我的草帽
一种风韵在地平线上流动

丰收如鸟
成群的在秋天里飞翔

渭源花儿

渭源花儿
民间艺苑的奇葩
生长于黄土地的脊梁
绽放于庄家人的喉咙

花儿的翅膀
荡漾于故乡的村庄
把感情的岩浆
倾吐在洮河两岸
陶醉了阳光
幸福着大地
在火辣辣的山谷间
输送岁月的梦境
勾画着未来的理想

渭源花儿
饮之不尽的
一窖醇酒

在清纯的瞳仁里
散射着心曲
描绘着明天的希望

麦　垛

风干的麦垛
是一个天体
怀抱岁月的头颅

大地把孩子交给粮囤
把心和血液朽在土里
秸秆被长满茧子的手
堆垛成幸福的模样
像秋天歌声中的
一座毡房
在父亲的头顶闪光
沉浸于一坛美酒
暖透冬日里的四世同堂

高高的麦垛
是屋顶生长的炊烟
乡镇缄默的嘴巴
镰刀与成熟相撞的火花
注视着日子
收获着吉祥

乡村的日子

乡村的日子
是鸟斑斓的翅膀
是脚趾在田埂的向往
在老人额上的河流
是庄稼人手掌的茧子
是盛在饭桌上的晶盐

版图上行走的乡村
把心血积攒成粮仓
抹不掉的色彩和声音
在岁月的窗口
叫喊着乡村的乳名

镰刀与秋天相撞
令乡村陷入辉煌
乡村的日子
心灵承接着太阳
太阳里洒下麦粒
在父亲的目光里
叮当作响

◎葛峡峰

葛峡峰，笔名夏风，汉族，1972年8月生。甘肃渭源人，现供职于甘肃省临潭县公安局。系中国公安文联会员、诗词协会理事。甘肃省作家协会会员。自1993年开始写作，作品散见于《诗刊》《星星》《飞天》《绿风》《北风文学》《诗潮》《中国文学》《天津诗人》《山东诗人》等多家文学期刊和《甘肃日报》《兰州日报》《人民公安》《甘肃公安》《剑胆琴心》《警察文艺》等报纸杂志。作品被《甘肃日报》等媒体报道。作品在省级专题朗诵会上推出。诗集《葛峡峰诗选》荣获第四届甘肃省黄河文学奖。

村庄记事

这么多年，我始终固执地认为，村庄是一个人成长的摇篮，是一个民族的秘史。

——题记

木 炭

那年腊月
父亲从遥远的林场运回了木炭
有着淡淡的桦木、青冈木的清香
和温暖

那年一家人，静好如初
姐姐还不曾出嫁
杏花还在春天的枝头
母亲围裙上的图案多么鲜艳、生动

那年过后的年
那些岁月令人忧伤、心碎
那些剩下的木炭在遥远的老家
像年老的父亲一天天变得沉默、孤独

磨刀的人

一上午，那个低头劳作的人
把脸埋在阳光里
埋在磨刀石和刀锋之间
我无法萃取他内心的明亮
屋后的小麦说香就香了

从春风到惊蛰、夏至
他在农历的节气里一路奔跑而来
脸上有风的皱纹
头发上有春寒的风霜
每一颗汗珠都有夏天日头的影子

阴郁的院落难得明亮
他现在小院弓着腰
磨着一柄被生活磨弯的镰刀
上午的阳光在乌云间穿行
他内心刈割的希望
在刀锋上变得异常锋利

阴　山

连绵起伏的阴山是会行走的
它哺育多年的草木不深
希望的坟头岁岁落满寒霜

五八年引洮工程的痕迹还在
像一场致命劫难的伤疤
这么多年依旧赤裸、红肿

二伯在较开阔的地带烧林垦荒
那些草木疼痛的声音
袅袅高过山岗

又有些发福已经秃顶的二蛋
在河滩上呲着金牙
挖掘机在河滩上六亲不认

那些草木深处，蛐蛐生动的叫声
还有沙棘林下草莓鲜活的脸庞
越来越模糊

篁

——五竹寺位于渭水支流的清源河河畔，渭源县城南13公里的316国道边。原名秀峰岩寺。明惠宗建文四年（公元1402年），大臣郭节随建文帝朱允炆一行避"靖难之役"，至秀峰岩隐居，削发为僧，植红、黄、白、绿、蓝五色之竹于禅院，自称"五竹僧"，寺因此得名。

一座佛窟
赭红色的岩石变得庄重而美好

那些羞怯的五色竹
明月下不再窃窃私语

什么朱明皇朝
靖难之役

哪有清风明月，流水潺潺
轻松随意

田庄记事

多少年后我悄悄俯下身子
是否还能嗅见阴山
淡淡地一缕艾蒿的清香
是否能看见采艾蒿的菊儿
露珠一样的眼睛

多少年后我俯下身子
无语的清源河
是否能照见
我羊羔跪乳般的深情
我的泪水比往昔热烈更清澈

多少年以后我是否能寻找到
温暖而熟悉的草垛
那些秋天还在
那些收获的粮食还在

月光下一只闲置的碌碡沉默不语
那些鸟儿退化的喙啄不动岁月的苍茫
而那些熟悉的伙伴的名字
已被白雪埋了很久很久

◎何佐平

何佐平，1980年生于渭源县秦祁乡。2003年毕业于天水师范学院中文系。作品散见于《飞天》《星星》《芙蓉锦江》《定西日报》等报纸杂志。甘肃省作协会员。著有诗集《擦肩而过》（中国文联出版社出版），编著诗选《零碎的时光——渭河源现代诗选》。

背着春天说情话

在春天，我不敢说情话
那些颜色，满园满园的
我不敢说情话
那小小的隐秘的爱
轻蔑的一笑
就会过敏
我不敢说情话

偷窥是卑鄙的
红色、绿色、黄色是卑鄙的
多看一眼便是虚无

我的视线只有小小的一毫米
我与我的伊荞
只有一毫米

儿子的手指

总是指向门外
那么有力，那么执着
像渴求出土的小虫子
面对平常不过的事物
他必定多看几眼

在他眼中什么都是新奇的，美好的

他最爱指小孩

看着小孩东奔西跳

他的小手指便东指西指

如同拨弄着个个音符

有时指向花

有时指向枝头的小鸟

用谁也听不懂的语言

说上一大串

等花笑了，鸟飞了

便收回手指

笑嘻嘻地指向其他

那天傍晚，我抱着他散步

他突然指向了远处的高山

和晴朗的天空好长时间

没有说话，没有笑

然后转过身子

搂住我的脖子

挣脱着溜到地上

用力迈出了一个大人步

我不知他想干些什么

选自《擦肩而过》

赝　品

朋友送我一个画框，二十世纪八十年代的玩意儿

两巴掌大小，老模老样的，像一个老木匠的干活

框中框着两头黑驴，头抵在一起，像在吃草，像在舔吻自己的粪便

也像在窃窃私语，谈论伟大的爱情

驴就爱干驴的事情，有时候人也干
一个朋友问我，哪头是公驴，哪头是母驴
我想了想，笑着回答：驴知道

画心的左上角提着名款：一九八三年冬　黄胄写
下边是印章，色泽古朴，藏着三十年的秘密
有朋友又问：这是名画啊！哪里来的？是赝品吧
我又笑着回答：也许你知道

不论是公驴母驴，我只当画看
不论是真品赝品，我只当朋友的情谊看
画中的两头黑驴
默不作声

原载《飞天》2014年第4期

墨　兰

烟雾飘逝处，那伸向阳光的触角
被阳光一次次照亮
暗下来的部分，是暗在深处的心事
一桩桩戳在坚硬的石缝里

我宝贵的时间被剩余的暗淡收藏
不情愿的一抹绿意
像我奢求的某些美好
别扭地存在于想象之中

留点清雅，在北方
做些美丽的梦，在我祖国灵秀的一隅

像这盆兰，她看着我，我看着她
我们张开手臂
她清艳含娇
我剑舞苍穹

选自 《零碎的时光》

秋天书

云过，为秋天的叶子染一次色
轻盈的手
拂过时间的画笔
那巨大的色彩
怎能安放在一个人的睫毛上
渭河源，我简单爱着
这颗浅色的小痣
被风拖起
置于一片霜花之下
我真想美美地睡上一觉
与这秋天
长眠于岁月的扉页
也想翻滚腰身
抓到一棵树，一只鸟
欢喜飞来
选择巢口的朝向

选自 《零碎的时光》

光

在一滴水的侧面

我们静坐
指缝间看破碎的光
由弱变强，逐渐又黯淡下去
反反复复
像我们生活的某一个细节

选自 《零碎的时光》

七月，蓝

所有的色彩堆放在
高原七月的画布上
毫不犹豫
我会选择蓝
胡麻花开的蓝

向风让路
扑怀的是蓝花花的梦
蓝色的梦
悠远甜蜜的梦

七月，蓝
天空安静的蓝
村里人希望的蓝
我内心激情的蓝

来一曲蓝色的舞蹈吧
炫动我害羞的人生

原载 《定西日报》

悲　伤

我常常为逝去的日子悲伤
怨它没有给我留下更多幸福
当我写下这句话的时候
我突然觉得
那些日子是否曾嫌弃过我
这颗丑陋的黑痣

原载《飞天》2008年第9期、入选《定西作家文学作品选》

用仰望表达飞翔

我没有翅膀
我要用仰望表达飞翔
看一切会飞的事物
包括从最高处滑落的一粒尘埃
我无法预测保持这种姿势的难度
但我还是梦想着自己能长上翅膀
哪怕像断线的风筝一样
把耀眼的舞姿从高空带入谷底
也能得到粉碎的快乐

原载《飞天》2008年第9期、入选《定西作家文学作品选》

与谁有关

一旦我写到菊
五竹的单娃便会吐下许多唾沫
一旦我写到九月

诗歌的家园便会被金黄占领
这样，我便彻底赤裸了
这与心灵深处的疼痛无关
这与渭河源无关
我想，这与屋中女人细密的心思
一定有关

原载《飞天》2008年第9期、入选《定西作家文学作品选》

雨中归来

雨中归来，带着一身疲惫
和像秋雨一样的心事
一路上，我深深地陷在巨大的黑暗之中
像一只受伤的鸟
当我看到从自家窗户里溜出来的亮光时
我方才觉得
家比烧酒更让人温暖
这种湿淋淋酸溜溜的感觉
不止一次

原载《飞天》2008年第9期、入选《定西作家文学作品选》

向　北

终于有时间走出了城市
终于有力量迈出了流星大步
终于有底气说出
——我一定要回到老家

向北。我向北风说了好多话

向北。我准备向亲人说好多话
向北。北风无语

终于把羞涩和胆怯捏成了冰凉的汗水
终于想起了亲人的思念和眼泪
终于破口喊出了
——妈妈，我想你了

原载 《飞天》2008年第9期、入选《定西作家文学作品选》

秋　叶

天空撒下金币的时候
母亲手心里的老茧脱落的时候
季节以蝴蝶的舞姿抒情
归于大地的
是饱经风霜的词语

原载 《飞天》2008年第9期、入选《定西作家文学作品选》

◎江一苇

　　江一苇，本名李金奎。20世纪80年代生于甘肃渭水源头渭源县。有诗作散见于《诗刊》《中国诗歌》《特区文学》《飞天》《敦煌》诗刊、《凤凰》等。作品入选《诗刊》2012诗歌年选、《2011-2012中国新诗年鉴》《21世纪诗歌精选》《华语诗歌年鉴》等选本。著有诗集《选马沟的冷抒情》。

与地域有关的一组

渭　源

屹立了千年的传说
流过了千年的辉煌
传承了千年的冷峻和慈祥
渭源，庄严地坐镇在无数人心上

从夸父踏天来过的足迹
到鸟鼠山顶的半轮孤月
从长安倒流的史书一角
到灞陵桥头的一抹秋霜
渭源，造物者的错爱
赋予了你丰满也给了你经世的沧桑

秋天的老太阳背着沉重的行囊
在李老君的八卦炉里流淌
在古老的歌谣里流淌
在远行人疲惫的眼神里流淌
一群群的牛羊
从四季的一隅赶来
一不留神，就爱上了狼

习惯于自作多情
已成为一种时尚
有谁知道，在这个世上
无数游子是在义无反顾地将自己流放
又有谁知道，超现代的文明
正在为这个小城刮涂上浓妆
而何处
是游牧民族古老的乡音
何处
又是你永远的温床

哦，无法不沉浸于单相思的苦想
无数个明月夜，无数次热泪盈眶
爱，是一枝刺向心头的毒箭
痛苦，连着恨，穿透一生的绝望
渭源，你在我的泪水里裸奔
你是收藏我泪水的染缸

夜里，秋天来了

夜里，秋天来了，地上刮起了风
白杨树叶子乘着风的翅膀飞舞
在夜的外衣上擦出沙沙的声音

这是渭源唯一的秋天
多少年来，我伸出手总握住虚无
潮湿的空气里总泛着铁锈的味道
只有今夜，我深切地感受到秋天，它的叶子
如一块光滑的皮肤，细腻，纯净如玉
如此地贴近我的内心

说实话，我并不喜欢流浪这个词
我在渭源这个小城蛰伏，苟活，一晃多年
但我从未真切地看到过她的样子
潺潺的流水，墨绿色的河床，软绵绵的雨
四季平静地更替，离我越来越远
正如我这些年的生活，不好不坏
只是紧巴巴的

今夜，地上刮起了风，秋天到底是来了
我能够触摸到她清晰的脉络，叶子的筋骨
只是我还不能让她幸福起来
我作为一个渭源人
至今还没有让这里的一撮泥土，一粒沙感受过我的幸福
也包括我，我的爱人，我的亲人
这不是我的错，多年来，秋天总是与我擦肩而过
我，遗弃秋天，或者被秋天遗弃

只是今夜，秋天把她的叶子深入到我的内心
我开始透明，一览无余
我开始怀念一些人，断了旱烟咳嗽的父亲
多病的母亲，在煤窑里挤坏了盆骨的，我的兄长
他们让幸福，在黑旧的柜子里疲于奔命
谁容易，在春天种下谎言和眼泪
让希望，在秋天绝尘而去

或许我该庆幸，我到底感受到了秋天
到底开始了怀念，秋天到底是来了，在我心里
多少有点不知所措的样子
秋天已经来了，已经把她的叶子放逐到我的内心
让我的平淡尖刻，让我的生活更像生活

我无助的感动，酸涩的幸福，在叶子上流浪
然后，不知该怎样去面对

父亲的总结

老二啊
你写了几年了，俺不懂
但也没写出啥名气
俺想着
这可能跟地方有关系
甘肃太大
定西太穷
渭源又没啥特别的
至于咱选马沟
就更不要写了
太难听

选马沟

我在窗前数星星
星星在天上眨眼睛
我想起我离开的那个下午
父亲躲在茶罐背后
吧嗒吧嗒抽旱烟
母亲在煮饭，汤湿了衣襟

雪还不来

这是十一月的选马沟
雪还不来

外出务工的人还不来
村庄显得有些冷清和干燥
在这样的时节想起你
应该纯属偶然吧
你到了南方
已经很多年了
没有见到雪
已经很多年了

登露骨山

将要到达山脚
天空忽然暗了下来
和我想的一样
所有人都在议论着
是否沿原路返回
只有我想着
怎样沿着陡峭的岩壁
攀援而上
将自己旗帜一样
插在山顶
三十年来
身似浮萍
风吹雨打早就惯了
我只想在山顶
看一看那朵独属于我的花
是否依然
绚丽夺目
岩石般坚硬

露骨山顶的积雪

一小片白，白得刺目
在这个海拔近四千米的山巅
如一块千年不化的顽石
所有人都看到了，我也看到了
但没有人再深究它藏了千年的心事
只有偶尔一只苍鹰飞临
用它有力的趾爪
抓伤人们的眼球

孤独啊！我是露骨山顶千年不化的积雪
你不是那苍鹰，能够锋利地侵入

太白山

这里有一条匿名的河流
我曾无数次
想用我的名字为她命名
这里有一条通往天堂的路
我曾无数次攀上去
又半路折回
我爱你们
是因为我做不到六根清净
在这里，我和你们一样
有对抛开一切，无事一身轻的向往
也和你们一样
有在阳光下速朽的决心

油菜花开

那是在哪一年
天空瓦蓝瓦蓝的
我赤脚走过田埂
一位小姑娘像只轻盈的蝴蝶
抖动着艳丽的蝶衣
十万亩油菜花的海洋啊
全都是她荡起的涟漪

那一年
我想在油菜花中永生
那一年
我想在油菜花中死去

游会川龙王宫

四周高大的树木将他
围在一个襁褓之中

无数虔诚的游人合十双手
使得他更加神圣

我来这里，不是为了得到宽恕
只为找一对绝望之后又充满希望的眼神

而更多的人，在寂静中更茫然
还有个别的流着泪，好像被香烟熏着了眼睛

故乡的脸

那年夏天，夜里十一点多
我去村头小卖部买酒
经过一个二层小土楼时
无意间看见二楼的窗子敞开着
一个约莫二十多岁的少妇
正趴在窗台上望月亮
她看见了我没有？我忘记了
但我记住了她的脸
有种沐浴之后的慵懒
微风拂动她的长发
一颗小痣若隐若现

多年后，我辗转走过多个地方
每次喝完闷酒望月亮时
我总会想起那张脸
那是一张故乡的脸
在夜里，在风中
画饼充饥一样，让我忘记了疲倦

在小镇

在小镇

黄昏的时候，我通常会到离镇子较远的地埂边
那些弯弯曲的羊肠小路上
走一走

这个时候，农人回家，牛羊归棚
不远处几缕炊烟缓缓升起，天和地也似乎在这一瞬
拉近了距离

我慢慢向前走着，时不时和一些农人
以及牛羊迎面撞上。这些土地的忠实守候者，不管遇谁
似乎永远都是一种神情，迷茫而坚定

我不会和他们打招呼
待他们都走远了，我才会像一个渴望安宁的
虚假的修行者，回过头来看看他们

才会发现，我一个人
已经走得太远了。回来的路上，暮色四合
只有一些牛羊的蹄印

午夜的小镇

左边，是一排迷茫的路灯
右边，是一排迷茫的路灯

中间是一条钢丝一样狭长的柏油路
一直伸向幽暗的远处

一个流浪汉，一只流浪狗
一对相濡以沫的兄弟
一前一后紧挨着，走在上面

一个酒醉归来的我
一个故意晃动钢丝的人
让他们在深秋的寒夜里，杂技演员一样，摇摇晃晃走不稳

在小镇

接连几天阴雨，天终于放晴。从租房出来，阳光竟亮得有些刺眼

想想自己来到这个小镇，也已有了几个年头

但可能由于疏忽，对它至今了解得不多

我不知道中街何时开了家牛肉面馆，不知道三角路

何时多了家洗头房。我不知道东关十字

何时多了家KTV，甚至不知道我租房的楼下

何时开了家保健品店。走在街上，熟悉的人

渐次陌生，不认识的人，依旧不会相识

这是一个速度统领一切的年代，这个小镇也不例外

我活了多年，除了程式化不断增长的年龄

依旧没有什么能够证明，一个异乡人，曾在这里生活

一个异乡人，曾在这个小镇的十字路口，驻足张望，长久地徘徊

在小镇

凌晨三点了，还没一丝想睡的意思。点燃一支烟望向窗外

几颗星子一闪一闪的，让这个冬夜的天空

显得愈发高远。想想自己走过的这些年

一切都那么让人疑惑

父母在固守家园，而我就像一个尸体搬运工

不断将自己挪来挪去。爱情已远

功名已远。我活着，找不到任何活着的证据

还有什么事是非做不可的？不爱也爱了

不恨也恨了。就像这个小镇残存的古城堡

曾经住过土司，驻扎过解放军，而现在

作为新时代的敬老院，除了镇子上的个别老人

已很少有谁知道它曾经威震一方，掩埋过无数无辜的尸体

去日宛如昨日

下过两场雪后，冬的印迹愈加明显
从租房出来，已不得不将手插进衣兜

忽然就想起八年前，我陪你买嫁妆
就在这个小镇上，我拉着你的手

你当时对我说，亲爱的，你现在没钱，咱买便宜的
咱们有的是时间，要一块儿过一辈子哩

那时的天空可是真蓝啊！瓦蓝瓦蓝的
不像现在，雾霾常常会让人迷失

那时你常常对我说，手拉手才会很暖和
冬天的太阳没有温度，只是用来照亮的

在小镇

站在十字街头四下张望
到处都是赶年集的人和东倒西歪的垃圾桶
没有制高点，所以望不到尽头
只有一家兜售空虚的KTV，明显高过其他建筑
让人很容易想到一个词：鹤立鸡群

楼上有人裹着睡衣贴在窗玻璃上
上帝一样无辜地
看着街道里熙熙攘攘的人们

没有了多年前的困苦，也没了要过年的激动
一条狭长的街道
几个留长发的孩子抽着烟，穿梭其中

小镇的节日

街上车水马龙
圈里六畜兴旺
一个傻子走在街道正中
无数车辆簇拥着
如一个皇帝微服私访

小镇上的外来户

在这个小镇上，有很大一部分外来户口。其中有一些
是从很远的大城市来的，在当地做一些药材生意
这些人平时说话叽里嘎啦，一副很难沟通的样子
但每逢清明，十月一，过年这些传统的节日
他们也会和当地人一样，双膝虔诚地跪在租房外面
烧一大堆纸钱。仿佛不论多远
他们的先人都能够循着感应找到他们，按时添置吃穿

小镇上唯一的古建筑

在这个小镇上，唯一残存的古建筑，就是那座住过土司的小城
堡
之所以多次提到它，是因为现在的它什么都有
又什么都没有。它有一座城堡该有的一切
但现在只是一座荒园。它的主人死去已逾百年
当地的后生们已很少有人知道他的名字

间或有一两个心情不好的上得山来
也只是对着山下空荡荡的拦河坝吼两声，或洒下一些
山盟海誓的碎片。所有人都习惯了这一切
就像现在的我，也只是在想一个人时才记起它
记起它城墙根疯长的荒草，和一个殉情少女那青春逼人的曲线

大雪里的小镇

雪越来越大了。远远望去，那些山峦，树木
都笼罩在一层白色的雾气中

赶路的人
大口喘着粗气，仿佛在抽烟

这是年关将近的小镇
楼下时不时传来一阵爆竹的爆鸣声

我将一瓶烧酒烤在发红的炉盘上
一次次往炉膛里添炭

小镇在大雪的掩护下越来越肃穆
那个说要来和我喝酒的人，迟迟不见踪影

在小镇

在这里，我没有亲人。由于收入微薄，几个酒肉朋友
也时不时弃我而去。因此
也就无所谓失不失落。我，按照别人的意思活着
就像雪花，按照上天的意思飘着
偶尔在深夜，想起曾经志大才疏的日子
也不会像从前一样

感慨良多。活着的是硬道理。一块石头
为了适应生活，也会不断努力，将自己磨成圆的

◎徐国民

旧时光及其他

镰　刀

现在，你斜挂在向西的土墙上
是一根佝偻的拐杖，也锈迹斑驳
沉睡了一颗冰冷而火热的心

如果可以，我还是想唤醒
一片嫩绿的草地，金黄的麦田
一顶发黄泛黑的旧草帽，褪了色的旧汗衫
一条粗棉布的大裤衩和一把锃亮的镰刀

我是多么想念啊，祖父
你6岁拿起镰刀割草，也割破麻草鞋
1958年大炼钢铁，你偷着藏过一把镰刃
你也真正的自私过。你磨镰霍霍
把思念打磨成一弯新月
也把一颗丰收的心打磨得泪眼婆娑

祖父，今天我来看你
也看到了你一生紧握的镰刀
我一直都不能忘记1992年的秋天
那年我6岁，我亲眼看着你把自己

打磨成一把镰刀藏进了泥土

横，是一株饱满的庄稼
竖，是一株饱满的庄稼

回到故乡

唉！回到故乡
我也是个外乡的人啊

多么的陌生，山坡上
隆起的一个个土包我不认识
村里年轻的媳妇我不认识
孩子们已经长大
他们陌生地看着我
村口的那株老柳树不知去向
一口老井躺在杂草丛里
三十户人家汲水的辘轳不在转动
也不知横卧了多少个春秋

回到故乡，我多么陌生
脚下的水泥路面不认识我
舍饲圈养的牛羊不认识我
村子里闲溜的狗不认识我
路上穿过的机器不认识我
还有几只枝头的麻雀
看到我就远远地躲开了
我站在故乡空旷的田地上
一片一片的药材也不认识我

唉，回到故乡

我也是个外乡的人啊
西北面的山坡上还有几块泛黄的麦田
我们互相看着，多么的陌生

锄　草

甚至，你会爱上草的顽强
一股脑地，在列阵百万的麦田
孤军深入，小心地渗透
也是一个孤独的士兵倔强的
王，或者不死的灵魂
有着一颗勇敢的心
就是被斩首，也会前赴后继
就是被斩草除根，也要慷慨赴义

这些真如祖母当年的执着
"眼里容不了沙子，庄稼里容不下草"
那时我跟在祖母的身后
她的小脚和我的小脚丫一般大
我亲眼目睹了一匹一匹的草，在祖母
铲子、锄头和一根一根手指强大的攻势下
迅速地处决，之后我收起他们的尸首
像个得胜还朝的将军，把它们
倒进猪的、羊的、牛的、骡子的胃里
我也亲自见证了草和祖母一场持久的战争
一匹一匹的草一遍一遍在庄稼里成功地复活

今天，我跪在祖母的坟头
看着一大片的草将她包围
她们曾经势不两立，她们现在长在一起

老 屋

这么多年，大风刮过屋脊
屋子里有几只翻过门槛的蚂蚁
还有几只阴暗的麻鞋底，墙角里
母亲和我堵了又堵补了又补的老鼠洞
把一些光线领进来
也是连接屋里院外的一种方式
时光是从这里走进来的吗
或者，我是从这里走出去的

站在老屋的门口，老屋真的矮了
同时矮下去的还有父亲和母亲
一口烟熏火燎的锅台和土炕

后来我觉得整个村庄都矮下去了
我一时有些不知所措
先是把一年的灰尘擦拭一遍
把灰尘里一年的时光擦拭一遍
我小心翼翼，像这间屋子里母亲曾经
轻轻地擦拭着我身上灰白色的胎脂

我擦拭着老屋，一些老照片和沾满灰尘的蜘蛛网
触痛了这些年脆弱的神经和孤独的心
这些年，雨和雪透过土墙与瓦片的缝隙
老屋也经历了一场摇摇晃晃的地震
这些年，我把老屋留守在空旷的村庄
一个背影，也摇摇晃晃

田野上，还有几个人

空旷的田野上，还有几个人
我是说在甘肃，在渭水的源头
在山神湾，在黄土贫瘠的山坡上
还有几个人，我说不出她们的名字
索性就叫她们小麦、大豆、豌豆
叫洋芋、胡麻、苞谷、燕麦、高粱
叫五谷杂粮，一个个都是庄稼
她们在接近荒芜的田地里缓缓地蠕动
像是山坡上几颗触目惊心的痣

山坡下，村庄已经易地搬迁
也经历了一场南下北上的外出
这么空旷的山坡上，有几个人
也是一个突发事件，显得与人孤立
和现在缺少太多的联系

我想这几个人，也是固执的人
她们把自己种在山坡上，就是不离开
她们存在，触痛了我脆弱的内心

而我突然担心她们也会离开
风吹山坡的时候
也吹了吹我患病多年的青光眼

地埂上，那个烧土豆的人

多么的熟悉，我们围在地埂下
围着一口小小的土锅台
我们把一块一块的土坷垃堆在一起
垒成一口倒置的锅，我们小心翼翼

我们点燃麦秸、野草和树枝
一缕一缕的烟溜过地埂
呛出我们声声咳嗽，半眼泪水
我们捋麦穗、剥豌豆，我们烧
我们掰苞谷、掏土豆，我们烧
我们围着地埂下的土锅台
把泥土和五谷，把烟火和童年重重包围

多么熟悉，我走过地埂
一群南来北往的风吹过
地埂下，那个烧土豆的人
小心翼翼，神情专注
他添柴火，对着火苗一口一口吹气
仿佛要把自己烧燃

我怎么都觉得这个地埂下烧土豆的人
是我曾经地埂下最亲的兄弟
有一缕熟悉的烟奔过来拥抱我
这也是我失散多年的亲人啊
我忍不住咳嗽，也流下两眼酸涩的泪水

场

就是在午后，天空瓦蓝瓦蓝
云是白的，草垛灰色里泛些土黄
也接近一缕炊烟的蓝
太阳不温不火，懒洋洋的
晒着晒着就农闲了
也忙碌过，装下整个田野的秋天

有碌碡趴在场边，心情平静

有男人、有女人，有老汉也有娃娃
就显得人丁兴旺，完整如家

其实我想描述村子里最宽阔的场
在农闲的午后也忙忙碌碌
针线上下翻飞，孩子前后奔跑
信息铺天盖地地飞起来
一家鸡毛蒜皮的事就是新闻
一家头痛脑热的事也是消息
场里最欢笑最热闹，也最闲话最是非
期间我忽略了一个草垛和另一个草垛
偷偷摸摸一回久别了的爱情

我现在站在村子中心空荡荡的场上
一块规划的展板，楼林茂密
它的对面是一排年久失修的白杨
场，空荡荡的
心，空荡荡的

那一夜，电话无人接听

那一夜，阳湾村的夜太长了
那一夜，60岁的张文政在老屋的土炕上
坐着死了。他眼睛还盯着
手里紧攥着的一部老年人专用手机

他的大哥说：夜里我把手机关了
他的三弟说：夜里我怎么就把手机关了
他在镇上拎着孙子念书的老伴说
没到晚上手机就没电了
他在新疆打工的儿子说

那一夜半夜听到电话响了
他看都没看迷迷糊糊就把手机关了

那一夜，从凌晨一点开始
张文政一遍一遍给亲人打电话
那一夜，每一个电话都无人接听
那一夜，张文政打了两个小时的电话
那一夜，太漫长也太死寂了
那一夜，他手里紧攥着一部老手机，死了

这些，是后来母亲打电话说给我的
那一夜，2015年农历五月初七
我有些恍惚，我不确定
那一夜，我的手机正在服务区

山坡上，有三只羊

黄昏暗了下来，那面旧山坡的小路上
有三只羊。一只羊远远地望着
一只羊埋头吃草，咀嚼一些干涩的草叶
还有一只，蹦前蹦后跳个不停

在山坡，那条旧的羊肠小道上
有三只羊，三只羊使整个山坡生动了起来
三只羊多像现在，我们一家三口
我远远地望着故乡，妻子沉默不语
还有五岁的女儿蹦蹦跳跳个不停

一面旧山坡上，三只羊是三张亲人的脸
他们走在回家的路上，跳动着一面山坡的心

此刻，我写下

此刻，我对着她们发呆
苦苣，地达，灰条，婆婆丁
还有内心柔软却也带毒的荨麻
一把紧攥着拳头的蕨菜

我写着写着，就写到了母亲
前半生，她和她们相依为命
现在，她还是在野外仔细地寻找
像是要把她念念不忘的岁月
从身体里刨出来种在儿子的胃里

我写着写着，就写出了一些苦涩
拣菜的母亲咽下一大口的涎水
也写到一些细小的甜
就像现在她在教五岁的女儿认物
苦苣，地达，灰条，婆婆丁，蕨菜和荨麻
都出生在乡下，野生野长

再后来，母亲被荨麻蜇了
一院子的疼痛蜇到了我

无限接近

那一道山梁，倔强多年的脊骨正被
间盘突出压迫着神经，只剩下痛
接近分娩的过程，丢了满屋子的幸福

我们都空白了，接近一间空白的病房

接近病房里白得瘆人的床单和被套
牵引，硬板床，针灸，按摩，那一道山梁
旧了，无限接近土地

"可以考虑手术，先割裂一道口子，把我缝进去"

三十年前，我
从母亲身体里抽出来，无限接近
三十年后，我
从母亲疼痛里还回去，无限接近

在县城

十二月，在离鸟鼠山不远的县城
我看见有许多麻雀，就在离人不远的地方
从前边或后边，再从后边到前边
叽叽喳喳地叫着

这是个无雪的冬天
它们的出现使这个灰色的小县城
显得更灰头土脸了一些
它们有时一股脑钻进新栽的柏树里
让一棵树瞬间就拥有了好多小秘密

这些麻雀是从鸟鼠山上飞来的吗

我这么想的时候，有一只麻雀疑惑地看着我
它摇头晃脑地朝我叫，我不会鸟语
我是它的兄弟、丈夫、父亲或者是
它把我当成了鸟鼠山上的那只老鼠了

期间有一群流浪狗排着队狂奔过来
那么一大群麻雀都惊惶地飞了
它还是待在原地朝着我叫喊
这使我有些担心，我大叫了一声
一群流浪狗受了惊吓朝反方向逃窜
而那只麻雀还是站在原地朝我说着什么

这让我有些心酸，我想这只麻雀
一定是把我这个灰头土脸的诗人
当成了亲人

◎鱼浪

鱼浪，原名鱼富强。20世纪80年代出生，甘肃渭源人，现就职于渭源县第二中学。先锋诗人，崇尚神性写作。作品散见于《新世纪诗典》《诗刊》《东北亚新闻（韩语）》《艺术文化（汉韩双语）》等刊物，著有散文合集《零遇见》、电子诗集《来者何人》，有作品被译成德语、韩语、英语等外语。

窗户外的烟囱

应该冒烟很久了
就在今天早上
拉开窗帘时
我注意到
高大的烟囱
浑身布满暗红的锈迹
让我想起了
某年
经过一个火化场
不是太高的烟囱里
冒着白烟

这白色的
并不是太浓的烟雾
在空气中弥漫
其中烤肉的味道
让我仿佛看到
你站在烧烤摊边
吃烧烤

虚构帖

她走着
假装孤独的样子
低头
双手插兜
其实
这还远远不够
选一个高点的地方站上去那才叫
刺激

旁边的草丛
有雪
呼呼的北风里
开始慢慢变硬
弄一些在手心
融化成水
故作满眼清泪
实在太伤心
纵身而下
才能说明人间有爱

太阳滚落山头

寺院敲着晚钟
冰河闪着金光
断崖枯树上
挂着的红外套
惊起
黑鸦一片

那天雪下白了屋顶

那应该是个很远的地方吧
你说那儿雪山巍峨
湖水清澈
你说那儿有大昭寺
布达拉宫
和红衣喇嘛
你说那儿人心纯净
想找个那儿的男人

石桥上看河水静流

窄窄的石桥下
河水静静流淌

就在不远处
一块礁石撞碎了我的影子

这些人间戏剧
谁会知晓

金色的早晨

白床单上
你静静地躺着
阳光正好穿过玻璃
温和的光束
均匀地洒满屋子
墙上的表在
嘀
嗒
嘀
嗒

起风时树叶一片一片落下来

落叶很厚了
足以盖住
夏日
喧哗

扬起头时
杨树上几片叶子
还倔强地挂在枝头
如我
写着一些分行

会川官堡

这座官堡
被破旧的土墙合围
中间有野草树林老人孩子
庙堂及庄稼

堡子上有很多的防空洞
洞子里
放过很多死婴
夜深人静
有人听见过孩子们嬉戏打闹的声音

众人皆知
这座堡子也住着菩萨
及十多位孤寡老人
他们大多没儿没女

疲惫时
我会去庙堂看看供奉的菩萨
但从未追问那些孩子
来自谁家

原罪之心

这个声音来自于脚下
估计是
一只来取暖的甲虫

暖气片旁
我移开右脚
半块核桃皮
已化为碎末

我坦然一笑

我又看见她了

估计是车祸压断了双腿
或者是一场病患
腿没了就没了
干吗还要跑出来晃悠在大街上
你看
柏油路
多干净

我真服了你
用手走路就走吧
还要啃一个烂苹果
街道里的地摊上
苹果到处都是
红的黄的绿的
色彩斑斓
应有尽有
还有葡萄和
香蕉
五斤十元
多便宜

十分钟
二十分钟
……
更长时间过去了
你
终于消失在了街道尽头

隔壁邻居

三年或更久前的一个雨夜

你来到了我的隔壁
白天彼此忙于生计
一直未曾谋面

天黑了躺床上
闭眼回忆一天的时光
我听到你在撕扯什么
诅咒什么
声嘶力竭
夜越来越深
我又听到
你用刀剁着什么
锅里炒着什么

太累了
我有点迷糊
你好像打着呼噜
说着梦话
厚厚的墙壁在慢慢变薄
淡淡的香水味已钻入我的鼻孔里

爷 爷

还是那么瘦
跟十年前没什么区别
倒是胡子更白了
有点像雪
他走的前夜
刚下得那场

大漠孤烟直

当我看到诗人李满强
发到微群里的几张照片时
就想起了这句古诗
此刻
他正在通过新疆的大漠上
像独行的侠客
奔向殷红的落日

你们看
这些臆想的成分
会不会
让他更像一位古代的名士

那个手提酒瓶的人

那个手提酒瓶的人
从黄昏里走来
此时无夕阳晚照
倦鸟早已归巢

通往河滩的小路上
我们擦肩而过
他拍了一下我的肩膀
叫了一声
兄弟

◎单兆祥

单兆祥，甘肃渭源人。现工作于乌鲁木齐铁路局阿克苏工务段，闲暇之余，喜欢把内心世界用文字表露出来，先后在《定西日报》《甘肃广播电视报》《甘肃农民报》《甘肃日报》《新疆日报》《兰州晚报》《新疆铁道报》《人民铁道报》《飞天》等报刊和人民网、新华网、中国网等媒体上发表诗歌、散文、小说、纪实文学、人物通讯等各类题材的作品300余篇。

遭遇一场雪，我想到父亲

一

分明又和您
盘腿坐在热炕头
我望着你
骨瘦如柴的脸
你深邃的目光
依然让我内心的秘密
无处藏身
您说什么了
我一句没有记住
醒来时
屋外的雪
把屋子映照得惨白寒冷
我坐在床上回想
突然间记不起了你的样子
屋外的雪地上
看不见你远去的脚印
呼啸的寒风
把大脑掏得一片空白

二

也是一场雪
我站在村口
脚尖踮得麻木了
脖子伸出村外了
才看见你扛着一座雪山
慢慢移进村来
我要接过你手中的镰刀和绳索
你无言拒绝了我
回家时第一件事
是你忘记了疲惫
检查我的作业薄
你说
人一辈子最要紧的是要
干对每一件事
错题可以重做
人生不可复来
那时的我
不懂这些道理
也淡忘了作业本的每一页
是从让你汗流浃背的绳索里
抽出来

三

也是一场雪
我趴在被窝取暖
你在煤炉子上煮饭
断断续续传来爆竹声
没有带来喜庆

盘子里的饺子

妹妹不在

吃不出欢乐

砂锅里的清炖鸡

母亲不在

品不到团圆的味道

不想对那场聚散说对错

却记住你突然把鸡汤

洒在地上失声痛哭

朦胧中被你塞进嘴里的鸡大腿

香醒了略有些苦涩的梦境

你微笑着说孩子

是爸爸错了

天塌下来也要坚强

过了年就是春天

四

也是一场雪

给我所在的这座城市

穿上了厚厚的棉袄

电话里你说

孩子快过年了回家吧

我摸着见底的口袋

支支吾吾

那个下午

我从自己的卡上取出

你从老家打过来的钱

往返县城40多公里

我不知道

你走了几个小时

满怀歉疚地在兰州
用你寄来的钱
给你买了一双袜子
这是我第一次送给你的礼物
我忘记了回家的路上
车场外飘过的那些雪
也忘记了摸着天黑
悄悄进村的细节
回家时吃着你做的鸡汤
不知道是汤太满
还是我的泪太多
碗里几乎没有浅过

五

也是一场雪
那次你没有给我打钱
我是愉快地回到家里
我们父子围着炉火
烤土豆的香味
弥漫着寒冷的小屋
我把口袋里剩下的钱
交给你你不要
其实那时候我突然觉得
你不是在拒绝钱
而是拒绝几声牛的嗷叫
一头老黄牛的代价
换回我手中的一张纸
你说孩子不错国家二级
我却始终在想
我的那些餐饮同行们

是怎样把你的老伙计
烹调成为食客嘴里的美味
多年过去了
借助那张纸游走江湖
我始终没有
没有用学来的技艺
为你做出一头会犁地的牛来

六

也是一场雪
你没有说
邻居的大叔告诉我你病了
我说接你到定西治病
你声音朗朗地说
就是有些小感冒
已经吃了几片感冒清
其实我知道你不来
是有另外一层的含义
这个你刻骨铭心的小城
淹没了你十八年的青春
你怕每走一步都会
想起一些往事
我也是偶然在一次
定西老照片展览中
看到了你的身影
那时还很破败的地委大院里
臃肿的棉袄
并没有遮挡住你的英俊帅气
记得你平反工作那一年
照片中那位漂亮的阿姨来看你

物是人非
早已不是当年的她和你
后来她对我的关照
也许就是对你的一些歉意

七

还是一场雪
你在里面
我在外头
一堆纸钱烧着烧着全哭了
几炷长香燃着燃着全灭了
真想大声地说
老爹你醒来吧
我扶着你回家
空旷的田野里
一群乌鸦哇哇叫着
雪地上泼洒绝望的笔墨
这才有多久啊
那个我没有丝毫防备的早晨
那个我还睡得天昏地暗的早晨
身边的你就叫了一声我的乳名
早春二月的一场风
吹灭了你生命的灯火
坐在雪地上
我极不情愿地站起来
站着的我远远高过了你的坟头
雪无边无际地下着
永远听不到了的是你
那么温暖那么贴心的教诲

八

窗外的雪
不知道还要下多久
失眠的夜晚
注定要挖出许多细节
比如你用过的床单上
那些烟灰烫出的小洞
依然深藏你的孤独
我猜得出
有一些夜晚
你把一根根的火柴
当作我头颅
我越走越远
就像忘记掐灭的烟头
一次次烫伤你的手指
你说过十指连心
那时候
也许你最痛的是心
而今天我也做了父亲
最大的遗憾
就是没有当好你的孩子

◎**赵毅**

赵毅，笔名啸恒，诗歌爱好者。现就职于渭源县第二中学，有少量作品发表于《渭水源》诗歌专号（第二十六期）、《甘肃新农村报道》《甘肃诗萃》（第一辑）、《诗中国》等刊物，并收入《中国最美的爱情诗》和何佐平主编的《零碎的时光》。

想你，在雪花纷飞夜

这恐怕是入冬以来
悄然而至的第二场大雪
这突然造访的白
银装素裹了大地

窗外，寂静的黑夜
雪花纷飞，天地一色
在这如昼的夜空
我放纵情感的缰绳
如你我约定
想与你在雪地追逐，嬉戏
还想与你在幽幽皎月下
相拥相依
用我宽厚的胸膛
捂热你忧伤的心
用含情脉脉
吻化整个冰天雪地

在这雪花纷飞的夜里
思念像雪花一样
缥缈，纷繁凌乱
在大地上
飞舞

堆积

增厚

这无尽的思念

我仅看作是一个奢望

一阵悸动

一种幸福

贴满冰花的窗外

雪，依然卖弄轻盈的舞姿

我，却无眠又无眠

点燃一支兰州牌香烟

让淡淡的相思随雪花弥漫飘扬

愁思丁香结

屋前的丁香已孕育花苞

晶莹般的串串白花

便是那春天慵睡佳人的珠帘

清风徐来，朵朵艳丽的丁香

摇曳纤小文弱的身姿

嫣然一位羞涩，思春的少女

翩翩起舞，散发

清新淡雅的体香

沁人心脾，植入相思的骨髓

春暖花开，百花齐放

不甘寂寞的丁香也

兴致匆匆竞相展放

欲于佳人献上脉脉殷勤

梅雨的六月，丁香欲尽却未放

自从与瑞君别，有五载
恰丁香空结雨中愁
愁见丁香结，结愁千丝万缕
似花下忆梦中佳人
却人不见，梦难醒

只愿丁香花脉脉，花也渺渺
在丁香盛开的季节
悄折一枝丁香花放在床头
放一曲忧伤的《丁香花》
任那迷人的香气随音乐流动

◎**魏全明**

魏全明，笔名魏来。长期蜗居渭水源头，2008年毕业于天水师范学院中文系。爱诗，写诗，有作品散见于纸刊及网络。

蹚 水

三月渭河水清且浅
我们一道去蹚水

你在前光着脚
裤腿挽小腿
我在后刚好瞧见
在你如瓷的小腿上
一簇水珠儿往上爬
又吃力地落

多大的一块石头啊
就横在我们的中间

渭河水清清不小心
你打了个趔趄
我说小心——呦

我说小心——呦
你一急
河北滩的一簇洋火花
就燃起了火焰
像我们的青春
打了个趔趄
绽开了火焰

夜半听雨

雨落下来
穿越广袤的黑暗
终于摆脱了闪电
致命的一击
从高空一头扎进人间

下晚自习的孩子们
也一窝蜂地拥进了寝室
唱起了他们的爱情妹妹

歌声最终停歇
雨却越来越紧
抽打着静默者的神经

听雨花雨花姹紫嫣红
雨的间隙里传出青春的絮语

◎寇倐茜

寇倐茜，男，甘肃渭源人，著有长篇报告文学《乡村代课教师》、作品集《读史笔记》、长篇历史文化散文《大渭河》、散文集《无助的孤独》《渭源传奇演义》等。

渭河长歌（节选）

诗比历史更真实。

——亚里士多德

1

在上游
走进一条河流诞生的地方
就仿佛走进母亲的子宫
正像诗人惠特曼说的一样
在这里我们梦想这是一条河流
而且睡得像一条河流
滴血的风引导着生命的诞生
天籁般的沉寂滋生着爱
圣洁的雪山集中着所有的向往
挽留在这里的
只是一点一滴的力量
像精子一样庞大的军团
凝聚成为一种冲破黑暗的势力
撞击着天幕
把爱情刻写成为誓言

泉水甘甜如乳汁
瀑布跌落成悲歌

丛生的新生命
匆匆地伴着流云入住
隐约有梦
滴水成弦割裂着冰河
黏稠的岁月
成为春天的一个想法
遍地的花朵灿烂若锦
偷情的露珠喘息着
加入一次游历一次奔腾

激动的不仅仅是刚睡醒的雨滴
还有走出月亮的云霓
呜呜的号角会在山间响起
天际的尽头似乎永远没有空地
从窄小的峡谷挤出的
是难以掩饰的激情

风云动荡的大海
留守着承诺
敞开着怀抱
一头是旷寂的原始
一头是澎湃的天堂
爱情让大地倾斜
一个梦湿漉漉的出走
没有悲壮
只有梦想

生命的灵魂开始分娩
时光擦肩而过
几千里几万里的沉重旅途
让枯瘦成长为壮硕

河的两岸
生命的脐带伸向四面八方
沃野千里
到处都是梦的家园
到处都是梦的栖息地

对母亲子宫的告别
直到海岸的边缘才算完成
一条河流的诞生
完成着一个前所未有的孕育
最靠近荣光的地方
其实是最简单的地方

一滴露珠一缕雾
或许就是生命的本真
八面威风的
只是一个灵魂的回声

2
一条河流的成长
也是从黑暗中走过来的

河流最初是在旷野中摸索
河流的狂野
养育着原始
河流自说自语
没有理智
但是
文明也就是在这个时候孕育的

河流的丰腴是需要雨水补给的
辽远的风会带来爱的欲望和向往
阴濡隐秘的缠绵总是带着羞涩
浓烈的雾乳汁一样眷恋着源头的迢迢青山

我游荡在这样一个意境之中寻觅
带着虔诚之心带着我的梦

山泉在脚下起转、承合活跃的乱蹦
盛开的山花表白着对生命的膜拜
是河流不想离开故土
还是迷失了自己的诗人
在这千回百转的山中
变成了缭绕的彩云变成了抒情的风

其实，我还是想守望着四季白头的山峰
露骨的主脉就是一面旗帜
它引领着众多的起伏、延伸和络绎不绝
它深藏着旷世的孤独还有骄傲与荣光
它用隐语昭示着生命的最初与秘密
它汹涌着四季的云流浪在阵痛之中
它守望着一片蓝天一片宁静一片和谐
它神一样的巍巍耸立在所有人心中

山的秩序不是屈服给云的
当云朵变成露珠、泉水变成溪流的时候
乱舞的群峰之间就开始有胎动的脉息
因为一条河流诞生的地方
就是母亲温暖的子宫

3

其实河流也很无辜
它不想给自己植入痛苦
在大地上扭曲着身体
是挣扎是想脱离

峡谷的开裂
山峰的隆起
每一次阵痛带来的
都是刻骨铭心的伤害
河流的内心和形状一样
咏叹着生命
历经着苦难
磨砺着个性
丰富着阅历
成长着自己

4

逐鹿中原
不是为了功名
这只是一条河流成长的过程
河流的成长
就是一个英雄的成长
从三皇五帝开始到大禹王之后
河流的两岸英雄辈出
河流反叛的精神
让天下英雄品味着快乐
当然有荣光也有困惑
谁也理解不了河流
河流却包容了一切

谁也走不出河流
河流里流淌的是英雄的血液

5

河流的恩宠
来自于两岸的子民
有一群人的栖息
让河流感觉到了快乐
水里的鱼也快乐着
因为终于可以有一个捉迷藏的对象

水中会隐藏一些秘密
但水中隐藏不住思想
伏羲氏结绳为网绘八卦
表达着一种文明的成熟
河流喂养着祖先走出河流
阳光下茁壮的是不屈的精神
当人们开始刀耕火种的时候
一部文明的历史
就辉煌在了中原大地

6

旷野的草丛中人类的欲火燃烧着
青春的躁动像泛滥的河流一样
黄帝轩辕在雷声过后
点亮了夜空点亮了先祖的心灵
梦不再成结
夜晚不再惶恐
女人和孩子们的甜蜜
结束了母系时代
男人的强大

开始把战争纳入到文明圈

强暴舐舐着血流

成长的代价就是埋在两岸的痛苦

一半血浆一半沉沙腐化成泥

有庄稼的成熟也有陶器的坚硬

7

鸟朝着一个方向飞

水朝着一个方向流

血朝着一个方向淌

从洪水泛滥的大禹王时代

这一条河流

就已经很有名气了

渭河三源只是一个泛称而已

在神奇的传说中

这里距天堂很近

秦穆王会西王母的时候

就在一个叫天井的峡谷里

渭河似乎从来都没有哭泣过

因为它总是好运当头

清洌洌的河水养育过十多个王朝

十多个王朝参拜仰望着这条河流

这里走出了一个帝国

纵横八极一统天下

这里走出了一个盛世

挽手世界创造奇迹

一条丝路骄傲着祖先的骄傲

传递着古老的文明

辉煌着华夏的历史
流淌着渭河的血液
滋养着民族的子孙

只是现在渭河老了
失去的当年的雄美
唯有河滩上的鹅卵石
记忆着昔日的澎湃
它让岸边唐朝的苔藓嫉妒
它让水中宋朝的沙粒嫉妒
它让轻浮的清朝淤泥嫉妒

因为
一块上古的砾石
走到今天
经历过太多的磨砺
见证过太多的历史
不说夏商周的风雨
不说三皇五帝的艰辛
不说大禹的功绩
不说姜子牙的寂寞
只说一块石头的守候

渭河由清变浊由浊变清
雷雨中的撕痛
修改着泾河的洪荒修改着黄河的粗犷
但是从来都没有修改过源头的青翠

最初的河流
就是绿叶上的一滴眼泪
一只小鸟有幸成为大纛的旗帜

就是能够走进天堂的地方

渭河走进了《山海经》也走进来《水经注》
渭河同时走进过许多的经典
并且走进过周秦汉唐的辉煌
一直飘扬到现在

它大张旗鼓热热闹闹地叛逆着文明
娶了一个异类的美女为妻
泾清渭浊两分明
沉甸甸的生活不是永远
荒芜的心也不会永远

拥入黄河
风温暖着流水的线条
脉动一样涌动着的文明
从华夏的心脏喷出
从此走向更远
归航的路已经不远
所有的浪花都俏丽迷人

◎陈旭军

陈旭军，渭源锹峪人，五竹中学教师。

水果摊

最漂亮的
站在队伍的最前列
像一座长城
或是一座壁立千仞的悬崖

肩膀挨着肩膀
在城市人的眼光里
她们以不变的姿态
迎接着日出
欢送着日落

她们是最优秀的
阳光明媚
从农村来到了城市
像一个个漂亮的农村女孩
接受着城里人污浊的气息和挑剔的目光

而农人
守护着那些未出嫁的
寒苦度日

中　午

1
没有阳光
雨滴像喝醉了酒
碰碰撞撞

2
我看见那个还在欲飞翔的鹰
双眼俯瞰着那个狭小的空间
一双双活着的眼睛
看完了白昼
还在看
看完了黑夜
还在看

看着除了自己
还有自己

3
鹰没有看到森林
没有看到高山，云雾，炊烟
鹰看到了
爬行在房间里的每一个灵魂

4
饭熟了
胃却在拒绝
手中握着那支毛笔
像一个衰落的骑士
写着一个不能忘记的名字

5
还在想着你在雪地里走路的样子
还在想着你如何把一本书翻来翻去
你用孩子般的眼光
点燃了一座世界的灯

6
雨滴像喝醉了酒
碰碰撞撞
今天的中午
我把你和那只鹰联系起来写到了一块
我们都失去了不该失去的
我们的力量
只能是一种停止的飞翔

写给野百合

1

一个月来
我用灵魂跟你对话
就像千百年的小河
把自己淹没在石头的温度下

我记起了雪花
就像雪花遗忘了冬天
把自己飘在春天的旷野
让我双手捧出的
只是一个冬天的童话

2

2006年3月18日的夜晚
我看见你熟悉的影子在另一个陌生的影子里
我们都刚喝了酒走出那条寂寞的小巷
我的影子在马路上
你的灵魂在灯光里

3

是夜色拥抱了雪
还是雪深吻着夜色
我们一路沉默着
找不出说话的感觉
是2月14的夜晚
一个脚印把一个脚印
镶在了定西市的雪里边

4

一整个早晨
都无法拨通你的电话
我想像你正走向回家的路上
穿过那段静谧的小路
忽然一闪
便来到了门口
那条老狗正在等你

门早已被风吹开
而你却打开了另一扇门
我看见你
站在门里门外

◎禄　健

苦楝树

偏偏推开古旧岁月的窗棂
地平线上一株孱伶的苦楝树
在时间淡漠的遗忘中默默地展露
岁岁年年的花开花落里轮回
苦涩灵魂中绽放着满是爱的花朵
风也见过，雨也见过
还有
浅唱低吟的时光从她身旁擦肩而过
等待已将苦楝树塑造成最后一道风景
没有沃土让你根深叶茂
没有绿叶衬你妩媚妖娆
一夜拂绿千山的春风啊

也看不见你多情的回眸

枫叶上写满的火红思恋

不会注解你秋日的丰满

你幽怨的目光不知该投向何方

孤独的坚守是否能点亮你的向往

在没有尽头的希望里

那一株地平线上孱伶的苦楝树

风也不懂，雨也不懂

叫我如何去读懂

今夜无眠

今夜无眠

无意打翻情感的舍利函

那一地的碎片

颗颗都让人心庝的垂怜

不知道如何去飞升

回到佛前做一朵白莲

是你的前生在徘徊

还是我的来世逡巡不前

相聚的谎言把他们缀连

我愿喝下两碗孟婆汤

忘掉这一世所有的忧伤

不要迈过奈何桥

继续我今生寻找的梦想

过去的缘消失得听不见呼吸

现在的祈愿又没有开花之地

一片片火红的渴望

在遥不可及的梦里跳舞

跳一曲没有旋律的相思

河面上跳跃的朵朵浪花

沾湿我双眼迷离的面颊

今夜无眠

窗棂中挤进的星月带着我

悠悠的走进千里之外你不设防的鼾梦里

今夜无眠

悄悄的问一句

能不能梦中相见

今夜无眠

把不设密码的情歌

放逐在高原唱过最虔诚的喜马拉雅

唱过最纯静的敖包人家

唱过清亮亮的西双版纳

还有泸沽湖的一弯月牙

在柔和的光影里甩一甩你的长发

让想像撩动了千年的牵挂

从汉乐府中走出来了一句句艳丽的誓言

淹没了潇湘的斑竹和朝云暮雨

还有，无聊的长门怨艾

照亮了的相思

渴望你身体的温度

在荒原上筑起热烈的石屋

让疲惫的情歌不再冰冷的行进

今夜无眠

◎边柯年

边柯年，1974年出生，汉族，渭源祁家庙人，1989年获第三届"华夏杯"全国中学生作文大赛三等奖，1993年入伍任某部文书，1995年入党。

甘南情诗

莲花山的姑娘，洮河里的浪

阿妹的影子像月亮

阿妹的铣来哥忘了让

血儿淌在铣把上

白天日头毒辣辣地晒

阿哥洮河边装沙袋

谁是沙来谁是袋

是谁推哥扑进阿妹的怀

阿妹羞来笑哥哥坏

草岔沟的雨儿沿山来

妹妹的青丝遮阳帽盖

阿妹的长辫子梢儿甩脸来

今晚你把你的娃抱上

我的眼泪淌在手巾上

袜垫拉在半道道上

针尖儿扎在心坎坎上

含着泪花花儿拉了阿哥的手

阿哥忘了亲亲妹妹的口

蹚过一道道水来送过一座座梁

阿哥的心狠妹妹夜里尝

莲花山的姑娘，海洋里的浪

梦里笑醒想起尕梁梁

穿着鞋垫儿蹚过水来跑过梁

阿妹在水磨坊洗衣裳

小西湖吟

琴声悠悠

遥遥清明杏花

人约入茶楼

从老君山的泉眼

听着牧童横笛骑青牛

流入小小的西湖荡兰舟

已是万年情思千年愁

青丝满街走

背着诗囊悄悄随在人身后

我也举目无亲友

试问金城故人何处有

情字藏心里

孤寂常伴有

人面桃花春风里

谁扶诗人睡云头

走过天桥

清影转人陇上名园西湖瘦

不问风卷如钩

不问海棠依旧

相逢潇潇斜雨黄昏后

一碗雪烹的茶韵香如酒

词手诗心萦绕我的柳梢头

问你琴儿有没有

人在桥上思阁楼

沸石问心轻摇头

弓子划天穹

思念绕上兰山丘

五泉吻过石板缓缓流

旗袍的梅花瓣儿缥缈明月洲

一声轻叹，知音也有

唤醒雪花神剑壮志满画楼，云水禅心也牵挽

心儿一浸染

你的琴声伴着我的诗魂留

◎ 刘存来

　　刘存来，男，甘肃渭源人，兰州大学中文本科学历。从事过教育、文化、旅游工作。现为中共兰州市老干部局政治待遇处处长。陇中画院特聘画师，甘肃省美协会员。

站在陇上

一个犁铧反动的季节

站在陇上

抓一把稀松的黄土

望不尽高山起伏中

掩藏着多少诗意的名字

我断想自己是从武陵来的人

一下灞陵桥

就穿行在秦汉的烽烟中去了

就漫游在唐宋的诗词中去了

马蹄嘚嘚

在丝绸古道上敲响平仄

驼铃叮叮

把莫高窟摄入神秘的黄昏

酒泉水忽明忽暗

招摇着汉军将士望乡的眼睛

玉门关冷月无声

隐藏着楼兰新娘美丽的春梦

瓜州沙漠的枯骨

喂肥了今日阳关的柳色

祁连山牧羊人的鞭影

如同子弹的脆响和女人的哭音

只有那岷山上千里白雪、风中红旗

永远凝聚成一座晶莹而夺目的丰碑

留住我仰慕的眼睛

站在陇上

我想我一定是翻开了一部巨著

抑或是听一首钢音袅袅的古曲

2001年发表于《定西日报》

◎潘向东

潘向东，男，渭源县锹峪乡人，有作品散见于《飞天》等省内外报刊。

啊，诗人啊

诗人啊，你的笔

应是大地的神经

传送太阳的温暖

倾听长冈的浅唱低吟

你的笔

给露珠以花环

给野草以真善美的声音

你的诗

262

应是一团炽热的火
让我冷却了的心
化一天蒸汽
凝结成春天的雨
洒下滋润万物的甘霖

你的诗
应是一块冰
在我激情澎湃的时候
以你的透明洁净
使我的理智苏醒

啊，诗人啊

◎赵海龙

渭水源头吟

渭水源头
一片空灵蕴藉的土地
一幅秀润天成的水墨
一卷直书云天的历史
一群永远耀眼的星座

梦中的渭水源头
山不是太高，常有仙人出游
水不是太深，常有蛟龙腾空
记忆中的渭水源头
青山秀谷，静水浅湾

雪浪云涛，月环虹跨

渭水源头
我带着追梦寻影的急切
怀着慰藉心灵的渴求
轻轻走进你那温暖的怀抱
请不吝馈赠你的意蕴与情愫
尽情地展示你的壮美与秀丽

渭水源头
一卷卷灵动天成的水墨
映衬着生命的笑靥
一座座古朴雅致的民居
诉说着祖辈的聪慧与对生活的渴求

渭水源头
我读懂了你
和谐的美来自于彼此的关爱
知识的美来自于对历史与未来的不断诠释
生活的美来自于对幸福安康的不懈追求

渭水源头
在这里，我尽情地将你颂扬
因为，我在你那温暖的怀抱里
肆意地触抚了你那饱含张力的肌肤
尽情地吮吸了你那甘甜充盈的乳汁
真切地感悟了你那青春活泼的心跳
我的血脉里，从此
流淌着同样的一首
和谐之歌，文化之歌，发展之歌

相 遇

——题都城南庄

依稀记得相逢仿佛是在春天
还有明媚的阳光
闪烁在我凝神的眉间
依稀记得，半掩的柴扉后
你羞涩且清丽的笑靥
仿佛向我昭示
生命本是一种
我们无法预料的缘
依稀啊，依稀还应有
还应有桃花绚烂于这个芳香的季节
只有花开，没有花落
（去年今日此门中，人面桃花相映红）

可惜时光并没有为谁而在此刻停驻
整一整衣衫，拂一拂征尘
再多望一眼从此梦萦魂牵的容颜
此刻，我所能做的只是策马而去
让尘烟模糊曾交会刹那的视线
此刻，我所能选择的只有别离
而别离
从来都是一切错误的开始

传说中我又回到曾经相遇的地方
容颜啊，容颜已去
只有满地暗自缤纷的落英
来见证我的惆怅与忧伤

（人面不知何处去……）

千年之后，春风中也许仍见桃花轻笑
笑我曾经如此年少轻狂
笑我生命中一段挥之不去的过程
笑如水般凄迷的月色里
我还一再追问自己
若早知分离即成永诀
桃花灿烂的春色里
我会不会选择传说之外另一种不为人知的结局

◎**赵炳鹏**

赵炳鹏，男，渭源人，学生。

流进梦里的渭河水

蒲公英的一只脚刚触地面
便是他乡，跋涉的浪子
心头生长着葵花一样的故乡
在日子的角落里，剧烈摇晃

故乡山高水长，故乡的麦苗
调皮却健壮
故乡的亲人，像夜幕里
揣着粗气油灯，收割着黑夜
直到黎明，或是灯枯油尽

我猜想，行走夜路的月亮
一定是从故乡来到异乡
唱一曲思念如流水，不舍昼夜

说一句祝福，开出温暖的四月

古老的马蹄敲破了古道，裂开伤口
渭河，皮肤凹凸成了戈壁
像一位守候百年的老翁
再也没有，流出声势如雷
铁骨铮铮

在夜的眼皮底下遥望，今晚
久病初愈的渭河水
再次流进我干渴的梦里
开始流过千山，流出平原
流成一泻千里

（二）旧体诗部分

◎张 亨

张亨（1903—1991），字嘉民，渭源锹甲铺人。毕业于甘肃省立第一师范学校。历任渭源县立高等小学教员、校长、县教育科（局）长、省参议员、三青团干事长、县立初级中学校长等职，是渭源一中的创始人和奠基人。其事迹载入《甘肃教育名人录》。

老君山

渭城名胜老君山，殿宇清泉芳草连。
注定君山常不老，青松翠柏做姻缘。
清晨锻炼人如梭，奋勇攀登无后先。
祖国人民多壮志，中华儿女励无前。
华章读后今犹记，好句铭心固似胶。

◎张季伦

张季伦（1910–1991），号蕴真，甘肃渭源人，一生从事教育工作，中华全国书法家协会会员，甘肃省诗词协会会员。

咏灞陵桥二首

一

长虹飞耸跨清河，气象飞龙迎庙坡。

风雨灞陵饶古意，凡人高唱中兴歌。

二

青虹袅袅接山城，细柳倒垂欲扫尘。

且试登临凭一眺，风光满眼夕照明。

◎雒玉麟

雒玉麟，男，1923年生。甘肃省渭源县清源镇人，西北民族大学教育学研究生。曾任西北教育调研组长。历任渭源一中校长、渭源文教局局长。主编《渭源县志》，自编《渭源教育志》，著有《处世韵文人生社会一百对》《百对诗文集》等。

古体诗一组

访梅园

梅雨访梅园，聆听向导言。

伟哉我总理，才高一世天。

访鸟鼠山

为赋新志伴良朋，溯源渭水鼠山根。

禹帝导河名犹在，遗址残败逊于情。

莫道源头只一盂，纳汇冬流四十丞。

陇上儿女休论我，关中子弟念渭城。

天井览胜

何去九寨游，展足入天湫。

山迎人面起，云飞天尽头。

鸟鸣传奇事，谷空声自悠。

接踵羊肠道，比攀岂肯休。

为王天培老师书题诗

天分有因字有格，培基原从幼小来。

书尽五竹长流水，法缘颜柳晓魏碑。

兰渝铁路定线渭源

网站传佳音，铁路通渭城。

贫脱千年史，富栽万年根。

前程真是锦，盛况浮脑中。

百业俱争芳，水流车马龙。

回赠常孝行同学

五八劲风遍陇城，花香飘自鼠山根。

最是勤劳善耘者，绿被黄土梦作真。

授业解惑明世理，尊师爱生两便当。

除却天下父母心，犹有师生情义长。

灞陵集景

黔豫有灞陵，银河照天庭。

汉侯传史话，青石玉蛟龙。

陇上溯灵渭，灞陵卧长虹。

游人俱来此，直上九霄云。

楹联选

（一）闭门安居伴书为友，

提笔诗画养神怡情。

（二）化育之功在笔民之所好亦然，

书艺之精在神法古融今自然。

（为徐化民书展撰联）

（三）富不读书有钱何用，

贫而好学无名气高。

（四）渭水入黄河三省奇闻雄鸡唱，

源头出鸟鼠四河聚汇禹东流。

（五）古城在渭寨，再城移龙亭，归宋筑新城，嘉靖增北
廓，经党茂添瓮，鸿斌筑楼，数百载易地更名，只
此先秦弹丸地；

秦汉置首阳，大统改渭源，复源兼置郡，上元更前
名，到熙宁降堡，至元复县，几千年盛败兴衰，而
今陇上一名城。

（六）君山是渭城屏障，极目远瞩，鸟鼠烟云青牛去；

渭水乃君山围带，波浪汹涌，函关紫气逆水来。

（七）凭栏望碧流，南谷烟云七峰雨，万民仰盘石，人杰
地灵春来早；

临风梳岸柳，夕照长虹醉心亭，开元筑古寨，刀藏
马放战火息。

（八）太白入云海，沿曲径攀跋，人出云头可缓步；

峻岭分洮渭，到高处观光，眼见邑城算顶端。

（九）出这些贪官污吏，毁多少国家声威，好事者岂能容
你徉徉在；

读一部资治通鉴，数历代治乱兴衰，有心人敢问贤良代代出。

（十）烟霞渭城千古太清揽紫气，

霭明君山当年玉府焕光华。

◎李云鹏

灞陵桥

百过桥弓不自骄，独钟家乡灞陵桥。

长虹驭浪行千里，总是游子梦里潮。

◎金枚

金枚，原名张镔，字治之。1951年生，甘肃定西人。历任定西地区电视台记者、副台长、台长、总编辑。著有《甘肃历代书画名人考录辞典》《甘肃明清进士翰林传略》《陇中名人志》等。

渭水源头览胜（三首）

鸟鼠山

鸟鼠名山万千年，水经详注古今传。

源头品字三眼泉，鸟鼠同穴一奇观。

大禹导渭济桑庶，青牛隐居慕俗凡。

渭水流长翻逐浪，惠泽秦陇换新天。

首阳怀古

首阳双冢天下闻，只缘夷齐二贤人。

采蕨义不食周粟，饿死荒丘惊鬼神。
茫茫陇头埋寒骨，悠悠千古荡清风。
苍松翠竹慰孤魂，陇云渭水总牵情。

太白山

一峰独耸云摩天，险绝何须看华山。
叠嶂层峦岚雾锁，野峪峭壁举步艰。
欲登山头观云海，乘风只攀八十盘。
太白仙境叹观止，金星飘然不知还。

◎高平

高平，男，1932年4月出生，汉族。历任甘肃省歌剧团编剧、甘肃省文联专业作家、甘肃省作家协会主席。著有诗集《高平诗选》《高平短诗选》、散文集《步行入藏纪实》、长篇小说《雪域诗佛》等。

渭源二首

访渭源

自古万物俱思源，云峰雾锁追寻难。
千回百转穿山去，渭水终能到长安。

游渭源

慕名而来过会川，疑是此身进江南。
莲峰五台泉争响，首阳双冢气轩然。
灞陵桥上汇名匾，天井幽谷看奇山。
石门油松接云水，梦绕情牵在渭源。

◎成倬

成倬，男，汉族，生于1948年12月15日，甘肃省漳县人。历任甘肃人民广播电台文艺部主任、甘肃省广播电影电视总台副总编辑。著有诗集《心叶集》《舒啸集》等。

渭源诗抄（四首）

游天井峡

石静林幽春草肥，高崖宛转燕低回。
轻舟未启银波动，骏马摇铃载客来。

渭水秋兴

山势嵯峨碧水流，繁华草树映金秋。
闻君可在云深处，唱和青春作壮游。

灞桥留别

芳园昨夜小花开，细柳轻杨拂绿苔。
渭水多情桥有意，清风月影照鸿来。

吊伯夷叔齐

卫道无门辞帝京，首阳有幸隐遗民。
采薇岂是平生愿，千古知君有几人。

◎李政荣

李政荣，男，汉族，生于1964年2月，甘肃省渭源县人。甘肃中医药大学定西校区副教授，民盟盟员，甘肃省诗词学会会员。著有诗集《远征集》、专著《陇中乡土诗词阅读与写作》。

渭源社火（三首）

跑大旗

大旗开道四门排，观者如云围聚来。
羯鼓咚咚响远塞，花灯飞窜舞黄埃。

玩　牛

牵牛套索亮耕犁，抖擞精神应鼓鼙。
犄角相逢亲热甚，摩挲奔跳舞春姿。

舞　狮

巨口血盆八面风，腾挪闪展气豪雄。
金睛如电拳毛动，振鬣长吟百兽空。

◎白珍

白珍，号山翁，1939年生，渭源县清源镇人，退休干部，善诗词，擅行草，著有诗词集《乡土集》。

纪游诗三首

渭水东注

渭水直下彩云间，东走矫龙浪生烟。
名载青史历万代，咸阳渡口水如天。

鸟鼠幽寄

巍峨鸟鼠同穴幽，稀世风物播九州。
圣泉三叠生渭水，禹开龙口吐清流。

锹峪南横

苍郁含雾屏城南，雄对关山万象涵。
天井峡中游人醉，留得胜景壮故园。

夷齐古冢

双竹魂栖一苍山，古墓新祠两茫然。
万代相传人共仰，千古流芳谁记年。
骨朽黄土双冢下，名载青史一纸间。
泪今松柏掩贤士，白薇依旧茂如前。

答谢赠化民先生

结友夕阳酒长虹，慕君德高情义珍。
翰墨辞赋华暮岁，白首坦荡卧高松。

清平乐·兰渝铁路

兰渝铁路，桥隧五百五，穿越山水知何数？长城峨眉云雾。
黄河携手长江，金山不再路长，放眼南北通道，彰显世纪辉煌。

采桑子·兰渝铁路联想

长虹漆彩双龙舞，跨水穿山，千里等闲，从此天府一日还。
崇山峻岭开大道，上北下南，桥隧相连，神州壮举每惊天。

七绝·春到老君山

君山洞外桃杏风，一眼碧泉沐苍松。
长龙跨水奏清韵，潇洒常游天府中。

◎曹希舜

索林涛声

洮渭地阴首黄岘，朝晴暮雨寻常观。
云杉千顷连四野，山泉百眼哺鲵鲶。
林深霭霭蔽天日，松涛阵阵荡耳边。
传言索亦福神地，愚谓避暑是洞天。

露骨积雪

遥望露骨彩云端，玉纱曼曼遮容颜。
雪压白崖摩青冥，峰似青萍欲刺天。
本是蓬莱仙游地，却教青女独盘桓。
浪踩寒波石栈渡，双门古罅谁记年。

谒清圣祠二首

一

千松绿掩祠一尊，双冢巍巍今犹存。
《首阳辨》破千古谬，红杏枝头吊二魂。

二

求仁得仁古今传，江山代有仰二贤。
祠宇重复碑完好，松老古稀不知年。

渭水源头三首

渭水源头颂

龙湫灵异禹神功，品字三泉云渭宗。
鸟鼠遗篇知几许，石径云栈数履踪。

登太白山

神州遍地有奇秀，踏破铁鞋难尽收。
天佑吾侪如彭祖，悠悠阅尽十九州。

题灞陵桥

一桥洪武到如今，巨变老君是证人。
昔日岌岌险将坠，今朝岳岳堪绝伦。
楼台亭榭添风物，柳浪杨花庆复生。
连晋三级成重点，口碑载道雏玉麟。

◎李恭

李恭，笔名犁雨，号秋月北辰，1952年生，渭源县北寨镇人。甘肃省天水市书法家协会会员，甘肃省书法家协会会员，中国书画家联谊会会员。书法作品先后七次入选全国各种大型书画专辑，并多次获奖。喜好诗词写作。

忆娘亲

夜半娘亲梦中见，衣衫褴褛尘满面；沉疴累累步履艰，走在家园地头边。
千呼万喊无声应，回头只见泪涌泉；篮提野菜手持饼，匆匆离去不见还。
娘亲无声胜有声，已经诉说多少情；生前未了心头愿，乳儿孩幼世路艰。
魂归九泉亦牵念，阴情阳托慰饥寒；梦断思亲痛我心，追溯往事忆当年。

娘亲早岁失母爱，饥寒孤苦少人牵；幼年牧畜庄园外，能事农作身系田。
成岁立家亦艰难，更悲五九六零年；草根树皮救了命，祸不单行紧相连。
忠贞勤劳何所报，天降病魔实有兆；抱病扶疾劳不休，儿辈年幼心常忧。
骑骡请医到炕前，细诊断语治疗难；久变瞬转终成恨，甲辰丁卯是天年。

娘亲离年儿年幼，母子骨肉相别难；情深意切不忍去，阴阳相隔不生还。
病危娇儿影浮现，连呼我名泪怆然；力尽神离音消远，身带牵思赴黄泉。
父儿老幼同声悲，痛肠离怨摧心肝；乳儿不懂生死别，亦哭欲奶更悲惨。
春夜愁涌星光暗，寒风怒气冲云天；敢恨红尘不平路，筑我母子两代冤。

垂泪敛声思短长，不解人生路茫茫；哪堪当年慈母爱，冰雪寒霜透骨凉。
从今岁月千程路，艰难坎坷任行藏；悲欢离合多少事，纸钱飞送报端详。

仰望天空雁成行，愿随大雁万里翔；翔时因寄所托事，天涯海角觅亲娘。
冰融雪化山开让，梦中娘亲会儿郎；暖风吹我心花绽，万紫千红是春阳。
而今儿郎业已成，遥祝娘亲放宽心；幸逢盛世生活好，事业兴旺人康宁。

从长安到渭源

西行朝雨别长安，秦川云雾天地连；今游古城兴未落，不误乾陵又一观。
回归途中越六盘，茫茫冰雪封山川；日暮天寒狂风骤，夜越安定到渭源。

◎**李汝常**

李汝常，1938年生，笔名平生，汉族，甘肃省渭源县人。现为《中国老年书画艺术》编辑部艺术委员会会员，香港画院、北京三希堂艺术学院书法师，中国书画艺术家协会会员。

绿　颂

山川秀丽起于绿，人们健康不离绿。
愿我中华之大地，妙手常造绿衣披。

农　语

国家免除农业税，开天辟地头一回。
种地还要领补贴，日子过得像宴会。

◎连书城

连书城，渭源路园人，退休教师，参编《渭源县志》等书。

田园即景

六月人家事倍忙，晓收菽豆夜摞场。
谁家小儿豁齿笑，跳达山径送水浆。

过五竹山

雨崖风铎晓梦寒，尘鬓萧疏忆少年。
五云遥揖孤竹泪，千载直节一志坚。

首阳问答

蹑石溪水清，古貌识松荫。
人天厌纡苦，君独歌采薇？
四皓不臣汉，桃园封故津。
所怀在渺远，谁与识幽微。
西山高云表，千古漾余香。

满江红·天井峡后峡

深罅古岩，问谁断，丹崖裂谷。笑迎我，霞舒云卷，翠滴翡绿。酌酒盈樽人啸傲，烹茗邀月松度曲。倏阴晴，幽涧起潜蛟，飞花雨。　　山水乐，仁智意；鸡黍味，故旧聚。听枝头杜鹃，芳菲欲去。荏苒百年驹隙过，艰难千古此际遇，更登高，雪岭仰天云，缥缈处。

渭岸远思

激浪晴光泛渭流，汤汤远泻肆神州。
鼠山飞鹤唳云表，灞岸霜涤拂素秋。
卦画三阳仙影远，经传函谷圣踪幽。
杯酒相逢谁与醉，孤灯夜雨引乡愁。

◎ 刘存来

古体诗作撷英一组

源头雪

渭河汤汤流，瑞雪纷纷飘。
久旱逢甘露，农家好兆头。

观"文昌阁"改"渭河楼"

晨曦青山渭河楼，神州八方声誉振。秦皇御敌筑长城，青砖长瓦伴月明。徐达戍边修桥握，灞陵长虹传古声。渭河经流八百里，绾轱秦陇一片云。鸟鼠同穴分洮渭，山南山北水自流。露骨山高入霄云，枇杷花开映山红。此地花儿古风存，氓人糜酒劝殷勤。

七夕应漠舟先生两首

今夕七夕，思念故人，应同道托，赋诗二首以记之。

之一

七夕乞巧会鹊桥，独立岸渚思故乡。
黄河汤汤欲涨时，一似游子泪残阳。

之二

独坐陋室思七夕，离别故人两载余。
点点星光点点泪，洒落苍穹河汉里。

莲峰改名赋

莲峰缘似碧莲花，马鹿留恋在山崖。
欲彰名气改首阳，能得清风传万家？

故乡春

故乡春节至，门户气象新。
诗书画菜石，闲来好做客。

雾　树

隆冬春节至，天气忽大寒。
漫树梨花落，误入春天里。

春 宵

春宵一刻值千金，月幽桂枝花悠影。
多情自古伤别离，墨色蝴蝶扑花屏。

荷塘清影

暗问画匠何所依，脉脉芙蕖留清影。
经年好梦为谁生，油油流水两有情。

农家一

一夜秋风劲，满树梨子黄。
农家情意真，邀我品果香。

农家二

秋风留雁影，满园瓜果香。
入户忙添茶，农家情意长。

（2013年双联下乡永登县即赋）

居闹市

闹市皆利往，雅室听古音。
举案有精品，花鸟煮心静。

竟日荷花

竟日荷花皆禅意，明朝散发悠五洲。
笑傲江湖西门雪，功名利禄终尔灭。

无题诗一

世人逐权贵，兀自画性情。
举杯问斜阳，知音有几人？

◎刘应琪

刘应琪，1930年生，渭源县路园乡人。西北师范大学美术系毕业，师从吕斯百，黄胄。青海省美协会员、书协会员。中国中外名人文化研究会终身荣誉会员，高级书画师，联合国科教文卫组织高级专家组成员。参加国内外书画大赛及展览百余次，获金奖四十余次。

鸟鼠山游

鸟鼠山北灞陵桥，渭水东流泛波涛。
山南远眺有首阳，桥北古藏马家窑。
伯夷叔齐食蕨菜，生死还在新周朝。
鸟儿老鼠非同类，尚能安家一穴道。

登马鹿山

四月八日马鹿山，陇渭乡人游其间。
大殿高耸香火盛，卧佛洞前绕白烟。
我宿僧房过一夜，风声鸟鸣自成仙。
晨起道长指老松，戏说当年马武鞭。

首阳山

马鹿北邻首阳山，红崖腰脐佛寺安。
伯夷叔齐曾隐此，世变星移蕨稀罕。
传说天下几首阳，明智无需查陈案。
万象时刻鱼龙变，顺天方得心安闲。

田　家

春柳白旭飞，雀鸟枝上累。
老妪树下坐，池边猪羊肥。
田家农忙日，少壮各有为。
今年风雨顺，粮囤增几围。

◎柳旺

柳旺，字兴光，1944年生，渭源县麻家集镇人，初中文化，现任麻家集镇文化站站长。从事文化工作二十余年，爱好书法、国画、诗词、撰联，参加县级书展多次，作品入选《渭源书画集》，诗词多次在《渭水源》刊载，楹联曾获甘肃省楹联学会举办的"建国四十周年楹联大奖赛"二等奖，并发表联评载入《当代佳联品鉴》，现为甘肃省楹联学会会员、渭源县文联第二届委员、民间文艺协会理事。

六月六高石崖花儿会

毕竟高崖六月中，风光不与四时同。
苍松翠润三更露，峭壁平托九里云。
佛龛灯辉香火旺，歌声潮涌爱情纯。
林阴草地花当酒，传统民俗诗意浓。

高崖风光

高崖绝壁峙谷东，叠嶂绵延气势雄。
晓浴朝晖神万钟，晚沐夕照彩千重。
历尽沧桑容不老，长生霓霭景无穷。
石窟天成疑鬼斧，人间仙境叹神工。

◎满如天

满如天，男，1919年生，甘肃省渭源县麻家集人。中国楹联学会会员。有多篇文章刊于
《民主协商报》《渭源县志》等。

船崖巨舫

朝云初散现奇观，小寺玲珑出石船。
鬼斧神工惊造化，玄机妙道费思参。
天开胜景屏山后，地辟幽径洮水边。
惹得诗人赞不尽，千秋名句至今传。

咏菊·七绝二首

懒梳妆（菊名）

万花零落正悠长，病向东篱懒梳妆。
富贵繁荣何处去？一庭谁到晚节香。

红粉团（菊名）

东篱何事足流连，为爱名花红粉团。
佳色清奇已艳俗，香魂自是出仙苑。

咏《野花》·七绝二首

　　1984年正值中华人民共和国成立三十五周年，渭源文化界为纪念这一伟大盛典特编出《野花》文艺专刊，其中不少诗文有强烈的时代感与浓郁的乡土气息，阅读之余，深感新奇精彩，遂咏诗以赞。

一

　　灞陵桥下水滔滔，鸟鼠山奇形势豪。
　　春到渭城花梦醒，野田芳草兴亦饶。

二

　　日照清源映丽瑰，渭城春野新花开。
　　莫嫌娇嫩少香色，敢于群芳斗艳来。

沁园春·重逢感怀书奉季纶兄

　　故友重逢，华发堪惊，顾影尤怜。忆当亭同宦，风华正茂；濯缨渭水，览胜朱山。阮庾风流，机云丽藻；器宇才华自不凡。更堪羡，诗情豪纵，方驾前贤。

　　倦游归养陶园，育英彦，铉歌意趣闲。叹红羊浩劫，酷刑惨毒，饥寒困厄，受尽辛酸。报国情殷，春蚕自矢，沥血呕心披胆肝。一朝喜，幸沉冤昭雪，诗壮新篇。

会川八景

一、文峰晨钟

一山飞峙欲撑天，叠嶂千重秀且坚。
画栋云开文昌殿，钟声破晓幸晨眠。

二、牧山晚笛

牧山初夏绿芊芊，万点牛羊归暮烟。
阵阵歌声传妙韵，一曲笛奏应鞭还。

三、塔寺风松

塔寺不知多少年，宝刹墟废早空禅。
苍松古老犹屹立，风啸涛声震满川。

四、沙堤柳浪

沙堤柳浪绿参天，十里浓荫烛树连。
燕舞莺歌诗意好，一声布谷雨含烟。

五、乌鸦晚朝

孔道通秦千里遥，清流穿过通济桥。
连云古树夕阳下，阵阵乌鸦闹晚朝。

六、石堡春耕

天将磐石留人间，形势雄巍矗连山。
高堡春来眺四野，牛耕马种满田园。

七、露骨积雪

远观露骨高巉巉，嶙峋屹立超万山。
积雪终年总不化，时当暑夏犹清寒。

八、马坂雾雨

一山夷秀见空濛，烟雨将来起雾云。
早涝阴晴知预报，明测应验利农耕。

◎高德宁

高德宁，渭源县清源镇人，退休教师。

乡　景

人间仙境在渭河，绿水青山此处多。
古有民风勤淳朴，一村亲睦万家和。

灞陵桥

一桥飞跨气势雄，沐雨千载称灞陵。
渭水滔滔身下过，万里瞩目到东海。

◎程俊珊

双门踩浪

石山裂陷一线天，鬼劈神造石门关。
暗渡天府下西蜀，石龟守门穿越难。
三国邓艾栈道攀，宋将王韶征蕃蛮。
樵夫牧童常穿越，胜似落魄魂荡天。

◎王会玲

王会玲，女，1972年生，渭源县会川镇人，大专文化。善书画，好诗词。江西省文书画院高级画师。

如梦令·中秋思

中秋夜半月圆，身仁花中庭院，俯身皆欲捡，满目全是思念。那般，那般心知渭水笑颜。

山坡羊·感怀

朔风以待，雪粒青睐，世态情缘皆因爱。一陌斋，情常在，管他人生成与败。情思犹生亦乐哉。朝，难忘怀，晚，难忘怀。

天净沙·夜思

月华星稀云淡，路遥树近山远，北风寒意扑西，盈盈之恋，身倚栏杆夜无眠。

浣溪沙·幽梦

柳绿地融春正半，雪飘寸许犹自寒。人困依几酣入梦，梦里寻伊千百度，无限怅然亦惊梦，却难道思念无数。

无　题

黄花开时梦牵魂，相思情，两离分。梦萦魂绕尽皆空。情切切，意深深，柔肠寸断何时溶。

山　行

雪雨浸衣身微冷，寒风袭面腮作痛。
山径草谢苔湿滑，皆因误入此山中。

◎仲玉林

游老君山

八月中秋艳阳天，疾步上阶登君山。
紫气东来笼峰顶，一山碧翠似画卷。
楼台亭阁半露脸，疑是仙境降人间。
渭水东去如银练，县城娇小像花园。

游清圣祠吊伯夷、叔齐

瑞阳初照此山明，青松翠柏护双冢。
为让王位兄弟逃，阻谏武王伐纣兵。

耻食周粟隐首阳，采薇而食度残生。
名士骚客颂双清，气节高尚史留名。
曾有识者存疑问，二君所为逆时行。
乡贤建祠常祭祀，古邑渭源一胜景。

游峡口水库

两山对峙出平湖，百顷碧水镜面平。
瑞阳水波相映辉，疑是瑶池落渭滨。
千山层林翠欲滴，万树映掩农舍新。
梯田层层农人忙，炊烟袅袅上青云。
入云山径七八盘，鸡鸣犬吠三五声。
旱年蓄水润陇渭，万亩良田硕果丰。
千家万户自来水，水库为源活水清。
遥想当年久旱苦，百姓种田赖天公。
科技进步国盈富，党恩浩荡亿民颂。

灞陵春色

渭城春雨浥轻尘，灞陵桥畔柳色新。
百花含苞欲绽放，蜂飞蝶舞百鸟鸣。
杨絮随风舞似雪，榆挂榆钱串串红。
杏花出墙呈娇姿，朵朵桃花映面容。

游莲峰山

陇上名景五莲峰，天上降下玉芙蓉。
佛祖诞辰好景色，千家万户如蜂拥。
马武挂鞭树不在，卧佛长眠神从容。
老君山顶八卦楼，朝阳升时辉照厅。

会川颂歌三首

一、景色如画

两河绕玉带，双桥似落虹。
杨柳笼烟雨，绿山碧入云。
洁白露骨雪，千亩索林风。
雨过千山翠，会川入画中。
灯盏文昌宫，塔寺松风雄。
马坂雾雨奇，西牛望月真。
竺尼奇松秀，太白云托峰。
石门古道浪，船崖有奇容。
磐石古堡老，本庙龙王宫。
移步景色美，游玩舒烦心。

二、物产丰富

当归香飘远，黄芪出国门。
最好马铃薯，全国传佳名。
党参白条嫩，蚕豆营养丰。
麦翻千层浪，油菜花鲜俊。
黄香虫草鸡，味美营养纯。
牦牛似珍珠，洒散绿原中。
南山采薇蕨，西山有蘑菇。
雉鸣山涧旁，鹿跃丛林梢。
红红鹿血酒，常饮最壮人。
遍山有野药，处处藏宝珍。

三、日新月异

层楼映日辉，长街车流行。

路面水泥灌，花园绿葱茏。

满架时鲜货，东西南北人。

市场多广阔，货物分类存。

饮水丰且甜，常年不干涸。

两条国道会，方便出远门。

民风古淳朴，文化积淀深。

有客来舍中，笑脸茶点迎。

◎张启明

张启明，1948年生，渭源县会川镇人，毕业于西北师范大学数学系。退休前系会川中学高级教师。喜好诗词，曾在四川《老年风采》杂志发表多首诗词，并获金质奖。

游刘家峡水库二首

一

水光山色映天地，高峡平湖万顷碧。

锁住黄龙八千里，造福人民显威力。

二

暖风吹皱水面喜，群舟荡漾飘欢语。

陇上新貌立意好，大河拦洪起高堤。

赞灞陵桥

渭水河上落彩虹，五色雕成木玲珑。
沧桑千载历风雨，幸逢盛世焕新容。

观老君庙有感

老君山有老君庙，　雕塑自古成广告。
圣容千载传香火，　道德一部世称妙。
倡言"为人己愈有"，慈俭不争安身道。
经纶百科寓真理，　和谐社会也需要。

忆秦娥·峡城船崖小咏

和风微，清泉淙淙野芳菲。野芳菲，云生崖底，雾中船飞。鸡鸣石林传村隐，犬吠深谷牛羊归。牛羊归，鞭梢响脆，犊背笛吹。

◎丁元亨

丁元亨，笔名马良，1943年生。甘肃渭源会川镇人。能书多才，能诗能文，担任村社干部31年，曾参与《渭源县地名资料汇编》编写工作。

露骨积雪

巍巍露骨山，皑皑积雪寒。
明知不是雪，世代误相传。

渭源乡镇

（嵌地名诗）

秦城庆安园，两寨两川田。
莲峪清圣庙，竹麻杨两湾。

（注："渭源乡镇"诗中共含20个乡镇地名：秦祁、峡城、庆坪、大安、路园、北寨、新寨、会川、蒲川、田家河、莲峰、锹峪、清源、七圣、祁家庙、五竹、麻家集、杨庄、上湾、黎家湾）

灞陵雾凇

渭水奔秦川，灞陵横清源。
正值赏菊时，万树银花绽。

◎王志义

王志义，号牧羊老人。1944年生，渭源县会川镇人，能书善画，喜作诗，热心公益事业。

会川美

山晓晴空下，文昌如画中。
两水汇明镜，双桥落彩虹。
露骨千年雪，太白万载云。
石堡重根稳，马坂雾雨浓。
犀牛望明月，塔寺松风声。
灯盏钟声远，本庙龙王宫。
二川相聚会，二路相沟通。
楼高道路坦，药市天下人。
今非昔日貌，会川与时进。

咏太白山

太白云海托孤峰，玉皇阁隐云雾中。
三清宝殿明烛亮，夜半钟声会川闻。
风摆浪惊游人胆，遥望五台入云端。
猴子拔蒜悬崖间，龙眼神泉永不干。
神仙洞府山崖半，太白修行在此间。
凤凰出鸣迎客暖，相峙二顶上九天。
太白积雪六月寒，八十一拐步盘山。
睡佛酣卧呈慈颜，群山奇峰怪石多。
绿树桦林松参天，顶览群峰可眺远。
闻名天下小华山，霞光万道照山岗。
游人个个赞太白，登上太白似神仙。

◎朱剑青

登花崖峰

(伐薪南山满目夕照有感)

刚过盘雾岭①，　　又登花崖峰②。
扑面苍山翠，　　极目落日红。
故友今何在？　　流云寄旧情。
饮酒须当醉，　　苟安枉为人。

(注：①盘雾岭，云雾缠绕的山岭，不确指。②花崖峰，豁豁山前一乱石嶙峋的山崖。站在峰顶俯瞰，附近山川匍匐在地，周围县镇尽收眼底)

访友南横山

(趁农闲访建国友因作此诗)

农闲访友南横山，　苍龙醉卧米粮川。
残阳西下亘古道，　乱云飞扬仍正酣。
鸟鼠峰峦披锦绣，　渭水逝处生紫烟。
牧人已乘金驹去，　岭下孤有饮马泉。

(注: 南横山有这样一个美丽而动人的传说。相传在很久很久以前, 南横山下有一位心地善良的农夫, 为一大户人家牧马。农夫在泉边饮马时, 接连好几次, 听见有人喊: "我要出来了!"他觉得很奇怪, 就把这件事告诉了东家。东家说, 如果再听到喊声, 你就让他出来。这一天, 农夫牵马刚到泉边, 果然又听到了喊声: "我要出来了——"农夫说: "要出来, 就出来, 喊啥呢!"瞬间, 只听到一声山崩地裂的巨响, 农夫迅速跨上马背, 一跃而至对面山坡。当他回头看时, 南横山已崩塌了半边, 这一大户人家的庄院已荡然无存, 压在了下面。后来, 人们把农夫立马回头的山坡就叫作"站马山"。现在, "饮马泉"仍清澈见底, 同"站马山"遥遥相望; 据说, 从南横山下的沙石中, 还能找出当年的砖块和瓦片来)

◎蔡学伦

蔡学伦, 1941年生, 临洮县衙下集人。渭源县二院退休干部。渭源县政协文史研究员, 临洮诗词学会、临洮寺洼文化研究会理事。多有诗词发表于《临洮诗词》《渭水源》《洮河》《寺洼文化》等刊物。

灞陵桥组诗(节选)

一

天下渭水第一桥，　灞桥雄姿称天骄。
"绾毂秦陇"济万代，　"源长南谷"耀今朝。

二

瑞雪盖野兆丰年，　红灯高悬报春临。

严冬过后惊雷动，更觉眼前柳丝新。

三

北国一望万里冰，滔滔渭水晶凌凌。
巨龙腾跃龙蛇舞，犹似嫦娥飘素绫。

◎禄健

渭源三咏

莲峰山

夜雪初霁白莲开，五峰莹玉恍瑶台。
寒鸦楼冷抱枝去，野狐鸿爪听禅来。
水凝珍珠挂岩静，碑覆素色映丹心。
我是耕夫天放假，伴君对饮到天涯。

双石门

三分王气耀西川，不堪风雨五丈塬。
金戈卷旌逼蜀鼎，劲草隐兵出阴平。
遥闻岷江涛夜鸣，细聆杜鹃泣血吟。
可怜锦官城头花，依旧孤照映晚霞。

五竹寺

新篁古村名，斑驳驻林荫。
风来花入户，雨去蝶盈谷。
鸡鸣晨起早，犬吠夜深时。
遗臣多恨事，五彩满山竹。

小　说　篇

◎连书城

桃花峪

渭阳县靠着渭河北岸，尽多山地。大多是一些红褐砂岩叠积而成的岩层，经亿万年风蚀雨浸，冰涣水切，地起山隆，形成了大大小小山峦、沟壑。这些山峰西南高，东北低，绵延百十余里，出县境，是与襄武、安定的交界。

这天，就在此山大潦洼山梁顶的官道上，行进着一群人众。

这些人中，净是青壮年男子，人们穿着各异，有褐褂儿，有毛蓝布，有家织小麻布，也有黑阴丹，白实布褂儿的。

山梁上路宽，在这支散乱邋遢的队伍两侧，有十多人散行着。这十多人都背着一种叫汉阳造的枪支，另有三两个腰挂盒子炮的长官们。

人们静谧地行进着，除了沙邋邋的脚步声外，队列中不时地传出："报告，尿尿。""报告长官，肚子胀，蹲一蹲"之类的申请语。

队列就这样缓慢地跋涉着，像只蠕蠕而动的长蛇巨蟒。他们从县城出发，已有三四个时辰，约走了四五十里的路程。大多人显得有些疲累。

"报告，尿尿。"队列中一声爽朗简洁的声音。

还没等押队班长回答"准"字。已有一位五尺多高的青年汉子，高高站在崖边一块大石上尿了起来。

那股水在晚阳的映照下，显得黄酽莹亮。冲潋得那么利索有劲。看得一位"班长"竟羡慕了起来："到底是青年人，气力足，就这股水的冲劲儿，早都比不上他了。"才这样想着，猛听一声响，"哟——"

那是众人吃惊的呼声，崖沿上已不见了那位撒尿青年。班长一急，忙中一把搡过一位挡道士兵，脚踏崖畔，才向下看，忽觉得有些眩晕。

那脚底一道失足者留下的印迹，犹自沙砾滚滚，只见岩崖陡峭，几如壁立，那失坠之人，此刻也就似一块碗大石块似的，在峭壁崖坡上滚滑急坠。已快落至山下沟涧。

班长惊得如痴似呆，回不过神来，好久时间才换过一口气。只听身旁众人出气粗重，原来身旁挤着几十人俯身下视，个个看得心惊胆战。一位押队副营长此刻也站在崖头擦把汗，呵斥壮丁归队。毕竟长官们见识广，厉声呵斥后，临时订了两条军令：一是不许壮丁们拥挤崖前，防止再出坠崖之险；二是不许随处请假撒尿，每行军两小时后统一寻宽处排泄。

后来那接兵营长到了部队驻扎之地，向长官报告撒尿坠崖的事故，落了几句长官的数落了事。

那种在峻峭崖壁上惊心动魄、利嗖有劲、急坠失重的感觉，渐行渐缓，滑落的速度也越来越慢。终至停顿。

他并不急着起身，放展了身子，歇了大约一袋烟的时间。终于吐口长气，悠悠地自语了一句："五斗麦子，又挣脱了。"

说完这话，试着展展腿，发现腿脚无恙，展展臂膀，臂膀仍然屈伸自然，筋骨舒适而有力。

然后坐了起来，展左手从右腋窝处揣出一枝硬木棍来。那棍长不足二尺，比大拇指略壮粗些。刚才挨地那一截儿，已被沙砾红壤磨出一抹斜角来。

才想随手扔掉短棒，又想着北山狗恶，有这么一截木棍儿在手，倘或见了狗、狼等野恶之物，也好戳戳挡挡，总比空手好些。想着这些，抽抽系腰，把棒儿插在腰间。

沿着山谷，东转西拐，向前行去。他自己以为快到了山底，此刻向下望去，眼底原来又是一面长坡。

浑身乏力，怎么也懒得再步行走路，于是双足一蹲，右手撑棒、左手撑掌，向草坡略微发力，便再次滑溜起来了。

他紧了紧撑棍，打量着眼底的坡洼，时快时慢，左盘右绕，在草坡不断旋转滑动着。身旁飘飞着云朵，脚底时而掠溅些尘土。

此刻他的思绪中浮起了狗剩儿、王涎涕、张胖胖、假男孩惠兰儿这些渭北镇阴洼儿山上的少年玩伴儿来。那是他外公家的表哥及邻家一些孩子。

这些孩子们的身影仿佛仍在他的身畔忽快忽慢地出现。但无论他们哪一个即便如何使劲，与自己今天利箭飞矢似的崖头一跃相较，全显得黯然失色。自有天渊之差。

方才自己那惊魂一瞥间的一跃一滑，现在想起，都自觉惊心。太刺激，太痛快了。多少年来再也没有在高山险壁上滑坡玩乐了，随着父亲久病，年岁渐长，劳累、困穷，成了久久缠绕自己的两条绳索。

这不，今年为给父亲治病，借债难还，自己本是独子，不在所征壮丁之列，但迫不得已与另一家两丁之户商量，卖丁顶替。得了五斗小麦，安顿了父母的生活。

方才自己惊魂一瞥的跃溜、急滑，倘或被人逮住，不是打得半死，就是被较样子枪杀、示众。

幸而自己自小练就了一身捷如猿猱、疾如弹丸的速度与身段。使众人误以为坠崖事故而了之。

那夹棍滑坡是当年渭阳北山一带孩子们最常玩的游戏之一。方式是选一定斜面的山坡，在坡顶双腿蹲好，也有挨草坡坐实的。有用垫子衬着屁股的。约齐后听一声口令，拿棍子在崖壁、坡顶猛戳疾捣一下，人便在草坡溜滑了起来。

那支撑棍牢牢夹在右腋之下，右手握捏尖头向下，滑行中用棍捣崖坡，人便在草坡间滑动起来。倘嫌速度慢，放松撑棍，将撑棍与左掌向身后山坡用力掀撑，速度便迅速增了上来。

到了险处或想停行，则将手中棍向起掀动，滑行速度就慢了下来。扳抬力度再加大，滑行停止。那时棍尖会深深插窝在了崖土之中。

这种速滑方式当年大人们也多用过。上了山顶选草坡，略约弯膝蹲坐，打狗棍在腋下一撑，哧溜溜一阵儿便到坡底。

这时太阳已近了山畔。"那队壮丁们早该宿营休息了吧，也许已开了饭。"一想"饭"，他的肚子立刻咕咕响叫了起来。他紧紧系腰，向峡谷外走去。是条东西向的大谷。走了半晌，前边开阔了许多，是条大些的山谷。那方向也变了，那谷中的宽度有三四里宽的，有一两里宽的，道路也开阔了好些，能看到牛马车辙压过的痕迹。他想朝西行，那是他们所来的方向。但左手那边，一二百步外的一条沟涧中，隐隐有烟火冒出。

该是谁家晚炊的灶烟吧，才这样想着，腹中饥饿也引着两条腿朝那冒烟处趋去。脚下也越行越快，心里还不断地发出"不行！要向太阳那边走，我要回家，那是回家的方向"。

走得越近，沟底冒出的烟愈浓，胸腔那颗心兴奋得能觉出蹦跳来。本就疲惫了的双腿不知从何时起，竟然似纵，似跃，快极了。

到了沟沿，突地让他吃了一惊。哪儿是什么做饭的人家，崖下沟中两位中年人陪一个五十四五岁的老者。扒拉着沟涧中的枯枝、败草，往一堆冒烟麦秸穰柴上添压，草堆旁睡着个不足两岁的男孩，头顶扎着两股儿小鬏，黑发红绒，映着晚阳，特别令人疼爱。

那老者盘腿坐在柴堆前，吹吹身边的火绳，那是一种用野尘间的艾蒿搓成的绒绳。专供老人们吸烟用。老人慢慢抹动烟锅杆儿上的烟袋，装了一锅烟叶，凑着火绳儿吸着。那浓浓烟从老人眼里、嘴里、鼻孔里冒了起来。火绳儿头上明明的红点，经他一吹，也生起火花来，老者点起柴火，努努嘴。于是他身边的一位青年人款款儿抱起那个孩子，平放在那堆柴草的上方正中。完成这些程序，老人长叹口气，哀哀地说句："孩子，早早托生去吧。"拍拍身上沾的土、草，引着青年们走了。

他知道这是附近几县人的习俗，岁数不足的孩童，倘有夭亡，大多用柴火烧送。不再入土。

此际他因饥饿而寒冷，有些瑟瑟发抖，看着眼底有火，也顾不得不久后的焦肉恶臭。只想沾点柴火的热量，左瞧右瞥着寻找下沟小路。

尚未下行进沟，却被沟中火堆上的孩子惊得一颤，那孩子声嗓沙哑地"吱——"了一声，平摆着的手也动了几下。是不是自己看眼花了？他揉揉自己的眼睛，再细瞅那孩子，那孩子的手脚已被柴火烧得乱蹬乱扭。口也一翕一合，似乎在哭叫着挣扎，声音却暗弱得几乎听不清什么。

这孩子活着，快救他。一面想着，竟不走十几步外的细路，只手一撑沟沿，人已从两丈多高的土崖顶直飞而下，落入深沟。

刚从火中捞出的孩童，竟然冲他一笑。黑里带黄的头发，已被燎焦成了现代妇女们的烫发卷儿似的。那小嘴儿一咧，似乎又在冲着他笑了。那张可爱天真的脸庞，五官清秀，小嘴一张一唈，像要吸吮些什么的样子。

他想从口里嗽出些唾沫，给孩子润口，却发现自己早已唇裂口燥。转头四望，想寻些溪涧之水，处身之地分明是一条干沟。

人心一急，那尿脬好像也在同步发急，他不觉有些尿急起来。才记起自己从高崖撒尿，跃崖之际，小半脬尿水硬是半道煞住。此刻又过了一两个时辰，渚得多了，忍难再忍。

　　放下孩子撒尿，那尿才撒出，亮晶晶恣肆奔流。忽地猛一动心，硬是半途煞住，转到那孩子旁，蹲下身来，给那一张一翕的小嘴唇上滴了几滴。

　　细看那孩子，咂巴了一声，嘴巴又张得圆圆的，像是吮入了什么甘露琼浆，嘻嘻而笑。又将头左扭右转，想继续吸吮些什么。

　　此际无奈，他又给孩子滴洒了好些。这孩子更来了精神，腰扭足蹬，像要起身的样子。

　　他清楚地知道，自己这些举动，也是无奈中的应急，要救那孩子之命，最重要的是及早寻找孩子的父母。

　　他解开自己的衣襟，裹紧孩子，扎紧系腰，放腿向那几个人去的方向寻去。越过两条涧沟。攀上一道断崖，天色已渐渐转暗了，黑雾也渐渐缠裹着他早已疲惫了的身子，他从黎明吃饭，走了几乎一天的路程，水米未沾。到了此刻，已经饿得有些虚脱。

　　他怕路上的坑凹或石块碰翻自己伤了孩子，解开了系腰带，再次把孩子用衣襟裹好，用一只手护抱孩子，另只手攥着那截二尺长短的撑棍儿。在有些暗处，那棍儿还能起些探路作用呢。

　　云也更重了，一切都显得模糊了起来，又走了好一截子，那路又朝下通去，路边栽着些碗口粗的杨柳树。他知道那已是庄前的路了。渭阳北山一带人有植树的习惯。一是涧沟之中，二是围绕场园与挨近庄院的道旁栽种榆、杨、柳树。

　　此时天更暗了，他的脸上，手上及卷着袖子的臂膀，已落了些细碎的雨粒儿，他抹了一把脸，把褂儿下襟纽扣解了两颗，撩起衣襟，将那赤身的孩子往好裹了裹，继续前行。

　　不远处一点暗弱的光亮，透过树隙，与天上云中那几粒星光一起闪动。

　　那灯火光亮虽弱微，却在他心里添了不少力量，他觉得自己的心在扑腾地跳着，好像猛地热了起来，步子也不觉中快了许多，竟然以晌午逃生的速度向那灯光趋去。

　　眼前一处破败的篱笆院，篱笆间高出几尺的是篱笆门，门外右手有一团黑乎乎的东西，那院子距他尚有百十步远，已看到那团黑乎乎的东西跳了出来，是条咻咻低鸣的黑狗。

　　那只狗拽着铁链扑向已近篱门的来人，他盯着狗影，略约后退了半步，张口喊了声"掌柜的。"

　　声音在暗夜里显得那么畅亮，透过细雨薄云，从远处山崖间传来"嗡嗡"的回音。狗的叫声也更尖利了些，但那房门好像仍未打开。于是他又畅亮地叫了两声。

屋中灯光亮着，他看到了一个剪纸花样儿似的单薄人影儿映在窗前。

那人影在窗前不动、不移。就像与他的呼叫无干似的。

"人家不言，孩子却要紧，得打听到他的亲人才好。顾不了许多，进院。"他这么想着，步子也这么迈着到了门前。

带着细铁链子的狗才从窝门前扑起，拽得铁链嚓嚓响，他脚下错步，身子探前，手落低，像是很随意一抓，接着就听到了那黑狗"吭吭猖猖"的哀鸣声。

此时他已站在院中屋子的门前，又叫声"掌柜的。"

门原来半开着，此刻一位身形单薄细瘦的女子依着炕上的窗棂，握着柄黑瓷长把厚木座的油盏灯，背身探着什么。

"大嫂，"他用喑哑干涩的嗓音叫了一声，竟然连自己都没听出一丝儿声音来。

那女人并未出声，就在她与来人不及五六尺之间，那灯光愉快激情地跳跃着。照着她苍白痴呆的面孔，照着在来人怀中久经摇晃而熟睡的孩子，也照着这位憨呆呆，却极度饥困疲乏的男子。

然而，她依然迟钝木呆地继续着自己的事情。好像连那个站在门边的男子根本没有觉察似的。她的下身系着一围白底红花的绸裙。上身一件红缎金花的夹袄，两溜眉毛好像新画似的，细长弯曲。她的嘴里喃喃的。似叹，似诉，又似骂詈："贼汉子，你生心设计，硬将人家哄来，进了你家这破山沟。又不守着人家，自个儿先走了。你这山沟呀，没好人，光有个好名字——桃花峪。"

"你那贼哥，天天嚷着并家，擦黑来，半夜走。你知道他鬼鬼心，揣着啥心思吗？"

"今天，咱儿子先寻你来了，我也跟着咱儿子来寻你，唉！我娘儿俩前生该欠你的，我俩一块来，对起你了吧？"

"嘿嘿，呜呜！"

哭声，笑声，哽咽声，泣诉声，夹缠一起听得文斌头发根儿都竖了起来。

再细看，女人已站在一个小凳子上，一手揣着绳圈儿，文斌心中大惊，惊急中叫声："大嫂，你孩子还在。"他从这女人的自言自语，听出这孩子似乎就与女人有关，冒失地喊了一声。

说着已将孩子举到空中。

谁知这女人呆呆痴痴，毫不理会，头已伸在绳圈儿中，蹬翻了凳子。

文斌情急，急跳上炕，右手抱着孩子，左手一展，揽在那女人腰间，抬手举臂之际那绳圈儿已无处着力松松垮垮的，在屋橼之间晃荡着。

那女人身子被人箍着，三分奇怪，七分气愤，腾出手就向那男人脸上搧去。文斌双手抱两人，无法还手，扭头躲闪之际，那女人倏忽间见了儿子，爱心一生，手已无力，身子软软的，倚在文斌怀里。

文斌轻轻放那女人睡稳，把孩子偎在那女人身边。竟然真是一对母子。那孩子头直向女人怀里蠕去，女人撂起衫子，给孩子奶吃。听着孩子咕咕的吸吮声，才放开了心怀，想在屋中寻点吃的，却是啥都没有。

无奈之际，他从一个瓷缸中舀出瓢凉水来，喝了一气，坐在炕沿，看那女人喂孩子。

她似戚，似悲，好久，好久，终于喜极而泣。然后拥着孩子，不言不语，似呆似痴地坐着。来人叫了声"大嫂"，她只含糊地"呃"了一声。然后仍痴呆着，不与来人通话。

他已经极度乏困，在炕沿坐了许久，不见女人与他言语，他也不嗯不喘，揣着她家炕热，壅起被子，脚朝炕沿，头朝炕脚，头抵着屋墙，呼呼睡了起来。夜半梦醒睁眼，黑暗里，他发现自己竟然顺睡着：头靠炕沿，枕着个四棱子枕头。身上盖床褐被，外衣也被人脱了，挨着他的身子睡着的是那个孩童，咻咻的拉着鼾声。

再转头，他看到炕的对面灶头，灶中火明明亮亮，不时地有几声木柴爆响的噼噼啪啪声，锅里啵啵地滚着什么，凭那香气，他分明闻到了肉熟的气味。

"那娃娃的娘呢？"他将头转了转，没看到啥。却觉得挨炕的腿有些烫疼。翻身之间，觉得腿脚那儿有什么挨靠着。转头看，原是那女人坐在他腿畔打盹。

"大嫂，你没睡？"

"你太乏了，睡得沉，我都挪不动你哩。"

说着，扑哧一笑。

"锅里给你煮了猪腿，我去看熟没？"

说着话，跳下炕沿，到灶前抽枝柴棍儿点着灯。拿筷子在滚肉上扎了一下。就在锅中拣捞了起来。

看着他在炕上吞肉，女人又找出个陶瓷小罐儿在灶火门上煨着，端茶给他喝。直到他打着嗝，放下筷子，才爬上炕，和他坐着说话。

"孩子吃了没？"

"你睡着时，煨了点稀饭喂他。"

"他爹呢？"

"前年殁了，就我和孩子。"

说着脸上已落下了凄恻的阴云。

"嫂子，莫太难过，你自己也吃上些吧。"

他平时挺会说话，也常和村里女人们打趣玩笑，今夜与这陌生女人相处，结结巴巴，也就只有这么两句说辞。

"我先吃过了，你再睡阵儿吧。"

"你呢，睡哪儿？"说着话，他觉出了自己声音中的羞涩。

她没答话，挨着儿子，放下枕头，和衣睡倒。然后才说："哥，将就着眯阵儿吧，天快亮了。"

炕很热，他用被角苦了苦腿脚，也没再脱衣裤，侧着身睡在她的身侧。饭前还睡得那么香甜，此时却总心跳着不能入梦。两条身子间虽空着几寸距离，却似有股看不见的力量拉拽着他向那女人靠近。

他琴持定力，不断压抑着青年男子潮水涌浪似的欲望，终于带着疲困的身子又睡着了。

凌晨鸡鸣，他醒了，发现他们俩衣服整齐如前，却相拥相抱在一起。

他轻轻往旁边挪了几寸，仰身躺着，将那刚才抱着自己的臂膀，拉了过来，用她的手掌按压在自己扑扑乱跳的胸口，那心跳，非但压抑不住，反而更加跳得狂了。这户人家的大掌柜姓赵，名知侠，一直在外当兵，做到了营长。年前他所在的行伍与另一派的督军打仗，军队被打垮，自己弃队归家，只混得一人一枪。虽说家中无有衣食之忧。与周围几家富户比起，毕竟显得寒酸。

靠北主房这时坐着主人，在正房西边是一面通间炕，挨灶沿有块杨木板儿，厚厚的木板上一个擦拭得铮亮的铜火盆。盆里支架着自家埋烧在炕中烧成的木炭。炭火顶架一铁三角儿架着水壶，炭火中煨着啵啵溢水的茶罐儿。

主人并不忙着瀸茶。只蠕动着厚厚的嘴唇吸卷烟。

那烟三四寸长，指头粗细。烟头儿上一明一暗地闪着光。他弹弹烟灰，仰头吐了几个烟圈儿。那圈儿大圈套小圈，浓浓的，直升屋顶。

他向来人摆摆手，让他上炕，随手丢过支四楞子烟卷儿来。

"来一支，这烟劲儿大，也不知青年人吸过没有？""卷烟没太吸，在家中自己种的旱烟有时吸一锅儿。"

他展臂接过扔来的烟卷，再手指捋捋，放在鼻下闻闻，又用湿唇润润烟卷儿外皮，将细头儿噙在嘴里，再从火盆中抓出颗炭火籽儿来按在烟头。这是正月间从社火头人那里看来的作派。

然后接过主人递过的瓷茶罐儿溻水下茶。

"青年人贵姓?"

"免贵，姓李，名文斌。"

主人轻轻一笑，"早上听他婶儿说，你挺仗义能干的，救了小侄荣儿一条性命。我看你这人挺精干、敏捷的，小伙子，跟着我，咱以后在外闯闯，挣点光阴，有你好吃好喝的。"

"大爷，昨儿急乱中，有幸遇上你家小侄少爷，也算得一种缘分。承蒙您老看得起我，只是家中父母亲悬望，母亲又多病，需人照料，在您这儿我实在呆不了多久，也就避上个十头半月，事情过了我得回家侍奉双亲。不能在贵庄陪您老，真遗憾得很哪!"

李文斌小时读私塾，后来常与些富户们打交道，倒学了些客套辞令。

"好，好! 很好。我最敬重孝子与忠勇之人，前几年在队伍上也亲手提拔了好几位果敢有为的袍泽，如今虽然归家，实想在江湖上走走，做个行商，闯荡一番。一时还没有物色上个好帮手，今天你我相遇，也算有缘。"

"我看小兄弟精明能干，咱俩联手，外出活动一趟，做生意获利，也能给你家老人带点孝养之物，总比你空手归去强许多吧? 用不了几天的，就别推了，算咱兄弟有缘，结识一场，老哥就带你外边闯荡几天，小兄弟，你也逛逛外边花花世界，开开眼。"赵知侠清晨从弟媳那里听了文斌滑坡逃跑的故事，这时又亲见了利落精神的小伙儿，觉得将是个很好的帮手，想带他一同出门去做一趟生意。吃过了茶，二人又谈起了武功兵刃之类的话题。说得投机高兴。说着说着，赵知侠想看看文斌的手段高低，约了文斌来到场院。

庄院门前靠西有几个草垛、粪堆、牲畜圈舍，与一片平坦的场地，略约一亩上下。

两人分别打了一套拳，文斌打得干净利落，赵老大打得沉稳有力。

耍着耍着两人对起仗来。好一阵儿后，只听二人咻咻喘气，又过了一阵儿方才收手停战。此刻听到崖头地中几声"嘎啦、嘎啦"的叫声，赵知侠已从腰间掏出支手枪，显手段展臂甩手，枪响处扑棱棱飞起一群鸟儿来。

他尚未起步捡拾，只见那飞起的鹌鹑群中又滴溜溜落下一只来，他疑心是枪弹穿透一鸟后另伤了一只，那边文斌已经开言："小弟趁着哥哥的威风，胡乱击落一只，凑成一对儿，下酒吃。"嘴里才说着，已展足驰上崖顶，提回两只死鸟。赵知侠看着吃惊，略一转眼笑着说："世间竟真有这等手段。看来《水浒传》中没羽箭的故事，绝不是杜撰虚说了。"

"师父也说他是受了《水浒传》里英雄的启发自个儿创练成了飞石绝技。后来教我这一手时真没少挨他老人家的棍棒。"口中说着师父，竟自忍不住两股热泪从眼眶中流了出来。"师徒如父子，你不是说你师父是秦州那边人吗？这次出行，咱们第一站先去秦州拜望你师父去。"

"嗯，我和老人家已相隔六七年没见了，也好，我跟你走吧。"说话间，喉咙中竟哽哽咽咽的。

三日后，两人出行了，在天水盘桓了几日后，告别了文斌师父，又向西南行去。一路上走走停停，穿城过镇，又是十余天的路程，终于到了一处西南山乡，他们投宿的这处镇子叫双塔镇，有六七百户人家，村外山上，一坡一坡，尽多茶树。此际头茶已经采过，到处都是炒茶的人家，也有收茶的商人，四看转着，看茶，探价，都闲散地转悠着，他们二人也是如此。歇了一两天后，赵知侠每日出门在外，晚间或来，或不来，也不带文斌出去。文斌初来时还觉得新奇，才不过几天就有些闷气了。

这天挨着窗前一把椅子喝着茶，掀起窗框上的亮子向外观看。那窗开在侧窗之上。离侧墙十二三步外有片池沼，波光粼粼的池水约有三四亩之广。堤岸上绿的是杨柳，红的是野花，那池中荷叶也大多展开，约有碟儿大小。荷花全都未开，靠北处倒有几茎幼蕾，幼弱的茎干上小小梭形的花蕾还不足拇指粗细。

池沼边一排石凳，有位老者坐在凳上，一手拄着手杖，一手抚摸着身旁卧着的小狗。池沼边左边有条大路，人来人往，路边一座二层楼，有位花枝招展的女人依着栏杆向路人摇手巾，献媚眼。再远有细路田地，山麓林落，山坡上一个孩子，抱着他的小狗，在草坡上滚滑着玩乐。静极思动，他忽地想到对面山上去遛遛。心里想着便锁了房门，给店掌柜一声招呼，走了出来。

望着远远的青山，他沿着那片池沼边道路向前行去。出门时还淡淡地有些日光，走到山脚，云朵已由浓变黑，他并没有留意那天气的变化，在陇中山乡，有时连阴数日，也难得熬到有几滴雨点下来。积习所在，他不紧不忙，独自向山麓深处攀行。他望那些攒涌高拔的翠竹绿树，觉得非常新奇。家乡虽说有些高大的古木生在古涧、村落之间，但如此旺茂，如此攒密与高拔的竹、树，对他来说，真是初见。

山里的野风湿露，缠身的阴云，好像在为他助劲儿，像是专门为他送爽添兴似的，让满怀兴致的他向着山坡高处攀去。

先是肩头、脊梁有些潮温，渐渐便觉得身上有些水。再后来一会儿工夫，衣服、裤子全被雨水打湿紧贴在了身上。人也不断有些发抖。

在雨雾裹缠着的山林里，他茫然地辨着方向，踽踽地行着，也不急着下山归店。只在路边折了个树梢，脱下外衣，搭在树梢头的分叉上。那树梢头分叉多，搭上衣服形成个许大的扇面。他打着个扇形的遮雨伞，优哉游哉地游走着，也生出了些许的得意之心。眼前一条细细的岔路，分路口的树下站着位身穿白衣的女子，那女子衣着单薄，粘贴在了身上，在瑟瑟地抖着。

她看着山行的文斌那独特的雨扇，目中、脸上都生出了笑，笑里还渗出几许惊讶的神情来。

他们相互问了几句话，女孩说她脚腕子崴了，走不动。她指着山弯对面的一处院落，说是自家住处，邀他同去避雨。

文斌看那庄院，也就三五里路，此刻衣湿身凉，倘能去避雨烤火未尝不是件好事，何况还是位清纯漂亮的姑娘相邀，自然是件愉悦之事，也就点头答应。

就在二人才要起步之际，忽地，四周围上来六七个皮肉紧绷的青年汉子，文斌转脸相视，个个彪悍精干。带着绳索与扎枪棍棒一类武器。

文斌踏近一步，先护住姑娘，那姑娘拽住他衣襟，竟瑟瑟战栗，那伙汉子中有位较面善的，出面对文斌说话。

"我们与她家老爹有些过节，想带她去问话。年轻人莫惹是非。"

"与老爷子是非，寻老爷子们理论，缠人家姑娘干啥？这是非我还惹定了"。

说话间他已出手了，将那手里树梢向说话者脸上戳去。

汉子退得急，那树梢只戳到他的脖颈、后脑，他正在庆幸自己敏捷之时，眼前一黑，一个庞然大物从耳根边擦过，细看时，原是他们的老大，此刻已滚下脚底一面红粘泥崖壁。像具泥塑像半成的坯子似的，在崖下草滩滚动着。

那汉子真是条久经世面的光棍，双手抱拳，行礼说话："大哥，真对不起，您教训得对，我们以后记住您的话，决不和家属为难。"

伸腰展臂，一声"走"字，已从三十多米高的崖壁一溜而下，扶着他们老大溜了。

于是女孩打着"扇伞"，文斌斜着肩头，让女孩拄着自己，前行了一截子路程，那女子攒眉、瞪眼、咬牙直叫脚疼。终于让文斌背起自己，一直走到了那家门前。才进门口，从院中扑出一条湿漉漉的白色小狗，摇着叮当响的银铃儿，往文斌身上爬去，妒忌地撕咬文斌。那女孩儿攥着拳头去打狗。拳还未挨狗身，那手指全都展了开来，搂过小狗。狗儿便狺狺欢叫，向女孩儿摇尾撒娇，那狗尾上的雨滴，全刷洒在了文斌的脸上。女孩儿放下"伞扇"，喊声"娘"，抱起湿透了的小狗，轻轻拍着，转眼向文斌一笑。丢下文斌，进了自己的闺房—— 一座带着西南风情的木造小楼房，换衣服去了。

就在女孩话言才落时，从庭房中已走出一位清瘦秀气的中年女子来。在深山雾雨中，相遇这样清秀的少女，能够有一个温暖舒适的歇憩环境，对他李文斌来说，真是极少有的福气。他和这位女孩与她的母亲一起吃了顿热腾腾的午饭。饭后，一位花白胡须的老人家在青铜火盆中生了一盆炭火，他们烤着火，用相互半懂不懂的方言各自说了些客气话，倒也谈得和乐愉快。

说着话，雨越大了，那位母亲留他"宽心住着"，他也不再推辞，老老实实在这陌生处歇着。他歇缓的房中，零散地摆着几本《水浒传》《三国演义》《七侠传》一类的通俗小说，他识字不多，这类书倒挺合他脾胃，雨水哗哗地在屋外响着，他在屋中沉浸在鲁达、武松、艾虎、展昭一干英雄人物的爱恨情仇、忽喜忽悲、时怒时乐的景界之中。

是雨云重了，还是天色晚了？渐渐书中的字有些模糊，想起身揭门帘借光，才动弹，却发现身旁炕沿上坐着位五十四五岁的老人。老人一身的精明强悍，一双锐利的目光落在人身上，给人一种夺人神魄的感觉。其眉宇之间透着种说不出的威严之气。他和文斌谈话，在询问了文斌身世后，随意谈了几句对陇右一带的印象。文斌从中觉出这老人是位走南闯北、阅历极深的人。老人对文斌说，近日茶山一带出现了一位不明身份的生人，有人学那口音，有些像文斌这样的方言腔调。只是身体比文斌壮实得多。这人已经劫夺了好几位外来茶商的资财。弄得生意人都纷纷离开，地方上惊恐不安。文斌听着老人的说话与描述，隐约觉得所说之人好似赵知侠，便为他担心起来。

当老人询问他与这位劫掠者有无关系时，他只轻轻地摇了摇头。接着又絮絮解释或是那位劫客，久走各方，能答得四处方言。老人也点了下头。文斌又向老人说："如果真是他的同行赵知侠所为，自己一定会劝他收手的"。他隐约觉得这一老人好似一位隐居深山的长者，又是负责一处地方治安的官长，或者头人。他试探着提出自己的想法，揣猜。

那老者只是微微一笑，并不作答，捧过一杯酒来，"小伙子，莫想那么多，我老汉只是个直人，喜交天下正直、爽快的汉子。虽说初见，却觉得你我有说不出的缘分，来碰一盅。"

"谢谢大叔抬爱，我一定做个您所说的直爽、敢任事的人。"说着，与老人碰杯饮酒。老人又问及文斌与赵知侠的交往过程、缘由。文斌向老人讲了他卖兵、逃跑、救那个小孩子的故事。这事儿听得女孩呵呵失笑，手中端的茶水、口中噙的茶点，都喷洒在地。见老人嗔怪，她就有些不自在，一甩手，掀开门帘出去了。老人又向他谈起陕甘两省的几位武林前辈，也提起天水的刘云岩老拳师。说到高兴处，比划了两着刘云岩的拳法。文斌看得兴起，接续了老先生的拳势，使出招"扶摇而上"的拳招，看得老先生喜笑颜开。拉着文斌去庭房中吃酒去了。酒菜虽然丰盛，而他却心中揣着几分惊惧与鬼胎，他不由得为了赵知侠的所为惊恐不安。竟至于时时呆痴，与老人对话之间好几次结结巴巴的，答非所问，他不断躲闪着老人逼人的目光，不敢与老人对视。他把头斜扭过去，又看到今天同行的那位女孩。她就站在距他很近的门框边，穿身白净的白绸衣服，两只眼睛扑闪地望着他。怀里一只黄底黑斑纹的小猫儿，那猫儿静静地把头与前爪搭在她右臂腕儿上。她带着几分惊讶的神情，听父亲与来人讲说近日地方上发生的劫案。

文斌也不时地转眼偷瞥她一眼，自己却不断地避闪着女孩的目光。心底一乱，再看那女孩怀中小猫。那双眼射出的碧光，好似暗夜里瞅盯着出洞偷食的老鼠似的。

他尴尬地微笑着，那脸色在笑中显出丝儿难堪与诡异的表情，额角、手心也渗出不少的虚汗来。

清早，他起身后，与老人同饮早茶，拜别老人，回店去了。

店中，赵知侠正在喝茶吃早点。几日不见，文斌从他灰暗的面容、不断打出的呵欠，看出了他的疲倦。赵知侠询问了文斌昨夜不在店的原因，语气中带着三分责怪、七分关切的情绪。

文斌无有丝毫瞒哄，告诉了他昨天离店的情况。说到后来，出于对赵知侠的关切，谈起了老人的怀疑，及此处地方对劫掠之事的追查。赵知侠听着先有些心怯，后来却渐渐充满了怒意。嘴里嗤嗤冷笑着，向文斌询问了老人住处、相貌，文斌大体说了点印象。接着文斌劝说赵知侠："哥，既然这地方上对咱们怀疑，错加判断。依我看咱们还是早日离开此处。毕竟你我人单势薄，惹上他们总是麻烦，等说清冤枉，谁知道得吃多少亏才能罢休。"

文斌又向赵知侠建议，采购些茶叶运回家乡。毕竟是产地，此地茶叶价钱极贱。倘能批发千余斤，运回渭阳，除费用外自有近百十元的利润。文斌算着账，赵知侠嗤嗤笑着。等得文斌说罢，他收了笑声，说："算了，那么麻烦算啥事？挣不了几个钱的，咱哥儿俩后天起身回家。你只要操心护好老哥我，少不了有你的花搅。走，今天就跟哥外边玩玩去。"说着话掏出明晃晃几块大洋，丢向文斌。

街镇上人来人往，有当地的，有外来客商，熙熙攘攘，拥挤而热闹。他们在人流中挤了一阵，转到了西街。这街上建着座关帝庙，是此镇最喧闹的地方。他俩挤在圈儿中看了一阵儿耍蛇的，觉得乏趣，便挤了出来。来到大殿台阶旁，听着一位头发花白的老者在讲《三遂平妖传》。正说到蛋子和尚白猿洞盗经的情节。二人听了一阵儿，文斌正听得兴奋，赵知侠却扔给说书人两个铜钿儿，拉文斌出了人群。文斌有些不舍，被赵知侠拉扯到左近一间鞋铺，为文斌买了双千层底羊皮包边的布鞋。"你回店去吧，今夜住我房间，看好东西，自己要置点什么东西，等我回来再说"。说罢掏给文斌一把钥匙，又给了二枚银洋。自个儿转身进了西街一处挂着"月华书寓"的堂子里去了。

文斌拿到钱，来在摊儿上，拃着两指，按尺寸买了一双童鞋，又看着摊子上一双女鞋，做工细致，花样好看，又用手指比量尺寸，将那双鞋包了起来，塞进怀中，抽紧系腰。晚上，他为赵知侠守屋。天哪！吓人一跳，那床底行囊中沉甸甸，壮楞楞，净装着些银两干货及纸币，才知道那山间老人说的确是实话，绝非虚言。

阴云忽散忽聚，在天空中散漫地游荡。那一弯上弦月，时而钻出云影，时而被阴云团裹。河边黑黝黝的是树林与野草。林中不时传来夜鸹儿悠长的啼声。村子里的家犬们时而静时而闹。鸟啼犬吠混成了夜的乐曲。

文斌这天受周大娘之邀，去了次西貔峰的栖云山庄。看望了那天雨山中相逢的周妤娟，留恋半日，直到用罢夜饭后才伴月下山。

时光尚早，他又多饮了点酒，酒气的挥发使他产生了几分兴奋与热燥。而头脑中的思维总被一些乱绪搅扰着，抓不住、驱不散，又有些迷糊，眼底似乎不断地闪现着妤娟姑娘明亮的双眼、甜美的笑容、娇嗔的神态。

他哼哼唧唧，一边走着，一边唱着些山曲野调：

> 妹妹的脸蛋儿天上的月，
> 妹妹的眼睛天上的星。

摘一颗星星怀儿里揣，

又怕风吹雨打天外飞。

　　唱着唱着，忽地想起桃花峪土屋里的母子二人。竟然"啪啪"两掌，自打自，扇得双颊疼痛，眼冒金花，瞬间，竟流了两股眼泪下来。

　　上午，他到了山庄。她的母亲热情而忙碌，默默地为他准备饭菜。让他和女儿去闺房谈话去。他来到她那间小木楼中，起初还有些生涩，只默默坐着，连多看她一眼的勇气都没有。她为他冲茶、端点心，让他忐忑不安的心静了一下。终于两人因心情紧张而紧绷着的脸部神经全都松弛了下来。

　　她打开了小楼的东窗，阳光从窗外烁入，照在脸上，那白得几乎透明的皮肤，竟从颊部生出几缕儿红丝，当他再细看时，那几缕红丝已酝化为带着娇羞的神情，有如三月间初开桃花似的红晕。

　　他从这红晕中读出了一个女孩子的娇羞、稚气、羞怯的情态。

　　他刚刚感知着这少女的羞怯，自己那颗心已怦然跃动。好久、好久，心跳缓了，双目却饧饧地、似眠似迷，人也显出些迷醉的神情。

　　饭后，女孩邀他散步。天气晴朗，阳光从树的枝叶中透了出来，照得山径斑斑点点。背阴处，山露未散，沾得身上凉凉的。那女孩儿在窄处走在前边，路宽处和他并肩，不断为他撩拨着拂脸的枝条儿。

　　他喜欢看她的欢笑，他从那笑颜里读出了女孩对自己的喜欢。才想着这些，自己的心跳已然加快。

　　每到难行处，她把手自然地伸给了文斌。文斌很喜欢女孩子的这种形态，慢慢地也主动伸手给她。虽然他心里明白这女孩山行的能力远远超出他不知有多少。但仍然喜欢姑娘对他这种主动的肢体接触。

　　他们终于攀上了山巅，选了块宽大的山岩作为坐席。在岩石的光滑平坦处，他铺上自己搭在臂弯里的外衣，让她斜躺着歇息。

　　云在身傍飘着，一时裹着二人，一时远引独飞、自在悠闲地游荡着。文斌在云的缝隙里，看到山下的农田、茶山、村镇。不禁忆起了那日飞滑在渭北高崖上的情景。也由此而想到了那孩子和他的母亲。

　　他就这样，陪着这个，想着那个。一颗心不断翻动着，时而甜，时而苦。此际，他面临着两种选择，一边是眼前这女孩好娟，她那羞怯的脸色，青春的活力，对自己的那颗砰然跃动的情心，以及那纯净的、沾着晨露有点润湿的眼神，给人以一波一波的迷醉，令人心动难抑。从她的眼神情绪中，他读到了少女的情怀与青春的跃动。

再想着那土屋中的母子，带着黑痂的土色脸颊，破烂的衣衫，生死大难中凄惶的泪水，临行前对自己的唠叨、期盼。

又想到了赵知侠，此人雄壮、勇猛，有胆魄，生性中却不乏狠毒。这类人，用师父的话讲："可以往来，但不能持久往来。"

他又想起了一句常言，"救人救到底。"眼前这个女孩，离了他，将来或有更好的遇合。而那母子两个，如落在那个从不顾惜别人的寡情汉子手里，将是如何的情景呢？他想都不敢再想下去……

而生来犹豫不决的性格又使他深陷于对这热恋他的女孩的深深的愧疚与难以表白的尴尬之中。

他想，必须向他的母亲和好娟姑娘说明他的情况，解除她们的误解，这样才能避免给这位痴情的少女带去误会与麻烦。

一直延到了下午，他终于一改以往那迟疑的、纠缠犹豫的个性，向周好娟和她的母亲叙说：他已有了妻子和一个儿子的事了。

听得母女俩吃惊尴尬，惊异中也夹杂了几分无奈。虽说下午饭的气氛有些沉闷，但饭菜丰盛，母女们仍然对他关切劝慰，表达了她们的谅解。

饭后好娟送他，到了山下。他俩坐在一块大石上，相拥了很久、很久，好娟低着头呜咽叹气，他掏了她的手绢给姑娘拭泪，谁知那女儿泪不擦倒可，愈拭愈多，两人缠绵着直到月升东山，才黯然相别。

刚才他自打的耳光，换得了清醒与定力。心才静谧，适才听出不远处有人呵斥怒骂与嚓啪作响的拳脚打斗声音。期间也有铁器相撞，激越清亮的音响。

他久已养成耳遇异声先隐身的习惯。此刻正行于河畔，身畔几株柳树，略一上跳，手已攀上枝条，一个上翻已隐身树杈。

他听到急骤的奔逃追赶的脚步声里，有两个声音在呵斥怒骂。那声音又非常熟悉。不一阵儿，那打斗的人已距他不足数丈，几乎就在他的脚下，细看处，正是周好娟的父亲与赵知侠二人。原来，赵知侠本就是个使勇斗狠的人，他所在的堂子"月华书寓"原是各种消息杂传的地方。他听到当地帮会的几位议论：要对自己不利。听到这话，赵知侠气恨不已，思量着要让这伙人知道自己这个外来人是不好得罪的强手。

他选定的对手就是周老爷子，但周老爷子是此地帮会的大哥，平时常有一伙人拥着、护着，跟随他。今晚难得有机会遇上了老爷子落单。谁知两人一动手，那平日看着黑瘦干巴的一位老头，却孔武有力。手中那条木杖舞得虎虎生风，几次险些劈落他手中的钢刀。紧急中，他急退数步，从腰间拔出手枪，蹭开机头，照着老人甩手搋火。就在这电光火石之际，一枚石子欻然而来击中了他的手背，枪口歪了，一串弹丸冲出枪口，在沙滩上迸起一长串火光，砂石乱溅。此时老人翻手一棍，击碎赵知侠的脚踝骨。就在文斌跃身下树之间，已有两位赶来的帮会兄弟捆扎了倒地的赵知侠。

湖纺桥镇的关帝庙中这夜灯烛煌煌。为了救回赵知侠，文斌又去了这地方。大庙中灯烛照着几十名面目神情凝重的洪帮帮众。这些不断进来的汉子们都给周好娟的父亲行礼问安。老人点点头，笑着向他们回礼。

文斌因飞石击枪，救了当地洪门老大，被会中众人尊作"贵人"，在堂上坐陪着老大好娟之父。在庙廊台阶上躺着已被击碎了脚踝骨的赵知侠。不时地能听出他低暗呻唤的声音。文斌听在场人的口气，赵知侠因追杀当地帮会老大，性命看来难保。看着这位与自己一月来朝夕相处的汉子，作为"联手"，倘若被害，不能同出同归，自己将如何面对桃花峪那一家两户的托付呢？

想到这些，他不禁冷汗涔涔而出，叹了口长气。那颗早已抽搐难挨的心，觉得又冰又冷又有些疼痛难忍。一颗心缩得像腊月间冰块儿似的，整个身子也瑟瑟颤抖。

不一会儿，好娟的父亲与身边汉子咕噜了一声，那汉子敞亮着嗓门向来者宣布：

"对本门大哥的截路狙杀案开始审问！"

庙里静谧了一阵。接着七嘴八舌似争似闹地提出了"活剐""活埋"一类建言。听得文斌心惊胆战。

转眼看好娟爹，老人家半闭着眼睛，似静似睡。文斌急得出了一身大汗，他双手抱拳，左右前后转了一圈儿，又对好娟爹行了抱拳礼，恭恭敬敬地请老人"宽大"处理。他说话声音不大，吐辞却清楚响亮。明明赵知侠杀人惹祸，却硬说自己对赵知侠态度不好惹恼知侠大哥欲刺自己，因眼睛模糊认人不清，误将帮中"大哥"当作自己，又说赵大哥并不真的是杀他，只是想惩戒自己一下而已。说着谎话，直向好娟老爹眼上瞄去。那好娟爹沉着脸，不声不吭。

倒是那赵知侠自身硬气，挣扎着坐起，用右手拉直了断骨的右腿，又将左腿蜷盘，高声朗气反问审人者。

"你们既非官府衙门，缘何敢审问外来客人？"

审人的人也答得干脆："本地帮会成员，有守乡护家的责任。你有在本地劫掠的嫌疑，致使外商纷纷远离，妨害当地茶叶销路。"

赵知侠听得恼怒起来，硬声硬气问：

"你们是哪一级政府？私设公堂，我要告你伤害客商。"

"外来客商？你这客商做了甚等生意，持本多少，利息几分？获利若何？"

"你管老子多少本钱？快放了爷。要不杀了爷算了，爷若怕死，也不闯这趟江湖来了。"

这时妤娟爹从座位站起来，大殿上瞬间静了下来。生出许多瘆煞之气。

这老人黑须中三分带白，眉宇间蕴着许多威严。大殿中能听来众人口鼻气息之声。

文斌心中一急，老人是要宣布取知侠性命吗？他知道这些江湖中人恩怨分明，赵知侠这梁子结得太大了，何况他的口茬太硬，分明惹恼了殿中众人……

急切间"囊"的一声，已跃上两步，跪在老人膝前战战兢兢，哀声救告："周伯，周伯伯，您老是我最尊敬的老人，求您开恩，饶他性命。侄儿我愿以我自身一命，换我哥一命。我大哥一家八口全赖他一人。侄儿一条性命倒少牵挂。"

说到牵挂二字，突地想起家中父母，想起桃花峪那母子二人，不禁地哽咽一声，泪涌涕流，再也说不出话来，只壅着老人的膝腿，出着粗气。

周老爷子本来喜欢文斌，再因他飞石击枪，救了自己一命，本想即刻答应他，却忽地心思一转，沉声吐字，震得庙廊瓮声隆隆，飞起丝丝尘土："在我帮中求情，只有两种人可参与：一是本帮中人的亲属，你自己想想，你与本帮会人是否有亲？"

他说着话，舒眼盯着文斌，又闪了两下眼皮。

文斌听周老爷子讲帮规，说到"亲人"二了，心头猛然浮起了周妤娟的情影，一股喜气，从心底涌起。

他虽近日推脱了妤娟姑娘对他的痴情热恋，却总推不开对她思念的心绪。醒着，睡着，忙着，歇着，总有那个女子的影子萦着他，使他常常出现失神的情态。想得深了，不时出现跌跌撞撞，颠倒失神的状态。今天却机会再现，使他有了重提旧好的机会，而且是对着他的父亲。

但众目睽睽之下，许多词汇都难以出口，想来想去，又由妤娟想到了桃花峪的母子二人。心里头"咯噔"一疼，要说出的话立即变化。

他低着头，发着颤音："求周伯伯收我为帮里的人吧。"

这话听得"周伯伯"胡子都气跌了。但看着他泪眼涔涔的样子，硬是忍住了气。

转头吩咐座下一位秀才模样的人，写了拜师帖子。

那帖子正中写着"信守不渝"及师父的名讳，旁边要添太爷、爷爷的名讳，那文斌全说不出来，执笔的待了好久，也不知画了些什么。还有二位人名，好像是在场证人吧，文斌也不相认识，也都添了名在帖子上边，贴尾添上"李文斌"三字。

那写贴人还在帖子背面写了数字，让文斌看，上面写"一祖流传，万世千秋"八字。

接着有抱香师唱赞：

"历代祖师抱香来，红毡铺地抱莲台……"还有几句文斌后来忘了。

在座有位衣着光鲜的人，从身上掏摸出10个大洋，告诉他，"这钱是孝敬师父的。本该你出，今晚我替你……"文斌便从怀中掏摸了好一会，只搜出一元光洋，要退还那位赠钱者，人家已退远了，转眼前后左右，连那人也没认出来。将这钱要添进"敬师"费中，那替师接钱人也不肯收，只好仍揣回兜里。

接着有人传过三支燃着的香火，文斌跪着听训：

"本帮不请不带，不来不怪……"还有许多话，文斌也记不清后边那些语句。

再后来，又有人给文斌讲了洪门五宗五祖，五义五杰一类。

还有许多先辈的事迹、排名等级，文斌当时就糊糊涂涂，现在想讲给笔者时，硬是记不起了。

只知道自己因救了老大，入门便高，大概是排在了刑堂老五什么的，具体些说，就是如有人犯帮规，自己就是个打红棍的。

妤娟爹也似唱似念地说了些韵语，文斌记住了这几句：

"冒充光棍天下有，大哥将令不自由。

九十老么犯了令，四十红棍定不饶。"

文斌后来对笔者说："我就是个打棍子的，兄弟们犯事，由我执行，这事上我可积多德了。"

接着有人给传了江湖暗号、暗语、手势。还有人给他传了《三把半香》歌：

一把香，角哀，伯桃恩义长，舍生护友生死路，人间美名天下扬。

二把香是说关老爷——关羽的。

三把香是说水泊梁山的。

这些暗语歌词，文斌后来都忘记了，与笔者谈起，只记起《半把香》的唱词。

半把香，瓦岗聚义没下场。

雄信死，罗成亡，秦二哥哭得泪汪汪。

瓦岗留下半炷香。

仪式一过，文斌成了洪帮成员，又是对当地老大有功之人。人情大，好说话。当场就与大家说开了赵知侠追杀帮中老大之罪，帮会中人当场将人交付给文斌。并派几名年轻人将赵知侠抬送到所住店中。

临行前的头天，文斌上山到好娟家中辞行，好娟躲在小木楼中，闭门不出。文斌等了好久，只听得屋内由静而哭，哭得久了，慢慢由哭转泣。

文斌心中好难受，只觉得是自己伤害了这位纯真痴情的女子。他在她门前待了好久，他一遍一遍地以真情为天平，试称两位女人在他心中的分量。

衡来量去，眼底倩影，心中所爱，总是这位躲在小屋抽泣着的周好娟，他啊——真想敲门进去向着心爱人儿一吐实言。

头脑里却似"轰"的一声炸。那个在大火中捞出的孩子，那位在自己熟睡中搂着抱自己的寡妇，那在自己临出前的涕泣泪水、絮絮叨叨的泣诉与祈求，这阵儿束得人气都换不过来。他想了很久，她们一边是自己心中的最爱，另一边却是他心中最难卸下的担子与最重的责任。

他默默地再次告诉自己，"这就是我的选择，是我的缘分，我的责任与命运。"

临别，好娟妈抱来一篮荔枝，说："这是好娟亲手摘给文斌的。"

他又耽误了两天，请来大夫给赵知侠洗伤治病。

起身那日，好娟与她爹另带几人，给文斌送行。送了十余里，一个亭子里摆着酒水、席面。直到日斜才依依而别。

一路上，他为知侠洗伤换药、端水喂饭、端便盆，赵知侠终为文斌的真情感动得热泪盈眶，到了桃花峪。他为文斌分了许多钱财，文斌一毫不要。

赵知侠问他："你辛苦许多天，救我、护我，你让我怎么报答你的大恩，你怎么啥都不要？"

文斌郑重地说："哥，我只要她们娘儿俩。"

听他说罢，赵知侠这位硬汉子默坐了好久，噙着泪点了点头。

◎寇俟茜

七十二望（节选）

> 七十二望望断肠，
> 妹妹夜夜想情郎，
> 睡下没事席抠破，
> 席篾篾戳在妹心上。

> ——题记

这一组小说大多写男情女爱的人性百态，故而取名为《七十二望》。

谢彩霞

又是一个月圆的日子，谢彩霞走出了小巷子。

每到这天，她都会准时来例假。这期间她总是很烦躁。谢彩霞住的这条小巷位于商业街南端的荣贸大厦后面，是繁华地段的僻巷。出了巷子，就可以看见正街两旁鳞次栉比的店铺：洗头房、洗脚房、桑拿房、健身房、练歌厅、咖啡厅、酒吧、网吧，不一而尽。总之，整整一条街可以为你从头服务到脚，从躯体服务到灵魂，从心理服务到生理。也就是说只要你有钱，你就可以得到全方位的放松、发泄和满足。

谢彩霞很羡慕那里的每一行生意。尤其是晚上街两旁一溜钻出来的许多形形色色的小姐，她们大把挣钱的时候，谢彩霞就有点自惭形秽，有点凄惶。

谢彩霞刚到省城的那天，天上下着毛毛细雨，一辆中巴招手停把她扔在了现在荣贸大厦的位置。那时荣贸大厦正在修建中，她绕着高大的脚手架下的安全网转了差不多一个小时后，发现自己已经分不清东南西北，更不知道自己要找的地方该怎么去找了。但她重整精神不让自己显示出来慌张惊恐。下雨了，细细的雨丝儿挠痒痒似的在她脸上轻轻地扑打着，时间长了，衬衫和头发都湿湿的。极像汗泼流水的六月天在烈日下大干了一场似的，恍惚中她有点在地头转悠的感觉。好几次，她都想停下脚步找一个人问一问了，但不知是怎么的，她还是迈开大脚继续不停地转悠，来往的人流和叮叮当当的工地上的嘈杂声搞得她昏头涨脑，像在告诉着她这座城市不欢迎她这样的乡巴佬。心高气傲的谢彩霞有点不服输的犟劲。但一直转悠到天黑，她也没转悠出这个工地。

要不是有人搭理她，她不知道还会转悠到什么时候。就在这时，有人直直地朝她走来。这来人就是李东，后来成为她老板兼情人。

李东问，请问你是找人还是有事？

彩霞说，我不找人也没事。

李东淡淡地一笑，说，我就在对面工作，都看见你转悠了整整一下午了，咋回事儿？

彩霞看看李东，又低头前后左右地看了看自己，她没有发现自己有什么异样。再看李东，笑眯眯地不像个坏人，就说，我找人。

李东问，你找的人住哪儿，是干啥的？

彩霞于是就告诉人家，我要找的人住草坪街，在一个叫客来乐的饭馆里给人家干活。

李东又问，那你找她干啥？

彩霞就说，也想打工。

李东想了想。他思考的时候用右手大拇指和中指卡着额头，很学者也很伟人。但彩霞却想这人大许有病，已经开始头疼了。听说城里吃大烟（即吸食海洛因）的大烟鬼烟瘾发时就这样。彩霞警惕地把手提包抱在了怀中，她朝四下地面上迅速地扫了一眼，看见一两米远处有半截砖，便挪脚过去。她想万一眼前这人行凶，她就拾起砖拍翻他，然后迅速逃跑。

彩霞正思谋着主意，李东却问，你在城里有没有亲戚。

彩霞开始怒睁着双眼，她呵斥道：你问这干啥？是不是想使坏？

李东见彩霞声色紧张，知道是误解了自己，就赶紧解释说，你要找的人离这里很远，天黑了，你一个女孩家不安全。如果有亲戚你就先到亲戚家住一晚，明天再说。万一要没有亲戚我可以送你过去。

这时的彩霞才觉得自己不堪，心突突地跳得厉害，身体也发毛发虚地紧张。

李东知道彩霞还是不肯相信自己，就从衣袋里掏出身份证、工作介绍信、电话号码簿等让她看。彩霞看了之后还是摇头，李东没办法，一急之下就从怀里掏出一沓钱，说，你把我这一沓钱拿着，我把你送到地方后你再还我，现在总可以放心了吧！

彩霞被李东的举动搞得蒙头蒙脑，有点不明白这人为啥这样。但她还是乖乖地接住了钱。

李东无奈地笑着说，出门了是该多长个心眼，但心眼太多了就成了五花心，遇事拿不定主意也会害人的。

认识了李东，彩霞便改变了生活的初衷。反正是来城里挣钱的，任怎么挣还不都是个钱吗？

刚二十一岁的彩霞，由于长年累月辛苦地劳作，显得要比实际年龄沧桑一些，成熟一些，正是这种沧桑感，才让李东一见倾心。进城多少年了，各色人等李东都见过，还从来没有一个叫李东脚软的主儿。彩霞那一天在雨中没头没脑地一走，就使得李东产生了诸多感觉。李东当时心头就憋胀得厉害，几十年的风雨人生，几十年的坎坷经历，放幻灯片似的眼前闪动着，心灵的深处打了一个激灵，他一时忍不住，身不由己就走向了彩霞，嘴唇轻抿，目光如孤独的饿狼，一副悯天忧人的样子。

李东说，我给你找一个活儿，你干吗？

彩霞问，啥活儿？

李东说，我有一个十几个人的工程队，是搞装潢的，你过来给他们做饭。

彩霞说，那好呀，我来城市就是要到馆子里去做饭的，但给馆子里做饭要有手艺，得从头来。工程队上的饭就不一样，我能行。彩霞显得热情又不矜持，克制中尽显着女儿家的柔顺，说得爽快，干干脆脆的性格更让李东如意。

李东说，要不这样，反正你也没地儿去，今晚就住我那儿，明天就上班，怎样？他说这话的时候有些底气不足，怕遇到反对。毫无疑问的是，彩霞是个初次出门的良家妇女，过惯了穷日子，知道节衣缩食和自重。漂到这座城市，肯定有许多的无奈，李东对彩霞的照顾也就是从点点滴滴的细微之处开始的。

李东没有撒谎，他确实有一家相当不错的公司，且生意做得很红火。在这个人人自危，不做贼也心虚的时代，李东和彩霞的相遇很纯情，有点古典的浪漫。幼稚不设防的彩霞碰上了真诚忠厚的李东，要不然这个故事就没法讲，就会滑向色情与淫秽的误区。但是李东确实是本着人之初的天性和彩霞相处的。

男女之间，每天朝夕相处，相处的时间长了，若是不发生点什么，也就不大正常。毕竟李东是个过来人，且抛家离妻一个人出门在外打拼生活也很不容易。对彩霞来说，男女上的事情也早就开了窍，她十八岁就嫁了人，把两岁多的孩子丢在家中，出门挣钱另有一番难言的辛酸。丈夫快病成了废人，公婆年老体弱，家中举债度日，自己不出门。坐在家中等待奇迹的出现是不现实的。但彩霞出门却是希望能碰上一个奇迹。生活中的她常笑着和大家寒暄，笑着和大家一起送走一天又一天的苦焦日子。一年多，她为自己风雨飘摇中的家庭咬着牙支撑着，她的笑声在公司里常常最响，也清脆动人。

闲来无事，彩霞也想家也想孩子。偶尔和一起吃饭的师傅们聊天，彩霞就会讲自家那座山、那片杏林。在她的描述中，家乡很好，山清水秀，门前有矮矮的、密密匝匝的灌木丛林。野鸡很傻，在冬天的雪地里，人追得急了就会把头扎进雪中藏身，你随便就可以捉到。夏天林子里的蘑菇在雨后会疯长，清水炖蘑菇很好吃，那股清香回味起来很绵长悠远。

彩霞从来没说过自己的苦、自己的累，在她的话语间，十多岁的姑娘家光着脚丫子扶犁耕地，纯粹就是田园牧歌式的生活，是一种民间的古风遗俗，人们安静地生活在桃源，家家户户、祖祖辈辈理应如此。

问及家中事，彩霞不说。但李东能从她的眼神中读懂她的心思。李东也想家，他想家的时候就会想到彩霞，这种感觉很奇妙。多少次，她仿佛听到一个温柔的声音在呼唤，有点伤感、有点嘶哑，也有点温柔、有点缠绵，她不知道究竟为什么，疲倦时、烦恼时，就有一种冲动袭击着她，让她不安、失眠……

李东没有要求过什么，彩霞也没有暗送秋波地许诺过什么。那天李东无意间也讲起了家乡，彩霞很认真地听着。月光下，李东的眼睛炯炯，深藏着温情，一点也没有含污纳垢的意思。彩霞听到动情的地方，就自然而然地把头伏在了李东怀中。之后发生的事情就像一家人在一块吃饭一样的随便，两个人睡到了一张床上，没有太多的激情，只有相互的关爱，温柔而缠绵。

彩霞在心里说，我本不想这样，我只是要做好一个贤妻良母的。李东把她搂进怀里时，她羞赧得如新婚。婚姻就是碗，而爱就是这碗里的饭菜，有婚姻没饭菜不行，有饭菜没碗也不行。他们上床就像各自取暖，温暖了对方也温暖了自己，没有私欲与邪念，就如冬天寒冷时伸出手去抱住了暖壶，很自然，很理性。

后来，彩霞在物质和经济上渐渐得到了许多好处，她就对欲望产生不了抵触。她对城市渐渐熟悉，熟知以后，她就羡慕起街头的小姐。贫穷的病让钱烧得发昏，她知道，她要死过一回才能超生。

过年的时候，彩霞回了一趟家。十几户人的小小山村，彩霞遇到了前所未有的礼遇。

婆婆说，我家彩霞一年挣回了五千块，这足顶得上一个下窑背煤的壮劳力了。

五婶说，还是人家彩霞有本事。

孙家大姨说，家有贤妻，男人不遭横祸。明娃子病在家里天天有好药养着，还不全靠彩霞了。

也有人说，彩霞子在外面养汉子。

婆婆回答说，她公公年轻的那会儿，是阳阴二山最攒劲的嫖客，谁家的年轻媳妇又不给送鞋送袜垫子呢？偷东西那叫下作，偷人那叫本事，谁有本事拿出来到人前头显摆显摆，还不都是些门背后的光棍。

尽管婆婆说的是乡俗也是实情，但彩霞还是脸烧得几天都没敢出门。彩霞知道，和人睡觉是一件羞愧的事，与别人没关系，自己心里却有一层压力。摸黑，在失去功能的男人面前，彩霞哭成了泪人。她跪在男人身边，哭喊着想：

> 紫肉刮干了刮骨头，
> 骨头上还要烤油。
> 典了房子买了牛，
> 我为谁者把人丢。

娟 娟

娟娟在给我家当归地里锄草的时候对我说："要是我有机会去出门，一定会找一个有本事的人跟他私奔。"她说这话的时候刚好头顶有一块飘忽不定的云遮住了太阳。

我知道娟娟的脾气，她的性格就像那有锋有芒的麦子，她想干的事情别人拦也拦不住。我稍微一愣神，手中的铲子就铲掉了当归苗。我朝左右看了看，来帮工的其他人都离得远，我于是就对她说："娟娟，你年纪还太小，不能听信别人瞎说。其实外面的人也不一定好，咱这地方虽说穷点苦点，但咱这地方上的人厚道老实。"

娟娟接着我的话却说："老实顶屁用，三棒子打不出个屁来，你看我寻下的那男人，实实的一头蔫牛，干起活来更是会气死人。光阴没挣下一分，脾气倒学得不小。"

昨天他们小两口淘过气，娟娟还在气头上，所以就劝她。

我说："娟娟，你也该饶人处要饶人，那一家人都老实，何况你又是自己给自己做主嫁过来的，不要惹人笑话。"娟娟说："大哥，你不要管，我是迟早会跟个人跑的。"

看这架势，她已把跟人私奔看成了她人生的下一个目标。也难怪，娟娟娘家的邻居刘木匠的三女子前年到兰州去打工，起初刘木匠比较开通，是让三女子出门学点手艺，以后也好找个沿川集镇上的人家，怎么着也要比把孩子窝在这穷山旮旯里强。可是三女子学艺不到一年，就认识了个宾馆里的大堂经理，然后很快就跟人家下四川了。今年抱着娃娃来转娘家，一出手就给了刘木匠两万元整刷刷的硬票子。娟娟和三女子同学，两人又打小就要好，跟亲姊妹一样。三女子当初上兰州时约娟娟同去，因娟娟那时已恋着她现在的男人，所以就没去成。看着人家三女子风光，娟娟后悔当初自己不该十六岁就睡在人家小东家的炕上。

说实话，三女子长得还没有娟娟俊秀，娟娟才是真正的美人胚子，虽说今年十八岁已生过娃了，但她瓷实的身子依然大姑娘一样招惹人。

生活中的娟娟也相当出色，虽没有读过几天书，但大多数的时间在庄稼地里磨炼着。她家中父母弱智，奶奶常年有病，几乎瘫痪在床上。有个哥哥不像话，赌博、喝酒、偷鸡摸狗样样在行，就是不好好务农。正是由于这样，娟娟才将自己早早嫁了，想是断了哥哥的懒散念头，好让他担起家庭的重担，早学点养家糊口的本事。娟娟的第一次自我选择，现在看起来很不成功。我也很理解她此时的心情，她是打算像三女子那样，把自己也卖一次，弄些钱好让父母和奶奶养老。

没等我再劝娟娟，她又急急地插嘴说："大哥，你这次若要出门，能不能把我带上？"

我说："不行！"

她说："为啥？"

我说："就为你说的这些话。我若把你带到城里打工，你若跟人跑了，我怎么向尕婶一家交代呢？"

她说："你管她们干啥？现在的人都活的是自己的人，与别人无关。"

我说："你这人真麻烦，哪里学的这一套又一套不讲理的话。"

说完她不再言语。

隔了几日，娟娟选择了一个我家里没人的时候来找我。见了我，她就直截了当地说："哥，你把我睡了吧！你睡了我，我就是你的人了。到时你要出门就把我带上。"

我很吃惊地揣测着她的用意。我深知挣扎在贫困生活最底层的人，她们的幻想最为容易破灭，她们的欲望也最为容易被燃起。一旦她们的企图无法用博得同情的眼泪或者金钱去实现，那么她们就很可能用身体——那天然的最有力的武器去攻击人性的软弱和黑暗。

我没有对娟娟表示什么，也没有对娟娟许诺什么。我感觉若不赶快离开老家到外面去打工，就会陷入娟娟设的情感的陷阱，迟早有一天会出事。

十多天之后，我仓皇逃离了家乡，因为娟娟又找过我几次，而且她的攻势一次比一次凌厉。

女人犯迷糊的时候，要比男人凶猛可怕。男人一般情况下会理智一些。

娟娟最终还是跟人私奔了，她让小东一家人都很伤心。

山　成

山成有两大特长：吹牛和喝酒。这两点在家乡成为软肋的缺点变成他在省城混饭吃的看家本领。

山成开始是在城里给一个工地上的民工做饭。后来他就混到了宾馆里，还是大厨。

城里人就喜欢听乡下人谝一些乡下稀奇古怪的见闻，外带一些下流淫秽的小曲、花儿，连说带唱，很有感染力。山成自从认识了张武，张武就成了山成强有力的后台。

张武在城里不算是有钱人，资产也就几百万，但张武的能量大，他上可说动副省长，可和交通厅厅长称兄道弟、拍肩膀喝酒，下可玩转银行行长，想贷多少款就贷多少。他开的凌志车一般情况下是不会被扣的，即使闯红灯违规。但偶尔犯在眼生的或正直的警察手里，他只需一个电话，别人就会乖乖地把车给开回来。他的确与众不同。

山成像山里的那带刺勾的牛蒡子花朵，只要粘在你身上，就很难撕扯掉。山成很为自己的作为而自豪，他对城市美女经济的风暴体会最为深刻与独到。他认为男人和女人一样需要傍大款，但女人出卖的只是青春和肉体，而男人出卖的则是灵魂和尊严。山成有一句很经典的名言，他说："教你悄悄爱，教你偷偷去学坏，人生青春不能再，要筑个香巢在家外。"山成最初结交张武就下定决心要把他调教成一个现代韦小宝，不让他娶够七个老婆他山成就不会善罢甘休。当山成终于如愿以偿的时候，他已在家乡的小山沟里盖了一幢三层小洋楼，体面地展示着他的本事和能耐。山成的精彩在于他说俗事不俗，分寸拿捏得很好，让领导听了觉得有股掏心掏肺的劲头。

在城里发财的人们向山成讨经取宝时，山成就笑眯眯地说："请人吃饭，不如请人出汗。送人东西，不如送人如意。就是人家看上了你老婆，必要时你也得拱手相送。"慢慢地，山成便由近及远地讲他的辛酸史。他有时会讲得很投入，连一丁点的细节都不放过。我再次见到山成时，他已成了一个有头有脸的人物，不要说一般人到省城办事要求他，就连县上的县太爷到省城办事，都要先托了他的门子和领导联络。一个不入品的厨子对于"出有车、食有鱼、居无常"的官场生活玄奥，能捉摸得如解牛般得心应手，也可算是庖丁中的尤物了。

那天，我找山成是有事求他。

我说："想借你的面子用一下。"

我的话没说完，山成就接上话茬子说："我知道今年化肥紧张，你想找石化公司销售处的陈处长。这事说来也巧，他正好有事要求我。陈处长这人，别的东西不爱，就好女色。但他又天生胆小，怕小姐不干净。所以她就老求我给他找农村的女人，特别是进城打工来的姑娘媳妇们。他说，乡里女人瓷实、干净。这不，没办法的事，谁让他犯在咱手里呢？说，想批多少吨平价化肥，只要你张口，咱就给你办了。"我很激动，没想到事情会这么顺利。买的两瓶办事的酒，本打算不见兔子不撒鹰，这时也不由自主地掏了出来："老兄，你看，来也给你没拿的东西。""啥，啥，你这人不就见外了，都自家亲兄弟，你还客气啥，有事只管找。咱干的啥事你又不是不知道，缺啥也不缺烟和酒嘛。装上，原装上，我知道你会派上大用场的。不过，你得把那从乡下来的漂亮女人多给我带过来几个，记住，要年轻会来事的。"山成说。

山成说到这里，我忽然想起娟娟，楚楚动人的模样，纯洁天真的性格，丰沛冲动的感情，不正适合介绍给他们吗？何况她是那么急于飞出山旮旯。想到这里，我忽然觉得下流可耻的不是那些有权的、当官的、腐败的、爱贪的。而是我，而是我一个清清白白的农民。我很为自己的想法感到震惊和惭愧。

胡东来

胡东来是个女人，嘴甜，会来事。但亲戚朋友们都告诉我，千万别信那女人，特别是她和男人在一起时，要小心。还有朋友劝诫我时说得更具体："如果她开始缠你，你千万要躲着；如果她甜蜜地叫你哥，说明她开始给你下套子；如果她对着你哭穷，就说明她要向你借钱了。这时，你就该当机立断地告诉她你自己手头也紧，正好要上货或者还贷款，清利息。"

胡东来就是那种给她一个支点，她就会将地球玩转的人，可惜她没生对地方。没有从大山深处走出的她，在家乡无法施展她的身手，一是家乡人都太穷，二是稍有资产的人又大都特别谨慎小心。再说在熟人那里也不好蒙事，所以她的"财路"不广。

胡东来找我的时候，我正愁得要命，想着如何逼良为娼把娟娟介绍给陈处长的事。胡东来无意变成了娟娟的替身。她说："大哥，不好意思，我这几天手头紧，借我点钱，我向毛主席他老人家保证，几天后还你。"

时一来，运一转，买下的碟子会变成碗。胡东来让我产生了一种畅通的感觉，她成了我身陷囹圄的救兵。对付石化公司的陈处长，她正是最佳人选，我想我不是故意使坏。浑浊的东西，你就让它和浑浊一块儿凝固。有三分姿色、七分嘴巴的聪明女人胡东来，将成为几千乡亲的化肥特使。尽管许多人不相信她，甚至詈骂她是骚货、人贩子，但场合和环境一变，她的身份就随之也发生了变化。穿上华丽的衣裳，涂上光泽的油彩，染好鲜红的嘴唇，蹬上高跟的皮鞋，记好要办的事情……胡东来被我包装成摩登时髦的窈窕淑女，成败就在这化腐朽为神奇的美人计上。

胡东来走进宾馆的时候一点也不怯场，颇像演技高超的魅力明星。她一脸的幸福神情，一副知足和享受的样子，让人觉得她此去不是卖身，而是带着神圣的使命而去赴人生的另一场盛宴。

我观察她，发现她有着如梦如幻的兴奋，物我两忘，灿烂如花，身后落英缤纷，神色坦然老成。到宾馆那旋转着的玻璃大门前时，我倒有点踌躇，我不知道自己这是在干什么。

在路上我就告诉胡东来说，陈处长可能有时爱干些出格的事，有时甚至会做出不近情理的事，但为了弄到钱，就得有付出有牺牲。

胡东来却不管我说的这些，她说："我明白，你也别解释。咱乡下人到城里挣钱，特别是想要挣大钱就得卖那二两肉。不就是侍候男人睡觉吗？在家侍候自己男人也是侍候，在这里侍候别的男人也是侍候，不都一样？"

我说："这不也是被逼着没办法嘛。"

她说："我知道。别人想来，怕还没有这机会呢！"

我说："对不起。"

她说："没啥对不起的，感激你还来不及呢！"

再见到胡东来时，她已成了陈处长家的保姆，每月拿200块钱的工资。她说陈处长有一处别墅由她一个人照看着，陈处长对她很好。她问我事情办得怎样，我说，很顺利，得感谢她帮忙。她说都是乡里乡亲的，谁还用不着谁一回。说着话，我给了她两千块钱，让她寄往家中去安排好农事和父母，她什么也没说，笑着把钱装进了坤包。

临别时我告诉她说："好好干，在城里只要勤快一些，钱还是很好挣的。"

以后我再也没见到胡东来，据说她混得很好，我回乡时也向乡亲们说了许多好话，并特别告诉乡亲们，要不是胡东来出力，今年的化肥就没希望，让大家记着点她的好。活在世上都难，谁也不容易。

宝　娥

大尖山到宝娥这一代人的时候就开始被人叫作光棍山。光棍山上却有一个美女，这是外人匪夷所思的事情。宝娥是那种很耐看的女人，黑黑的皮肤、白白的牙齿、狐媚的身段，爱穿红衣红裤，有点像火狐。

大尖山上最多的要数呱啦鸡，它起飞的时候响动很大，但它飞不远，就像大尖山上的男人们。可是它逃跑起来很快，猎人形容为"野鸡窜"的那种匍匐在地皮、草丛中，很隐蔽也很机警的跑法。大尖山的男人爱扒灰翻墙头，也就学的是呱啦鸡的这种笨拙中的机敏。

传说放牧呱啦鸡的是一只红狐狸。宝娥就是这只放牧着大尖山上男人们的火狐。她的朗朗笑声极像鸟中凤，爽爽地落在男人们的心尖尖上，能让大尖山所有的男人都痴迷。男人们说宝娥折腾人，甚至连梦中都不放过。

宝娥家里像所有的山里人一样，有四五十亩地，但她家从来不养牲口。宝娥说自己人缘好，大家帮忙侍弄庄稼用不着自家人。所以每年二月二过后，她就早早地把家中男丁（她老父亲和招上门的小女婿）使唤到外面去打工挣钱，临到麦子要开犁播种，宝娥串门子就要串得比往日勤一些。

这天宝娥来到喜子家。喜子的父亲到后坡放牛去了，喜子一个人在破炕上睡懒觉。宝娥瞅的就是这机会，她一进门就说："喜子，炕热着吗？让我上来暖一会儿。"

喜子心里惴惴地欢喜，答道："热着呢，上来吧！"

宝娥脱鞋上了炕，就仄身斜卧在喜子身旁，她额上长长的刘海撩在喜子的脸上，喜子心里就痒痒地乱了方寸。

宝娥撩起衣襟露出肚皮说："喜子，你看我这儿是个啥，这几天怪不舒服的。"

说着便抓住喜子的手往她的身上拖。喜子不由自主地把手按下去时，他已彻底崩溃了，失去了抵御能力。

二十八岁的喜子除把自己的妹妹肚子弄大了之后，就再也没摸过女人的身子。他是尝过那其中的滋味的，那种欲死欲仙的感觉确实能让人快乐得要死。宝娥的主动搭讪让他兴奋得心都快要跳出嗓子眼了。

当喜子的手一直摸到裤腰时，宝娥用一只手抓住裤带，另一只手拿捏抚摸着喜子说："眼看要种麦子了，我家地没牛耕。"喜子说："让我的牛先犁了你的这二亩水地，然后你家今年耕种的事我包了。"

宝娥说："你不是说要出门去打工吗？"

喜子说："不去了，守着你我就千足万够了。"

宝娥说："千万别跳下炕不认账。"

喜子急切地说："我能是那种人吗？只要你对我好，我家的那两对能耕地的牛随你怎么使唤都行。"

宝娥说："当真。"

在大尖山不多的几户人中，喜子是最排场的一个。他五大三粗的身子，干渴了许多年，得到宝娥泉中水的滋润，生活中也变得活跃起来，不再像过去一样蔫塌塌的，像个霜打的茄子。但宝娥却实际上同时让许多有力气的或者出门打工挣了几个钱的男人们喜欢着，喜子在宝娥家中就见到过几次别的男人进进出出的，有时还过夜。喜子知道自己和别人比没有什么长处，唯一能用的就一身力气，还有家中那十多头牛。

秋后宝娥家要翻修大门，宝娥在场里碾麦子的时候，笑着对来帮忙的人们说："我想翻修大门，只是手头没钱，谁若能借点，等过年时男人回来就会还上。"

张三贵打趣调侃道："宝娥，你让我睡一晚上，我给你五十。这样挣，几天不就有钱修大门了。"

李四斤说："到草垛背后摸一下我给你再帮两天工。"

大家七嘴八舌地占着嘴上的便宜时，喜子便拿定了主意。他要包了宝娥家的大门。

第二天，喜子便找人卖掉了一头大犍牛，晚上他便揣着1450元钱去找宝娥。

到宝娥家，宝娥问："喜子，黑饭（即晚饭）吃了没有？"

喜子说："饭倒是吃过了，有点事来找你。"

宝娥问："啥事？"

喜子说："你得答应我。"

宝娥说："又没说啥事，我怎么答应呢？"

喜子说："你不答应我就不说。"

宝娥说："那好，就算我答应了，你说。"

喜子这才从怀里拿出钱说："宝娥，你说我把你好吗？"

宝娥说："要答应你啥事情呢？又说你把我好不好的？"

喜子说："只要你答应以后再不和别人好，除了你男人之外，你只和我一个睡觉，我这一千多块钱就给你。以后凡你家耕、种、收、碾的事情我都包了，要不然看着你和别人眉来眼去的，我心里难受。"

宝娥很感动的样子，她把喜子的头抱在怀中抚摸着，说："喜子，你今晚想咋弄就咋弄，我今晚上让你过够瘾。"

正说着有人带来口信说："宝娥，你大和你男人在煤矿上出事了。你大被埋在了井里，你男人虽然被救出来了，但却被砸断了腰。"

宝娥愣了半天，没哭也没掉泪。

后来，喜子就成了宝娥家拉边套的人。

"拉边套"是一句旧时赶车人的行话，说的就是除了掌辕的马之外，那在两边帮力的就叫拉边套，其实指的就是一妇两夫，招夫养婿的事。

再后来，宝娥给喜子生了一个女儿，喜子就干脆搬到宝娥家去住，一家人过得很和睦。

◎ 王晓燕

王晓燕，甘肃渭源人，现为平凉市作协副秘书长。作品在《芳草》《文学界》《飞天》等刊物发表。著有小说集《半份爱》以及长篇小说三部。

失恋的人

墙上的镜子里。桌上的花。几丛兰草簇围着几大朵牡丹、百合，插在一只酒瓶子里，花瓣上的露珠还未干。

七月洗了脸，走到院子里去。娘奔来跑去，跛着脚，她的腿痛病又犯了，看看七月身上的衣，让再换上件新点的。七月大声说，我又不去做戏子。那声气儿，有金属的冷硬。娘站在那，愁苦地望着七月，扑打身上的土。

虽已是初夏，早晨的天气仍有点薄凉。爹去地里了，二哥还睡着，七月将头发胡乱扎了扎，匆忙奔去厨房。二嫂在烧水，一边擀长面，七月赶紧蹲在灶前烧火。动作迟一点，二嫂会给娘脸色看。可这两天，二嫂对七月的态度，忽然又亲密起来了。

高压锅里炖着一只鸡。二嫂笑说，今儿来的小伙，可不能让他白吃了这只鸡。

七月说，你急了，你跟了去。对二嫂，七月又极端地克制，可对娘，却管不住自己仇人似的情绪。

二嫂娶进门有一年了。做啥活计还得娘指派，擀了面，问娘面擀好了，再做啥哩？娘说那就等会吧，人来了再烙葱油饼，不知他们来几个人。

客从县城来。每每有客来，娘就特别仔细，里里外外清扫得亮堂堂的，茶杯桌椅前一天就擦洗过几遍了。菜蔬烟酒大哥前几天托人给捎来了，杀鸡、擀长面、烙葱油饼也是最好的待客方式了。

大哥二哥没分家。大哥大嫂在县城工作。二嫂刚娶进门那阵，七月提出想去县城学美容美发，爹和娘都没意见，大嫂也愿意给她出钱，大嫂早就想让七月去学门手艺。

如果七月去学，我也要去。二嫂说。

二哥立刻反对，你去学那个，像怎么回事？你去学了，那地谁来种？

我怎么就不像回事？二嫂马上扔了筷子，脸冲着二哥叫起来。谁吃谁种。

娘赶紧往大哥脸上看。大哥一家人吃的从家里拿，当然，家里花钱都由大哥管，一有空他们就回来帮着收种庄稼。大嫂脸红了红，什么话都没说。

七月觉得二嫂变得让人吃惊，女孩子一结婚就变了。七月跟二嫂是同学。一说下亲事，二嫂就退学了，穿的用的从此都由二哥给送去，隔三岔五，总会指使媒人来向二哥要一样什么物品。一家人都会想着法子帮二哥给满足。那可能是农村的女孩子最为金贵的时期，有些人家会尽挑贵重的东西向男方要。二嫂就替她弟弟向二哥要过照相机、摩托车……大嫂每给七月买样什么，必给二嫂也买一样相同的。

二嫂越来越有怨气冲天的话要讲。

七月突然意识到，婚姻生活，也许是女人的一场灾难。

七月听见娘在喊二哥起床，太阳似乎是被娘喊过来的，一刹那间，满院子。

来了三位客。大嫂的同事吴科长已是第三次上门了，一看见七月就啧啧叫着伸出手指点她的脑门。

七月辍学，大哥大怒，等她辞掉了医院的工作后，大哥索性懒得再为这个妹妹操心了。七月也躲着大哥，尽量不到县城里去。她的事，都是大嫂在忙着张罗。

"这次再要看不上，看我不把你给卖了！"吴科长贴着七月的耳朵小声说。乱发遮住了七月的半张脸，躲避吴科长时，一个发圈甩出去，头发索性散了，她穿了件宽大的灰衬衫，衬衫的下摆包住了膝盖，脚上穿的是娘做的黑布鞋。吴科长注意到王智聪自进门就一直在盯着七月看，就又冲七月挤眉弄眼了半天。

七月跟人打了个招呼，就闪进了厨房。无论二嫂怎么支使，七月就是不肯到厅房里去。二嫂自己端了一盘刚烙好的葱油饼到厅房里去，仔细看了王智聪几眼，回到厨房说，一看就是个老实人，就是个头小了点，这没什么的，你二哥还不一样是个小个子。

七月冷笑，二嫂也不看看自己，还嫌二哥个子小。一块在县城念书时，两人什么疯话都说，可自成了姑嫂，猛就变得生分起来了。

"这个人身上，有股子比我们这种人多出来的东西，不像你二哥，一眼就能瞄出所有来。"二嫂还在拿王智聪跟二哥比。

厨房门口忽然黑了黑，马上又亮了。吴科长红着一张脸闪进来，凑到七月跟前来说话，一股子酒气臭。

"怎么样，七月？你可再别让我为你跑这路了。你看看，我这腿为给你找对象都跑细了。"吴科长和大哥大嫂是多年的老朋友了，七月上初中时，他就是个科长，如今，还是个科长。对七月的事，吴科长倒真是上心。

七月躲到二嫂身后去。

二嫂正在切长面，手里提着把菜刀被推到吴科长跟前。吴科长盯着那把刀，夸了几句二嫂的手艺，又回厅房去了。

吴科长给七月已经介绍过四个了。

"你这样会挑花眼的。"二嫂已看出了七月的意思。"要是我，只要能生活在城里，管他长什么样。"

王智聪在乡下教书，刚考上公务员，家在县城。

大哥在电话里跟爹说，这回成也得成，不成也得成。

七月呆望着二嫂，想到人一生要度过的漫长的婚姻生活。

厨房里的光线猛又黑了黑，王智聪从外面的亮光里踅了进来。

后墙的高处有扇气窗，蒙了块窗纱，如今已是黑乎乎的，也不知当初盖房子的人为何不再给开扇窗户。虽已近正午，厨房里面仍暗昏昏的，再加上那腾腾雾气，就看不怎么真切，王智聪来得无声无息，七月给吓了一跳，这一跳，惹得她心生了厌恶，索性看也不看他一眼就出去了。

王智聪便跟二嫂扯了几句闲。

"我们姑奶奶就那性儿，你别放心上。"二嫂借机问了王智聪许多问题。

"她那个事，你晓得的吧，全县城的人，都知道。哎，我们七月跟我一样，命不好。"那件事，本就不是什么秘密，但似乎诉说得愈多，就愈能让那可憎之人承受得越多。加之，这个王智聪，少言寡语，是个文化人，莫名让二嫂觉得信赖。待要说得仔细时，王智聪借口走出去了。

他望着大太阳底下的园子里。满满一园子花，正是花儿们的时令。牡丹。芍药。百合。马莲。他眯着眼睛，断断续续地想到它们的名字。

想到她的名字。

他把那个名字与这院子里的物什、花草一一联系在一起。是个方方正正的四合院，房子有些老旧，但井井有条，他心里突起的怅惘像阳光洒了满院子。桌椅，窗户，她的气息无所不在，氤氲其间。

目光落在一抹月白色的窗帘上，那一定是她的房间了。她那个人，经过别人的言语，他感觉像早就认识了，他本没抱多大希望来。他母亲的院子里也种着那种花。他母亲告诉他，那叫七月花。那花极其美艳，他爱那个名字，光念着它，就有一种神秘的美。见到她本人，他重又记起了那个名字，仿佛是，听到别人说她叫七月，他一下就有了兴致，他为这个名字而来。

跟头一个女朋友分手后，他就感觉再也爱不起什么人来了。一旦想到将要与自己息息相关的某个女人，他就浑身止不住地哆嗦。那个女人真的把他整惨了。现在光是想起她的那双眼睛来，内心里就涌起像海水那样多的恐惧。他很想马上对七月说说自己的这种心理。不知凭什么，他觉得七月会懂他，理解他的这种心理，是能倾听他的人。七月的骄傲和冷漠，本该令他退缩的，可是很奇怪，他竟然感觉到强烈的渴望，他想接近、讨好她。

七月仅问过他一句，来了？这仿佛已是饱含深情的一问。当他从树荫遮蔽的巷道里走进来，他看见两边围墙下的空地上，开满了七月花，而他将要看见的女子就仿佛是花树上成了精的一朵，七月呵。

他把自己的心封闭起来都三年了。最近，他也相过几次亲。但那些连脚趾缝里都暴露着物质欲望的女子，再也无法扣动他身体里曾经被热烈地奏响顿然就又死僵僵的弦了。

他竟然会再次一见钟情，这仿佛是他的命，他那个女朋友就是始于一见钟情，他也才有了后来的下场。

他回忆起，三年前那会儿，对爱情，事实上他还一无所知。他不能给人讲，他只是，受到了诱惑。

他意识到，七月不可能满足于这安静又圆满的小院子的生活的。

命运会使有些事情重复发生。一种在黑屋子里孤独抽泣般的忧伤迫使他想巴结她，讨好她。

猛听见七月的父亲在唤他。王智聪赶紧调整好自己的情绪，回厅房里去了。

七月再没有出现过。吃饭时，二嫂就立在厅房地下，不时添茶倒水，一眼眼往王智聪脸上睃着。

七月的父母对王智聪很满意，一定要留他们多待一阵，还有一位是王智聪的叔叔，这会已催着吴科长吃完饭就往回赶了。王智聪父亲去世得早，每有需要父亲出场的角色，他母亲就去请这位叔叔出马。王智聪很清楚，只要叔叔满意，他母亲就会以她快要老死了以及孝道之类的事逼迫他同意这门亲事。叔叔跟七月父亲拉了半天话，心已踏实到肚里去了。这么实诚人家里的姑娘，差不到哪去，何况七月本人那样完美，看看自己的侄子，都有些高攀的意思了。七月像叔叔看过的某部外国电影里的女子。这根本在叔叔的意料之外，以致叔叔完全忘记了听来的一些闲话。

吃罢饭，叔叔倒又不催了，叔叔和七月父亲不知怎么就谈起了《周易》，谈起了军事，他们抛下其他人，自顾自往更远里说了开去。七月父亲难得找见一个有文化又乐意跟他往深里交流的人，兴致上来，俨然换了个人，头头是道，有理有据。令七月母亲，尤令二嫂惊异，父亲一年中也说不了几句话，是个极度沉默之人。说着说着，父亲忽然起身去开了炕上的一个柜子，拿出一瓶茅台，再取出一盒软中华来，给众人一一敬上烟，又敬酒。七月二哥借机去厨房催二嫂再切些牛肉，再拌一盘野菜下酒。

"把那瓶茅台都拿出来了？"二嫂抬高了嗓门。大哥拿了两条猪腿去给领导拜年，领导顺手从桌底下抓了瓶茅台给他。大哥给爹拿来，爹一直锁着。那瓶酒，已放了四年了，二嫂只是看过一眼。

叔叔很吃惊，七月父亲竟然研究很广，见解一点也不比叔叔差。他信口道来的那些，可不正是叔叔最近痴迷研读的某位哲人的学问，叔叔庆幸，幸好才读了那些段落，正好用得着跟这位老伯交谈。否则，输给一个农民，多没面子。

叔叔一再伸出手，大声地叫着"老伯呵"，与七月父亲的手相握，对这家人，竟越是多了几分敬重和由衷的喜爱，情到深处，一定要请老伯去县城他的家里去做客，喝他存的好酒。虽然每日见的人很多，可真正可以无拘无束说话的人，没一个。

"你不知道，现在这社会的人，一天到晚尽想着怎么升官发财找小三，要么就是房子汽车的事。"叔叔皱皱脸，摇摇头。"老伯呵，就是没个人跟你谈谈心哪。"七月父亲就笑，说你有空了就来，农村空气好，吃得安全。方便得很，如今路都修到家门口了。叔叔拍拍大腿，说对呀，以后就是一家人了嘛。就去望王智聪，快给老伯敬酒。

王智聪只得站起来，一再地端起酒杯，这不是他所擅长的，看上去，就有点像老大不乐意的样子。

七月父亲倒是蛮喜欢他有点呆头呆脑的样子，一看就让人觉得可靠。不由就想到另一个人来。避开七月，跟老婆子一起称他作"那个坏种"。

叔叔话越说越多，把平日里工作上无处可宣泄的怨气，也一样样给老伯道了出来。叔叔有点看不上吴科长这个人，吴科长也不乐意让叔叔觉得自己是在跟他套近乎，便一直缠着七月母亲和二哥说话，二嫂一进来，他又将脑袋拧过去，伸着脖子问二嫂娘家是哪里的。

"那怪熟的了，前些年下乡，老住在你们家，你爸还那样爱耍牌？"二嫂脸红了红，哎哎几声，拎了暖瓶出去了。

"赌是不赌了，可那病，不喝酒才好，偏偏又好那一口。"七月母亲有点过意不去，就主动跟吴科长聊了起来，可一说就说得多了，且一下又住不了口。低声说了更多的，这位亲家老了，还一身改不掉的毛病。

直到老二叫了起来，"你给人家吴科长说那些做啥里嘛。"老太太才讪讪收住话头，一下发觉自己把不该说的都已说了，连连让吴科长抽烟，让吴科长尝尝野菜。

娘坐在炕里头，爹的身后，吴科长硬拉她跟爹在上位坐了。她几次想下炕去，因为担心得让炕上坐的人给她挪地方，便忍住没动弹。一面悬着心，生怕儿媳妇这天过后会去村里人跟前晒摆怨气：来了人，就倚老卖老不帮着她做活了。又惦着七月。

酒喝了一瓶又一瓶，每个人现在都扯起了嗓门说话，欢声笑语。吴科长把王智聪考上公务员的事重复说了四遍，好打住叔叔和老伯越来越热烈的谈古道今。说一遍，七月父母就讪讪地冲吴科长笑一下。二哥不胜酒力，又去请了庄上头的周伯来陪客，几个男人的嗓门儿快要把暗旧的屋顶给掀翻了。吴科长高声喊着，夸七月的好，不知怎么的，猛又吹嘘王智聪头一个女朋友家有多富有，房子、车子多少套、多少辆，那家的主人还出国旅游过。

"人家运气好，是借出公差去的。咳，可惜啊，他们生的那个女娃子，却是个二百五。"

屋子里忽然就静了下来，众人就沉默地听他说。

渐渐又听到叔叔和七月父亲压低了的交谈声，逐渐地抬高了，终于压过了吴科长啰里啰唆的胡言乱语。

王智聪带听不带听的，处在自己的幻觉里，又一眼眼往屋里每个人脸上睃一眼，似乎在看有没有漏掉什么人冲向他的问话。

"智聪你哪能找那样的！"

王智聪笑笑，并不觉得难堪，反觉得心里舒畅。众人热烈的笑谈加剧了他心里奇怪的幻觉。

这时吴科长又尖了嗓子转向地下站着的二嫂说话，再转向七月的娘。

"我们七月，打着灯笼都难找的好姑娘，婶子，你放心，包在我身上。婶子你不知道，在大城市，七月这个年龄才开始享受生活呢。"

二嫂沉着脸说了句什么，听上去像是帮着自家人在说话，二哥则听出来，她是在借机吐出那忽然被勾得分明了的怨气。吴科长再次转向王智聪，"找上七月，是你小子的福气。来，喝酒。"闷住了的空气这才一下又流通开来，夏日般热烈的气氛再次膨胀了。

对七月一个出身农村没工作又大龄的女子来说，能找上一个家在县城的公务员，真的是她的命好。除了王智聪和叔叔，屋里坐着的人，都不言而喻地想到这一点。而吴科长和七月的家人对望一阵，不由都联想到一些还在流传的传言和另一个猛然让他们不得不想起来的人。

娘不时透过窗子向院子里望一眼，这场因为女儿才有的热闹，到底是令人轻松和舒心的。可想到七月，娘就有些为自己没有去克制那身不由己般的快乐而猛然间心生了歉疚。

经过吴科长不断的赞美，加之这热烈的气氛，王智聪内心里充满了深情，目光来来回回落在沙发上、桌椅上，落在墙上的镜子里，晶亮的茶杯里，又落在七月母亲和二哥脸上，他想到七月每天会在这屋子里走动，打扫或取走什么东西，他望着墙上的那面镜子，看见她梳那一头黑发，过了今天，以后每天，她就会在镜子里也看见他，在做着活计时想起他，会像他这样，即使眼睛里看不到，却每次呼吸都能感觉到她。他身体里忽然有了一眼忽明忽暗的泉，暖暖的，缓缓的，不时涌出一股清亮的流水。从七月母亲和二哥脸上皆能寻到七月的影子。她的头发，让他想到某种动物的野性，她的一举一动，虽有意向人暴露着任性和不满，留给人的印象，却依然是那样优雅和神秘。

他完全已是个在恋爱中的人了。

七月在北房待了一阵，北房是二哥二嫂的房间，她想回自己的阁房去，但那得穿过院子，会被厅房里的那些眼睛看到。七月不想被任何人注意到，宁愿那一屋子的人，因为开心，暂时会忘了她的存在。

七月出了院门，往园子里去找点荫凉。正午的树丛间，没有一丝丝儿风。花儿草儿蔫头耷脑的，七月站在一棵樱桃树下。她心里的决定一目了然，然而，身处在被这烈日晒烤着的园子里，身体里一股决绝的气浪忽然就像雾气，她没法去阻止，只能容忍它们无比艰难地一缕缕消散。

最为难的是娘。

七月早一天嫁出去，娘就可以大大方方地去村里的人家串门子，大声告诉他们，七月在县城生活得很好。再听不到大哥对她暗中的数落和二嫂含沙射影的怨气，而娘若有了怨气，可以坐班车去县城，去七月的家里，轻轻松松待两天。

大哥是个爱站在人前头说话的人，他只在意亲人们每做出一件事来，会产生什么样的影响。二哥则是个稀里糊涂的人，就像大嫂。这可能就是互补吧，大哥和大嫂，二哥和二嫂。上帝这样安排人，好让他们在这个世上活着时不感觉孤单和没趣，他有他的道理。

家里少一口人，少一份吃喝用度。房子早该翻修了。最重要的，是让那些闲话从此不再到处流传。

在真做不了决定的时候，七月想到，让上帝来帮她。上帝，是赵文轩教她认识的。却没有一次，真正敢把自己的命运交给一个只是有所听闻的人。

七月无意才听说，村里人如今又津津乐道于把她臆测成小三。

一重重可感可触的压迫，卷着这夏日正午酷烈的气浪向她逼来。这压迫，到了亲人那里，他们所承受的，可能还会增倍的重。

如若她离开这个家，只是一个人活着，一切问题就会得到解决。

七月一度打算逃离。去新疆。那是她目前能想到的最远的地方。

今天，她非做决定不可。

客人还没到那会儿，她抽空去往阁房，在桌前坐下来，撕碎了几页纸，在十几张碎纸片上分别写下：走。不走。把碎纸片一一团成团，搅散了，在桌子上聚拢一处，她闭着眼睛，在心里呼喊：帮帮我，求你了。

帮二嫂揉过面的手心里沾满了面。七月把摸到的纸团捏在手心里。就在那时，客人们到了，她只好把纸团装进衣兜里，从阁房里出来，匆匆在台阶上的水盆里洗掉了手上的面。就看见，王智聪走进来了。

烈日下，七月有些发晕。

走得远远的，是在失望、压迫俱来时的一点隐约又实在的希望。

多见一个人，家里多一次为她而有的折腾，内心里，就越多感受到一重歉疚和压迫。离开的决定就又变得坚实。

她从兜里掏出那个纸团。她告诉自己，不管是什么，她都会按着纸条上写的去做。深呼吸了两口，她迅速将纸团儿展开来，一下看到了那个字。

她打算要全心依凭的上帝，这下告诉了她，该怎么做。

她的心彻底踏实下去。

阳光从树缝里漏洒下来，在她的鼻尖上、眼睛上，细碎的闪闪的亮，几片阴影，又覆盖了那光亮。

她将脸伸进樱桃树的密叶丛里。

王智聪的轻唤声从身后传来时，七月来不及擦掉脸上的泪。

"对不起，我打扰到你了吗？"王智聪站在那，她哭泣的样子，令他不忍心一下转身走开，他很想伸手将流泪的她揽进怀里。

"你怎么出来了？呵，没什么。我在这凉一会儿，你不在屋里待着，这会儿正热。"七月仓促地胡乱摸着脸，堆上笑意匆匆瞥了他一眼，马上去望着远处的一棵核桃树，阔大的叶片上，大大小小的光斑跳动着，随风跌落，又聚起。

"你还好吧。"

她望着他担忧的脸。"让你笑话了。"一时，她也弄不懂自己为什么要哭。

他的眼睛一直深情款款又无比忧伤地冲她望着。

"我想，你一定已经听说了那些事。我是说，你大老远地，到这来了，我的意思是……"她忽然觉得自己要说的正是身心里一直所急于要说出来的，而不是只用以敷衍他的话。反正，他不过是个陌生人罢了。

"哪些事，你想说出来吗？"他装作茫然的神情。但他马上又担心她真会说出那些事来，赶紧又说：

"我感觉自己很幸运，真高兴见到你，七月，我说的是真的。"他往前跨了一步，看着她的眼睛。因为唤出了那个名字竟然有些哽咽。她的眼睛马上垂下去。她都能听到他胸口突突的跳动。

七月笑起来。看他不停地搓着手心，显得是那样紧张。七月被迫见过的那些人，第一面就都不约而同试探着，想立刻把她带到哪个房间去。

手心里，那个纸团还在。她紧握着。

他可不想听她说那些事。可是，她已经说开了。

上小学五年级时，大哥把她转到县城去读书。初中毕业，她就不想再念书了。大嫂把她留下来带小侄子，一直带到他上幼儿园大班。

那天早上，她起得迟了，肩上扛着小侄子横冲直撞过马路。赵文轩开着车差点撞上了她。

"瞎了吗？"七月冲窗户里竖了竖中指，还用英文骂了句脏话。

那时的七月，除了找不到毒品可吸，什么都模仿外国电影里女子的做派。她所有的闲暇，都用来看《生活大爆炸》。

送完侄子出来，七月看见赵文轩靠在车门上等在外面。

"怎么，专在这等我回头讹你？"七月莫名有些心虚，赵文轩不太像是要和她斗嘴打架的那种人。

"为什么非得跑那么急？"赵文轩笑了一气，问七月。

"如果我大哥晓得我又睡过头了，会很麻烦的。"七月摸摸头上短得不能再短的发茬，老老实实回答。

"有多麻烦？"

"超过你的想象。"

"你真有意思。"

"你也很有意思。"

赵文轩一次次约七月出去时，七月不知所措，但最终还是随他去了。

"你一定晓得那种心理，有时候，只是因为好奇，或是某种莫名其妙的感觉，那并不是某种吸引力，我指的，不是爱情。我是说，可能仅仅是我们感受到或发现了一个被突然激活了的自我。"七月转头看着王智聪的眼睛，他拼命点头。王智聪太了解七月说的是什么了。她的眼神一再地叩击着他身体里崩断了的松垮垮的弦。"当然，这些个我也是现在才弄懂了的。"

看见七月，王智聪才明白，自己就是一架琴弦需要调整、需要调音的竖琴。除了七月，注定没人能弹响他。他又一次地，沉浸在一见钟情里了，他有些恍惚。

赵文轩常带七月去图书馆。七月安静地坐在赵文轩对面，坐着坐着她就打起了瞌睡。赵文轩一坐好长时间，不时轻声把她唤醒。七月就不好意思再睡了。

不是为了兴趣，是为了赶上他，为了跟他有真正的交流，七月后来习惯了阅读，习惯了一个人去图书馆。

通过了职称考试，赵文轩就不再去图书馆了。

那阵儿，她过得很充实。留长了头发。

小侄子上小学后，大哥托人让七月去县医院的门诊部做挂号收费的工作。那是自七月辍学后，大哥唯一帮过她的一次，可能也是看在她突然变了个人似的份上吧。

相处日久，一种好胜心理就越强烈，强过七月对赵文轩本人的兴趣。

赵文轩不让七月对任何人说起他们的关系。七月就感觉，不管她怎么变化，仍不过是个来自农村的看孩子的保姆。

强烈的自卑感常让七月找这样那样的理由主动去接近赵文轩。

那件事到底是怎么发生的。七月说不清一个具体的时间，慢慢，她发觉自己真的陷入了爱情，赵文轩的名字、身上的气味、衣服的颜色以及与他关联的一切，就像一种迷药，她为之痴狂。她努力学着他的样子，学着露出他脸上的神气。在他的眼神向她投来时，她感觉到自己心底款款的深情。

他们交往了四年多，七月往图书馆跑了四年，读的书比她上学时所读的都多。

那个下午，下过雷雨。赵文轩领着他真正的女朋友来医院看病。要不是七月，赵文轩早就跟她结婚了。这个，赵文轩一直在说，可七月并不确切地知道那与她有什么关系。

女人一脸喜气，紧贴着赵文轩，而赵文轩亲密地揽着她的肩，他没有跟七月打招呼。

挂个妇产科的号。他往窗洞里扔了五块钱进来。

七月的脑袋在那一天里开了窍。

过了一个礼拜，七月辞了工作，回了乡下。

除了去地里干活，她就读书。繁重的活计和密密麻麻的书页把她各个器官的空隙都填满了。

几个月后，赵文轩寻到村里来了。

他跟那个女子处不到一块儿，他的心原来一直在七月身上。

七月忘不掉，在医院的那个下午，脑子里像遭受过雷击，一下开裂了似的清醒。

"有些事，放手了就再收不回来。你不会重要到一直会被人惦记，被怀念。被期待。"

七月一时还无法思考一些问题。等她终于能冷静地思考了，赵文轩（自称是无望地）已结婚了。

王智聪望着远处几乎望不见的山梁。

俩人从几棵白杨树下拐过去，七月推开园子的木门，走在前头。七月呆了呆，想退缩回来。赵文轩也曾这样跟她走进园子，像狗一样温顺地乞求她。

我应该早做出选择，对不起，七月，我忽略了你的感受，我保证，我已经跟她彻底断了。我要娶你。

我们在一起，一定不会没趣，你那样年轻，有活力，我们说过那么多话，你真不记得了？

你不是说，我们在一起，你会变得越来越好么，你真的打算不理我了？

为什么，王智聪会激起她如此多的回忆。

王智聪不想马上离开，不想回到屋里那些快乐的人中间去。更不想唤他的叔叔起身上路，就此罢手。

王智聪痛苦地发现，内心里，对七月，竟越发地多了一重深情。

也许，她以为已经是过去的事了。说说也无妨。他又想到，自己本也打算讲讲那个女人，对七月，把内心的伤痛勇敢地讲出来。也许，这可以表明他的诚心。又心存侥幸，但愿，七月跟他是同一种心理而非别的。

可是七月抢了先，他再要讲出来，就跟交换似的。像是有自残心理的人，愿意把伤口裂给人看，或者，更像是一种比赛，看谁受的伤害深。

两人绕着园子里浓厚的树荫走来走去。

"你跟他在一起时，真的快乐吗？"

"有些事，回想它根本没有意义。"她答非所问，像是在自语。

"七月，我说了你可别生气呵。"

"不会的。"

"你有没有想过，那会儿，你刚踏入社会，也许你对那人只是单纯的崇拜，模仿，以及，感激。"

她吃惊地瞪大了眼睛。他大着胆子说下去：

"我也有过青春期。你渴望改变，但从来没人能够顺着你的意图指引你，然后，你遇到了那个人，他适时地激发了你潜在的那部分自我，并且，你是受了他一些诱惑——"

"求你了，别说了。"

除过母亲。从没人，会真正在乎她的情感。

否则，后来他又回来找你，你就不会再拒绝了。他没敢说出来。

"不知道。我什么也不记得了。"她努力做出已释然的表情。"说说你吧，你为什么也落下了？"

"我也不知怎么就被剩下了。"他勉强笑起来。她望着他的眼神真诚而热烈。"谈过一个，不合适，不合适的人在一起，会很痛苦。"他斟酌着，慢吞吞地说。

"如果今天我不来找你，将来有一天突然遇见你了，我想我会后悔死。"

"你遇不见我的。"她似笑非笑地说，那个纸团贴着她的掌心。

"县城那么小，怎么可能呢，除非你离开这。"他想到，她只是在这里休憩一阵。她终会又回到县城，或去别的地方。

隐约天边传来一声沉闷的雷声，他们都仰头往树梢外的蓝天望去。

那个决定，仍旧握在她手里。她感觉到一阵心悸，让她发虚。她蹲下去，揪着一根草茎，等那一阵眩晕过去。

一阵猛烈的风过后，天边又安静了。

"预报说今天有雷阵雨。"他也蹲下去，跟她面对面。他的眼睛像孩童似的，半蓝半灰，她脑子里瞬间很空茫，她把那个纸团紧捏在手心。

他一直望着她。她在他的注视里。

后来，他们走出园子，顺着两道围墙夹着的小径一直往外走，从一个坡上下去，穿过一片麦地，向左边拐去。四下里全是麦地和豌豆地，他们从中穿过去。拐了个弯，又是一个园子。树荫遍地，路边挨挨挤挤站满了白杨和柳树，杏树、梨树和苹果树的枝从墙头伸出来，上面缀着一串串青果，他伸手将枝儿拦高了，好让她过去。坡下面的浓荫中探出几片屋瓦，她往里靠了靠，让他小心走路，不要让舅爷看到他们在此。

头顶忽然又变得开阔，他们已走到了一条大路的尽头。远处，一片片庄稼地，绿，像水一样漫透了一块块田地，山坡。蓝天正在他们头顶，又像正离他们远去，还在越来越远。他不大流利地说了些听来的笑话。此刻，她完全忘了她脑子里一直在想的东西。

"要是有人陪着，我愿意老死在这样的地方。"他看着她的眼睛说。也是在这一刹那，他再次意识到自己从来没有这样真正被一个女子所触动，一下为之倾倒，想到真要被她拒于千里时，他一定会痛不欲生。

她没说话，伸手从路边的枝上揪下一朵七月花。爹会不会对娘也说过这样的话。娘有一句贴心的话，就很满足。娘给她起这么个名字。这个名字被身边这个人深情款款唤着。

"夏天最烈的时候，七月花就大朵大朵盛放。在高而直的枝头。她是那样美艳，坚韧。我写过这样一段话。"他很惊讶，编造出这种话来。

"这是最普通的花了，事实上它在哪都能长。"七月接道。

王智聪等七月的目光投过来，无比忧伤地望着那张脸。"那年，七月花开的季节，我父亲去世了。我把我想说的话都写下来，见了人，反而就不知说什么了。我后来一直就这样，跟人不怎么会说话。"他说着突然红了脸。"我已经对你说了很多了。"

她把花捧在胸前，想着他那时的处境。在心里涌起一阵怜悯的柔情。

"不会说话的人，往往最晓得怎样把话说得动人。"那阵柔情还在蔓延，她感受到季节。她一直像这荒野里生长的植物，她的精神、心灵在这般的季节里，最自由，最平和。吴科长赞美王智聪的话，在她记忆里开始探头探脑。

风刮来刮去，他们从陡坡走下去，他伸手护着她，以防她一下从坡上冲下去，风从抽穗结实的庄稼地里刮过来，在树梢的最高处喧嚣，山顶上聚积了一块块厚重的乌云。

暴雨马上要来了。

她往更远处奔跑。他喊着让她小心不要去树底下。

"城里人，快跟上我呵。"

出了汗，她变得越发地轻松了，风自由来去。她一直跑到了坡底下，一条河挡住了她。

他让她往回走，一边看着天边越来越厚的乌云。

他们比赛着又往回跑。她问他经常跑步吗。

她很久都没这样跑过了。喘得说不出话来。

他们提到读过的书，她像一只雀儿一样笑着。他被她的快乐所感染，一点也不觉得自己竟然在头头是道。他竟然还是个基督徒，因为他母亲是。她头一回听说，在县城那种地方，有人真的会是个基督徒。那种人只在赵文轩的书里有。她一下猛又感触到手里的纸团，被汗水浸得湿乎乎的，纸的棱角在她手心里变软。

说到有幸活在这个世上，真正想要做的事，俩人都有些滔滔不绝起来。这出乎他们自己的意料。

"我没有工作，也没念过几天书，你真不会在意这些？"她忽然问道。

他吃惊极了，看她并不像是打趣他或有恶作剧的意思，半天都不知该说什么好。

他不就是为等这个时刻而来的吗，从辨认出她的纯真与特别那一刻起？

他望着她那头乱发，忽然咧大嘴笑起来。

四周忽然暗了下来，积雨的云层不知何时已将天空密密地遮盖。风从高处的树梢上刮起，也从地面卷起沙土，落叶以及草屑。一滴雨点滴落在她鼻梁上，又一滴打在她的手臂上，风湿乎乎地缠绕在他们的额头，臂膀上。

他拉着她飞快地跑起来，雷电就在他们头顶炸响。大雨降下来，把他们困在一棵白杨树下。王智聪脱下衬衫，罩在俩人头顶。他靠得太近了，她略略侧转过去，可这种姿势，更像是她想要依偎在他怀里。

手里的纸团不知何时跌落在她脚下，瞬时就变了颜色，它变软，变轻。

它像一团融雪似的化掉了。

闪电猛一下像剑一样，刺穿了大地。她的目光追着闪电的光束，她记起摊在桌子上的那些纸团。如果客人们还没来，她就有机会做三次选择，为了不留下遗憾，她打算让自己摸三次，出现两次的纸条上写的，就是她最终的决定。

她摸到的第一张，上帝就告诉她：走。

等雨停了，他们回到屋里，她可能还会再去试探上帝的心思。

也许，那些小纸团已被苦心的娘给收起来了。

◎丑星

丑星，原名张新平，现为渭源县清源中学教师。

醋客王老六

王老六，渭源人氏，因其于族中弟兄间排行老六，故同村男女老幼背地里皆呼其王老六，其大名亦被同村人日渐淡忘。其人面色黧黑，身材矮小，身体精瘦，额头皱纹如沟壑纵横，给人以饱经沧桑之感。他常年身着一身或蓝或黑的布衣裤，足穿一双千层底布鞋。尽管上了年纪，但走起路来风风火火，足下生风，像十七八岁的小后生。

他以酿醋而闻名十里八乡，因其醋质酸爽、可口、味醇且经夏不坏而得诨名"王醋客"。可谓人以醋名，醋亦以人名。与其他卖醋人不同的是，他所酿的醋从不拿到集市上叫卖，醋一经酿成，闻风者就会蜂拥而至，一抢而空。但其醋价常高于市价一半且绝无还价之理，俗话说"一分钱一分货"嘛！他常对来买醋的客人说："做人要厚道，做事要讲良心，坑蒙拐骗的事千万不能做，因为老天长眼着呢！"食用过他的醋的人都说："王醋客的那个醋真是个香，味道没的说！"有好事者还就此造了一个歇后语：王醋客的麸醋——货真价实。

　　曾经有人劝他扩大醋的生产规模，但他一笑置之，依然我行我素，在保证醋质和口味上绝不含糊。因其醋味美、酸爽，村人中有人甚至将其所酿陈醋作为土特产和礼品捎往远在兰州、西安等地的亲戚、朋友品尝，深得人们的赞赏。土法酿醋是一种较大的体力活，因为醋在发酵后要经过搅拌、倒匣（盛原料的大的木制器具）、倒缸（盛原料的较小的瓷质容器）等好几道工序，这需要好的体力才行。可别小瞧他精瘦、矮小，但其力量却非同小可，制醋的活计他经常独立完成，绝不要别人插手，看他做这些活简直就是一种享受。有人说他有功夫，拳脚棍棒功夫很是了得，但很少有人见过他练功，只不过他每天早上起得很早，天麻麻亮就起床，提着一根手腕粗细的五尺棍出门上山了，回来时红光满面，精神抖擞。几十年来，无论刮风下雨，还是严寒酷暑，从不间断。据邻居们讲，他几乎从未与别人发生口角，更别说争斗之事了。有人曾搬出她远嫁内蒙古的女儿曾在荒郊野外徒手教训三个抢劫歹徒的传奇故事来佐证他的功夫了得，说他的女儿一定是得了他的真传。

　　已成家另立门户的儿子看到酿醋有利可图，开始向他潜心学习酿醋之法，经过一年的学习实践，尽得其酿醋之术，后另起炉灶酿起醋来，但醋味远不如其父所酿制醋的醇厚、酸爽，据知情人士、品醋行家称：其子所酿之醋中含有工业冰醋酸的成分，味道自然会大打折扣，久而久之就出现了墙这边卖醋的人往来不绝，墙那边却门可罗雀的尴尬场面。他曾多次劝说儿子做醋要诚实，不能弄虚作假，不然只能搬起石头砸自己的脚。但儿子对他的建议置若罔闻，渐渐地父子之间出现了不小的矛盾：儿子认为父亲抢了他的生意，父亲认为儿子不厚道、不讲良心，坏了他的醋的名声。

　　前年春节过后，他在精心酿好了一匣醋后，面对着一些来打醋的老主顾，他忽然叹息道："唉，老了，不中用了，这可能是我酿的最后一匣醋了！"众人皆笑道："可别说这些丧气话，看你身体这么硬朗，又没什么杂病，我们看你肯定会长命百岁，你酿的醋我们还没吃够呢。"他苦笑着只是摇头、叹气。有人认为他可能是中了邪在说胡话，毕竟年纪大了嘛。时隔一月之后的一个早上，他面带微笑，无疾而终，享年八十有九。

　　出殡之日，闻风而来吊唁的宾朋比过年看大戏的人还多，曾有人声称他在庭院中隐隐闻到飘浮在空气中的一股股浓浓的醋香，经久不散。

乡村神医

一个夏日的中午，火辣辣的太阳炙烤着大地，也炙烤着这个渭河之畔热闹的农家小院落里排队看病的10多个庄稼汉。

忽然，一辆白色的面包车驶入了这个热闹的院子，随着车门的打开，人们看见有两个青年人架出了一个面如锅底、脸部严重肿胀几乎变形且呼哧呼哧喘着粗气的60多岁的老人。由于疾病的折磨，老人不能独自行走。看着老人的这般状况，排队就医的人们不由自主默默地让开了道，大家不约而同让老人先看病。

任医生正在给一位患者聚精会神地把脉，这时，他也感觉到了院子里面的异样，一抬头，他就和两个青年人搀扶着的老人四目相对了。看着老人浑浊无神的目光和又黑又肿的脸，他不由自主地倒吸了一口凉气："常言说'男怕肿头，女怕肿脚'，看来这人恐怕不行了！"

这时，两个青年人中的一个哽咽着开口了："任医生，麻烦你救救我可怜的爸爸吧！"

任医生用眼神示意两个年轻人将老人搀到旁边的椅子上就座，然后从容不迫地给刚刚把过脉的病人开药方、取药并叮嘱该如何煮药，该忌什么口。

两个年轻人扶老人就座后，开始打量起了这个奇特的诊所：一个简单朴素的面积仅有20平方米左右的东房，紧挨南北两面墙各摆放着一个高近2米的中药柜，北面中药柜靠门摆放着一张桌子，看上去是任大夫的办公桌，桌子上方的墙上用大红纸写着仿毛体的"为人民服务"五个大字，由于年长日久，红纸的颜色都掉了；南面墙根的药柜子上面摆满了用纸包着的一袋袋炮制好的中药；门对面的后檐墙上用大红纸写着仿毛体的"救死扶伤，治病救人"八个大字。整个屋子的陈设简直可以用"寒碜"来概括。

"好了，年轻人，扶你父亲到我跟前来坐。"任医生说。一听到招呼，两个年轻人急忙把老人搀过来到任医生跟前坐定。他先让老人把胳膊伸出来，用三根手指在老人手腕处把起了脉，同时，他紧盯着老人的脸仔细地瞅着，接着，他又让老人张开嘴，查看了舌苔，最后，他让其中一个年轻人撸起老人的裤腿，然后用手指在腿上压了压。

这个时候，任医生开口了："这个病得上大概三年多了吧？感觉是不是经常腰困乏力，吃不下饭……"一连串的问话后就是两个年轻人如公鸡吃食似的不住点头。

"这是典型的肾炎晚期症状！你们可能在各大医院都看过了吧？"

"地区、省上的大医院几乎都看过了，前几天刚从省上看病回来，大夫说就是两三个月的事了，让我们做好心理准备，回去后趁着老人还有口气，该怎么做就看你们的孝心了！"说到这里，年龄大点的年轻人眼里已满含了泪水。

"省上的大医院都下了最后诊断书，那你是怎么想到领你爸到我这里来看病的？"

"前一段时间，我凑巧碰见了我一个好久没见的老同学，我说起了我爸的病情，他说了你看病的情况，还说你是个神医，不但医术高明，而且爱给穷人看病，药钱也便宜，他还说你看好过我爸这样的病，于是，我们就租了个车来了！"

"纯粹是传言，我一个农村的赤脚医生哪有那么大的本事？不过，我倒可以试试看！"

话一说完，任医生就开起了药方，不一会工夫，药方开好了，药也取好了，一算钱，六副药才60多元钱。两个年轻人几乎不敢相信自己的耳朵，又重复着问了一遍。任医生笑着说："这药还算是贵的，因为里面有几味药是我在县医药公司进的贵重药，只要是咱们这儿山上有的药材，我都会抽时间自己去采，几乎不花成本！"

和给前一位病人看病一样，他又叮嘱两个年轻人该如何煮药，该忌什么口，并郑重提醒他们：如果见效，就及时来取药，不要耽搁时间，以免影响疗效，延误治疗。一切就绪后，两个年轻人千恩万谢地告别了任医生，搀扶着老人上车走了。院子里又恢复了以前的热闹景象。

以后的一个多月时间里，两个年轻人和他生病的父亲租车又来过好几回。"噼啪噼啪……"一连串噼里啪啦的鞭炮声打破了任医生院子里的宁静。早起的农人听到鞭炮声，都纷纷涌到任医生家的没有院墙的院子里一看究竟，发现竟是以前陪父亲看病来的两个年轻后生抬着一面金色大匾，上面写着"乡村神医"四个金色大字，后面跟着大步流星走着的红光满面的他们的父亲和几个亲朋好友，他们给任医生送匾，来表达他们一家人对任医生治病救人的感谢之情……

一时间，任医生"乡村神医"的美名不胫而走，迅速传遍了四邻八乡，据说，现在，不时有邻县和周边地区的病人慕名而来看病，任医生家的院子里比以前更热闹了。

老孙的骄傲

最让老孙引以为自豪和骄傲的是自己作为一位普通的初中教师陪了六位校长，不到50岁就评上了高级职称且在同一所学校一待就是20多年。

回首往事，老孙悠悠的思绪仿佛又回到了以前走过的漫长岁月，一幕幕往事如放电影一般在他眼前闪过，同时，一丝连自己都不易察觉的眼泪从眼角涌了出来。

一

他是恢复高考后第一位从偏僻落后的近50户人家的庄子里走出的大学生，高考成绩公布后，整个村子沸腾了，填报志愿时，他毫不犹豫地填了师范院校，想着毕业以后回到母校任教，回报母校对自己的辛勤培养，让自己的家乡走出更多的大学生，去领略外面精彩的世界。不久，在金秋九月，他以绝对的高分如愿以偿地被省内的一所师专所录取。经过三年的学习深造，他以优异的成绩毕业并根据自己的意愿分配到了母校任教。

年轻、知识丰富而又充满朝气的他成了校园一道亮丽的风景：教室里，有他抑扬顿挫、充满激情的讲课声；办公室里，有他批阅作业的忙碌背影；操场上，有他和师生一起运动的健美的身影……用校长的话说，他是给学校里注入的"新鲜的血液"，他的到来仿佛使古老的学校焕发了勃勃生机。一学年下来，他带的班级成绩名列前茅，受到了乡政府及县委、县政府的表彰、奖励。随着教学的深入和对学校教学环境的观察，他逐步发现了学校在教学常规管理和教学方面存在的许多问题，经过缜密的思考，他把自己发现的问题和改革的方案写成了好几页的材料放在了自己的办公室，想着在方便的时候交给老校长或上级部门，以便提高学校的教育教学效率。

临近期末的一天，县教育局组织一班人马到学校进行年终考核并组织和教职工代表座谈，听取职工对学校教育和管理的意见，作为年轻职工的代表，他如实反映了学校在教育教学方面存在的问题，并把他早已写好的材料交给了来学校考察的教育局领导。

几天后，校长在县教育局开会回来了。在校门口，他正好碰上了校长，他刚准备打招呼，可校长铁青着脸，哼了一声，背着手走开了。他不知道是谁招惹了校长，笑了笑也就走了。

第二天，他发现许多教师好像都远远地像躲瘟神似的躲避着他，好像自己得了急性传染病似的，同时，有的教师还在一起悄悄议论着什么，一看到他走近就不说话了。这和大家以前对他的态度截然不同，他百思不得其解：自己可没得罪大伙儿呀！这究竟怎么啦？接下来的几天，他都在压抑和困惑中煎熬着。

终于熬到了周一的教师例会，校长在宣读了教育局文件、传达了上级主管部门的精神后，声音突然提高了八度，开始训话了："我们学校的有些教师，如果你对学校和我本人有什么意见，你可以直接找我谈，如果合理，我会采纳你的意见的，可你不能背着我直接给教育局写材料，给学校和我脸上抹黑，我知道你年轻有为，但这样做不太光明磊落吧？如果你想当这个校长，我愿意让贤……"他头脑嗡的一声，顿时什么都明白了。

第二天，黑着眼圈的他，提着买好的两瓶酒怯生生地敲开了校长的办公室，然后一五一十地将事情的来龙去脉说了个清清楚楚，并向老校长道了歉，然后退了出来。

接下来的几年，尽管他所带的班级成绩依然优秀，但上级的表彰就是与他无缘，他也像变了个人似的，昔日年轻活泼、朝气蓬勃的他开始变得畏畏缩缩，在每个人跟前都会赔上笑脸，并专拣一些别人爱听的话说，渐渐地，老师们都说他成熟了。

二

时光飞转，转眼间已是十年，老校长由于年龄的关系卸任了，新校长是由老校长向教育局推荐的比老孙迟来两年且成绩平平但能说会道、见风使舵、见什么人说什么话的朱老师接任。由于朱校长和他是校友，于是他就经常主动和朱校长套近乎：一看见校长要出门，他就将放在院子里的校长所骑的摩托车提前精心擦洗得锃亮，临行前还不忘嘱咐校长注意安全；有时晚上校长有应酬喝酒回来很晚了，轮班看门的教师开始抱怨了，他就主动将看门的教师换下来，自己在门房值班等候晚归的校长回来。很多时候，他一个人将喝得醉醺醺的、东倒西歪的校长搀扶到校长办公室，帮他盖上被子，插上电热毯，预备好喝的水，床头边还不忘放一个脸盆（防止校长半夜恶心呕吐）……可以说，凡是别人能想到的，他都想到了，所有这一切简直可以用无微不至来形容。

曾有一位老师将他偶然听到的一个经典的事例当作笑话经常讲给他所熟悉的人听。事情是这样的：一天晚上，由于他半夜拉肚子去上厕所，听到晚归醉酒回来的朱校长由孙老师搀扶着向校长办公室走去，快到门口时，听到孙老师说："校长，你把尿尿了再睡……"然后就听见一阵刷刷刷的声音，这位老师几乎忍不住笑出了声来。像这样的事例老师们中间还传得很多，但他好像一点都不知道，依然虔诚地给校长服务着。

功夫不负有心人，尽管他所带的班成绩已大不如前，但东边不亮西边亮，渐渐地，他几乎年年获得学校、乡上以及县上的奖励，他也及时评上了中级职称。有好些教师开始对他刮目相看。

三

接下来的20多年间，校长又走马灯似的换了三位，但他都深得各位校长的肯定。在他任教20年的当口，好几年没代课而搞后勤的他不但获得了县级优秀教师的光荣称号，在教师节那天胸前别着大红花沿着县城主街道和全县的优秀教师一起游行，而且在当年几个同时准备竞争高级职称的教师中"脱颖而出"，顺顺当当地评聘成了高级教师。

于是，有几个好酒的年轻教师在文件下达的当晚，在学生放学后就相约给他祝贺。大家一起吃吃喝喝，一直折腾到了晚上12点，最后只剩下了和他年龄差不多大但还是"老中二"（中学二级教师）的耿老师。已经微醉的耿老师拍拍孙老师的肩膀："老孙，你真厉害！我们年纪差不多，但你已经是高级教师了，可我还是一个老中二！哎，'人比人，没活了，驴比骡子没驮了'！"这一说不要紧，已经喝得差不多的孙老师红着眼睛，摇着已经有点花白的头像个小孩子一样趴在桌子上大声地哭了起来。耿老师有点手足无措了，不知该说些什么才好。等他哭了一阵，耿老师劝起了孙老师："别哭了，人都有伤心难过的事！你有什么伤心的事，不如说出来，说出来你就痛快了，不然憋得难受，现在就咱们两个人，不要紧，我不会嘲笑你的！""老耿，你不知道，我这多半辈子活得真窝囊啊！有时想想，我有时连狗都不如！不怕你笑话，我几乎一直给领导当孙子，我巴结讨好每一位校长，在校长面前说一些违心的溜须拍马的话，给他们什么没做过？扫地、提水、打扫办公室、端饭、开门、擦车、生火，领导哪里需要我，我就在哪里！我放弃了自己的尊严，夹着尾巴做人哪！我小心翼翼地这样做，就是害怕发生我刚工作时发生的事情，你知道我这人胆小、怕事，所以我就装傻；我知道别的老师在背后嘲笑我，但我又能怎么样呢？你不是说到了高级教师吗？对我来说，高级教师职称是个屁！只不过多了些钱而已，但钱多钱少与我几乎没有半毛钱的关系，我的工资折子都由我那泼妇老婆拿着，你知道，她是朱校长介绍给我的他的妻妹子！我每个月能支配的就是可怜的抽烟钱，如果还有别的需要，还得伸手向母老虎要！不管在学校还是在家里我活得都不是个人……"

听着他哽咽着哭诉，耿老师反而有点同情起了眼前这个男人："'风光的背后不是沧桑就是肮脏'，这话简直太经典了！"

四

新调来的第六位校长邱校长从县上开会回来了，在教职工会上，他传达了一个喜人的消息："上级教育主管部门为了鼓励乡村教师扎根农村，为乡村的教育事业无私奉献，特允许乡村中学的教师可以评聘正高级职称！大家都要努力工作，只要条件具备，大家都有可能评上正高级职称！……"

坐在下面前排的孙老师笑眯眯地盯着邱校长，不住地点着头，他的心里乐开了花，他坚信：通过自己的"努力"，在自己荣退前，他一定能评聘正高级职称！

会的，他一定会评聘上正高级职称的！老师们对此都深信不疑。

◎何全文

何全文，男，渭源人，生于20世纪70年代，县政协干部。

驴 殇

包产到户那年，老实巴交的父亲分到了一头孱弱的小叫驴（公驴）和三十多根旧椽，还有几亩陡坡地。从小学到中学，每到节假日，放驴就成了我的首要任务。

老家坐落在渭河以北的一个断崖下，坐北朝南，靠东一溜土坯房，父亲在北面的崖下挖了个窑洞当"驴舍"。家门前的地埂下是社长家，高庭大瓦房，很有气势。都说"铲锅伐锯驴叫唤，乱石堆上拖铁锨"是阳世上的"四难听"，也对，每当社长家猜拳行令时，我家的小叫驴就没命地叫，惹得社长很烦躁。我经常拉着小毛驴外放，逐水草而居。几年过去，原本不打眼的小毛驴出落得浓眉大眼，而且练就了一身好本领，跳墙过埂如履平地，只差要飞檐走壁，力气也大了许多，驮粪、碾场、犁地……成了父亲须臾不可离开的好帮手。

小时的我酷爱看小人书和小说，放驴时想看，但一手拖着缰绳，看书很是不便，把驴拴在树桩又影响食草范围，还怕拖短绳头。这毛驴毛病不少，每当看到有草驴（母驴）的倩影，就会大叫，而我则死命地拉着，连唬带吓，悬崖勒"驴"。有次，我偷偷用家中的一颗鸡蛋从庄子上较有钱的伙伴那儿租来了一本《三国演义》，当天就得看完。暖阳中，毛驴在安静地吃草，我美美地过着小说瘾，不知不觉中打了盹，这毛驴却放了一颗烟幕弹悄然而去。我梦中正演绎着"三英战吕布"的激烈场面，突然父亲一声断喝："快点，驴把稀活干哈了！"等父亲把我拉到社长家的后院时，只见小毛驴浑身伤痕，垂头丧气，社长气得脸色铁青，跺着脚说生米做成熟饭了，这下咋办？说话间把小毛驴关了"禁闭"。

当天晚上，社长请来了庄子上几位有头有脸的长者来主持公道。他们很是神气地坐在炕上，父亲倚在炕沿上，我则作为驴的监护人代驴受过，木鸡般站着发呆。社长首先开话，说自己的草驴金贵着呢，原本要请王家山郭家的大马过来……我慢慢弄懂了事情的原委，心想社长家的"千金"一向养在深闺'驴'未识，过着饭来张口、坐地而肥的日子，我家的小毛驴怎么和她勾搭上了？大家都义愤填膺，同仇敌忾。一位长者捋着山羊胡子说门不当、户不对，这毛驴太不应该，还有一位长者怒发冲冠地对着我嚷，也不撒泡尿照照自己的影子，吃了熊心豹子胆了，敢打社长家的驴的主意。父亲低着头只是"吧嗒、吧嗒"地抽旱烟，脸涨得青紫。我想驴之间可能有人听不懂的语言，说不定它们早已商量好了计谋……

当晚公议的结果是，要么我家的叫驴归社长家所有，要么给社长家赔偿一百斤麦子作为草驴的青春损失——幸好那时还没有精神损失一说。我生怕小毛驴入赘成为社长家的上门女婿，良久，父亲吐出两个字："赔粮。"说完话就到家中背来了粮食。交割完毕，我和父亲牵着毛驴在猜拳声中往家走，父亲一路直骂："人家的驴挣豌豆呢，你驴尿却倒搭小麦……"看着已经告罄的粮仓，我原想把驴暴打一顿，可看着它眼泪汪汪、满腹酸楚的样子，又动了恻隐之心。第二天，我用烧焦的木柴头在驴槽上面的墙上写道：此驴品行不端，作风轻佻，念其初犯，责面壁思过，再犯严惩不待（贷）。

新麦熟还得个把月，迫于生计，过了几天，父亲再三叮嘱我要看好驴，然后就出门做苦工去了。我记着父亲的话，在放驴时不断思考着如何改进方法。也算苍天有眼，有次，无意中我发现小毛驴的尾巴根下有痒痒，便把缰绳头松松地绾在那儿，只留下够低头吃草的长度。毛驴好了伤疤忘了痛，又想图谋不轨时，刚要昂首叫唤，绳子一紧，尾巴就会发痒。它百思不得其解，只好低头吃草……从此以后，我终于有了看书的时间，毛驴也吃得精溜光滑。后来，我得意地在伙伴中大讲"何氏治驴法"。初三那年，我竟撇下小说攻起了教科书，想着出人头地有朝一日为驴雪耻，没想到却把小毛驴的命给搭上了。

在临洮师范负笈求学时，尽管吃住费用国家全免，但我饭量太大，有时还要家中寄钱贴补。有次，父亲寄来了一百元钱，还央人写来了信，说把小毛驴卖给了陇西人。我读着父亲的"心"，想着同宿舍陇西同学说过他们的腌驴肉很出名的话，想着父亲从此缺了帮手艰难地劳作，眼泪潜然而下。为了抚慰自己的心灵，我在日记本上又写道：

呜呼此驴，投身寒门，命运多舛，备受欺凌。盐汗洒尽，食不果腹。一魂已去，鸣声宛在……痛哉哀哉，伏惟尚飨！

从此发誓不食驴肉。

◎李淑华

霜叶如花

远山苍茫，夕阳欲坠。

改云坐在自家场院的玉米架旁串党参，夕阳的余晖映红了渐渐模糊的山梁。院子里的山果树，经历风霜的浸染，一片斑斓。改云风吹日晒的脸呈现出古铜的色调。踱着方步的公鸡和悠闲的小狗，让农家小院充满温馨。但改云看不到这农家小院特有的美景，改云的眼里只有忙不完的活。

改云正低头串着药，儿子向晴风一般跑进院子大喊道："妈，我姐回来了！我姐回来了！"改云站起身，女儿小晴风尘仆仆到了跟前，叫了声"妈"。改云说："你看我正惦记着你呢，你就来了。"弟弟向晴像小狗狗一样热情地迎上去，缠着姐姐讨好东西吃。小晴没搭理，径直走进屋里放下背包。向晴紧跟着将背包翻找了半天，嘟囔起来："姐，你从县城里来，就没带点好吃的？哼，以后不叫你姐姐了。"小晴紧绷着脸说："成天价就知道吃，除了吃你还会干啥？"向晴的满心欢喜被迎面浇了盆凉水，只好撅着嘴走开，不忘骂几句坏姐姐。改云看在眼里，疼在心里，眼角不由得潮乎乎的。自打小晴他爸意外受伤，懂事的小晴再也没乱花过家里一分钱。以前，小晴一两个星期总要回趟家，少不了给弟弟买些好吃的，可今年自打开学到现在，都快两个月了，小晴这是第一次回家。改云知道，娃肯定有啥事，要不然，小晴是舍不得花二十块车费钱的。

吃罢晚饭，改云不忍心使唤刚回家的女儿，便自个收拾碗筷拾掇洗锅。小晴说："妈，我来吧。"改云便去喂猪，给牲口添草。等一切收拾停当，天黑透了，到了掌灯时分，昏黄的院灯下，院里的那棵老酸梨树佝偻得更厉害了，在院中投下一大片浓重的阴影。改云关了院灯进了屋子，向晴坐在沙发上看动画片，笑得格格格的。小晴在里间给他爸洗脚，一下一下洗得很认真。一天的活计总算完了，改云坐在沙发上边看电视边织毛衣，小晴洗完脚也坐了过来，看着改云张了张嘴要说啥却没说出口。改云说："晴儿呀，有话你就给妈说。"小晴这才低着头说："妈，咱家有钱没，学校要八百元的资料费和补课费。"改云叹口气："这对咱家来说不是个小数目，你爸住院，借了亲戚朋友不少债，哪来的钱呢？"小晴噙着泪，捏着衣角说："妈，不是我不懂事，其他同学都交了，就我……老师催着要呢。"改云说："那咋办呢，要不我再想想办法。"说罢又重重地叹了口气。之后娘俩都不再说话，小晴先回屋睡了。

一晚上，改云躺在炕上思前想后怎么也睡不着。要不是小晴她爹出事，家里何至于为区区几百元资料费发愁。小晴她爹早先在建筑队上干，练就了一手铺地板砖的好手艺。因为要照顾家里，就离开了建筑队。这几年一直在附近的几个县城里自己揽活干。因为手艺好，揽得活多，每年干完活回家，总能给改云交个两三万的。小晴家的日子在村子里虽算不上要头梢子的，但也算中上。电视机、电冰箱、洗衣机等家用电器样样齐全，摩托车、农用三轮车一样不少，就差买个小汽车了。看着村里的药材大户德福开着明光锃亮的小轿车呼啸而来，绝尘而去，小晴他爹准备也奋斗一辆，年前就接下了不少活。今年开春帮着改云把庄稼种上就进城了。可谁知，因为小工少，小晴他爸也去背沙，上楼时因体力不支，踏空了脚，从楼梯上甩下来扭伤了脊柱，去省城的大医院住了仨月，生命虽无大碍，但从此瘫痪在床再也不能下地走路了。出院后又四处求医，讲迷信做了道场，也不见好转。家里的积蓄花光了不说，还借了一屁股债。眼看家里都揭不开锅了，亏得乡亲照顾，给她家评上三类低保，每月有四百多的补贴，维持生活尚可，但要给小晴他爸看病却是杯水车薪。小晴也是个聪明懂事的孩子，书读得好，中考时以优异的成绩被县一中录取。自她爸出事后，学习更加刻苦了，如今上了高二，成绩一直在班上名列前茅，这给困境中的改云不少安慰。但一想到资料费，改云心头愁云密布，烦得睡不着。这钱向谁去借呢？亲戚朋友都已借遍，况且借人家的钱还没还呢！改云掰着指头数来数去忽然想到了一个人——德福，他可是村子里的富汉，只是这德福会不会借钱给自己就是另一码事了。亮半夜时，改云耳边隐隐传来鸡叫的声音，这才沉沉睡去，醒来已是天大亮了。

馍馍、开水、咸菜，庄户人的早餐。吃完早点，小晴该返校了，改云赶忙给小晴煮鸡蛋，让小晴带回学校吃。为了给小晴他爹和俩孩子补充营养，家里的几只下蛋母鸡一直没舍得卖，熟鸡蛋成了小晴返校时带的最好营养品。改云让小晴把鸡蛋装进背包里，但小晴却像没听见似的不动弹。改云说："晴儿呀，你咋坐着不动呢？快去收拾，别误了去学校的车！"改云话音未落，小晴的眼泪吧嗒吧嗒地滚落下来，半晌才说："妈，我……我不去学校了，我……不念了。"改云一愣，心里咯噔一下，顿了顿才说："念得好好的，怎能说不念就不念了呢！钱的事你别管，我会想办法的。你只管把书给我念好就成！"小晴擦擦眼泪，哑着嗓子说："妈，我不念了。我爸那个样子，我怎么念得下去！我想好了，我要出去找工作挣钱。"改云见说不动女儿，一下子来了气，大声说："你爸的病够让我操心的了，你别再让我生气行不？"说着改云操起了擀面杖，小晴只好快快地收拾起来。

小晴一走，改云就去找村里的药材大户德福。德福是南坪村数一数二的能耐人。市场开放那会儿，德福搞药材贩运挣了不少钱，生意越做越大，后来搞起了中药材饮片加工厂，每年有几十万的赚头。村里人见他生意做得好，人也仗义，就推选他当了南坪村的村主任。但德福会不会借钱给她呢，那就不一定的了，她可是惹过德福，跟德福有过节的呀！那年德福贩运药材的大车从她家门前过，因为路窄又在拐弯处，她家门前镇庄院的大石头挡着路，德福让给挪一下，她愣是没同意。镇庄院的大石头是随便能挪的吗？那可是请风水先生看了自家的宅院，先生建议后安放在那护佑宅子的。德福见不让挪，气得脸红脖子粗的，攥起拳头要揍她。改云双手叉在腰间，又跳又骂，连德福祖宗八代都带上了。好男不跟女斗，德福只好绕道而行。事情虽过去六七年了，但两人一照面，改云总觉得德福在拿斜眼乜她。可是不向他借，又去找谁呢？

改云抄崖边的近路往德福家走，时值深秋，掩映在庄前屋后的山果树尚未脱去绚丽的秋装。改云走过几棵山果树下，秋风吹来，片片红叶纷纷飘零，拂过改云的肩头。改云心里不由升起一股悲凉，红红火火的日子就如红艳艳的霜叶短暂的繁华之后，被无情的秋风一扫而去了！这样想着不觉来到德福家门上。

德福家新盖的大铁门虚掩着，改云却不好意思推门而入。犹豫再三正要伸手敲门，门吱呀一声开了，改云与德福老婆来香打了个照面。改云讪讪地笑着问来香，德福在不。来香冷着脸说："在，你找我家掌柜的干啥？"在院里的德福听见了，问来香来人是谁，来香没好气地说是小晴他妈。德福走过来，忙说她婶子走屋里走。改云虽然浑身的不自在，但想到女儿还是咬咬牙跟德福进了屋。德福家可真阔气，黑釉釉平板大电视、三开门电冰箱、考究的皮沙发，沙发旁还放着两盆繁茂的绿植，明亮的茶几上摆着色艳欲滴的糖果。德福让改云坐沙发上，要给改云倒茶。改云说不了，改云红着脸说明来意就要走。德福说好长时间没来了，唠唠再走。改云哪待得住，急着要走。德福不再勉强，只好说："你等等，我去取钱。"不一会，德福拿着一叠钱出来给改云，说："这是1000块钱，你先拿去用，紧张了只管说。"改云只觉得脸发热心发烫，接过钱不知说啥好。没承想德福如此爽快，改云只是连声说，这钱我一定还一定还……

又过了几天，天下着说大不大说小不小的雨。地里的活也做不成，改云坐在炕上继续织着那件未完工的毛衣。眼看天冷起来了，俩孩子穿着又短又旧的毛衣，不保暖。这时忽听得咚咚咚的敲门声，改云赶忙下去开门。开了门，来人不禁让她啊了一声，改云说："德福，怎么是你！"德福侧身进了门，改云发现后面还跟着一个她并不认识的人，两人头上满是水珠，肩膀也湿湿的。改云忙招呼来人屋里坐。俩人进屋后径奔里间，看望躺在炕上的小晴他爹。德福说："兄弟，好些没？这是县上派到咱村的驻村帮扶队的干部韩为民，他听说了你们家的困难来看看你。"小晴他爹叹口气说："好不了了！下雨天的这还麻烦你俩来看我。"说罢叫二人上炕，叫改云给二人递烟倒茶端馍馍。二人也不推辞，爽利地脱了鞋子上了炕，坐在小晴他爹旁边。改云赶紧搬来炕桌，忙着倒茶找烟。找了半天也没找见纸烟，细细的汗珠沁满额头。这才记起，自打小晴他爹住院后再没买过烟了。二人说改云别找了，坐下唠唠，跟你商量件事。

　　改云过去坐在旁边，德福说："你家的情况呢，我跟韩队长说了。韩队长想来了解一下情况，有什么困难你尽管说。"韩队长和蔼地看着改云，冲她点点头。改云便说了自家的难处。韩队长听完对德福说："这样的家庭完全可以列为精准扶贫对象，享受五万元的政府贴息精准扶贫贷款，发展种养殖业；另外，按照县上"1+22+6"的扶贫方案，你们家还可以享受新农合、养老保险、粮食直补、农机补贴、危旧房改造、投羊还羔等各方面的优惠政策；韩队长说："县上还组织了很多部门联合举办技能培训，你可以参加种养殖业培训。明年孩子上大学，还有助学贷款和各种补助，解决你的后顾之忧。"韩队长又问改云对自家脱贫有啥想法。改云低头思谋了一阵，说自己一个女人家人单力薄的，能干些啥呢。思来想去这两年药苗子价钱还好，准备明年秧些黄芪和党参苗子试试。秧苗子还摊本小，不拉力。德福接过话头说："你说你人单力薄的，我倒有个主意，就是不知你怎么想的？"改云说你就只管说。德福说："你的五万元贷款可以在我的药材加工厂入股，年终按三千七百五十元给你们家分红。你还可以到我的厂子做工，按每天八十元给发工资，家里忙了，你就去忙家里，这样下来一年能有个两万多元的收入，你看行不？"一席话说得改云激动万分，几个月来笼罩在改云心头的愁云顿然消散，眼前逼仄陡峭的路一下峰回路转，变成平展展的大道。外面虽然下着绵绵秋雨，屋里阴冷而又潮湿，但在改云却感觉云开雾散，太阳又出来了，照进屋里暖暖的。没想到德福有如此胸怀，改云激动得热泪盈眶，说："我高兴还怕来不及呢，有啥不行的！"韩队长也高兴地说这个主意好！这个主意好！说完韩队长看看表，对德福说："好，这样吧。咱到另一家去看看。"改云忙说："二位领导别走，就在我家吃晚饭吧。"韩队长和德福都说不了，公务在身就不麻烦了。临走时，韩队长留下了两百块钱，说给孩子爹买些营养品补补身子。改云强留不住，只好送出门去。

　　雨不知什么时候停了，潮湿的空气中弥漫着山果树叶和秋草特有的清香，甜丝丝的，改云深吸一口，馥郁的甜味直入肺腑。改云目送着德福和韩队长走过红叶满地的小路，继续向着坪上走去，那散落在坪上的高高低低的一户户人家恍若笼罩在一片片红云之中，改云这才发现居住了这么多年的南坪如此美丽。改云想着以后有盼头的日子，不禁眼眶有些潮湿，在霜叶如花的季节她已嗅到了春天的气息。

◎单兆祥

与一泡牛粪相关的童年

随着岁月的变迁，许许多多的往事已渐渐变得模糊，如头顶的鸟儿愈飞愈远，而每当想到那听着牲口们吃草的声响，被一泡热牛粪激动过，兴奋过的在饲养场里度过的童年，内心总涌动着酸楚，那时的欢欣在今天看来却是一把辛酸的泪水，是一块永远鲜活的伤疤在内心深处泣血。

那时的农村还是农业合作社，吃大锅饭，生活极其贫困。娘生我们兄妹四人，父亲一直体弱多病，卧床不起，一家人的生活全靠娘一人张罗，日子自然是捉襟见肘。每到队里分粮食的季节，别的人家用的是麻袋装，车子运，虽然娘很少有过旷工，但一年的工分也只能分得百十来斤小麦和一些豌豆玉米之类的杂粮，能用袋子装的只有土豆。口粮自不必说，一年的燃料都成了难题。我们的村子西行二三十里便是森林，有壮劳力的人家总在冬季农闲时进山砍柴，把一年的柴禾准备充分。娘只能眼热地看着别人屋前屋后堆积成山的柴堆叹息，除了有时也埋怨几声外，大多时间起鸡叫睡半夜，喝几口面糊，揣几块干粮去离村子不太远的山上割些蒿草，铲些草皮，拾些牛羊粪，晒干了做饭或者烧炕。

那时，哥哥已上中学，放学时经常帮娘干活，我帮不了什么忙，只好铲草喂猪喂鸡，而我最乐意的差使就是到饲养场里拾牛粪。

队里的饲养场就在我家的屋后。每到冬季，山上的草枯了，地也封冻了，牲口们也自然闲下来。清晨太阳刚一冒花，饲养员陈大伯便将它们一个个拴在槽头，添上草料，然后卷一棒子旱烟，像看着自家孩子一样瞅瞅这个，看看那个，时不时起身拿把刷子，挠挠这头牛的腿、那匹马的背，牲口们也感激地用头抵着他的腰，或者嘶鸣几声以示友好。饲养场是当时队里最大的单位，面南背北一溜几十间瓦房，或大或小地分隔开来，圈着各类牲口。院子的正中是一眼水塘，足有半亩地大，据说开始是一眼清泉，水特别旺，自从队里在这里修建饲养场之后，便开成了池塘。春夏之季，周围长着非常茂密的芦草，仿佛少女闪烁着长长睫毛的大眼睛，非常迷人，附近的人家也在这里挑水，后来饲养员陈大伯发现骡马们突然不喝池塘里的水，怀疑落入不干净的东西，就给队长打了报告。队上组织了几个壮劳人清理，结果捞上来一只死狗。而过了不多日子，牲口们开始喝水了，人们便另找水源，这里便成了它们的天堂。用陈大伯的话说人都是假干净。池子的东边也有一排房子，不过不圈牲口，两间是装饲料的仓库，两间住人，还有一间撑口大锅，是队里给猪熬食的地方。养猪的是一位姓王的姐姐，瘦高个，一头乌黑的秀发，说话的声音特别好听。我那时特别喜欢王姐，不光是因为王姐长得俊，主要原因是为了那口锅里时常热气腾腾的土豆和地瓜。队里每年都会留些土豆和地瓜喂猪。别的伙伴很少吃这些东西，不是不想，主要原因是听说王姐患了一种什么病会传染，平日里连接触一下她也会遭大人们的打骂，更别说吃土豆和地瓜，而我因为平常只吃个半饱也就顾不了那么多，只要闻到土豆和地瓜的香味，便身不由己地走进那间很少有人光顾的小屋。王姐对我特别好，完了还塞给我一些，让我偷偷送回家中，让两个妹妹吃。奇怪的是娘从未对我说过王姐有病的事，而总是双眼噙着泪花说："老天不长眼，多好的姑娘！"那时我不懂娘说这些话的含意，只是多了一份胆量，也更加在王姑娘面前嘴甜，更加亲近她，仿佛她就是自己亲姐姐。

王姐整天待在饲养场里，除了喂猪，晚上也住在这里，平时言语很少，见了生人总是低着头。听大一点的伙伴们讲，王姐的父亲是"反革命"，被镇压了，母亲也在一场批斗会结束后吐血身亡，她成了孤儿。队里见她年龄小就安排她当饲养员，至于她得的哪门子怪病，都说不出个准来。有人说她母亲在1949年之前是个妓女，她生下来就得了一种怪病，肚子里不住地往外流脓；有人说她得的是恶性肝炎，打个喷嚏都传染，那时我总在想，既然她有那么多病，为何生得那么健美、水灵，如一朵嫩白菜，一指头能掐出水来。她有那么多病为何作为队里的最高首长的队长经常找她谈话？为了这些和伙伴们争辩过，但大多时候会遭到伙伴们的攻击。有一回我说了几句王姐的好话，被会计的侄儿马三一拳打得晕头转向，说我是中了"反革命子女"的毒。我抱头蹲在地上哇哇大哭，王姐听见了，飞快地跑过来，一把拉起我，拥在怀中，那时我突然感到一种母爱温馨传遍全身。我哭着叫王姐，王姐的脸贴着我的脸，刷地一行热泪流了出来。而从那之后，伙伴们讥笑我，说我是"反革命"的乘女婿，还编了顺口溜嘲讽我"两口子，剜纽子，爬到炕上吃李子……"我自知争不过他们，也就捂住耳朵装作没听见。

　　冬天的被窝格外地诱惑人，父母起床之后，我总要在被窝中多猫一阵子，透过窗棂望着屋外苍白的阳光和黄土墙头哆嗦的枯草，心不由人紧缩一下打个冷战，总希望娘让我多睡一会哪怕几分钟。而大多数时间，自己还是早早地起床，因为太迟了到饲养场，怕那些牲畜们被伙伴们全认领了，就匆匆穿好衣服，抹把脸，拿起粪筐往饲养场里走。出了院子，沿着一道土墙，绕个大圈便到饲养场。这时天已大亮，太阳的光芒洒遍饲养场的每个角落，牲畜们也有序地拴在各自的槽头，嘴角冒着热气，结一层厚厚的霜花。拾粪的伙伴们也陆续赶来，挤在向阳的旮旯里取暖，并由"老大"分牲口，"大马"是我的，"青骡子"是他的，"大麻牛"是她的……为了在牲口拉粪时不至于混抢，伙伴们有个不成文的规定：每天谁来得最早，谁就是头，依次把晒太阳吃草料的牲口，指定给每一个人。然后便在一块捉迷藏，打沙娃娃什么的。若是哪个牲口的尾巴翘起，它的主人一定迅速地跑去，拎起筐子，抓住牲畜的尾巴让粪拉在筐子里。冬季牲畜们吃的是干草料，粪便也硬，拉到筐子里沉甸甸的，它的小主人的脸上一定会露出满意的微笑。当然也有牲畜不拉粪的时间，看着它明明高高翘起了尾巴，当你把筐子伸过去的时候，它会突然嘣嘣几声响屁，一股子麦草发酵的浓烈气味刺得你睁不开眼睛，还会遭到伙伴们的讥笑。别看这些牲口们吃的同样的草料，但这里面还是大有学问：有的牲口嘴细，吃得少拉得也少，好不容易等到它拉粪，落到筐子里只有一目了然的几块；而有的牲口就不同，比如"大马"一拉就是高高的一大筐，一泡粪便让它的主人欣喜若狂。加上它还有个不好的毛病，就是吃草的时候，不住地从槽里往外拱草，即使它一天不拉，光落到外面的草屑也不少，自然受到伙伴们的青睐。有一回轮到我的是一头又小又瘦的母牛，我眼巴巴地瞅了一个上午，可它硬是没拉出一点硬粪来。看着别的伙伴们都已满筐了，我的筐子还是空空的，蹲在它的槽边心里不停地念叨着你快拉吧，你快拉吧，可那头牛恹恹地看一眼槽里的草料，半闭着眼睛，一动不动。老大一会时间才看到它嘴角蠕动一下，我讨好地抓把草料往它嘴里硬塞，可它的嘴如同冻僵了怎么也不张开，急了它还生气似的哞地叫一声，像大声警告你别烦我！实在没有什么指望了，眼看着就要落山的太阳，我学着别的伙伴在它尾巴根上不住地挠，它的尾巴终于翘了起来，我激动得心咚咚直跳，连忙把筐子伸去，梦想着它能拉满满的一筐，不想它突然就是一泡尿，喷了我的一头一脸。伙伴们围着落汤鸡一般的我，笑得前仰后翻，还讥笑我喝饱了没，我伤心地蹲在地上蹬着小腿，抱头大哭，伙伴们更笑个没完没了。不知何时，他们一个个地散去，当我抬头时，王姐就站在我的面前一把拉起我，朝她的那间小屋走去。

　　冬天的太阳落得快，天也黑得早。走进那间原本昏暗的小屋，已是看不清王姐的脸，只听见她长长地叹了一口气，就将我扶上炕。北方农村的冬天，人们已习惯了这种取暖的方式，炕是烫热的，被子也很少叠，成天焐在炕上，即使扫炕也是匆匆打扫完又把被子展展地铺开，劳作之余或冻了，掀开被子一角就闻到那种轻微的焦糊味扑面而来。我那时已冻得直打哆嗦，王姐给我盖好被子，从炕洞里剥拉出几块焦乎乎的土豆，吹了吹上面的灰说："吃吧，你一定饿坏了！"接过土豆，不由得一行热泪夺眶而出，说实在的，那是我一生吃过的最香最香的食物，不知出于感激还是何种原因，我对王姐说："姐姐我长大了，一定给你买世上最好吃的食物，给你买新衣服。"王姐抚摸着我的脸说："姐信，姐信。"黑暗中我突然觉得有大滴大滴的热泪滴在我的脸上，我拉着王姐的手说："姐你哭了。"王姐什么也没说，但握住我的手颤抖得如同暴风中的树叶，好长好长时间。当我的衣服暖干的时候，我觉得眼皮分外地沉，朦朦胧胧听见娘和王姐说话，娘说："就叫他睡吧，外面冷，热身子出去会感冒的，半夜叫他解个手，不然会尿炕的。"就迷迷糊糊地睡着了。半夜里一阵敲门声，把我从熟睡中惊醒，我刚想说话，就被王姐汗津的手捂住。我感到格外地害怕，就紧紧地抱住王姐，我感到王姐的心跳得那么激烈，王姐声音颤颤地问谁，外面的人说："我，陈三。"王姐说："陈大伯，啥事？"陈大伯说："李队长叫你到队部去一下，要你汇报一下思想。"王姐说："明天去不行吗？"陈大伯说："队长的脾气你又不是不知道的！上回的事没忘吧！那我先走了，你快去吧。"我听见屋外的饲养员陈大伯叹息一声，脚步声就愈来愈远，愈来愈沉。我悄声地说："姐你别去！"王姐说："不去不行。"王姐解开我的手说："好好睡吧，你妈来过了，见你睡着了，就没带你去。粪她带回家了，明天起早些，占个好牲口。"她的声音那么沙哑，临行，她突然上了炕，从挂在墙上的一个布袋里拿出一个纸包，塞在我的衣袋里说："别让任何人看见，如果我来得太晚就交给你妈。"说完就出了门。

　　我趴在窗口，在朦胧的月色里看见王姐隐隐约约的身影慢慢远去，多像一张燃烧的纸片，先亮亮的，而后慢慢地变黑，继而飘逝得好远好远，在我童稚的心灵上流星一般飞过。那时我突然想，长大一定要娶王姐做我的新娘，让她不再叹息，不再流泪。夜那么静，远远传来几声犬吠，拖着长长的尾音，仿佛在哭谁似的，地上几只老鼠在咬仗，吱吱地惨叫着，发出啧啧的声音。我格外害怕，用被子捂住头，喘着粗气，不一会头上全被汗水湿透，热烘烘的水气弥散着一种特有的味儿，就像王姐身上散发的味道。

半夜醒来却发现睡在自家的炕头。昏暗的油灯下，我看见娘和陈大伯在低声说着什么，油灯的火苗，微弱地跳跃着，像浪花一朵，把光亮向四处荡开，愈远愈黑。陈大伯抽着呛人的旱烟，不时地发出轻微的咳嗽，娘喃喃道："作孽啊，这娃的命咋这么苦。"陈大伯见我翻了个身，就连忙对娘说："千万别叫孩子说漏嘴。"就匆匆出了门。我问娘："我啥时回来的？"娘阴沉着脸，从墙角端来尿盆，狠狠地说："你一直在家里，睡糊涂了，尿！"我边撒尿边说："娘，我不是晚上在王姐屋子里吗？"娘说："别乱说，小心我撕烂你的嘴，睡！"那一夜我也没有睡着，我不知道到底发生了什么事，平日里和蔼可亲的娘，为何变得那么凶；其实娘也一直没睡，叹着气辗转反侧，像有什么心事。

第二天一大早，我被娘稀里糊涂地送到姥姥家，一去就是两个月。

正当我哭着闹着要回家时，大哥来姥姥家接我。听到大哥的声音我连忙收拾好几件换洗的衣服，有股归心似箭的味道，揪住大哥的衣角嚷着要走。姥姥在我屁股上使劲地拧了一把说："你哥连口水都没喝，叫舅妈做饭，吃了饭再走！"大哥连忙说："不了。"姥姥便不强留，那个年月谁家都过得紧巴巴的，贼来不怕客来怕。姥姥也因为我住了这么长的时间，遭了不少舅妈的白脸，每天的饭也是愈来愈清，我至今忘不了舅妈每次做饭时掀开面柜的情形，姥姥家的面柜高，我望不到里面，但看着舅妈取面时愁眉苦脸的样，就知道面剩不了多少。姥姥姥爷都上了年纪，即便每天都出工，队里也不会记满工，一般是正常劳力的一半多些。而两个小舅年龄当时还小，都在上学，家里就靠舅舅舅妈二人养活，自有了表姐和表哥后，日子更加过得紧巴。我当时心里特别地恨舅妈，这时想来不知有多么悔恨，恨自己那时太傻，太不懂事。而那段时间，时常叫我挂念的是王姐，或许挂念她炕洞里喷香的土豆和地瓜的成分更多些。大哥别过姥姥，便背着我往回赶。

时至腊月，天上飘着小雪，风刮到脸上生痛生痛，趴在大哥肩头，望着渐渐模糊的姥姥家的那几间茅草屋，我的心情那么喜悦，一路问这问那，大哥开始一一作答，当我问到王姐时，大哥突然发了火，将我狠狠地扔在地上，眼睛红红地说："你回不回了？小孩子家咋这么多事？"我从来没见过大哥发过火，样子那么凶那么可怕，想哭但又不敢出声，只是一个劲吧嗒吧嗒掉泪，大哥撂下我一个人朝前走了大半截，回头看了我一眼，又走过来不由分说地背起我，默不作声地朝前走，我看到大哥的眼睛是红红的，不住地在掉泪，我不知道大哥为何发这么大火，心想是不是王姐得罪了他。

天色擦黑时，我们进了村。因为天下着雪，村头已没有什么人影，小村的上空弥散着浓浓的蒿草味，村头的大柳树上一大群麻雀叽叽喳喳地叫着，突然四处飞散，飞向它们各自的屋檐。我格外的欣喜，就让大哥放下我，撒腿就跑，大哥喊了一声，而我这时已听不到他在说什么，径直往饲养场跑去。

饲养场静悄悄的，牲口都已收了圈，陈大伯这会一准回家去吃晚饭，我喊着王姐，王姐，冲向她那间小屋。门却上了锁，趴在窗口往里望望，里面也黑糊糊的什么也看不清，从不外出的王姐干什么去了，莫非找娘，于是连忙往家里跑，刚出饲养场门就和急匆匆赶来的娘撞了个满怀，我刚要问王姐，娘一把捂住我的嘴，抱起我拧身就走，脚下发出吱吱的响声，那么沉。进屋将我放到炕上，才长长地出了一口气。我感到格外的纳闷，又问娘："王姐呢？""别问那么多！"娘狠狠地说。而正在吃饭的大哥突然放下了碗转过身一把一把地抹泪，有股不祥的兆头，笼罩着我幼小的心灵，我猜王姐一定出了什么事，但看到当时情形也不敢多问，吃了饭就睡了。

那一夜我梦见王姐，身着一袭圣洁白衣款款向我走来，手里抱着喷香的土豆在叫我的名字，我连忙向她跑去，可我们之间似乎隔着好远好远的路，眼看就要走到一块，王姐突然不见了，吓得我出了一身冷汗，大声地喊了一声"王姐"，从梦中惊醒，娘正端着油灯看着我流泪。我说："娘，我想王姐。"娘放下油灯，将我搂在怀里说："孩子，睡吧！王姐到她一个很远很远的亲戚家去了，再也不回来了。"我伤心地问娘："是不是村里人欺负她，她才要走？"娘点点头说："是的。"我说："我长大了一定要去看王姐，行吗？"娘哽咽着一个劲地点头，临睡前说以后不要去拾粪，我问原因娘死活不说，反正不让我再去拾粪。

当第二天我偷偷背着娘到饲养场拾粪时，突然发现陈大伯老了许多，看见我目光冷冷的，已不再有昔日的那股快活劲头，牲口们依然如往常那样有序地拴在槽头打着喷嚏，吃着草料，不过拾粪的伙伴们却不见一人。我心里甜滋滋的，心想今天一定能拾好多粪，让娘高兴一下，到了正午我已拾好一大堆粪，突然听见有人在叫我，回头一看是梁三，他人趴在饲养场的土墙上神秘兮兮地向我打招呼，我跑过去问："为什么不来拾粪？"梁三说："快跑，饲养场里有鬼！"我不信，梁三的小眼睛挤着，鼻梁上渗出毛茸茸的汗珠子说："你是猪头呀！养猪的王姐死了，半夜里跳进池塘淹死了！"我的大脑突然一片空白，望着太阳映照下那亮晃晃结着冰的水池，腿一软蹲了下去，眼泪忍不住夺眶而出，我觉得心要从嗓子里蹦出来，火烧一般难受，一种说不清楚的意念，促使我趴到水塘那厚厚的冰上，突然大声地呼唤王姐，死寂的饲养场四处回荡着我声嘶力竭的哭声，这时陈大伯飞快地从他的屋子里跑出来，抱住我用力捂住了我的嘴，我使劲掰着他的手，但还是没有掰开，到了家里，娘在我屁股上狠狠地打了的几个巴掌，脸色那么的煞白，我看见陈大伯的手上到处是血。站在地上一个劲地出着粗气。

那天下午，队里把娘和陈大伯叫到队部。听娘后来讲，队长说娘和"反革命"子女有着牵连，要让娘上学习班改造，要不是陈大伯说，是娃肚子饿了，时常吃喂猪的土豆，饿了就想到王姐，这才不了了之，不知出自何种原因，队长那回似乎格外地开恩，多分给我家几十斤土豆。

之后的日子，我再也没能进过饲养场，陈大伯每天把门锁得紧紧的，娘也盯我盯得很紧，但我还是时不时地爬在饲养场的墙头，看着那池塘发呆，原来取水的口子，也结了冰，圆圆的像一面镜子，又像一个散了光的瞳孔。

第二年雪化时，我成了村学的一名学生，而那池塘也被填成一块平地，长满茂密的青草，青草深处流着涓涓的清流，每到夜深时能听到它如泣如诉的幽咽声，哥哥参加工作那一年，娘将那封信塞给哥哥，哥哥看完之后，流着泪，绕到饲养场，蹲在那块草地旁边，一坐就是一个下午。虽然我至今都无法知道信的内容，但我知道，那里装着的是一个少女沉甸甸的爱心和无奈。王姐，大哥，还有我，都无法去改变那段令人窒息的岁月，而历经的苦难却让活着的每一个人百倍地珍惜眼下这难得的好时光，我们毕竟是平凡的人，用一颗平常心，去拥抱热爱的每一天。其实，王姐，永远活在我的心里。

剧本、评论及其他

◎张慧源

《渭水医魂》 剧本 *(秦腔剧)*

剧本介绍：本剧根据东汉末年渭水源地区名医封衡的历史线索，设计其人学医、行医、传医的戏剧情节，表现了他献身中医、发展中医的历史贡献，歌颂了他服务汉羌边民的仁医精神，展示了祖国医学的仁术特征，是一曲中华高尚医德的赞歌和民族团结的赞歌，更是社会主义核心价值观的戏剧体现，具有迫切的现实意义。

时间：东汉末年

地点：陇西郡渭河源

人物：封衡——字君达，医者，中老年

    巧姑——封衡妻子，农妇，中老年

    丑子——乡邻，十八岁，半学徒半义子

    封治——封衡之子，七八岁

    曹操——汉丞相，老年

    郡守——地方长官

    羌首——羌人头领

    府吏，匠工，春生，羌女，王远，王飞

    汉民甲乙丙丁，羌民甲乙丙丁，兵卒侍从武士

第一场　本草经

（字幕打出：两千年前，渭河源地区诞生了一名伟大的中医——封衡。今天，这位陇上名医，就从历史深处向我们走来）

（夏秋之交，禹河村下，禹河潺湲。大地平川，有版筑土房若干、茅屋若干，村落景象。远处峰峦起伏，榛莽森林。封衡居处，小木屋数间，茅草苫顶）

（幕启。旭日东升，院落晾晒着中药材若干）

幕后伴唱： 在伴唱声中，汉族百姓扶老携幼过场）

看黄巾揭竿起天下震荡，

群雄并竞逐鹿百姓遭殃。

盼大医医国救民于水火，

人道医为百姓疗疾疗伤。

封　衡： （着粗褐衣从屋内上场亮相）

（唱）我封衡自幼儿家居陇上，

渭水湴禹河村茅屋草房。

虽清贫我也觉心怡神旷，

学老庄究天人揣摩岐黄。

遇恩师鲁女生传授医术，

效神农尝百草制丹辑方。

幸得世外安生地，

辨识药性在首阳，

草药宝库渭河源，

感受毒苦与寒凉。

即便中毒死，

远胜刀下亡。

古伯夷与叔齐不食周粟，

仿前贤今日封衡义担当，

救人命功德如天大，

开一条众生路人人安康！

（踌躇满志，热情澎湃，准备绳索）

（巧姑着布裙上场）

巧　姑：夫君今日要去哪里？

封　衡：夫人哪，今日天气晴好，我想去那鹰嘴崖，采上次发现的灵芝草。
　　　　先去村里叫个帮手。

巧　姑：听说那鹰嘴崖万丈绝壁，青苔湿滑，杂草丛生，难上难下，夫君可
　　　　要当心啊。

封　衡：不入虎穴焉得虎子，我可是有名的胆大心细之人哪。

巧　姑：夫君呀，药贵重，人的命更贵重；别人的命要紧，咱自家的命也要
　　　　紧呀。

　　　　（唱）夫君要上鹰嘴崖，

　　　　　　　为妻心头乱如麻。

　　　　　　　祷告天公多庇护，

　　　　　　　平平安安转回家。

　　　　（丑子上场）

丑　子：干爹哎，今日天气晴朗，去不去采药啊？

封　衡：怎的不去，正要去找个帮手呢。

丑　子：我这不就来了么，哈哈。

封　衡：这就好。

丑　子：谁不知道你采药就为了乡里乡亲。

封　衡：就你会说——夫人快收拾干粮，我们这就进山。

　　　　（巧姑装干粮。丑子背上干粮）

　　　　（封治从屋内跑出）

封　治：（抱丑子）丑子哥，我也去采药。

丑　子：我的小阿哥哎，采药不是过家家，要攀高山、下深涧、入老林、历
　　　　艰险，碰上豹子惊掉魂、遇上毒蛇吓破胆。

封　治：不，我也要去呢。

巧　姑：治儿，治儿别闹了，快去念书，等你长大了再去。（封衡与巧姑与
　　　　儿子道别，与丑子同下）

封　衡：等你长大了再去，丑子咱们走。

（巧姑、封治进屋。春生上）

春　生：巧姑大姐！巧姑大姐！

巧　姑：春生兄弟，到了。

春　生：上次来取药，借用先生的蓑衣（还蓑衣）。先生呢？

巧　姑：和丑子去鹰嘴崖采药去了。

春　生：那我也去，多个人多个帮手。　（下）

封　治：（出屋）娘，我要背书了。

巧　姑：你背我听。

封　治：博学之，审问之，慎思之，明辨之，笃行之。人一能之，己百之；人十能之，己千之。果能此道矣，虽愚必明，虽柔必强。

巧　姑：为娘听不懂，你给娘讲一讲。

封　治：人活在世上，要广泛学习，要善于追问，要深入思考，要明辨是非，要坚持不懈，勇于实践。而要真正的学有所得，就必须勤奋刻苦，别人练习一次，我练习一百次；别人练习十次，我要付出一千次的努力，才能成功。

巧　姑：古人说得多好啊。（欣慰地笑着做针线活）

封　治：娘，我可以玩去了吗？

巧　姑：去吧。（望着孩子的背影）

（唱）望娇儿心内波澜翻，

　　　不由得双目泪潸潸。

　　　（悲伤地）

　　　大儿十月伤寒重，

　　　无药可医入黄泉；

　　　女儿腹痛汗珠滚，

　　　黄泉路带走了娘心肝！

　　　（转板转调唱）

　　　生老病死世间事，

　　　长生不老唯神仙。

　　　我夫君只为减解人痛苦，

　　　寻奇药访名医制散制丸。

　　　但愿老天托妙方，

普天下人人得安然。

（进屋，喊鸡的声音）

汉民甲：（上场）婶子，先生在吗？

巧　姑：先生采药去了。

汉民甲：我老婆咳嗽得不成，讨些药吃。

巧　姑：好，你等着。

童　子：姑奶奶，我家火灭了，我娘叫我来借火。

巧　姑：你自己去引吧。（进屋续火，出屋）

巧　姑：我给你配些甘草、杏仁、当归、生姜先拿去煮着喝，这里还有野蜂蜜，咳得不行了吃上一口。（汉民甲下）

汉民甲：谢婶子。

巧　姑：引着了吗。

童　子：引着了。

巧　姑：好好拿着，别乱点啊。（一童子拿引火绳上场）

童　子：知道了。

（丑子跑上）

丑　子：师娘！不好了！师父摔下鹰嘴崖了！

巧　姑：（受惊地）你说什么？

丑　子：草绳磨断，干爹掉下鹰嘴崖了。

巧　姑：夫君（险些晕倒。焦急，难过，惊吓，趔趄，舞动。幕后响起伴唱）

（切光）

第二场　仁爱篇

（封衡养伤三个月以后）

（幕启，封衡在自家院里拄杖而行）

封　衡：（唱）鹰嘴崖遇难幸逃脱，

众乡邻救我情意多。

巧姑精心细照料，

熬粥熬汤又煎药。

消愁每日一杯酒，

养伤虽苦志不磨。

（念白）想前日里，老夫为采摘千年灵芝，失足坠崖，死里逃生，捡得一命！

将息数月，已能行动，甚是感激乡邻救命关照之情。静待康复，再思报答。

（匠工上）

匠　工：先生，腿伤可曾康复。

封　衡：不妨事，不妨事。匠工师傅到此何事？

匠　工：听先生吩咐，近日得到上好材料，精心打磨得几枚好针，特来奉与先生。

封　衡：（拿过作细瞧状）果然好针！费心了费心了。

（唱）手拿明针喜心头，

良医还得巧匠侔。

人体穴位精测算，

针到病除去牧牛。

放血疗，艾灸揉，

救死扶伤胜公侯。

匠　工：先生休养，我便告退了。（抱揖作别，封衡还礼。匠工下场）

（羌人甲、乙、丙、丁上）

羌人甲：先生。（单膝跪地行礼）

封　衡：几位羌人兄弟你们这是？

羌人甲：先生啊——

（白）羌汉为敌颇有年，

刀枪械斗总悲惨。

前日里水草滩边争牛羊，

又死又伤不忍看。

我家首领挨闷棍，

至今昏迷不能言。

恳请先生行人道，

救我首领再回天。

恳请先生行人道，

救我首领再回天。

封　衡：（唱）羌汉本是一家亲，

不知何故做敌人。

想要随你去，

腿脚不便路难行；

欲作袖手看，

医者本分是救人。

四羌人：（羌人跪地）先生啊！

封　衡：（内心冲突地）

（唱）我是汉民汉皇管，

皇天后土埋祖先。

你等羌民今为敌，

助敌如同做内奸。

见死不救违心愿，

事到如今两为难！

四羌人：（磕头，哭喊）苍天啊！

封　衡：（犹豫不决地）

（唱）千年灵芝有神奇，

老命换来最珍惜。

若能救得羌首命，

封衡慷慨谢天力。

罢罢罢，即使郡守治罪，我也顾不了许多！你家首领，想必是气滞神凝，我这里正有新采老灵芝一棵，速速拿去，煎汤灌服，一定有效。我带针石随后就到。

四羌人：谢先生！（下场）

（巧姑出屋）

巧　姑：夫君你真的要去吗？

封　衡：（点头）去。

巧　姑：天色骤变暴雨将至，路途艰险，难道你不怕？

封　衡：不怕。

巧　姑：郡首有令，资敌治罪，难道你不惧？

封　衡：（扬拐）不惧，为汉羌和好、睦邻共处，赴汤蹈火也是等闲。

巧　姑：药已带走，明日再去不行吗？

封　衡：我已应允，一定要去。夫人保重，我便去了。

　　　　（带葫芦药囊，拄拐，披蓑衣下场。巧姑抹眼泪。切光，暗转）

封　衡：（上场，乌云翻滚，电闪雷鸣，封衡拄拐在大风中艰难行进）

　　　　（唱）雷鸣电闪雨倾盆，

　　　　　　　山路泥泞行步难。

　　　　　　　救死扶伤心如火，

　　　　　　　千难万险奔向前。

四羌人：（上场，身披蓑衣行进，接着封衡与其逐一拥抱）

　　　　（四羌人托举封衡，风雨中完成雕塑造型。）

幕后伴唱：山相连水相连连同一片，

　　　　　为什么你杀我我仇你死斗有年？

　　　　　一腔精诚表天地，

　　　　　铸剑为犁永相安。

　　　　　（大幕落）

第三场　和平颂

（背景为陇西郡守公堂）

（府吏上场。一束追光，府吏现显。内喊"带封衡"）

封　衡：（唱）郡守堂上一声喊，

　　　　　　　步蹒跚行艰难。

　　　　　　　满腔热血可对天，

　　　　　　　我封衡无辜心坦然。

　　　　　　　求得大人明理鉴，

　　　　　　　据理力争肺腑言。

　　　　　　　即就是治罪无愧怍，

　　　　　　　给人生路天地宽。

郡　守：下站可是封衡？

封　衡：山民封衡。

郡　守：你可知罪？

封　衡：封衡无罪。

郡　守：（冷笑）好一个无罪！下人密报，你私通羌人，将千年灵芝赠予羌首可曾是真？

封　衡：是真。

郡　守：夤夜冒雨救治敌酋可曾是实？

封　衡：是实。

郡　守：这就是了，资敌通敌，罪不可恕！

封　衡：大人，汉人羌人，都是人生人养，理应互相亲善。我救治羌人首领，只为化解汉羌敌意，让边疆永远安宁。

郡　守：（唱）花言巧语无须讲，
　　　　　　歹心为何助凶羌？
　　　　　　快快招供把押画，
　　　　　　省得遍体刑具伤。

封　衡：（舒缓说理地）

　　　　（唱）大人你把话错讲，
　　　　　　封衡救人意味长。
　　　　　　果真羌人死非命，
　　　　　　汉羌雪上又加霜。
　　　　　　一还一报无穷已，
　　　　　　死来死去民遭殃！
　　　　　　今日你定我的罪，
　　　　　　天理难容不应当。

郡　守：（唱）华夷自古有大防，
　　　　　　至今长城万里长。
　　　　　　非我族类心必异，
　　　　　　救人岂能救贼王？

封　衡：（唱）古圣前贤讲大同，
　　　　　　山水相连一家亲。

　　　　　边疆安定是大局，

　　　　　羌汉和江山美是你郡守的功！

　　　（一兵卒跑上场）

郡　守：这个……

兵　卒：禀大人，羌人首领求见。

郡　守：带来多少人马？

兵　卒：孤身一人。

郡　守：啊？宣羌首来见。

府　吏：宣羌首来见——

羌　首：（上场）

　　　　（念）为救先生命，

　　　　　　　只身到府门。

　　　　　　　羌汉本一家，

　　　　　　　盼能求安平。

　　　　　　　郡守在上，鄙人有礼了。

郡　守：羌首孤身前来，所为何事？

羌　首：（激动地）郡守啊——

　　　　（唱）只怪我失大局迷了心窍，

　　　　　　　几十年视生命轻如鸿毛。

　　　　　　　　阳关大道我不走，

　　　　　　　偏爱走那独木桥。

　　　　　　　争山林争草场，

　　　　　　　抢财宝来抢牛羊。

　　　　　　　直闹得边地无宁日，

　　　　　　　害苦了羌汉人血泪滔滔。

郡　守：（颔首）极是极是。

封　衡：（接唱）这一次羌汉两家起风潮，

　　　　　　　　羌首不幸把难遭。

　　　　　　　　当头一棒昏死去，

　　　　　　　　三天三夜魂魄飘。

羌　首：先生神针灵芝草，

救我一命在今朝。

再造回生认真理，

和平最为价值高。

郡　守：（赞许地）难得难得。

羌　首：（深情地仰望封衡）先生哪——

　　　　（唱）听说是郡守要治先生罪，

　　　　　　　我心急如焚五内焦。

　　　　　　　救命之恩比天大，

　　　　　　　我岂能袖手旁观远远瞧。

　　　　　　　只身来到公堂上，

　　　　　　　替先生辨明冤屈把罪消。

　　　　　　　要杀要剐任由你，

　　　　　　　要保先生命一条。

郡　守：（幡然醒悟地）

　　　　（唱）听羌首一席话开我心窍，

　　　　　　　我豁然开朗迷雾消。

　　　　　　　他竟然识大体自责自省，

　　　　　　　我岂能不辨是非，

　　　　　　　一意孤行把忠义抛。

　　　　　　　精诚感天地，

　　　　　　　大义泰山高。

　　　　　　　从今后粮马互市促贸易，

　　　　　　　羌汉一家乐逍遥。

　　　　（念白）如此说来，先生乃有功之臣，我要表奏朝廷，予以嘉奖。

　　　　　　　既然羌首深明正义，认同汉羌一家，往者不可谏，来者犹

　　　　　　　可追，我们何不就此盟誓、开放市场、永修和好？

羌　首：好好，羌汉一家。福佑边地，全仗郡守大人！

郡　守：府吏听着——准备美酒，歃血为盟！

　　　　（郡守左挽羌首右牵封衡走向前台亮相差役端上酒盘）

羌　首：（面对封衡）救命恩公在上，请受粗礼一拜！　（面对郡守）郡守在

　　　　上，请受羌民一拜！

383

（三人各执酒杯，念白）

伴　唱：一团和气美酒香，

歃血为盟安西羌。

山河相连心相连，

渭水长流祥和光。

（幕后唱起"山河相连心相连，渭水长流祥和光"，大幕落）

第四场　护生赞

（又三个月后，封衡康复）

王　飞：兄长挣扎些，前面不远就是禹河村了。

王　远：哎，你我兄弟投军以来受尽艰难，幸得将爷恩准，许我兄弟二人回乡探亲。如今我重病在身，路途遥远，何日得到长安？

王　飞：兄长再莫伤悲，适才村民讲禹河村有名医封衡，医德高尚，医术高明，若得名医搭救，兄长性命无忧。

王　远：兄弟，虽有名医，怕难回春。

（昏死过去）

王　飞：哥哥，哥哥……

　　　　（唱）突然间兄长把命殒，

好似晴天五雷轰。

异乡人举目无亲谁怜悯，

活活痛煞人的心。

骨肉分离悲难忍，

我有何面目见双亲。

（封衡、丑子上）

丑　子：师父，那一军汉大放悲声不知何故？

封　衡：定有伤心之事，我们上前问得一问，军爷为何伤悲？

王　飞：我哥哥他病故了。

封　衡：快让我看看。

（见到死者，俯身观察，翻眼皮，闻鼻息，跪地号脉）

丑子，一息尚存，人还有救，丑子快取水。

（丑子取水，封衡给病人用针，从药葫芦里取出药丸给病人灌服，病人苏醒）

王　远：兄弟，这是哪里呀？

王　飞：兄长，我们还在渭水源，你突然昏死过去是这位先生用神针和药丸救你一命。

王　远：先生救命之恩没齿难忘，请受我一拜。

封　衡：不拜了，快快起来。

王　远：请问先生尊姓大名？

封　衡：山民封衡。

王　飞：你就是封衡？感谢神医救命之恩！

封　衡：过奖了，过奖了，你二人因何到此？

王　飞：老先生。

　　　　（唱）我二人本是长安人，

　　　　　　　兄弟凉州去从军。

　　　　　　　出生入死十年整，

　　　　　　　告假归里回家门。

　　　　　　　不料中途家兄病，

　　　　　　　险些撒手命归阴。

　　　　　　　多亏神医来搭救，

　　　　　　　救命之恩似海深。

封　衡：救命护生理应如此，你病体未愈还需休息，前面便是我的茅舍，你二人且到舍下，再给你配些草药服用，将息几日便可痊愈。丑子，快快搀扶病人。

　　　　（众人同行，巧姑上）

巧　姑：夫君，你怎么才回来？这是……

丑　子：这位军爷突发重病，昏死过去，是师父用银针施救，方得重生，师父真……

封　衡：就你话多，夫人，快快将病人搀进屋内，休息片刻按我所授药方煎服。

巧　姑：是。

（巧姑，王远，王飞下）

（巧姑复上）

巧　姑：夫君，刚刚前村大叔前来找你，说他老伴病的很重，

封　衡：丑子，那咱们快走。

巧　姑：郡守又差人来请了。

封　衡：不管他，先看病人要紧，其他回来再议。（丑子背药囊，三人下场）

巧　姑：（忧心忡忡地）

　　　　（唱）郡守来人请三遭，

　　　　　　　置之不应礼数糙。

　　　　　　　治病救人难单纯，

　　　　　　　官府权力似钢刀。

羌　女：（上场，给巧姑行礼）问巧妈妈好！

巧　姑：哎呀，我们的女神下凡了，真是福气啊！

羌　女：（爽朗地）巧妈妈，我们山寨明天祭山节，请先生和巧妈妈一定赏光呢。

　　　　（唱）祭山节上歌舞多，

　　　　　　　汉羌人民共欢乐。

　　　　　　　牡丹喜欢迎春笑，

　　　　　　　山神最爱和平歌。

巧　姑：好得很。明天我们一定来分享美好的节日！

羌　女：巧妈妈，我请的人还很多呢，我先去了。（羌女与巧姑拥抱相别，下场）

郡　守：（带数名随从上场）骑行半日程，来到先生门。

巧　姑：（行礼）村妇巧姑迎见大人！

郡　守：免礼免礼。先生呢？

巧　姑：他看病去了。

郡　守：好人良医啊！

　　　　（白）乱世君子真，

　　　　　　　慷慨唱春风。

　　　　　　　爱心满天下，

　　　　　　　无敌大汉魂。

封　衡：（上场，行礼）不知郡守驾到，有失远迎，失敬失敬！

郡　守：说什么失敬，先生别给我出难题，下官就感激不尽了。

封　衡：郡守是说曹丞相征召之事吗？

郡　守：是的，这次你若执意不去，你我性命难保事小，干戈若起祸及百姓，悔之晚矣。

封　衡：既然如此，封衡从命便是。

郡　守：速速收拾行装，尽快起程，我便告辞。（下场）

　　　　（封衡、巧姑目送）

封　衡：（深情地望着巧姑）夫人，看来许昌之行已定，万不能连累郡守祸及百姓，你速去收拾行装我便去了。

巧　姑：夫君。

封　衡：（唱）行行重行行，

　　　　　　　万里向远方。

　　　　　　　游学且向中原去，

　　　　　　　博采广收走一场。

巧　姑：（唱）悠悠往事一路难，

　　　　　　　心似渭水有不安。

　　　　　　　与君结缡几十年，

　　　　　　　但愿得相伴到永远。

　　　　　　　夫君你本是柔情汉，

　　　　　　　见不得同胞被疾病缠。

　　　　　　　采药己先吃，

　　　　　　　不怕赴阴间；

　　　　　　　自身找穴位，

　　　　　　　试针不惧残。

　　　　　　　为妻试药中毒性，

　　　　　　　声音嘶哑整三年。

　　　　　　　只可惜君命无情强分手，

　　　　　　　一别生死两地悬。

封　衡：（唱）别时方知聚会难，

　　　　　　　此生累妻不安然。

远去梦中再相见，

重温渭滨把手牵。

巧　姑：（唱）思念夫君愿梦长，

相见只有在梦乡。

但愿夫君早回转，

家齐人安茶饭香。

封　衡：（唱）叹九州因战乱饱经苦难，

多少人盼和平望眼欲穿。

幸喜得曹丞相安定叛乱，

多少人因此上重返家园。

战乱伤疾疫重处处哀叹，

生死路无救助一片悲惨。

我也曾对苍天发下誓愿，

疗伤病助民生造福穷边。

此去许都难猜想，

是祸是福任老天！

巧　姑：（唱）我知你难离渭水源，

难离汉羌好同胞。

封　衡：（唱）封衡难舍家园好，

巧　姑：（唱）夫君你宽心走一遭。

封　衡：（唱）渭水源里恩情重，

巧　姑：（唱）平安归来医术更高。

封　衡：（唱）如今我洒泪别你去，

封　衡：（同唱）万水千山有心桥。

巧　姑：

（封治上）

封　治：爹爹。你要走了吗？

封　衡：曹丞相之命难违，不得不去。

封　治：爹爹！（哭）

封　衡：吾儿莫哭，好好陪伴娘亲，三五个月，为父就会归来。

封　治：孩儿谨遵父命。

（羌汉百姓上）

羌首春生：听说先生要去许昌，我们大家特来相送。

封　衡：多谢众位乡亲。

丑　子：师父，我也要随你前去。

封　衡：万里关山，路途遥远，你小小年纪如何去得？

丑　子：就因为山高路远，行走艰难，我才要与师父结伴而行。

巧　姑：既然如此，就让丑子随你同去，一路之上也好有个照应。

封　衡：如此也好。夫人，收拾行装。丑子，将你我采摘的中药材带上。

众：先生一路保重。

伴　唱：*渭水流哟几十道弯，*

亲人为你哟把心担。

眼含泪水把君送，

盼望先生早回还。

（封衡、丑子登上山岗，挥手致意）

第五场　自由曲

（幕启，背景为许昌曹操丞相府）

曹　操：身为丞相安天下，大乱初平疾患多，四方名医来许都，听取高见与言说。

曹　操：宣陇西郡封衡觐见。

众武士：陇西郡封衡觐见。

封　衡：万里关山远，行路近半年。终于到许都，喜闻丞相宣。

封　衡：陇西郡山民封衡拜见丞相！

曹　操：（上前搀扶）先生一路辛苦，快快请起。

封　衡：渭水源乃草药宝库，封衡一介山野村医，无物可敬，特献上渭水源的灵芝、当归、党参、黄芪等上好药材，望丞相笑纳。

曹　操：多谢多谢，陇西郡守奏报，先生医德高尚，医术精妙，博采众长，兼收并蓄，曾向华佗、张仲景求教，所获一定不小。

封　衡：丞相过奖了，华佗五禽戏法健身绝妙，麻沸散药理神奇，张仲景

《伤寒杂病论》论证严谨，我都抄录了一本，大有裨益。

曹　操：我这次招你前来，一是了解边情，二来也看看我的身体。你就安心多住些日子。

封　衡：启禀丞相，在下以为，安边需要两个字，一乃是和，要和平和好，不能动辄打打杀杀；二乃是活，要有活路，无论汉民羌民，都要能活下去，不知丞相意下如何？

曹　操：讲得好，有见识，有见识。

封　衡：渭水源一带，气候湿润，森林茂密，药材资源极为丰富，可是地广人稀，采摘艰难，况山高路远，难以运达中原。

曹　操：关山阻隔，人力难为。请问先生，渭水源一带养生、滋补药材都有哪些啊？

封　衡：（唱）参艾归芪本草香，
理气补血调阴阳。
君臣佐使相配伍，
治病救人笑口张。
何日里丞相将身往，
看去渭河好风光。

曹　操：（唱）听先生言语精神旺，
愁天下四分五裂乱攘攘，
白骨露于野，
多见空村庄。
但愿得收拾人心安天下，
到那时，
马放南山，解甲归田，
养生逍遥走四方。

封　衡：（唱）丞相养生切记准，
六神有主正气盈。
身体勤劳要不累，
思虑勿过性要平。
多食清淡少肥腻，
晨夕踱步节欲情。

秋冬内敛春夏活，

自然之理是准绳。

（念白）丞相，我这里有六君子汤方一剂，常服用四体强健安康！

曹　操：呵呵，先生所言极是，受教了受教了。敢问先生可愿为太医官否？

封　衡：禀丞相，山妻在家，恐有不便。

曹　操：接来即可。

封　衡：乡里乡亲，汉民羌民，相处多年，实难割舍。

曹　操：难道我就不如你那乡亲重要？

封　衡：（念）药在深山才是药，

自由生长药性真。

人参供到金盆里，

不过平常草一根。

曹　操：先生果真不允？

封　衡：山民实难从命。

曹　操：难道你不知本相的秉性。

封　衡：怎的不知。

曹　操：既知本相秉性，休怪曹某无情。武士们——拉出去砍了！

（武士上场，欲执拿封衡）

封　衡：（大笑）哈哈哈哈！

曹　操：封衡你死到临头，还有心情大笑？

封　衡：（念）志士迎刀笑，

仁人敢断头。

杀了封君达，

丞相恶名留！

曹　操：（挥手叫武士退下，大笑）老夫一句戏言，你切莫要在心。先生独
立人格高贵，敬佩，敬佩！我愿赠金千两，先生务必笑纳。

封　衡：无功受禄，君子之耻。

曹　操：先生有功于民，受之无愧。

封　衡：医者眼里，只有人，无有金。眼中含金，则非良医。愿丞相宽恕！

曹　操：有志气，先生既然不愿为官，我今有一事相托，今八百里加急奏报，
安定州一代瘟疫蔓延，先生务必前去救治。

封　衡：丞相放心，病在哪里，医者应在哪里，封衡即刻动身前往。

曹　操：先生，真乃渭水医魂也！渭水医魂也！

曹　操：（唱）铁骨柔情一身兼，

　　　　　　　真是汉家好儿男。

　　　　　　　一匹骏马赠与君，

　　　　　　　日行百里稳如山。

　　　　　　　帝都西门送君去，

　　　　　　　留得美名在人间。

封　衡：谢丞相！

　　　　（切光）

第六场　大汉歌

（背景为村口，官道旁）

伴　唱：山也欢，水也笑，

　　　　　渭水浪花乐滔滔。

　　　　　花如海，歌舞闹，

　　　　　喜迎先生回来了。

巧　姑：（唱）鸿雁捎书传喜讯，

　　　　　　　夫君今日回家门。

　　　　　　　欢天喜地村头等，

　　　　　　　平安归来庆相逢。

封　治：娘，娘你等等，娘在前边跑，儿在后面赶，孩儿我跑得都喘不上气
　　　　了。

巧　姑：娘高兴，娘太高兴了，不由得这脚下生风，快步如飞了。

　　　　（郡守、羌首及众百姓从四面八方涌上）

郡　守：巧姑，巧姑，喜闻先生归来，乡亲们欣喜欢腾，看！都来迎接先生
　　　　来了。

羌　首：先生一去数载，无音信，大家盼星星盼月亮总算把先生盼回来了。
　　　　乡亲们，咱们跳起来，唱起来，迎接先生！

（羌汉百姓一同起舞）

（歌声起）

伴　唱：山也欢，水也笑，

渭水浪花乐滔滔。

花如海，歌舞闹，

喜迎先生回来了！

（丑子幕后高喊"师娘，师娘"）

丑　子：师娘，师娘——我与师父奉曹丞相之命，翻陇坂渡泾河，前往安定郡救治瘟疫。疫情虽然控制，师父却劳累过度，身染疫病，他、他、他说飘雪时节，他便归来……（丑子递上药袋等物）

（众惊骇）

巧　姑：（唱）闻噩耗恰似雷轰顶，

转瞬间生死断离分。

老天行事太残忍，

为何害我无辜人。

泪如雨，悲情涌，

声声不住唤先生。

（武士捧匾上）

武　士：夫人，朝廷赐先生金匾一面，请受礼！

（郡守、羌首揭去红绸，"渭水医魂"四个大字熠熠发光）

众呼喊：先生啊！（伴唱声起）

伴　唱：渭水源里姓字传，

精神标格高如天。

大医归去魂不去，

仁爱长青鸟鼠山。

（众肃立，大雪纷飞，封衡从台后徐徐升起，众仰之，幕落）

全剧终

（2016 年2月20日修改终稿）

393

◎白晓霞

渭源热土与《渭水医魂》

2016年1月5日、6日，由渭源县渭河源演艺有限责任公司演出的秦腔历史剧《渭水医魂》作为"甘肃省推进戏剧大省建设优秀剧目展演"的剧目之一在人民剧院隆重上演，两晚座无虚席的剧院见证了东汉时期的陇中医者封衡的美德良行，数百位观众带着敬意与感动观剧赏文化，听戏敬人品，一次关于道德、人性、家国，充满正能量的教育以传统戏曲的方式庄重完成。

从2015年3月启动创作表演计划，到2015年6月的首场演出，再到2016新年献戏省城的大剧院，短短的几个月，《渭水医魂》已经演出了四十余场，这支团结敬业的队伍，不怕累苦不计报酬，在乡村的麦场上表演过，在县城的广场上表演过，在省城的剧院中表演过，寒来暑往，无论时空如何变化，不变的是剧团所有成员热忱的赤子之心。这心意里，有传播渭源丰富厚重的地方文化的意识，也有继承陇中源远流长的中医文化的意识，更有讴歌甘肃和谐多元的多民族文化的意识。

剧团中、剧团外太多的人为这部新编秦腔历史剧付出了太多的心血，他们有的在幕布后、有的在舞台上、有的在写、有的在唱、有的在弹，更多的人在默默无闻又齐心协力地为自己敬重的"渭水医魂"奔波着。他们共同的特点是不善言辞、踏实苦干，他们共同的信念是热爱家乡、弘扬文化，他们共同的心愿是唱出精神、演出风范。这个小小的剧团因为对传统文化的真心热爱而团结在渭源这一片热土上，他们因为《渭水医魂》而结缘，《渭水医魂》因为他们才有了光华的艺术生命。在那些写作剧本、推敲情节、设计动作、搭配音乐、揣摩服饰的日日夜夜里，他们把《渭水医魂》这部戏当成了最为珍爱的艺术珍宝，为这出"古人物新精神"的秦腔历史剧翻阅老资料、寻访知情人、勘踏鸟鼠山，每一句台词、每一个细节、每一个动作都凝聚着他们的无数心血，这份苦无法与外人道，这份情却深藏在心里。而当《渭水医魂》终于搬上舞台绽放光华时，他们的努力便化作了一腔深情流淌在了所有的表演之中，这深情又随着表演感动着观众，这感动又反过来鼓励着剧团。

封衡的艺术形象在《渭水医魂》中得到了深情的适度再塑造。他出生于公元116年左右，在渭源山奇水秀、药材丰富的鸟鼠山采药修行，终得精湛医术，悬壶济世的美德良行与陇中大地的山山水水结下了深厚的缘分。封衡的百岁人生中最让后世难忘的是他闪闪发光的精神品质，渭源人更是对此感念不已，《渭水医魂》正是对封衡的品质和百姓的想念作了最深情的追忆与表达。史料记载，封衡在渭源的远山近水间逐渐修炼成了潜心医术、心系百姓、不畏权贵、不慕富贵的优秀品质（史载建安二十一年，封衡曾受到曹操重金高官招揽，但他坦然拒绝，只愿为各民族普通百姓治病疗疾），这品质来自渭源土，又泽被渭源人。所以，《渭水医魂》全戏围绕他的这些精神闪光点一一展演而成，用情可谓至真至纯。也正因为这个原因，剧中主题便有着关于医者仁心的表达、有着关于自由民主的渴望、有着关于民族团结的诉求。陇中多草药、医家有传统，《渭水医魂》这样的中医剧虽然来自渭源，但其实以深情开阔的方式折射出了甘肃中医药文化和多民族文化的悠久历史、丰富内涵、多元价值，它启迪着我们思考文化、继承传统、守望美德。

剧团一路走来，务实敬业，也许惊人繁华还没有来到，但剧团人的真诚努力却有目共睹，淳朴的渭源人用真心打造着厚重的地方文化，渴望弘扬高尚人性的初衷如一面金色的旗帜飞扬在渭源的热土上，让我们祝福他们并期待更大的成功。

◎严森林

走近渭水
——秦腔历史剧《渭水医魂》观后感

在甘肃省推动戏剧大省建设优秀剧目展演中，渭源县剧团最新创作的秦腔历史剧《渭水医魂》演出一举取得成功。许多观众正是因为看了这台戏才知晓中国十大名医之一的封衡是甘肃渭源人。

兰州城市学院还专门为《渭水医魂》召开了研讨会，会议由渭源县政府副县长白晓霞主持，这样一台戏被县领导如此重视，让参加会议的戏剧界人士感触很深。渭源将封衡搬上今天的文艺舞台，标志着淳朴而深厚的渭源文化从此走向更为广阔的世界，渭源戏剧是甘肃戏剧的组成部分，一台戏对于渭水首邑的文明凸显很有积极的宣示意义，也必将会迎来更多人走进渭源的绿水青山间。

此剧的编剧张慧源再三声称他是"被赶上架的鸭子"，第一次写戏很跛脚，但他们主创人员对这台戏的定位很高。这台秦腔是根据东汉末年渭水源地区名医封衡的文史资料和民间传说，通过其人学医、行医、传医的戏剧情节，表现了这位古代医生献身中医、发展中医的历史性贡献，歌颂其服务汉羌边民的仁医精神，展示祖国医学的仁术特征，是一曲"中华高尚医德和民族团结的赞歌"。这种戏剧意图很明确。从第一场戏"遇险"到"救难""结盟""离别""应征"，直至第六场戏"魂归"，几乎把封衡活动的一生概括了进去，而且各场戏都表达出作者的题旨和要义：本草经、仁爱篇、和平篇、护生赞、渭水魂、大汉歌，描写了封衡救死扶伤"赛公侯"，拜见羌族首领医救边民，应召去见曹操唱和医道灵魂，勇往疫区之行积劳成疾，朝廷赐予"渭水医魂"金匾，魂归故乡仁爱洒遍鸟鼠山。这就是本剧的全部内容，塑造了封衡"药在深山是参宝，放在金盆一根草"的古代医圣之形象，描述了当时当地民间的生活习俗，表达了主创者对文化传播高度的责任心和热爱渭水故土的深厚情感，顺理成章地让观众了解到封衡的传医之道人生之路，触摸到渭水古老而深邃的人文脉搏，当然具有一定的现实意义和演出价值。

然而从戏曲艺术视角来看，这台戏只是一出秦腔舞台版的历史人物报道，尚缺少一个严谨而引人入胜的戏剧故事，有事件而少情趣，有人物而少个性，有表演而少具体心理的细腻刻画，剧情着眼点有些"散"，缺少悬念，缺少贯穿始终的戏剧行动主线。这些年甘肃写医道的舞台剧是比较多的，如《医祖岐伯》《布衣皇甫谧》《草原曼巴》及《女儿如花》等等，引起我省医疗卫生界的极大关注与支持，这是好事情，说明甘肃在古代中医中药就非常盛行，其医业人文与医学科学乃至中医名贤掌故传说都是伟大祖国医学医药文化的宝贵财富。此部描写中国古代名医封衡的舞台剧的出现，是渭水古文化在今天广为传播与传承的重要渠道，笔者只是从戏曲的角度帮助作者打开思路，使《渭水医魂》更具有广大观众爱看也耐看的艺术魅力。

如果这出戏要进一步修改的话，希望作者写出自己认识到的渭水封衡的人物精神来，依据历史记载和民间传说故事，进一步提炼加工，发挥想象力，重新编排场次，罗织人物关系，并依据秦腔简明而曲折的文本要求与演员的具体表演特长，再完成新的整体升华。目前需要改掉情节"散"而少悬念的缺点，大胆将曹丞相一开场就请出来，以烘托出渭水封衡行医的巨大影响力；将救死扶伤、教儿读本草传授医术、用医道仁爱交融羌族民众、义无反顾地救治瘟疫区众百姓等等这些事迹编织成一组起承转合波澜起伏的戏曲故事。

大家知道，曹操素有顽固的头痛症，故而追求"龟寿永年"，但又非只是要想听听封衡的"养生经"。曹操杀了华佗，那与华佗齐名的封衡被曹严厉传唤，这不就紧张了，来了悬念来了戏，引起人们对封衡命运的关注？封衡的医德与医术是高度一致融合为一体的，面对现实生活教育子女读经行医，其中自有深意且又反衬出封衡其人丰富而矛盾着的内心世界，人物就有了立体感；当"渭水医魂"金匾赐来时，身患重疾又悬壶济世的封衡却在为边民送药而去世于渭水鸟鼠山，岂不更有点神韵和联想呢？戏就是由人编出来的，编出来还要继续修改、演出，反反复复地推敲才能有"戏"可看，才能抵达城乡观众喜闻乐见的戏曲境地，那时候，编剧的任务才能转向下一个目标。

然而就这《渭水医魂》的问世过程来看，也是一出可圈可点的"戏外戏"。渭源有个30来人的县剧团，前年改制，被一个名叫张鹏举的年轻企业家"接管"，自告奋勇成立了渭河源演艺公司，"政府主导，企业参与，市场运作"。张鹏举干的第一件事就是收拢当地演职人员，挖掘文化宝贵资源，创排秦腔《渭水医魂》，"逼迫"他甘肃省作家协会会员的哥哥张慧源写出剧本，立志要把封衡搬上渭源县的文艺舞台；"会写也得写，不会写也得写"，于是先让兄长上演一场"赶鸭子上架"的好戏来。演员们也都卖力练功认真排戏，从无序到有序，从不好到好，忙的时节一天只吃一顿饭，就这样迅快生成一种戏曲气场，硬是靠本团的力量把这出戏创排出来在本县首演并赴临夏、陇南、兰州巡演，一举成为该县重要的文化活动之一。《渭水医魂》截至目前已经上演40多场，收到良好的社会反响。

就此看来，张鹏举狠抓剧团的剧目建设充分说明他具有长远的文化目光。因为中国戏曲的一个优良传统就是以剧目建设稳固团社，以轮番演出推举人才，形成剧目与剧团的良性互动，从而使戏剧生命在剧团载体上得到真切发展。这说明文化自觉就会引发文化担当，企业家自告奋勇搞剧团就是自身社会价值的一种生动体现，这种精神尤为宝贵。再者，《渭水医魂》有着明显的地域特色当然得益于古老的渭河水无声的滋养。渭河是黄河最大的支流。渭水就是渭源最靓的名片。早在公元前5000年至8000年就有先民定居在渭水之源。学者们认为，"中华民族的历史实际上是以渭河为轴展开的"。因此，从今天这一出戏中我们已经感触到渭源人生生不息步步前行的时代风姿，可以领略到渭河源头陇右文化在今天改革开放大文化环境中自然生成的一个亮丽的戏剧景观。

◎朱忠元

朱忠元，男，1970年生，教授，甘肃天水市人，中华美学会、中外文艺理论研究会会员，甘肃美学学会理事，甘肃省作家协会会员，甘肃省黄河文化研究会会员。研究成果有《大众文化批评》（第二作者，首都师范大学出版社），相关文章刊于《当代文坛》等刊物。偶尔从事甘肃本土作家、作品评论，作品发表在《文艺报》《文学报》《甘肃日报》《飞天》《丝绸之路》等报刊。

《渭水医魂》：一出有新意的涉医历史剧

甘肃基层剧团又出新剧了。8月2日晚，我与程金城教授一行应邀观看了渭源县渭河源演艺有限责任公司创编并演出的新编秦腔历史剧《渭水医魂》，感到这是一出值得肯定的有较高起点和水平的新创剧目。

随着广场舞在渭源县城广场上渐趋寂静，伴随着熟悉苍凉的秦腔音乐，大幕拉开，一个东汉末年生活在渭水源头的历史人物封衡出现在舞台上，在流民扶老携幼的过场中，在幕后凄凉深情的呼唤中，渭水源头的历史人物封衡朝我们走来，在舞台上展示他以医人的仁心救治羌族首领，由此解决了渭水源边地羌汉民族纷争，得到郡守的认可，得到曹操的征召，进而在不意之间医国的故事。封衡高尚的医德以及他对医理的见解，对郡守治边和曹操养生治国都有启示，所以在他应召返家途中，再次施救羌族老妇而不幸坠亡后，得到曹丞相送来的"渭水医魂"金匾。"神医归去魂不去，仁爱撒遍鸟鼠山。"封衡医魂的形象在舞台上立了起来。作为甘肃省又一部涉及医学和医生的戏，《渭水医魂》颇有新意，它并不是仅仅表现医生的高尚品德和精湛医术，而是将医生的救死扶伤与民族和谐联系起来，所以本剧并不是一出表现医术的戏，而是表现医道的戏。其所塑造的封衡形象不仅是为百姓疗疾疗伤的良医，更是求民于水火的大医。本剧将封衡仁爱行医、不分汉羌、同等医人的悬壶品格与济世的目标联系起来，将一位医生的仁心仁术与民族平等民族团结的大事联系起来，使得一个历史人物的高尚品德与国家民族联系起来，使得中医的理念与民族团结的事业联系起来。剧作在传播了中医哲学中的养生智慧的同时，将中医的和谐精神普及到渭水源头边地治理和民族团结方面，这是一次从医人到医国的升华。从这个意义上讲，《渭水医魂》是甘肃众多的与医相关剧目中立意最为独特的一出新创剧目。

该剧首先为地域历史人物封衡立传，通过采药坠崖遇险、广泛学习、博采众长表现他对医道的专注，通过与乡民的来往表现他对乡民的仁爱和乡民对他的热爱；通过奉献拿老命换来的灵芝草，黄夜冒着暴风骤雨搭救羌首的性命，表现他对生命的珍视；通过与郡守、曹操的交锋，表现了他对医道的理解和对于民族和解与边境安宁的见解。这些都是基于医道基础上对于人道和世道的见解，传达了祖国医学的精髓，精辟又精彩。比如，面对曹操对于安边的追问，封衡说："在下以为，安边需要两个字，一乃是和，要和平和好，不能动辄打打杀杀；二乃是活，要有活路，无论汉民羌民，都要能活下去。""和"与"活"为治国安民的金玉良言，是中国医学核心思想的延伸，怪不得曹操称赞说"讲得好，有见识，有见识"。对于曹操邀请他做医官的请求，封衡以"人参供到金盆里，不过平常草一根"作喻，表达了他对汉羌乡情难以割舍的情怀；对于曹操赠金的行为，封衡说出了"医者眼里，只有人，无有金。眼中含金，则非良医"的话，至此，戏剧中的封衡通过自己的行为和语言，把一个既有柔情又有铁骨的良医甚至大医的形象确立了起来，"渭水医魂"的魂呼之欲出，因为有了民族团结和解和谐的向度，一个地域性历史题材产生了普遍的意义。

为了塑造这样一位有铁骨柔情的良医形象，剧作让封衡采药遇险，让封衡不顾郡守关于"羌汉相通要治罪"的禁令，用那老命换来的灵芝草为羌首治病，由此换来羌首的觉悟，换来了边地的和平安宁，以自己的医道成就了化剑为犁事业；剧作还连续设置两场斗争，以此来显示封衡的铮铮铁骨。其中一场是《结盟》，剧情显示郡吏因索灵芝不得而怀恨在心，于是将封衡为羌首治病之事密报郡守，在与郡守对峙之时，封衡温文尔雅，从"羌人也是人生养"这一角度，将自己救人的深长意味缓缓讲出，再加上羌首幡然悔悟，冒死相救，郡守的幡然悔悟，封衡成为"歃血为盟安西羌"的功臣，封衡作为大医的形象已经丰满；尽管如此，剧作还是进一步安排了《求贤》一场，给封衡与当权者曹操安排了一场冲突，在这场冲突之中，封衡既有对边地安宁的精辟献策，又有对养生的精彩阐述，更有与奸诈曹操的激烈冲突，面对曹操奸诈的威吓，封衡"志士迎刀笑"。尽管都是以医理说理并交锋，两出剧却各有侧重，对郡守的温文尔雅与对曹操的刚直不阿互为照应。这是对封衡性格中"刚"的一面的呈现。而在《离别》一场中，通过封衡与巧姑（封衡妻子）的对唱，表达了封衡对家人及乡亲的难割难舍之情，又表达了"定要让羌汉一家尽欢颜"坚定信念，剧中的封衡真是"铁骨柔情一身担"。从以上的分析中，我们看到本剧情节环环相扣，步步推进，故事发展有虚有实，把一个从医人到医国的过程表现得丝丝入扣；与此同时，剧本每一场情节集中，矛盾突出，展示了封衡性格的不同侧面，通过不同场次的相互配合，人物性格得到了多个层面的展开，完整地塑造了一个良医的形象。笔者在想，即使封衡不因为羌妇治病而死，也是一个光辉的形象，当然本剧的最后一场《魂归》确实起到了深化主题和升华人物精神的作用。

尽管这出六场戏曲是在露天演出，文场和武场的乐器不是那样齐全，舞台美术几乎没有，但是由于剧作本身的丰满，使人在不知不觉中看完，丝毫没有拖沓之感，也没有简陋之叹。相对于大制作和炫目的舞台装饰来讲，这次演出的特色恰好是在朴素和简陋中呈现丰富，它所呈现的医学文化的丰富、人物性格的丰富，抓住了戏曲的本质特征，相对那些被称为"视觉盛宴"的戏曲来说，这是一部入心的戏。当然这里所言丰富并不能掩盖该剧地域性不充分、地域性元素不足、幕后伴唱单一缺乏变化、表演的艺术性不足等问题。同时，作为一个改制之后重新组建的县级秦剧团，渭源县渭河源演艺有限责任公司目前还没有名角，也没有形成流派，他们的舞台甚至可以说是简陋的，他们的表演还有待雕琢，但他们有张慧源这样初涉戏剧但水平不低的本土剧作家，他们有创新的但具有很高立意的剧目《渭水医魂》，更有演艺公司张鹏举经理这样钟爱文化人士的领导支持，还有当地领导和广大群众对文化的热情，我相信，这出剧一定会在不断地打磨中走向成熟，走向精致、精彩。我们也希望渭源县的这个创作和演出团队在艺术经验的不断积累中发展壮大，创作和演出更多更好的剧目，将更多的渭水源头的历史和人物转化为艺术作品，在县域文化乃至全省的文化建设中做出更大的贡献。

（注：以上几篇评论均写于剧本终稿修改完成之前，故评论中提到的部分剧本内容与此书中的剧本内容略有出入）

◎赵海龙

因为懂得 所以孤独

——《无助的孤独》书评

　　《无助的孤独》，这是一本简单的书，也是一本清新、健康、引人向上的书，更是一本寂寞的书，一本孤独的书，述及的一切终也不过是寇倏茜在大尖山六年生活的点点滴滴，没有小说的诱人悬念，没有戏剧的激烈冲突，信手所至的任意一篇甚至任意一段都可以开始读起，然而闲闲的话语碎碎地漫开，却是不经意就漾成了满纸的恬然与安宁。同时，你必须思考，不懈认真地思考，你才有可能和这位寇倏茜先生一起，思考自己，认识自己，而后思考更深的精神与原则。人们说伟人是孤独的，而我也坚信，在热闹的人群中永远诞生不了卓越的思想家。寇倏茜先生就是与孤独相拥的人，他总是一个人，并坚信没有比孤独这个爱人更好的爱人，只有孤独才能赤裸裸地认识自己。

　　我与寇倏茜相识已久，他生在山城渭源县锹峪乡，那是山清水秀的地方，群峰连绵的南老君山就在那里，还有一条碧波荡漾漾的锹峪河蜿蜒其间，那条不怎么出名的河流常常就流淌在他孤独的内心深处。他是一个地地道道的农民，也正因为他是农民，他才有那样的深情写出"我是一个农民，我干的活计就是祖祖辈辈干了几千年的活计，春耕秋耘夏收冬藏，没有什么新鲜的情节，日复一日年复一年重复劳作着。目的也很单纯，就是为了生存"（《我是农民》）。他追求一种冷静、达观、摆脱欲望的生活，文风质朴。他对人生进行了深刻的哲学思考，认为"农民的梦想不大，就是丰衣足食，丰天下衣足天下食。因为农民的职业就是生产粮食种植棉花。农民与土地为一体，土地是农民的命脉。俗话说天塌下来由地担着，这地就是大地，就是把生命和土地连在一起的农民。农民承载得太多太重、翻一翻二十五史，哪一页哪一行不留有农民的足迹。字字血行行泪，历史就是用广大劳动人民的血泪写成的（《我是农民》）"。书中的语言，是他鞍马劳顿中的感悟，更像他与每个读者的直接对白。而锹峪河是他在等待与沉默、无助与孤独中面对那条温柔的河流，他不能说出每滴水的颜色，像一个心爱人的名字，那么伟大地占据着他的内心，他在沉默中能看到"黄灿灿太阳一样热烈的油菜花总弥漫着一种纷飞的思绪和激情，一穗穗的花就是一支支沉甸甸丰收的希望，一穗穗的花就是一粒粒油旺旺滚圆滚圆的喜悦（《远离颂词的油菜花》）"，也能看到"黄亮如海的一汪野葱花，洋溢着一地的野情逸趣，它见证着年轻人醉心的青春骚动，也存贮着我的故乡之恋。当然它更有着对过去辛酸艰苦的回忆，亦存录着对现在美好生活全部的温馨与甜蜜（《哦，野葱花》）"，他宁愿做锹峪河的一滴水，浑身透露着对家乡风物的执着与钟爱。河从何处来，已不重要，流向何处也不重要，重要的是"河"已流入了他心里，也就是说这条河流似乎日夜都在他的内心深处流淌，承载着他的爱与愁、悲与忧，似乎比自然的"河"更蕴含着一种勃动的生命力，一个心灵干枯的人是写不出好散文来的。

他的散文是真情的自然流露，他在《最远的荒地》一文中写道："我很小的时候，就有一个梦，那就是拥有一大片山，种一片属于自己的林地，林子里有许多自由的鸟儿。桦树白、杨树绿，枫叶红，我在中间修一座小屋，孤守着自己的林地，像一个地主，又像有一点失落的诗人。孤寂的原野上，越来越多的村庄被人们放弃。打工者势如潮涌，我却独守荒村，甚至于我将方圆二三十里没有人烟的大尖山以每亩两元的象征性价格全部承包，合同签了五十年，我想，我就是要在这里成就我做一个好农民的梦。我也想着我将会老死在这里，连同我的魂我的梦一起安葬，将来就直接在墓碑上刻两个字"农民"。"作为一个不求闻达的山民之子，向往着平平稳稳的朴素生活，结一庐茅房，闲来时养养花种种树，斟二两散酒，读三本诗书，只求活着就好，现代的人大多很难有这种恬静的心态。

一个人要做到平淡自然是极为困难的，特别是对负着农民的低贱卑微身份的寇倏茜来说更加困难，当打工者势如潮涌时，他却独守荒村，但他从传统文化中吸取的营养明显多于西方文学的营养，这也是他不同于其他散文家的显著标志，他的文章大多都真情的自然流露，没有半点的矫揉造作。

在《一个人的荒凉》中，他是这样真诚地叙述的："趴在热腾腾的火炕上，读着刘亮程的孤独，觉得他不是一个完全的农人。都已经进城了，还在那里唠唠叨叨地叙说着村庄里的旧事，一点也不真实。或许他哲学的思维往深处走了一步，但一点淡淡的泥土味仿佛悬在空中，不经意间似乎就会被风吹走。"在这些思辨式的话语里，除了质朴还是质朴，通篇都是一股真情的自然流露，那种失去叙述能力的无奈与感伤。"一个人的岁月就像一个世纪一样地漫长。你无法估量生命的轻、也无法估量生命的重，而努力地思考，也只能灼伤自己一颗孤独的心。我蜷缩在窝棚里，像只刺猬一样，浑身的刺就是我光芒四射的思想。"

在这里我要对寇俟茜说一句："大哥，你要写散文，你就要承受与散文俱来的孤独、无助和痛苦！"

好在寇俟茜这苦难中长大的人，早就学会了容忍，学会了平心静气地对待生命之轻之重，能把"兴衰荣辱都是过眼云烟"看透，尽管他知道，"他也守不住大尖山一生一世。老死在这里的时候，孤独的旷野就会变得永远寂寥。太阳落下月亮升起，只能是地老天荒的梦。"

他的散文是生命开花的细节，他的心眼总是用来盯住生命里那些开花的细节，在创作散文的过程中，其实就是一个观察和感受生命开花的过程，也是一个酝酿和表达自己感情与思考的过程，同时也是对生命开花过程的再现过程。总有一些外在的事能触动自己的内心，他日有所思，夜有所想，终有所感，但总不能直接说出来吧，于是找一个浸沉着自己感情的物象来表达。他在《我的生活》里写道，无论是读书，还是吃饭，或是散步，或是犁地，他自始至终都在关注着那让生命开花的细节。他自己也说："散文，它离心灵很近，却离俗世很远。"独居的寇俟茜与孤独为伴，但他并不消沉。他那么热烈地爱着自然，用孩子般的想象邀游并描绘着自然。他积极地探索着人与自然的关系，坚定地维护着自然的古典生态。他相信：人类唯有在大自然中才能保有自己的纯美天性。所以他热情地讴歌着故乡与家园，这又何尝不是每一个人心中应保留的一块圣地呢？

从本质上来说生命是一场悲剧，一场持续不断的挣扎。德国伟大的哲学家狄尔泰就说过："散文的活动起点，始终是一种生命体验。"几十年前，他无意引进一条小渠，一个孩子沉入其中而丧生，家属悲痛欲绝的场景，在梦境中留下抹不去的烙印，忏悔千百次，爱世界一切生命的恻隐之心，悲悯升华为思考生命的终极意义。他通过对一场人为伤痛的抚摸，是经过精心挑选出来的特定的伤痛，与村庄对视也就是与伤痛对视，读者获得的是一种哲思的享受，"我不知道我将怎样死去，但我知道我肯定不会无谓地去死掉。我心中深藏着的关于死亡的秘密，会随着我的死亡而死亡；但我心中对于村庄的愧疚，却不会死亡。"（《对村庄的愧疚》）

其实，他对人生伤痛的抚摸，并不是为了自慰，而是为了让读者通过对这些伤痛的感受和复述，达到一种反省自身、感悟人生的目的。也许伤痛是短暂的，但正是由于伤痛的短暂性，才使我们对经历不朽性的感受变得真实、贴切、适度、可信。

生活中有太多的艰难与困苦，也有太多的不如意之事，寇偹茜是一个吃苦长大的人，他的散文，淡淡的优美中总是带着一丝丝的忧伤和孤独，呈现出对伤痛的一种轻轻的抚摸。也许是因为他那份与生俱来的苦难过于刻骨铭心，让他无论走到哪里，骨子里都永远保存着他对家乡父老乡亲的一片深情。也可以这样说，正是对过去伤痛的不断抚摸，成就了他的写作与歌唱。

正如他自己所言："生命有许多不可言说的东西，人只能说出一部分，说出的部分照亮未说出的部分，我们看到后者，却无法言说。"散文不只是内心的河流，还是内心的光亮。他在不断地燃烧自己照亮别人，尽管他常常感到骨子里整夜整夜的孤独和寂寞，一个人孤单单的在散文的道路上寂寞地走着，但每个作者都在渴望通过种种努力去接近散文的本质，没必要问"散文是什么"，还是赶路要紧！

美丽的总是寂寞的，尤其是恒久而坚定的美丽。福克纳、康德、斯宾诺莎……美丽哲思的背后总是烙着离群索居、遗世独立——寇偹茜亦非例外。这样的选择只是因为生命中有很多人来来往往，太熙攘的人群中总会有大把平庸的个体近在眼前，触目都是苍凉。寂寞凝结出纯粹的思考，哲学家对个体的扼腕变成了对生命的扼腕。寇偹茜居住在尘世的桃花源，对其外的武陵人有着一种淡然而超脱的怜悯。他拧动锥形的弦柄，因而听到了自己躲在窝棚中的心跳。当人们已不再用知音的方式聆听自然的低语，唯有他，仍保持着年少的耐心和忠诚。

总之，寇偹茜对超验主义身体力行，《无助的孤独》就是他这一思想的体现，它是一部蕴含了深刻哲理的散文。细细读过《无助的孤独》的人都有体会，他是在探求怎样实实在在地生活，怎样体验与经历有意义的生活，为自己，也为当时与如今的我们。《无助的孤独》在当代文学中我个人认为是最受读者欢迎的非虚构作品之一。但正如何怀宏先生在《瓦尔登湖》序言里说到的一样："它的读者虽然比较固定，但始终不会很多，而这些读者大概也是心底深处寂寞的人，而就连这些寂寞的人大概也只有在寂寞的时候读它才悟出深味。"

这就是《无助的孤独》。这本书也许并不会在当下太受欢迎，但它会有稳定的读者，而且是发自内心地喜爱这本书，在夜深人静时捧着它，像是找回生命最本真的意义。

◎窗户

窗户，本名郭利华，1980年1月16生，祖籍浙江磐安。2006年开始写诗。2007年开始担任诗生活网站编辑至今。有诗歌发表在《诗刊》《中国诗歌》《南方诗人》《诗生活年选》《白诗歌》《珠三角诗人诗选》《21世纪诗歌精选》《2013年中国诗歌选》等刊物。

简述江一苇的"古名士情结"

极少写评。对一苇的诗，却早就想说点什么。或许因为年纪相仿，一样学医出身，也只身从农村来到城市闯世界。平时在坛子里交往，只管读各自作品。虽然淡如君子，却惺惺相惜。

拿到这些诗，一直在想，该用什么标题？后来读到"我有古名士情结"，豁然开朗。对，就是它。为什么是它？这几乎是我们"80后"这一代人的情结。伟大而动荡的时代结束了，更多的选择、自由、开放摆在我们面前。如果说美国有迷失的一代，那么在中国迷失的就是我们这批20世纪80年代出生的人了。我们不妨读读这首诗："有时/我感到悲伤/但不知为什么悲伤/有时/我感到绝望/但不知用什么方式死去/会显得更悲壮/我经常一个人待在房间里/苦思冥想/直到将要崩溃了/我就拿出劣质的白酒/想象成皇帝御赐的毒药/大醉一场"。多么的直接，悲伤、绝望。让我不禁想起"醉生梦死"这个词。这种情状的真实性不容怀疑。我也有此经历。这完全就是我们这代人的自画像。但这所谓的古名士情结，不过是"醉生梦死"罢了。恰恰如此，我们才会从"皇帝御赐的毒药"中惊醒——我们错过了什么？遗失了什么？这是这首简单而类似自白的诗，所带来的反思……也是我现在要说的，一苇的诗，反映出了"80后"群体的普遍特征——孤独、迷茫，又极力坚守着自我和尊严的道德底线。再看《隆中一日》，同样是自白式的诗歌。无所事事的下午，秋日的下午，几乎是所有"80后"的下午，如果在古代，我们一定会"一门心思只等大任降临"。这情节放到现在，多么可笑、渺茫，甚至悲哀。另外两首诗歌《诸王在》和《在太白山与诸兄弟饮酒》同样也有此情节。

"80后"现在都即将步入中年，而父母渐老，多数在乡下。然后房子、婚姻、孩子……这些都是我们面对的现实。这种压力无所不在地压迫着我们的生活和神经，同样也渗透在他诗歌的字里行间。我们再也不能像年轻时那样无拘无束。这也是责任。所以在我们身上，必然有割舍不掉的亲情。读读这些自然流露的诗歌吧：《站台》《万有引力》《父亲的总结》《清明》。随便哪一首，我们读之感同身受。这些诗歌同样也具有这个时代的特征。

　　而这个时代更为明显的特征是孤独。为什么会如此孤独？我想我们在这组诗里可以找到答案。先读读《一只无人驱赶的羊》："赶羊人不知去向。/现在，它是自由的。和所有自由的人一样，/它茫然地呆在这条大街上。/街道那么长，它那么小，/和所有自由的，丢失了信仰的人一样/没有了驱赶它的人，/它一边叫，一边不停左顾右盼着，/仿佛不知将去何方。"赶羊的人为什么不知去向？习惯被赶的羊，获得了自由，为何反而茫然地待在这条街上？就像丢了信仰的人。不是吗，我们都是这只羊。回顾那个动荡而伟大的岁月，或许可以有所了解。我们这一代人，还有多少人把共产主义当作终生的信仰？又有多少人会埋头苦读我们的传统文化？不相信佛，也不相信上帝，我们相信什么？我们必须接受文化断层和信仰断层的现实。这里还有几个如《这突如其来的悲伤》《无题》《一个人躺在床上》也是写孤独的诗。特别是《无题》，用四个简单对比的手法，把一个人和世界隔离开来。电影场景一般，呈现在我们眼前。一个人面对世界，多么渺小。但也透露出诗人内心深处的一种渴望，那就是请珍惜我们身边的一切：亲人、爱人和朋友。甚至死亡也是值得珍惜的。

　　对身处现状反思的诗歌，一苇也总能在他的观察下，写出如《小镇》这样悲情万分而真实浩荡的组诗。一小镇，就是一世界。没记错的话，那组诗应该有21首。读完那些诗时，我想起艾青的那句名言"为什么我的眼里常含泪水？因为我对这土地爱得深沉……"一苇同样把这种爱和悲怜埋藏在每个作品的深处。在这次的稿子里也有几首，如《小镇上的傻子》《年轻的吴寡妇》《一只羊死了》。是的，作为"80后"的我们必须努力投入现实，同时要对它保持距离。这是诗人应该有的品质。就像对现实保持热爱，同时也要保持警惕和批判。说到底，还是一种古名士的情节。我们渴望一个美好的世界。世界往往向我们展示它的残酷和冷漠。我们渴望自己更为强大，但现实告诉我们，个体在岁月长河中有多脆弱，生命有多脆弱。因为脆弱，又使所有活着的生命显得格外顽强和独特。

　　一苇的古名士情节反映在诗歌里，更多的是一种低低的、压抑的、愤怒的喊叫。当年杜甫先生也在"茅屋为秋风所破歌"里叹息过。中国文人的发声，总是透出那么一点不甘心，那么一点无可奈何。其情可叹，其状可悯。尤其如此，更值得我们尊重与探究。

最后，还想说说，对一苇的诗，我并没有从文本上做更多、更深入的探讨。他的诗直白、简短、朴实却充满爆发力。寂静中隐藏着火焰。黑暗中露出微光。他的诗歌语言无疑是灰色的。而灰色，就是生命的底色。这种艺术手法，如同鲁迅对《红楼梦》的评价"悲剧就是将有价值的东西毁灭给人看"。也恰恰显示出一苇诗歌的真，作为诗人的真。只有"真"，才会打动心灵，抚慰读者，才会使诗歌本身闪烁着人性的光辉。一苇也是一位安静的诗人。甚至是被我们忽略的诗人。但我知道，他的诗，会像打动我一样，打动更多人。我祝福他！

结束了。希望江一苇坚持自己的特色与风格，出更多的作品。

◎仲诗文

仲诗文，现居惠州。四川苍溪唤马人，生于20世纪70年代，广东省作家协会会员。有诗歌散见于《人民文学》《诗刊》《汉诗》《星星》诗刊、《诗歌月刊》《中国诗歌》《作品》《青年作家》《诗林》《中西诗歌》及台湾《乾坤诗刊》等刊物。诗歌入选《2008中国年度诗歌》《2009中国年度诗歌》《2010年中国诗歌精选》《珠三角实力诗人诗选》《界限网络运动十年精选》等选本。出版诗集《纸皮书》。

沉浸在灰色的安慰里

讨论一个人的诗歌，须得从生活工作环境、教育程度、自我启蒙、诗学观念等方面来系统论述。网络时代，诗人间互相交流沟通更加便捷，益处良多。快的生活节奏，速成即朽的社会文化背景，遮蔽不了诗人，同时也影响对一个诗人慢慢地认识与消化。

什么是好的诗歌？什么样的诗歌品质是我们要追求的？从大家的讨论中我有个观感：一方面，大家喜欢往自己中意的作品风格上生拉硬扯；另一方面，大家对流行性写法的跟风与盲从。我想说，好诗或者说好的作品，至少应该是独立的，能发出自己的声音，有自己的底色，有自己的认知，能够贯彻自己的想法与意志。能够做到这一点，我个人觉得这样的诗人或者这样的作品，才起码具备好作品的要素。大家如果通读了江一苇的作品，我就会发现他做到了这几点。

概括起来说。我觉得江一苇的诗歌有几个方面值得一说：一是语言表达，二是作品底色，三是作品切入的角度。

一是语言表达。首先得厘清什么样的语言表达能够准确地传递内心。口语派？学院派？两者相对来说，口语派更加能够传递一个人的内心。学院派追求的技术性表达，那种似是而非，那种挪腾转接、那种心里图景的表达，基本上很难从诗歌里摸到一个诗人的脉搏。纵观江一苇的诗歌，我想他的语言表达介于口语派与学院派中间。语言上，他选择了一条中间道路。诗意上他不追求口语诗歌的事实诗意，也不盲从学院派的技术。他遵从内心，用一种朴素的语言，大家能够看得懂的语言，写生死，写愤懑，写忧伤，写爱情，写一个小人物的家国梦想，写一个小人物的又臭又长的裹脚布。我们能抓住他的心跳，能感受他的情绪，他能够深深地把我们打动。

我想强调的是：诗歌本不该分什么派别，刻意强调诗歌的派别是不对的，好的诗歌往往指向最终是一致的。我在这里分了一下诗歌派别，也是为了有一个直观的比较，更加清晰准确地来谈一下江一苇的诗歌。

二是作品底色。当然，谈作品底色，得从诗歌的内核、语言形成的气场、诗歌表过的主旨这几方面来说。总体来说，江一苇诗歌的作品底色是灰沉的，他没有指向宏大，没有指向高远。他笔触是向下的，是向内的，甚至有时把最为丑陋的一面血淋淋地揭示出来。他集中他自己的诗歌要素，再一下一下地拨动你。很多人或许会说，江一苇的作品太灰暗了。江一苇的调子太沉了。我想说：诗歌一定要高蹈，一定要向上，一定要宏大吗？诗歌难道是心灵鸡汤？难道是高大上那种可以无限的填空题？在我的概念里，诗歌是实在的，是细小的，是真实的心里的感受。江一苇诗歌灰沉底色，往往指向的是宏大的东西，他的诗歌建立在日常的场景中，他有手术刀一般的精准，他追求公正，他胸怀天下，在忧伤灰没的调子里，隐藏的是批判，是深深的悲悯。就我个人来说，人生的不如意，人生的际遇不忿，我常常在江一苇的诗歌里得到安慰。他的诗歌在为我疗伤。我想说，灰色的调子就是格调不高吗？不，他的诗歌指向人性，指向宽容与爱，他的诗歌只是拐了一个弯，而把这一切深深地隐藏了起来。

三是作品的切入角度。江一苇的很多诗歌借了才子情怀，而且都是大家熟知的经典形象。他诗歌塑造的才子形象，落拓、不羁、好酒、胸怀天下、孤独，又脆弱，又敏感。可以说，他把他对现实社会的不公，他的理想情怀，全融入这个非古非今的诗歌场景当中，当然，我也可以说这是他的权宜之便，他的批判只是显得不那么激烈。江一苇另一组大家经常提起的诗歌就是小镇系列。可以说，他精准地描绘人间世相，残酷、真实、无奈、绝望。他切入的笔触显然指向对真象的探寻，可以说，他对自己的出生地，他对自己生活的地方是绝望的，又是爱怜的。一种复杂的情绪充斥其间。这跟很多写出生地、生活的地方采用的那种赞美歌颂式不同。一部分写故土是远离后在慢慢回望，基本上是给自己找一个精神归依之处，而江一苇不是，他天天混在其间，他生活工作就在这个地方，他是近距离的，他的感受是现场的，给我们呈现出的是真实可信的。

我粗浅地谈了三点。基本上概括了江一苇诗歌的特色。每个人的体悟与视点不同，一千个人就有一千个哈姆雷特。诗歌，我总是希望大家沉下心去，排除已有的一些观念，深入到作品中去，细细思量。因而，我在这里也就不谈江一苇诗歌的一些问题，我有个观点：诗歌本来就是个残缺的玩意，没有什么十全十美的事。

结束了。希望江一苇坚持自己的特色与风格，出更多的作品。

◎雪潇

何佐平诗集《擦肩而过》序

何佐平是我正儿八经的学生。

所谓正儿八经的学生，是指：我不仅给他上过大课，而且也给他上过小课，而且还当过他的班主任。换言之，所有在上述三条中只占一条或两条者，都不是我正儿八经的学生。我做老师已有快三十年了，但只做过短短六年两任的班主任，所以，我作为班主任而教出的学生，实在比较稀有，而何佐平有幸是其中之一；我做老师快三十年了，听过我上大课的学生不计其数，但是接受过我的小课教育者却寥寥无几，最多也不超过十个，而何佐平却"不幸"是其中之一。

何佐平之所以"不幸"地成为我的小课学生，是因为他"不幸"地接受过我并非温柔敦厚的"诗教"。

也不知是从哪一天开始的，总之是确确实实地开始了——诗歌日渐成了现代社会人们敬而远之的一种东西，诗歌的写作日渐成了一种堪称无用之用的"屠龙之术"。高考作文时，"诗歌除外"那四个分明的汉字，分明地把诗歌拒绝在中国当代经世致用之学的边缘地带，似乎诗歌已然成为一种"可远观而不可亵玩焉"的只可鉴赏而不可制作的古董。前些年，有一些已经考上大学的青年学子，觉得至少已混有一个饭碗了，思想上渴望轻松，他们往往会浮出知识性学习的深深海洋，把头伸到水面上，试图呼吸一些文学创作包括诗歌创作的清新空气，试图释放他们奔放的情感，试图求证自己生命中除了记忆力之外的另一个高贵的禀赋——想象力。虽然他们不一定就能够成为作家与诗人，但是他们毕竟还敢于接触文学、亲近诗歌、步履艺术世界。然而，由于时势的巨大变迁，由于大学生毕业后就业压力的与日俱增，敢于接触文学接触诗歌的"不明智"的年轻人确确实实是越来越少了。就像买股票，诗歌显然不是现实人生的绩优股！诗歌甚至是分明的兴趣选择的垃圾股！

所以，虽然身为教师，虽然渴望着"得天下英才而教之"，但是多年来，我却不敢"得三两诗才而教之"。虽然我自己一直在研究着诗歌，但是我却越来越像一个诗歌的叶公：我向往着诗歌、喜爱着诗歌、研究着诗歌，但是，当我的面前偶尔地不合时宜地冒出三两个诗歌的修习者，我却并不欣欣然"得而教之"，而往往是冷静地加以劝退："我看你还是好好地去学外语吧，好好学习功课，把主要的精力要放在考研上！毕业之后，考公务员要考，考进村进社要考，所有的就业都要考，而且所有的就业都不会考诗歌的！所以，我看你还是现实一点吧！忘掉诗歌吧！"那偶尔出现的如同稀有动物般的诗歌爱好者，就这样眼含失望地离开了——手捧着他们的诗稿。

看着他们失望的样子，虽然有时候我也会痛苦地自责，觉得自己说这样的话，像极了一个封建的家长苦口婆心地劝阻着新青年的自由恋爱、扼杀着一颗自由美好的诗心！而且还振振有词！但是，我觉得自己的做法应该是正确的。我甚至觉得，要让学生忘掉诗歌，我自己必须先忘掉自己所谓诗人与教师的身份！我必须让所谓"诗意的栖居"成为自己隐秘的内在，而让"非诗意的栖居"成为自己外在的扮相。所以，当别人以"口不臧否人物"为自己的立身准则时，我却以

"口不谈论诗歌"为自己与学生们交往时的行为规范。

所以，多年来，我身怀着我在这个世上唯一的技能——写诗——却不敢轻易接收学生。多年来，我宁肯无比荒诞地辅导那些最不爱学习的学生如何写影评、如何进行故事编讲、如何写作新闻短消息、如何写作商业广告……我也不肯同样无比荒诞地和那些最具诗歌才华的年轻人一起切磋诗艺。我觉得自己多少还有些自知之明：我自己误上了诗船，我再不能把别人也诱入诗歌的苦海。如果那样，我岂不是与那些搞传销的人一样地可恶么？

所以，我曾对好多热情洋溢的诗歌爱好者泼过冷水。何佐平，就是领受过我这种冷水的学生之一。当时，和所有的诗歌爱好者一样，他手捧自己的诗稿向我请教。第一次，第二次，我都冷冷地拒绝了，以至于何佐平说："大学时代，最不光彩的事就是被雪潇不止一次地赶出家门。"后来我才知道，对我当时的傲慢态度，他甚至在背后骂过"不是个东西"之类的话。但是何佐平却是一个能经得住冷落的人，他没有因为我的冷落而有所放弃。他身上有一股倔强之气，他好像赌气一样继续写着，大有直撞南墙之势。所以，第三次，却是我主动地给他"看了"，并且还"改了"而且还"批了"——这真是做老师的人最大的毛病：不愿意让学生说他"不热心"。我至今还保留着对他最初那组诗歌的修改稿。虽然在批改的时候我仍然指出了他的许多不足，但是毕竟也表扬了不少——这让我至今还忐忑不安，我生怕我的学生在工作与生活中遇到的所有困难都是因诗而起。

但不管怎样，何佐平毕竟成了我的一个"入室弟子"，成了我一个正儿八经的学生——只不知成为我的学生是一种幸运呢还是不幸？

一日为师，终身为"傅"，现在，何佐平要出版自己的诗集了，这写序的任务落在我的肩上，似乎又是天经地义责无旁贷。

我忐忑不安地打开了他的诗集。

何佐平的诗集让我感动，让我感动于多年之后，在无比现实无比滞重的世俗生活里，何佐平竟然还能保持一个诗人对世界的轻盈感觉：在《站立》中，他感觉到的苍蝇是"弹来弹去"的，"风之手"，"翻弄生与死的哲学"；在《直白》中，他感觉到的雅鲁藏布江"翻滚着信徒的头颅/和油菜花的忧伤"；在《一川石头》里，他的感觉是"鸟鸣拉长了我与山峦的距离"，"一川石头/一群智者/坚硬的思想让流水战战兢兢"……我之所以一开始就特意地指出何佐平诗歌中这些诗性的感觉，是因为：诗歌的存在之所以有其存在的价值，就在于通过诗人对现实世界的另类感觉，对我们习以为常的甚至麻木厌倦的生活进行重新命名——重新唤醒我们对生活的惊讶与喜爱，而唤醒读者们生活感觉的，首先就是诗人自己的生活感觉！何佐平，他就在自己的诗歌里反复地讲述自己的这种生活感觉："把辫子梳起/把乳房挺起/一个季节的出嫁竟是这样简单"，这是他对玉米的感觉；"一个人并不孤独/几株盛开的大丽花/几位富态丰盈的女子"，这是他对正午庭院的感觉；"如果可以/做一朵天上的云多好/随风私奔/多好"，这是他对天上云的感觉；"打开十月枯黄的草扇/陇中大地/荒凉跟着风/一一铺开"，这是他对十月时节陇中大地的感觉……一个诗人靠什么成为诗人？一个诗人首先靠这种对生活的感觉成为诗人！

当然，仅仅有这样的感觉，还不足以成为诗人。所谓诗人，就是不仅对生活有感觉而且有办法把自己的感觉表述出来的人。

诗人表述自己心中的生活感觉最最常用也最最方便的一个办法，就是比喻。我从一开始就对自己的学生说过："比喻是进入诗歌世界的一把金钥匙！"对我的这句话，有好多的学生没有理解甚至嗤之以鼻，但是何佐平却记住了。我后来才知道，何佐平当年参加全县青年教师公开课大赛并且勇夺桂冠的讲题，就是中学语文里的比喻。何佐平不只是对自己的学生讲述我的比喻观，更重要的是，何佐平还在自己的诗歌作品里实践着我的比喻观。他的作品可以分明地表现出他对比喻手法的敬重："孤寂的守护者/在青藏高原永远长不高的荒草里/挥舞着双手/像小小的雏鹰/扇动着翅膀//不远处的几头黑牦牛/如同智者默诵/一首伟大的史诗"，两个比喻，一老一实地成就了这一节诗；"闭上眼睛/雪就落到了眼睛里/像一句让人心痛的话落到了心里"，是比喻关联起了平实的现实与奇异的想象；"开了的桃花/如同一群脸蛋红扑扑的小孩/在山野嬉笑玩耍""一只小小的蝴蝶/一粒会飞的种子""从家到单位/从单位到家/日子过得像父亲在犁地/划着同样的曲线""一夜雷声，是谁在天空搬运巨石""十年一晃就过去了/像一溜烟/像受惊的田鼠/像春天的一片雪"……在对生活的新颖感觉进行诗性的言说时，比喻就是这样举重若轻质感分明深入浅出。

而且何佐平没有简单机械地使用比喻这一诗歌的言说手法，而是多有变化，比如他的《秋叶》："天空撒下金币的时候/母亲手心里的老茧脱落的时候/季节以蝴蝶的舞姿抒情/归于大地的/是饱经风霜的词语"，虽然是比喻中的博喻，但却避免了机械的罗列，而是错落有致。从他的《故乡》之"故乡是一个熬药的砂锅/故乡是一个铜铸的香炉//故乡是一眼咸咸的清泉/故乡是一粒熟透的麦子//故乡是一颗白色的土豆/故乡是一架沉重的牛车"看，多年的渭北生活，已让他积累了大量的丰富的陇中生活的诗歌物象，他真应该通过比喻——至少是通过比喻——把它们一个一个地变为自己作品中的独有意味的诗歌意象。

何佐平的诗里有一个反复出现的意象"智者"，其实诗人本身就是一个智者的形象。虽然大智若愚，但是智者总是比不智者要多有一些招式与方法。在诗歌艺术这种高难度的智性写作中，作为艺术手法的比喻从来都不是诗歌艺术的唯一手法，所以，除了使用比喻，在进行自己的诗歌言说时，何佐平这个渭北的憨厚汉子，其实还多有伎俩。比如《七月，蓝》第一节之"卒章显志法"："所有的色彩堆放在/高原七月的画布上/毫不犹豫/我选择蓝/胡麻花开的蓝"；比如《擦肩而过》《寂静是一种孤独》《一个人》等的"一语立骨法"；比如他的《烧字纸》诗尾"烧完字纸/我眼前一黑"这样不事修饰而意味深厚的直取心性法等等，这里就不再一一列举了，相信读者们慧眼，一定会从他的诗集里有更多令人惊喜的发现。

古人常常用"锦心绣口"四字来形容诗人与他们的诗歌，这四个字其实涉及了诗歌作为艺术的两个重大命题："说什么""怎么说"！随着生活阅历的增加与生活体验的积累，相信何佐平在"说什么"方面会倍感丰富，但是我也担心他在"怎么说"方面会渐渐地"不善言词"——毕竟他现在的工作与生活，形成了另一个与诗歌言说多少有些冲突的悖逆语境。

何佐平有一首题名《读诗》的诗说："我每天都要读诗/在黑暗笼罩视线之前/如同每天都要吃几碗饭/在饥饿的肠胃撕咬之前/诗成了我的穷朋友/在与黑暗的角斗中/他总是伸出神圣的手臂/杀出一片精神天堂/赐予/孤独的弱者"。他说他"每天都要读诗"，我对此表示怀疑（他要是说他"每天都要喝酒"我倒是比较相信）。我宁可把这句话理解为他的一种诗生活的态度而非诗生活的事实。而且我要强调的是："诗人"二字，应该是一个表示能力的词而不仅仅是一个表示态度的词。何佐平无疑是具有诗歌写作之基本能力的，但是何佐平同时也无疑要继续努力地提高自己的诗歌能力！具体而言，何佐平必须尽早地实现两个超越：第一，超越自己眼睛里的现实，从一般的"看到"，前进到不一般的"想到"。何佐平的许多诗歌还没有做到对现实生活的重新命名，他的眼睛与一般人的眼睛还没有明显的区别，他所看到的世界与一般人看到的世界还没有明显的不同。第二，超越自己心目中的现实，从"一般的想到"，前进到"不一般的想到"。何佐平的许多诗歌还没有做到对现实生活的另类解释，他所说出的感受与一般人说出的感受还没有明显的区别，他所描绘的世界与一般人描绘的世界还没有明显的不同。

诗歌艺术作为艺术具有强烈的创造性，杜甫之所以誓言："语不惊人死不休"，就是因为杜甫看到了诗歌艺术这种强烈的创造性。

但是诗歌艺术的创造性却并非意味着诗歌写作要走入远在天边的奇门遁甲，而是意味着近在眼前的对生活真切实在的体验与感受。在他的诗集中，我比较喜欢他的这一首《空》："六点起床，送走小媳妇/满满的一间房子顿时成了空房子/像一个空鸟巢/一个人躺在床上/触摸着剩余的静/顺手打开一本诗集，倒着看了几首/多美的诗歌啊！房子里一下子堆满了/美好和喜悦"，我喜欢这一首诗是因为它朴素、真实而且写得轻灵。我喜欢的还有他的《儿子的手指》这首："总是指向门外/那么有力，那么执着/像渴求出土的小虫子"，诗一开始即夺人眼目，其浓烈真切的生活的真情实感，让它基础扎实而可靠。而我之所以把对他这首诗的解读放在本文的最后，还有一个意思，就是我觉得这首诗堪称诗歌艺术的一首"寓言"——"面对平常不过的事物/他必定多看几眼/在他眼中什么都是新奇美好的"，这话说得，不正是诗人么？"有时指向花/有时指向枝头的小鸟/用谁也听不懂的语言/说上一大串/等花笑了，鸟飞了/便收回手指/笑嘻嘻地指向其他"，这话说的，不也是诗人么？"他突然指向了远处的高山/和晴朗的天空/好长时间/没有说话，没有笑"，这话说得，简直就是不一般的诗人了！

诗人就是人类的儿子！诗人就是人类童心的守护者！童心在处，诗心存焉，祝何佐平永葆自己绝暇纯真的诗歌之心！

◎赵应军

赵应军，"80后"，甘肃临洮人。中学语文教师。毕业于河西学院中文系，文学学士。甘肃省作家协会会员。著有诗集《洮水涛声》。

悬着的心被往事缓缓托起

——浅读何佐平诗集《擦肩而过》

青年诗人何佐平是"渭河源"诗群的代表人物之一。他与陇中诗坛的其他诗人们一样，走的仍然是乡土写作的路线。他是一位善于发现生活的人，也是一位很会用诗歌表达生活的人。用何佐平自己的话来说，他是"用诗歌的方式努力靠近心中理想的大美与神奇，以长短句的格式文字充实着贫穷的精神"。（《擦肩而过》后记）何佐平的诗歌有想象力，能唤起人的回忆。他的诗歌篇幅短小精悍，语言干净利落，不拖泥带水，是我喜欢的风格。

何佐平诗歌的基本感情是表达对乡土、村庄、亲人的依恋和思念，表达对纯真自然景物的喜爱与向往。何佐平说："如纸/如风/如水/如醉/那一种咸咸的味道就是故乡"（《渭水源》）诗人的童年是在渭河源的农村度过的，所以他说"泥土，村庄最真实的内心/最朴最真"。（《村庄的内心》）他在《这片土地》一诗中表达了对故乡的无比热爱，"我对这片土地（渭河源）的爱竟是如此刻骨铭心"，这明显受到艾青《我爱这土地》中的名句"为什么我的眼里常含泪水/因为我对这土地爱得深沉"的影响。《泪水打湿了渭水的黄昏》同样表达的是这种感情，诗人说"在我还未闭上眼睛之前/一只孤鸟飞临屋檐/黑色的翅膀下/泪水早已打湿了渭水的黄昏"，这几句借景抒情，意象凄迷，情感悲切。《灞陵桥》一诗中的"孤寂的落日/正加紧追赶黎明"这一句是点睛之笔，意在揭示古老的历史遗迹焕发了新的活力，诗人赋予了灞陵桥希望和积极向上的力量。《玉米地》一诗写荒年的忧伤，《玉米》则又对比写的是丰年的心花怒放。诗人说"家比烧酒更让人温暖"（《雨中归来》），这一简单的对比直抒胸臆，令人读来火热赤诚，感到温暖。《儿子的手指》一诗视角独特，观察细致入微，以小见大，写儿子的成长，这是诗人何佐平作为父亲的幸福，对于读者来说也是一种幸福。《此刻，你一定在想我》在写法上俨然是杜甫《月夜》"今夜鄜州月，闺中只独看"的翻版，诗人不写自己如何思念妻子，却想象妻子如何思念自己，语浅情深。写母亲的《单数：母亲》一诗"日子牵着日子的手走向了年/母亲牵着黄土的手走向了衰老"给人印象深刻，短短两句诗就刻画出了岁月沧桑中母亲的形象。诗人何佐平是个典型的理想主义者，他也喜欢游历，笃信佛法，并且对深邃、浩瀚、肃穆、圣洁的青藏高原情有独钟。酥油，佛珠，苍鹰，雪山，蓝天，牛羊，佛像等典型的藏地圣境的这些景物，巴嘎村，雅鲁藏布江，南迦巴瓦峰，唐古拉，纳木错这些大大小小的地名、河流湖泊都成了他诗歌的意象，反复出现在了他的诗歌中。诗人在《尼玛堆》一诗中交代了他喜欢青藏的原因，"亲爱的/如果你生活在青藏/离天离佛最近的地方/你一定会转经磕长头/因为佛最喜欢你善良的样子"，他喜欢的是这片雪域高原的神奇瑰丽、纯洁脱俗，以及在这片土地上生活的虔诚、善良的人民。他也在《看佛》一诗中交代了他喜欢佛的原因："看佛/我心生平静"

（《看佛》），让心灵平静下来，在充满浮躁和喧嚣的时代的确是很不容易的一件事情，欣喜的是何佐平找到了这个修心的法门，这对如苦行僧般的诗人来说，是必不可少的心灵调适。

何佐平的诗歌善用比喻、拟人、对比等手法，并注重炼字，这使得他笔下的景物生动形象，具体可感，能引发读者的联想和想象，给读者以鲜明深刻的印象。一个诗人能在他的诗歌中写出属于他自己的比喻句，找到最切合自己的喻体，那可不是一件容易的事。但欣喜的是，何佐平已经做得非常好了。如写中国历史，诗人说"一股几千年的大风/一把锈迹斑斑/残留着血渍的大刀/砍向文明的头颅"（《马鹿山上》），这有点像鲁迅《狂人日记》中的名句，"我翻开历史一查，这历史没有年代，歪歪斜斜的每页上都写着'仁义道德'几个字。我横竖睡不着，仔细看了半夜，才从字缝里看出字来，满本都写着两个字是'吃人'！"语言冷隽，充满张力。写青藏高原，诗人说"扯一把青草做腰带"（《在高原》），只这一句比喻，夸张便很有诗意，浪漫潇洒。再如"不远处的几头黑牦牛/如同智者/默诵/一首伟大的史诗"（《车过唐古拉》），诗人抓住了牦牛这一青藏高原上最具代表性的物象来抒情，通过比喻、拟人营造了青藏高原肃穆深邃的特点。再如写拉卜楞寺，"夏河水推着落日/仿佛我的血液推着经轮"，这一句比喻和拟人既有画面的壮美，又有禅诗的空灵明净。《苹果，在秋风里等待出嫁》这首诗题目用了拟人手法，抬升了景物形象的美感，刻画出一幅丰收喜悦的画面。《九月菊花》一诗写"菊花尽情开放/云朵像轻纱一样/蒙上了太阳疲惫的脸庞/我藏在一首诗里/披着一身南山的烟雨和灞陵的秋霜"，这几句比喻拟人，除了描摹秋景，更难得的是诗人已在摸索中营造出了属于自己的乡土世界和诗歌意象。《秋叶》一诗写秋叶，写了这样一句比喻拟人的诗句，"天空撒下金币的时候/母亲手心里的老茧脱落的时候/季节以蝴蝶的舞姿抒情"，"金币"这意象就像徐志摩的《再别康桥》中的"那河畔的金柳"一样，有一种令人惊艳的脱俗之美。《冬日》一诗写道"巨大的冬日被羊群占据/这些白色的火焰/灼疼着疲惫的山峦/雪的暴力/软弱于咩叫之外"，诗人将羊群比作"白色的火焰"，比喻新奇、突兀，构成一种峭拔、冷峻的语言风格。"雪的暴力软弱于咩叫之外"则意在揭示严酷的环境无法遏制生命的坚强，创设了一种乐观豪迈的情感氛围。《麦穗》一诗写"顺着七月的麦地/奏响金黄的甜蜜"，诗人将视觉形象转化为触觉感受，用通感手法表达了一种收获时的酣畅淋漓的喜悦。《初冬》一诗写雪景，"一场稚嫩的雪/点燃/山野沉睡的篝火/旷野死者的灵魂"，把雪说成"点燃"，这一动词的使用打破生活常理，新奇但却准确，体现出诗人在语言上的锤炼和追求。再如"雪花"是"经神奇之手剪碎的云朵"（《雪花》），"雪落成一堆火的白色马褂"（《雪落草原》），这些比喻都充满了画面之美和色彩之美。《桃花开了》写"开了的桃花/如一群脸蛋红扑扑的小孩/在山野嬉笑玩耍"，用比喻、拟人手法写出了桃花的美丽。《歌唱的小鸟》写"露珠脱下晶莹的衣裳/晚霞入睡"，用拟人手法写乡村夜晚的宁静祥和。《故乡》一诗则是何佐平善用比喻的极致，全诗连用十二个比喻句层层推进，分别用"砂锅、香炉、清泉、麦子、土豆、牛车、炕头、名片、荷包、诗行"等一连串意象写出了故乡古老、香醇、朴实、温暖但却贫穷的特点，抒发了诗人对故乡浓烈的爱。在何佐平的诗集《擦肩而过》中，这样精美的比喻，拟人的诗句还有很多，它们已经成了诗人何佐平在长期的创作实践中富于创造性的艺术构思，这是我读《擦肩而过》最大的收获，也是何佐平诗歌最大的亮色。

但何佐平诗集《擦肩而过》中也有不成熟的作品。比如《与油菜花相遇》这首诗的最后一节，抒情太过于空洞，语言太过于平淡，用词太过于雷同。《一个人的夜晚》太过于消极、颓废。《呼吸》一诗太口语化，太浅白，没了诗意。有些诗太过于求新求奇，形式大过了内容，造成诗意和情感的晦涩难懂，这是需要引起诗人注意的。

◎高平

高平，中国作家协会全委会名誉委员，甘肃省作家协会名誉主席、原主席。

这一代诗人
——序《带着汉字出发》

甘肃土地干旱，却大量迅速地生长着湿（诗）人。

胡杨和红柳的品格，就是他（她）们的风格。

又一位和我初次见面的诗人要我为他即将出版的第一本诗集"写几句话"。

他叫徐国民，是来自渭水之源的青年。

看了他的《带着汉字出发》的打印稿之后，我肯定地认为他可以代表当代诗坛的一辈人或一类人。所以我在谈论他的时候，想在徐国民的后面加一个们字。

徐国民们的写作理念和价值取向，显然不同于我这一辈。透过他们的诗作，可以明确地感到：他们首先不愿做政治的奴仆，不再供奉支配自己命运的神位。他们尊重个人，甚至痴迷自己的感受，立足点是独立的思考。他们自我认知的程度也许过于强烈，因而与读者之间的沟通渠道有点狭窄，需要花费相当吃力的琢磨才能有所意会。但是无论如何，这种状态毕竟距离诗的本质更近，更符合人性的本源，至少不会再提供那种一览无余、枯燥无味、言不由衷的东西。

徐国民们不再把诗歌当作"炸弹与旗帜"，不再继承大声疾呼的鼓动方式。他们用诗剖析生活，解读生命，有时似乎是自言自语，我们甚至要屏住呼吸、竖起耳朵才能听清，破译了他们的心音以后，会有所感，会有所得。

其实，年轻诗人们的心胸并不狭窄，诗中渗透的人文关怀和社会思虑，比之我们年轻时更为广阔而深刻。他们对人民乃至人类命运的关注是真诚的，只是由于思想不再单纯，不肯轻易做出时事性的表态。他们的关注不只是一家一户，而是万事万物，小到一草一木，大到地球宇宙。"思接千载""视通万里"（刘勰语）。具有"地狱不空，誓不成佛"（地藏王菩萨语）的追求。真正的诗人不会利用唱高调来树立自己形象的高大，也不会通过跟风换取权势的青睐；绝对瞧不起那些貌美而行丑的当代潘安。

诗学是情学，诗人是情种。诗人视有情者为至亲，视无情者也有情。哪个诗人不热爱亲朋乡里，不眷恋山水田园！父母和家乡也是诗人永恒的主题，爱从这里开始，直到升华为无限的大爱也不会稍减。

徐国民集中的几个专辑广泛涉及了上述的两大类题材。

读诗是另类的阅读，不能用已经被报纸、文件、书信、小说养成了接受习惯的逻辑来看待这些分行的文字；诗的语言是字的正常与反常的奇妙组合。诗的语言拒绝低俗，也回避艰涩。杜甫说"清词丽句必为邻"，出自天然口语的清词和经过推敲锤炼的丽句，在诗中都是需要的。能够传诵开来的往往是那些雅俗得体，雅俗共赏的清词。为了节省篇幅，为了防止挂一漏万，也为了不干扰读者的选择，我不在这里摘录徐国民的清词丽句了，例证自寻，诗味自品吧。

2014年4月4日于兰州

◎白晓霞

渭源汉子的悲悯与超越

——读徐国民诗集《带着汉字出发》

徐国民是渭源的文学新秀，有着很好的文字感觉和相对独立的艺术追求，在渭水源头默默写作并恒久坚持，眼前的这本诗集《带着汉字出发》就是这种禀赋和兴趣的结晶。

从内容来看，徐国民的诗歌大致可以分为乡土风情诗和爱情写意诗，但这种分类仅是表面的，出生于渭源北部干旱地区的诗人内心始终无法忘怀的是属于农民这个淳朴群体所集体创造的乡土文化，于是，一场关于乡土文化的悲悯与超越的思想暗流在他的诗歌中时分时合、时急时缓、时隐时现，但从不曾远去，在某种程度上成为主宰诗人诗情、诗思、诗风的决定性因素。

一、对田园乡土的悲悯之心

诗人有着强烈的"农民之子"的自我定位意识，由于对农村生活的熟悉，田园乡土的日常生活场景、普通现实细节在他的诗中随处可见，这是诗人自觉的文化选择，其上也承载着他对"诗歌应该是什么"这类理论问题的初步思考。这部分诗歌对乡土生活的艰辛苦难做了真切描述，在这样的基础上对生活于这块土地上的勤劳善良的父老乡亲深怀着眷恋之情与肯定之意。诗中的人物虽然经常以诗人父母或身边亲人的具体形象直白出现（比如组诗《民间的忧伤》《大清早：乡村的日出》《冬天的一枝芦苇》《母亲的冬天》等），但在文字的背后其实隐含着一种针对农民群体而生的普遍性的情感，是生于斯、长于斯的本土诗人对田园乡土的深深悲悯之情，有着"怎一个'苦'字了得"的焦灼忧伤和心疼呵护。

二、对田园乡土的超越之心

生于乡土却又有着超越乡土的出离之心是时代赋予诗人的另一种文化选择，这类诗篇也表达着诗人升华诗境的主观努力。广袤的北方大地在诗人的眼中蕴含着丰富的哲学意味，年轻的诗人为接近并且表达这种哲学实质而做出了艰苦的挣扎。这种情怀有时出现在诗人面向厚重乡土的"独语"体诗歌之中，孤独的诗人褒扬着乡土世界里面对黄土、自食其力的"人"所产生的强大力量感（比如组诗《村庄上空是永不褪色的思想》《村西边：日落在犁尖上》等），这种多少带一点英雄主义色彩的正面情感还是值得肯定的。这种情怀有时甚至隐藏在爱情诗的外衣之下，借爱情的话题表达逃离乡土、走向现代的某种执着心念（比如《一个人的重量》《雪的组诗》等）。

总之，徐国民对乡土文化的情感是复杂的、立场是矛盾的，有热爱之心又有出离之意，这其实也是"80后"乡土诗人必经的心路历程。在某种程度上表达出这一代乡土诗人的责任心和使命感，既守望乡土也反思乡土。应该说这种文化现象是可贵的，正如被海德格尔称之为"诗人中的诗人"的荷尔德林曾写下的诗句："诗人是酒神的神圣祭司，/在神圣的黑夜中，他走遍大地。"诗人的天职就是高举着思想的火把，用自己的诗句警示普通人不要迷失在物质的黑色漩涡中。

当然，对徐国民这样小荷才露尖尖角的"80后"诗人来说，写作的道路还很漫长，他自己所向往的"思想的河"还在远方，如何让诗歌主题更加自觉升华、诗歌语言更加凝练准确，从而助推诗风走向成熟稳健，还需要年轻的诗人认真进行磨砺推敲以自进，好在他的家乡渭源是渭河出发的地方，源头母亲以诗性之体养育、浇灌着他的才情，以诗性之眼关注、期待着他的学力，好在他勤奋多思、认真善悟，这一切都将决定着他能够一路向前、诗心葱茏、诗林茂盛。

渭源八景和十六景

　　渭源县地处陇西台地黄上高原边缘与西秦岭地槽西端两大地质构造交汇地带，又是丝绸之路的必经之地。境内自然风光优美，历史文化灿烂，令人神往的景观众多。所以，历代文人所列"八景"也非止一端，有渭源县境的"渭源八景"，有南川（会川）一地的"南川八景"，等等。清康熙《渭源县志》中记载的渭源八景为：鸟鼠同穴、渭川东注、七圣雾雨、庆坪夜月、锹峪南横、五竹积雪、龙湫灵异、分水春涛。南川八景是：石堡春耕、沙堤柳浪、灯盏元宵、西牛望月、麻坂雾雨、塔寺松风、露骨积雪、乌鸦晚朝。

　　这些景观中，有些是名副其实、千秋永在的，如"鸟鼠同穴""五竹积雪"等。有些则随着时代变迁而消失。如"庆坪夜月"，也叫"关山夜月"，这是因为历代戍边将士驻守关山，碧空静夜，皓月东升，望月思亲，故有此景。或说关山脚下，庆坪西边有一片白色岩石，每当入夜，这片岩石上就有一匹金马驹走到河中喝水，岩石放射出耀眼的光芒。然而，戍边已成为历史，金马驹的神话也无助于此景的永世长存。又如南川八景中的"乌鸦晚朝"，原指会川临街长满参天白杨，每当夕阳西下，黄昏降临，有成千上万只乌鸦在空中盘旋，而后栖息白杨树梢，形成"乌鸦晚朝"一大景观。后来这些树木被砍伐，乌鸦无处栖身，不再来朝，景观随之消失。像这样因自然界或社会变化而消失的景观，还有"分水春涛""沙堤柳浪""灯盏元宵""塔寺松风"等。有些景观是由于某种偶然巧合而形成的。如"龙湫灵异"，说的是明朝末年渭源大旱，当地百姓在渭水源头品字泉求雨，当天就有祥云升起，大雨倾盆，连降三日，当地百姓视为神灵感应，即有此景之名。此外，还有一些景是为凑"八景"而随意所定，如"七圣雾雨""秋峪南横""麻坂雾雨"等。另外，行政区划的变更，也为渭源融入了新的景点。如陇西八景中，石门夜月、享堂白薇、莲峰揽翠等著名景区，清末民初被划入渭源，增添了渭源新景。

　　近几年来，结合编写县志和发展旅游业，渭源县委、县政府对全县自然风光和人文景观进行了全面考察，发现有许多很美的景观并未列入以前的八景之中，有些实景又与名称不符。为了使这些景观能够放出光彩，为本县经济建设和精神文明建设服务，在30多个景点中选出了16个，可称"十六景"，也可看作渭源新的双八景。这些景点分别是：渭水长虹、君山夕照、鸟鼠同穴、长城古韵、莲峰揽翠、首阳双冢、石门夜月、天井幽谷、五竹积雪、鹿鸣惊梦、南横睡佛、太白云海、双门古道、索林涛声、高崖花会、船崖巨舫。

这些景点，集中了渭源自然风光和人文景观的精华，具有地方特色，可供观光游览、休闲度假，也可供历史考古、科学考察。它们既有很高的审美价值，又有较深的历史文化内涵，是丝绸之路东段的重要旅游区之一。

一、渭水长虹

在渭源县城南的渭河源流清源河上，有一座古典式纯木结构伸臂拱形握桥——灞陵桥，它是千里渭河上游的第一座桥梁。

灞陵桥，北临县城重镇，南接君山翠屏，东眺七圣峻岭，西望露骨险峰，桥身拱起，状如蛟龙腾飞、长虹卧波，故有"渭水长虹"的美誉。

灞陵桥始建于明洪武年间。初为平桥，1919年改建为拱形握桥。桥身长40米，跨度29.5米，高15.4米，宽4.8米。两岸桥墩，各有挑梁5层，每层用10根圆木组成，层层叠压，由下向上，逐层向河心挑出，顶端搭圆木相接。桥身上建廊房，共13间，由14排吊柱构成，每排4柱，计56柱。桥两端建有卷棚顶桥头屋，各有4柱。整体而言，结构独特，工艺精巧。历史上曾有许多名人要员为灞陵桥题写匾额、对联。清代陕甘总督左宗棠题"南谷源长"、国民党要员林森题"舆梁利济"、蒋介石题"绾毂秦陇"、孙科题"渭水长虹"、于右任题"大道之行"，均悬桥上。爱国名将杨虎城写有对联"鸟鼠溯灵源，雪浪云涛，东行汇泾渭黄河，函关紫气；陇秦资利涉，月环虹跨，西望是金城杨柳，玉塞葡萄"，何应钦写了对联"鸟鼠烟云足画图；灞陵飞雪饶诗思。"汪精卫写了长篇碑文，著名书法家裴建准题写了"灞陵桥"匾额。1973年，灞陵桥被列为省级文物保护单位。1984年，甘肃省文化厅拨专款责成渭源县进行维修，著名书法家启功题写了桥名。

如今，灞陵桥已成了渭源人民精神的象征，渭源县的旅游标志。

二、君山夕照

与灞陵桥南端相连的老君山，像一座绿色的屏障，矗立在渭源县城南面，故有渭城屏障之称。

老君山，原名庙坡山，是渭源道教圣地，从唐代开始就有庙宇建筑，明清达到鼎盛。主要古建筑有老君殿、药王殿、地母宫、三霄殿、观音阁、玉皇阁、灵宫殿、清圣祠、关岳祠、文昌宫、八卦楼等，错落有致地分布于山林之中。夕阳西下，君山古庙琉璃灿金，翠叶闪光，耀眼夺目，这就是君山夕照，为县城一大景观。老君山原建筑在"文化大革命"中拆毁。1990年以来，县委、县政府为了将老君山建成一座集文化、体育、科技、宗教、娱乐、游览于一体的山林公园，新修了山门、长廊，修通了盘山公路，接通了照明线路，使老君山崭露新容。

三、莲峰揽翠

莲峰山位于渭源县城东南34公里处，因九峰环峙、状如莲花而得名。又因马鹿成群出没于山林间，故俗称马鹿山。

莲峰山是古丝绸之路上的一处佛教圣地。景区内有大山、二台、三台、四台、五台、后五台、皇洞、释迦庵、老君山等九座独立山峰，悬崖峭壁，形态各异。山腰古松参天，丛林密布，山顶清泉涌波，爽气宜人，置身其间，大有坐莲揽翠之感。清代诗人吴镇《游莲峰山》诗写道："孤鹤唳烟海，遥投仙客家。五峰云散尽，涌出碧莲花。"自汉代以来，山上就有石窟寺庙，至宋、元、明时期达到鼎盛。建国初期，这里有古建筑群落34处200余间，雕塑彩绘，栩栩如生，是一座艺术宝库。自古以来，莲峰山以它奇秀的自然风光和丰富的人文景观吸引了众多的游人。东汉杨虚侯马武征西羌时，曾屯兵此山，大山腰有一棵数人合围的千年古松，相传是马武挂鞭树。元朝巩昌便宜总帅陇右王汪世显将这里作为王府游览地，每年夏季都要住在山上避暑度假。明清以后，许多名士骚客、退隐官员常年住在这里，修身养性，读书写诗。如今，莲峰山每年接待的游人数以万计。1993年，报批建立省级森林公园。莲峰山将成为更具吸引力的一处旅游胜地。

四、首阳双冢

首阳山位于渭源县城东南34公里的莲峰乡，是商末周初孤竹君长子伯夷、幼子叔齐隐居采薇直至饿死的名山。自孔子、孟子尊伯夷、叔齐为至贤至圣以后，全国有五处首阳山争称是他们隐居的地方。东汉文学家曹大家（班昭）注班固的《幽通赋》说："夷齐饿于首阳山，在陇西首阳"。渭源在秦末汉初建首阳县，至西魏文帝大统十七年（公元551年），才改名渭源县。后代有些史地学家考证，渭源首阳山是伯夷、叔齐隐居之地。

渭源县首阳山，巍峨高峻，蜿蜒东去。其主峰像一位盘腿端坐的慈母，伯夷、叔齐的墓冢在山湾的正中，犹如一对醂睡在母亲怀中的婴儿。两个墓堆就像两座小山头，掩映在苍松翠柏之下，幽静肃穆。墓前有清朝陕甘总督左宗棠楷书的墓碑"有商逸民伯夷叔齐之墓"，篆额"百世之师"。两边对联是："满山白薇，味压珍馐鱼肉；两堆黄土，光高日月星辰。"横额"高山仰止"，出自陇西书法家玉霖之手。墓后是供奉伯夷、叔齐像的清圣祠，初建于唐贞观年间，几经坍塌、修复，最后一次修复于清同治十三年（公元1874年）。1986年，地区财政处拨款1.5万元维修了大殿，修复了山门。1995年，县上又筹措6万元，请著名雕塑家何鄂以优质玻璃钢雕塑了伯夷、叔齐像。

五、石门夜月

位于首阳山西北侧的石门，因两崖对峙、形似石门面得名。石门以内，地势开阔，每当皓月当空，古松倒映水中，石门滩即出现一片恬静迷人的景象，古人称之为"石门夜月"。此景曾被列为巩昌府八景之一。清乾隆元年，陇西知县杨国赞写诗赞道："双峰对峙石门开，夹岸深深月照来。秦镜才磨摇树影，蝉辉方吐晃山隈。老僧席地诵经去，宿鸟冲天纵翅回。一线皎光照临处，同人相赏且衔杯。"如今，这里建成了净水面积26.2公顷、库容量500多万立方米的水库一座。它像一面博大的明镜镶嵌在两崖之间，一湾平湖倒映蓝天皓月，这才是真正的石门夜月。库内设有汽艇、游船等游乐设施，并养有各种鱼类可供垂钓，是一处理想的水上游乐园。

六、天井幽谷

在石门夜月的南部有一条8公里长的史前峡谷，谷中石缝有一清泉喷涌而出，水质清凉沁骨，传说是王母娘娘的瑶池，所以人们称峡谷为天井峡。大自然的神工鬼斧成就了这片奇山秀水。峡谷分前峡、后峡、上峡、下峡四大块，各有不同的山形地貌。峡中有20多个各具特色的景点，主要有仙女屏、歇佛岩、狮象崖、水帘洞、淋仙瀑、马窑湾、天马洞、玉皇城、迷仙巷、天井泉、南天门、腰崖寺、金顶、卧龙潭、洞庭湖等，令人目不暇接。8公里画廊，充满奇、险、壮、绝、清、秀、幽、静、古、野的情趣，美不胜收。奇特的山形地貌伴随着神奇的传说，天井深幽，神秘莫测。

七、鸟鼠同穴

鸟鼠山位于县城西北10公里处，是一座名列经传的名山，《尚书·禹贡》就有"导渭自鸟鼠同穴山"的记载。《山海经》和《水经注》对鸟鼠同穴山也有记载。《史记·夏本纪》裴骃《集解》引孔安国语：

"鸟鼠共为雌雄，同穴处此山，遂名山曰鸟鼠。"，《尔雅·释鸟》："鸟鼠同穴，其鸟为鵌，其鼠为鼵。"郭璞说："穴入地三四尺，鼠在内，鸟在外。"鸟鼠山南侧有三眼泉水涌出，形同倒"品"字，称品字泉。泉旁有禹王庙，相传初建于周朝，后代多次被毁和重建。现存建筑，系清宣统元年所建。

八、长城古韵

渭源境内的秦长城，修筑于战国时期，是中国最古老的长城地段之一。长城在渭源境内，蜿蜒起伏经过四个乡镇14个村、37公里而进入陇西县境。这段古老长城大部分地段残高在3米左右，少数地段超过8米，每隔0.5公里有一小烽燧，5公里有一大烽燧，雄伟壮观。城垣下版筑夯层清楚，瓦砾遍地。长城脚下有秦王寺，传说秦始皇西巡陇西郡时，在这里住宿一夜，后人修建此寺以为纪念。寺院后有一眼深井，名曰"秦王饮马井"。井旁有一棵千年古树，叫"秦王拴马树"。渭源县秦长城，现为省级文物保护单位。

九、五竹积雪

五竹寺在县城西南15公里处。该地原名秀峰岩，是明朝建文皇帝西逃之遗臣郭节隐居修禅的地方。红岩绿树，万松大观，石窟寺庙，傍崖而建，松林深处，六月积雪不化，故有"五竹积雪"一景。著名历史学家顾颉刚游五竹寺时题联赞道："五竹交相晖，万松成大观。"

十、鹿鸣惊梦

与五竹寺遥相呼应的鹿泉寺，修建于凤凰山腰的森林深处鹿泉旁边。传说有一位上京赴考的人，因为迷路被困饿晕倒在鹿泉山下。有一只喝水回来的梅花鹿，用鹿泉水和甘甜的乳汁救醒了他。这秀才在昏迷之中，好像看到观音菩萨在给他喂水呼唤他，当他睁开眼睛时，看见一只母鹿在舔着他的嘴唇。原来是这只母鹿救了他。后来，这位公子金榜题名，当了大官。为报答鹿母的救命之恩，专程来这里修建了这座寺庙，雕塑了鹿母圣像，亲笔题写了寺名和"恩爱永存"匾额。现存庙宇为后来重建，有大佛殿、娘娘殿、菩萨殿等建筑。

十一、南横卧佛

渭源县城西南20公里的南横山，东西10多公里的山峰就是一尊隐形卧佛。这卧佛头枕南谷山（鏊鏊山），脚蹬天井峡五嘴崖，仰身而卧，头帽、眉毛、眼睛、鼻梁、嘴唇以及微挺的胸脯、盖着袈裟的身躯都清晰可辨，活灵活现，令人惊叹。当人们坐车沿316国道从杨庄乡向半阴坡行驶时，就可清楚地观赏这尊大卧佛。

十二、太白云海

太白山在渭源县城西南25公里的杨庄乡，海拔3300米。因山势险峻酷似华山，有人称它为小华山。传说它是太白金星修道的仙山。太白山穿云摩天，郁郁葱葱。从山顶向下俯瞰，只见云海翻腾，众山环拱，使人大有"会当凌绝顶，一览众山小"的感觉。山上唐代已有庙宇，清道光年间又重建。原建筑毁于60年代，现在乡民又建有太白殿、三清殿、三霄殿、雪山太子殿、玉皇阁、雷祖殿、山神庙等。每年农历六月初六，山上举行庙会，热闹非凡。

十三、双门古道

位于渭源县城西南35公里的露骨山。"露骨积雪"，原是渭源南川八景之一。海拔3941米的露骨山，岩石裸露，有如积雪，因而成了一景。露骨山高大雄伟，像一位身穿铠甲的武士，当地人称之为雪山太子。传说它是雪山大士修道的地方。山顶峰，建有雪山太子庙。山脚下的双石门，万丈石崖，中开一缝，陡险奇绝，湍急的激流从石缝中穿过。这里曾经是三国邓艾偷渡阴平开凿栈道的起点。宋熙宁五年（公元1072年）通远军首领王韶征叠宕，古走的就是这条故道。后来，这条古道便成了临洮通岷县的重要通道。如今道遗迹犹存，只是再没有木桩板道，穿行这里的人要踩着渗骨的水浪前进。故此景又被称为"双门踩浪"。这里山奇水秀，风光优美，可供游人观光游览或进行历史考古。

十四、索林涛声

索林，是索爷林的简称。索爷即索陀龙王，为临洮八位官神之一。索林位于会川镇南部，是一处天然云杉森林，林地面积13.5万多亩。林中泉水叮咚，鹿鸣鸟歌，空气清新，生长着各种菌类植物和野生药材，是一座山珍野味的宝库，又是建立旅游山庄和高尔夫球场的理想之地。在这里卧听松涛是人生一大享受。

十五、高崖花会

高崖，指高石崖。高石崖在渭源县城西57公里的麻家集乡。七座陡峭山崖拔地而起，并列峙立,崖顶森林茂密，风光诱人。此地是渭源花儿的故乡，每年农历六月初六，附近几县的花儿歌手云集这里，漫花儿对歌。密林深处，马莲丛中，花伞摇动，歌声悠扬。花儿会有拦路、对歌、游山、敬酒、告别等程序。从白天到黑夜，花海歌潮，令人陶醉。

十六、船崖巨舫

在渭源县城西南77公里的峡城乡，有一船形石崖，昂然矗立于洮河岸边。传说石崖是碧霄娘娘降伏锁林峡水妖时驾乘的神船变的。石崖顶端建有寺庙，名船崖寺。崖下清泉涌流，四周围森林茂密，怪石嶙峋。每年农历六月初六船崖寺举行庙会，花海歌潮，一派欢腾景象。

渭源十六景，既有深厚的文化内涵，又有明显的景观价值；既有牢固的历史根基，又有永恒的生命力。有许多已经被开发利用，成为名扬省内外的旅游景区。

（杨晓冰整理）

编后记

2015年，渭源县文化广播影视局召开了全县文艺工作者座谈会，决定组织全县的文艺力量，以我县丰富的历史文化资源为研究对象，以出版系列图书的形式展现和宣传渭源文化，培育景点文化，进而为促进我县旅游业的可持续发展提供强有力的文化支撑。《渭源文学作品集》便是系列图书中的一本，其内容架构是以散文、诗歌、小说、剧本等文学作品来表现渭源悠久丰富的历史文化和作者的人文情怀。

征文活动启动后，得到全县文学作者的热烈响应，他们积极创作，踊跃投稿。部分外地作者得悉后，也陆续赐稿。总共收到百余件稿件，有散文、诗歌、小说、戏剧和文学评论，大家都选送了自己在县级以上刊物发表过的及新近创作的比较满意的作品。另外，我们还甄选了一些当代渭源文化名家的诗文作品加入其中。经编委会认真遴选，最后分成四个板块——散文，诗歌，小说，剧本、评论及其他。这本作品集从不同层面不同程度地展现了渭源悠久丰富的历史文化，也基本上反映了我县作者的创作风貌，以及三十年来的创作成果，同时也可观照渭源文学群不俗的创作实力与深厚的文化底蕴。

《渭源文学作品集》从孕育到出生历时三年，能顺利出版要特别感谢县委县政府的重视，感谢耄耋之年的《飞天》原主编李云鹏先生不辞辛苦为作品集作序，感谢所有为作品集付出心血和汗水的人。由于水平及经费所限，难免有遗珠之憾，作品集凡有不尽如人意之处，期待读者和作者们提出宝贵意见。

《渭源文学作品集》编委会

2017年9月1日